Scharnusch
Parsipur

Tuba

Zu diesem Buch

»Tuba« ist die Geschichte eines Landes, gespiegelt in der Geschichte einer Frau. Als Tochter eines weltoffenen Gelehrten erlebt sie den Übergang von der Monarchie zu einer weltlichen Gesellschaft bis hin zur islamischen Abkehr von der Moderne. Ihre Schönheit, ihre Ausstrahlung, ihre mystische Veranlagung wecken Ehrfurcht – aber auch Angst und Argwohn. Mit ihrer inneren Kraft durchbricht sie Konventionen, und mit traumwandlerischer Sicherheit geht sie durch Gefahren und Wechselfälle, stets als Mittelpunkt und ruhender Pol ihrer Sippe. In ihrem Haus halten die Toten und die Lebenden Zwiesprache, und wer es verläßt, kehrt eines Tages verwandelt wieder zurück. Als Tubas Haus zerfällt und ihr Garten verwildert, geht eine Epoche zu Ende.

Die Autorin

Scharnusch Parsipur, 1946 im Iran geboren, veröffentlichte mehrere Romane und Erzählbände. Sie war wiederholt Verfolgungen ausgesetzt und gehört zu den 134 Künstlern, die im Herbst 1994 in einem offenen Brief gegen die Zensur eintraten. »Tuba« entstand 1983 im Gefängnis. Parsipur lebt zur Zeit in den Vereinigten Staaten.

Scharnusch
Parsipur

Tuba

Aus dem Persischen von
Nima Mina

Unionsverlag
Zürich

Die Originalausgabe erschien 1989
unter dem Titel *Tubâ va ma'nâ-ye shab*
in Teheran. Die deutsche Erstausgabe erschien 1995
im Unionsverlag Zürich.

Die Übersetzung aus dem Persischen wurde
unterstützt durch die Gesellschaft zur Förderung
der Literatur aus Afrika, Asien und Lateinamerika e. V.
in Zusammenarbeit mit der Schweizer Kulturstiftung
PRO HELVETIA.

Der Übersetzer dankt Isabel Stümpel für
die Durchsicht der Übersetzung.

Unionsverlag Taschenbuch 103

Rieterstrasse 18, CH-8059 Zürich
Telefon 0041-1 281 14 00, Fax 0041-1 281 14 40

Umschlaggestaltung: Heinz Unternährer, Zürich
Umschlagfoto: Nasrolah Kasraian
Druck und Bindung: Clausen & Bosse, Leck
ISBN 3-293-20103-2

Die äußersten Zahlen geben die aktuelle Auflage
und deren Erscheinungsjahr an:

1 2 3 4 5 - 00 99 98 97

Dem Andenken meines Vaters

Tuba
Die Keusche, die Kluge, die Vollkommene.
Die Tugendhafte, die Weibliche, die Glückliche.
Die Fromme, die Strenggläubige, die Wohltätige.
Baum, der im Paradies wurzelt und dessen Äste
in das Haus des Propheten reichen.

Erster Teil

Nach sieben langen Dürrejahren regnete es nun schon seit drei Tagen ununterbrochen in Strömen. Tuba bearbeitete mit einem Besen die Wände des Wasserbeckens, um den verkrusteten, siebenjährigen Schlamm abzukratzen. Eimerweise schüttete sie Wasser auf die flache Stufe am Rande des Wasserbeckens, wo man die Füße zu waschen pflegt. Sie goß auch das Gärtchen, um die staubtrockene, dürstende Erde mit erlösender Feuchtigkeit zu tränken.

Die zwei Ehefrauen von Hadschi Mostafa beobachteten durch das Fenster die achtzehnjährige, dreimal von Hadschi Mahmud Khan geschiedene *biwe*. Die ältere, die vernünftiger und auch erfahrener war, dachte, was wohl passieren würde, wenn der Hadschi plötzlich überraschend heimkäme und die unverschleierte Tuba im Becken sähe. Die jüngere war naiver und schlichteren Gemüts. Sie zögerte, ob sie sich ihr anschließen und bei der Säuberung des Beckens helfen solle. Die ältere hatte schon das Fenster geöffnet, um Tuba anzusprechen, als diese die Arbeit unterbrach und sich umwandte. Sie hatte sich völlig verausgabt, und hätte es nicht geregnet, wäre sie schweißüberströmt. Die ältere Frau Hadschi Mostafas meinte, es sei nicht schicklich, so halbnackt das Becken zu fegen. Wenn nun ein Mann einträte, der Hadschi oder sonst jemand? … Tuba preßte die Lippen zusammen und machte weiter. Die Freude an der Arbeit war ihr vergangen. Sie hielt inne und sah sich um. Das Becken war so sauber wie nur möglich. Sie schöpfte mit einer Schale das übriggebliebene Wasser in einen Eimer, stellte Besen, Eimer und Schale neben das

Becken und stieg hinaus. Ihre Füße ließ sie vom Regenwasser waschen. Dann ging sie zu ihrem Zimmer. Sie wußte, daß die beiden anderen sie noch immer beobachteten. Sie schloß die Tür, zog den Vorhang zu, um sich vor den neugierigen Blicken der zwei Ehefrauen Hadschi Mostafas zu schützen, zog ihr Hemd aus und merkte erst jetzt, daß sie über und über mit Schlamm bespritzt war. Sie packte ihre Badesachen zusammen, warf sich den Tschador um und zog den Gesichtsschleier über, nahm das Bündel unter den Arm, schloß das Zimmer ab und ging auf die Haustür zu. Hadschi Mostafas Frauen eilten wieder zum Fenster, und die ältere öffnete es, um Tuba zu fragen, wohin sie denn gehe. Sie gehe in den Hammam, antwortete Tuba, ins öffentliche Badehaus. Wenn Sahra käme, solle man ihr ausrichten, sie solle sie dort abholen. Die ältere wollte etwas entgegnen, denn sie hatte einschlägige Anweisungen vom Hadschi, traute sich aber dann doch nicht. Als Tuba aus der Tür trat, dachte die ältere Frau des Hadschi bei sich, daß sie wohl einmal mehr für Tuba und Sahra würde geradestehen müssen.

Der Nieselregen durchnäßte Tuba bis auf die Haut; als sie den Hammam erreichte, tropfte es vom Saum ihres schwarzen Tschadors. Tuba war weder traurig, noch fühlte sie sich unbehaglich. Der Regen war für sie wie eine Erholung gewesen. Während der vier harten Jahre, die sie im Hause ihres Ehemannes verbrachte, mußte sie die ständige Beschuldigung, sie sei für die Dürre verantwortlich, über sich ergehen lassen. Hadschi Mahmud Khan, ihr Ehemann, glaubte aufgrund einer Eingebung zu wissen, daß zwischen der Dürre und Tubas Anwesenheit in seinem Haus ein Zusammenhang bestand. Zuerst konnte Tuba die Tragweite dieser Anschuldigung nicht begreifen. Sie war es nicht gewohnt, sich als verfluchtes Wesen zu fühlen. Als Tuba neun Jahre alt war, war ihr Vater Hadschi Adib von der

Wallfahrt nach Mekka zurückgekehrt und hatte gesagt, er habe unter der goldenen Dachtraufe des Haus Gottes in Mekka für sie gebetet und ihr ein Leben so lang wie Noahs Leben gewünscht. Das Andenken an den Vater, der in ihren Augen die Welt bedeutet hatte, war ihr teuer. Obwohl großgewachsen und mit durchdringendem, aufmerksamem Blick, trug er seinen Kopf meist bescheiden gesenkt. Adib, sein Titel, bedeutete, daß er ein Gelehrter war. Tuba wußte dies seit ihrer frühesten Kindheit, seit sie ihre Rechte von ihrer Linken zu unterscheiden gelernt hatte. Ihre Mutter, selbst Analphabetin zwar, wies immer wieder darauf hin, daß der Vater ein Adib war – und ein Adib war ein großer Weiser.

Als der Engländer zu ihnen gekommen war, war Tuba sechs oder sieben Jahre alt. Niemand hatte bis dahin einen Engländer zu Gesicht bekommen, geschweige denn einen Engländer in seinem Haus empfangen, außer Hadschi Adib. Den wahren Hintergrund dieses Besuchs erfuhr Tuba allerdings erst lange Zeit später.

Der Engländer war hoch zu Pferd auf der Straße dahergesprengt. Das Pferd hatte vor Hadschi Adib, der gerade die Straße überqueren wollte, gescheut, so daß der Hadschi zu Boden stürzte. Der Engländer schlug ihm mit seiner Reitgerte ins Gesicht, beschimpfte ihn in gebrochenem Persisch als Dummkopf und Idioten und ritt davon. Asadollah, der Schlächter, der vor seinem Geschäft auf einem Holzblock Fleisch hackte, rannte dem Engländer mit dem Spaltmesser in der Hand hinterher und beschimpfte ihn. Anschließend eilte er zu Hadschi Adib hin, der noch immer im Straßenstaub lag, und half ihm, zusammen mit den anderen herbeigeeilten Ladenbesitzern, auf die Beine. Er musterte ungläubig die rote Spur der Reitgerte im Gesicht des Hadschi, und dieser quälende demütigende Blick würde dem Hadschi bis zu seinem Lebensende keine Ruhe lassen.

Die Nachbarn umringten den Hadschi und sahen ihn erwartungsvoll an. Hätte der Hadschi in jenem Augenblick zum Aufstand aufgerufen, wäre es zu einer Rebellion gekommen. Aber er – und das gab er niemals zu – dachte in jenem Augenblick gerade über ein Rätsel in der Lehre des Mullah Sadra nach. Am folgenden Abend wollte er mit seinen Freunden darüber disputieren, und weil er so in Gedanken versunken gewesen war, hatte er das dahergaloppierende Pferd gar nicht bemerkt. Er kam langsam wieder zu sich und nahm die um ihn herum stehenden Menschen wahr. Sein linkes Auge war wohl vom Gertenhieb angeschwollen. Am liebsten hätte er das schmerzende Auge mit einem Tuch zugedeckt, vor dem Wind geschützt. Aber er konnte dies vor den Schaulustigen nicht tun. Also drohte er mit erhobener Stimme, daß er es den Engländern heimzahlen werde, und zwar so, daß man in den Geschichtsbüchern darüber berichten werde. Dann machte er sich entschlossenen Schrittes auf den Weg. Die Ladenbesitzer folgten ihm schweigend. Nach fünf oder sechs Schritten wandte er sich zu ihnen um und versprach, daß der Engländer zur Strafe genau an dieser Stelle, vor ihren Füßen, ausgepeitscht werden würde. Nun sei es aber besser, wenn alle in ihre Läden zurückkehrten. Er selbst eilte davon, und mit jedem Schritt wuchs in ihm die Wut über das Vorgefallene. Als er bei Moschiroddoules Haus anlangte, glich sein Kopf einer roten Rübe, die zwischendurch immer wieder erblaßte, um dann wieder rot anzulaufen. Moschiroddoules Diener war zunächst über den gegen die Sitte verstoßenden unangekündigten Besuch erschrocken und führte den Gast in den Empfangsraum des Hauses. Der Adib fühlte sich unbehaglich. Er versuchte, seine Wut zu bezwingen. Der Fußboden war in europäischem Stil mit Teppichen belegt. Ringsum standen fransengeschmückte Sessel mit hohen Beinen. An den Wänden hingen Bilder

der Schweizer Alpen und von europäischen Städten. Das Haus verfügte über elektrischen Strom. Ein riesiger Lüster hing von der Decke und erhellte den Raum. Verstört setzte sich der Hadschi auf den Rand eines Sessels. Seine Wut ging langsam in eine Art von Erstarrung und Kraftlosigkeit über.

Schließlich betrat der Hausherr den Raum und entschuldigte sich, daß er ihn hatte warten lassen. Die zwei Männer tranken Tee, aßen Kuchen dazu, und währenddessen rang der Adib fieberhaft nach Worten, um das Geschehene zu schildern. Er traute sich nicht, wie ein Untertan zu klagen; doch war er keine Kämpfernatur, die ihr Recht selbst hätte durchsetzen können. Also erging er sich zuerst weitschweifig darüber, daß die Fundamente des Landes und des Volkes auf den Schultern großer Männer ruhten, zu denen auch die Gelehrten gehörten. Ohne sie käme das Rad des Lebens zum Stehen, die Untertanen würden aufsässig, und die Ordnung gerate ins Wanken.

Moschiroddoule nahm seine Äußerungen mit Interesse zur Kenntnis und pflichtete ihm bei. Worauf ihm der Hadschi unterwürfig den Zwischenfall mit dem Engländer erzählte. Nur mit Mühe konnte er das Zittern seiner Stimme und seiner Hände unterdrücken. Er versuchte zum Ausdruck zu bringen, daß er sich nicht als großen und wichtigen Mann betrachtete. Aber wenn ein Engländer sich anmaßte, ihm, der das Gewand und den Titel eines Gelehrten trug, ungestraft vor den Augen Bekannter und Unbekannter einfach ins Gesicht zu schlagen – wo komme man da hin? Wie würde das gemeine Volk so etwas aufnehmen? Und wo würde das hinführen?

Moschiroddoule erfaßte die Dringlichkeit des Anliegen vom Adib auf der Stelle. Auch er wurde zornig. Er erging sich in großen Worten und langen Reden und versprach schließlich, das Problem Seiner Majestät Schah Mosaffareddin vorzutragen und den Engländer durch den britischen Botschafter verfolgen und gebührend bestrafen zu lassen.

Als der Hadschi abends nach Hause zurückkehrte, hatte er sich einigermaßen beruhigt. Er hatte unterwegs der harrenden Menge von seiner Unterredung mit Moschiroddoule berichtet und angekündigt, daß der Vorfall Folgen haben werde.

Einige Wochen später meldete der Engländer seinen Besuch an. Am Tag vorher wurden ohne Ankündigung europäische Sessel und Tische aus Moschiroddoules Haus zum Hadschi gebracht. Moschiroddoules Verwalter meinte entschuldigend, daß die Europäer es nicht gewohnt seien, auf dem Fußboden zu sitzen. Es wäre auch unpassend, wenn der Hadschi sitze und der Engländer stehe, denn so wäre dieser größer als der Hadschi und sähe auf ihn herab.

Dann richtete der Verwalter die Grüße seiner Exzellenz Moschiroddoule aus und erklärte, der Schuldige sei im übrigen kein Engländer, sondern ein Franzose. Seine Exzellenz habe sich vergebens bemüht, ihn über die britische Botschaft ausfindig zu machen. Ein Engländer habe ihm dann erzählt, er habe eine ähnliche Geschichte über einen Franzosen gehört. Daraufhin habe Seine Exzellenz die Angelegenheit mit Hilfe der französischen Botschaft verfolgt, und der Schuldige sei gefunden worden. Die Bezeichnung »Engländer« war jedoch an ihm haften geblieben. Auch der Verwalter nannte ihn so.

Ein Diener Moschiroddoules, der mit den Regeln im Umgang mit Europäern bewandert war, hatte sich ebenfalls eingefunden, um den reibungslosen Ablauf der Begegnung zu gewährleisten. Der Engländer mußte sich persönlich beim Hadschi entschuldigen. Gespannte Erwartung hielt das Haus vierundzwanzig Stunden lang in Atem.

Die Frau des Hadschi, das Dienstmädchen Morwarid, Tuba und die kleineren Kinder saßen hinter dem Vorhang, der das Empfangszimmer vom Wohnzimmer trennte, um einen Blick auf den Engländer werfen zu können. Der Hadschi lief im Wohnzimmer auf und ab, als es an der Tür klopfte. Moschiroddoules Diener öffnete und führte den Engländer ins Empfangszimmer. Er trug Reitkleider, die Sporen an seinen Stiefeln klirrten bei jedem Schritt. Sein Haar war blond, die Augen blau und seine Haut weiß.

Die Frau des Hadschi wandte sich unwillkürlich Tuba zu, um zu prüfen, ob das Haar ihrer Tochter heller als das des Engländers war. Tuba war nämlich mit blondem Haar auf die Welt gekommen und unterschied sich dadurch von ihren Geschwistern. Das Haar des Engländers war aber heller als das ihre, war goldblond, während Tubas Haar rötlich schimmerte. Tuba jedoch war ganz in den Anblick des Engländers vertieft.

Der Diener brachte dem Engländer Tee und bedeutete dem Hadschi einzutreten. Hadschi Adib schob den Vorhang zurück. Der Engländer erhob sich als Zeichen der Höflichkeit, neigte leicht den Kopf und streckte dem Hadschi lächelnd die Hand entgegen. Dieser gab ihm, dem europäischen Brauch gemäß, die Hand, dann setzten sich beide. Der Engländer hielt eine kurze Rede in seiner Sprache, von der der Hadschi kein Wort verstand. Also blieb ihm nichts anderes übrig, als mit einem Lächeln auf den Lippen zuzuhören. Daß kein Dolmetscher anwesend war, komplizierte das Ganze. Der Hadschi ging davon aus, daß der Engländer sich bei ihm entschuldigen wollte. Er erwiderte die Rede mit ein paar höflichen, nichtssagenden Sätzen, die mehr oder weniger bedeuteten, er habe die Entschuldigung angenommen, dabei starrte er unverwandt auf die Stiefel des Mannes, der den Teppich betreten hatte, ohne sie auszuziehen. Obwohl er inzwischen einiges über die Umgangsformen der Europäer erfahren hatte, zögerte er, ob es nicht klüger sei, beide Augen zuzudrücken. In diesem Augenblick stand der Engländer auf, zog eine kleine Schatulle aus der Tasche, trat zum Hadschi und legte sie ihm in die Hände.

Der Hadschi blickte verwundert auf die Schatulle. Dann richtete er seine Augen fragend auf den Engländer. Dieser erklärte mit Handzeichen und Worten, er solle die Schatulle öffnen. Der Hadschi hob den Deckel. In der Schatulle lag ein Ring mit einem großen Diamanten. Der Engländer hatte offenbar erklärt, es handle sich um ein Geschenk für die Dame des Hauses, doch der Hadschi, der ihn ja nicht verstand, starrte nur verblüfft auf den Ring. Die Frau des Hadschi indessen hatte den Diamanten blitzen sehen und knuffte unwillkürlich ihrer Tochter in den Rücken.

Der Hadschi wollte den Ring zurückgeben. Er versuchte, dem lächelnden Engländer zu erklären, daß er das Geschenk ablehne, was dieser wiederum nicht verstand. Schließlich mußte sich auch der Hadschi der Gebärdensprache bedienen. Er führte den Ring an die Lippen, küßte ihn und drückte ihn an die Stirn. Damit wollte er zum Ausdruck bringen, daß er sich bedankte. Dann erhob er sich, überreichte die Schatulle dem Engländer und sagte auf persisch: »Nein! Nein! Niemals! Unmöglich!« Bestimmte Wörter schienen dem Europäer vertraut zu sein. Er versuchte nochmals, dem Hadschi das Geschenk in die Hand zu drücken, doch dieser sträubte sich. Der Engländer zuckte leicht mit den Achseln und steckte die Schatulle wieder in die Tasche. Es wurde Zeit, sich zu verabschieden. Im Stehen sagte er noch ein paar Worte, verbeugte sich abermals leicht vor dem Hadschi. Sie reichten sich die Hand, und der Engländer ging.

Vor dem Haus des Hadschi hatten sich die Ladenbesitzer versammelt. Der Engländer hatte sein Pferd im Durchgang festgebunden. Gelassen zog er sein Reittier hinter sich her und trat gebückt aus dem bescheidenen Haus, um den

Kopf nicht am Türrahmen anzuschlagen. Ein ersticktes Raunen ging durch die Menge. Der Engländer saß ruhig im Sattel, ritt ganz langsam die Gasse hinunter.

Die nächsten paar Stunden verbrachte der Hadschi damit, Nachbarn in seinem Hof zu empfangen und ihnen den Verlauf des Ereignisses zu schildern. Die Geschichte von dem Diamanten und die Tatsache, daß der Hadschi ihn zurückgegeben hatte, fand allgemeinen Beifall. Abends beschwerte sich jedoch die Ehefrau des Hadschi, denn das Funkeln des Diamanten hatte es ihr angetan. Der Hadschi, der sonst niemals die Stimme erhob, mußte sie lautstark daran erinnern, daß es ihm unmöglich sei, einen Diamanten von jemandem anzunehmen, der ihm ins Gesicht geschlagen hatte. Die Frau war dennoch verärgert und blickte finster drein. Das Ehepaar grollte und stritt sich eine ganze Woche lang.

Nach diesem Vorfall pflegte der Hadschi ein paar Monate regen gesellschaftlichen Umgang. Er wurde mehrmals von Moschiroddoule und anderen großen, bedeutenden Persönlichkeiten eingeladen, die sich gern mit einem Mann umgaben, der für seine Kenntnis der alten Wissenschaften berühmt war. Durch seine gesellschaftlichen Beziehungen lernte der Hadschi auch die modernen Wissenschaften kennen. Er wußte zwar, daß die Erde kugelförmig war, war dennoch erschüttert, als er in Moschiroddoules Haus den runden Globus sah. Er hörte von den Taten Kolumbus' und anderer Seefahrer. Moschiroddoule erklärte ihm, daß die gegenwärtige Situation kritisch sei: Es gehe darum, entweder zu Europäern zu werden – oder in den Dienst der Europäer zu treten.

Die fieberhafte Unruhe dieser Besuche legte sich aber bald. Zum einen war der Hadschi von Natur aus nicht gesellig, zum anderen erlaubten ihm seine begrenzten finanziellen Mittel nicht, Gäste einzuladen und sie zu bewirten. So kehrte er wieder in die eigenen vier Wände und zu seinen Bücherkisten zurück. Die Episode mit dem Engländer versank allmählich in den Tiefen seines Bewußtseins. Sein Durst nach den Lehren des Mullah Sadra und des Scheichs der Mystik hatte im Lauf der Zeit etwas nachgelassen. Eigentlich hatte er sich schon seit langem nicht mehr damit befaßt. Am frühen Abend legte er also sein Gelehrtengewand an, ging im Garten auf und ab und sinnierte über die Kugelgestalt der Erde. Es war nicht Kolumbus' Reise, die er aufregend fand, sondern die Tatsache, daß dank der Kugelform der Erde plötzlich ein Engländer in seinem Haus stand, daß er für ihn europäische Möbel bereitstellen und europäisch gerahmte Bilder an den Wänden aufhängen mußte. Und all das, weil die Erde rund war! Bei Moschiroddoule hatte er einige von diesen Europäisierten kennengelernt. Er mochte sie nicht, doch es gab sie, und ihre Anzahl nahm von Tag zu Tag zu. Ja, die alte viereckige Erde und der runde Himmel darüber. Jetzt soll nun also die Erde rund sein – und der Himmel vielleicht viereckig! Nein, nicht viereckig: Der Himmel war rund! Jedes Kind weiß das. Rund und blau! Also öffnen sich die Abwasserschächte auf der anderen Seite der Erdkugel gen Himmel, und die Toten liegen nicht unter der Erde, sondern hängen in einem Haufen Staub und Steinen zwischen Erde und Himmel! Die Erde, Ursprung und Nährmutter, dreht sich, und der Himmel steht still. Oder doch nicht?

In seiner Jugend, während seiner Studienzeit und auch noch später hatte der Hadschi geglaubt, der Himmel sei mit der Erde vermählt. Er mochte die schlafende Erde, besonders im Herbst und im Winter. Im Winter, wenn der Schnee alles zudeckte, dachte er an die schlafende Dame Erde. Mit dem plötzlichen Hereinbrechen von Donner, Blitz und Regen im Frühling begann neues Leben in ihren Adern zu pulsieren. Im Herbst – dem Frühling der Mystiker, wie seine Meister ihn gelehrt hatten – pflegte der Hadschi durch die Felder zu streifen. Die Erde, diese reine, ruhige, reglose Dame! Ohne es zu wissen, war er in sie verliebt und spürte den Drang, sie zu beschützen. Letztlich würde es aber doch die Erde sein, die ihn in sich aufnahm, ihn zu Staub werden ließ. Dennoch stellte der Hadschi sich in Gedanken als ihren Beschützer vor. Bei der Vorstellung, daß er ein erhabeneres, mächtigeres Wesen war als die Erde, erreichte seine innere Erregung den Höhepunkt. Ohne Zweifel, die wache, die schlafende, die immer reglose Dame brauchte ewigen Schutz. Und wer war in der Lage, sie in ihrer unendlichen Fülle zu beschützen? Jemand, der die Erde an Größe übertraf! Dann wiederum überkam den Hadschi eine süße und zugleich bittere Trauer über seine lächerliche Winzigkeit. Damals kursierten Gerüchte über die runde Beschaffenheit der Erde und ihr Begrenztsein. Die Liebe, die er für die Erde empfand, veranlaßte den Hadschi, diese Gerüchte zu ignorieren. Vielleicht war das der Grund, warum er den Anschluß an die modernen Wissenschaften verpaßt hatte. Da er mit niemandem über die neuen Wissenschaften disputierte, wurde er mit der Zeit zu den Vertretern der alten Richtung gezählt.

Wenn er jeweils von der Schule nach Hause zurückkehrte und am Keller vorbeiging, lauschte er dem eintönigen, gedämpften Klappern, das die teppichwebenden Frauen der Familie erzeugten. Das Anschlagen der Wollkämme löste einen zarten Rhythmus aus, der mit der Folge der Jahreszeiten – Frühling, Sommer, Herbst und Winter – zu harmonieren schien. Der Hadschi beschützte auch die Frauen. Vor ihrer Größe empfand er keine Furcht. An der unendlichen viereckigen Dimension seiner eigenen vier Wände hatte auch er seinen Anteil: der viereckige Garten, den er von seinem Vater geerbt hatte; die rechteckigen Blumenbeete; das achteckige Wasserbecken. In der Tiefe seines Bewußtseins gab es einen absoluten Mittelpunkt, um dessen unsichtbare Achse sich das Himmelszelt ununterbrochen drehte.

In den Wirren des Heratkrieges, als das Land von Flüchtlingen überflutet und von Hunger und Inflation heimgesucht worden war, hatte sich der Hadschi gewünscht, nur für einen Augenblick seinen Körper ausstrecken zu können, so daß er die viereckige Fläche der Erde vollständig bedeckte. Hätte er sie doch nur für einen Moment liebevoll und dennoch brutal beherrschen können, wären alle Kriege beendet worden. Das Volk hätte sich beruhigt, jeder wäre seiner Arbeit nachgegangen, und es wären keine Hungersnöte mehr ausgebrochen. Von nun an brauchte er der Dame Erde nur zu befehlen, und sie würde gehorchen. Sie würde gebären oder nicht, den Himmel regnen lassen oder nicht, sie würde Früchte tragen – aber immer nach seinem Befehl.

Sein altersschwacher Vater hatte ihm die Sorge für ein paar Frauen übertragen, die zumeist im Kellergeschoß mit Teppichweben beschäftigt waren. Die Familie stammte aus Kaschan und lebte im Einklang mit den Traditionen. Seine Brüder waren ebenfalls in der Teppichbranche tätig, er aber hatte sich der Wissenschaft geweiht. Wann immer er mit einem *Ja Allah* das Haus betrat, stoben die Frauen davon und versteckten sich. Der Hadschi genoß es, wenn sie vor ihm stumm den Kopf senkten. Er bestimmte ihr Leben, ohne je über den Grund seiner Macht nachzudenken. Er vergab die Mädchen an Ehemänner, holte für die jungen Männer Frauen ins Haus und verheiratete sie. Derweil er das Leben anderer regelte, verbrachte Hadschi Adib selbst seine jungen Jahre ohne Frau. Er war sich jedoch nicht bewußt, daß er mit der Erde verheiratet war, und gestand sich nicht ein, daß er sich vor ihr fürchtete. Er fürchtete ihre Gesetzmäßigkeiten, die für ihn voller Willkür waren.

Er fürchtete die Hungersnöte. Als er im Alter von fünfzig Jahren eine des Lesens und Schreibens unkundige Frau heiratete, genoß er ihre Unwissenheit. Ein scharfer Blick genügte, und die Frau nahm schweigend ihren Platz ein. So konnte sich das Rad seines Lebens ungestört weiterdrehen.

Nach dem Zwischenfall mit dem Engländer kam er während seiner langen Meditationen im Garten endlich zu einem Schluß: »Sie werden ihr Schamgefühl verlieren.« In Wahrheit befand sich die Dame Erde weder in schlafendem noch in wachem Zustand, sondern drehte sich, wie endlos und aus den Fugen geraten, um sich selbst. Dadurch kam es zum Wechsel der Jahreszeiten, zu Überschwemmungen und Dürrekatastrophen. Das Klappern der Wollkämme nahm für ihn eine andere Bedeutung an. Der Hadschi sagte sich: Sie denken! Das war ein Schlag mehr für ihn. Es war wie damals, als er den Globus zum ersten Mal gesehen hatte. Er dachte: Du weißt nur zu gut, daß die Erde rund ist. Warum dann diese Panik? Diese Erkenntnis stürzte ihn noch tiefer in die Abgründe des eigenen Bewußtseins. Er hatte in älteren Texten gelesen, daß bereits griechische Philosophen die Kugelgestalt der Erde vermutet hatten. Er wußte, daß auch einige persische Gelehrte zu dieser Erkenntnis gekommen waren. Der Hadschi wußte dies alles, und trotzdem beharrte er in seinem Innersten auf der Vorstellung von der Rechteckigkeit der Erde.

Er setzte sich an den Rand des Wasserbeckens und stützte den Kopf in die linke Hand. Er mußte herausfinden, aus was für einem selbstsüchtigen Grund er auf der Viereckigkeit der Erde beharrte. Ungeduldig versuchte er, den Gedanken an die schlafende Dame Erde zu verdrängen. Es gelang ihm nicht. Wer hatte einst behauptet, Sklaven seien sprechende Werkzeuge? Endlich hatte der Hadschi etwas gefunden, womit er die Vorstellung von der schlafenden Dame Erde verdrängen konnte. Wer hatte das gesagt? War es nicht ein Römer gewesen? Der Hadschi zog die Augenbrauen hoch. Er konnte sich nicht erinnern. Sein Gedächtnis ließ ihn im Stich. Wer hatte gesagt, man solle die Bücher schließen und in die Schule der Natur gehen? Auch daran konnte er sich nicht mehr erinnern. Wozu das ganze Lesen, sagte er sich seufzend.

Auf der Erde hasteten Ameisen in geordneten Reihen. Der Hadschi versperrte einer Ameise mit seinem Zeigefinger den Weg. Sie blieb stehen, bewegte ihre Fühler und kroch an Hadschis Finger hoch. Jetzt, da die Erde offenbar rund war, erhielt alles eine andere, eine neue Bedeutung. Die Ameise krabbelte verwirrt am Finger des Hadschi auf und ab. Sicher hatte der alte Meister Moulana Dschalaleddin Mohammad recht: Die Natur strebt eine stufenweise Entwicklung an und befindet sich ständig im Werden. Kann aber auch die Ameise denken? Vielleicht verfügt sie über eine Art Verstand, wer weiß. Nicht alles, auch nicht der Verstand, kann Hadschi Adib allein vorbehalten sein. Er legte seine Hand auf die Erde, und die Ameise schloß sich hastig der Reihe ihrer Gefährtinnen an, und es schien, als ob sie ihnen aufgeregt etwas mitteilte. Manchmal blieb eine vor ihr stehen, bewegte die Fühler, dann gingen sie rasch auseinander. Der Hadschi lächelte. Vielleicht tauschten sie Informationen über eine rosafarbene Wand aus, die sich bewegt. Auch wenn sie denken konnte, die Ameise besaß bestimmt keine Vorstellung von ihm, Hadschi Adib. Doch wie auch immer: Sie war in der Lage, seine Existenz wahrzunehmen.

Der Hadschi ging zum Ameisennest und betrachtete den kleinen Hügel. Und wie steht es mit der Erde? dachte er. Kann auch sie denken? Ist das der Grund, warum sich der Planet Erde dreht, mit allem, was er enthält? Alle Dinge, die er enthält, können einzeln und eigenständig denken und drehen sich vielleicht ebenfalls, so wie ihr tiefer

Ursprung: die Erde. Dennoch, ein Baum stellt eine Einheit dar und muß über einen angemessenen Verstand verfügen. Und die einzelnen Teile wiederum, die aus ihm eine Einheit machen, sind ebenfalls in der Lage, selbständig zu denken. So zieht es die Wurzeln in die Tiefe, und die Äste wachsen, einem Trugbild folgend, in die Höhe. Jeder Teil ist ein Ganzes, und seine Bestandteile wiederum bilden kleine Ganzheiten.

Der Hadschi wußte, daß er sich nicht um die Gedanken der Erdpartikel zu sorgen brauchte. Manche Gesetzmäßigkeiten dieser lebenden und sich drehenden Existenz waren ihm klar. Wenn man im Frühjahr Veilchen anpflanzt, dann kann man im Frühling mit einem Gartenbeet voller Blumen rechnen. Das Veilchen kann für sich denken, genauso die Erde und das Wasser. Zusammen erzeugen sie ein beseelendes Gemisch. Der Hadschi dachte: Ich bin alt geworden, und er spürte, wie sich sein Herz zusammenkrampfte. Es blieb nicht mehr viel Zeit, um über Entwicklung, über Metamorphosen, über den Geist und die Gedanken der Erdpartikel zu sinnieren, über die Erde in ihrer Ganzheit, über den Verstand des Baumes in seiner Ganzheit und den Verstand der einzelnen Bestandteile des Baumes. Er stellte sich vor, daß sie alle in ihrer kleinen Partikelwelt mehrere Exemplare eines Hadschi Adib enthielten, eines Moschiroddoule, eines Engländers, die sich gegenseitig bekämpfen. Er lachte. Asadollah, der Fleischer, würde auch dort ständig Fleisch hacken. Er lachte wieder.

Das Klappern der Wollkämme setzte plötzlich aus. Der Hadschi hörte das Gemurmel der Frauen nicht mehr. Die Sonne hatte den Zenit noch nicht erreicht. Während der Hadschi noch immer am Becken saß und seinen Kopf in die eine Hand stützte, beugte er sich langsam vor und blickte durch den spitzen Winkel zwischen seinem Oberarm und seinem Kopf zum Keller hinüber. Die Frauen hatten sich flüsternd unter dem Fenstergitter versammelt. Irgend etwas sagte dem Hadschi, daß sie sich über ihn unterhielten. Er erinnerte sich, daß er gelacht hatte. Er hatte laut und hemmungslos in einer für ihn unwürdigen Weise gelacht! Die Frauen kannten ihn nicht so. Er stampfte mit dem rechten Fuß leicht auf. Sie denken! Sie dachten leider, und zwar nicht wie Ameisen, wie die Bestandteile des Baumes oder die Partikel der Erde, nein: Sie dachten wie er auch. Über den Gelehrten Mullah Sadra allerdings würden sie niemals nachdenken. Er zuckte nochmals zusammen, weil ihm einfiel, daß sie durchaus über ihn nachdenken könnten. Hatte nicht damals, in seiner Kindheit, eine anmaßende Frau riesiges Aufsehen erregt? Es hieß, sie sei eine Prostituierte. Es hieß aber auch, sie sei weise. Jede Menge Gerüchte wurden über sie herumgereicht! Der Hadschi erinnerte sich an jemanden, der seinem Vater gegenüber jene Frau ehrfürchtig als »göttliches Zeichen« bezeichnet hatte.

Die Frauen flüsterten und kicherten hinter den hölzernen Fenstergittern. Typisch weibliche Albernheit, dachte der Hadschi verächtlich. Jetzt versetzt wohl die eine der anderen einen kräftigen Stoß in die Brust, die prallt gegen die Wand und läßt sich kichernd zu Boden fallen. Dann wird sie versuchen, ihr den Kopf in den Bauch zu rammen. Und wenn gerade kein Mann zu Hause wäre, würden sie sich kugeln vor Lachen. Manche von ihnen hatten durchgedreht, weil sie keinen Mann gekriegt hatten. Aber es ließ sich einfach kein Mann für sie finden. Der Hadschi war ihr Ernährer, und er kannte niemanden, der einigermaßen ein Auskommen hatte. Und wenn sich doch jemand fände und alle seine Schützlinge das Haus verließen? Wer würde dann die Teppiche weben? Er konnte doch keine fremden Frauen ins Haus bringen. Nein, es würde ihn nicht wundern, wenn sie es zwischendurch miteinander trieben.

Angewidert preßte der Hadschi die Lippen zusammen und schlußfolgerte: Ja, die Erde ist rund, Frauen denken, und sie werden bald jegliches Schamgefühl verlieren.

Eine kleine Wolke bedeckte die Sonne, eine plötzliche Windböe wirbelte Staub auf. Der Hadschi grübelte weiter: Soweit wird es kommen. Sobald sie entdecken, daß auch sie einen Verstand besitzen, werden sie Staub aufwirbeln! Der ehrwürdige Gelehrte aus Schiraz hatte recht. Auf nichts mehr war Verlaß in dieser vergänglichen Welt.

Jetzt erst wurde ihm klar, warum die Erde viereckig sein mußte, warum sie für statisch gehalten wurde, warum jedem Mann das Recht zustand, einen Zaun um sein Stück Erde zu ziehen. Wenn man dieses Stück Erde sich selbst überließ, würde es sich zu drehen beginnen und alle in Staunen versetzen. Dann würde alles in Unordnung geraten!

Verärgert schaute der Hadschi zum Keller hinüber, und das Gemurmel der Frauen verstummte auf der Stelle. Er hörte ihre schnell zum Webstuhl trippelnden Schritte. Die Wolke war inzwischen weitergezogen. Der Hadschi empfand eine Mischung aus Erniedrigung, Wut und Angst. Bestimmt würde der Engländer ihnen eines Tages alle diese neuen Erkenntnisse beibringen. Jener Schamlose, der seine Frau mit einem Diamantring beschenken wollte! Mit welchem Recht eigentlich?

Der Hadschi ging auf das Haus zu. Doch auf einmal blieb er stehen und wandte sich nach seiner Tochter um, die neben dem Wasserbecken saß und mit dem kleinen Finger im Wasser schnippte, um die Fische an die Oberfläche zu locken. Ihr blondes Haar sah zerzaust und ungekämmt aus. Es schimmerte im Tageslicht in zarten Regenbogenfarben. Er mußte dem Engländer zuvorkommen, müßte seine Tochter selbst unterrichten, und zwar in allem. Seine Frau zählte nicht. Sie war ein hoffnungsloser Fall.

Nicht aber die kleine Tochter mit ihrer Begabung und ihren verblüffenden Fragen. Er rief Tuba zu sich, und die Kleine lief zu ihm hinüber. Er nahm sie bei der Hand und ging mit ihr ins Haus. Der Hadschi setzte sich ihr gegenüber und sagte, von nun an werde er sie unterrichten. Sie begannen mit dem Koran und dem Alphabet, lasen im *Golestan*. Der erste persische Satz, den das Mädchen lesen lernte, würde für immer in ihrem Gedächtnis bleiben: »Tuba ist ein Baum im Paradies.«

Das Kind lernte, daß die Erde rund sei. Noch nie hatte es über die Form der Erde nachgedacht. Ihr Vater hatte ihm von der Wallfahrt nach Syrien einen Globus mitgebracht. Es verging eine Woche voller unruhiger Fragen, bis es begriff, wie alle die großen Gegenstände auf dieser kleinen Kugel Platz finden konnten. Vor allem aber mußte es lernen, wo Rußland und wo Preußen liegt, daß England sich auf einer kleinen Insel am Ende der Welt befindet, daß dort die Menschen blond waren wie Tuba und sich nach dem Stuhlgang nicht waschen und aus der Nähe übel riechen. Auch die Russen stanken, aber die Preußen, die hatte Gott der Allmächtige wohlriechend geschaffen. Die Franzosen schließlich waren geruchsneutral.

Anhand des Geruchssinns trichterte der Hadschi seiner Tochter politische Zusammenhänge ein. Je genauer das Kind seinen Vater beobachtete, desto mehr unbestimmte Zweifel erwachten in ihm, die es jedoch nie äußerte. Allmählich begann Tuba unbewußt ihre zarten Lippen zusammenzupressen wie der Hadschi, als sei sie ständig damit beschäftigt, ein schwerwiegendes Problem zu lösen. Ihre Augen füllten sich mit dem Glanz, der in den Augen ihres Vaters leuchtete. Sie hielt den Kopf geneigt, und ihr Blick verlor sich in der Ferne.

Als ihr Vater starb, vergaß sie das Lachen für immer. Sie war zwölf Jahre alt.

Es gibt Männer auf der Welt, die prophetische Visionen haben. Sie werden von Frauen geboren, die keusch und tugendhaft sind wie die Jungfrau Maria. Der Hadschi hatte unter allen heiligen Frauen die Jungfrau Maria als Vorbild gewählt. War sie nicht jungfräulich schwanger geworden? Wie die Dame Erde, die mit dem Himmel verheiratet war? Dieser Vergleich ging ihm nicht aus dem Sinn.

Gott der Allmächtige hatte Maria im Bad durch den heiligen Geist geschwängert. Der Engel war ihr in Gestalt eines Mannes erschienen. Maria hatte das Haus Gottes saubergehalten, den Garten gegossen und war immer gehorsam gewesen. Sie erschrak und bedeckte ihren entblößten Leib vor dem Fremden. Der Engel pflanzte die göttliche Gabe, den Samen, in ihren Bauch. Durch die Geburt des Kindes entfernte sich Maria von Gott, wie es der Engel vorausgesagt hatte. Wenn Maria vorher paradiesische Speisen erhalten hatte, mußte sie nun die Datteln von den Palmen schütteln.

Der Hadschi las seiner Tochter die Koransure *Marjam* fünfmal vor, bis sie die arabischen Wörter auseinanderhalten konnte und deren Bedeutung verstand. Er versprach ihr fünf Goldmünzen für ihre goldene Halskette, wenn sie die Sure auswendig lernte.

Tuba gab dem Vater ihr Wort. Sie brauchte eine Woche, um die Sure auswendig zu lernen. Sie versprach ihm, daß sie es niemals zulassen werde, daß die Liebe zu einem Menschen – und sei es ihr eigenes Kind – ihre Liebe zu Gott ersetze.

Durch den Tod des Vaters blieb ihre Ausbildung unvollendet. Den Koran waren sie schon mehrmals durchgegangen. Sie kannte auch Auslegungen mehrerer Suren. Die Bücher *Golestan* und *Bustan* hatte sie ebenfalls gelesen und konnte rund ein Dutzend Hafez-Gaselen auswendig. Vom Zeitpunkt des Todes ihres Vaters an bis zu ihrem vierzehnten Lebensjahr war sie hauptsächlich mit zwei Dingen beschäftigt: Mit dem Knüpfen von Teppichen für ihre Aussteuer, und wenn ihr noch Zeit blieb, legte sie sich auf den Rücken und wartete, daß ihr ein Engel Gottes erscheinen und den göttlichen Samen in ihren Bauch pflanzen möge. Als das älteste Kind der Familie war sie sehr rasch erwachsen geworden, und als einzige gebildete Person im Hause hatte sie anstelle ihres Vaters eine Art Führungsrolle übernommen. Die Mutter hatte keine eigene Meinung, ihre Brüder und die einzige Schwester, die von frühester Kindheit an sehr fromm war, gehorchten ihr widerspruchslos. Die kleinere Schwester betete seit ihrem siebten Lebensjahr und fastete seit dem neunten. Tuba war überzeugt, daß sie, Tuba, das Kind Gottes zur Welt bringen werde, wenn sie tagtäglich den Hof sauberfegte und aus Liebe zu Gott Teppiche knüpfte. Sie betete und fastete und kümmerte sich nicht um die anderen Dinge des Lebens.

Jeden Donnerstagabend besuchte sie Hadschi Mahmud, ein Neffe ihres Vaters, setzte sich hinter den Netzvorhang, und die Jungen, die gerade aus der Schule kamen, stellten sich höflich vor ihn hin und berichteten über ihre Fortschritte. Hadschi Mahmud erkundigte sich nach dem Befinden der Frauen und schob eine kleine Tüte mit dem wöchentlichen Haushaltsgeld unter dem Vorhang durch. Seit Hadschi Adibs Tod waren nun zwei Jahre vergangen, und die Familie seiner Witwe hatte einen neuen Freier gefunden. Aber immer, wenn Tubas Mutter mit Hadschi Mahmud über diese Angelegenheit sprechen wollte, erblaßte sie und begann zu stottern.

Tuba beobachtete, wie ihre Mutter sich schminkte und die Augenbrauen mit Weideblättern färbte, wenn sie der Freier zusammen mit ihren Familienangehörigen besuchte. Den Mann hatte die Witwe noch nie gesehen, dennoch zog sie sich festlich an, band ein neues Kopftuch um, legte

Wangenrot auf und machte sich schön. Der Freier saß neben dem Vorhang im Empfangszimmer, die Mutter und ihre Verwandten im Zimmer nebenan. Der Freier sprach durch den Vorhang. Er erzählte vom Leben in der Armee, wo er als Major diente. Er berichtete von seinem Kavallerieregiment und daß er demnächst ins Feld ziehen werde. Alles, was er erzählte, kam ihnen unerhört spannend vor, und die Frauen hörten ihm fasziniert zu. Seine Anwesenheit wirkte auf die Stimmung von Tubas Mutter wie eine frische Brise im heißen Sommer. Die Frau saß hinter dem Vorhang und verhüllte ihr Gesicht mit dem Kopftuch. Ab und zu brach sie hinter vorgehaltener Hand in Lachen aus, schämte sich dann vor ihren Verwandten und Kindern. Um ihre Verlegenheit zu verbergen, bückte sie sich und tastete nervös den Teppich ab, als wolle sie ein unsichtbares Stäubchen auflesen. Tuba nahm sich vor, ihrer Mutter zu Hilfe zu kommen.

Eines Donnerstag abends setzte sich auch Tuba hinter den Vorhang in der Absicht, das Problem ihrer Mutter in die Hand zu nehmen. Da wurde ihr plötzlich klar, daß dies wesentlich komplizierter war, als sie es sich vorgestellt hatte. Hadschi Mahmud war ein allzu finsterer Mensch, als daß man ein derart heikles Gespräch mit ihm hätte führen können. Vor allem aber pflegte er sich hauptsächlich mit den Brüdern zu unterhalten. Als die Tochter eben zum Sprechen ansetzte, räusperte sich Hadschi Mahmud und sagte, da sei noch etwas, was er der Frau Mutter zu sagen habe.

Die Witwe wurde blaß, blickte verlegen zu ihrer Tochter hinüber, die ihr ernst zunickte, und brachte nur ein einziges Wort heraus: »Bitte!«

Hadschi Mahmud erklärte, daß nun fast drei Jahre vergangen seien, seit ihr Mann – Gott segne ihn! – diese Welt verlassen habe; sein Haus werde inzwischen von Sahra

Chanom, der ältesten Frau, verwaltet. Seine ständigen Besuche im Haus des verstorbenen Hadschi Adib würden zu Gerede Anlaß geben. Sahra Chanom könne aber seine Gemahlin werden, falls sie das wolle. Durch Ehestand wäre *mahramijat* zwischen ihnen gegeben, und die täglichen Probleme ließen sich gemeinsam leichter bewältigen.

Die Mutter brachte kein Wort hervor, kratzte sich mit zitternden Fingern im Gesicht. Tuba indes hatte einen Entschluß gefaßt: Sie antwortete anstelle ihrer Mutter und erklärte ruhig, es habe bereits jemand aus der Familie um die Hand der Mutter angehalten; beim gegenwärtigen Stand der Dinge könnte eine Absage zu Familienzwist führen. Sie, Tuba, wäre aber bereit, sich mit ihm zu verehelichen.

Unwillkürlich mußte der dreiundfünfzigjährige Hadschi Mahmud an seine eigenen Töchter und Söhne denken, die alle älter waren als Tuba. Nach endlosen Minuten peinlichen Schweigens sagte der Hadschi mit einer Stimme, die ausnahmsweise nicht hart, sondern eindeutig unsicher klang, die verehrte Tochter des verstorbenen Hadschi sei wohl viel zu jung für ihn. Tuba erwiderte schlicht, das sei für sie kein Hindernis. Die Intimität mit einem ihr angetrauten Mann sei ihr außerordentlich wichtig.

So wurde Tuba in einer nüchternen Zeremonie Hadschi Mahmuds Frau, um anschließend in seinem Hause vier eisige Jahre zu verbringen. Der Hadschi hatte sich bis zum Augenblick der Vereinigung in der Hochzeitsnacht einzureden versucht, daß ihr vielleicht ein Makel anhafte. Doch sie war vollkommen. Sie war vierzehn Jahre alt, sie war für ein Mädchen außergewöhnlich gebildet, sie war selbstsicher – sie hatte sogar selbst um die Hand des Mannes angehalten. Sie war schön und, was noch ungewöhnlicher war, sie war blond, was ihn zusätzlich beunruhigte: Wenn sich das herumspräche, würden sich andere Männer in sie verlieben. Er glaubte, ihre Jugend und ihre Schönheit mit der Waffe der Strenge unterdrücken zu können. Er gönnte ihr kein einziges zärtliches Wort und behandelte sie lieblos. Nur einmal ließ er sich gehen und sagte: »Dein Haar ist golden«, doch er korrigierte sich gleich und fügte nüchtern hinzu: »Wie ein bronzener Samowar.«

Die politischen Unruhen im Zusammenhang mit der konstitutionellen Bewegung störten den sozialen Frieden. Der Hadschi dachte ständig an die Russen und an die Engländer. Es herrschte akute Nahrungsmittelknappheit. Als guter Geschäftsmann hatte er die Speicher rechtzeitig gefüllt. In seinem Haus gab es genug Mehl. Dennoch war er zutiefst beunruhigt über die angeheizte politische Lage. Es regnete selten, und wenn, dann zu wenig. Die Menschen starben zu Hunderten an Typhus und Hunger. Und an allem war Tuba schuld. Warum? Sie wußte es nicht.

Wenn eine Frau ein gutes Omen hat, dann bringt sie Glück und Segen ins Haus. Mit Tuba aber waren Hunger und furchtbare Katastrophen übers Land gekommen. Es gab drei Dinge auf der Welt, die der Hadschi haßte: die Engländer, die Russen und Tuba! Von Zeit zu Zeit ließ er sie dies auch spüren, insbesondere das mit dem Regen. Für ihn bestand zwischen dem Regen und Tuba ein Zusammenhang. Eine Frau mit gutem Omen brachte Regen. Der Regen aber blieb aus.

Tuba wurde jeglicher Verantwortung enthoben. Alle Aufgaben wurden von Sahra erledigt, der ältesten Frau im Hause des Hadschi, die er persönlich mit seinem schwarzen Diener verheiratet hatte. Sahra war eine besonnene, gewissenhafte Person, während Tuba tagelang zusammengekauert in einer Ecke ihres Zimmer kniete und ins Leere starrte. Im Gegensatz zu den Haushalten anderer Kaschanis befand sich in Hadschi Mahmuds Kellergeschoß keine Teppichwerkstatt. Tuba traute sich im übrigen nicht, in den Keller oder in die Speicher zu gehen. Sie fürchtete sich vor den Rügen ihres Mannes. Sahra, die die Launen ihres Herrn kannte, erlaubte Tuba keine Freiheiten. Tubas erste Kochversuche wurden vom Hadschi derart harsch getadelt, daß sie keinen weiteren unternahm.

Ihr Kindheitstraum vom göttlichen Samen verwandelte sich in ein Gefühl der Erniedrigung. Sie war Gott nicht einmal Regen wert!

Die Nächte zum Freitag waren für Sahra ein großes Fest, für Tuba hingegen eine Qual. Donnerstag abends kam Qasem nach Hause, der während der Woche im Laden des Hadschi im Basar schlief. Sahra pflegte zu sagen, in der Nacht zum Freitag hätten sogar die Toten frei. Donnerstag abends wurde ein üppigeres Essen als sonst gekocht. Sahra und Qasem durften ihr Eßtuch im Zimmer von Tuba und dem Hadschi ausbreiten. Eigentlich legten sie keinen besonderen Wert auf dieses Zeremoniell. Für sie war es einfacher, ohne viel Umstände in ihrer Kammer oder in der Küche zu essen. So aber mußten sich die Frauen zuerst schminken; dann wurden zwei Eßtücher ausgebreitet, auf der einen Seite das für den Hadschi und Tuba, auf der anderen Seite das für Sahra und Qasem. Das Abendessen wurde zumeist schweigend eingenommen. Manchmal erzählte der Hadschi erbauliche Geschichten von den Taten großer, bedeutender Männer. Zwischendurch nutzten Sahra und Qasem die Gelegenheit, um über die Ladenbesitzer und die Basaris zu witzeln. Der Hadschi räusperte sich jeweils und tat so, als hätte er die Bemerkungen überhört. Dann wurden die Gedecke abgeräumt, Sahra machte das Bett für ihren Herrn bereit, sagte gute Nacht und ging zu ihrem Ehemann. Nach einem hastigen Beischlaf murmelte der Hadschi schnell ein Gebet, drehte seiner Frau den Rücken zu und schlief ein.

Um Mitternacht erwachte das Haus wieder. Die Badesachen waren am Abend zuvor bereitgelegt worden. Qasem und Sahra trugen die Bündel mit den Badeutensilien Tubas und des Hadschi auf dem Kopf. Qasem ging mit einer Laterne in der Hand voraus. Hinter ihm folgten der Hadschi, dann Tuba und zuletzt Sahra. Zum Morgengebet waren sie wieder zu Hause.

Freitags kamen die Söhne und Töchter des Hadschi mit ihren Ehefrauen, ihren Ehemännern und Kindern zu Besuch, wie es die Tradition verlangte. Einmal im Monat besuchten der Hadschi und seine Frau Tuba die Familie nach einer festgesetzten Reihenfolge. Tuba empfand die Besuche als langweilig und ermüdend und mußte all ihren guten Willen zusammennehmen, um sie durchzustehen. Von ihrem Vater hatte sie gelernt, alles im Leben ernst zu nehmen, und das Leben an der Seite von Hadschi Mahmud vertiefte diese Eigenart nur noch. Mit der Zeit blickte sie ständig vergrämt und mürrisch drein. Obwohl sie noch zu jung war, um andere einzuschüchtern, strahlte sie Kälte aus. Oftmals, wenn sie stundenlang allein und untätig in ihrem Zimmer in einer Ecke gekauert war, schlug ihr Verdruß in Melancholie um. In den ersten vier Jahren ihrer Ehe hatte sie noch kein Kind zur Welt gebracht. Sie ahnte nicht, daß der Hadschi absichtlich eine Schwangerschaft verhütete. Er wollte schlicht kein Kind von Tuba. Der bloße Gedanke, eines Tages zu sterben und eine schöne, junge Witwe mit Kindern zu hinterlassen, machte ihm Sorgen. Schon oft hatte er in der Nacht vor Tubas Zimmertür gezögert, doch die Furcht vor einer Schwangerschaft hatte ihn immer wieder umkehren lassen. Tuba, die einst vom göttlichen Samen geträumt hatte, war nun der Qual der Unfruchtbarkeit ausgeliefert.

Außerhalb des Hauses herrschten Hunger und Typhus, aber davon wußte Tuba nichts. Sie verließ das Haus nur Freitag nachts, um ins Badehaus zu gehen, und einmal im

Monat besuchte sie ihre Familienangehörigen. Dort bekam sie weder ausreichend zu essen, noch konnte sie lange bleiben, denn der Hadschi sah seine Frau ungern als Kostgängerin eines »fremden Mannes«, wie er Tubas Stiefvater bezeichnete.

Mit der Zeit belasteten wirtschaftliche Sorgen auch die Familie des Hadschi und verschärften die Probleme im Haus. Manchmal murmelte er: »Wenn du nur ein gutes Omen hättest«, führte den Satz aber nicht zu Ende. Tuba trug sich manchmal sogar mit dem Gedanken an Selbstmord, weil sie durch ihr vermeintlich unheilbringendes Wesen dem ehrwürdigen Mann nicht noch mehr Schaden zufügen wollte. Andere Male wiederum ließen sie seine Anschuldigungen kalt. Wenn er aber finster vor ihr stand und auf sie herabsah, dann wäre sie am liebsten im Erdboden versunken.

Es kam der Tag, an dem der Hadschi ihr tatsächlich eine Aufgabe zuwies. Zum ersten Mal in ihrem vierjährigen Eheleben wurde zu Hause Brotteig bereitet, um ihn zum Bäcker zu bringen. Es war mittlerweile unmöglich, sich allein auf die Straße zu wagen. Sahra war gerade nicht da, weil sie im Haus der Tochter des Hadschi bei einer Entbindung half.

Der vielbeschäftigte Hadschi, dem solche Dinge eher peinlich waren, hieß Tuba, Qasem zur Bäckerei zu begleiten. Der große Schwarze hievte das Tablett mit den Teigkugeln, die mit einem Tuch zugedeckt waren, auf den Kopf. Tuba ging hinter ihm her. In den Straßen zu flanieren, das war Tuba bisher unbekannt gewesen. Sie achtete daher kaum auf Qasem. Im Grunde war der riesige Schwarze auch gar nicht auf die Rückendeckung durch eine zierliche Achtzehnjährige angewiesen.

Es war etwa elf Uhr an einem Frühlingstag des Dürrejahres. In der Luft lag flimmernder Staub. Am Eingang des kleinen Basars hatte sich eine größere Anzahl von Menschen um einen Stand versammelt, wo Reis mit Bohnen feilgeboten wurde. Man beschuldigte sich gegenseitig des Diebstahls, und es schien so, als ob die Auseinandersetzung in eine mörderische Prügelei münden werde. Am Ende des kleinen Basars, in der Nähe des Kupferschmieds, saß ein etwa sechsjähriger Junge im Schneidersitz mit dem Rücken zur Mauer. Sein Kopf war nach vorn geneigt, und er bewegte sich wie ein Uhrpendel hin und her. Er wiederholte im Rhythmus seiner Bewegung eintönig: »Hunger, Hunger!«

Er war schon ganz heiser, doch seine Stimme war in der Menge deutlich zu hören. Als Tuba am Kind vorbeikam, verlangsamte sie den Schritt, mußte aber sogleich hinter Qasem herrennen, denn sie hatte ihn fast aus den Augen verloren. Ohne ihn würde sie niemals nach Hause zurückfinden. Sie kannte die Stadt überhaupt nicht. Die beiden gelangten zu der engen Gasse, wo sich die Bäckerei befand. Die Menschen davor bildeten eine lange Schlange. Auch hier herrschte Tumult, und jeder klagte und jammerte. Qasem ging am Haus vorbei, bog in eine Gasse ein und anschließend in eine kleine Sackgasse. Er blieb vor einer morschen Tür stehen, an der die Farbe abblätterte, und klopfte an. Eine Frau, die den Tschador um die Hüfte geschlungen und das Kopftuch wie eine Waschfrau um das Haar gebunden hatte, öffnete und trat wortlos zur Seite. Sie gingen hinein. Es war das Haus des Bäckers. In einer Grube mitten im Hof befand sich ein zusätzlicher Backofen. Qasem erklärte, die Frau des Hadschi bleibe da, er werde in zwei Stunden vorbeikommen, um das Brot abzuholen.

Die wortkarge Frau nickte. Tuba setzte sich an den Rand des Wasserbeckens und beobachtete sie aufmerksam. Dutzende Teigfladen lagen vor der Frau ausgebreitet. Sie klatschte die Teigballen zwischen den Händen flach, während ihre Tochter sie an die erhitzte Wand des röhrenförmig eingelassenen Ofens klebte.

Die zwei arbeiteten pausenlos, ohne miteinander zu reden. Tuba, der nichts anderes übrig blieb, als dazusitzen und zu warten, sah ungeduldig und müde dem emsigen Tun zu. Es dauerte länger als geplant, und auch Qasem, der inzwischen zurückgekehrt war, mußte warten. Unterwegs hatte er etwas Brot und Käse für Tuba eingekauft.

Endlich war es soweit. Die Bäckersfrau und ihre Tochter banden die Brote mit einem dünnen Seil auf dem Tablett fest und bedeckten sie wieder mit einem Tuch. Trotzdem konnte man die Brote darunter erkennen. Die Bäckersfrau warnte Tuba und Qasem beiläufig vor dem Mob, und schon standen sie wieder auf der Straße. Vor der Bäckerei herrschte immer noch Tumult. Die Menschen schimpften und fluchten und waren offensichtlich noch aufgebrachter als am Vormittag. Tuba eilte hinter Qasem her. Sie gelangten zum Basar und an dem Jungen vorbei. Er saß da, stumm. Tuba blieb vor ihm stehen. Der Kopf lag auf seinen Knien, die leeren Augen starrten auf die offenen Hände in seinem Schoß. Tuba kniete nieder, um das Kind genauer zu betrachten. Es regte sich nicht. Qasem drängte zum Weitergehen. Tuba bat Qasem, das Tablett auf den Boden zu stellen. Sie zerrte ein Fladenbrot unter dem Tuch hervor, legte es dem Kind in die Hand, drückte sanft seine Finger zu einer Faust. Aufgeschreckt vom plötzlichen Lärm um sie herum, schaute sie zu Qasem auf. Eine wütende Menge, die zu allem bereit war, umstand das Tablett, fiel dann kurzerhand über die Brote her. Die Menschen stürzten sich aufeinander, fielen zu Boden, Qasem brüllte, prügelte und steckte selbst einiges ein. Vom Brot war bald kaum noch etwas übriggeblieben, und Qasem rannte wutschnaubend hinter den Räubern her.

Vom Vorfall unberührt, wandte sich Tuba wieder dem Jungen zu. Er machte keine Anstalten, das Brot zu essen. Tuba kniete wieder hin und beugte sich vor, bis sie dem Kind ins Gesicht sehen konnte. Seine Augen waren offen, der Blick war noch immer starr auf seine Hand gerichtet. Eine Männerstimme sagte: »Er ist tot.« Tuba war fassungslos. Der Mann fügte hinzu, der Kleine sei vor ungefähr zwei Stunden gestorben, man warte auf den Leichenwagen. Und schon kam der Wagen quitschend angefahren.

Tuba hob den Kopf. Der Wagen hielt am Straßenrand an. Ein junger und ein älterer Mann standen links und rechts auf dem Trittbrett. Im Wagen lagen schon mehrere Leichen, seitlich ragten die Beine eines Toten hervor. Der jüngere sprang herunter, ging auf das Kind zu, packte es und trug es zum Wagen. Es hielt noch immer das Brot in der Hand. Er setzte das Kind auf die Ladefläche und versuchte, seinen Körper zu strecken. Die Leiche fügte sich aber seinen starken Händen nicht. Der ältere meinte, er solle sich die Mühe sparen, der jüngere gehorchte wortlos.

Der Wagen fuhr an. Tuba lief hinterher. Durch das Rütteln des Wagens auf der holprigen Straße schwankte das tote Kind hin und her – wie vorhin, als es noch gelebt hatte. Langsam näherten sie sich dem Grabmal des Reinen. Tuba wandte den Blick von dem Kind und betrachtete die neue Umgebung. In der Nähe des Grabmals hielt der Leichenwagen wieder an, um eine Männerleiche aufzuladen, die in einer engen Seitengasse gelegen hatte. Sie wurde auf die anderen Leichen geworfen, und der Oberkörper des Kindes sackte nach rechts. Der jüngere Totengräber, der glaubte, Tuba sei mit dem Kind verwandt, richtete den kleinen Leichnam wieder auf. Sie fuhren nun auf dem Friedhof der Vierzehn Reinen zu einem Massengrab. Außer Tuba gab niemand den Toten das letzte Geleit.

Die Männer legten die Leichen ins Grab, eine nach der

anderen. Es war die Zeit der Hungersnot, und man sparte sich die traditionellen Bräuche. Sie versuchten nochmals, das Kind zu strecken, doch der Leichnam sperrte sich dagegen. Der jüngere Totengräber sah verärgert zu Tuba hinüber. Er wollte von ihr wissen, was mit dem Kind anfangen. Tuba aber war wie erstarrt! Als sie nicht reagierte, versuchte der Mann nochmals, den kleinen Körper gewaltsam zu strecken. »Laßt ihn los!« befahl eine schallende, durchdringende Stimme am Rande des Grabes. Tuba und die Leichenträger drehten sich um. Ein Mullah stand auf der anderen Seite des Grabes. Der Mann gab seine Bemühungen auf und legte das Kind in der hockenden Haltung ins Grab.

Sie schaufelten die Grube zu. Das Kind verschwand nach und nach unter der Erde. Tuba stand auf der einen, der Mullah auf der anderen Seite des Massengrabes. Im Licht der untergehenden Frühlingssonne wirkte der Grabhügel dunkel und glatt. Die Totengräber waren mit ihrem Wagen abgezogen. Tuba stand noch immer am selben Fleck. Sie versuchte, an den Tod zu denken, und stellte sich zugleich vor, sie hätte eben ihr eigenes Kind begraben. Der Mullah kniete neben dem Grab nieder, stützte die Hand auf die Erde und sprach ein Gebet.

Er hob den Kopf und forderte die junge Frau auf, ebenfalls zu beten, anstatt um die Toten zu trauern, denn sie seien die Erlösten. Tuba setzte sich gehorsam hin, wußte aber nicht, was sagen. Mit einem Mal hatte sie alle Gebete vergessen. Sie fühlte sich so unbedeutend, so unwissend, als sei sie gerade erst auf die Welt gekommen. Der Mullah sprach von der großen Hungerplage, die die Menschen tötete. Manche führten das Schicksal ins Feld, um die Hungersnot zu erklären. Was sie nicht kannten oder nicht kennen wollten, war die eigentliche Ursache des Hungers. Über Jahrtausende war der Hunger von menschlicher

Macht beherrscht und bewältigt worden, weil die Ursache bekannt gewesen war. Nun starben aber die Menschen, weil sie die Ursache nicht mehr kannten.

Der Mullah meinte, Ursache für die Hungersnot sei die geistige, nicht die materielle Armut der Menschen. Tuba hörte ihm zu, während die Dunkelheit ihren schwarzen Schleier über dem Friedhofsgelände ausbreitete.

Als er schwieg, erinnerte sich Tuba bange an den vor ihr liegenden Heimweg. Sie brach wortlos auf und schlug die Richtung ein, die sie für die richtige hielt. Sie ging durch Staub und Kies, ohne den Weg zu kennen, mußte immer wieder einen Bogen um Gräber machen. Auf einmal standen zwei Männer vor ihr; sie stanken widerlich nach Alkohol, und der eine schwankte. Er packte Tuba am Arm und versuchte aus seinem unsicheren Stand heraus, ihr den Schleier vom Gesicht zu reißen. Der zweite zog ihr hinterrücks den Tschador vom Kopf. Dann zog auch der zweite an Tubas Gesichtsschleier. Sie zerrten an ihrem Haar; Tuba wehrte sich verzweifelt und fiel auf die Knie. Da hörte sie auf einmal die durchdringende Stimme vom Grab her: »Ihr Schurken, ihr Bastarde!« Und dann folgte eine schallende Ohrfeige. Die beiden Männer ließen schleunigst von Tuba ab. Der eine brachte mit zitternder Stimme bloß hervor: »Scheich Khiabani!« Und machte sich taumelnd und so schnell er konnte aus dem Staub. Der zweite versuchte hastig, Tubas Tschador aufzulesen und ihr wieder umzulegen. Ein Fausthieb Khiabanis traf ihn in den Rücken: »Verschwinde!« Auch er verschwand in der Dunkelheit. Scheich Khiabani wandte Tuba den Rücken zu und bat sie, sich zu verhüllen. Noch ganz benommen schlang Tuba den Tschador um Kopf und Schultern. Sie suchte vergeblich nach ihrem Gesichtsschleier. Khiabani anerbot sich, Tuba nach Hause zu begleiten. Er ging zwei Schritte hinter ihr. Sie wechselten unterwegs kaum ein Wort miteinander.

Der Mullah mußte allerdings feststellen, daß Tuba den Weg gar nicht kannte.

Qasem stand mit einer Laterne vorn an der Gasse. Als er Tuba kommen sah, schlug er sich mit der linken Hand an den Kopf und murmelte düster, der Hadschi gebärde sich wie ein wütender Löwe und habe ihn geschlagen. Er zeigte ihr die blutende Oberlippe und meinte, sie habe sich ungehörig benommen. In der Mitte der Gasse angelangt, stießen sie auf Sahra, die sich beim Anblick von Tubas unverschleiertem Gesicht mit den Fingernägeln die Wangen wundkratzte. Auch sie schlug sich auf den Kopf und rief: »Gott gib mir den Tod!« Vor der Tür erwartete sie der zornige Hadschi mit einer Rute in der Hand, haßerfüllt blickte er in das entblößte Gesicht seiner Frau, die im schwachen Laternenlicht in ihren staubigen Tschador gewickelt vor ihn trat. Bevor er sich rühren konnte, traf sein Blick den Mullah. Tuba sah, wie in seinen Augen die Wut der Verwunderung wich. Wie einer der zwei Angreifer auf dem Friedhof stieß auch er hervor: »Scheich Khiabani!« Sein Zorn war auf einmal so schnell verflogen wie der letzte Schnee im Frühling. Er nahm eine ehrfürchtige Haltung an; Sahra nutzte die Situation, um Tuba ins Haus zu stoßen. Scheich Khiabani sagte: »Seien Sie unbesorgt, Hadschi, Ihre Frau Tochter war auf dem Friedhof. Da es schon dämmerte, dachte ich, es sei besser, sie nach Hause zu begleiten.«

Sahra hatte sich hinter Tuba ins Haus geschlichen. Sie hörte gerade noch, wie der Hadschi Qasem beauftragte, den Gästeraum für den Empfang von Scheich Khiabani vorzubereiten. Scheich Khiabani nahm die Einladung offenbar an. Tuba atmete auf, denn sie hatte jetzt Zeit, noch einmal gründlich über alles nachzudenken, bevor sie dem Hadschi unter die Augen trat.

Sahra konnte nicht aufhören, sich die Wangen zu zerkratzen, weil Tuba ihren Tschador mit der Innenseite nach außen trug. Sie murmelte etwas von Schande. Tuba ließ sich in einer Ecke des Zimmers auf die Knie nieder. Und sie beschloß spontan, daß sie verhungern wollte wie der kleine Junge. Sie nahm sich fest vor, so lange nichts mehr zu essen, bis sie sterben würde. Es war, als sei mit diesem Entschluß eine neue Persönlichkeit in ihr erwacht, denn als Sahra wieder zu schimpfen anfing, warf ihr Tuba einen derart vernichtenden Blick zu, daß diese auf der Stelle verstummte. Sahra lief ratlos um Tuba herum und versuchte, irgendwie ihre Wut loszuwerden. Schließlich fing sie an, in weinerlichem Ton zu klagen, daß Qasem seit dem frühen Abend viermal geschlagen worden sei. Er sei vergeblich den ganzen Weg mehrmals hin- und zurückgelaufen, um die Frau des Hadschi zu suchen. Sahra meinte, es sei ungerecht, daß ihr Ehemann wegen seiner Herrin geschlagen worden sei. Doch dann fragte sie neugierig, was Tuba denn eigentlich auf dem Friedhof gemacht habe.

Qasem hatte etwas Wirres von einem toten Kind erzählt, und da Tuba schwieg, reimte sich Sahra selbst eine Geschichte zusammen. Auch sie hatte den Namen Khiabanis gehört und wußte, daß er Parlamentsabgeordneter war und ein bedeutender Mann. Tuba hatte ihn offenbar besuchen wollen und war dann mit einem nachlässig angelegten Tschador nach Hause gekommen. Sie musterte Tuba mißtrauisch von der Seite. Die Geschichte mit dem Tschador war für sie ein Rätsel, doch sie traute sich nicht, Tuba auszufragen. Sie setzte ihr eine dampfende Schale Hammeleintopf vor und hockte sich ihr gegenüber auf den Fußboden. Der Duft des Eintopfs kitzelte Tuba in der Nase. Einen Augenblick lang wäre sie fast schwach geworden. Ihr leerer Magen knurrte, aber sie beherrschte sich. Sahra forderte sie mehrmals auf, doch zu essen, erntete aber jedes Mal nur noch hartnäckigeres Schweigen. Tuba stellte fest, daß sie die Frau, die sie seit vier Jahren umsorgte, gar nicht richtig kannte. Sie kam ihr immer fremder vor, und ihr Mut schwand zusehends. Schließlich wurde sie vom Schlaf überwältigt.

Tuba hörte undeutlich, wie Sahra das Bett zurechtmachte, und fühlte sich erleichtert. Nach kurzer Zeit hörte sie Sahras Schnarchen. Aus dem Gästeraum drang ein schwaches Licht in den Hof und bis in Tubas Zimmer. Der Eintopf war erkaltet und sah ungenießbar aus. Tuba schob mit der Hand das Tablett zur Seite, verneigte sich im Sitzen wie beim Gebet und versank in einen unruhigen Halbschlaf. Sie sah vor ihrem inneren Auge die Ereignisse des vergangenen Tages an sich vorüberziehen. Überall war der tote Junge mit den offenen Augen und dem Fladenbrot in der Hand. Es war, als ob sich das Kind in Tubas Bewußtsein eingenistet hätte, um in ihr seine irdische Existenz fortzusetzen.

Scheich Khiabani verweilte bis spät in die Nacht im Hause des Hadschi. Zunächst entschuldigte er sich dafür, daß er die Gemahlin des Hadschi für dessen Tochter gehalten hatte. Für den in seinem Innersten immer noch zornigen Hadschi war dies wie ein Schlag ins Gesicht, den er stumm hinnahm. Scheich Khiabani verschwieg die Szenen auf dem Friedhof mit den betrunkenen Männern. Er hatte schnell erkannt, daß der Hadschi durchaus imstande war, Tuba für das Vergehen der zwei Männer verantwortlich zu machen. Behutsam lenkte er daher das Gespräch auf die aktuelle politische Situation.

Er war Parlamentsabgeordneter und daher sehr gut informiert. Der Hadschi verschlang denn auch alle seine Ausführungen geradezu. Beide waren sich darüber einig, daß sich das Land in einer akuten Krise befand und daß sich Schah Mohammad Ali auf die Rückkehr vorbereitete. Die konstitutionelle Monarchie war in Gefahr. Darüber machte sich der Hadschi kaum Sorgen, sah aber keine Veranlassung, sich diesbezüglich dem leidenschaftlichen Parlamentsabgeordneten zu offenbaren. Der Hadschi wollte nur Ordnung und vernünftige Richtlinien für eine aus den Fugen geratene Gesellschaft, in der bald kein Stein auf dem anderen mehr liegen würde, wenn es so weiterging. Der revolutionäre Mullah dagegen wollte Freiheit und Modernisierung. Es gab keinen gemeinsamen Weg für sie. Die faszinierende Persönlichkeit und die rhetorische Stärke des Mullahs boten dem Hadschi Gelegenheit, den Inbegriff seiner politischen Gegner aus der Nähe zu betrachten. Einen Parlamentsabgeordneten bei sich zu Hause empfangen zu dürfen, das war darüber hinaus für ihn, einen mittelständischen Basari, eine hohe Ehre. Der Hadschi war überzeugt, daß die ganze Nachbarschaft von dem vorübergehenden Verschwinden seiner Frau Bescheid wußte. Sicher würde morgen die Geschichte außerhalb und innerhalb des Basars in aller Munde sein. Der Besuch Scheich Khiabanis würde viele Leute zum Schweigen bringen.

Spät in der Nacht begleitete der Hadschi mit einer Laterne in der Hand Scheich Khiabani bis ans Ende der Gasse. Er machte möglichst viel Lärm, um sicherzugehen, daß zumindest zwanzig Personen in der Nachbarschaft Zeugen dieses Besuches geworden waren. Anschließend kehrte er nach Hause zurück und sah, daß in Tubas Zimmer das Licht gelöscht war. Er blieb eine Zeitlang unentschlossen im Hof stehen, beschloß dann aber, die Unterredung mit Tuba auf den nächsten Morgen zu verschieben.

Im Morgengrauen wurde Tuba plötzlich aus einem wirren Traum gerissen. Ein Gefühl von Hunger und Angst weckte sie, und sie spürte einen unwiderstehlichen Drang, wieder zum Grabmal der Reinen zu gehen und Scheich Khiabani zu sehen. Sie war überzeugt, Scheich Khiabani wieder am Massengrab anzutreffen. Sie spürte, daß sie dem

Mullah vieles zu sagen hatte. Sie wollte ihm erzählen, daß sie in ihrer Kindheit davon geträumt hatte, einen Messias auf die Welt zu bringen, wollte ihm erklären, wie es zu ihrer Ehe mit Hadschi Mahmud gekommen war und daß sie sich durch eigenes Verschulden der Möglichkeit beraubt hatte, den Sohn Gottes zu gebären. Sie wollte sich ihm zu Füßen werfen und ihm alles gestehen. Der Mann hatte etwas Heiliges, etwas Göttliches an sich; er kam ihr vor wie der Schatten jenes unendlichen himmlischen Allgegenwärtigen: des Allmächtigen. Sie wollte fragen, ob der verhungerte kleine Junge nicht ein Messias gewesen war. War die Mutter des toten Jungen vielleicht eine Vierzehnjährige gewesen, die ihr Kind jungfräulich empfangen hatte wie Maria? Hatte die Menschenmenge nicht ein göttliches Geschenk erbarmungslos am Eingang zum Basar verhungern lassen? Die quälende Frage ließ sie nicht los. Vielleicht hatte Gott deshalb Hunger und Dürre auf sie herabgeschickt. War es wirklich ihre, Tubas, Schuld, daß es nicht mehr regnete? Hatte sie durch ihre Geburt und durch die Belästigung des Hadschi den Zorn Gottes ausgelöst? Hätte sie warten müssen, bis der Allmächtige ihr einen Ehemann bestimmte? War es eine Sünde gewesen, sich mit dem Hadschi zu verbinden?

Sie erhob sich und ging zur Kleidertruhe, hob vorsichtig den Deckel und suchte nach einem neuen Gesichtsschleier. Sie verhüllte sich und zog den Vorhang zur Seite. Leise schlich sie an der schlafenden Sahra vorbei. Dann schlüpfte sie in die Schuhe und huschte durch den Hof. Der Hadschi war gerade dabei, sich unter dem Hahn des Wasserspeichers für das Morgengebet vorzubereiten. Zuerst dachte er, es sei Sahra auf dem Weg zur Küche. Nein, das waren nicht Sahras Schritte. Noch bevor er die Treppen hinunter in den Hof gelangt war, hatte Tuba bereits den Riegel an der Haustür zurückgeschoben und stand einen Augenblick später in der Gasse. Als der Hadschi unter der Tür stand, war Tuba schon um die Ecke verschwunden. Der Hadschi zitterte vor Wut, als habe ihn ein plötzliches Fieber gepackt.

Es war die Zeit der Morgendämmerung, die Straße war noch still, die morgendliche Luft frisch, und Tuba kam es vor, als bewege sie sich in einem Traum. Die Welt schien zu schweben. Das dumpfe Hungergefühl versetzte sie in eine Art Trancezustand, sie glaubte zu fliegen; sie flog. Im grauen Morgenlicht erschien ihr alles Übernatürliche wirklich. Sie lief weiter und weiter, während sich der indigofarbene Himmel allmählich türkis verfärbte. Rote Strahlen überzogen von Osten her den Himmel, verwandelten sich in einen Lichtkranz. Ein riesiger Mann am Himmel setzte sich eine überdimensionale, rubinenbesetzte goldene Krone auf. Diamantene Adern leuchteten zwischen den Rubinen so gewaltig auf, daß der Morgenstern am Horizont verblaßte. Tuba, die bislang den Himmel vom begrenzten Raum des Hofes aus nur als Viereck gesehen hatte, versuchte mit all ihren Sinnen, jeden winzigen Augenblick dieses gewaltigen Schauspiels festzuhalten. Tief in ihr flehte ein kleines Mädchen: »Herr, hilf mir!« Und Tuba spürte, daß in diesem Moment ihre Kindheit zu Ende ging. Die Kindheit entfernte sich, vielleicht rief sie der große Mann am Himmel zu sich. Tuba blieb mitten auf der Straße stehen. Die Kindheit in ihr verblaßte und verflüchtigte sich. Sie sagte: »Ich bin erwachsen!« Ihr Herz bebte. Jetzt war sie erwachsen und mußte ihre Entscheidungen selbst treffen. Sie konnte nicht anders, sie mußte ihrer Erregung Luft machen. Sie schrie, während Tränen über ihre Wangen liefen. Ein Wasserträger am Straßenrand fragte schüchtern, ob sie Hilfe brauche. Er wirkte verlegen, aber Tuba erkannte Verlangen in seinem Blick. Seine Augen versuchten, Tubas Gesichtsschleier zu durchbohren, um zu sehen, was für ein

Wesen sich dahinter verbarg. Die Frau erwachte aus ihrem Rausch. Sie erinnerte sich an die Männer auf dem Friedhof. Sie fragte den Wasserträger hilfesuchend, ob er den Weg zum Friedhof der Reinen kenne. Währenddessen beobachtete sie den Mann und stellte fest, daß der lüsterne Ausdruck aus seinen Augen wich und seine Spannung sich löste. Er beschrieb ihr den Weg, und Tuba ging hastig weiter. Aus sicherer Entfernung wandte sie sich um: Er starrte immer noch hinter ihr her. Sie bereute ihre Geste sogleich. Sie fürchtete, daß ihr Blick den Mann erneut in Versuchung gebracht haben könnte. Sie beschleunigte den Schritt. Unterwegs mußte sie mehrmals nach dem Weg fragen, bis sie endlich den Friedhof erreichte. Langsam verwandelten sich Straßen, Gassen und der Basar in eine Fülle von vielfältigen Eindrücken. Verwirrt von Hunger und dem Gefühl, erwachsen zu sein, entdeckte sie auf einmal die Stadt. Sie fragte sich bis zum öden, armseligen Stadtfriedhof durch. Ein Gräbermeer lag vor ihr. Sie versuchte anhand der Erinnerungen an die vergangene Nacht das Massengrab zu finden. Auf einmal war sie von einer Menge Friedhofsbettler umringt. Obwohl ihr Tschador staubig war, ließ sich dennoch erkennen, daß sie eine wohlhabende Frau war. Sie hatte kein Geld für die Bettler, und der Kreis um sie herum lichtete sich zusehends.

Mit Hilfe des Totengräbers fand Tuba schließlich zum Massengrab. Die aufgeschüttete Erde wölbte sich über dem Grab. Es war, als ob der tote Junge noch immer dort sitze. So jedenfalls erklärte sich Tuba die Wölbung auf dem Grab. Sie setzte sich in den Schatten eines einsamen, staubigen Baumes, dessen Blätter bereits welkten, obwohl es erst Frühling war. Sie sah sich unruhig um.

Auf dem Friedhofsgelände drängten sich Trauernde und Wehklagende. Wenn sie doch nur an Typhus starb, um so vom quälenden Hunger erlöst zu werden. Die Typhustoten, die zu Dutzenden herbeigekarrt wurden, jagten ihr keinen Schrecken mehr ein. Allmählich fühlte sie sich durch das Summen der Fliegen, Schwäche, Hunger und Hitze gelähmt und apathisch. Das Bild des toten Kindes verblaßte nach und nach. Sie erinnerte sich an Szenen aus ihrer Kindheit. Zwischendurch mußte sie unwillkürlich lachen. Sie kicherte vor sich hin. Was würde geschehen, wenn die Menschen ihre Toten liegen ließen und beginnen würden zu tanzen? Wenn die Toten plötzlich auferstehen, die Stadt stürmen und die Lebenden töten würden? Dann packte sie wieder die Angst. Freude, Trauer und Schrecken lösten einander in schwindelerregender Folge ab.

Der Mann war immer noch nicht da. Tuba wußte, daß er jetzt nicht mehr kommen würde. Benommen taumelte sie aus dem Friedhof und ließ sich von ihrem Instinkt leiten. Sie ging in die richtige Richtung; langsam fügte sich die Stadt zu einem Ganzen. Sie gelangte zu bekannten Straßen, zum kleinen Basar, am Stand vorbei, wo den Bedürftigen Reis mit Bohnen ausgeteilt wurde, vor dem sich die Menge der Armen und Ausgehungerten drängelte. Der Duft des ungenießbaren Essens weckte ihren Hunger. Sie ging gleichgültig weiter, kam zu ihrer Gasse und hob den Türklopfer.

Sahra öffnete ihr blaß und verstört. Tuba trat wortlos ein. Sie ging durch den Vorhof, lief die Stufen hinunter und trat in den Hof. Hadschi Mahmud stand mit ein paar Ruten in der Hand am Rand des Beckens. Nach bewährtem Brauch hatte er einige Zweige vom Granatapfelbaum ins Wasser gelegt, damit sie sich vollsogen. Er wollte »dem Esel seine Tracht geben, damit dieser weiß, wie er gehen soll« – wie das Sprichwort sagt. Tuba wandte den Blick von ihm ab und betrachtete den Granatapfelbaum. Die Äste waren voller zarter, grüner Blätter und Blüten. Tuba richtete ihre Augen wieder auf den Mann. Sie blickten kalt und starr wie Eisberge in der Tiefe eines kalten Ozeans. Aus diesem eisigen Meer schlug dem Mann eine Welle der Verachtung entgegen, und er hielt der Kälte nicht stand. Früher war er es gewesen, der die Frau mit einem solchen Blick angesehen hatte, freitags morgens zum Beispiel, wenn er sich im Bett ihr zuwandte und sie geringschätzig anblickte, als sei sie etwas Minderwertiges, was einzig dazu diente, sich darin zu ergießen. Oder wenn sie in einer Ecke saß und er beim Betreten des Zimmers mißfällig ihr blondes Haar betrachtete. In solchen Augenblicken wünschte sich Tuba, auf der Stelle in den Erdboden zu versinken, so tief zu sinken, bis nur noch ihre Haare sich über der Erde wie Weizen im Wind zerstreuten und das Mitleid des Hadschi erweckten. Jetzt aber war sie – ohne daß sie sich dessen bewußt gewesen wäre – mit den Erfahrungen der letzten vier Jahre gewappnet und war bereit zu sterben. Der Hadschi wandte sich von ihr ab und schlug sich nervös mit einer Rute gegen sein Schienbein. Tuba war darauf gefaßt gewesen, geschlagen zu werden. Sie wollte den Schmerz der körperlichen Züchtigung am eigenen Leib spüren. Sie wollte ihre Schuld gegenüber Qasem begleichen, der an ihrer Stelle geschlagen worden war. Sie trat wild entschlossen hinter ihren Mann, damit er ihren brennenden Blick spürte. Ihre Erregung steigerte sich zu Ekstase. Sie hatte wie am Morgen das Gefühl, über sich hinauszuwachsen, zu fliegen. Es kam ihr vor, als könne sie allein durch ihren Willen über den Hof hinauswachsen. Es würde Tuba Genuß bereiten, wenn der Hadschi sie schlug. Sie stellte sich vor, ihr Körper wäre unempfindlich und hart wie die Rautenziegel des Hofs, der Hadschi würde auf sie eindreschen und seine Hände würden versagen, er würde nach ihr treten und sich dabei das Bein brechen. Sie starrte noch immer auf die Schultern des Hadschi und war fest überzeugt, daß er ihren brennenden Blick spürte.

Der Hadschi überlegte noch, ob er sich nach ihr umwenden sollte oder nicht. Dann müßte er sie prügeln. Das aber wäre, als fügte er sich selbst Schmerzen zu. Er entfernte sich stumm, ohne sie eines Blickes zu würdigen. Die Rute lag zentnerschwer in seiner Hand.

Tuba ging auf ihr Zimmer zu. Sie zog ihre europäischen Schuhe aus, warf ihren Tschador ab und stellte sich in die Mitte des Zimmers. Sahra, die ihr nachgeschlichen war, hob den Tschador vom Boden auf und murmelte, sie wolle ihn waschen. Sie hätte Tuba am liebsten die Hand geküßt. Ihr langjähriger unterdrückter Haß auf den Hadschi und ihre Angst vor seinen Launen waren aufgebrochen wie eine alte Wunde. Wie oft schon hatte der Hadschi ihren Mann geschlagen, und jedes Mal hatte sich Sahra in eine Ecke verkrochen, damit sich Qasem nicht auch noch vor ihr erniedrigt fühlte.

Tuba wollte beten. Bestärkt durch ihre Erfahrungen vom Morgen, wollte sie die versäumten Gebete des Tages nachholen. Sie wollte sich nicht waschen vor dem Gebet, weil sie noch immer an die Begegnung mit dem Hadschi dachte. Sie wußte, das würde ihm nicht gefallen. Also wandte sie sich ohne Kopftuch gegen Süden und rezitierte leise den Anfang des Gebets. Sie wußte nicht, ob lachen oder weinen, und konnte das Zittern nicht unterdrücken. In einem abgehackten, zugleich lustvollen Rhythmus artikulierte sie die vorgeschriebenen Worte, eines nach dem anderen. Dann fiel sie auf die Knie und verneigte sich. Sie versuchte, durch das Gebet noch einmal die Erinnerung an den unvergeßlichen Morgen dieses Tages wachzurufen. Sie verharrte geraume Zeit in der Verbeugung, die Stirn auf den Gebetsstein gepreßt. Sahra, die einfache Dorffrau, die Tuba verstohlen beobachtete, glaubte, eine Vision vor sich zu sehen.

Tuba wünschte sich nur eins: allein zu sein. Ihre Erregung steigerte sich zu Ekstase. Seelische Einsamkeit hatte sie immer empfunden, aber sie war ständig von Menschen umgeben gewesen. Für jemanden, der wie sie in enger Gemeinschaft mit anderen aufgewachsen war, bedeutete Einsamkeit zunächst nichts. Sie konnte diesen Begriff mit keiner Erfahrung verbinden. Eben hatte sie in voller Hingabe zu Gott gebetet, doch Sahra war anwesend gewesen. Daher hatte sie sich nicht vollkommen gehenlassen. Sie kauerte sich wie üblich in einer Ecke des Zimmers hin und wartete, bis Sahra ihr das Essen brachte, das sie weder ansehen noch anrühren würde.

Abends hielt es Sahra für angebracht, den Hadschi über Tubas Essensverweigerung zu unterrichten. Dieser blickte jedoch so finster drein, daß sie ängstlich das Zimmer verließ; sie ahnte aber, daß der Frau des Hadschi, ihr und ihrem Mann eine Änderung bevorstand, und die Ahnung allein brachte Aufregung in ihr eintöniges Leben. Sie kehrte in Tubas Zimmer zurück, versuchte, sie zum Essen zu überreden. Dann ging sie in die Küche und hantierte unschlüssig herum. Wenn nur Qasem da wäre, damit sie sich zusammensetzen und über das Vorgefallene beraten könnten. Sie ging wieder in Tubas Zimmer und zwang sie, eine Schale Wasser zu trinken. Tuba wurde davon nur noch schwindliger. Am anderen Morgen nahm Sahra schließlich ihren ganzen Mut zusammen und berichtete dem Hadschi alles. Er hörte ihr wortlos zu, verließ dann das Haus, ohne zu frühstücken.

Tuba lag im Bett, sie weigerte sich aufzustehen. Sahra überlegte, ob sie nicht Tubas Mutter und die Familie mütterlicherseits benachrichtigen solle, doch sie konnte sich vor lauter Respekt gegenüber dem Hadschi nicht dazu entschließen. Der Hadschi kehrte erst spät nachts in Begleitung Qasems und eines fremden Mannes nach Hause zurück. Qasem kam kurz in die Küche, um Sahra mitzuteilen, der Hadschi wolle ein Geschäft tätigen. Der Mann in Hadschis Begleitung sei ein Darleiher und trage Säcke mit klingenden Münzen bei sich. Er bleibe zum Abendessen da.

Tuba weigerte sich noch immer zu essen. Der Hungerstreik zeigte schon erste Spuren: Ihr Gesicht war blaß und eingefallen. Während Sahra weinend das Bett machte, flehte sie Tuba an, wenigstens mit ihr zu sprechen. Am Morgen wurde Sahra durch die barsche Stimme des Hadschi geweckt, der sein Frühstück verlangte. Hals über Kopf lief sie in die Küche, zündete den Samowar an und bereitete Brot und Käse vor. Der Hadschi befahl ihr, das Frühstück Tuba ins Zimmer zu bringen. Er folgte ihr, und Sahra blieb gerade Zeit, das Tablett neben Tuba hinzustellen, denn noch bevor sie den Mund aufmachen konnte, stand der Hadschi schon hinter ihr und befahl ihr, das Zimmer zu verlassen. Tubas Augen waren gleichgültig zur Zimmerdecke gerichtet. Der Hadschi setzte sich neben ihr Bett, legte ein paar Geldbeutel vor sie hin und räusperte sich. Dann befahl er Tuba, ihr Haar zu verhüllen, denn sie seien nicht mehr verheiratet. Tuba stand auf und suchte nach dem Tschador. Der Hadschi las ihn vom Boden auf und reichte ihn ihr. Sie zog ihn fest um sich und lehnte sich gegen die Wand, obwohl ihr noch schwindlig war. Sie wünschte, sie könnte ihre Beine unter dem Tschador verstecken, aber ihr Körper gehorchte ihr nicht. Der Hadschi hielt zwar den Blick auf den Fußboden gerichtet, aber er beobachtete jede ihrer Bewegungen.

Als sie sich wieder gefaßt hatte, befahl ihr der Hadschi zu essen, und sie gehorchte. Sie war zwar benommen und schwach, hatte aber deutlich verstanden, daß der Hadschi gesagt hatte, ihre Intimität sei aufgehoben. Sie schluckte ein Stück Brot und Käse und trank den süßen Tee, den Sahra ihr zubereitet hatte. Das Essen blieb ihr im Hals stecken, und sie versuchte, ihre Magenkrämpfe zu unterdrücken. Sie brachte keinen Bissen mehr hinunter, doch der Gedanke an Selbstmord rückte etwas in den Hintergrund. Der Hadschi schien zum ersten Mal Mitleid mit ihr zu haben. Tubas Verhalten in den letzten drei Tagen und Nächten hatte ihn beunruhigt. Ohne es sich einzugestehen, empfand er Respekt für die junge Frau. Der Hadschi räusperte sich: Er habe die Scheidung dreimal ausgesprochen. Ihr Stiefvater wisse Bescheid. Alles sei auf gerechte Weise geregelt. Er habe sein Haus schätzen lassen und es Tuba überschrieben. In Anwesenheit von drei Zeugen sei der Wert auf den Betrag von 112 Tuman festgesetzt worden. Hinzu kämen einige angeschlossene Ladenräume und das obere Stockwerk. Diesen Betrag habe er von ihrem Anteil an seiner Erbschaft abgezogen. Den Rest werde er aufbewahren, bis sie wieder heirate. Ihre Mitgift in Höhe von 25 Tuman in Form von silbernen Fünfqeranstücken werde er ihr jetzt aushändigen. Er schob Tuba einen kleinen Beutel zu. Er, der Hadschi, werde sich weiterhin um die Vermietung der Ladenräume und des Obergeschosses kümmern, bis Tuba wieder heirate. Qasem würde ihr monatlich die Mieteinnahmen übergeben. Der eine Hausteil sei an einen vertrauenswürdigen Herrn namens Hadschi Mostafa vermietet worden, der dort wohnen und sich in seinem Auftrag um Tuba und das Haus kümmern werde. Sahra bleibe bis zum Ende der Edde bei ihr, der hunderttägigen Frist, in der Tuba nach islamischem Recht nicht heiraten durfte. Während der drei Monate und zehn Tage dürfe Tuba nur dreimal – einmal monatlich also – in den Hammam gehen. Sie dürfe weder ihre Familie treffen, noch dürften ihre Familienangehörigen sie besuchen. Sahra habe den Auftrag, die Durchführung dieser Bestimmungen zu überwachen, und Hadschi Mostafas Frauen würden darüber wachen, daß Tuba das Haus nicht zur unerlaubten Zeit verlasse. Nach den vorgeschriebenen einhundert Tagen sei sie frei zu gehen, wohin sie wolle, und dürfe nach Belieben Umgang pflegen. Es sei aber in ihrem eigenen Interesse, auch nach der hunderttägigen Frist nicht zu viele Besuche zu empfangen, denn dies könnte zu Gerede Anlaß geben. Schließlich gehe es auch um die Ehre ihres seligen Vaters, der sein Leben lang von allen geachtet worden sei. Und auch um die ihres künftigen Gatten. Der Hadschi sah Tuba fragend an. Mit gesenktem Blick sagte Tuba leise, sie sei mit allem einverstanden. Die Sonnenstrahlen fielen durch die schmalen Fenster auf den Teppich, und Tuba kam es vor, als ob die Blumenmuster vor Freude tanzten. Sie hielt den Kopf noch immer gesenkt, betäubt vom plötzlichen Glanz im Zimmer. Als der Hadschi den Vorhang hinter sich zuzog, um für immer aus ihrem Leben zu verschwinden, unterdrückte sie nur mit Mühe einen Freudenschrei. Sie zog, trotz des Tschadors, die Decke bis zum Hals und dachte zum ersten Mal voller Selbstmitleid an ihren Hunger. Sie würde gerne eine warme Suppe essen, sagte sie zu Sahra, als diese schüchtern einen Blick ins Zimmer warf. Sahra rannte freudig in die Küche, um die Suppe zu wärmen. Tuba schloß die Augen und fiel in tiefen Schlaf, ahnungslos, was für einsame hundert Tage ihr im Sommer bevorstanden.

Zu Beginn des trockenen, öden Sommers trafen Hadschi Mostafa und seine zwei neugierigen Frauen ein. Tuba hielt mehrere Tage die Geschwätzigkeit und die Neugierde der beiden Frauen aus. Hadschi Mahmud hatte ihnen freie Hand gelassen, was Tubas Überwachung anging, so daß sie praktisch ihre Nase in die intimsten Bereiche des Hauses stecken durften. Wann immer sie wollten, störten sie Tuba in ihrem Zimmer oder befahlen ihr, den Hof nicht zu betreten, weil fremde Männer anwesend seien. So änderte sich wenig in Tubas einsamem Leben. Sie hatte keine Nachricht von ihrer Familie und traute sich nicht einmal, die eigene Küche zu betreten und sich in die Verwaltung ihres Hauses einzuschalten. Das frostige Verhältnis zwischen Tuba und Sahra taute allmählich auf. Jetzt, wo Hadschi Mahmud nicht mehr im Haus war, erzählte Tuba gelegentlich von ihrer Kindheit und ihrem Vater. Über Qasem war ihr gelungen, sich nach ihrer Familie zu erkundigen. Im Laufe der hundert Tage, in denen sie besonders auf die Ehre und auf den Ruf von Hadschi Mahmud achten mußte, lief sie ungeduldig in ihrem Zimmer auf und ab. Wenn sie die Schritte von Hadschi Mostafas Frauen hörte, suchte sie Zuflucht in ihrem ständig aufgeschlagenen Bett, und wenn ihr Zeit blieb, sich zu verstellen, tat sie, als ob sie schlafe. Manchmal dachte sie an den toten Jungen im Massengrab oder an Scheich Khiabani, der ihr am Grab so eindrucksvoll erschienen war. Mit gesenktem Haupt war er in Gedanken an die Verhungerten und Typhusopfer dort gestanden. Immer, wenn sie an Scheich Khiabani dachte, begann ihr Herz wild zu klopfen, und sie zitterte. Welche Würde und Erhabenheit er ausstrahlte! Wie sein Antlitz leuchtete! Er war aus Sonnenlicht geschaffen, um der Erde Licht und Wärme zu spenden. Sie geriet in Erregung und vergaß alles um sich herum, selbst wenn sich Hadschi Mostafas Frauen in ihrem Zimmer befanden.

Eines Tages gegen Ende September ging die Edde, die hunderttägige Frist, zu Ende. Tuba wollte als erstes in den Hammam gehen und saubere Kleider anziehen, wollte aber zugleich keine Sekunde vom ersten Tag ihrer Freiheit verlieren. Da sie fürchtete, Sahra könnte sie zurückhalten, sagte sie ihr kein Wort davon und zog ihre neuesten Kleider aus der Truhe. Sie putzte ihre Schuhe und legte alles bereit. Ungeduldig zählte sie jede einzelne Minute. Nachts träumte sie, daß die hunderttägige Frist rückwärts lief und daß die verbliebenen Tage mehr wurden statt weniger. Sie träumte, daß Hadschi Mostafas Frauen einen tiefen Graben zwischen ihr und der Haustür ausgehoben hatten, der sich mit pechschwarzem Wasser füllte und an dessen Wänden Würmer und schleimige Blutegel hochkrochen. Schweißgebadet wachte sie auf und erkannte die ersten Sonnenstrahlen an den Wänden. Der Schrecken des Alptraums ließ nach. Sie räumte ihr Bettzeug zusammen, wickelte es in ein festes Laken und lehnte es an die Wand. Dann zog sie ihre neuen Kleider an. Sie hörte, wie im Zimmer nebenan Sahra aufwachte. Sie öffnete den Vorhang, um ihr einen guten Morgen zu wünschen. Tuba versetzte Sahra immer wieder in Staunen. Sie erklärte ihr, daß gestern die Edde abgelaufen und heute der Tag der Freiheit angebrochen sei. Die beiden Frauen gingen gemeinsam in die Küche, um das Frühstück zuzubereiten; Tuba bat sie, sich ebenfalls bereitzumachen, damit sie zusammen aus dem Haus gehen konnten. Sahra widersprach und erinnerte an Hadschi Mahmud, vor dem sie sich noch immer fürchtete. Tuba erwiderte, vom heutigen Tag an habe sie keinerlei Verpflichtungen mehr gegenüber Hadschi Mahmud, Sahra müsse ihm keinen Bericht mehr erstatten und sei ihm im übrigen auch nichts mehr schuldig. Sahra war besorgt, freute sich aber zugleich. Sie frühstückten, und die zwei Frauen hängten Tschador und Gesichtsschleier um, noch bevor die neugierigen Frauen Hadschi Mostafas Gelegenheit hatten, Fragen zu stellen, und verließen das Haus. Auf der Straße hielt Tuba die erste vorbeifahrende Droschke an, und sie stiegen ein. Sie rief dem Kutscher zu, daß sie zur Station der Schmalspurbahn möchten, worauf Sahra in Entzücken geriet. Sie wollten eine Wallfahrt zum Grabmal von Schah Abdolazim unternehmen. Das war ein alter Traum Sahras, wie sie ihrer Herrin einmal anvertraut hatte. Aufgeregt stiegen sie hastig in die überfüllte Bahn ein. Dann liefen sie rasch von der Haltestelle bis zur Wallfahrtsstätte. Sie nahmen inmitten einer riesigen Menge von Pilgern und Ausflüglern an der Prozession um das Grabmal teil und flüchteten sich anschließend in eine Ecke des Hofes, um mit den anderen Frauen zwanglos zu plaudern. Und auf einmal schien es mit Tubas Wortkargheit vorbei zu sein. Sie begann, Legenden aus der Überlieferung und vom Propheten Mohammed zu erzählen und belehrte die anderen Frauen über einige Aspekte der religiösen Pflichten. Während Sahra vor Staunen den Mund nicht zubrachte, beantwortete Tuba Fragen bezüglich der islamischen Gesetze. Prompt begann Sahra, ihre Herrin für eine gelehrte Frau zu halten.

Dann machten sie einen Rundgang durch den Basar, kauften ein paar Armbänder, Glasperlenketten, eine Menge sonstigen Krimskrams und Lederschuhe mit kräftigen Sohlen für Qasem, die ihm Sahra als Geschenk mitbringen wollte. Mittags nahmen sie in einer Kebabbude eine nahrhafte, leckere Mahlzeit ein und setzten sich schließlich im Tuba-Garten neben ein Grab unter einen Baum, um sich auszuruhen. Die fromme Sahra gedachte der Heimatlosigkeit des Imam Reza und des Schah Abdolazim, weinte um sie und auch um sich selbst und um Qasem. Ihre Trauer steckte Tuba an. Danach kehrten sie zur Bahnhaltestelle zurück, und Tuba kaufte bei einem Straßenhändler zwei Bücher: *Das Papageienbuch* und *Das Buch vom Bachtjar.* Eine Stunde nach Einbruch der Dunkelheit kamen sie müde, glücklich und zufrieden zu Hause an.

Hadschi Mostafa und seine Frauen Nargess und Fatema Chanom standen im Hof. Mostafa sagte nichts, sondern schickte mit einem Handzeichen Nargess vor, die ältere Frau. Nervös zerkratzte sich Nargess die Wangen und wünschte Asche auf ihr Haupt. Wo sie so lange gewesen seien, wollte sie wissen. Tuba sagte nur »Schah Abdolazim« und ging auf ihr Zimmer zu. Sahra hielt es dagegen für richtig, stehenzubleiben und den Frauen und dem Hadschi, der scheinbar gleichgültig im Hof auf und ab ging, zu erklären, daß ihre Herrin Tuba einem Gelöbnis gemäß gehandelt habe und daß überdies die Edde abgelaufen sei! Mit aller List und Tücke, die sie sich in ihren Dienstjahren in Hadschi Mahmuds Haus angeeignet hatte, erläuterte sie den beiden Inquisitorinnen Hadschi Mostafas, wo sie gewesen seien, und setzte dabei ein möglichst unschuldiges Gesicht auf. Ihre Ausführungen klangen zwar überzeugend, denn die Anweisungen von Hadschi Mahmud betrafen nur die Edde, die besagte hunderttägige Frist, aber die Familie von Hadschi Mostafa schien ein gewisses Hausrecht für sich zu beanspruchen, das angeblich verletzt worden war. Hadschi Mostafa nahm sich vor, falls das Ganze eine Fortsetzung haben sollte, Hadschi Mahmud aufzusuchen und ihm alles zu erzählen. Und in der Tat, es gab eine Fortsetzung: Am darauffolgenden Tag legten die beiden Frauen Tschador und Gesichtsschleier an und gingen zum Friedhof der Vierzehn Reinen. Tuba fragte sich wieder zum Massengrab durch, erzählte dann Sahra die herzzerreißende Geschichte von dem kleinen Jungen, die darüber Tränen vergoß und auch Tuba damit ansteckte. Sie banden ein grünes Band an einen Ast über dem Grab – Grün, die Farbe des Islam –, damit der Junge am Tage des Jüngsten Gerichts dank seiner Unschuld als ihr Anwalt auftrete. Danach säuberten sie die Umgebung des Grabes von Dornen und Unkraut. Auf dem Rückweg kauften sie Brot, Käse und Halwa, setzten sich neben einen verschlammten Straßengraben und aßen. Als sie sich später langsam auf den Heimweg machten, bedeckten einige Wolkenstreifen die Sonne. Die Wolken wurden allmählich dicker und dunkler. Es begann zunächst ganz leicht zu regnen. Dann ging auf einmal ein sintflutartiger Schauer nieder. Die Menschen liefen, laut dem Himmel dankend, in freudiger Erregung im Regen umher. Die jüngeren tanzten übermütig, schnalzten mit den Fingern und schubsten sich gegenseitig. Tuba blieb stehen; sie hob den

Kopf und hielt ihr Gesicht dem Regen entgegen. Sie stellte sich vor, daß der kleine Junge das grüne Zeichen gesehen, es vor Gott getragen und gesagt hatte: »Ich bin wegen der Dürre vor Hunger gestorben. Hab Erbarmen mit meiner jungen Mutter. Laß es regnen.« Gott, der Tuba wohlgesinnt war, hatte ihr jenen Mann erscheinen lassen, die Lichtgestalt, und nun erwies er ihr Gnade und ließ seinen Segen auf sie und auf die Stadt regnen. Tuba sagte stolz zu Sahra: »Er liebt uns.« Und als Sahra fragte: »Wer?«, zeigte sie zum Himmel und sagte: »ER! ER!« Sie ließ Sahra im Regen vorauseilen, während sie ganz langsam folgte, um die Regentropfen auf ihren Kleidern und am ganzen Körper zu spüren. Sie wollte für diese Gnade dankbar sein. Vielleicht würden weitere göttliche Segnungen folgen.

Tuba schloß behutsam die Haustür und ging im Hof auf und ab. Die Frauen von Hadschi Mostafa öffneten mehrmals die Fenster und riefen ihr fragend etwas zu, erhielten aber keine Antwort. Die ältere kam schließlich in eine Decke gehüllt heraus und fragte, warum sie wie eine Wahnsinnige im Regen umherlaufe. Tuba sah sie an, legte die Spitze ihres rechten Zeigefingers auf die Nase und bat sie leise, keinen solchen Lärm zu machen, sie errege durch ihr Geschwätz Gottes Zorn, und der Regen könnte das Land für immer meiden. Die Frau – die sonst nicht auf den Mund gefallen war – war sprachlos und zog nur die Brauen hoch. Sie hatte noch nie jemanden wie Tuba gekannt, und der spöttische Ausdruck in ihren Augen verschwand. Im stummen Kampf zwischen den Frauen war Tuba im Begriff, langsam, aber sicher den Sieg zu erringen.

Den zweiten Regentag verbrachte Tuba am Fenster mit der Lektüre vom Buch des Bachtjar. Zwischendurch hob sie den Kopf und sah hinaus, um den eintönig rieselnden Regen zu betrachten. Erstmals wünschte sie sich, Hadschi Mahmud zu begegnen und ihn zu fragen, ob er wisse, wie sehr Gott sie liebe. Der Hadschi hatte recht gehabt: Ihretwegen hatte der Zorn Gottes das Land durch die Dürre gestraft. Weil Tuba ohne sein Einverständnis einen Mann zum Gemahl genommen hatte, und nun, da der Mann weg war und die hunderttägige Frist vorbei, hatte sich Gott in seiner Güte ihr wieder zugewandt. Nach dem Abendgebet legte sich Tuba auf den Fußboden und wünschte sich von ganzem Herzen, Gott möge ihr jetzt das messianische Kind schenken. Das dumpfe Trommeln der Regentropfen auf dem Lehmdach war noch immer zu hören, und das Wasser gurgelte durch die Dachrinnen. Tuba bekam Gänsehaut vor Kälte. Sie stand auf, wickelte sich in den Tschador und ging im Zimmer auf und ab. Am liebsten wäre sie im Regen spazierengegangen, aber selbst wenn sie barfuß und so lautlos wie möglich über den Hof ging, würden sofort die beiden Frauen auftauchen.

Am dritten Tag überkam sie ein unwiderstehlicher Drang nach Sauberkeit. Das Wasserbecken war bis zur Hälfte mit Regenwasser gefüllt. Schlammfetzen schwammen darin herum. Der verkrustete Lehm löste sich von den Wänden des Beckens und verunreinigte das saubere Regenwasser. Tuba machte sich an die Reinigung des Beckens. Sie kratzte mit der Schaufelspitze und dem Besen den Schlamm von der Beckenwand und warf ihn über den Rand, bis sie ganz erschöpft war. Und immer wieder die zwei Frauen, die dummen Gänse!

Im Hammam erklärte sie mit zwei knappen Sätzen der erstaunten Bademeisterin, sie sei allein, sie sei geschieden und Sahra komme später nach. Sie band sich ein Badetuch um, nahm Eimer und Schale und ging in den Baderaum. Sie stellte den Eimer umgestülpt neben das Wasserbecken und stieg ins heiße Wasser, damit der verkrustete Dreck auf ihrer Haut aufweichen konnte. Auch hier roch es nach Schlamm. Tuba dachte verärgert, daß das Badewasser erneuert werden müsse, so könne man sich ja nicht richtig waschen. Sie versuchte vergeblich, dem bohrenden Blick einer Frau mittleren Alters auszuweichen, die sie hartnäckig musterte. Die Nachricht von ihrer Scheidung hatte sich binnen weniger Minuten im Bad verbreitet. Tuba schnippte gleichgültig mit ihren Fingerspitzen im Wasser und gab mit ihrer abweisenden Haltung Anlaß zu weiteren Gerüchten. Sie hatte noch nicht einmal ihr Haar gewaschen, als Sahra eintraf. Durch Hadschi Mostafas Frauen hatte sie erfahren, daß ihre Herrin in den Hammam gegangen war, hatte Hals über Kopf ihre Badesachen zusammengerafft und sich auf den Weg gemacht. Unterwegs verfluchte sie ihr Unglück. Die übermütige Stimmung, in der sich Tuba befand, bereitete Sahra zwar Vergnügen, gleichzeitig aber machte ihr das viele Ungewohnte angst. Was würden die Leute sagen, wenn sie vor dem Monatsende in den Hammam gingen? Tuba war doch nicht verheiratet, um sich im Bad reinigen zu müssen. Sie waren vergangene Woche schon zusammen in den Hammam gegangen und heute schon wieder, und nicht etwa am Freitag in der Frühe. Man würde vielleicht auf den Gedanken kommen, Tuba pflege sündhafte uneheliche Beziehungen, und die Keuschheit ihrer Herrin in Frage stellen, die Sahra mit leidenschaftlichem Eifer verteidigte. Niemand wußte, daß ihre Herrin über Fragen der religiösen Pflichten reden konnte und stundenlang am Fenster Bücher las. Sahra hatte noch keine Frau getroffen, die dazu in der Lage war. Sie lief schnell zum Hammam, hinterlegte ihr Bündel in der Garderobe und ging mit einer Schale in der Hand hinein. Dort blickte sie suchend um sich, bis sie ihre Herrin an ihren eingeschäumten, blonden Haaren erkannte. Sie setzte sich neben sie und tadelte sie im Flüsterton. Sie half Tuba, das

Haar zu waschen, goß mit einer Schale Wasser über deren Kopf. Schaum floß über Tubas fröhliches, ruhiges, lächelndes Gesicht. »Liebe Sahra«, sagte Tuba, »das Wasser riecht nach Schlamm.« Und Sahra ertappte die neugierige Frau, wie sie Tuba mit abschätzendem Blick musterte. Die Person spielte sich wahrscheinlich in ihrem Stadtviertel als Älteste auf, ging ihr durch den Kopf. Was für eine Katastrophe! Sie hielt Sahra wohl für eine leichte Beute. Sahra lächelte ihr zu, und sie tauschten stumme Höflichkeiten aus. Ihre Lippen bewegten sich, obwohl keine von beiden weder hören noch verstehen konnte, was die andere sagte. Sie grüßten sich und erkundigten sich nach dem gegenseitigen Wohlbefinden. Die Frau bedeutete ihr, sie bewundere die Schönheit von Tubas langem, dichtem, blondem Haar und ihres weißen Körpers. Dann kam die Frau zu ihnen hinüber, und Sahra erzählte stolz, daß ihre Herrin keine Geringere als die Tochter des seligen Adib sei, der einst zu den Auserwählten des kaiserlichen Hofes gehört habe. Man habe ihm damals für seine Dienste ein phantastisches Gehalt angeboten, doch er habe abgelehnt, weil er sich ganz der Wissenschaft widmen wollte. Die Tochter gleiche dem Vater wie eine Apfelhälfte der anderen. Sie könne sich zu Fragen der religiösen Pflichten äußern, die Scharia auslegen, und alle Welt staune über ihre Kenntnisse. Während sie das sagte, fing sie Tubas Blick auf, die sie überrascht anstarrte. Sie lächelte Tuba zu und wandte sich wieder an die Neugierige. Tuba war etwas bedrückt. Sie mochte Lügen nicht. Sie konnte sich auch nicht erinnern, daß man ihrem Vater je ein hohes Gehalt angeboten hätte – wie Sahra behauptete –, jedenfalls hatte sie Sahra niemals etwas Derartiges erzählt. Sie stand unter einem Vorwand auf und entfernte sich. Dabei führte sie unabsichtlich der neugierigen Frau ihre schlanke Gestalt vor, ihren jungen, straffen Körper. Als sie zurückkehrte, blieb sie auf halbem Wege stehen. Die Frauen steckten die Köpfe zusammen und flüsterten miteinander. Tuba war erst recht verärgert. Beim Verlassen des Bades gab sie Sahra leise zu verstehen, sie solle sich nicht um sie sorgen, sie wolle allein nach Hause zurückkehren, Sahra möge bitte nur ihre Badesachen mitnehmen.

Im Umkleideraum unterhielten sich die Frauen über den Regen und das schlammige Badewasser. Da die Gräben nun frisch aufgefüllt waren, konnte demnächst das Wasser ersetzt werden. Es gab Leute, die bereits klagten, daß es seit drei Tagen ununterbrochen regnete. Die Zahl der Krankheitsfälle ging zurück. Das Wetter schlug um, man konnte sich auf einen schneereichen Winter einstellen. Überall tropfte es von den Dächern. Es war anzunehmen, daß manche Häuser einstürzen und ihre typhusgeplagten Bewohner darunter begraben würden. Während sich Tuba schweigend mit einem Handtuch abtrocknete, drangen die Gespräche der anderen Frauen an ihr Ohr; sie war jedoch mit ihren Gedanken anderswo. Ohne daß sie wußte, warum, kam ihr Scheich Khiabani in den Sinn. Was sagte er wohl zu diesem segenspendenden Regen? Machte er sich vielleicht auch Sorgen? Wäre der kleine Junge trotzdem vor Hunger gestorben, wenn er die wenigen Monate bis zum Regen überlebt hätte?

Sie bezahlte der Frau des Hammamverwalters für sich und für Sahra und trat in den nieselnden Regen hinaus. Sie wünschte, daß der Regen den Schlammgeruch von ihrem Körper spülte. Die Straße war ausgestorben. Hin und wieder hasteten Leute mit einer Satteldecke oder einem Stück Filz über dem Kopf an ihr vorbei. Tuba bog in die lange, schmale Hadschi-Bejg-Gasse ein. Nach ein paar Schritten blieb sie wie angewurzelt stehen. Es war, als habe sie eine Kugel mitten ins Herz getroffen. Ihr Körper bebte von Kopf bis Fuß. Scheich Khiabani stand im Regen in der

Mitte der Gasse. Er stützte sich mit der Hand an die Mauer. Sein Turban und sein Umhang waren naß, er blickte gleichgültig vor sich hin. Es schien, als ob seine Augen auf Tuba gerichtet seien. Tuba sagte sich: Er hat mich erkannt. Er wußte, daß ich in diesem Moment hier vorbeikommen würde. Der Mann vor ihr, eine Lichtgestalt, blickte noch immer geradeaus, vielleicht zu Tuba hinüber. Tuba näherte sich ihm zögernd. Sie stellte fest, daß der Mann nicht sie, sondern etwas hinter ihr ansah. Sie wandte sich um und versuchte, Scheich Khiabanis Blick zu folgen. Die Gasse war leer, keine Menschenseele weit und breit. Zitternd vor Aufregung ging Tuba an ihm vorbei, lief mit pochendem Herzen bis ans Ende der Gasse und blickte sich noch einmal um, bevor sie in die Hadsch-Abdosamad-Straße einbog. Der Mann stand noch immer in Gedanken versunken dort, stützte sich mit einer Hand an die Wand.

In ihrer Aufregung über die zweite Begegnung mit Scheich Khiabani, den sie für einen der bedeutenden Geister des Erdkreises hielt, lief sie die Hadsch-Abdosamad-Straße entlang bis zur Malek-Kreuzung und bog in ihre Sackgasse ein. Sie klopfte an. Hadschi Mostafas jüngere Frau machte ihr auf. Sie klagte über den Regen, doch Tuba ging wie eine Schlafwandlerin grußlos an ihr vorbei und auf ihr Zimmer zu.

Als sie die Tür öffnete, ging ein Luftzug durch den Raum, und die umgestülpten Teegläser, die in der Wandnische auf einem Tablett standen, zitterten. War das ein Zeichen? durchzuckte es sie. Wollten gewisse Kräfte mit ihr in Kontakt treten? Wundersame Kräfte aus dem Umfeld jenes Mannes? Lichtfunken! Die Stimmen von Wiedehopfen! Die Geister von Propheten und Regenten! Die unschuldigen Seelen von verstorbenen Kindern, von Witwen und Waisen! Sie alle riefen Tuba in einer geheimnisvollen Sprache zu sich. Tuba war sicher, daß jener Mann ein

Gesandter, ein Prophet sein mußte und sie jetzt mittels verborgener Kräfte rief.

Sie machte auf der Stelle kehrt und wäre beinahe gestürzt. Sie stieg die Stufen hinab, drückte den schwerfälligen Riegel zur Seite und lief auf die schlammige Gasse hinaus. Sie kümmerte sich weder um ihren Tschador, der nach ein paar Schritten mit Schlamm bespritzt war, noch um Hadschi Mostafas Frauen, die ihr verdutzt von ihrem Zimmer aus nachblickten. Sie lief in Richtung Hadsch-Abdosamad-Straße bis zur Kreuzung, wollte so schnell wie möglich zur Hadschi-Bejg-Gasse gelangen und rufen: »Herr, nehmen Sie mich mit! Bringen Sie mich hin, wo immer Sie wollen!«

Die Gasse lag verlassen im Regen da. Eingeschlossen von den Lehmmauern der angrenzenden Häuser und Gärten, wartete sie auf den Herbst. Tuba lehnte sich keuchend an eine Mauer. Die fiebrige Erregung hatte noch nicht nachgelassen. Zweifellos, der Mann war bestimmt noch dort. Jedes einzelne Blatt am Baum wußte das seit Zeit und Ewigkeit. Tuba konnte jetzt nicht nach Hause zurückkehren. Die neugierigen Frauen würden sie mit Fragen bedrängen. Sie würde die Teegläser und das Tablett berühren, damit der Hauch Gottes, der sie einen Augenblick lang betäubt hatte – so wie einst das Feuer den Berg Sinai getroffen und ihn in Asche verwandelt hatte –, sich auf ihren Leib übertrage, und dies in Anwesenheit Sahras oder der zwei Frauen von Hadschi Mostafa. Tuba lief instinktiv zum Haus ihrer Mutter. Sie wollte die Bücher ihres Vaters aus dem Keller holen und mit nach Hause nehmen. Darin konnte sie vielleicht etwas finden, was die vielen Rätsel löste.

Auch im väterlichen Haus löste Tubas Besuch Erstaunen aus. Seit etwa vier Monaten hatte sie ihre Angehörigen nicht mehr besucht. Eine halbe Stunde lang saß sie etwas verstört in ihrer Mitte. Sie hatte sie alle vermißt. Es war aber kein gewöhnliches Wiedersehen. Sie setzte sich ihrer Tante Monawwar Chanom gegenüber. Diese faßte sie an den Schultern und redete unentwegt auf sie ein, ohne daß Tuba ihr hätte ins Wort fallen können. Schließlich gelang es Tuba zu erklären, daß sie gekommen sei, um die Bücher ihres Vaters mitzunehmen. Sie lud die Familie für den kommenden Freitag zu sich nach Hause ein. Nachdem nun ihre Ehe geschieden und die hunderttägige Frist vorüber sei, müßten sie unbedingt zum Mittagessen kommen. Sie schickte ihren Bruder nach einer Droschke, lud dann mit Hilfe ihrer Verwandten die drei mit rotem, grünem und blauem Samt überzogenen Bücherkisten ihres Vaters ein und setzte sich dazwischen. Die Bücherkisten befanden sich unter dem Verdeck, während sie selbst im Regen saß und völlig durchnäßt wurde. Sie handelte mit dem Kutscher einen Fahrpreis von einem Qeran aus und ließ sich bis zum Eingang ihres Hauses fahren. Dort angekommen, stand sie wieder den Frauen Hadschi Mostafas und der aufgebrachten Sahra gegenüber. Sie erklärte lächelnd, das seien die Bücher ihres Vaters, und trug die Kisten mit Sahras Hilfe in ihr Zimmer. Sie mußte wohl oder übel die neugierig plappernden Frauen noch ein paar Stunden lang ertragen, bevor sie die Kisten aufbrechen konnte.

Doch sie ließ sich Zeit. Erst am Morgen des vierten Regentages setzte sie sich nach dem Frühstück vor die Kisten und öffnete die eine. Das erste, was ihre Aufmerksamkeit erregte, war der Globus, der in ein schwarzes Tuch gewickelt sorgfältig zwischen den Büchern lag. Sie packte ihn behutsam aus, als handle es sich um einen geweihten Gegenstand. An die Namen Rußland und Preußen konnte sie sich zwar erinnern, aber zuordnen konnte sie sie nicht. In diesem Augenblick erkannte sie den Schatten von Nargess Chanom, Hadschi Mostafas älterer Frau. Laut rief sie ihr zu: »Guten Morgen, Nargess Chanom!« Ertappt zog diese hastig den Vorhang zur Seite und trat ein. Sie brauche etwas Zucker, redete sie sich heraus und verschwieg, daß sie vor lauter Neugier die ganze Nacht kaum geschlafen hatte. Tuba forderte sie auf, sich neben sie zu setzen und einen Blick in die Kiste zu werfen. Dann führte sie ihr den Globus vor und erklärte, daß die gesamte Menschheit seit Anbeginn der Welt auf dieser kleinen Kugel lebe. Die Frau des Hadschi starrte die Kugel ehrfurchtsvoll an. Dann aber betrachtete sie den fremden Gegenstand eingehend. Bedauernd stellte Tuba fest, daß Spott in ihren Augen aufleuchtete, wie immer, wenn sie sich anschickte, eine törichte Bemerkung zu machen. »Was du nicht sagst!« Sie zog die Augenbrauen hoch und wandte den Kopf zur Tür. Dann ließ sie den Tschador auf die Schulter gleiten und kehrte sich wieder Tuba zu. Sie schien geradezu beleidigt, als sei sie mit den übelsten Schimpfwörtern überhäuft worden. Sie sagte leise, sie werde sich in der Küche von Sahra Zucker geben lassen, und stand auf. Tuba war darauf gefaßt, daß demnächst die zweite Frau auftauchen werde. Tatsächlich: Die ältere schritt ruhig und gelassen bis zur Tür, dann aber war das eilige Klappern ihrer Holzpantinen zu hören. Tuba nahm sich vor, bis zwanzig zu zählen und dann zu rufen: »Guten Morgen, Fatema Chanom!« Was sie auch tat, und genau in diesem Augenblick erschien die zweite Frau des Hadschi hinter dem Türvorhang. Sie brauchte ein Ei für die Zubereitung von Pfannkuchen. Sie war dick und rund, wirkte zwar wie eine resolute Person, schien aber eher von schlichtem Gemüt zu sein. Sie schien das Ei plötzlich vergessen zu haben, sah sich mit unschuldiger Miene in Tubas Zimmer um. Tuba hob den Globus hoch, damit Fatema ihn besser betrachten konnte. Fatema trat vor Tuba hin, ließ sich ihr gegenüber auf die Knie nieder, streckte vorsichtig die Arme aus, und Tuba legte ihr den Globus in die Hände. Fatema war ganz in die vielen sich überschneidenden Linien auf der Kugel vertieft. Tuba erklärte ihr, daß sich die ganze Welt auf der Kugel befinde. Vom Zauber der Kugel ganz ergriffen, fragte die Frau, ohne Tuba anzusehen: »Wie ist das möglich?«

»Es ist einfach so«, antwortete Tuba. »Ja aber, wie?« fragte sie noch einmal. Tuba senkte den Kopf, um ihre Verlegenheit zu verbergen. Allmählich fielen ihr wieder die Worte ihres Vaters ein. Sie erklärte ihr ruhig, daß die Welt in Wirklichkeit viel größer sei als die kleine Kugel, die sie in der Hand halte, aber im großen und ganzen sehe die Welt genau so aus. Fatema hörte ihr ehrfürchtig zu und glaubte ihr alles.

Nachts verteilte Sahra überall Eimer im Zimmer, um das durch die Lehmdecke tropfende Regenwasser aufzufangen. Dabei beobachtete sie durch das Fenster die beiden Frauen, wie sie in ihrem Zimmer neben dem Hadschi saßen und im Flüsterton auf ihn einredeten: Etwas Schlimmes sei passiert; nach Ablauf der Frist sei die *biwe* verrückt geworden und sie würde demnächst Schande über die Familie von Hadschi Mostafa bringen! Die zwei Klatschweiber erzählten Hadschi Mostafa von den geheimnisvollen Kisten. Der Mann hörte sich zunächst die Geschichte der älteren Frau an, die vernünftiger war und der er ein gewisses Urteilsvermögen zutraute. Nargess Chanom meinte, die Witwe habe sich der Schwarzen Magie verschrieben und wolle nun Geister beschwören. Dann hörte sich der Hadschi an, was Fatema Chanom zu sagen hatte, die naiver war und leicht auf jeden Betrug hereinfiel, sich aber eher auf ihren Instinkt verließ. Diese meinte, die Witwe habe sich der Wissenschaft verschrieben, wolle in die Fußstapfen ihres Vaters treten und sei jetzt schon eine Gelehrte. Der Hadschi dachte lange nach und kam zu dem Ergebnis, daß das Ganze mit Hadschi Mahmud erörtert werden mußte.

Dieser war aber nach Qazwin gereist und würde erst in einigen Tagen zurück sein.

Den fünften und den sechsten Regentag war Tuba ganz mit den Büchern beschäftigt. Sie stellte sie in die Wandnische, säuberte sie vom Staub, schlug eines nach dem anderen auf und las ein paar Seiten. Eine Fülle von Gedanken drängten sich in ihrem Kopf. In der siebten Regennacht kam sie zum Entschluß, die aufrichtigsten Menschen seien diejenigen, die sich einzig und allein Gott hingaben. Sie wandten sich von der falschen Liebe ab und widmeten sich der wahren Liebe, genauso wie es die Heilige Jungfrau getan hatte oder auch Fatema, die große Herrin des Islam. Tuba nahm sich fest vor, Gott zu suchen. Sie erinnerte sich an die Märchen aus ihrer Kinderzeit, in denen von sieben eisernen Rüstungen, sieben Paar Stiefeln und sieben Krükken die Rede war, die man brauchte, um einen Schatz zu entdecken. Die Gottessuche würde sicher schwieriger sein als die Suche nach einem irdischen Schatz. Sie sah die zitternden Teegläser vor sich, und ihr Herz begann heftig zu pochen. Was war das, was sie ständig mit Scheich Khiabani verband? Sie war überzeugt, daß jener Mann selbst die unbedeutendsten Einzelheiten aus ihrem Leben kannte. Jetzt zum Beispiel wußte er bestimmt, daß sie die väterlichen Bücher ins Haus geholt und sich vorgenommen hatte, sie alle zu lesen. Dann mußte ihm auch bekannt sein, daß sie über ihn Bescheid wußte. Daß sie Gott suchen wollte und daß ihr, Tuba, aufrichtig ernst war damit. Jener Mann, die Lichtgestalt, wußte Unaufrichtigkeiten zu erkennen. Er wußte bestimmt um Tubas Liebe zu ihm und würde daher eines Tages kommen und sie in die Himmelsgefilde entführen. Während Sahra über das in den drei Zimmern vom Dach sickernde Regenwasser klagte, dachte Tuba nur an ihre Liebe zu Khiabani. Er mußte einfach kommen! Sie brauchte nichts anderes zu tun, als ihn zu rufen. Wäre sie am dritten Regentag nicht durch die Straßen gelaufen, wäre er von selbst gekommen. Tuba aber hatte alles verdorben, weil sie kopflos zum Friedhof gelaufen war. Vielleicht hatte sie dadurch erneut den Zorn Gottes heraufbeschworen. War dieser endlose Regen vielleicht ein Zeichen seines Zorns? Sie bat Gott in ihrem Herzen um Vergebung. Sie hatte sich kindisch verhalten, sie war nicht gehorsam gewesen und hatte durch ihr Verhalten alles zunichte gemacht.

Es klopfte, und Monawwar Chanom trat ein. Sie stöhnte, klagte, weinte und jammerte. Der segensreiche Regen verwandelte sich zusehends in eine Demonstration des göttlichen Zorns. Ihr Tschador war bis zu den Knien hinauf schlammverspritzt. Sie war, einen irdenen Topf über den Kopf haltend, auf die Straße hinausgelaufen, um eine Droschke anzuhalten und zu Tuba zu fahren; doch vergeblich. Keine Menschenseele war bei diesem Wetter unterwegs. Also hatte sie den ganzen Weg zu Fuß gehen müssen. Wenn ihr Dach einstürzte, wäre das eine Katastrophe. In ihrer Gasse war bereits das oberste Stockwerk eines Hauses eingestürzt, und der kleine Sohn der Familie war unter den Trümmern begraben worden. Die Straße stand unter Wasser, Müllberge verstopften die Abwasserschächte, und die südlichen Stadtteile waren überflutet.

Die Tante wehklagte pausenlos und versetzte Tuba in Panik. Auf einmal riß Tuba das Fenster auf, sah zum Himmel empor und rief: »O Gott, bitte, laß es nicht mehr regnen!« Dann schloß sie das Fenster wieder. Sie setzte sich vor die durchnäßte alte Frau und versuchte zusammen mit Sahra, ihr den Tschador, der um die Hüften festgebunden war, mitsamt dem Rock über den Kopf zu ziehen und sie in ein warmes Laken zu wickeln. Niesend und mit triefender Nase erzählte die Frau, ihr Sohn Mirza Qasem sei kürzlich aus Kaschan zurückgekehrt und habe sich nach dem Befinden seiner Kusine Tuba erkundigt. Sie schielte dabei zur jungen *biwe* hinüber und stellte fest, daß diese sich offensichtlich nicht für ihre Geschichte interessierte. Ihr Sohn sei ein Fachmann, was Teppiche angehe, er könne gute Wolle aus zweihundert Schritten Entfernung förmlich riechen und sei dafür in ganz Kaschan bekannt, plapperte sie weiter. Er könne lesen und habe eine schöne Handschrift. Er sei Junggeselle geblieben, um sich um seine Brüder und Schwestern kümmern zu können. Aber durch das Junggesellendasein werde er langsam etwas eigenbrötlerisch.

Das Wort Teppiche ließ Tuba aufhorchen. Seit längerem schon hatte sie die Absicht, einen Webstuhl im Kellergeschoß aufzustellen und zu weben und zu knüpfen, wie einst im väterlichen Haus. Das würde zusätzliche Einnahmen bedeuten und außerdem neues Leben ins Haus bringen. Die Tante griff Tubas Vorschlag sofort auf und sagte, sie werde so schnell wie möglich Mirza Qasem vorbeischicken, der sich wegen des Webstuhls erst einmal umsehen, dann mit ihr gemeinsam einen passenden aufstellen werde. Die alte Frau war froh und sagte weise: »Selbst geknüpft, selbst geglückt.« Dabei warf sie Tuba einen vielsagenden Blick zu.

Das Wetter hatte umgeschlagen. Die Sonne drang durch die Wolkendecke, und es klarte auf. Am siebten Regentag zeigte sich von Zeit zu Zeit der blaue Himmel. Eine angenehme Wärme erfüllte das Haus, an der Ziegelsteinmauer stieg Wasserdampf hoch. Tubas Herz pochte einmal mehr vor Aufregung. Sie fragte sich, ob die Tante vielleicht mit angehört hatte, wie sie Gott anflehte, es nicht mehr regnen zu lassen. In den letzten Tagen hatte Tuba spontan eine ganz besondere Beziehung zu Gott entwickelt. Was immer sie voraussagte, traf ein; und was immer sie wollte, geschah. Der Regen hatte aufgehört, und die Tante war nach einer

Runde Wasserpfeife in Stimmung gekommen. Zu Mittag hatten sie Hammeleintopf gegessen, und nun fielen ihnen langsam die Augen zu. Tuba hatte ein Bett für die kleine alte Frau hergerichtet. Sie waren gerade erst eingeschlafen, als es klopfte.

Eine von Hadschi Mostafas Frauen öffnete die Tür. Unbekannte Frauenstimmen waren vom Eingang her zu hören. Sahra legte den Tschador um und ging zur Tür. Kurz danach rannte sie hochrot im Gesicht ins Zimmer zurück. Stotternd erklärte sie, daß jene ältere Dame, die sie im Bad getroffen hätten, mit einer Bekannten Tuba besuchen wolle.

Sie räumte hastig das Zimmer auf, glättete die Kissenbezüge, tupfte mit den Fingerspitzen Brosamen vom Teppich auf und lief blitzschnell in den Hof, um die beiden Frauen ins Zimmer zu komplimentieren. Monawwar Chanom hatte sich ebenfalls erhoben und zupfte ihr Kleid zurecht. Sie ahnte nichts Gutes. Die Rolle der älteren Frauen im Bad war ihr bestens bekannt. Eine Hand berührte die Tür, eine Stimme sagte *Ja Allah,* und den Damen voran glitt Sahra, sich verbeugend und Höflichkeitsfloskeln murmelnd, ins Zimmer. Tuba, die ihren geblümten, blauen Gebetsschleier trug, stand auf und begrüßte die zwei Frauen. Die Unbekannte glich einem Fleischberg. Sie war es, die das Vorstellungszeremoniell durchführte. Es stellte sich heraus, daß sie Hadschije Esmat Chanom hieß und mit Effat Chanom – der Frau des Hammamverwalters – flüchtig bekannt war. Sie räusperte sich während des Sprechens, sah sich im Zimmer um und begutachtete die Einrichtung. Ihre Miene drückte eine gewisse Geringschätzung aus. Sie nahm vor allem die Tante genau ins Visier und ließ ihren forschenden Blick so lange auf ihr ruhen, bis sie über die genaue verwandtschaftliche Beziehung zwischen ihr und Tuba im Bild war. Die Tante zog ihrerseits verächtlich die Augenbrauen hoch und setzte sich schnell wieder hin. Sie sah keinerlei Veranlassung, zu Ehren dieser unbekannten Damen noch länger herumzustehen.

Esmat Chanom musterte jetzt Tuba von oben bis unten, dann von unten bis oben. Sie zog die linke Augenbraue hoch, und es wirkte, als ob sie gleichzeitig das rechte Auge zukneife. Sie erzählte, im vergangenen Jahr habe sie in Begleitung von Prinzessin Turanossaltane die Wallfahrt nach Mekka unternommen. Sie habe lange in deren Hause gelebt, sei dort alt und daher auch wallfahrtspflichtig geworden. Während sie sprach, ließ sie sich an der Längswand des Zimmers auf dem Boden nieder, obgleich noch ein Sitzkissen frei war.

Das letzte Kissen hatte sie offensichtlich für Tuba freigelassen, und es war deutlich ersichtlich, daß sie sich trotz ihres arroganten Auftretens nicht als vornehme Dame betrachtete. Ohne es sich zu überlegen, setzte sich Tuba auf das freie Kissen. Die Frau beherrschte offensichtlich die Situation. Sie redete pausenlos. Sie rühmte überschwenglich Effat Chanom, was für ein Urteilsvermögen und was für einen unfehlbaren Blick diese besitze. Als Sahra den Frauen Tee, Obst und Kuchen vorsetzte, verschlechterte sich Monawwar Chanoms Laune. Tuba, die noch nicht begriffen hatte, worum es eigentlich ging, hörte Esmat Chanom aufmerksam zu. Effat Chanom habe der Prinzessin von ihrem Zusammentreffen mit Tuba Chanom, der Tochter von Hadschi Adib, erzählt, und die Prinzessin habe großes Interesse bekundet, Tuba persönlich kennenzulernen, zumal sie die Familie des Adib noch von früher her kenne.

Der Vater der Prinzessin, Prinz Moezzosoltan, Schah Nasereddins Halbbruder, habe Herrn Adib ebenfalls gekannt, der mehrfach bei Empfängen am Hof anwesend gewesen sei. Effat erzählte weiter, Prinz Kamaloddoule, Turanossaltane Chanoms Bruder, der Stolz des Kadscharenhofes und des ganzen Vaterlandes, sei seit kurzem auf der Suche nach einer Gemahlin, die natürlich aus einer angesehenen Familie stammen müsse. Tuba errötete, und ihr Herz fing zu rasen an. Jetzt erst klärte sich für sie das Geheimnis dieses Besuches. Sie sah ihre Tante an. Überzeugt, daß Tuba nicht zu einer Vermählung bereit sei, ergriff diese das Wort. Sie erklärte, Tuba Chanom sei erst seit kurzem geschieden und die hunderttägige Frist sei noch nicht abgelaufen. Worauf sie prompt von Sahra korrigiert wurde. Tubas Blick wanderte von einer zur andern. Esmat Chanom ignorierte Monawwar Chanoms Worte, hatte sie sie doch von Anfang an als feindliches Subjekt identifiziert. Sie wandte sich statt dessen der jungen *biwe* zu und sagte, die Prinzessin möchte gerne in der kommenden Woche, am Dienstag vielleicht, Tuba Chanom besuchen. Dann fügte sie hinzu, die Prinzessin verlasse nur äußerst selten das Haus. Sie verfüge über ein Heer von Dienstboten, und es gebe keinen Wunsch der Prinzessin, der unerfüllt bleibe. Nur um der Tochter des Adib willen, der durch seine Weisheit der Menschheit zum Ruhme gereiche, sei sie dazu bereit, sich hierher zu bemühen, um Tuba, diese kluge, gebildete junge Frau, persönlich kennenzulernen. Selbstverständlich bestimme aber jede *biwe* ihr Schicksal selbst.

Der verehrte Vater der verehrten Tuba Chanom sei verblichen, sie sei ehelich nicht gebunden, und nach Aussagen von Esmat Chanom habe sie auch keinen älteren Bruder. So könne man über alles weitere mit ihr selbst verhandeln. Sie blickte Tuba fragend in die Augen. Unter der Last des Blickes senkte Tuba den Kopf und betrachtete das Muster des Teppichs. Hatte sie nicht am selben Tag mit Gott gesprochen und ihn gebeten, es nicht mehr regnen zu lassen? Gott hatte ihre Bitte erfüllt. Doch sie wartete noch immer auf das Kommen eines ganz bestimmten Mannes.

Tuba murmelte, sie habe nicht die Absicht zu heiraten, sie wolle die Wallfahrt nach Mekka unternehmen, zum Hause Gottes!

Die Frau zog mit einem spöttischen Lächeln die Brauen hoch. Ihrer Ansicht nach bestand kein Widerspruch zwischen der Wallfahrt und der Vermählung, vor allem, weil Tuba die Wallfahrt auch mit ihrem Mann antreten konnte, was Gott sicher höher belohnen werde. Tuba antwortete, sie suche Gott und habe vor, sich ihr ganzes Leben lang dieser Suche zu widmen. Sie wolle von einer Wallfahrtsstätte zur anderen, von einem geweihten Grabmal zum anderen pilgern, um schließlich zu Gott zu finden. Die andere fragte belustigt, wie Tuba denn von einer Wallfahrtsstätte zur anderen zu pilgern gedenke. Tuba antwortete schlicht: »Zu Fuß.« Esmat Chanom brach in Lachen aus, und das Gelächter, das wie eine gewaltsam angeschlagene verstimmte Laute klang, reizte die Tante aufs äußerste; sie hielt es kaum mehr aus und wandte ein, es sei schließlich Tubas Entscheidung, es stehe niemand zu, sie davon abzubringen. Sie sei eine erwachsene Frau und habe sich nun einmal vorgenommen, ihr Leben auf diese Weise zu leben. Esmat Chanom faßte sich. Unwillkürlich ahmte sie den Kaschanidialekt der Tante nach, als sie fragte: »Wie, bitte schön, will eine schöne, schlanke, kaum achtzehnjährige *biwe* mit blondem Haar zu Fuß von einer Wallfahrtsstätte zur anderen pilgern?« Sie wandte sich zu Tuba und meinte spöttisch: »Meine Liebe, Frauen sind wie gelochte Perlen, durch die man gleich einen Faden führt.« Dann machte sie es sich auf ihrem Kissen bequem und fügte hinzu, daß, wenn Tuba alt wäre, man sie vielleicht in einem Kürbis verstecken könnte, wie die alte Frau im Märchen, und sicher die Straßen entlang rollen. In Anbetracht ihrer Jugend dürfte dies unmöglich sein, selbst wenn sie sich in einem Kürbis versteckte. Sie mochte Tuba zusehends: Sie hatte etwas Naives, Unwissendes an sich, was der korpulenten Frau gefiel. Sie war während ihrer langen Jahre im Hause ihrer Herrin Turanossaltane noch nie einem solchen Menschen begegnet. Als sie Tuba wohlwollend betrachtete, trafen sich ihre Blicke. Beinahe hätte ihr Tuba von ihren Träumen erzählt, von Scheich Khiabani. Doch irgend etwas hinderte sie daran. Sie sagte nur: »Ich will ernsthaft Gott suchen.«

Die Frau sprach dem Tee und dem Kuchen zu. Das Gespräch kam auf den Regen und die Überschwemmung der südlichen Stadtviertel. Sie plauderten über dies und das. Beim Abschied sagte Esmat Chanom, ihre Herrin Turanossaltane würde sie also am Dienstag nächster Woche besuchen. Als sie den Vorhang zur Seite zog, eilte Nargess, die ältere Ehefrau Hadschi Mostafas, geschäftig zum Blumenbeet. Tuba begleitete die Frauen zur Tür und kehrte nachdenklich in ihr Zimmer zurück. Kaum hatte sie den Vorhang hinter sich zugezogen, sagte die Tante, sie solle sich bloß in acht nehmen, Prinzen sei nicht zu trauen. Sie sammelten Frauen für ihren Harem, und diese könnten sich dann glücklich schätzen, wenn die Prinzen einmal im Jahr ihrer ehelichen Pflicht nachkämen. Am Hofe Schah Nasereddins habe es einen ganzen Schwarm von sogenannten »Almosenfrauen« gegeben, die nur einen Beutel Brot als tägliche Essensration bekommen hätten. Sie waren froh, überhaupt am Hof leben zu dürfen, hätten aber schlechter gelebt als Hunde. Häufig seien sie ohne Nachkommen geblieben und hätten sich gegen die Eifersucht und Mißgunst der anderen Frauen wehren müssen. Sie hätten nur Blut und Tränen geweint. Vom Schah wurden sie als minderwertig behandelt, vom Volk wurden sie verachtet. Daher finde sich heute niemand, der seine Tochter mit einem Prinzen verheiraten wolle, weil man sich dadurch nur in Qualen stürze. Tuba antwortete, daß sie zur Zeit keinerlei derartige Absichten habe, die beiden Frauen seien ohne ihr Zutun gekommen. Und sich mit einem Prinzen zu vermählen, daran habe sie bestimmt nicht im Traum gedacht.

Tuba ging zum Fenster, betrachtete das reine Blau des Himmels nach dem Regen. Die alte Tante flüsterte ihr ins Ohr, sie werde morgen Mirza Qasem vorbeischicken, damit sie sich über den Webstuhl unterhalten könnten. Sie wiederholte ihren weisen Spruch: Selbst geknüpft, selbst geglückt. Verwandte müßten sich gegenseitig unterstützen. Sie dürften nicht zulassen, daß Fremde sich in ihre Angelegenheiten einmischten und ihr Zugehörigkeitsgefühl untergruben. Wenn ihr geschiedener Ehemann Hadschi Mahmud ein Fremder gewesen wäre, hätte er ihr bestimmt das Leben viel schwerer gemacht. Aufgrund seiner Verwandtschaft mit Tubas Familie väterlicherseits habe er jedoch die Scheidung in allen Ehren durchgeführt, habe Tuba ein Haus überschrieben und ihr und ihren Angehörigen keine zusätzlichen Sorgen bereitet. Die Tante verabschiedete sich, um sich zu Hause hinzulegen und den unterbrochenen Nachmittagsschlaf nachzuholen. Im Gehen brummelte sie vor sich hin. Tuba war in das Blau des Himmels vertieft und flehte innerlich: »O Gott! O Gott! Schicke mir Scheich Khiabani vor dem Dienstag! Bitte, erhöre mich!«

Mirza Qasem war fünfundzwanzig oder sechsundzwanzig Jahre alt. Er trug ein neues Gewand, teure Sandalen und einen Filzhut. Verlegen stand er im Innenhof. Die beiden Frauen Hadschi Mostafas hatten ihn an der Haustür warten lassen. Sie hatten ihren Tschador umgelegt und ihn erst einmal begutachtet, hatten ihm dann gesagt, er solle warten, und ihm die Tür vor der Nase zugeschlagen. Sahra sagte Tuba Bescheid. Hadschi Mostafas Frauen mußten wissen, daß es sich nicht um einen Wildfremden, sondern um jemand aus der Verwandtschaft handelte. Jetzt standen

Kusine und Vetter einander gegenüber, und Tuba spürte sofort, daß sie einen älteren Bruder gefunden hatte. Sahra brachte einen Hocker und stellte ihn neben das Wasserbecken. Mirza Qasem setzte sich, senkte den Kopf und preßte die Knie zusammen und schaute besorgt und unterwürfig drein. Tuba setzte sich an den Rand des Beckens. Die herbstliche Kühle drang ihr bis in die Knochen. Zunächst erkundigte sie sich nach dem Befinden des Herrn Vetter. Dieser bedankte sich höflich für die Nachfrage und erkundigte sich seinerseits, wie es Tuba gehe. Tubas Blick schweifte zum Fenster von Hadschi Mostafas Zimmer: Die Frauen waren auf der Lauer. Sie wandte sich mit möglichst lauter Stimme an Mirza Qasem und brachte das Gespräch auf den Webstuhl. Der junge Mann wirkte auf einmal nicht mehr gespannt; er antwortete, er sei gekommen, das Untergeschoß zu besichtigen und den geeignetsten Platz für den Webstuhl zu bestimmen. Er ließ seinen Tee stehen und ging in Begleitung Tubas in den Keller. Im Keller fühlte sie sich erleichtert, bis plötzlich der Schatten einer Frau hinter den Fenstergittern auftauchte. Mirza Qasem schaute sich um, bestimmte den Standort des Webstuhls und fügte hinzu, er werde morgen einen Tischler vorbeischicken, der ebenfalls aus Kaschan stamme und sich in seinem Handwerk gut auskenne.

Tuba fragte, was er denn unter dem Arm halte. Mirza Qasem antwortete: »Eine Zeitung«, schlug dann ein großes, in der Mitte gefaltetes Blatt auf und erklärte, in den Zeitungen würden die Ereignisse des Tages gemeldet.

Tuba starrte auf das Wort KHIABANI, das mit großen Buchstaben auf der ersten Seite prangte. Mirza Qasem, der ihren Blicken gefolgt war, erklärte, in der Zeitung sei Scheich Khiabanis Rede im Parlament abgedruckt. Er dämpfte seine Stimme und fügte hinzu, diese Zeitung werde nicht überall verkauft, denn sie habe viele Feinde.

Im Flüsterton fuhr er fort, die Fundamente der konstitutionellen Monarchie seien in Gefahr, doch Scheich Khiabani sei bereit, die Verfassung mit seinem Leben zu verteidigen. Tuba war ganz Ohr. Ihre Neugierde und der Drang, mehr zu erfahren, überwogen schließlich die Angst vor Hadschi Mostafas Frauen, und sie lud Mirza Qasem in ihr Zimmer ein.

In der entspannten Atmosphäre sprach der junge Mirza leidenschaftlich über Scheich Khiabani und die Befürworter einer Staatsverfassung. Tuba erfuhr Dinge, die ihr vollkommen neu waren. Ihr ehemaliger Mann Hadschi Mahmud war Verfassungsgegner, und außerdem sprach er grundsätzlich nicht mit einer Frau über solche Dinge! Jetzt tat sich Tuba plötzlich der politische Alltag auf. Sie hörte so aufmerksam zu, daß sich der junge Mann sehr wichtig vorkam und ihr alles anvertraute, was er wußte: Der Adel hatte sich gegen die Verfassungsbefürworter verbündet, auch weite Teile der Bevölkerung waren ihnen feindlich gesinnt. Scheich Khiabani habe sich aber vehement für die Sache der Antiabsolutisten engagiert. Mirza Qasem redete sich in Hitze. Er schlürfte einen Tee nach dem anderen. Ab und zu warf Tuba zögernd eine Bemerkung ein. Was sie befremdete, war Scheich Khiabanis gespaltene Persönlichkeit. In ihrer Vorstellung war Khiabani eine Lichtgestalt. Aus Qasems Aussagen entstand nun das Bild eines edlen, aufrichtigen Mannes, der offenbar leider allzu radikal gesinnt war. Mirza Qasem sagte, Khiabani sei revolutionär. Und Tuba hätte ihn gern gefragt, was das Wort revolutionär bedeute. Mirza Qasem fügte hinzu, solche Menschen hätten zwar eine edle Gesinnung, brächten aber das Land in Gefahr. Rußland und England beobachteten aufmerksam die politische Entwicklung in Persien, und es sei gefährlich, radikale Tendenzen zu schüren, was letztlich nur dazu führe, daß die zwei Mächte vom unausweichlichen Chaos profitierten. Scheich Khiabani war nach Mirza Qasems Meinung ein äußerst ehrenwerter, aber nicht unbestrittener Mann. Tuba hörte schüchtern zu und überlegte, ob Mirza Qasem überhaupt wußte, was für ein großer Mann Khiabani war. Daß er sich in der Finsternis auf Friedhöfe begab und um die Armen weinte. Wie auch immer, Mirza Qasem war ein Mann und wußte sicher mehr als sie. Tuba bat Mirza Qasem, ihr hin und wieder eine Zeitung zu kaufen, was er ihr gern versprach. Tuba fiel auf einmal der Globus ein, und sie fragte Mirza Qasem, ob er sich damit auskenne. Tuba brachte den Globus und drückte ihn ihm in die Hand. Mirza Qasem versuchte, Tuba aus zwei Metern Entfernung die Bedeutung der Farben und die lateinischen Lettern auf dem Globus zu erklären, die er selbst auch nicht richtig verstand, wie er bescheiden zugab. Sie fanden schließlich heraus, daß jedes Land eine eigene Farbe hatte und daß die Linien zwischen den Farbfeldern die Landesgrenzen darstellten. Mirza Qasem zeigte Tuba Rußland. Rußland war hellgrün. Unterhalb Rußlands, da lag Persien. Persien war gelb, und Mirza Qasem machte Tuba darauf aufmerksam, daß das Land die Form einer Katze hatte. Von da an mochte Tuba Katzen und die Farbe Gelb. Zweifellos steckten in dieser Form und in dieser Farbe Geheimnisse, die ihr noch verschlossen waren. Gott hatte es so bestimmt. Weiter weg befand sich das dunkelgrüne Indien, und Mirza Qasem meinte, Indien sei ein sehr fruchtbares Land, ein Paradies. Hinter all diesen Ländern breitete sich die Neue Welt aus, die erst vor nicht allzu langer Zeit von einem Mann namens Christoph Kolumbus entdeckt und nach einem anderen Mann namens Amerika benannt worden war. Dieses Amerika war in verschiedenen Farben gezeichnet, große blaue Flächen trennten es vom Rest der Welt: Das waren die Ozeane. Mirza Qasem zeigte Tuba auch England und Japan. Schließlich blieb er zum Mittagessen, das er allerdings nicht in Tubas Anwesenheit einnahm. Tuba aß in ihrem Schlafzimmer zusammen mit Sahra.

Am Abend erzählten Hadschi Mostafas Frauen ihm von dem skandalösen Besuch, und dieser nahm sich vor, am nächsten Morgen ein paar ernsthafte Worte mit Tuba zu reden. Am Morgen aber stellte er fest, daß er den Mut für eine Begegnung mit Tuba nicht aufbrachte. Es war schwierig, sich mit Tuba zu unterhalten, denn sie blickte entweder zu Boden oder zum Himmel oder zur Wand und antwortete jeweils offen und kurz und bündig auf seine Fragen. Der Hadschi hatte das Haus noch nicht verlassen, als Mirza Qasem mit dem Tischlermeister und ein paar Männern vor dem Haus stand. Sie luden Rundbalken und Holzlatten für den Webstuhl im Innenhof ab, und Hadschi Mostafas Frauen wurden in ihrem Zimmer eingeschlossen. Bis zum Abend war der Webstuhl fertig zusammengebaut. Der Tischlermeister blieb zum Mittagessen und bekam Hammeleintopf vorgesetzt. Mirza Qasem brachte Tuba die versprochene Zeitung mit. Als die Aufregung des anstrengenden Tages sich gelegt hatte, holte Tuba die Zeitung hervor. Sie kniete sich neben die Gaslampe und begann feierlich zu lesen. Die Welle der Ereignisse außerhalb des Hauses übertrug sich auf sie selbst. Nach der Lektüre faltete Tuba die Zeitung feierlich zusammen und legte sie in die Wandnische.

Am Freitag kamen Tubas Angehörige und Verwandten zum Mittagessen: die Mutter mit ihrem Mann, dem Polizeimajor, Tubas kleine Schwester Osra und die beiden Brüder Mortesa und Mostafa sowie einige entfernte Verwandte. Sahra schilderte ihnen ausführlich die Brautwerbung; Aufregung bemächtigte sich der Familie. Abdollah Khan hielt den Freier für einen bedeutenden Mann. Diese eheliche Verbindung würde der Familie zusätzliches Ansehen verschaffen, und die Zukunftschancen der beiden

Brüder Tubas, die noch zur Schule gingen, würden sich erheblich verbessern. Abdollah Khan übernahm es, die Vorbereitung für den Empfang zu treffen. Er sagte, er werde goldbestickte Samtkissen bringen lassen, und gab Sahra Anweisungen, wo Gebäck einkaufen. Es wurde vereinbart, daß sich am Dienstag die ganze Familie in Tubas Haus einfinden solle, damit die Zeremonie der Brautwerbung in einem würdevollen, prächtigen Rahmen stattfinde. Zudem wurde beschlossen, Stühle und Tische zu besorgen, damit Abdollah Khan nicht vor den fremden Frauen auf dem Boden sitzen mußte.

Tuba erlebte alles, was um sie herum vor sich ging, in einem Zustand zwischen Traum und Wirklichkeit. Am Montag ging sie in Begleitung Sahras in den Hammam. Wieder zu Hause, flocht ihr Sahra die Haare in vierzig Zöpfe, befestigte Ringe mit Nasereddinmünzen an ihren Ohren und holte neue Gewänder aus der Kleidertruhe. Am Dienstag morgen fegte Sahra das ganze Haus sauber. Während sie schrubbte, machte sie sich große Sorgen, ob sie in der Lage war, einer Prinzessin einen würdigen Empfang zu bereiten. Inzwischen brachte Mirza Qasem eine Zeitung und Wolle vorbei. Die Wolle war eben aus Kaschan eingetroffen; sie war von erstklassiger Qualität. Dem jungen Mann fielen die Veränderungen im Haus nicht weiter auf. Er übergab seiner Kusine das Mitgebrachte und ging zur Arbeit.

Am Abend trafen die Verwandten ein. Die Kinder würden im Zimmer nebenan warten und sich ruhig verhalten. Der kleine Tisch und die Stühle wurden in der Nähe der Tür aufgestellt; Abdollah Khan setzte sich auf einen Stuhl, und er sah mit seinen glänzenden Stiefeln noch würdevoller aus als sonst. Die schlichten Samtkissen hatte man verschwinden lassen, an ihrer Stelle lagen die goldbestickten Kissen Abdollah Khans. Als alles vorbereitet war, beschloß

Tubas Stiefvater, einen kleinen Spaziergang zu machen und erst nach dem Eintreffen der Gäste zurückzukehren, so brauchte er sich nicht vor ihnen zu verbeugen.

Um fünf Uhr nachmittags klopfte es an der Haustür. Die Frauen von Hadschi Mostafa, denen die fieberhaften Vorbereitungen nicht entgangen waren, eilten zur Tür. Sahra mußte sie fast gewaltsam zur Seite schieben, um selbst der Prinzessin zu öffnen. Die Prinzessin war in einen schwarzen Tschador gehüllt. Sie hatte ihren Gesichtsschleier nach oben gezogen, und ihre großen, wunderbaren, bläulichgrünen Augen musterten Sahra. Esmat Chanom und der Kutscher standen hinter ihr, etwas weiter weg Effat Chanom, die Frau des Hammamverwalters. Sahra verneigte sich tief. Die Prinzessin wandte sich zum Kutscher und befahl ihm zu warten. Der Mann verbeugte sich gehorsam. Die Dame trat ein, streckte ihre Hand unter dem Tschador hervor und deutete auf Hadschi Mostafas Frauen, um zu fragen, wer das sei. Ihre Hand war weiß und fleischig; an den Fingern trug sie zwei Ringe mit großen Diamanten und Rubinen. Die beiden Frauen traten ehrerbietig einen Schritt zurück. Sahra antwortete nur: »Hadschi Mostafas Frauen, Eure Dienerinnen.« Tubas unbeholfene Mutter, die weder lesen noch schreiben konnte, trat erst jetzt in den Innenhofeingang. Sie grüßte pausenlos, hieß die Prinzessin mit schmeichelnden Worten willkommen. Die Prinzessin nickte huldvoll, schritt die paar Stufen hinunter und trat in den Innenhof. Esmat Chanom folgte ihr auf Schritt und Tritt. Der Kutscher blieb am Innenhofeingang stehen, und Effat Chanom folgte den Frauen in respektvollem Abstand. Sie war nicht sicher, ob man sie hineinließ, doch vor dem Zimmer, wo Tuba in ihrem blauen Tschador wartete, hieß Esmat Chanom sie im Innenhof warten. Bescheiden setzte sie sich an den Rand des Wasserbeckens. Sahra nahm der Prinzessin den Tschador und den Gesichtsschleier ab und hielt ihr einen grünen Gebetsschleier hin. Die Prinzessin legte ihn sorgfältig um, ging dann zum rückwärtigen Teil des Zimmers. Tuba und ihre Mutter setzten sich in die Mitte, Esmat Chanom neben die Tür. Sahra verließ, vor Neugier fast platzend, das Zimmer. Der Blick der Prinzessin fiel auf den Samowar in der Zimmerecke. Sie fragte: »Ist Ihnen nicht kalt?« und sah dabei Tuba zum ersten Mal an. Ihr Blick war direkt und stechend. Tuba erklärte schlicht, daß sie erst gegen Ende November anfange zu heizen. Sahra trat mit einem Becken glühender Kohle herein und stellte es neben die Prinzessin. Die Prinzessin hielt ihre weißen Hände über das Becken und meinte, sie habe den Eindruck, es werde in diesem Jahr wohl kälter werden als im vorigen und wahrscheinlich werde es auch viel Schnee geben. Hinter der Tür ertönte Abdollah Khans *Ja Allah!* Ohne Hast zog die Prinzessin ihren Tschador bis unter die Augen. Der Mann kam herein, sämtliche Frauen, auch die Prinzessin, erhoben sich. Er bat sie, wieder Platz zu nehmen, und setzte sich auf einen Stuhl. Er versuchte, mit seinen Stiefeln den Teppich nicht zu beschmutzen, aber das stand im Widerspruch zu seiner Absicht, der Prinzessin mit seinen Stiefelsporen zu imponieren. Er hatte sogar vorgehabt, die Beine übereinander zu schlagen, wie er es auf einem Bild von Kaiser Wilhelm von Preußen gesehen hatte. Aber er fühlte sich aus einem unerklärlichen Grund gehemmt. Man stellte sich gegenseitig vor. Die Prinzessin sagte sich insgeheim, daß es sich tatsächlich nicht um gewöhnliche Bürger handelte, daß die Familie wahrscheinlich zu den wohlhabenderen gehörte. Ohne lange Umschweife begann sie, von ihrem Bruder, Prinz Kamaloddoule, zu sprechen. Gott habe keinen fröhlicheren Mann auf dieser Welt geschaffen. Die Prinzessin schlüpfte geradezu in die Rolle der Mutter, um eine gute Gemahlin für ihn zu finden. »Vielleicht wird er dann etwas ernster«, fügte sie lachend hinzu. Abdollah Khan dachte im stillen empört, es sei nicht angebracht für eine Frau, in Gegenwart eines fremden Mannes zu lachen. Aber wahrscheinlich gab es einen triftigen Grund dafür. Vielleicht ziemte es sich für Prinzessinnen zu lachen, und es wurde von ihm erwartet, daß er in das Lachen einstimmte. Also antwortete er mit einem heiseren Lachen. Von Minute zu Minute fühlte er sich unbehaglicher. Während die Prinzessin sprach, zeigte sie ungezwungen ihren nackten Arm. Ein mit Edelsteinen besetztes Armband glänzte an ihrem rechten Handgelenk und rutschte mit jeder Bewegung nach hinten. Die plissierten, mit Tüllvolants besetzten Ärmel ihres Kleides bedeckten die Handgelenke; wenn sie ihre Hand hob, glitten die Stoffalten zurück und entblößten ihr schmales Handgelenk. Die Prinzessin fragte Tuba, ob es wahr sei, daß sie Gott suchen wolle. Tuba antwortete mit einem schlichten Ja. Ein liebenswürdiges Lächeln erschien auf den Lippen der Prinzessin. Sie sagte, es sei wohl natürlich, daß man sich als Tochter eines Gelehrten viel Wissen und Bildung aneigne; Tuba sei die edle Gesinnung geradezu anzusehen. Dann fragte sie plötzlich, warum sie sich von ihrem Ehemann habe scheiden lassen. Abdollah Khan ergriff das Wort und ließ sich über den zu großen Altersunterschied und die darauf zurückführende fehlende Harmonie zwischen Tuba und dem Hadschi aus. Er wußte zwar über die Vorkommnisse auf dem Friedhof Bescheid, hielt es aber für angebracht, nichts darüber verlauten zu lassen. Die Prinzessin erwiderte darauf, ihr Bruder sei sechsundvierzig Jahre alt, habe aber die körperliche Verfassung eines Achtzehnjährigen. Auf die Frage, ob er jetzt mit einer anderen Frau verheiratet sei, antwortete sie, auch er habe sich von seiner letzten Frau scheiden lassen. Er habe Kinder von weiteren Frauen, von denen er sich ebenfalls habe scheiden lassen. Tuba Chanom brauche sich nicht um die

Kinder ihres Mannes zu sorgen. Ihr Bruder sei grundsätzlich dagegen, mit mehreren Frauen zugleich in ehelicher Gemeinschaft zu leben. Sein Motto sei: ein Gott, eine Frau. Ihr Blick fiel dabei auf Tubas goldene Ohrringe, und sie nahm sich vor, ihr bei der Trauung ein Paar Diamantohrringe zu schenken.

Man wurde sich schnell einig: Die Hochzeit sollte baldmöglichst stattfinden, innerhalb von höchstens vierzehn Tagen, noch bevor der Fastenmonat Ramadan begann. Die Prinzessin kündigte an, sie werde morgen Spiegel, Kerzenleuchter und einen Schal vorbeibringen lassen. Es sei nicht nötig, daß Tuba den Bräutigam vorher treffe. Er sei allseits bekannt, und Abdollah Khan könne ihn, wenn er wünsche, im Regierungsgebäude kennenlernen. Wenn eine Frau ihr, der Prinzessin, gefalle, dann sei das genau so, als ob ihr Bruder Gefallen an ihr finde. Als sie sich erhob, um sich zu verabschieden, war der Hochzeitstermin bereits festgelegt: in zwei Wochen, an einem Dienstag.

Im Innenhof nickte sie Esmat Chanom zu und drückte Effat Chanom eine kleine Goldmünze in die Hand. Die Frau verbeugte sich bis zum Boden. Ohne sich umzusehen, ging die Prinzessin an der Seite von Tuba, deren Mutter und von Abdollah Khan durch den Innenhof und geriet erneut ins Blickfeld der neugierigen Frauen Hadschi Mostafas, die zum ersten Mal in ihrem Leben einer Prinzessin ansichtig wurden. Der Kutscher öffnete die Haustür, Abdollah Khan begleitete sie zur Kutsche, und die Frauen kehrten ins Zimmer zurück. Tuba würde sich also wieder vermählen, und zwar genau einen Monat nach dem Ablauf der hunderttägigen Frist.

Die Nachricht schlug wie eine Bombe ein, und ein Splitter dieser Bombe traf Mirza Qasem direkt ins Herz. Von der ersten Begegnung an hatte er sich daran gewöhnt, Tuba als seine Frau zu betrachten. Hatten sie sich nicht vertraulich über Scheich Khiabani unterhalten? Über den Globus und über Wolle und Teppiche? Alles wäre so einfach gewesen. Sie hätten nur einen Mullah gebraucht, der sie traute. Sie war schön und konnte Teppiche knüpfen. Sie wäre in der Lage gewesen, den gemeinsamen Haushalt ordentlich zu führen. Jetzt war dieser Bastard von einem Prinzen vom Himmel gefallen wie ein Todesbote. Selbst wenn aus der Hochzeit zwischen Tuba und dem Prinzen nichts werden sollte, würde sie ihm, Mirza Qasem, bei jeder Gelegenheit von der einmaligen Chance ihres Lebens erzählen und ihm ewig Vorhaltungen machen. Seine erste Reaktion war, Tuba keine Zeitung mehr zu bringen, so daß die Verbindung zur Außenwelt mit einem Schlag abbrach. Melancholisch veranlagt, wie sie war, erklärte sie sich auch diesen Vorgang damit, daß übernatürliche Kräfte sie davon abhalten wollten, die Zeitung zu lesen. Daß ihr Vetter plötzlich verschwunden war, ergab für sie keinen Sinn. Es hatte doch keinen Streit und keinen Zwist zwischen ihnen gegeben? Die zweite Reaktion Mirza Qasems war, daß er sich vornahm, um jeden Preis die modernen Wissenschaften zu studieren, um bei der erstmöglichen Gelegenheit den eingebildeten Prinzen, den er haßte, ohne ihn je gesehen zu haben, in die Schranken zu weisen. Die dritte war, daß er seinen Kleidungsstil änderte. Er hatte Freunde, die sich europäisch kleideten, und über Nacht folgte Mirza Qasem ihrem Beispiel. Das ging alles so schnell, daß es seiner Mutter die Sprache verschlug. Seit sie von Kaschan nach Teheran gekommen waren, hatte die alte Frau ohnehin aufregende Veränderungen akzeptieren müssen. Das Leben in Teheran hatte nichts mit dem ruhigen Leben in Kaschan gemeinsam. Schließlich entschloß sich Mirza Qasem, sich um eine Anstellung beim Ministerium für religiöse und wohltätige Stiftungen zu bewerben. Als Staatsangestellter konnte er eines Tages einen hohen

Posten bekleiden und die herrschende Ordnung umkrempeln. Dann erkundigte er sich über die Möglichkeiten, Französisch zu lernen. Er mußte einfach die Lettern auf dem Globus entziffern können. Er wollte nicht länger aus Unwissenheit Fragen unbeantwortet lassen, die Frauen, das schwache Geschlecht, ihm stellten. So daß sie sich erkühnten, sich auf eigene Faust einen Prinzen als Ehemann zu angeln! Schließlich fing er an, in den Kreisen um Scheich Khiabani zu verkehren. Khiabani hatte nichts gegen den Modernismus einzuwenden. In seiner Umgebung waren eine Menge europäisch angezogener Männer mit Schlips und Fliege zu sehen.

Alle diese Veränderungen vollzogen sich innerhalb weniger Tage. Zwei oder drei Tage vor Tubas Hochzeit beschloß Mirza Qasem, Tuba doch aufzusuchen. Er mußte ihr für die Rundbalken, für die Holzlatten, die Löhne der Tischler, die Wolle und die Zeitungen Rechnung stellen, obwohl ihm allein schon der Gedanke zuwider war. Er wollte die Frau demütigen, so daß sie die Demütigung nie mehr vergessen würde.

Er begab sich zu Tubas Haus, klopfte, und als Sahra die Tür öffnete und ihn hereinbat, lehnte er dankend ab. Amghesi Tuba möge doch bitte schnell an die Tür kommen. Tuba ging, in einen Gebetsschleier gehüllt, zur Tür und war zunächst so verblüfft über Mirza Qasems Veränderungen, daß sie einen Moment lang erstarrte. Sie bestand darauf, Mirza Qasem solle doch hereinkommen, der aber lehnte hartnäckig ab. Schließlich gab er nach. Ihre Begegnung war diesmal nicht mehr so herzlich wie früher. Tuba setzte sich hinter den Vorhang ihres Schlafzimmers, und Mirza Qasem saß auf dem Stuhl aus dem Hause Abdollah Khans, der für die Hochzeit nochmals gebraucht wurde. Zunächst herrschte Schweigen zwischen den beiden. Endlich fragte Tuba leise, ob die Zeitung nicht mehr erscheine.

Mirza Qasem antwortete, die Zeitung erscheine wohl weiter, es werde aber von Tag zu Tag schwieriger, sie zu besorgen. Er sagte, er habe Scheich Khiabani getroffen, und der habe angekündigt, er werde Teheran aus Protest gegen die repressiven Maßnahmen der Regierung verlassen. Tuba spürte das Pochen ihres Herzens. Und wieder schwiegen beide. Dann fragte Tuba, ob sie ihm das Geld zurückerstatten könne, das er ihr vorgestreckt habe und das sie ihm nun schulde. Doch Mirza Qasem war plötzlich entschlossen, das Geld unter keinen Umständen anzunehmen, denn so würde das schlechte Gewissen sie plagen. Der anschließende kindische Streit wegen des Geldes ging zugunsten Mirza Qasems aus. Schließlich teilte er ihr mit, er bemühe sich um eine Stelle bei der Stiftungsbehörde und wolle die Beamtenlaufbahn einschlagen. Er zählte die Aufstiegsmöglichkeiten auf und versicherte ihr, in zehn Jahren werde er zum Ministerialdirektor avanciert sein. Während er noch redete, haßte er sich bereits dafür. Er wünschte, es wäre jemand da, der an seiner Stelle Tuba alles erklären konnte. Tuba, die den Unterschied zwischen einem Basari und einem Beamten nicht kannte, hörte stumm zu. Sie verstand nichts von alledem – außer, daß Mirza Qasem dem Engländer aus ihrer Kindheit sehr ähnlich sah.

Eine Frage lag Mirza Qasem noch auf dem Herzen. Traf es zu oder nicht, daß die Kusine einen Kadscharenprinzen heiraten werde? Hätte ihn jemand beobachtet, hätte er gesehen, wie sein Gesicht hochrot anlief. Tuba bejahte. Mirza Qasem fragte weiter, ob sie sich bewußt sei, daß die Kadscharendynastie schlechten Zeiten entgegensehe? Das war eine kühne Frage. Obwohl Mirza Qasem verfassungsfreundliche Zeitungen las, hätte er sich selbst bisher nicht einmal getraut, über Fortbestand oder Untergang dieses Staates nachzudenken. In Gegenwart der jungen Amghesi Tuba, die hinter dem Vorhang vor ihm saß, stieg nun dieser Gedanke plötzlich aus seinem Unterbewußtsein auf. Tuba dachte, er irre sich ganz bestimmt. Könige würden nie untergehen. Seit es die Welt gab, hatte es Könige gegeben. Es war einfach unmöglich. Dann dachte sie, wenn ihrer Vermählung mit dem Prinzen etwas im Wege stehe, müßte Scheich Khiabani sie auf irgendeine Weise davor warnen. Aber Scheich Khiabani schwieg. Er hatte Tuba keine Botschaften zukommen lassen – außer an jenem Regentag, als die Teegläser auf dem Tablett klirrten, und Tuba war es bis heute nicht gelungen, sich diesen rätselhaften Vorfall zu erklären. Je länger sie darüber nachdachte, desto tiefer wurde das Schweigen zwischen ihr und Mirza Qasem. Mirza Qasem konnte nichts von Tubas Gemütszustand ahnen. Er dachte, sie sei wohl ganz durcheinander von dem Gedanken, bald einen Prinzen zu heiraten. Sie erwarte bestimmt, im Harem zur Lieblingsfrau zu werden, goldbestickte Kleider aus Kaschmir zu tragen und ein Heer von Dienerinnen in ihrem Gefolge zu haben. Sie würde keine Teppiche mehr knüpfen, ihre natürliche Schlichtheit für immer verlieren. Bald würde sie eine von jenen Haremsfrauen sein, die Gift in das Teeglas ihrer Rivalinnen schütten und den Säuglingen ihrer Nebenfrauen die Fontanelle mit Nadeln durchstechen. Die arme Amghesi Tuba! War sie wirklich so arm? Mirza Qasem schwankte zwischen einem spöttischen Lächeln und Hochachtung vor ihrer Haltung. Es klopfte an der Haustür. Es waren Esmat Chanom und Tubas Mutter. Sie waren gekommen, um Tuba abzuholen. Sie wollten im Basar einkaufen gehen. Sahra kam rechtzeitig ins Zimmer, um die Anwesenheit Mirza Qasems zu rechtfertigen. Esmat Chanom ließ mit ihren bohrenden Fragen nicht locker, bis sie über das Verwandtschaftsverhältnis zwischen Qasem und Tuba genaustens im Bild war. Durch Sahras Vermittlung ließ Tuba ergeben Mirza Qasem einen kleinen Beutel überbringen, mit einem

Betrag, der die Kosten für die Zeitungen und den Webstuhl deckte. Mirza Qasem, der bei Esmat Chanom keinen Verdacht aufkommen lassen wollte, nahm den kleinen Beutel in Empfang, zählte das Geld nach und stattete Amghesi Tuba einen Teil zurück. Kleinlaut verabschiedete er sich und trat enttäuscht auf die Straße hinaus. Abends wollte er zu einem revolutionären Zirkel von Gegnern der Kadscharendynastie gehen. Er hatte sich vorgenommen, diesen verfaulten Staat radikal umzuwälzen.

Als die Frauen im Basar über den Preis von Satin und Brokat feilschten, traf Tuba plötzlich ihre endgültige Entscheidung. Sie entschloß sich, Scheich Khiabani persönlich aufzusuchen. Sie mußte einen Vorwand finden, um die Frauen abzuschütteln. Also erklärte sie, sie sei erschöpft, sie könne kaum mehr stehen, sie müsse nach Hause zurückkehren. Die Frauen wollten sie begleiten, aber es gelang ihr, sie davon abzuhalten. Bevor sie es sich anders überlegen konnten, verschwand Tuba in einer der Seitengassen des Basars. Sie lief zum Eingang des Basars, so schnell sie konnte. Da sie den Weg nicht kannte, nahm sie eine Droschke und rief aufgeregt dem Kutscher zu: »Zum Parlament!« Sie dachte, sie werde jetzt zu einem Schloß irgendwo in den Wolken gelangen, wo sich Scheich Khiabanis Residenz befand. Bevor sie sich in diese Vorstellung hineinsteigern konnte, hielt die Droschke an: Sie waren da.

Tuba stieg aus und sah sich verwundert um. Sie befand sich mitten auf einem großen Platz, der wohl gründlich saubergefegt worden war, denn die zahllosen Droschken, Pferde und Esel wirbelten keine Staubwolken auf. Sie wandte sich dem Tor zu; es war ein sehr großes Tor mit Metallstäben. Es dauerte eine ganze Weile, bis sie sich getraute, den Kopf zu heben und zu den Wolken hinaufzublicken. Doch statt der Wolken sah sie das am Tor befestigte Emblem des Parlaments: den Löwen mit dem

Krummsäbel in der Pranke und dahinter die aufsteigende Sonne. Über dem Eingang stand geschrieben: MOSAFFARS GERECHTIGKEIT. Tuba sah die Wachen auf beiden Seiten des Tores. Sie blickten streng und schenkten der Frau keine Beachtung. Durfte sie nach Scheich Khiabani fragen? Tuba nahm ihren ganzen Mut zusammen, ging zunächst einige Schritte auf und ab. Nein, sie konnte die Wachen nicht nach Scheich Khiabani fragen. Ziellos lief sie auf dem Platz vor dem Parlament herum und gelangte wieder zum Tor. Nein, sie durfte auf keinen Fall nach ihm fragen. Man würde sie verspotten und verjagen. Was hatte denn eine verschleierte Frau im Parlament zu suchen? Was würden sie ihr antworten? Abermals lief sie um den ganzen Platz herum. An einer Ecke befand sich eine Kebabstube. Sie blieb stehen und starrte auf die Kebabmasse in der großen Messingschüssel. Der Kellner hatte rohe Eier über der Fleisch- und Kräutermischung aufgeschlagen, die dann am Spieß gebraten wurde. Das Tablett bot einen appetitanregenden Anblick. Wann immer jemand ein und aus ging, bimmelte eine Glocke über dem Eingang. Tuba starrte auf den Kebab. Durfte sie einfach hineingehen und sagen, sie möchte davon haben? Schließlich fragte der Kellner nach ihrem Begehr. Sie antwortete: »Kebab.« Er fragte, ob sie Geld habe, und sie reichte ihm eine Einqeranmünze hinüber. Der Kellner verschwand. Er konnte unmöglich die Frau in das Lokal hineinlassen, suchte nach einem leeren Tablett, wickelte zwei Stücke Kebab in ein Fladenbrot und kam mit dem Wechselgeld zurück. Er sagte, ein paar Häuser weiter befinde sich eine kleine Gasse, wo sie ihren Kebab in Ruhe essen könne. Er empfahl ihr, sich zu beeilen, damit der Kebab nicht kalt werde in der frostigen Luft. Tuba versteckte den Imbiß unter ihrem Tschador und lief in Richtung der Gasse; sie war eng und menschenleer. Sie setzte sich mit dem Gesicht zur Mauer und zog ihren

Gesichtsschleier hoch, so daß nur gerade der Mund frei war. Dann fing sie hastig zu essen an. Sie schluckte die Bissen unzerkaut, und manchmal blieb ihr ein Stück im Hals stecken. Zwischendurch mußte sie eine Pause einlegen, damit sie richtig hinunterschlucken konnte. Das Fett war durch die Kälte erstarrt, und das Brot war trocken. Als sie mit dem Essen fertig war, zog sie ihren Gesichtsschleier wieder zurecht und stand auf. Da erst bemerkte sie einen Mann, der einige Schritte hinter ihr stand und sie aufmerksam beobachtete. Sie rannte so schnell wie noch nie in ihrem Leben, bis sie wieder zum Parlamentsgebäude gelangte. Sie blieb außer Atem stehen. Diesmal betrachtete sie das Parlament zerstreut und verärgert. Warum kam die Lichtgestalt nicht zu ihr heraus? Wenn Scheich Khiabani es hätte tun wollen, hätte er es getan. Er war allmächtig. Es war sinnlos, länger zu warten. Sie nahm wieder eine Droschke. Auf dem Heimweg stellte sie fest, daß ihr in ihrem ganzen Leben noch nie etwas so gut geschmeckt hatte wie der kalte, fette Kebab. Es war die erste Mahlzeit, die sie selber bestellt und mit Genuß gegessen hatte. Die anderen Frauen kamen erst später nach Hause. Da Sahra sie begleitet hatte, war zu Hause nichts vorbereitet. Was essen also? Etwas Kebab aus der Imbißstube vorn an der Gasse. Sahra nahm ein Tablett und ging Kebab holen. Tuba schmunzelte.

Die Hochzeit fand im Haus von Prinzessin Turanossaltane statt. Diese hatte sich für die Hochzeit ihres Bruders nach Kräften angestrengt. Sie war fest entschlossen, den Bruder auf den rechten Weg zurückzubringen und ihren Ehemann aus seinen Klauen zu befreien. Seit Prinz Fereydun von seiner letzten Frau geschieden worden war, war er für seine Schwester zu einer Last geworden. Schlimmer: Er entführte jeden Abend ihren Mann Prinz Mansur, und die beiden trieben sich in der Stadt herum. Die peinlichen Details vernahm sie dann und wann aus dem Munde von Eschrat Chanom und Saltanat Chanom, und sie zitterte jeweils am ganzen Körper vor lauter Wut und Eifersucht. Sie täuschte häufig Ohnmachtsanfälle vor, so daß man sogar einen Arzt rufen mußte, aber es schien völlig zwecklos zu sein: Prinz Mansur war wie ein zahmes Täubchen in der Hand ihres Bruders Prinz Fereydun. Willenlos, manchmal aber auch aus eigenem Antrieb, folgte er Prinz Fereydun, der beständig durstig nach neuen Erfahrungen war. Die beiden hatten sich eine Philosophie zurechtgelegt, mit der sie ihr Verhalten rechtfertigten. Das Leben war kurz und hart genug, so daß man lieber die Zeit möglichst angenehm nutzte.

Turanossaltane überwachte persönlich die Anfertigung von Tubas Brautkleid. Es war ein blaues Kleid aus Seide und Satin. Die Ärmelbesätze und der Saum waren goldbestickt. Eine russische Schneiderin hatte es nach russischen Modellen genäht und ein paar Änderungen nach Turanossaltanes Geschmack hinzugefügt. Am Morgen des Hochzeitstages wurde Tuba in den Hammam begleitet, dann überließ man sie den Händen der Frau, die sie schminkte und schmückte. Die Schminkerin flocht Tuba vierzig Zöpfe und band an jeden Zopf einen goldenen Anhänger, der mit einer kleinen Perle verziert war.

Ihr Gesicht war so stark geschminkt und gepudert, daß sie sich im Spiegel gar nicht erkannte. Eine unbeschreiblich schöne Frau blickte ihr aus dem Spiegel mit einem verwunderten und zugleich zufriedenen Blick entgegen. Tubas unbeholfene Mutter, die allen im Weg stand, trug ein neues, geschmackloses Samtkleid, das sie sich eigens für diesen Anlaß genäht hatte. Die kleine Schwester Osra saß in einen Gebetsschleier gewickelt neben ihr und bestaunte die Veränderung im Gesicht ihrer Schwester. Turanossaltane befahl, der Brautmutter ein Kleid aus ihrer eigenen Garderobe zu bringen. Es war vereinbart, daß Tuba ihr Brautkleid nach dem Mittagessen anziehen werde und daß die Trauung – so, wie es der vollziehende Geistliche bestimmt hatte – um zwei Uhr nachmittags stattfinde, wenn sich die Sterne in der günstigen Konstellation befanden. Die Frauen würden um die Eßtücher herum sitzen und ein üppiges Festmahl zu sich nehmen, während die Jüdin Morwarid die Schellentrommel spielte und dazu sang. Im Untergeschoß würden die Männer Rotwein zum Essen trinken, und Mortesa, der alte Vertraute des Prinzen, würde mit seiner Tar aufspielen.

Prinz Fereydun trug einen gezwirbelten Schnurrbart nach Art eines Sufi. Prinz Mansur, sein Zechkumpan, und auch Mortesa, der dritte im Bund, trugen eine ähnliche Barttracht. Alle drei fühlten sich zur sufischen Lebensauffassung hingezogen, und Mortesa hatte sogar die Absicht, einem Sufiorden beizutreten. Für den Fall, daß nach der Vermählung des Prinzen seine nächtliche Beschäftigung als Musiker zurückgehen sollte, plante er, mit einer Empfehlung des Prinzen eine Stellung bei einer staatlichen Behörde anzunehmen, auf ehrliche Weise das Brot für seine Frau und seine Kinder zu verdienen und dann irgendwann in ein Kloster einzutreten.

Mortesa war ein frommer Träumer. Manchmal teilte er seine geistigen Erkenntnisse und kleinen Erleuchtungen dem Prinzen und seinem Kumpan mit, was sie aus ihrer profanen Welt in eine übernatürliche katapultierte. Die drei waren unzertrennliche Freunde, auch wenn Mortesa von niedrigerer Herkunft war. Er nahm gern an den zügellosen Orgien teil, allerdings ohne sich den zahlreichen Frauen zu nähern, die der Prinz jeweils aufsuchte. Er liebte seine Frau und war ihr treu. Geduldig fügte er sich in Erwartung besserer Zeiten in sein Hungerleiderdasein. Prinz Fereydun war so gespannt auf die Begegnung mit seiner Braut, die er nie zuvor gesehen hatte, daß er keine Ruhe fand. Im Laufe der vergangenen zwei Wochen hatte er derart viel über sie gehört, daß in seiner Vorstellung das Bild eines Engels entstanden war. Er hatte mit Esmat Chanom vereinbart, daß er sich hinter einem Fenster verstecken werde, um die Braut ohne ihr Wissen zu sehen. Die alte Füchsin aber hatte den Prinzen möglichst lange hingehalten, um seine Leidenschaft zu schüren und schließlich zur Belohnung eine Goldmünze von ihm zu erhalten. Nach dem Mittagessen legte sie ihren Schleier an und ging ins Untergeschoß, um den Bräutigam einmal mehr in Versuchung zu bringen. Sie schwärmte, die Braut sehe wie eine Paradiesjungfrau aus und sei so schön, daß der Mond vor ihr erblasse. Sie setzte sich so hin, daß ihr wogender Tschador den Ausschnitt ihres Kleides den Blicken der anwesenden Männer preisgab. Sie wußte, es kam vor allem auf üppiges Fleisch an. Je beleibter, desto besser. Sie hatte gegenüber der Braut den Vorteil, molliger zu sein als sie, wesentlich molliger. Dieser Vorteil durfte auf keinen Fall den Blicken vorenthalten bleiben. Sie wußte, daß Prinz Mansur, im Gegensatz zu seinen Kumpanen, füllige Frauen mochte. Er war seiner Frau Turanossaltane selbstverständlich treu, denn er wußte ganz genau, daß er womöglich die Goldader seines Lebens verlieren könnte, wenn er sich im falschen Moment nicht beherrschte. Dennoch, das Haus hatte viele entlegene Kammern und Winkel. Er pflegte ja auch keine sündigen Beziehungen: Er schloß mit den Frauen kurze Ehen auf Zeit, so daß alles in geregeltem Rahmen ablief. Gott hatte ihm soviel Lebenskraft und Energie gegeben, daß er bestens in der Lage war, sich alle appetitlichen Frauen in Turanossaltanes Haus vorzunehmen. Er sah im übrigen noch ganz gut aus für sein Alter.

Der Prinz hörte sich aufmerksam die Beschreibungen

Tubas an. Die Schilderung war diskret und respektierte die Grenzen der Sittlichkeit. Der Prinz hatte keine Hemmungen, daß in Gegenwart seiner Freunde über seine zukünftige Frau gesprochen wurde. Die Frau gehörte ihm, und er verstand sich schon darauf, sie an sich zu ketten. Außerdem hatte er schon viel über Tubas Keuschheit gehört, und gerade die war es, die ihn reizte. Es genügte, daß er ein Schwerenöter war; wenn sich nun auch die Frau als Herumtreiberin entpuppte, blieb kein Stein auf dem anderen. Er verlor die Geduld: Er mußte die Frau unbedingt vor der Trauung sehen! Esmat Chanom bat um die in Aussicht gestellte Belohnung. Sie steckte die Goldmünze zwischen ihre Brüste und hieß den Prinzen, ihr unauffällig zur Hintertreppe des Gebäudes zu folgen, auf den Zehenspitzen durch den Flur zu gehen und sich dann in der Abstellkammer zu verstecken. Sie werde Tuba unter einem Vorwand ins Wohnzimmer locken, das durch eine Tür mit der Abstellkammer verbunden war. Was ihr auch gelang: Sie forderte Tuba auf, sich doch im Brautkleid vor dem großen Spiegel im Wohnzimmer zu betrachten. Sie schob Tuba in die Mitte des Zimmers, und Tuba betrachtete nachdenklich ihr Spiegelbild. Der Traum von der Gottessuche, der tote Junge am Straßenrand und der Wunsch, einen Messias auf die Welt zu bringen, alles ging ihr noch einmal durch den Kopf. Das, was künftig geschehen würde, entzog sich ihrem Einfluß: Es war der Wille Gottes, an dessen Wirken sie fest glaubte! Der Webstuhl und die Bücher ihres Vaters waren nunmehr vergessene Gegenstände, die in einer Kiste irgendwo in einem unerreichbaren Winkel der Abstellkammer lagerten. Alles, was in den vergangenen vierzehn Tagen geschehen war, war überstürzt und in äußerster Eile vor sich gegangen. Tuba hatte keinen Moment lang Gelegenheit gehabt, an Mirza Qasem und Scheich Khiabani zu denken. Manchmal trat dieser wie die Sonne durch den

Nebel ihrer Erinnerungen und verschwand dann wieder. Einen Augenblick lang regte sich in ihr sogar der Verdacht, daß Scheich Khiabani vielleicht gar nicht so eine Lichtgestalt war, wie sie glaubte. Doch sie verdrängte diesen Gedanken gleich. Jetzt war nur noch der Spiegel da – und sie, Tuba. Esmat Chanom ließ sie allein, weil sie angeblich etwas zu erledigen hatte. Da sie sich unbeobachtet fühlte, drehte sich Tuba einige Male vor dem Spiegel und betrachtete sich von oben bis unten. Sie mußte zugeben, sie war schön. Sie lächelte zufrieden. Der Prinz drückte sich die Nase und die Stirn an der Fensterscheibe platt und verschlang Tuba gierig mit den Augen. Auf einmal entdeckte Tuba das Gesicht hinter dem Fenster. Sie stieß einen Schreckensschrei aus. Esmat Chanom trat wie ein Dschinn blitzartig hinter dem Vorhang hervor, während der Prinz mit schallendem Gelächter verschwand. Esmat Chanom erklärte, der Späher sei Tubas zukünftiger Gemahl! Nach den Gesetzen des Islam sei ihm ein einziger Blick gegönnt. Das war also Tubas erster Eindruck von ihrem zukünftigen Mann.

Als der Prinz zu seinen Gefährten zurückkehrte, war seine Genugtuung an seinem fröhlichen Gesichtsausdruck abzulesen. Mansur Khans Laune hingegen schien sich entsprechend verschlechtert zu haben. Er warf dem Prinzen vor, er lasse durch die Vermählung seine Brüder im Stich und schließe sich Gockeln und Hennen an. Der Prinz schwor bei Ali, dem Nachfolger des Propheten, daß er das ausschweifende Leben in Gesellschaft seiner Freunde niemals aufgeben werde. Frauen waren zum Vergnügen da, aber man durfte ihretwegen gewisse freigeistige Lebensprinzipien nicht aufgeben. Er beteuerte, daß er, sollte er das fünfzigste Lebensjahr erreichen – was er allerdings nicht glaube –, einem Derwischorden beitreten werde. Mortesa glaubte ihm kein Wort, wollte aber den anderen gegenüber nicht zugeben, was er von dieser Vermählung hielt. Prinz Mansur wollte Beweise: Also wurde vereinbart, daß der Prinz gleich anschließend an die Hochzeitsnacht mit dem schwarzen Dienstmädchen schlafen solle, um seine Gleichgültigkeit gegenüber Frauen unter Beweis zu stellen. Die Männer hoben zum Zeichen des Bundes die rechte Hand und bogen Daumen und Zeigefinger nach unten.

Etliche Gäste waren schon am Vormittag gekommen, um am Hochzeitsmahl teilzunehmen. Andere wiederum würden erst am Nachmittag kommen, um der Trauung und dem anschließenden Abendessen beizuwohnen. Tuba wurde ein seidener Schleier umgelegt, und sie setzte sich neben das Tuch mit den Hochzeitsutensilien. Die Trauung wurde vollzogen, und die Jubeltriller der Frauen stiegen zum Himmel. Turanossaltane mahnte die Frauen zur Ruhe. Sie verkündete, Tuba gelte ab jetzt als kaiserliche Braut und trage auf Befehl Seiner Majestät Schah Mohammad Ali den Titel Schamsolmoluk. Die kaiserliche Botschaft wurde von einer einflußreichen Ehefrau des verblichenen Schah Mosaffareddin überbracht, die auch im neuen Harem einen hohen Rang bekleidete. Abermals jubelten die Frauen, worauf die Zeremonie einen offizielleren Charakter annahm. Die Braut wurde zum hinteren Teil des Frauenzimmers geleitet, das vom Männerzimmer abgetrennt war. Hinter dem Vorhang war ein Raunen von Männerstimmen zu hören. Prinz Fereydun erzählte eine Geschichte und konnte sich dabei vor Lachen kaum halten. Die Männergesellschaft reagierte mit dröhnendem Gelächter. Morwarid spielte wieder auf ihrer Schellentrommel, und eine reizende Tänzerin erschien vor dem Vorhang. Sie rezitierte ein paar Verse zum Lob der Braut. Ihr folgte eine Kamantschespielerin, die auf ihrem Instrument die Schellentrommelspielerin begleitete. Der Rhythmus der Tanzmusik erfüllte das Zimmer. Die Tänzerin drehte sich anmutig im Kreis, näherte sich dem Vorhang und schob ihn zur Seite, um für die Männer zu tanzen. Dieser oder jener reckte den Kopf, um einen Blick von den Frauen im Zimmer nebenan zu erhaschen. Die kleine Osra bedeckte schnell ihr Gesicht mit dem Tschador und wandte sich ab. Die Tänzerin verweilte geraume Zeit im Männerzimmer. Sie drehte sich unermüdlich im Kreis und wurde mit Münzen überhäuft. Die Männer konnten sich deutlich mehr Großzügigkeit erlauben als die Frauen. Dann kehrte die Tänzerin wieder ins Frauenzimmer zurück, wirbelte herum und verbeugte sich rückwärts ganz tief vor der Gattin Schah Mosaffareddins, die ihr eine Münze auf die Stirn legte. Morwarid stieß einen Jubeltriller aus, und die Tänzerin verbeugte sich reihum vor allen ehrwürdigen Frauen in der Runde und bekam das entsprechende Trinkgeld dafür. Zuletzt verbeugte sie sich vor der Brautmutter. Die Ärmste versteckte ängstlich ihren Kopf hinter ihrer Tochter. Ein paar Frauen kicherten, andere schmunzelten spöttisch. Tuba war verlegen, sie wußte nicht, wie sich verhalten. Zum Glück kam Turanossaltane ihr zu Hilfe und legte eine Münze auf die Stirn der Tänzerin. Die kleine Osra murmelte empört vor sich hin.

Um sieben Uhr abends wurde die Braut ins Brautgemach geführt. Auf Turanossaltanes Anweisung aßen Braut und Bräutigam getrennt voneinander. Die Frauen stürzten sich auf die mit Reis gefüllten Tabletts, Tuba blieb allein zurück. Auf einem Korssi, einem Tisch mit einem Kohlebecken darunter, waren verschiedene Speisen angerichtet. In einer Ecke des Zimmers stand ein brummender, plumper, schwarzer Gegenstand. Zum ersten Mal in ihrem Leben sah Tuba einen Kohleofen. An den Wänden hingen große Spiegel, die sich unendlich reflektierten. Durch die Spiegel wirkte der prunkvolle Lüster in der Mitte des Zimmers noch heller und funkelnder. Schritte näherten sich der Tür, die Jubeltriller der Frauen wurden schriller, und Tubas Herz fing zu rasen an. Der Bräutigam wurde ins Zimmer geschoben. Die Tür wurde hinter ihm geschlossen. Bevor er auf Tuba zuging, drehte er den Schlüssel im Schloß. Dann erst wandte er sich der Braut zu. Tuba stand blaß, mit gesenktem Kopf in der Mitte des Zimmers. Sie traute sich nicht, ihren zukünftigen Gatten offen anzusehen. Der Mann trat näher. Tuba sah seinen eleganten, mit Tressen besetzten Gehrock und seine glänzenden Schuhe. Er blieb vor der Braut stehen und musterte sie eingehend: Die Frau sah nicht wie eine *biwe* aus. Sie wirkte noch sehr mädchenhaft. Zärtlich streichelte er mit den Fingerspitzen ihr Kinn und hob ihren Kopf. Tuba hielt die Augen geschlossen, um ihn nicht ansehen zu müssen. Sie hörte eine sanfte Stimme: »Schamsolmoluk, hast du etwa Angst vor mir?« Die Frau nahm sich zusammen und öffnete die Augen. Ein Paar strahlende bernsteinfarbene Augen in einem anziehenden Männergesicht blickten sie an. Prinz Fereydun war ein schöner Mann, und er wußte es auch. Er fragte, ob es angebracht sei, vor dem eigenen Ehemann Angst zu haben, und küßte sie auf die Wange. Tuba wurde rot, und ihr Herz fing wieder zu rasen an. Der Prinz nahm den Hut ab, auf dem das goldene kaiserliche Emblem mit dem Löwen und der Sonne dahinter glänzte, und legte ihn auf einen Stuhl. Er wandte sich wieder der Frau zu, faßte sie sanft an den Schultern und drehte sie zu einem Spiegel. Aus dem Spiegel blickten ihnen nun beide entgegen. Der Prinz sah tatsächlich wesentlich jünger aus als sechsundvierzig. Er lächelte gewinnend und meinte, man halte ihn für einen treulosen Ehemann, dies sei aber ein Irrtum. Er liebe Frauen! Auf der ganzen Welt gebe es nichts, was er so sehr liebe wie Frauen – und seine eigene Frau sei für ihn das Kronjuwel, denn keine Frau auf der Welt könne sich mit ihr messen. Mit geübtem Griff ließ er den blauen Seidenschleier von Tubas Kopf gleiten, fing ihn auf und legte ihn über seinen Hut. Er sagte, das bedeute, daß Schamsolmoluk über ihm stehe. Schamsolmoluks Tschador beherrsche seinen Hut und die ganze Welt. Niemand dürfe sich jemals erdreisten, ihren Tschador, auf welche Art auch immer, zu kränken. Als er das sagte, lag unendliche Zärtlichkeit in seiner Stimme, was Tuba bis dahin gänzlich unbekannt war. Der Prinz zog seinen Gehrock aus, und sein weißes Atlashemd darunter wurde sichtbar. Vertraulich drehte er sich zur Frau um, nahm ihre Hand, führte sie zum Mund und küßte sie.

Tubas Angst ließ langsam nach. Der Prinz geleitete sie zum Korssi, und sie setzten sich nebeneinander davor. Während er ihr kleine Bissen in den Mund schob, erzählte er ihr, seine früheren Frauen hätten die Scheidungen sich selbst zuzuschreiben. Frauen müßten Männern gegenüber geduldig sein. Männer hätten mitunter Schabernack im Sinn, auch er habe sicherlich manche schlechte Charakterzüge. Aber wenn die Frau geduldig sei, käme der Mann letztlich doch wieder zur Vernunft und kehre nach Hause zurück. Dann sprach er von Tubas Vater. Die Geschichte vom Engländer hatte er bereits von seiner Schwester gehört, sie hatte ihm Eindruck gemacht. Der verstorbene Adib – Gott segne ihn – war der Inbegriff eines islamischen iranischen Gelehrten gewesen, und er hatte es dem Engländer auf bestmögliche Art und Weise heimgezahlt. Überhaupt würden sich Menschen von vornehmer Herkunft von der Masse des gewöhnlichen Volkes unterscheiden. Ein Mensch von vornehmer Herkunft falle vielleicht einmal vom Pferd, seine herkunftsbedingten Verpflichtungen jedoch vergesse er nie. Und selbstverständlich müßten vornehme Menschen immer bescheiden bleiben wie die Derwische, denn auch an Bäumen, die viele Früchte tragen, sehe man, wie die Äste sich in Bescheidenheit zur Erde neigten.

Der Prinz sagte zu seiner Braut, von nun an müßten auch alle ihre Familienmitglieder sie mit ihrem Titel Schamsolmoluk ansprechen. Seit der Vermählung mit dem Prinzen gebe es keine Tuba Chanom mehr. Sie war nun eine vornehme Dame, und jedermann mußte sie achten. Tuba sah sich um. Das Zimmer war zwar nicht sehr groß, doch sie fragte sich, wie sie jemals in ihr bescheidenes Haus zurückkehren könnte, das im Vergleich zu diesem wie eine schäbige Hütte anmutete. Während sie sich unterhielten, spielte eine Tar vor der Tür. Mortesa bemühte sich nach Kräften, die Hochzeitsnacht des Prinzen so anregend wie möglich zu untermalen. Tuba war von der Musik wie verzaubert. Sie war so darin vertieft, daß sie zwischendurch die Worte des Prinzen nicht mehr hörte. Der Prinz versprach ihr, er werde veranlassen, daß Mortesa ihr das Tarspielen beibringe. Die Frau eines Prinzen müsse mit der persischen Musik vertraut sein und auch selbst ein Instrument spielen können.

Mitten in der Nacht, als Tuba von den wunderbaren Versprechen ihres Mannes träumte und Mortesas Tar verstummt war, stand der Prinz auf. Von Herzen gern wäre er bis zum nächsten Morgen neben der Frau liegengeblieben, die zu seinem freudigen Erstaunen eher noch ein Mädchen als eine *biwe* war. Aber er hatte den Freunden sein Wort gegeben. Leise zog er sich an, öffnete vorsichtig die Tür und schlüpfte hinaus. Mortesa schlief mit seiner Tar im Arm hinter der Tür. Der Prinz trat ihm sanft mit der Fußspitze in die Seite, und Mortesa sprang auf. Er erinnerte sich an die am Morgen getroffene Vereinbarung. Gemeinsam gingen sie auf Zehenspitzen zu Turanossaltanes Zimmer. Es war abgemacht, daß der Prinz leise einmal anklopfen und dann warten solle. Prinz Mansur hatte offenbar hinter der Tür gelauert. Er war bereits angezogen und kam gleich heraus. Er war stolz und erleichtert, daß es ihm gelungen war, den Prinzen in seiner Hochzeitsnacht zu einem üblen Scherz zu zwingen. Und außerdem freute er sich, der stolzen Turanossaltane, die er nicht ausstehen konnte, weh zu tun. Die drei Männer machten sich auf den Weg zu Saltanat Chanoms Haus.

Die erste Woche nach der Hochzeit verbrachten sie im Haus von Turanossaltane. Schon in der Hochzeitsnacht hatten sich dort Gemunkel verbreitet. Das plötzliche Verschwinden des Hausherrn, des Prinzen und Mortesas führte dazu, daß sich die im Haus geborenen Dienstboten im stillen Kämmerlein und im Untergeschoß des Hauses unzählige Geschichten ausdachten. Turanossaltane, die zwar nicht genau wußte, wohin ihr Mann und ihr Bruder gegangen waren, machte sich so ihre Gedanken. Sie hätte beinahe die Nerven verloren. Da sie die Gewohnheiten ihres Bruders kannte, ließ sie die Badestube heizen. Tuba und Turanossaltane gingen zusammen mit ein paar Gästen sowie mit Tubas Mutter und Schwester ins Bad. Die junge Braut hatte nicht die leiseste Ahnung von den heimlichen Abenteuern, die sich im Haus abspielten. Über das Verhalten ihres Mannes in der Hochzeitsnacht hatte sie bis jetzt niemand aufgeklärt. Das plötzliche Verschwinden des Prinzen von ihrer Seite führte sie auf die ungewohnten Sitten in ihrer neuen Umgebung zurück.

Am Vormittag kehrten der Prinz und seine Begleiter wieder nach Hause zurück und nahmen ein Bad. Am Nachmittag schliefen sie im Untergeschoß, und anschließend begann für Tuba eine märchenhafte Woche. Sie ging täglich zur rituellen Waschung ins Bad, zog täglich ein neues Kleid an, trug dazu neuen Schmuck, den sie von ihren vornehmen Verwandten geschenkt bekommen hatte, nahm zudem täglich an Festlichkeiten teil. Der Prinz teilte ihr mit, er habe in der Armenierstraße von einer Dame, die »Wasserpumpenfrau« genannt werde, ein Haus gemietet, und die Dienerschaft sei dabei, es einzurichten. Tubas Mitgift, alle ihre Besitztümer, die sie im Haus ihres ehemaligen Mannes zurückgelassen hatte, wurden unter der Aufsicht ihrer Mutter ins neue Heim gebracht. Als Tuba sich schließlich dort eingerichtet hatte, stellte sie etwas ernüchtert fest, daß sie – verglichen mit Turanossaltanes Haus – in einem wesentlich bescheideneren Haus lebte. Der Prinz war nicht sehr vermögend, und das, was er besaß, verschwendete er; das Geld zerrann ihm zwischen den Fingern. Trotzdem, Tuba führte ein viel komfortableres Leben als vorher. Eine Dienerin namens Almass Chatun, deren Mann Jaqut und ihre beiden kleinen, übermütigen Söhne folgten dem Prinzen in das neue Haus. Sie waren ein Geschenk Turanossaltanes. Außerdem waren da noch ein Kammerdiener namens Mostafa und schließlich Mirza Abusar, der Verwalter der kleinen Ländereien des Prinzen in Aserbaidschan, ein verschlossener, grimmig dreinblickender Mann. Tubas Bitte, Sahra bei sich behalten zu dürfen, war nicht entsprochen worden. Sobald Hadschi Mahmud davon erfahren hatte, hatte er Sahra zurückbeordert, zwei oder drei Tage vor der Hochzeit war das gewesen. Sahra kehrte enttäuscht und bedrückt an der Seite ihres Ehemannes in das Haus des Hadschi zurück und verfluchte den ungnädigen Hadschi aus tiefstem Herzen.

Das Haus der »Wasserpumpenfrau« hatte den Vorteil, daß neben dem Wasserbecken eine Pumpe installiert war, mit der das Wasser aus dem Wasserspeicher ins Becken gepumpt wurde. Für Tuba war das eine überwältigende Entdeckung, die sie mehrere Tage beschäftigte. Sie verbrachte einen ganzen Tag neben der Pumpe und überzeugte sich von der Nützlichkeit dieser Vorrichtung, um dann davon zu träumen, in ihrem früheren Haus, das ihr immer noch gehörte, etwas Ähnliches installieren zu lassen. Sie hatte das Haus einem der Schwiegersöhne von Hadschi Mostafa vermietet. In ihrer Abwesenheit kümmerte sich ihre Mutter um die Eintreibung der Mieten und erledigte alles, was so anfiel.

Tuba nahm inzwischen mit Leib und Seele an den Einladungen teil, die ihr Mann jede Nacht gab. Sie überwachte die Vorbereitungen in der Küche und beobachtete durch den Vorhang die Gäste. Manchmal waren auch Frauen darunter. Turanossaltane kam einmal wöchentlich ihren Bruder besuchen. Zwischen den zwei Frauen hatte sich eine etwas frostige Freundschaft entwickelt. Sie hatten einander nicht sehr viel zu sagen. Turanossaltane unternahm alles, um die Freundschaft zwischen ihrem Mann und ihrem Bruder zu untergraben. Sie hinterbrachte Tuba Gerüchte, die Tuba verletzten und die diese dann ihrem Mann weitererzählte. Mit der Zeit stellte sich heraus, daß Prinz Mansur die Geheimnisse seines Freundes nicht immer sorgfältig hütete, und der Prinz begann Distanz zu ihm zu halten. Turanossaltanes Plan war aufgegangen.

Tuba lernte bei Mortesa die Tar spielen. Der Prinz hatte sie in einer feierlichen Zeremonie zu Geschwistern erklärt. Tuba glaubte aufrichtig an die Verbindlichkeit einer solchen Zeremonie und betrachtete Mortesa von nun an als ihren Bruder. Dennoch trug sie in seiner Anwesenheit den Tschador. Sie war eine begabte Schülerin. Innerhalb kürzester Zeit lernte sie, auf der Tar zu spielen. Sie konnte sich selbst nicht erklären, warum sie die unbekannten Melodien wiedererkannte. Es war, als hätte sie sie schon einmal gehört, und Mortesa sagte bedeutungsschwer: »Wie weit man sich auch vom eigenen Ursprung entfernen mag, es kommt immer die Zeit der Rückkehr.« Er faszinierte Tuba mit seiner mystischen Art. Nach seiner Auffassung kam der Mensch mehrmals auf die Welt und entwickelte sich bei jeder Wiedergeburt ein Stück weiter in Richtung der Vollkommenheit. Der Mensch war dann wie ein tausendjähriger Wein. Alles, was Tuba bekannt vorkomme und was sie ihr eigen nenne, kenne sie aus ihren früheren Leben. Und was noch wichtiger war: Dieses Wiedererkennen sei darauf zurückzuführen, daß es eine Urquelle der Schöpfung gebe, aus der in jede Menschenseele etwas fließe. Man müsse sozusagen nur das Gestrüpp und den Unrat auf die Seite schieben, damit die reine Quelle ungehindert sprudeln könne. Zunächst spende sie bloß eine Mischung aus Lehm, Schlick und Geröll, später aber reines, lauteres Wasser. Dieses reine Wasser stehe jedoch erst am Anfang eines beschwerlichen Weges. Das Wasser fließe zwar, werde aber immer mit dem Unrat der materiellen Welt verunreinigt, fließe aber trotzdem weiter, um schließlich durch Wüsten und Berge ins Meer zu gelangen.

Sie spielten Tar und sangen dazu die Gaselen von Moulana Dschalaleddin Mohammad. Tuba lernte einige Gaselenverse auswendig. Etwa sechs Monate vergingen fast wie im Traum. Tuba erfuhr nicht viel von den Eskapaden des Prinzen oder wollte einfach nichts darüber erfahren. Der Prinz ging äußerst geschickt vor. Mittlerweile wußte Tuba allerdings über die Geschichte in der Hochzeitsnacht Bescheid. Von Mortesa unterstützt, versuchte der Prinz sie davon zu überzeugen, daß er sich nur deswegen so benehme, weil er dadurch die Fleischeslust und das Begehren nach allem Irdischen in sich bekämpfe. Von der Seite seiner schönen jungen Herrin habe er sich in die Arme einer häßlichen Dienerin begeben, um zu beweisen, daß sein Glück ihm nichts bedeute. Er glaubte sogar selbst aufrichtig an diese Version, ohne sich zu erinnern, daß die meisten Frauen, die er in seinem bisherigen Leben geliebt hatte, dunkelhäutig waren. Er wußte auch nicht, warum er Frauen dieser Hautfarbe vorzog, doch das schien ihm so nebensächlich zu sein, daß er nicht einmal darüber nachdachte.

Ein Auto fuhr vor, um den Prinzen abzuholen. Tuba legte ihren Tschador um und ging zur Tür, um das Gefährt zu bestaunen. Es war ein technisches Wunder, von dem man mittlerweile ab und zu ein Exemplar in den Straßen sehen konnte. Man sprach auch von *Airplanes*, die durch die Lüfte flogen. Als Tuba zurückkehrte, war der Prinz im Begriff, sich hastig anzuziehen. Er sagte, er werde ein paar Tage abwesend sein, es sei etwas Außergewöhnliches passiert. Er war offensichtlich mit etwas Dringendem beschäftigt. Jaqut erzählte in der Küche, zwischen dem Schah und den Befürwortern einer gesetzgebenden Verfassung sei ein Streit entbrannt und die Stadt sei von Angehörigen der Kosakenbrigade besetzt. Auf der Straße fielen ab und zu Schüsse. Tuba war sehr besorgt und dachte nach Monaten zum ersten Mal wieder an Scheich Khiabani. Was war wohl mit ihm geschehen? Mirza Abusar war gerade aus Aserbaidschan eingetroffen, saß jetzt am Hofeingang auf einem Hocker und schlürfte seinen Tee. Tuba zog ihren Tschador zurecht und ging zu ihm hinaus, um ihn zu fragen, ob er Scheich Khiabani kenne. Als er den Namen Khiabani hörte, war es, als ob sich die vielen starren, unsichtbaren Knoten in Mirza Abusars Gesicht lösten. Ja, er kannte Scheich Khiabani. Mirza Abusar war aus Höflichkeit vor der Dame aufgestanden, jetzt aber hätte er sich am liebsten demütig vor ihr verbeugt. Er erklärte ihr, daß der ehrwürdige Herr, der Prinz, Scheich Khiabani gar nicht schätze. Er war aber der Ansicht, daß dieser Scheich Khiabani etwas Übernatürliches an sich habe. Sein aserbaidschanischer Akzent verlieh Mirza Abusars Sprechweise einen eigenartigen singenden Rhythmus; nach den ersten zwei Sätzen hatte er das Herz seiner Herrin gewonnen. Tuba hieß ihn, ihr auf den Balkon zu folgen. Sie stellten ihm einen Hocker hin. Sie selbst setzte sich im Zimmer daneben an die Wand und ließ die Tür offen, um seine Stimme besser zu hören. Mirza Abusar erzählte ihr die ganze Lebensgeschichte Khiabanis. Dieser habe einst in Tabriz Reden gehalten, und er, der Mirza, habe zu seinen Anhängern gehört. Was für eine Redegewandtheit und welch eine Weitsicht der Mann doch besaß! Gott habe wohl niemals einen größeren und bedeutenderen Mann geschaffen. Tubas Herz füllte sich mit Freude. Sie empfand eine Art Liebe für Scheich Khiabani, eine Liebe, die sich von der Liebe zu ihrem Ehemann unterschied. Es war eine jener Liebesempfindungen, die den Liebenden auf die Straße ziehen, und zwar nicht nur, um zum Geliebten zu gelangen, sondern um vollkommen im Geliebten aufzugehen. Mirza Abusar sagte, Scheich Khiabani sei kein Derwisch wie der ehrwürdige Herr, sonst würde er, Mirza Abusar, auf der Stelle seiner Gefolgschaft beitreten.

So schlossen der Verwalter und die Hausherrin Freundschaft. Tuba erlaubte dem Verwalter, im Gästezimmer zu schlafen. Auf den Teller Reis, den sie Mirza Abusar auftragen ließ, legte sie eigenhändig ein Stück von dem schmackhaften Butterschmalz aus Kermanschah. Dann kehrte sie in ihre Räume zurück, um in der Kammer neben ihrem Zimmer die Gaselen des Moulana zu singen und dazu zu tanzen. Es war eine Art mystischer Tanz, den sie durch den Vorhang die Gäste ihres Mannes hatte tanzen sehen. Es war an einer Feier von Derwischen. Sie hatte sich hinter dem dünnen Vorhang in die mystische Rolle des Wanderers in der Fremde versetzt. Ob sie es wollte oder nicht: Sie hatte sich mit Haut und Haar der Mystik verschrieben, auch wenn Scheich Khiabani kein mystischer Derwisch war.

Während der dreitägigen Abwesenheit des Prinzen unterhielt sich Tuba öfter mit dem Verwalter. Sie schickte ihn zu ihrem Haus, um die Instandsetzungsarbeiten zu beaufsichtigen. Der Mann war zuverlässig. Er fand es aufregend, daß seine Herrin mit Scheich Khiabani sympathisierte, und sie bangten beide um das Los der Aufständischen. Sie betrachteten sich beide ebenfalls als Konstitutionalisten, und weil sie beide gleichzeitig vom Hausherrn, dem Prinzen, als Ehemann oder als Arbeitgeber abhängig waren, wußten sie nicht, wie sich verhalten. Sie beteten, daß Gott die beiden Lager miteinander versöhnen möge, damit kein Bruderkrieg ausbreche.

Am dritten Tag kehrte der Prinz erschöpft und mit staubigen Kleidern nach Hause zurück. Vor ihm war Mostafa angekommen, um Tuba die Anweisung des Hausherrn zu überbringen: Er wünsche, daß sie das Bad vorbereite! Der Prinz ging gleich ins Bad und nahm seine Frau mit; auf diese Weise war die rituelle Waschung nach dem Beischlaf einfacher. Während sie beide ins Wasserbecken stiegen, sagte der Prinz, die Aufständischen seien in die Knie gezwungen worden; reihenweise würden sie in der Bagheschah-Kaserne an die Wand gestellt. Tuba zitterte. Und was war mit dem ehrwürdigen Scheich Khiabani? Der Prinz, der gerade aus dem Wasserbecken stieg, achtete nicht auf den Stimmungswandel seiner Frau und sagte, Khiabani, der Bastard, sei entkommen; er reiße sein Maul vergebens auf, demnächst werde auch er in die Falle laufen. Tuba warf ein, sie hoffe und bete zu Gott, daß dies nicht der Fall sein werde. Erst jetzt sah der Prinz sie genauer an. Er fragte, ob etwa Mirza Abusar auch ihre Gedanken vergiftet habe oder ob sie schon vorher vergiftet gewesen seien. Tuba antwortete, sie kenne den ehrwürdigen Scheich von früher. Und sie erzählte dem Prinzen die Geschichte vom Friedhof; sie erzählte vom kleinen toten Jungen und daß sie sich aus diesem Grund von ihrem Mann getrennt habe. Der Prinz stand nackt vor ihr, und Tuba wandte das

Gesicht ab. Sie selbst war bis zum Hals ins Wasser getaucht. Als sie ihre Erzählung beendet hatte, stieg der Prinz zu ihr ins Becken. Er wollte sie plötzlich nochmals umarmen. Tuba wußte nicht, wie mit diesem Mann umgehen, dessen Anwesenheit sie unendlich glücklich machte und gleichzeitig verwirrte.

Sie wuschen sich anschließend nochmals und kehrten in ihr Zimmer zurück. Der Prinz hatte gesagt, Scheich Khiabani sei ein verdammter Bastard, er hatte es ungefähr ein Dutzend Mal wiederholt, um Tuba seine Ansicht einzuprägen. Er sagte, Frauen sollten sich von der Politik fernhalten, sonst würden sie, naiv, wie sie seien, jedem Dahergelaufenen ins Netz gehen. Ob Tuba wisse, was die Engländer Persien antun wollten? Dieselben Engländer, die ihren verehrten Vater gepeitscht hatten? Die Schurken wollten das gesamte Teheraner Wasser durch Rohre leiten, unter dem Vorwand, daß es auf diese Weise sauber bleibe. Doch was war der wirkliche Grund? Sie wollten aus der Stadt eine Wüste Kewir machen. Außerdem wollten sie Schotter auf die Straßen streuen und diese mit Teer übergießen, damit die Einwohner die Straßengräben und Wasserkanäle nicht mehr reinigen konnten! Sie hetzten die Untertanen zur Rebellion auf. Es waren diese Engländer, die den Aufstand gegen die Herrschenden provoziert hatten, und Scheich Khiabani gehöre zu ihren Lakaien. Alle anderen »Konstitutionalisten« seien ebenfalls ihre Handlanger, und nun sei ihnen Schamsolmoluk, die Dame seines Herzens, hier, im »Wasserpumpenhaus«, in der Abgeschiedenheit ihres Heimes, auf den Leim gegangen, ohne einen Fuß vor die Tür gesetzt zu haben.

Es klopfte. Es war ein berittener Bote mit einer Botschaft vom Prinzen Gil: Er lasse grüßen und lade Prinz Fereydun und seine junge Frau zum Abendessen in seine Residenz ein. Freudige Überraschung malte sich in Prinz

Fereyduns Gesicht. Er fragte den Boten, wann denn der Prinz von der Reise zurückgekommen sei, er habe gar nichts davon erfahren. Der Reiter entgegnete, der Prinz sei schon eine Zeitlang zurück, habe aber nicht viel Aufsehen erregen wollen.

Prinz Fereydun sagte zu seiner Frau, sie solle sich schnell fertigmachen. Er erklärte ihr, Prinz Gil sei der Prinz aller Prinzen und der geistige Führer aller Meister. Er sei das wunderbarste Geschöpf auf der Welt. Dann brüllte er herum und gab Anweisung, die Kutsche anzuspannen.

Auf dem Weg zum Haus des Prinzen stellte Tuba erstaunt fest, wie sehr sich das Stadtbild verändert hatte. Kosaken hielten die Kutsche auf Schritt und Tritt an, fragten nach dem Losungswort, das Mostafa, der Kutscher, dann nannte. Die Stadt wirkte ausgestorben wie eine Geisterstadt, und je näher sie ihrem Ziel kamen, desto mehr verstärkte sich dieser Eindruck. Tuba hatte das Gefühl, im Traum in einer Kutsche zu sitzen und den Mann neben ihr gar nicht richtig zu kennen. Sie wandte sich zum Prinzen, um sich zu vergewissern, daß er wirklich neben ihr saß. Der Prinz war in der abendlichen Dämmerung in einer Ecke der Kutsche zusammengesunken und döste vor sich hin. Tubas Körper war leicht wie ein Strohhalm und folgte unwillkürlich den ruckartigen Bewegungen der Kutsche. Sie lehnte sich zurück und schloß die Augen wie ihr Mann. Als sie ankamen, wußte sie nicht, ob sie eingeschlafen war oder ob sie wach träumte. Die Kutsche stand vor einem grünen, mit Schnitzereien verzierten Holztor. Sie stiegen aus und gingen auf einem kurzen Kiesweg auf das Gebäude zu. Über ihren Köpfen ragten Zypressen und Tannen und bildeten einen dämmriggrünen Korridor. Die schmale Allee führte zu einem ovalen Wasserbecken, führte darum herum und endete an zwei westöstlich verlaufenden Freitreppen. Man hörte die Fontäne des Springbrunnens, in deren hohem Strahl eine kleine Kugel tanzte. Frühlingsduft lag in der Luft. Der Prinz stand mit verschränkten Armen auf der Terrasse und blickte seinen Gästen entgegen. Hinter ihm brannte ein blendend helles Licht, so daß Tuba sein Gesicht nicht erkennen konnte. Sein langes dichtes Haar fiel ihm bis in den Nacken. Tuba hatte das Gefühl, einen Löwen im Dschungel vor sich zu sehen. Der Prinz kam ihnen auf der Treppe zwei Schritte entgegen. Prinz Fereydun sagte mit erregter Stimme: »Prinz!«, und der Prinz erwiderte mit einer Stimme, in der Humor und Herzlichkeit mitschwangen: »Prinz!« Die zwei Männer umarmten sich, und Tuba hatte Gelegenheit, das Wesen, das ihr Mann so sehr bewunderte, genauer zu betrachten. Ihr Blick traf den des Prinzen. Er hatte kohlschwarze Augen, und Tuba dachte, wenn Feuer schwarz wäre, würde es etwa so aussehen. Sie hielt seinem Blick nicht stand und senkte den Kopf. Der Prinz atmete zufrieden auf und fragte: »Deine Frau?«

»Ja, Exzellenz!«

»Schamsolmoluk?«

»Ja, sie ist es.«

»Jene, die Gott suchen und nach Mekka und Karbala wallfahren wollte?«

Prinz Fereydun bestätigte lachend. Sie gingen zum großen Saal, und der Prinz bat seine Gäste einzutreten. Es war der prachtvollste Saal, den Tuba in ihrem Leben gesehen hatte. Auf der einen Seite lagen Kissen, auf der anderen standen europäische Möbel. Tuba hatte das Gefühl, auf jeder Seite einen völlig anderen Raum zu sehen. Der Prinz führte sie zum traditionell im persischen Stil eingerichteten Teil. Eine schwarze Frau nahm Tuba den Tschador ab und legte ihr einen geblümten blauen Gebetsschleier um. Tuba war es peinlich, in Anwesenheit eines fremden Mannes ihren Tschador zu wechseln.

Prinz Fereydun beruhigte sie mit dem einfachen Satz: »Wir sind wie Brüder.«

Prinz Fereydun wurde von nun an nur noch »Fereydun Mirza« genannt und Prinz Gil mit Prinz angesprochen, als hätte er keinen anderen Namen. Die beiden vertieften sich in ein langes Gespräch. Wo war der Prinz gewesen? »Auf Reisen.« Wo war er überall herumgekommen? »Überall und nirgendwo!« Warum hatte man nichts von ihm gehört? »Weil ich nichts von mir hören lassen wollte.« Währenddes bot er Fereydun Mirza eine Schale Wein an und fragte Tuba, ob sie ebenfalls Wein trinke. Tuba schüttelte heftig verneinend den Kopf. Dennoch reichte er ihr unbekümmert eine Schale und sagte: »Trinken Sie doch!« Er lächelte, und Tuba streckte willenlos ihre Hand aus und nahm die Schale entgegen. »Es geht doch nicht an, daß der Mann trinkt und die Frau nicht, oder?« Prinz Fereydun zuckte unbekümmert die Achseln. Tuba hatte ihre Schale noch nicht abgestellt, als der Vorhang zur Seite geschoben wurde und ein samtenes, schwebendes Geschöpf erschien. Es war eine Frau, die so liebreizend aussah, daß man unwillkürlich das Wort Samt mit ihr in Verbindung brachte. Sie blieb stehen, hielt mit der einen Hand den Vorhang auf. Sie trug ein schwarzes oder tiefblaues Samtkleid. Die genaue Farbe war in der Dunkelheit nicht zu erkennen. Das Haar reichte ihr bis zu den Hüften. Die Locken umrahmten ihr Gesicht, und ihre sanften schwarzen Augen waren auf die Gäste gerichtet.

Tuba erhob sich, und Prinz Fereydun richtete sich unwillkürlich halb auf. Prinz Gil sagte: »Siehst du, Fereydun Mirza, auch ich habe geheiratet!« Fereydun, der sich vor Staunen noch nicht gefaßt hatte, sagte bloß: »Von Euch hätte man das am wenigsten erwartet.«

»Du siehst aber, daß dem so ist.« Er forderte die Frau auf: »Sag doch, wie man dich nennt, Lejla!«

Lejla drehte graziös den Kopf und sagte das, woran alle gedacht hatten: »Samt!«

Der Prinz fragte weiter: »Wie alt bist du, Lejla?«

Diese war inzwischen zu Tuba getreten, faßte sie leicht an der Schulter und drückte sie auf ihr Kissen. »Ein Jahr.«

Der Prinz sagte: »Nein, nein, ich meine dein anderes Alter.«

Die Prinzessin zuckte die Achseln und lachte: »Zehntausend Jahre.«

Der Prinz erwiderte: »Nicht doch, das ist zuviel, so alt warst du doch gar nicht.«

Die Frau sagte: »Ich bin siebentausend Jahre alt.«

Der Prinz antwortete: »Das allerdings ist zu wenig.«

Die Frau entgegnete: »Ich bin noch nicht geboren worden.«

Und der Prinz: »Das hingegen ist übertrieben.«

Die Frau drehte sich anmutig zum Prinzen und fragte: »Ist das jene Schamsolmoluk, die Gott suchen wollte?« Der Prinz bestätigte: »Sie ist es.« Die Frau fragte weiter: »Tuba, nicht wahr?« Alle, auch Tuba, bejahten. »Weißt du, daß Tuba der Name eines Paradiesbaumes ist?« Tuba antwortete: »Ja, eines Baumes, der seine Wurzeln im Paradies hat und dessen Äste ins Haus des Propheten hineinreichen.« Die Frau meinte: »Stimmt, in das Haus des Propheten und in alle anderen Häuser auch. Aber wo die Wurzeln sind … ha!« Prinz Gil wandte ein: »Ich finde Schamsolmoluk schöner. Es bedeutet wörtlich Sonne der Könige. Außerdem ist ihr Haar blond. Ich habe es selbst gesehen.« Lejla schlug Tubas Tschador zurück, und Tuba leistete keinen Widerstand. Aus einem unerklärlichen Grund hielt sie den Prinzen im religiösen Sinne für dazu berechtigt. Ihr offenes blondes Haar breitete sich auf ihren Schultern aus. Sie hatte nach dem Bad keine Zeit gefunden, es zu flechten. Die Frau sagte: »Du hast recht, ihr Haar ist blond. Ich ziehe trotzdem Tuba vor.« Der Prinz sagte: »Schamsolmoluk ist würdiger.« Hartnäckig wiederholte die Frau: »Tuba.« Der Prinz sagte: »Schamsolmoluk.« Die Frau murmelte: »Tuba.« Es war nicht klar, warum ihnen dieser Streit so wichtig war. Von irgendwoher hörte man, wie eine Tar gestimmt wurde. Die schwarze Frau, die ebenfalls keinen Tschador trug, brachte Gebäck und erfrischende Getränke. Alle Frauen in diesem Haus gingen unverschleiert. »Ich habe gehört, ihr habt die ›Konstitutionalisten‹ niedergemetzelt«, sagte der Prinz. Prinz Fereydun verteidigte sich: »Sie wurden nicht niedergemetzelt, sondern auf Befehl Seiner Majestät hingerichtet.« Der Prinz sagte: »Es wird euch bald an den Kragen gehen. Das sage ich euch heute, und morgen werdet ihr es sehen. Was ihr getan habt, ist ungerecht.« Fereydun lief es kalt den Rücken hinunter. Der Prinz, der offenbar Gedanken lesen und Stimmungen nachempfinden konnte, sagte: »Zittern hilft dir nicht weiter.« Prinz Fereydun entgegnete verlegen, er habe wegen des Luftzugs gefröstelt. Prinz Gil zuckte die Achseln: »Ihr begreift den Zeitgeist nicht. Jede Zeit hat eigene Gesetze, unveränderliche Gesetze, die eine klare Sprache sprechen. Euer Vorgehen ist ein Versuch, die Vergangenheit wiederherzustellen. Das ist eine Illusion. Ihr seid in Illusionen gefangen!« Prinz Fereydun erklärte, in seinem Leben werde er nur zwei Instanzen gehorchen: erstens, Seiner Majestät, dem Schah; und zweitens dem weisen Führer des Derwischordens, dem er, so Gott wolle, bald beitreten werde, dem hochverehrten Geda Alischah, der ihm manchmal gestatte, sich in seiner Gegenwart aufzuhalten.

Prinz Gil richtete seinen durchdringenden Blick auf Fereydun Mirza. »Und dein Bart wird grau und lang und länger werden, und um dein Haupt wird ein Heiligenschein strahlen.« Prinz Fereydun wehrte sich: In der Gegenwart des Weisen komme er sich gemeiner vor als ein

Hund, und so könne er nicht einmal daran denken, je als Lichtgestalt verehrt zu werden wie Geda Alischah. Er wünsche aber von Herzen, Gott immer nahe zu sein. »Aber du bist doch immer und überall in seiner Nähe«, sagte der Prinz und deutete mit der Hand: »Hier, dort und dort.« Lejla wandte sich zu Tuba und fragte: »Tuba, was meinst du, wie Gott wohl aussieht?« Tuba erwiderte in dem typischen Ernst, den sie von ihrem Vater geerbt hatte: »Bewahre! Du sollst dir kein Bildnis machen! ER ist überall. ER ist ganz Licht.« Lejla küßte sie zärtlich auf die Wange. Da erklang Musik. Lejla stand auf und schritt tänzelnd durch den Raum, nahm zwei Kastagnetten von der Wandnische und streifte sie über die Finger. Dann glitt sie umher und klapperte dabei mit den Kastagnetten. Sie tanzte einen Tanz, der einer Brise im Kornfeld glich oder dem sanften Flattern eines seidenen Vorhangs im Wind. Es war kein Tanz, wie ihn Morwarid und ihresgleichen vorzuführen pflegten. Es war auch nicht der Tanz der Derwische, der Tuba so hingerissen hatte. Es war, als ob im Osten der Mond ganz langsam aufginge. In der Tat, der Mond war inzwischen aufgegangen. Er leuchtete voll am Himmel, sein Licht fiel ins Zimmer und tanzte mit der Frau, und die Lichtstrahlen durchdrangen einen wie blitzende Nadeln. Lejla hatte ihren Tanz schon längst beendet und den Raum verlassen, die Anwesenden aber standen noch immer unter dem Bann des Tanzes. Von draußen her war Reden und Lejlas Lachen zu hören. Der Prinz sagte: »Wenn ihr möchtet, führt sie euch etwas ganz Besonderes vor. Dann werdet ihr euch davon überzeugen können, was für ein Genie sie ist.« Lejla schob den Vorhang zur Seite und glitt wieder in den Raum. Sie hielt das Ende einer Schnur in der Hand, an dem ein Tuch befestigt war. Leicht und geschmeidig ging sie zum Fenster; das Tuch teilte nun das Zimmer in zwei Hälften. Das andere Ende hielt ein Mann in der

Hand, der gekleidet war wie Seine Majestät, der Schah. Tuba stand erschrocken auf, um sich zu verbeugen. Aber Prinz Fereydun erklärte, das nenne man Theater, der Mann sei bloß ein Schauspieler und nicht Seine Majestät persönlich. Tuba setzte sich wieder. Prinz Gil lächelte nachsichtig. In seinem Gesichtsausdruck lag eindeutig kein Spott, und Fereydun Mirza schämte sich nicht mehr über die Naivität seiner Frau. Lejla aber, die gerade die Schnur am Fenster festgebunden hatte, sah Tuba mitleidig an und schüttelte verwundert den Kopf. Tuba, ganz durcheinander von dem Gedanken, der Schah könnte vor ihr gestanden haben, versuchte ihr Herzklopfen zu bezwingen. Sie hatte in ihrem Leben noch nie eine Theateraufführung gesehen. Geistesabwesend griff sie nach der Weinschale und führte sie an die Lippen. Prinz Gil zuckte zusammen: Von dem Augenblick an, als er ihr die Schale in die Hand gedrückt hatte, hatte er auf diese Geste gewartet.

Die Musikanten und die Schauspieler traten hinter den Vorhang. Tuba schenkte ihnen keine weitere Beachtung, obwohl sie gern gewußt hätte, was sie dort taten. Sie hielt sie für höhere Wesen, die mit gewöhnlichen Menschen nichts gemein hatten. Es war, als kämen sie aus einer anderen Welt. Plötzlich erklang Musik. Die ungewohnte erregende Musik erfüllte das Zimmer. Nachdem die Zimbel, die Trommeln und die Trompete ein paar Minuten gespielt hatten, verstummte die Musik. Stille trat ein. Lejla stellte sich vor den Vorhang und verkündete: »Meine Damen und Herren, Ort der Handlung dieses Theaterstücks ist unsere Stadt.« Zwei Schauspieler zogen auf beiden Seiten den Vorhang hoch und hielten ihn mit erhobenen Armen offen. In der Mitte der Bühne saß der Schah auf einem mit Edelsteinen verzierten Thron. Neben ihm stand ein Mann in Arbeitskleidung. »Dies ist ein Bildhauer«, erklärte Lejla. Der Bildhauer verbeugte sich vor den Zuschauern und trat vor den Schah hin. Die Musik setzte wieder ein. Der Bildhauer stand mit dem Rücken zu den Zuschauern und mit dem Gesicht zum König. Er hantierte offensichtlich am Gesicht und am Körper des Schahs herum. Als er beiseite trat, sah der Mann auf dem Thron tatsächlich aus wie Schah Nasereddin. Tuba hatte dessen Foto verschiedentlich zu Gesicht bekommen, insbesondere nach ihrer Vermählung, im Hause von Verwandten Prinz Fereyduns. Unbewußt nahm sie eine ehrfürchtige Haltung an und rutschte von ihrem Kissen auf die Knie. Sie wußte zwar, daß alles nur ein Spiel war, aber der Sinn dieses Spiels war ihr trotzdem nicht klar. Daher verharrte sie, wie es sich in Wirklichkeit geziemte, in ihrer ehrerbietigen Haltung, um dem Schah zu huldigen. Der Bildhauer rief: »Dies ist Schah Nasereddin, der Bewahrer der Einheit und die Achse, um die die Welt sich dreht!« Die Musik begleitete die Rede des Bildhauers. Ein paar Frauen tanzten und umringten den König, dann verbeugten sie sich vor ihm. Die Musik setzte plötzlich aus, und jemand, der wie Mirza Reza Kermani aussah und eine Pistole in der Hand hielt, trat auf den Plan. Lejla verkündete: »Das ist Mirza Reza Kermani. Seit Jahren träumt er davon, den Schah zu töten.« Mirza Reza ging auf den Schah zu, hielt den Revolver an dessen Kopf und schoß. Eine rote Flüssigkeit lief über die Stirn des Schahs, und dieser beugte sich nach vorn und war tot. Lejla wollte gerade etwas sagen, als ihre Stimme in Tubas Schrei unterging: »Nein, nein! Nicht den König töten! Das ist Sünde! Ihr kommt in die Hölle dafür!« flehte sie und brach in Tränen aus. Es war nicht klar, ob ihre Reaktion auf den Wein zurückzuführen war oder ob die Atmosphäre im Haus von Prinz Gil sie so sehr ergriffen hatte. Sie konnte sich jedenfalls nicht mehr beherrschen.

Lejla eilte zu ihr hin und beruhigte sie: »Nicht weinen, Liebes, nicht weinen, alles wird gleich wieder gut.« Dann gab sie dem Bildhauer ein Zeichen, der legte einen Schlauch unter den Fuß des Schahs und pumpte und pumpte, und während er pumpte, richtete sich der Schah langsam aus seiner gebeugten Haltung auf und lehnte sich in seinem Sessel zurück. Jetzt sah er plötzlich Schah Mosaffareddin verblüffend ähnlich, und auf seiner Stirn war keine Spur mehr von der roten Farbe zu sehen. Tuba hörte verwundert zu weinen auf und mußte lachen. Von ihrem Lachen angesteckt, brachen auch der Prinz Gil und Fereydun Mirza in Gelächter aus. Die fröhliche Stimmung stellte sich wieder ein, die Tänzerinnen erschienen erneut und tanzten um den Schah herum. Dieser aber schaute müde und leidend drein. Er hielt sich nur mit Mühe auf dem Stuhl aufrecht und rülpste von Zeit zu Zeit, was allgemeine Heiterkeit hervorrief. Dann trat Lejla herein und hielt ihm einen großen Bogen Papier unter die Nase. Sie hielt das obere Ende in der Hand, das untere Ende lag auf dem Schoß des Königs. Sie sagte: »Eure Majestät, dies ist die Staatsverfassung. Wenn Sie nicht unterschreiben, dann könnten Ihre Untertanen einmal mehr auf den Gedanken kommen, den König umzubringen.« Eine plötzliche Erkenntnis durchzuckte Tuba: Zum ersten Mal ergab sich für sie ein Zusammenhang zwischen der Verfassung und Scheich Khiabani einerseits und dem Mord an Schah Nasereddin andererseits. Zum ersten Mal in ihrem Leben erkannte sie eine Verbindung zwischen den zwei schicksalhaften Ereignissen. Der Schah wollte seine Hand nach dem Dokument ausstrecken, aber er war zu schwach. Jede seiner vergeblichen Anstrengungen, die Hand zu heben, wurde von einem schmetternden Trompetentusch begleitet. Schließlich griff der Bildhauer ein: Er legte dem Schah eine Feder in die eine und drückte ihm den Bogen Papier in die andere Hand. Der Schah unterschrieb, und Lejla und die Tänzerinnen brachen in Jubeltriller aus. Sobald aber der

Bildhauer die Hände des Schahs losließ, knickte dieser wie eine knochenlose Puppe auf dem Stuhl vornüber. Lejla sagte: »Oh, armer Schah, wie schnell du doch gestorben bist!« Sie rollte den Bogen zusammen und warf ihn Tuba zu. Tuba fing ihn mit einer Reflexbewegung auf und hielt ihn in der Hand, als handle es sich um etwas Heiliges. Lejla lächelte ihr fröhlich zu.

Die Musikanten spielten weiter, und die Tänzerinnen wiegten sich in einer entfernten Ecke des Zimmers, wo der Schah sie nicht sehen konnte. Dann schien der Bildhauer einen neuen Entschluß gefaßt zu haben: Er legte den Schlauch wieder unter den Fuß des Schahs und pumpte. Diesmal richtete sich der Schah mit einer furchterregenden Visage aus seiner geduckten Stellung auf. Anstatt auf seinem Sessel sitzen zu bleiben, stand er auf. Er sah Schah Mohammad Ali tatsächlich verblüffend ähnlich. Bei seinem Anblick wollte Tuba durch die Saaltür fliehen. Sie warf ihm das Papier mit dem Verfassungsdekret vor die Füße. Der Schah, der auf Tuba aufmerksam geworden war, wandte sich ihr zu und starrte sie mit furchterregendem Blick an. Tuba zitterte an allen Gliedern, ihre Zähne klapperten. Sie war wie gelähmt und außerstande wegzulaufen. Prinz Fereydun, ganz auf den Schah konzentriert, achtete nicht auf seine Frau. Prinz Gil und Lejla hingegen blickten statt auf die Szene nur noch auf Tuba. Als der Schah das Schriftstück vor seinen Füßen sah, hob er den rechten Fuß und trampelte wütend darauf herum, blickte dann lachend zu Tuba hinüber und entblößte dabei sein langes weißes Gebiß; Blut sickerte in einem dünnen Faden durch seine aufeinandergebissenen Zähne und lief über sein Kinn. Tuba geriet wieder in Panik. Jetzt erst bemerkte Prinz Fereydun den Zustand seiner Frau und rief ihr beruhigend zu, das sei alles nur Theater – eine Art Spiel.

Aus Rücksicht auf Tuba gaben die Schauspieler ihre

Rolle auf. Prinz Gil sagte: »Es reicht für heute, den Rest heben wir uns für später auf. Schamsolmoluk mag offenbar das Theaterspiel nicht.« Lejla klatschte in die Hände, ging auf den Schah zu und schlug ihm mit einem leichten Schlag den Hut vom Kopf. Der Schah lachte. Der Hut hatte einen Ring auf seiner Stirn hinterlassen, und man konnte deutlich erkennen, daß das Gesicht des Schauspielers weiß geschminkt war. Lejla rief: »Kinder, geht und wascht euch das Gesicht, damit Tuba sich davon überzeugen kann, daß ihr in Wirklichkeit gar nicht so furchterregend ausseht.« Die Schauspieler verbeugten sich vor dem Publikum, und Prinz Fereydun legte seinen Arm um Tubas Schultern. Sie zitterte nicht mehr, aber sie war müde und hungrig, außerdem war ihr schwindlig vom Wein. Sie wäre am liebsten schlafen gegangen.

Das Fest nahm auf einmal einen anderen Charakter an. Prinz Fereydun sagte vorwurfsvoll zum Prinzen, diese Art von Theaterspiel sei gefährlich, weil dadurch die Untertanen aufgehetzt würden. Der Prinz antwortete leichthin, es sei aber kein Untertan zugegen und Fereydun Mirza sorge sich umsonst, dies sei schließlich eine Vorführung in privatem Kreis.

Ein kleiner runder Tisch wurde zwischen die Gäste gestellt, und eine ganze Anzahl verlockender Speisen wurde aufgetragen. Lejla setzte sich neben Tuba, und die Schauspieler traten einer nach dem andern hinter dem Vorhang hervor. Der Darsteller des Schahs war ein junger hagerer Mann mit einem schmalen Gesicht. Lejla erklärte, er müsse jeweils drei Kostüme übereinander anziehen, wenn er in der Rolle des Schahs auftrete, um entsprechend korpulent auszusehen. Der Schauspieler lächelte Tuba schüchtern zu. Die Schauspieler setzten sich ganz ungeniert zum Prinzen und seinen Gästen an den Tisch. Prinz Fereydun bemühte sich, während des Essens die Gefühle zu verdrängen, die

Lejla in ihm weckte. Aber die junge Frau zog immer wieder seinen Blick auf sich. Ihr gegenüber fühlte sich Fereydun wie ein Lamm, das einem Wolf ausgeliefert ist. Er wollte eben den Prinzen fragen, wo er Lejla gefunden habe, als dieser sich ihm zuwandte, als hätte er die Frage erraten: »Wo, glaubst du, habe ich sie gefunden?« Fereydun Mirza zuckte bloß neugierig lächelnd die Achseln. »In einem kleinen Vorort von Rej! Kannst du dir das vorstellen?« Fereydun konnte es sich tatsächlich nicht vorstellen: Es war doch unmöglich, daß eine Frau mit so ungewöhnlichen Begabungen in einem Vorort von Rej lebte, ohne daß die ganze Stadt davon erfahren hätte? Lejla schien Tuba vergessen zu haben. Sie stand auf und ging um den kleinen Tisch herum. Sie lachte laut und scherzte mit den Schauspielern. Das Fest dauerte bis spät in die Nacht. Als schließlich die Gäste in ein prunkvolles Gemach geführt wurden, wo ein herrschaftliches Bett für sie gerichtet worden war, stand der Mond bereits hoch am Himmel. Selbst nachdem die Kerzen und alle Lichter im Haus gelöscht worden waren, hörte man noch Lejla irgendwo in einem entlegenen Teil des Hauses mit ihren Schauspielern und den Musikanten lachen. Prinz Fereydun hatte seine Hand unter Tubas Kopf gelegt und lauschte Lejlas Stimme. Er umarmte Tuba, in Gedanken aber war er bei seiner lachenden Traumfrau, die er aus der Ferne hörte.

Zweiter Teil

Der Lärm der Kinder im Hof war plötzlich verstummt. Von ihrem mütterlichen Instinkt gewarnt, stand Tuba vom Webstuhl auf, um nachzusehen, was los war. Ihre älteste Tochter Mansarossaltane, die inzwischen fast neun Jahre alt war und neben ihr an einem Teppich knüpfte, stand ebenfalls auf und folgte ihrer Mutter in der Hoffnung, von der ermüdenden Arbeit befreit zu werden. Tuba ging zum kleinen Fenster. Sie erblickte ihre Tante, die auf den flachen Stufe am Rande des Wasserbeckens hockte. Ihr nacktes Hinterteil war selbst aus der Entfernung deutlich sichtbar. Habibollah, Aqdasolmoluk und Munessoddoule, Tubas andere drei Kinder, umstanden die alte Frau und betrachteten neugierig deren Blöße. Tuba rief zornig nach Almass Chatun und eilte unverschleiert hinaus, nahm drohend die Gerte in die Hand, die im Becken lag. Die Kinder stoben davon, kriegten aber dennoch ein paar wirksame Hiebe ab; am meisten traf es die vierjährige Muness, obwohl sie die unschuldigste war. Tuba drohte: Wenn sie sie noch einmal dabei erwischte, wie sie der wirren Tante zuschauten, würde sie allesamt an den Füßen an einem Ast aufhängen und sie so lange auspeitschen, bis sie den Namen ihrer Eltern und sogar ihren eigenen vergaßen.

Seit der Prinz zusammen mit Schah Mohammad Ali nach Rußland geflohen war, war ihr Glücksstern untergegangen. Harte Zeiten waren angebrochen. Die nackte, bittere Wahrheit des Lebens klebte wie Schlamm an ihr. In Abwesenheit ihres Mannes mußte Tuba wohl oder übel eine Doppelrolle übernehmen, doch die Kinder respektierten sie nicht, wie es sich gehörte. Tuba hatte auch die Mädchen der Obhut Jaquts, dem Mann von Almass Chatun, anvertraut. Er durfte sie, wenn nötig, auch schlagen. Der Mann war aber unfähig, die Hand gegen die Kinder seines Herrn zu erheben, obwohl er seinen eigenen Kindern gegenüber nicht eben zimperlich war und sie zuweilen unbarmherzig züchtigte. Anstatt die Kinder seines Meisters zu bestrafen, bestrafte er jeweils seine eigenen Kinder und glaubte, dadurch richtig zu handeln, denn wenn die Kinder seines Meisters sahen, daß Prügelstrafen so drakonisch ausfielen und sie vor Angst zu greinen anfingen, würden sie sich in Zukunft in acht nehmen und keine Dummheiten mehr anstellen.

Almass Chatun hingegen schlug nicht einmal ihre eigenen Kinder. Sie bestrafte immer nur sich selbst, raufte sich das Haar, zerkratzte sich das Gesicht, setzte sich in die Mitte des Hofes, streckte die Beine lang aus und verfluchte den Tag, an dem fremde Männer sie aus ihrer Heimat entführt hatten. Sie behauptete, sich genau an jenen Tag zu erinnern, als sie aus den Armen ihrer Mutter gezerrt und entführt und auf einem Schiff hierher gebracht worden war. Sie behauptete, daß sie aus einem Land stamme, in dem es viele Bäume gebe, daß die Menschen dort schwarz seien und eine andere Sprache sprächen. Sie habe damals nicht Almass Chatun geheißen, sondern Hatu, später habe man sie Hadschar gerufen, schließlich sei sie zur jetzigen Almass Chatun geworden. Wenn sie sich selbst schlug und peinigte, umringten sie die Kinder und hörten ihr gebannt zu. Sie schlug sich, brach in Tränen aus und erzählte unter Tränen. Dann ließ ihr Weinen nach, und sie steigerte sich in ihre unglaublichen Geschichten. Sie schwor, einen Mann mit einer Tigerfratze gesehen zu haben, der mit einer Axt ihren Vater getötet habe; ihre Mutter habe sie gepackt und sei mit ihr im Busch untergetaucht. Dann seien jene Männer vom Meer her gekommen und hätten sie ihrer Mutter entrissen. An dieser Stelle befahl ihr Tuba jeweils, ihrer Arbeit in der Küche nachzugehen, und die Frau gehorchte. Während sie im Topf rührte, kicherte sie ununterbrochen vor sich hin, und die Kinder fürchteten sich vor ihr.

Jaqut war in Turanossaltanes Haus geboren worden; er glaubte kein Wort von den Geschichten seiner Frau und sagte zu den Kindern, sie sei nicht ganz richtig im Kopf. Manchmal nutzte er Almass Chatuns Zerstreutheit, folgte ihr in kurzem Abstand und äffte sie nach. Die Kinder lachten; wenn sie es aber zu bunt trieben, schimpfte Jaqut sie aus, und das Spektakel endete oft mit einer Tracht Prügel. Eines Tages jedoch hatte Tuba ihn bitten müssen, seine Kinder in Turanossaltanes Haus zurückzubringen, denn das Geld reiche nicht mehr für alle. Jaqut begleitete die Kinder bis ans Ende der Gasse, hieß sie mit seiner lispelnden Aussprache zu Turanossaltanes Haus gehen … oder betteln gehen oder sonstwohin. Susur, der älteste Sohn, war jetzt Turanossaltanes Chauffeur, und der jüngere Sohn Abdol war Koch auf deren ausgedehntem Landsitz. Die Eltern erkundigten sich nie nach ihren Kindern.

Tuba drehte sich zu ihrer Tante, die eben ihren Kot in die Hand nahm und ihn auf die Stufen des Beckens warf, dann schöpfte sie mit der linken Hand etwas Wasser, goß es über die rechte Hand und murmelte dabei: »Rein sollst du werden, so der Teufel, der Ungesegnete will!« Tuba konnte sich eines Lächelns nicht erwehren: Der alte, gebrechliche Körper der Tante, die mit entblößtem Hintern am Becken hockte und ihre Notdurft verrichtete, erregte eher Mitleid als Heiterkeit.

Mansarossaltane, die das blonde Haar ihrer Mutter geerbt hatte, warf wie gewohnt stolz den Kopf in den Nacken und machte ihre Mutter darauf aufmerksam, daß das Wasser im Becken jetzt unrein sei und man das Geschirr nicht mehr darin spülen dürfe. Tuba ging mit der Rute in der Hand auf die Tante zu und schlug drohend auf die Erde: Wenn sie noch einmal ihren Stuhl neben dem Wasserabfluß entleere, werde sie das Seil durchschneiden, das sie mit dem Himmel verbinde, so daß sie niemals in den Himmel komme. Die Frau erschrak. Ohne sich gereinigt zu haben, zog sie rasch ihre Pluderhose hoch, tauchte dann ihre schmutzige Hand ins Wasser. Tuba geriet in Zorn. Sie warf die Rute auf den Boden und schlug sich mit beiden Händen auf den Kopf. Sie mußte wohl oder übel frisches Wasser ins Becken einlaufen lassen, obwohl einmal mehr Wassermangel herrschte und das Reservoir fast leer war. Ihrem Haushalt stand nur einmal monatlich das Recht zu, die öffentliche Wasserleitung anzuzapfen und den Speicher zu füllen. Die nach dem Vorbild im Haus der »Pumpenfrau« installierte Pumpe hatte keinen Druck, und das Becken füllte sich nur langsam.

Almass Chatun kam mit einem Schaumlöffel aus der Küche gelaufen; als Tuba ihr befahl, die Tante unter dem Hahn des Wasserreservoirs zu waschen und den Kot zu beseitigen, wurde sie wütend und schlug der Tante mit dem Schaumlöffel aufs Hinterteil. Die Tante jaulte auf wie eine geprügelte Hündin und schwor bei Gott, sie werde auf der Stelle an ihrem Lichtseil zum Himmel klettern. Dabei griff sie nach einem unsichtbaren Seil in der Luft, um sich daran hochzuziehen. Da jetzt auch der Schaumlöffel saubergespült werden mußte, hielt ihn Tuba unter die Pumpe, während Mansarossaltane mit ihren dünnen Kinderarmen pumpte. Almass Chatun schleppte schimpfend die Tante zum Beckenrand und schrubbte sie unbarmherzig mit Wasser und Seife. Mutter und Tochter machten sich daran, eimerweise frisches Wasser auf die Stufen zu schütten, um das unreine Wasser im Becken zu ersetzen.

Die Tante war im ersten Jahr nach der Flucht des Prinzen ins Haus ihrer Nichte gekommen. Mansarossaltane war noch ein Säugling, und Tuba trug Habibollah unter ihrem Herzen. Damals ging es ihr noch nicht so schlecht, und so hatte sie die alte Frau bei sich aufgenommen, die niemanden hatte und nicht wußte, wo sie sonst hätte hingehen sollen. Die Tante hatte einst sieben Kinder zur Welt gebracht, doch sie waren alle wenige Monate nach der Geburt gestorben. Das achte Kind, eine Tochter, kam nach dem Tod des Vaters auf die Welt und blieb auf wundersame Weise am Leben. Als die Tochter siebzehn war, wurde um ihre Hand angehalten. Der Freier war der Sohn eines angesehenen mittelständischen Geschäftsmannes, und die Tante willigte ein. In der Hochzeitsnacht stellte sich heraus, daß das arme Mädchen nicht mit dem jungen Bräutigam, sondern mit dessen über sechzigjährigem Onkel vermählt worden war. Alles Weinen und Klagen nutzte nichts mehr: Das Mädchen war die Braut des Todesengels. Bei der ersten Entbindung kam das Kind tot zur Welt, und sie starb im Wochenbett. Kurze Zeit darauf lief die Tante von zu Hause weg und irrte ziellos durch Gassen und Straßen. Sie lebte damals in Esfahan. Eines Tages kehrte sie mit einem kleinen, wenige Monate alten Bübchen nach Hause zurück. Sie hatte das in Lumpen gewickelte Kind irgendwo am Straßenrand gefunden. Der Kleine war ihr wie ein Geschenk Gottes vorgekommen für eine Frau, die alle ihre eigenen Kinder verloren hatte. Sie liebte den Jungen aus ganzem Herzen. Eines Nachts, der Kleine war inzwischen zwei Jahre alt, bat er seine Adoptivmutter um Wasser. Schlaftrunken zeigte sie bloß auf die Wasserschale hinter ihrem Kopf. Der Kleine krabbelte darauf zu und versuchte, daraus zu trinken. Am nächsten Tag fand sie ihn tot vor. Sein Kopf war in der Schale steckengeblieben, und er hatte keine Luft mehr bekommen. Dieses Unglück raubte der Tante vollends den Verstand. Lange Zeit irrte sie in den Straßen umher. Dann machte sie sich zu Fuß auf den Weg nach Teheran. Dort fragte sie sich bis zum Haus ihrer Nichte durch, von der es in Esfahan hieß, sie habe einen Prinzen geheiratet.

Anfangs ging alles gut, bloß ihr ständiges Jammern und ihre Angewohnheit, den Oberkörper hin- und herzuwiegen wie ein Pendel, konnte einem auf die Nerven gehen. Tuba allerdings störte sich nicht weiter dran. Eines Tages jedoch kehrte der Prinz aus Rußland zurück; er befand sich in einer derart elenden Verfassung, daß er kaum mehr das Haus verließ und obendrein die Anwesenheit der Tante als Zeichen des göttlichen Zorns deutete. Hatte er nicht etwa nur Verachtung für das einfache Volk übriggehabt, so daß es nun die Gelegenheit ergriff, es ihm heimzuzahlen? In den Augen des Prinzen waren alle Menschen, die sich an der Bewegung gegen die Despotie des Monarchen beteiligt hatten, gemeines, ungebildetes Volk. Jetzt machten sie sich auch noch im Haus seiner Frau breit, um die Miete zu sparen.

Tuba schickte sich darein, wieder am Webstuhl sitzen zu müssen und Teppiche zu knüpfen, um mit dem Erlös einen Teil der Haushaltkosten zu bestreiten. Sie hatte nach Mirza Qasem geschickt, um Wolle zu besorgen und sich nach dem Befinden von Scheich Khiabani zu erkundigen. Mirza Qasem hatte tatsächlich die Beamtenlaufbahn eingeschlagen und arbeitete im Kultusministerium. Er trug Hemd und Fliege, sprach etwas Französisch und versuchte, ein Buch über europäische Kunst aus dem Französischen ins Persische zu übersetzen. Dies alles erzählte er stolz seiner nunmehr verarmten Kusine Tuba. Mirza Qasem war inzwischen verheiratet, hatte zwei Kinder und war Ministerialdirektor. Er war eine bedeutende Persönlichkeit geworden!

Als das Eis zwischen den beiden gebrochen war, gewann Tuba erneut Mirza Qasems Herz. Er wurde wieder zum Bewunderer seiner wißbegierigen Kusine. Diese hatte allerdings keine Zeit mehr, sich um die im Keller verstaubenden Bücher ihres Vaters zu kümmern. Mirza Qasem holte sie herauf und reihte die Bücher für sie in die Wandnische ein. Außerdem brachte er ihr regelmäßig Wolle aus Kaschan mit. Wenn jeweils ein Teppich fertig geknüpft war, kümmerte sich Mirza Qasem um den Verkauf, zog die Kosten für die Wolle ab und beanspruchte nur einen geringfügigen Anteil für sich. So kam Tuba zu einem bescheidenen Einkommen. Sie setzte auch Almass Chatun an den Webstuhl und manchmal sogar die Tante, wenn diese einen lichten Moment hatte. Eines Nachts nun verwechselte die Tante den Mondschein mit der Morgendämmerung. Sie stand auf, nahm ihre Badesachen und ging zum Hammam, das natürlich geschlossen war. Sie kehrte nach Hause zurück, wußte aber nicht, wie an die Haustür klopfen, ohne die Hausbewohner in Angst und Schrecken zu versetzen. Sie entschloß sich daher, zur Moschee zu gehen, setzte sich vor den Eingang und wiegte wie üblich den Oberkörper ruckartig hin und her. Später erzählte sie, ein Sejjed mit grünem Turban sei gekommen und habe sie gefragt, warum sie nicht in die Moschee hineingehe. Sie wandte sich um und sah, daß das Tor zur Moschee offenstand. Der Sejjed führte sie in die Moschee. Dort hatte man eine Leiche in ein Totentuch eingewickelt und in der Gebetsnische auf die Totenlade gelegt, um sie dann am nächsten Morgen auf den Friedhof zu bringen. Die Tante war zum Toten getreten, hatte ihren Kopf daran gelehnt und herzzerreißend geweint, während sie der Stimme des Sejjed mit dem grünen Turban lauschte, der Koranverse rezitierte. Die Tante hatte bis zum Morgen geweint und geklagt, und als die Stimme des Mannes verstummte, hatte sie den Kopf gehoben und ein aus Licht gewobenes Seil erblickt, das genau aus dem Kuppelauge bis auf den Boden herabhing. Die Tante war aufgestanden, hatte danach gegriffen, um daran hochzuklettern. Sie war sicher, daß das Seil für sie bestimmt war, damit sie daran bis zum Himmel klettern konnte. Als sie ihre Hand danach ausstreckte, ließ die Stimme des Imam sie zusammenzucken. Im gleichen Augenblick war auch das Seil verschwunden. Der Imam fragte sie eingehend aus, wie sie überhaupt nachts in die Moschee hineingekommen sei. Und die Tante schwor, daß eine Lichtgestalt ihr die Tür geöffnet habe.

Das alles hatte die Tante am frühen Morgen Tuba erzählt, die sich im Hof vor dem Morgengebet wusch und das Klopfen an der Tür gehört hatte. Sie machte auf und erblickte die Tante davor. Nach dem Morgengebet eilte Tuba zur Moschee, um den Imam nach dem Vorfall zu fragen. Er beteuerte, daß er in der vergangenen Nacht die ganze Moschee gründlich durchsucht habe und morgens beim Anblick der Frau erschrocken sei, weil er nicht darauf gefaßt gewesen war, daß sich, außer der Leiche und seiner Wenigkeit, noch jemand in der Moschee befand. So stieg das Ansehen der Tante. Aber was half das? Als Tuba nach Hause zurückkehrte, erblickte sie die Tante, die um das Wasserbecken herumtanzte und immer wieder versuchte, an einem unsichtbaren Seil hochzuklettern. Nicht nur, daß die Tante von da an keine Teppiche mehr knüpfte, Tuba mußte zudem ständig ein Auge auf sie haben, damit sie nichts Dummes anstellte.

Und wieder brach eine Hungersnot aus. Die Hammelsuppe wurde von Tag zu Tag wäßriger. Der Himmel war den Menschen einmal mehr feindlich gesinnt. Tuba betete mit Almass Chatun und den Kindern um Regen. Dann hielten sie den Koran über ihre Köpfe und weinten, aber es nutzte nichts. Tuba wurde von Tag zu Tag verbitterter und verzweifelter. Sie war überzeugt, daß sie gesündigt hatte und nun dafür bestraft wurde. Wie hatte sie gesündigt? Sie ging im Geist ihr bisheriges Leben durch: Bis zu ihrem vierzehnten Lebensjahr, nein, da war nichts Sündhaftes vorgefallen, zumindest erinnerte sie sich nicht daran. Als sie sich erdreistet hatte, um die Hand von Hadschi Mahmud anzuhalten jedoch, da hatte sie ihre erste Sünde begangen. Sie ging noch weiter in der Zeit zurück. Da waren wohl noch andere Sünden gewesen: Hatte sie nicht durch das Fenster heimlich den nackten Körper ihres Vaters betrachtet, wenn er sich unter dem Wasserspeicher wusch? Und hatte sie nicht einige Male auch ihren nackten Körper betrachtet? Ihr nackter Körper hatte sie immer fasziniert. Sie erinnerte sich an die kindlichen Spiele mit Mädchen – und manchmal auch mit Jungen. Tuba dachte, daß die ganze Welt auf Sünden beruhe. Bezeichnenderweise hatte Gott das sündige Paar Adam und Eva aus dem Paradies verbannt. Wenn Tuba die Kinder, Almass Chatun und Jaqut zum Gebet versammelte, hielt sie ihnen anschließend eine halbstündige Predigt über die Sünde: Unglück trifft denjenigen, der schon in der Kindheit sündigt und dadurch seine Unschuld verliert. Dafür läßt Gott seinen Zorn an allen aus. Der segenspendende Regen bleibt aus, und es kommt zu Dürrekatastrophen. Wie sie sich das vorstellten? Daß es bloß Zufall war, daß es nicht regnete? Erst wenn Mansarossaltane vor lauter Angst fast in Weinen ausbrach, Habibollah sie mit offenem Mund anstarrte und Jaquts Kinder sich wie verschreckte Hasen aneinanderschmiegten, schloß sie ihre Predigt und versank in Grübeln.

Daß sie keine Nachricht von ihrem Mann erhielt, machte alles noch viel schlimmer. Es hieß, in Europa sei der Weltkrieg ausgebrochen. Im ersten Kriegsjahr kehrte der Prinz endlich zurück. Sechs Monate lang versteckte er sich zu Hause und zeigte sich nirgendwo. Während dieser Zeit hielt er vor seiner Frau flammende Lobreden über Kaiser Wilhelm von Preußen, den er als den Retter Persiens bezeichnete. Dieser Retter werde es den Russen und Engländern heimzahlen und dann nach Persien kommen und das Volk retten. Der Prinz klammerte sich verzweifelt an diesen Traum, und allmählich entwickelte sich Wilhelm auch in Tubas Vorstellung zu einem Idol. Dank Wilhelm würde es wieder regnen, die Preise würden sinken, die Tante wieder normal werden, und der Wohlstand würde zurückkehren! Später, als es dem Prinzen wieder besser ging, wagte er sich ab und zu abends auf die Straße. Er schickte einen Fürsprech zum Schah, um seine Begnadigung zu erwirken, und nach geraumer Zeit konnte er wieder ohne Aufsehen zu erregen am Hof ein- und ausgehen. Die materielle Situation des Hauses verbesserte sich zwar; doch die Hofschranzen erwarteten teure Geschenke vom Prinzen, die er gar nicht vermochte, und zudem fand er auch keine einträgliche Arbeit. Schließlich wurde ihm das Gouverneursamt eines kleinen, abgelegenen Bezirks in der Provinz Aserbaidschan angeboten. Der Vorteil dieser neuen Stelle war, daß sich der Amtssitz in der Nähe der privaten Ländereien des Prinzen befand und er mit Hilfe Mirza Abusars dort nach dem Rechten sehen konnte. Während dieser Zeit kam Aqdasolmoluk auf die Welt; kurz darauf war Tuba mit Munessoddoule, ihrem vierten Kind, schwanger.

Auch Tuba wurde inzwischen zu den Festlichkeiten am Hofe eingeladen. Der neue Schah war fast noch ein Kind, und so wurde der Harem von den Frauen aus der Zeit von Schah Mohammad Ali und Schah Mosaffareddin verwaltet. Tuba langweilte sich bei den höfischen Festen. Sie verfügte nicht über Diener oder Dienerinnen, die sie in ihrem Gefolge hätte mitbringen können, damit sie auf die Kinder aufpaßten. Entweder sie mußte allein zu den Festen gehen oder dann die Kinder mitnehmen. Sie wagte aber nicht, die Einladungen abzulehnen, denn sie fürchtete, dadurch die Stellung zu gefährden, die der Prinz nun nach Jahren des Unglücks, der Flucht und Verbannung wiedererlangt hatte. Die zahlreichen königlichen Gemahlinnen der früheren Herrscher hatten einen eigenen Hofstaat innerhalb des Hofs geschaffen. Sie besaßen zwar kein Geld, mit dem sie um sich werfen konnten, tolerierten aber dennoch nicht, daß etwa ein Gast am Hofe einer Rivalin einen Höflichkeitsbesuch abstattete. Es herrschte eine überholte Ansicht von Ehre. Wer am Hofe geladen war, mußte pflichtgemäß jeder einzelnen der Frauen schmeicheln und allen, einer nach der anderen, seine Aufwartung machen, um ja keine zu beleidigen, denn sonst hätten alte Feindschaften ausbrechen können. Tuba brachte dafür nicht die Geduld auf. Sie wollte lieber an ihrem Webstuhl sitzen, damit ihre Kinder genug zu essen hatten. Einmal spielte sie während eines Festes auf der Tar und sang zu einer rhythmischen Melodie Gaselen von Moulana. Ein paar begeisterte Frauen tanzten dazu. Dieses Ereignis war allen in Erinnerung geblieben, und von da an wurde sie immer wieder aufgefordert, die Tar zu spielen. Manchmal willigte Tuba ein, und während sie spielte, versank sie in ihren alten Traum von der Gottessuche.

Anläßlich des letzten Festes, das sie am Hofe besuchte, bat man sie einmal mehr zu spielen. Tuba fühlte sich jedoch nicht in Stimmung und bat um Verständnis. Worauf eine der anwesenden Frauen aufgefordert wurde zu tanzen. Die wollte nichts lieber als das, zierte sich aber, bis eine der Königinnen, die hundertsiebte vielleicht, barsch zu ihr sagte: »Ich befehle Euch zu tanzen!« Dieser Befehl brachte Tuba innerlich auf. Sie nutzte das lärmende Durcheinander des Festes und schlich sich leise und unauffällig davon, um nie wieder zurückzukehren. Auf dem Heimweg nahm sie sich vor, zur Strafe einen Tag lang wie eine fahrende Musikantin am Straßenrand Tar zu spielen. Das war das Ende ihrer Besuche bei Hof.

Mirza Qasem erzählte Tuba, Scheich Khiabani habe sich in der Provinz Aserbaidschan zu einer regionalen Autorität entwickelt und sei gewissermaßen ein thronloser König. Tubas einstige Begeisterung für Khiabani hatte inzwischen merklich nachgelassen. Auch Mirza Qasem war besonnener geworden: Er wußte, daß man einem allzu temperamentvollen Führer nicht blind folgen durfte, weil man sonst unweigerlich in Schwierigkeiten geriet. Natürlich hielt er gern vor Amghesi Tuba geistreiche Reden, um ihr zu imponieren, aber damit hatte es sich. Tubas Gesinnungswandel hingegen hatte andere Gründe. Sie steckte bis zum Hals in Sorgen und hatte schlicht keine Zeit mehr für Tagträume. Damals saß sie vier Jahre lang in Hadschi Mahmuds Haus herum und spann Träume und Fantasien. Jetzt waren diese Träume manchmal das einzige, worauf sie ihre Hoffnung gründete. Dabei schienen die Träume genauso verworren zu sein wie die Wolle, die sie knüpfte. Wenn sie sich erschöpft fühlte, wenn die Kinder ihr über den Kopf wuchsen und sie für die Tante keine Geduld mehr aufbrachte, wenn das Wasser wieder einmal versiegte und es einfach nicht regnen wollte, dann dachte sie manchmal, daß sie – sobald sie die Kinder großgezogen hatte und alle versorgt waren – doch noch Gott suchen werde. Bis dahin aber mußte sie knüpfen, kochen, fegen, waschen. Sie mußte sich weiter, immer weiter in diesem ewigen Kreis drehen, endlos. Nein, mit Wiederholungen konnte sie nichts anfangen. Daher knüpfte sie nie zwei Teppiche mit dem gleichen Muster; das hätte sie nur gelangweilt. Wenn identische Teppiche verlangt wurden, überließ sie die Arbeit anderen. Aber sie konnte sich nicht ständig selbst betrügen: Die Wiederholung schien das ewige Gesetz des Lebens zu sein – nicht nur ihres Lebens, des Lebens überhaupt!

Eigentlich wollte sie vorwärtsschreiten, aber sie lief immer nur im Kreis. Sie hätte sich viel wohler gefühlt, wenn sie geradeaus hätte gehen können, immer geradeaus, wohin, das war unwichtig. Aber es war nicht möglich und wurde, im Gegenteil, von Tag zu Tag schwieriger.

Tuba wußte nicht, warum sie sich über die anderen Frauen ärgerte. Sie selbst lachte selten und fand wenig Spaß an Lustbarkeiten. Gelegentlich hatte sie zwar Theateraufführungen und Geburtstagsfeste organisiert. Das erste Mal war sie nachsichtig gewesen und hatte geduldig alle Förmlichkeiten über sich ergehen lassen, die anderen Male jedoch hatte sie nur eingewilligt, weil man sie darum gebeten hatte. Wenn von Khiabani die Rede war, berührte es sie kaum, denn er war für sie keine Lichtgestalt mehr. Sie ahnte nur undeutlich, daß sich dank ihm im eintönigen Verlauf ihres Lebens etwas ändern würde. Sie wußte nicht, was und wie, aber allein schon der Gedanke daran war aufregend. Mirza Qasem hatte erzählt, Khiabani sei in Aserbaidschan ein thronloser König. Wenn er nun tatsächlich für das Amt des Königs auserwählt war? Es hieß, der gegenwärtige Schah sei schwach und unfähig, das Land zu regieren. Warum also sollte nicht Khiabani an seine Stelle treten? Als der Prinz vor den Anhängern Khiabanis fliehen und aus Aserbaidschan nach Teheran zurückkehren mußte, antwortete er auf die Frage seiner törichten Frau, daß, mit Khiabani als Schah, er und seine Familie ins Verderben stürzen und wahrscheinlich als Bettler auf der Straße enden würden. Das alberne Geschwätz brachte ihn in Rage. Die Armut und der Verlust einer einträglichen Beschäftigung hatten seine Nerven angegriffen. Tagtäglich verfluchte und beschimpfte er den Bastarden Khiabani und dessen nichtswürdige Eltern, die ihn gezeugt hatten. Der Prinz behauptete sogar, Khiabani sei ein bezahlter Handlanger Rußlands. Wenn ihn Tuba daran erinnerte, daß er vor einigen Jahren

Khiabani als einen Handlanger der Engländer bezeichnet hatte, zuckte er nur die Achseln: Ein Handlanger sei eben ein Handlanger und habe möglicherweise zwei Auftraggeber. Mirza Abusar sei ein Beispiel dafür; er sei sowohl sein Diener und gehorche ihm ergeben wie ein Hund, als auch ein glühender Anhänger Khiabanis. Der Prinz hatte Mirza Abusar in Aserbaidschan zurückgelassen, damit er aufgrund seiner offenkundigen Sympathie für Khiabani die Leibeigenen und Bauern in Schach hielt, die auf den Ländereien des Prinzen arbeiteten und, nach seinen Worten, aufsässig geworden seien. Jawohl, die Leibeigenen und Untertanen waren aufsässig geworden! Als sie den Landsitz einer Halbschwester des Prinzen überfielen und plünderten, habe einer von ihnen bei der Teilung der Beute auf türkisch sogar gesagt, er wolle als seinen Anteil die Prinzessin mitnehmen. Und dafür sei niemand anderer verantwortlich als dieser niederträchtige Spion Khiabani.

Aus Rußland trafen widersprüchliche Meldungen ein. Eine Welle von Flüchtlingen aus Rußland überflutete Persien. In Tubas unmittelbarer Umgebung tauchte zunächst Bujuk Aghas Familie auf. Bujuk Agha hatte durch einen entfernten Verwandten Tubas erfahren, daß in ihrem Haus Zimmer frei waren. Tuba erklärte sich bereit, ihm die zwei einstigen Zimmer Hadschi Mostafas zu vermieten. Der Prinz war darüber verärgert. Er konnte sich nicht daran gewöhnen, mit fremden Leuten in ein und demselben Haus zu wohnen, und er schämte sich, als Vermieter auftreten zu müssen. Da er aber Tuba kein Geld geben konnte, mußte er die Situation wohl oder übel hinnehmen. Seit kurzem richtete sich sein Zorn gegen die Bolschewiki, diese verfluchten Kreaturen. Er ließ nach dem letzten Gebetsvers seine Stirn auf dem Gebetsstein ruhen und schüttete Gott sein Herz aus. Er unterhielt sich mit Gott wie mit einem alten Freund, der ihn im Stich gelassen hat. Er sagte:

»Lieber Gott, ich weiß, daß ich in Deinen Augen ein ganz besonderes Geschöpf bin. Ich weiß, daß DU mich liebst. Ich weiß, daß DU mir immer Deine Gnade und Gunst erwiesen hast. DU warst mir immer wohlgesinnt, und auch wenn ich hundert Leben hätte, könnte ich Dir nicht genug danken dafür. Großer Gott, o Herr, DU weißt doch, daß DU den Spuk dieser üblen Bolschewiki beenden und die Menschen von ihnen erlösen mußt! Das weißt DU doch, oder?« Er flehte: »O Gott, schick uns doch diesen Wilhelm, Deinen Statthalter auf Erden; wir halten es nicht mehr aus!« Manchmal, wenn sich Tuba im Zimmer befand, teilte er ihr, während er mit Gott sprach, Dinge mit, die er ihr gegenüber nicht direkt zur Sprache bringen wollte: »O Gott, führe doch diesen Bujuk Agha mitsamt seiner Familie nach Baku zurück. Laß unser Haus uns allein gehören, segne diese kopftuchtragenden Weiber mit etwas Verstand. Mache, daß Dein unwürdiges Geschöpf zu Geld kommt, damit die kopftuchtragenden Weiber endlich begreifen, daß sie die Männer zu achten und zu ehren haben.« Tuba lächelte zurückhaltend. Ihr gefiel die Art, wie der Prinz betete, und sie richtete es so ein, daß sie sich zu den Gebetszeiten im Zimmer aufhielt und sein vertrauliches Gespräch mit Gott mitanhörte. Anschließend kam es dann zu einem Dialog zwischen Gott, dem Prinzen und Tuba. Tuba sagte: »O Gott, Allmächtiger, laß diesen Prinzen doch endlich begreifen, daß ich meinen Kindern nicht das leere Käsegeschirr zwischen das Brot legen kann. Dank Bujuk Aghas Miete kann ich wenigstens ein bißchen Fleisch kaufen und damit die knurrenden Mägen füllen.« Und der Prinz antwortete: »O Gott, der DU Herr über das Schicksal von Königen und Bettlern bist, laß diese albernen kopftuchtragenden Weiber, die mit zunehmendem Alter immer alberner werden, doch endlich begreifen, daß sie ihren Ehemännern nicht ständig auf die Nerven gehen dürfen.

Laß sie einsehen, daß sich mit Deinem Gesandten Wilhelm alles gründlich ändern wird. Mach meiner Frau endlich klar, daß die Bolschewiki den Menschen in Rußland das Leben unerträglich gemacht und Unglück über das Leben ihres Gatten gebracht haben!« Und die Frau antwortete: »O Gott, laß diesen Zecher und Prasser endlich begreifen, daß ein Mann imstande ist, Steine zu mahlen und daraus Brot zu backen, wenn er willens ist, für seine Familie das tägliche Brot zu verdienen, und daß er alles tut, um die Ehre seiner Frau und seiner Kinder zu verteidigen.«

Daraufhin zog sich der Prinz an, suchte seine Schwester Turanossaltane auf, um sie um etwas Geld anzugehen, wenn möglich einer ihrer schwarzen Dienerinnen in den Hintern zu kneifen und sich sonst zu vergnügen, falls ihm eine Gelegenheit über den Weg lief. Wenn er tatsächlich Geld auftrieb, so übergab er es nie Tuba. Er rächte sich auf diese Weise für ihre Strenge.

Eines Tages tauchte Monsieur Bughussian auf. Er war aus Armenien emigriert und radebrechte ein paar Brocken Persisch. Er hatte gehört, daß in Tubas Haus das Obergeschoß frei war, und wollte es mieten. Als er einzog, erzählte er Tuba in seinem gebrochenen Persisch, der Bolschewik sei ein ganz schlimmer Mensch: Er teile die Frauen! Tuba interpretierte diese Behauptung so, daß der Bolschewik die Frauen oberhalb der Hüften entzweischnitt. Sie konnte sich aber nicht vorstellen, wozu das gut war. Sie bat Monsieur Bughussian um eine Erklärung. Er sagte: »Sie teilen sie untereinander auf«, und fügte hinzu: »Eine Schande ist das!«

Tuba hatte inzwischen einen heiligen Schrecken vor den Bolschewiki. Für den Prinzen bedeutete das ein Sieg. Er freundete sich mit Monsieur Bughussian an. Manchmal tranken sie zusammen Schnaps und unterhielten sich auf türkisch über die Bolschewiki. Das Bolschewikenfieber steckte Tuba und das ganze Haus an. Der Prinz behauptete,

Khiabani sei ein Lakai der Bolschewiken, er sei jahrelang im Kaukasus von ihnen ausgebildet worden, um dann hier, in Persien, die Frauen zu teilen. Der Prinz war sich über Tubas Auslegung des Wortes »teilen« klar und nutzte das Mißverständnis gebührend aus. Ein gewisser Derwisch Hasan hatte sich zum Prinzen und Bughussian gesellt, und die drei bildeten so etwas wie ein Epikureertrio. Er war nachlässig gekleidet, redete sehr klug, und der Prinz nannte ihn den Schams Tabrizi der Gegenwart. Wenn er das Haus betrat, rief er *hu haqq!*, und zwar so laut, daß jedermann im Haus erstarrte. Oft blieb er am Innenhofeingang stehen, rezitierte ein paar beschwörende Sätze zum Lobe des Herrn: »ER, dessen glanzvolle Herrlichkeit und Pracht in jedem Haus auf Erden bis hin zum Siebengestirn am Himmel allgegenwärtig ist, der die Unterdrücker vernichtet, Waisen in Schutz nimmt, Gerechtigkeit walten läßt und alle Herzen mit seiner Allmacht beherrscht, bittet um Erlaubnis einzutreten.« Der Prinz verbeugte sich vor ihm, der Derwisch verbeugte sich ebenfalls, sogar vor den Kindern verbeugte er sich. Er zog vor der Tür seine zerrissenen Sandalen aus, setzte sich dann in seine Pelzjacke gehüllt in eine Ecke. Wenn auch Monsieur Bughussian zugegen war, unterhielten sie sich zu dritt auf türkisch.

Für den Derwisch hatte das Wort Bolschewik einen tieferen Sinn. Er behauptete, das Wort sei wie ein Gemälde, das sich von verschiedenen Gesichtspunkten aus interpretieren lasse: Der Bolschewik war eine Art Geißel Gottes. Wann immer sich das Rad der Geschichte nicht richtig drehte, trat jemand wie der Bolschewik auf den Plan, der mit ungeheurer Brutalität, Unbarmherzigkeit, ja äußerster Raubgier zu Werke ging und gnadenlos für Ordnung sorgte. Weil es dem Prinzen nicht gegeben war, in großen Zusammenhängen zu denken, empfand er es als Pflicht, den Ausführungen des Derwischs zuzuhören, denn jemand mußte an seiner Stelle alles möglichst kompliziert formulieren, um es dann auf einen einfachen Nenner zu bringen. Der Prinz verließ sich darauf, daß er es mit einem gut informierten Mann zu tun hatte, der zur rechten Zeit Tatsachen erfahren und ihn darüber unterrichten werde. Aus diesem Grunde schätzte er die Ansichten des Derwischs. Wenn aber Tuba ins Zimmer trat oder sich auch nur ihr Schatten hinter der Tür abzeichnete, wurde der Prinz unruhig. Er gab dem Derwisch ein Zeichen, seine Rede zu unterbrechen. Der Derwisch, von Natur aus eitel, wußte, daß die Herrin des Hauses ihn überaus schätzte. Er unterbrach zwar seine Ausführungen, achtete aber immer darauf, daß Tuba noch einen Satz oder ein Wort mitbekam. Tuba war verwirrt und beunruhigt. In all den Jahren seit dem Zwischenfall auf dem Friedhof hatte sie in jeder ausweglosen Situation in Gedanken bei Scheich Khiabani Zuflucht gesucht. Eigentlich wandte sie sich dabei an Gott, dessen Verkörperung auf Erden Khiabani war. Wenn nun der Prinz den Scheich als Lakai der Engländer oder Russen bezeichnete, war es für Tuba wie eine persönliche Beleidigung, weil dadurch das Bild Khiabanis in ihrem Bewußtsein verunglimpft wurde. Daß nun der Mann, den sie über alles verehrte und der für sie das Licht auf Erden verkörperte, in einem Atemzug mit den Bolschewiki genannt wurde, das beschäftigte sie sehr. Ausgerechnet mit den Bolschewiki, die man für die zunehmende Not verantwortlich machte und für den zunehmenden Flüchtlingsstrom aus Rußland.

Bujuk Aghas Frau erzählte ständig Schauergeschichten von den Bolschewiki: Ihr ganzes Hab und Gut hätten sie geplündert. Es sei ihr lediglich gelungen, einen Diamanten unter ihrer Zunge zu verstecken. Alles andere hätten die Bolschewiki konfisziert. Ihr Haus in Baku hätte einst sieben Eingänge gehabt, aus denen sieben Tore geworden waren.

Nun aber waren sie so verarmt, daß sie sich in Tubas Haus in zwei Zimmern einmieten mußten. Wenn das alles nicht stimmte, was war dann von den Behauptungen Monsieur Bughussians zu halten? Hatte der nicht erzählt, daß die Frauen geteilt wurden? Mittlerweile hatte Tuba zwar die richtige Bedeutung verstanden, aber der Schreck saß immer noch tief.

Derwisch Hasan legte es darauf an, Tubas Verwirrung zu schüren. Er ging gewissermaßen nach einer umgekehrten Logik vor: Zunächst definierte er den Begriff Bolschewiki ganz sachlich, dann versuchte er ihn zu erklären und zu verstehen, und erst dann überprüfte er, was wirklich dahintersteckte, um die Erkenntnis gleich zu widerlegen. Aber er wollte und konnte nicht alles offen zum Ausdruck bringen, was er dachte. Doch seinen Zuhörern genügte meist ein kleiner Hinweis. Einmal war Tuba unvermittelt im Zimmer aufgetaucht und war mit der Frage herausgeplatzt, warum denn die Bolschewiki nicht an Gott glaubten, wenn sie doch die Geißel Gottes seien? Der Derwisch war ihrem Blick ausgewichen und hatte geantwortet, auch das sei ein Beweis der Herrlichkeit Gottes. Die Wahrheit zeige sich auf der Welt immer in umgekehrter Form. Gott tilge sich vorsätzlich aus dem Bewußtsein mancher seiner Geschöpfe, um sich dann um so mehr zu manifestieren. Tuba wurde schon vom Zuhören schwarz vor den Augen. Der Derwisch lächelte freundlich. Ein andermal sagte er zu ihr, daß sich viele ihrer Probleme von selbst lösen würden, sollte ihr je die Ehre widerfahren, dem Mystiker Geda Alischah zu begegnen.

Der Prinz mochte diese Gespräche nicht. Solange sich mystische Erörterungen auf die Rezitation von Gedichten und auf mystische Tänze beschränkten, konnte er sich dafür begeistern. Daß Frauen sich aber für die Geheimnisse der Schöpfung interessierten – und womöglich auch noch darüber nachdachten –, das hielt er für äußerst unangebracht. Eine Frau hat bestimmte Aufgaben, und wenn sie diese nicht erfüllt oder sich über deren Grenzen hinwegsetzt, dann stört sie die Ordnung der Welt! Der Derwisch war anderer Ansicht. Er war überzeugt, daß alle Menschen auf dieser Welt bestimmte Aufgaben zu erfüllen hatten. Unter den Menschen gab es seiner Meinung nach sowohl Männer als auch Frauen, die sich gegen die althergebrachte Ordnung auflehnten und daher zu Rebellion neigten. Solchen Menschen sei eine Art Unruhe inne – für den Derwisch gehörte Tuba dazu –, die sie dazu treibe, alles Bestehende und Gegebene in Frage zu stellen. Wenn diese Menschen nun nicht den richtigen Weg fänden, dann würden ihnen Demütigungen nicht erspart bleiben – ja sogar ein Ende in geistiger Umnachtung! Diese von Natur aus rebellischen Menschen müßten mit starker Hand geführt werden, damit sie sich beruhigten und ihre Mitmenschen nicht verunsicherten.

Tuba war in letzter Zeit häufig unausgeglichen. Manchmal stürzte sie sich in ermüdende körperliche Arbeiten, knüpfte verbissen Teppiche, musizierte stundenlang auf der Tar, und neuerdings dichtete sie heimlich Verse. Sie glaubte auf irrationale Art und Weise an Khiabani, was der Prinz ihr von Zeit zu Zeit spöttisch vorwarf – und was der Derwisch entsprechend interpretierte. Auch der Zwischenfall auf dem Friedhof und ihre Hartnäckigkeit, asketisch zu leben – das deutete alles auf eine Geistesverwirrung hin. Sie war einer jener verschlossenen Menschen, denen nichts weiter übrigbleibt, als auf dem Weg der Sufis zum vollkommenen Einswerden mit Gott zu gelangen, und für die es keine andere Möglichkeit gibt, glücklich zu werden.

Allmählich verstärkte sich in Tuba der Wunsch, diesen Geda Alischah tatsächlich aufzusuchen. Sie sprach bald von nichts anderem mehr. Der Prinz seinerseits wurde von Tag zu Tag ungeduldiger. Man hatte ihm geraten, ohne viel Aufsehen in seinen Regierungsbezirk in Aserbaidschan zurückzukehren und sich mit den Leibeigenen und Untertanen zu arrangieren. Er war von Natur aus ein sanfter, versöhnlicher Mensch, und die Mission müßte ihm eigentlich gelingen. Falls es sich als notwendig erwies, sollte er ruhig den Schah und die Regierung öffentlich kritisieren, um den Anschein zu erwecken, als ob er zu einer gemeinsamen Sprache mit den Untertanen fände. Schließlich würden sie sich ihm langsam, aber sicher unterordnen. Er solle auch ein Auge auf die Wühltätigkeit von Handlangern Rußlands und Khiabanis haben, da deren Gegner in einer gefährlichen Situation seien.

Dem Prinzen war nicht nach gefährlichen Situationen zumute. Er hatte sich bereits einmal auf eine gefährliche Situation eingelassen, hatte anschließend mehrere Jahre in einem fremden Land zubringen müssen und hatte auch seine Familie ins Verderben gestürzt. Jetzt aber mußte er wohl oder übel in den sauren Apfel beißen. Sie waren verarmt. Almass Chatun setzte ihm nur noch karge Mahlzeiten vor, Tuba mußte Tag und Nacht Teppiche knüpfen, die Kinder Bujuk Aghas belästigten ihn mit ihrem Lärm, seine Frau fand immer irgend etwas, was sie für unrein hielt und feierlich reinigen mußte. Tubas wahnsinnige Tante war auch noch da, und der Diener Jaqut schien endgültig übergeschnappt zu sein. Sein persönlicher Diener Mostafa war aufsässig geworden und hatte sich unterstanden, seinen Dienst zu quittieren, um eine Stellung bei einer Behörde anzunehmen. Mortesa war bereits bei einer Behörde untergekommen und musizierte nur noch ungern auf seiner Tar. Der widerliche Prinz Mansur versuchte seine Impotenz dadurch zu vertuschen, daß er sich beim vorgetäuschten Liebesakt mit Frauen besonders wild und brutal aufführte. Seine Schwester war arrogant, und am königlichen Hof wimmelte es von Schmeichlern und Schmarotzern. Und jetzt auch noch Tuba, die, sobald sie vom Webstuhl aufstand, von einem möglichen Besuch bei Geda Alischah schwärmte.

Tuba bestand darauf, ihn unbedingt in Kermanschah zu besuchen. Der Derwisch hatte erzählt, Geda Alischah habe sich für drei Jahre dort zurückgezogen. In ihrem ganzen Leben war Tuba nie weiter gereist als bis nach Qom und zum geweihten Grabmal von Schah Abdolazim. Der Wunsch, nach Maschhad, Karbala oder Mekka zu reisen, brannte in ihr und wurde von Derwisch Hasan eifrig geschürt.

Tuba saß hinter dem Vorhang. Während sie Blumen stickte, lauschte sie dem Gespräch zwischen dem Prinzen und dem Derwisch. Der Prinz war bedrückter denn je. Er hatte das Gefühl zu ersticken. An ausschweifende Männervergnügen war nicht mehr zu denken. Er hatte kein Geld, und die einstigen Gefährten hatten ihn, einer nach dem anderen, einfach im Stich gelassen. Er sah den Schatten Tubas hinter dem Vorhang, und er kam ihm wie eine undurchdringliche Mauer vor, die ihn einschloß wie in einem Gefängnis. Wie schön war doch alles gewesen, damals, als seine Frau noch jung war und der Prinz über einen gewissen Reichtum verfügte. Als sie jung und lieblich war, da konnte sie über geistige Themen reden, soviel sie wollte, ob über den Dichter Moulawi oder über banale Alltagsdinge – für ihn hörte sich alles entzückend an. Was sie aber jetzt daherredete, das traf den Prinzen ins Herz wie ein Stachel. Unwillkürlich entfuhr es ihm: »Ja, mein lieber Derwisch, Frauenzimmer sind wirklich die Spundlöcher.« Der Derwisch, der eben etwas besonders Verletzendes sagen wollte, antwortete mit einem Blick auf Tubas Schatten auf dem Vorhang: »Aus diesem Spundloch werden wir alle kopfüber ins Niemandsland dieser Welt geschleudert!«

Tubas erhobene Hand, Nadel und Faden zwischen den Fingern, irgendwo in der Luft. Sie preßte vor Wut die Lippen zusammen und fühlte, wie sich in ihr alles sträubte. Sie konnte einfach nicht glauben, daß der Prinz sie in all den Jahren als Spundloch betrachtet hatte. Der Prinz sagte: »Ob sie uns nun in die Welt hinaus schleudern oder nicht, sie bleiben Spundlöcher. Außerdem stammt der Samen vom Vater, die Frau ist nur ein Loch, in das der Samen fließt. Durch diesen Samen ist sie überhaupt erst in der Lage, fruchtbar zu werden.« Der Derwisch widersprach. Er meinte, Frauen und Kinder seien von Natur aus unschuldig. Die Männer seien es, die Frauen und Kinder – die er mit ungetrübten Spiegeln verglich – mit Schlamm besudelten. Frauen kämen als Heilige auf die Welt und seien Spiegel für den, der in die Tiefe der eigenen Seele blicken wolle. Wenn jemand nur Schmutz in der Seele habe, dann würde die Frau eben diesen Schmutz widerspiegeln. Wenn aber den Tiefen der betreffenden Seele Licht und Tugend innewohnten, dann würde auch die Frau das Tugendhafte, das Heilige verkörpern.

Der Prinz beendete die Diskussion und nahm sich im selben Moment vor, in seinen Regierungsbezirk zurückzukehren und sich nie mehr mit diesem dreisten Derwisch zu treffen. Der Derwisch bemerkte die plötzliche Kälte in den Augen des Prinzen, er erhob sich und bat um Erlaubnis, sich verabschieden zu dürfen. Der Prinz erschrak. Er war nicht auf diese Reaktion gefaßt gewesen. Tuba ihrerseits beschloß auf der Stelle, nach Kermanschah zu reisen. Sie würde die Tante und die Kinder mitnehmen, warum nicht? Vielleicht war der Atem von Geda Alischah wundertätig und würde die arme alte Frau von ihrem Wahnsinn erlösen. Jaqut würde sie begleiten. Sie besaß einige Ersparnisse, auf die sie für die Reise zurückgreifen konnte.

Der Derwisch hatte das Haus mit lautem *hu haqq!* verlassen. Tuba trat ins Zimmer und erklärte ruhig, sie habe die Absicht, nach Kermanschah zu reisen, um dort Geda Alischah aufzusuchen. Der Prinz grinste verächtlich: Der empfange niemanden so ohne weiteres. Seit zehn Jahren versuche er vergeblich, seiner Gefolgschaft beizutreten. Tuba ließ sich aber von ihrem Vorhaben nicht abbringen. Da traf ein Bote ein, der eine Einladung von Prinz Gil überbrachte. Fereydun Mirza und seine Gattin nahmen die Einladung freudig lächelnd an.

Seit ihrer letzten Begegnung waren Jahre vergangen. Tuba dachte: Was für ein seltsamer Mensch ist doch dieser Prinz. Und seine Frau war noch seltsamer als er. Wo hatten sie sich wohl all die Jahre aufgehalten? Sie hatte öfter vorgeschlagen, Prinz Gil in ihr Haus einzuladen. Ihr Mann jedoch hatte immer abgewehrt. Angeblich besuchte Prinz Gil keine Feste, und wenn er jemanden sehen wollte, lud er die Betreffenden entweder zu sich nach Hause ein oder stattete ihnen einen unangemeldeten Besuch ab.

Diesmal hatten sie weder eine Kutsche noch eine Remise für die Kutsche wie in ihrem früheren Haus. Und auch kein Pferd. Sie machten sich daher am frühen Abend zu Fuß auf den Weg. Der Prinz schlug vor, bis zum Lalesar-Boulevard zu bummeln. Er ging voraus, Tuba folgte einen Schritt hinter ihm. Die Stadt war wieder von der Hungersnot geprägt. Endlose Menschenschlangen standen vor den Bäckereien. Tuba dachte zehn, fünfzehn Jahre zurück, an jenen Tag, als der kleine Junge am Eingang zum Basar hin und her schwankte und über Hunger klagte. Tuba trug jetzt einen kurzen Gesichtsschleier und mußte nicht mehr wie früher die Welt durch ein dichtes Gewebe betrachten. Die Stadt hatte sich verändert. Ab und zu fuhren Automobile vorbei. Am Straßenrand standen Maste und hohe Stangen. Der Prinz erklärte ihr, es handle sich um Telefon- und Telegrafenleitungen.

An der Ecke zum Lalesar-Boulevard kamen sie an einem Stand vorbei, wo geröstete Rinds- und Schafsleber verkauft wurde. Hungrige Menschen hatten sich davor versammelt und starrten sehnsüchtig auf die Auslage. Es war ein herzzerreißender Anblick. Tuba dankte Gott, daß sie ein Dach über dem Kopf hatte und die paar Ladenräume besaß, von deren Miete sie ihre Kinder ernähren konnte. Sie betete in Gedanken für den inzwischen verstorbenen Hadschi Mahmud, der ihr väterliches Erbe umsichtig verwaltet hatte.

Wieder standen sie vor dem mit Schnitzwerk verzierten grünen Tor. Der Prinz zog an der Glocke. Als der Diener das Tor öffnete und die von dichten Bäumen gesäumte Auffahrt sich vor ihnen erstreckte, veränderte sich plötzlich alles um sie herum: Es war, als ob sich das Haus in einer anderen Stadt befände, in einem anderen Land. Musik drang aus dem Innern des Hauses. Sie kam Tuba fremd vor. Es klang weder nach einer Tar noch nach einer Schellentrommel. Es handelte sich eindeutig nicht um vertraute Instrumente. Auch die Melodie war seltsam fremd. Das Haus war festlich beleuchtet. Tuba traute ihren Augen nicht: Frauen schwebten anmutig durch die Räume, sie trugen weitausgeschnittene europäische Kleider, wie sie Tuba aus den Fotoalben der Russin Madame Aruss kannte. Die Männer trugen ebenfalls europäische Abendanzüge, der Rockschoß war im Rücken geschlitzt wie der Schwanz einer Schwalbe. Ein steifer Kragen mit weißer Querbinde umschloß ihren Hals. Ja, sie sahen aus wie Schwalben – oder wie Raben mit einem weißen Fleck auf der Brust. Bei einigen war der Frackschoß nicht geschlitzt, dafür war die Hemdbrust steif wie ein Trommelfell. Andere trugen russische Militäruniformen. Prinz Fereydun in seinem alten Gehrock und Tuba mit ihrem schwarzen Tschador wirkten wie Gans und Gänserich in einem Wiedehopf- und Schwalbenschwarm.

Das Paar sah sich unschlüssig um. Prinz Fereydun murmelte, Prinz Gil habe sie wohl zum falschen Zeitpunkt eingeladen, vielleicht hätte ihr Wiedersehen an einem anderen Abend stattfinden sollen. In dem Moment erschien der Prinz auf der Terrasse und zerstreute ihre Besorgnis. Auch er war altmodisch angezogen wie Prinz Fereydun. Auch seine Frau Lejla paßte mit ihrem blauen Seidenkleid nicht zu den anderen Gästen. Um sich zusätzlich abzuheben, trug sie ein diamantbesticktes Stirnband mit Reiherfedern, das am Hinterkopf über ihrem offenen Haar befestigt war. Prinz Gil und seine Frau hießen Fereydun Mirza und Tuba herzlich willkommen. Und wieder nahm die unverschleierte schwarze Dienerin Tuba den dunklen Tschador ab und überreichte ihr einen blauen seidenen Gebetsschleier. Die anderen Gäste beachteten die Neuankömmlinge kaum. Die Ausstattung des Salons war neu: Die Kissen waren verschwunden. Entlang den Wänden standen überall europäische Möbel. Frauen wie Männer gingen mit Schuhen umher. Tuba wußte nicht, ob die Schuhe ausziehen oder nicht. Bevor sie fragen konnte, sagte Lejla: »Mit oder ohne Schuhe, wie du willst!« Tuba dachte, wenn sie ihre Schuhe auszog, dann müßte sie ihren Fuß auf einen Teppich setzen, der von den Schuhen der anderen Gäste beschmutzt war. Sie entschloß sich, die Schuhe anzubehalten, und trat von Gewissensbissen geplagt auf den Teppich, wobei sie sich vorstellte, wie viele Augen beim Knüpfen dieses Teppichs verdorben worden waren und wie viele Rücken durch die ständig gebückte Sitzhaltung geschmerzt hatten. Es war ein Seidenteppich, und Tuba wußte nur allzugut, daß es zehnmal schwieriger war, einen Seidenteppich zu knüpfen als einen Wollteppich. Sie hatte damit begonnen, für Mansarossaltanes Aussteuer zwei Seidenteppiche zu knüpfen, und der erste war noch nicht einmal zur Hälfte fertig. Eine Zeitlang blieb sie unbehaglich inmitten der Gäste stehen, dann steuerte sie auf einen Sessel zu und setzte sich unsicher. Sie war Stühle und Sessel nicht gewohnt und fühlte sich unbehaglich. Ein respekteinflößender Mann mit einem Tablett vollen Gläsern in der Hand verbeugte sich vor ihr. Der Unterschied zwischen ihm und den anderen anwesenden Männern bestand darin, daß er eine schwarze Halsbinde trug. Tuba verbeugte sich ebenfalls höflich vor ihm und fragte, wie es ihm gehe. Der Mann entschuldigte sich verdutzt bei der Dame, dann hielt er ihr wieder das Tablett hin. Die Gläser enthielten verschiedene farbige Getränke. Geistesabwesend nahm Tuba ein Glas mit einer gelben Flüssigkeit, damit der Mann sie in Ruhe ließ. Es war Orangensaft. Eine Gruppe Männer machte sich an sonderbaren Geräten zu schaffen: Musikinstrumente, wie Tuba schnell feststellte. Sie erzeugten darauf Töne, die ihr befremdend vorkamen. Schließlich nahmen sie eine offenbar vorgegebene Sitzordnung ein, und ein Mann mit einem Stab in der Hand stellte sich vor sie hin. Er schlug mit dem Stab sanft auf ein Holzbrett, das an einem Ständer befestigt war, und gleich darauf erfüllte eine liebliche Musik den Raum. Die Männer verbeugten sich vor den Frauen – was Tuba in Erstaunen versetzte –, dann faßten sie sie bei den Händen und tanzten mit ihnen. Tuba war aufgeregt und gleichzeitig traurig. Sie hatte den Eindruck, an einer Hochzeitsfeier von Geistern in einem Hammam teilzunehmen. Das Fest kam ihr trotz der Pracht und Eleganz gespenstisch vor. Lejla tanzte mit einem fremden Mann, der Prinz seinerseits hatte den Arm um eine andere Frau als die seine gelegt. Prinz Fereydun kam auf sie zu. Er kam ihr wie ein rettender Engel vor. Er neigte sich zu ihr nieder und flüsterte ihr ins Ohr, es handle sich eben um ein europäisches Fest. Der Prinz hatte in Rußland ein paarmal solche Feste besucht. Er schien bester Dinge zu sein und ließ seine Frau wieder allein. Insgeheim verwünschte er Prinz Gil; er hätte doch seine unbeholfene Frau nicht auch einzuladen brauchen.

Die Paare tanzten ein paar Runden. Die Stimmung war mittlerweile gelöst, die Gäste um sie herum lachten und plauderten. Alle sprachen eifrig dem Wein zu, und Tuba, die noch immer wie betäubt in ihrem Sessel saß, fühlte sich allmählich nicht mehr so verlassen. Sie war ein Mensch unter anderen Menschen und gewöhnte sich langsam an die für sie so ungewohnte Umgebung. Sie kannte zwar niemand unter den Anwesenden, doch dieser und jener hatte bereits ein paar freundliche Worte mit ihr gewechselt. Sie war auch zum Tanzen aufgefordert worden, aber sie hatte verlegen abgelehnt. Langsam freundete sie sich mit der ungezwungenen Stimmung an. Der Mond war inzwischen aufgegangen. Tuba erinnerte sich, daß ihr letzter Besuch im Haus von Prinz Gil auch in einer Vollmondnacht stattgefunden hatte.

Die Musik verstummte, und die Diener baten die Gäste zu Tisch. Der Mann, der ihr Getränke angeboten hatte, führte sie höflich zu einem Tisch. Er zog zuvorkommend den Stuhl zurück und bedeutete Tuba mit einem Handzeichen, sie solle sich setzen. Tuba ließ sich nieder, und noch bevor sie richtig saß, schob der Mann den Stuhl leicht nach vorn. Sie sah sich um. Die anderen Gäste gingen um die Tische herum und suchten ihren Platz. Kristallvasen mit seltenen Blumen, deren Namen sie zum Teil nicht einmal kannte, schmückten die Tische. Um jeden Tisch waren sechs bis acht Stühle angeordnet. Vor ihr standen ein paar der Größe nach aufeinandergelegte Teller. Links und rechts lagen verschieden lange Löffel und Gabeln, oberhalb des Tellers schmale und breite Messer. Auf dem obersten Teller lag ein kunstvoll zu einer Blume gefaltetes weißes Tuch mit einem Kärtchen aus weißer Pappe in der Mitte. TUBA stand mit einer kunstvollen Handschrift darauf geschrieben, und darunter in einer etwas größeren Schrift SCHAMSOL-MOLUK, ihr zweiter Name. Sie saß zwischen zwei Herren; ihr gegenüber hatte Prinz Gil Platz genommen. Sie beobachtete zwischen den Blumen hindurch, daß er sich angeregt mit seiner Tischnachbarin unterhielt, einer Ausländerin mit blauen Augen. Ein Sträußchen künstlicher Veilchen über dem rechten Ohr zierte ihr blondes Haar. Sie erzählte dem Prinzen offenbar eine aufregende Geschichte und gestikulierte dabei mit den Armen. In der einen Hand hielt sie einen Fächer, zwischendurch klappte sie ihn auf und fächelte sich kurz Luft zu. Ein Diener mit weißen Handschuhen schenkte den Damen aus einer in ein weißes Tuch gewickelten Flasche Weißwein ein; ein zweiter Diener folgte ihm und füllte die Gläser der Herren. Dann zogen sich die Diener zurück.

Der Prinz stand lächelnd auf, und die Gäste unterbrachen ihre Gespräche. Er räusperte sich und hob zu sprechen an: »Meine Damen und Herren, in Rußland sind die Zeiten für festliche Anlässe dieser Art vorbei. Ich nehme an, daß die Zeiten für solche Feste bald überall auf der Welt vorüber sein werden. Ich habe Sie zu Ehren unserer russischen Freunde eingeladen, von denen sich einige heute unter uns befinden, um einen angeregten gemeinsamen Abend zu verbringen. Ich wünsche Ihnen viel Vergnügen.« Als ob es in Persien jemals solche Feste gegeben hätte, dachte Tuba. Der Prinz fuhr fort: »Selbstverständlich ist das heutige Fest nur der Anfang. Wir sind allerdings etwas spät dran und müssen uns beeilen, Sitten und Bräuche unserer Nachbarn zu übernehmen. Doch – auch wenn solche Anlässe andernorts bereits überholt sind, so sehe ich dennoch keinen Grund, warum wir sie bei uns nicht einführen sollten.« Anschließend wandte sich der Prinz in einer fremden Sprache an seine ausländischen Gäste. Seine Ansprache dauerte diesmal länger. Die Russen brachen zwischendurch in Gelächter aus, was darauf schließen ließ, daß er ihnen etwas anderes erzählte. Dann hob er sein Glas, die Gäste hoben ebenfalls ihr Glas, und die Herren standen von ihren Stühlen auf. Tuba griff unwillkürlich nach ihrem Glas und führte es an die Lippen.

Dann setzten sich die Herren wieder, und lebhaftes Stimmengewirr erfüllte den Saal. Endlich wurde das Essen aufgetragen. Diener mit vollen Platten gingen um die Tische herum. Der Herr neben Tuba nahm das weiße Tuch, entfaltete es und breitete es auf seinem Schoß aus. Tuba machte es ihm nach. Sie war ihm aus tiefstem Herzen dankbar; sie brauchte ihn nur verstohlen zu beobachten und das in die Hand zu nehmen, was er in die Hand nahm. Ihre Besorgnis ließ nach. Ein Diener nahm höflich den obersten Teller und stellte ihn neben ihre linke Hand, der zweite Diener legte etwas Fisch und Gemüse vor. Der erste Diener schob die anderen Teller neben die Messer, legte dann den gefüllten Teller vor sie hin. Ihr Tischnachbar fragte den Prinzen, ob er etwas über die Bolschewiki wisse. Der Prinz nickte, ließ lächelnd seinen Blick auf Tuba ruhen und antwortete dann, o ja, er wisse einiges über sie. Vor Jahren habe er einen überzeugten militanten Bolschewiken kennengelernt. Alle am Tisch blickten ihn gespannt an, und er begann zu erzählen:

»1904 ist das gewesen. Ich fuhr damals von Berlin über Moskau nach Teheran. Ich hatte mir eine schwere Erkältung zugezogen; es hatte mich ziemlich erwischt, wie man so schön sagt, und ich mußte andauernd niesen. Bis Baku standen mir eintönige, penible Tage in einem Eisenbahnabteil bevor. Ich fühlte mich elend und niedergeschlagen. Ein junger Mann saß mir gegenüber; er mochte sieben- oder achtundzwanzig Jahre alt sein. Er machte den Eindruck eines netten, ehrbaren jungen Mannes. Nachdem ich eine Weile ununterbrochen geniest hatte, stellte er sich vor.

Ich habe seinen vollständigen Namen vergessen, erinnere mich nur noch, daß er mit Vorname Iwan hieß. Wir kamen miteinander ins Gespräch, und besagter Iwan erzählte mir, er habe eben sein Studium an der medizinischen Fakultät in Paris abgeschlossen und kehre nun nach Rußland zurück. Iwan brachte Tabletten aus seiner Ledertasche zum Vorschein, gab mir auch einen Sirup zu trinken, der offenbar eine heilkräftige Wirkung besaß, ich hörte zumindest bald auf zu niesen und konnte endlich wieder frei durch die Nase atmen. Sie können sich gar nicht vorstellen, wie erleichtert ich war.«

»Draußen tobte ein Schneesturm. Der Zug mußte öfter auf offener Strecke anhalten, damit die Gleise freigeschaufelt werden konnten. Einige Male stiegen sogar Passagiere aus, um dabei zu helfen. Versetzen Sie sich in meine Lage: Sie haben eine lange Reise vor sich und sind erst noch erkältet. Eine unangenehme Situation. Dank Iwans Medikamenten fühlte ich mich allerdings inzwischen etwas besser.«

»Iwan gestand mir, er sei Sozialdemokrat – damals nannte man auch die Kommunisten und sogar die Bolschewiki Sozialdemokraten –, und wollte wisse, welcher politischen Richtung ich angehöre. Er sah mich freundlich an, und ich mußte insgeheim lächeln: Trotz seiner Ernsthaftigkeit, seiner Aufrichtigkeit und seiner festen Überzeugung, die er allzu deutlich ausstrahlte, kam er mir eher naiv vor. Ich antwortete schlicht, ich sei ein persischer Prinz. Er zog erstaunt die Augenbrauen hoch. Er wunderte sich, daß ich so fließend Französisch sprach. Ich sagte ihm, daß ich auch ziemlich gut Deutsch und Russisch spreche und außerdem Persisch, Arabisch, Türkisch und noch andere Sprachen. Iwan schien beeindruckt zu sein, aber ich merkte, daß er gleichzeitig eine herablassende Haltung annahm. Daß ich ein Prinz war, behagte ihm offensichtlich nicht. Ich sagte daher, ich sei für meine Herkunft nicht verantwortlich, ich sei nun eben als Prinz geboren. Meine Herkunft setze im übrigen nicht zwangsläufig eine politische Haltung voraus. Ich könne ebenfalls Sozialdemokrat werden, wenn er mich über die Grundsätze belehre. Iwan dachte eine Zeitlang nach. Offenbar überlegte er sich, ob es sich lohne, einen Prinzen zu bekehren. Dann entschloß er sich doch zu einem Versuch. Vielleicht dachte er, ich sei Perser und stamme – Prinz hin, Prinz her – aus einem rückständigen Land, so daß seine politischen Ansichten für mich von Interesse sein könnten. Geduldig legte er mir dar, daß die Sozialdemokraten an die Gleichheit aller Menschen glaubten, daß sie die Interessen der Arbeiter und Werktätigen verteidigten, die über Jahrhunderte unterdrückt und ausgebeutet worden waren. Ebenso würden sie die Bauern und die Frauen verteidigen, kurzum, alle unterprivilegierten Gruppen und Klassen, und sich für deren Gleichberechtigung einsetzen. Ich hörte ihm ruhig zu. Während er sprach, kam es mir vor, als sei ich ihm schon einmal begegnet. Ja, sein Gesicht kam mir bekannt vor. Ich ließ ihn zu Ende reden, wandte dann ein, ich teile seine Überzeugung nicht. Ich erklärte ihm, daß die Menschen einem Naturgesetz gemäß ganz offensichtlich ungleich auf die Welt kämen, Männer und Frauen zum Beispiel. Und genau diese Ungleichheit sei der Motor der permanenten Evolution des Menschen. Das Problem lasse sich jedoch nicht nur auf Männer und Frauen reduzieren. Es herrsche in allen Bereichen der Natur Ungleichheit, und diese Ungleichheit sei letztlich nützlich für die Weiterentwicklung der Gesellschaft, wenn vielleicht auch nicht auf den ersten Blick. Er könne dieses Gesetz im übrigen auch im Dschungel beobachten. Iwan hörte mir aufmerksam zu, in seinen Augen leuchtete Haß auf. Er fragte mich gehässig, ob ich etwa Anhänger des Dschungelgesetzes sei, demzufolge der

Stärkere einfach den Schwächeren auffresse. Ich bejahte, fügte aber hinzu, daß ich damit vor allem die Gesetze der Pflanzenwelt meine. Hatte er jemals bemerkt, wie Baumsprosse oder die Schößlinge wildwachsender Pflanzen um das Licht kämpften? Genau das ermögliche den Bäumen, in die Höhe zu wachsen. Bäume würden nur auf Kosten anderer Pflanzen so hoch, von Pflanzen, die für ihr Wachstum ebenfalls Licht brauchen, von den kräftigeren aber zur Seite gedrängt werden. Es gebe nur zwei Möglichkeiten: Entweder sie scheiterten und gingen zugrunde, oder sie verdrängten die anderen und überragten sie schließlich. Iwan hörte mir nachdenklich zu, widersprach mir dann: Dieses Gesetz gelte nicht für die menschliche Gesellschaft. Man könne Menschen nicht mit Bäumen vergleichen. Ich hingegen beharrte darauf, daß für mich alles mit allem vergleichbar sei; für mich bestehe das Großartige am Schnee als Naturphänomen darin, daß er auf die Erde falle. Es wäre doch absurd, wenn sich der Wind um die herabfallenden Schneeflocken sorgte und sie wieder in den Himmel zurückblase – oder?«

»Wir waren eben wieder einmal steckengeblieben, und draußen wurden die Gleise freigeschaufelt. Iwan blickte durchs Fenster. Ich stellte fest, daß ihn, ungeachtet seines selbstsicheren Auftretens, meine Worte beeindruckt hatten. Er gehörte offenbar zu jenen Menschen, die sich irgend etwas, irgendeiner Idee mit Haut und Haar verschreiben müssen, um sich lebendig zu fühlen. Sie klammern sich an feste Dogmen und Ideologien, die sie dann eifersüchtig verteidigen. Diese Dogmen sind für sie wie ein Vogelnest, in dem sie ihre Eier verteidigen, um den Fortbestand ihres Geschlechts zu sichern. Gewiß, ich hatte nichts dagegen einzuwenden. Die Frage war vielmehr, ob sich seine Lebensauffassung mit meiner vertrug. Ich nahm den Faden wieder auf: Ich zum Beispiel würde in keinen Rahmen passen, meine Lebenseinstellung sei mit keinem Dogma vereinbar. Übrigens, ich hätte bis heute tatsächlich weder ein Nest gebaut noch Eier gelegt. Ich könne wohl nur zerstören. Es sei meine Berufung, zu zerstören und zu vernichten, denn ich würde alles hassen, was mich einenge.«

»Iwan starrte lange in den Schneesturm hinaus. Die Kälte drang bis zu den Knochen, und wir froren trotz unserer Pelzmäntel. Dann wandte sich Iwan mir zu und sagte: Genau so, wie das Naturphänomen Schneesturm den Gesetzen der Natur folge, müsse der Mensch den Gesetzen der Menschlichkeit folgen. Oftmals mache es eher den Eindruck, als würde die Entwicklung der Gesellschaft den Gesetzen der Menschlichkeit zuwiderlaufen. Die sozialen Regeln würden von der herrschenden Klasse festgelegt, die den Menschen versklave. Der Mensch sei daher verpflichtet, gegen die Unterjochung und für die Wiedererlangung seiner verlorenen Freiheit zu kämpfen. Er müsse sich gegen die herrschende Klasse auflehnen. Iwan ereiferte sich: Im Laufe der Geschichte hätten Millionen von einfachen Menschen das Rad der Geschichte weitergedreht, damit eine kleine Minderheit arroganter, selbstsüchtiger Menschen wie ich in Reichtum leben konnte. Ich erwiderte, genau das sei der springende Punkt: Ein Mann wie ich, ein Prinz, brauche nicht mit am Rad der Gesellschaft zu drehen, denn er sei sich bewußt, daß sich dieses Rad ohne ihn drehe. Jemand wie er hingegen sorge sich ständig um das Rad und richte sich dabei sinnlos zugrunde. Wie ein Esel, der die Ölmühle antreibt, blicke er ständig bloß stur auf die Erde vor seinen Füßen und kümmere sich höchstens um die Futterkrippe. Es sei doch selbstverständlich, daß schließlich jemand wie ich auf den Plan trete, um ihm einen Zaum anzulegen. Das Ganze sei doch so einfach. Und fügte spöttisch lächelnd hinzu: ›Ich bemühe mich nicht einmal, jemandem wie Ihnen die Zügel anzulegen. Für das

Riemenzeug und den Sattel findet sich unter Ihresgleichen immer ein Sattler, und für die Zügel ebenfalls. Ich brauche mich nur noch in den Sattel zu schwingen.‹«

»Iwans Gesicht war mittlerweile rot angelaufen wie eine gekochte Bete. Er stand auf, packte mich an meinem Pelzkragen und zog mich hoch. Ich leistete keinen Widerstand. Er stellte schnell einmal fest, daß ich ihm körperlich überlegen war. Er dachte sich bestimmt, daß die Tatsache, daß ich mich trotzdem nicht wehrte, nichts mit meiner augenblicklichen körperlichen Verfassung zu tun hatte. Er ließ meinen Mantel los und gab mir einen heftigen Stoß in die Brust, so daß ich unsanft auf meinen Platz zurückfiel. Ich war keineswegs beleidigt, ich lächelte ihm zu und sagte: ›Iwan, auch wenn Sie mich töten, existiere ich weiter. Ihr habt Gott getötet, um Menschen wie mich loszuwerden. Aber Sie wollen einfach nicht begreifen, daß eben die Natur, an die Sie glauben, mich so geschaffen hat, wie ich bin. Warum respektieren Sie das nicht?‹«

»Der junge Mann atmete heftig. Seine Nasenflügel zitterten vor Wut. Er sagte, vielleicht hätte ich recht, vielleicht sei er wirklich der Esel, der die Ölmühle antreibt. Vom Igel habe er aber eins gelernt, sich mit Stacheln zu panzern nämlich und meinesgleichen damit zu stechen, während er mit gesenktem Kopf im Kreis herumlaufe. Die Sozialdemokratie sei so ein giftiger Stachel, den er jederzeit auf mich abschießen könne. ›Möge Ihnen Erfolg beschieden sein‹, spottete ich. Fügte dann aber hinzu, daß ich meiner überdrüssig sei und nicht wisse, warum ich der sei, der ich war. Ich wisse jedoch auf geheimnisvolle Weise, daß ich dazu bestimmt sei, auf ihm zu reiten. Ich könne nichts dafür, daß ich mir dessen zutiefst bewußt sei. Iwan stellte sich schlafend. Er war inzwischen zu der Überzeugung gekommen, daß ich nicht ernst zu nehmen sei. Er war jedenfalls Russe, ein Nachbar der Europäer, und gehörte somit zum europäischen System und zu den Beherrschern der Welt. Und wer war ich? Ein Prinz aus einem rückständigen Land, der Unsinn daherredete. Selbst wenn ich recht hätte, würde er sich keinen Deut um meine Meinung scheren, denn ich war ein schwacher Gegner. Aber ... meine Herren, ich hatte doch nur allgemein von einer Gesetzmäßigkeit gesprochen. Ich gewann den Eindruck, daß er dies in seiner offenkundigen Naivität ignorieren wollte. Es ging ja auch nicht um mich und ebensowenig um ihn, es ging nicht um zwei Menschen, die zu einem bestimmten Zeitpunkt in einem russischen Eisenbahnwagen sitzen, sondern um ein die ganze Welt betreffendes Phänomen, das ich ihm zu erklären versucht hatte. Wie auch immer: Er war eingeschlafen, und ich betrachtete sein friedliches junges Gesicht. Das Gefühl, ihm schon einmal begegnet zu sein, verstärkte sich zusehends.«

»Am nächsten Morgen sprachen wir über andere Dinge, und, verehrte Freunde, Ihr werdet es vielleicht nicht glauben: Bis Moskau unterhielten wir uns wie zwei alte Kameraden; der Streit war vergessen.«

Prinz Gil nahm einen Schluck Wein, räusperte sich und fügte seufzend hinzu: »Ich bin überzeugt, daß er sich in Anbetracht seiner Mentalität den Bolschewiki angeschlossen hat.«

Aus dem Raum nebenan hörte man Lejlas perlendes Lachen. Das Abendessen war beendet; auf Tar und Schellentrommel gespielte persische Musik war zu hören und eine weibliche Stimme, die ein fröhliches Lied dazu sang. Das Fest hatte seinen offiziellen Charakter verloren. Manche Gäste gingen in den Garten hinaus, andere hatten es sich in den Sesseln bequem gemacht. Tuba setzte sich ans Fenster. Die elektrischen Lichter waren ausgeschaltet worden, da und dort brannten Kerzen. Im Becken schwammen Teller mit Kerzen darauf. Die wogenden Lichtstrahlen bildeten geheimnisvolle Muster auf dem Wasser. Wie schon bei ihrem ersten Besuch und wie immer, wenn der Mond klar und hell am Himmel stand, war es Tuba, als ob das Licht wie hundert kleine Nadeln durch ihre Haut dringe. Mit einem Mal spürte sie einen Blick auf sich ruhen. Sie wandte sich um. Prinz Gil lehnte neben dem Fenster an der Wand und blickte sie unverwandt an. Tuba nahm eine ehrerbietige Haltung an, doch der Prinz bedeutete ihr stumm, doch sitzen zu bleiben. Dann trat er näher und setzte sich auf die Fensterbank. Tuba sah Lejla, die, von einem Tonbakspieler gefolgt, tanzend auf sie zukam. Dann erblickte sie ihren Mann, der ihr ziemlich angeheitert folgte. Sie tanzte und wiegte und drehte sich, und dabei löste sich ihr Haar. Sie hielt wie damals Kastagnetten in den erhobenen Händen. Ein ganzer Schwarm angeheiterter Männer folgte ihr, und jeder versuchte, sich vorzudrängen, um möglichst in ihrer Nähe zu sein. Lejla tanzte um das ovale Wasserbecken, tanzte dann auf das Untergeschoß zu, und die Männerschar hinter ihr her. Im unteren Raum ließ sich Prinz Fereydun auf allen vieren nieder, denn Lejla hatte ihm versprochen, daß er das Ende eines ihrer Zöpfe küssen dürfe, wenn er sie auf seinem Rücken reiten lasse. Natürlich hatte er die Herausforderung angenommen.

Tuba war nicht eifersüchtig – und schon gar nicht auf Lejla. Diese Frau schien kein irdisches Wesen zu sein; sie unterschied sich in allem von allen anderen Frauen. Aber Tuba mochte ihren Ehemann nicht in diesem Zustand sehen. Sie preßte die Lippen zusammen und wandte sich zum Prinzen, der abwechselnd sie ansah, dann mit dem Blick seine Frau suchte. Tuba nahm ihren ganzen Mut zusammen und fragte den Prinzen, ob er jenem Russen tatsächlich früher schon einmal begegnet war. »Ja, vor siebenhundert Jahren in den Steppen Turkestans«, antwortete er. Da sie alles, was aus dem Munde eines Mannes kam, für wahr hielt, war sie nicht weiter darüber erstaunt: Wenn der Prinz behauptete, diesem Russen vor siebenhundert Jahren begegnet zu sein, dann stimmte es wohl. Bei welcher Gelegenheit er ihm denn begegnet sei? Das sei eine lange Geschichte, seufzte der Prinz, ob sie nicht zu müde sei, sie anzuhören?

Und Prinz Gil begann zu erzählen:

»Alles begann mit meinem Pir, meinem geistigen Oberhaupt, der in Byzanz dem Wahnsinn verfallen war. Als uns die Nachricht erreichte, waren wir sehr besorgt, wir ließen alles stehen und liegen und brachen auf, um ihn zu retten. Eigentlich wußten wir selbst nicht, ob es uns wirklich um seine Rettung ging oder ob wir vor dem Ansturm der Mongolen flüchteten. Damals, als uns die Nachricht vom Ansturm der Mongolen und vom Wahnsinn des Pir erreichte, war ich Schmied in einer Kleinstadt in der Provinz Khorasan. Wir ließen also unsere Familien zurück und machten uns zu Fuß auf den Weg nach Byzanz. Wo immer wir vorbeikamen, berichtete man uns von Plünderungen und Brandschatzungen. Wir dachten, die Menschen würden sich aufraffen und sich in Sicherheit bringen. Aber weit gefehlt: Sie hörten uns blaß und verschreckt zu und kehrten dann wortlos in ihre Häuser zurück. Es waren einfache Bauern und Untertanen, die als Sklaven geboren waren. Daß die meisten von den Mongolen niedergemetzelt wurden, ist nicht weiter verwunderlich. Obwohl sie rechtzeitig hätten fliehen können. Manchmal denke ich, daß der Wahnsinn des Pir für uns nur ein Vorwand zur Flucht war, aber ob Vorwand oder nicht, der Pir war letztlich dennoch unser Ziel.«

»Wir fanden ihn, wie man uns gesagt hatte, vor den Toren einer byzantinischen Stadt, wo er Schweine hütete. Er hatte sich in eine junge Christin verliebt, die aber hatte eine Bedingung gestellt: Wenn er sie heiraten wolle, müsse er ein Jahr als Schweinehirt arbeiten und dadurch ihre Mitgift verdienen. Der Pir war nun also Schweinehirt. Wir trauten unseren Augen nicht und versuchten, in seinem Verhalten einen Sinn zu erkennen. Er schwieg und arbeitete, während wir Tag und Nacht auf ihn einredeten. Wir tadelten ihn und machten ihm Vorwürfe, dann wieder trösteten wir ihn und wollten ihn von seinem Tun abbringen, das ihn unserer Ansicht nach vom Weg des vollkommenen Einswerden mit Gott abbrachte. Wir erfuhren, daß er sein Derwischgewand ins Feuer geworfen hatte; er habe Wein getrunken und sich einen Gürtel umgeknotet, wie das von den Christen unter muslimischer Herrschaft verlangt wurde. Man kann sich vorstellen, wie uns zumute war. Ich sagte schon: Wir wußten nicht, ob wir vor den Mongolen flohen oder ob wir den Pir retten wollten. Und der Pir war unser Ziel gewesen, jetzt war dieses Ziel zunichte, und vor uns war nur noch Leere. Ich faßte daher den Entschluß, die junge Christin zu töten. Ich mußte dem Pir beweisen, daß ein Wesen aus Fleisch und Blut niemals so begehrenswert sein konnte, daß man sogar sein Seelenheil dafür preisgab! Eines Nachts schlich ich mich von der Schweineweide und begab mich in die Stadt. Ich wußte, wo die junge Frau wohnte, sechs oder sieben Tage war ich ihrer Spur gefolgt. Sie tanzte in einer Taverne. Sie war grenzenlos schön und grenzenlos unbarmherzig. Aber ich würde sie töten, allein schon deshalb, weil sie mir niemals gehören würde. Sie gehörte dem Pir! Auch wenn ich ihren Körper besäße, ihre Seele gehörte immer noch dem Pir. Und während ich ihr auflauerte, fragte ich mich, was wohl im Pir vor sich ging. Unser Pir war ein Sufi, aber er war für uns für immer verloren. War er uns unter dem Einfluß dieser jungen Frau abhanden gekommen? Oder war es das Mädchen, das sich unter dem Einfluß der Persönlichkeit des Scheichs verirrte? Diese Gedanken vermochten jedenfalls nicht, mich von meinem Entschluß abzubringen.«

»Ich hatte eine bestimmte Nacht ausgesucht, in der ich das Mädchen töten wollte. Ich lauerte ihr an einer Hausecke auf; wenn sie in ihren Tschador gehüllt aus der Taverne kam, würde ich ihr einen Dolch ins Herz stoßen und flüchten. Sie verdiente es nicht, in aller Öffentlichkeit getötet zu werden. Sie mußte auf diese Art sterben, wie ein verachtenswertes Geschöpf. Dadurch ließ sich unser Pir vielleicht auf den richtigen Weg zurückbringen.«

»Ich hatte mich im dunklen Schatten eines Vordaches versteckt. Ich war ganz ruhig. Mein Herz hämmerte nicht, und ich kam mir auch nicht wie ein Mörder vor. Ich hatte nur einen Gedanken: Daß ich ihr den Dolch ins Herz stoßen mußte. Es war ein eiskalter Glaube, eine Pflicht, die ich erfüllen mußte und auch erfüllen würde. Als die Frau in die Gasse einbog und an mir vorüberging … als ich eben ausholte, um sie ins Herz zu treffen, da nagelte mich die Stimme des Pir fest: ›Was machst du da, mein Sohn?‹ Meine Hand erstarrte in der Luft. Die junge Frau war stehengeblieben und rührte sich nicht. Sie hielt den Kopf gesenkt, als warte sie auf ihr unabwendbares Schicksal. Der Pir fragte, wer mir erlaubt habe, so zu handeln. Ich wußte nicht, was antworten. Ich ließ die Hand sinken und stand unentschlossen vor der Frau. Sie hob ihren Gesichtsschleier und musterte mich. Ihre dunklen Augen glänzten im Mondschein. In ihrem Blick lag grenzenloses Mitleid. Ich ertrug das nicht! Und diesmal erhob ich die Hand aus Wut. Aber die Frau stand immer noch reglos da und erwartete ihr Schicksal. Der Pir drohte mir: ›Was machst du da, geblendeter Adam?‹ Zornig befahl er der Frau weiterzugehen. Sie zog langsam den Schleier über das Gesicht und entfernte sich stumm. Der Pir sagte, sie sei zu Dingen fähig, die ich nicht begreife, die zu begreifen ich vielleicht niemals in der Lage sein würde. Dann befahl er mir, die Stadt für immer zu verlassen, er wolle mich nie wieder sehen. Und dadurch raubte er mir die Möglichkeit, selbst einmal ein Mosched, ein geistiger Führer der Derwische, zu werden und eigene Jünger zu haben. Damals wußte ich noch nicht, was für eine bittere Wende mein Schicksal nehmen würde.«

»Ich schloß mich einem Stamm von Zigeunern an, die als Keßler durch das Land zogen. Ich durchwanderte die Soghlab-Steppen bis nach Turkestan. Ich wollte bis ans Ende der Welt gelangen. Ich wollte die Mongolen hinter mir lassen, China und Indochina durchqueren und die sagenhafte Gebirgskette erreichen, die angeblich die Erde umschließt. Wir zogen von Land zu Land und fertigten Werkzeug. Die Landbewohner fürchteten uns. Wir schlugen unsere Zelte außerhalb der Dörfer auf. Glaub mir, wenn ich an einem Brunnen ein Dorfmädchen traf, dann vereinigte ich mich mit ihm und warf es dann wie Abschaum weg. Ich tötete es. Wenn es ihm ohnehin beschieden war, von den Mongolen getötet zu werden, dann wollte lieber ich es von diesem Leben erlösen. Viele der Mädchen legten sich freiwillig vor mir auf die Erde und warteten, bis ich ihren Hals mit meinen Fingern umkrallte. Ich war der Tod!«

Tuba spürte, wie es ihr eisig den Rücken hinunterlief. Lejla war aus dem Untergeschoß zurückgekehrt. Ein Mann aus der europäischen Musikkapelle spielte Violine, und Lejla tanzte und drehte und wand sich wie eine Schlange. Die Männerschar war inzwischen ums Doppelte angewachsen. Der Prinz blickte zu ihr hinüber. Er schwieg einen Moment lang und beobachtete seine tanzende Frau. Lejla tanzte um das ovale Wasserbecken und verschwand zwischen den Bäumen. Der Prinz nahm seine Geschichte wieder auf:

»Die Mongolen waren immer entweder vor uns dagewesen, oder sie folgten kurze Zeit später. Schändungen waren an der Tagesordnung; überall herrschte Todesschrecken. Am schlimmsten war es, wenn die Menschen vor Angst die Besinnung verloren. Viele der Mädchen, die ich an den Brunnen traf, waren freiwillig zum Beischlaf bereit … als sei ihr Leben schon zu Ende … als wollten sie nur noch diese letzte Erinnerung mit ins Jenseits nehmen.«

»Wir erreichten die Provinz Khorasan. Die Suche nach meiner Familie war vergeblich; es war nicht einmal mehr möglich auszumachen, wo mein Heimatstädtchen gestanden hatte. Ich trennte mich von den Zigeunern und machte mich zu Fuß auf den Weg nach Turkestan. Allein fühlte ich mich sicherer. Mein Verlangen nach Frauen war erloschen. Es waren im übrigen auch keine Frauen mehr da, die mein Verlangen hätten anfachen können. Ich weiß nicht mehr genau, wo ich schließlich den beiden begegnete, ob in Turkestan oder in Nord-Khorasan. Es waren ein junger Mann und eine junge Frau, ein ungefähr achtzehnjähriger Bursche vielmehr und ein vierzehnjähriges Mädchen, die in ihrer Hochzeitsnacht den Mongolensturm überlebt hatten. Der Bursche erzählte, sein Vater, ein Müller, habe sie in der Hochzeitsnacht zum Schafstall am Fuße des Berges begleitet. Er habe ihnen eine Woche Zeit gewährt, damit sie sich an ihr Leben als Eheleute gewöhnen konnten, und hatte ihnen geraten, diese Woche zu nutzen, denn danach würden die Nöte und Entbehrungen des Lebens beginnen. Als das Brautpaar nach einer Woche von ihrem Liebesnest ins Dorf zurückkehrte, schlug ihnen Kadavergeruch entgegen: Keine Frau, kein Mann, nicht einmal streunende Katzen und Hunde waren zu sehen. Dann gelangten sie in das geplünderte, gebrandschatzte Dorf und entdeckten die verwesten, aufgeblähten Leichen der Dorfbewohner. Die Schafe waren geraubt, und die

Erde war verbrannt. Entsetzt über das Grauen, hatten sie ihr Bündel auf die Schulter geladen und waren ziellos durch die Steppe geirrt, um vielleicht irgendwann in eine bewohnte Siedlung zu gelangen. Eigentlich wollten sie nach Bukhara. Unterwegs begegneten sie keiner Menschenseele, niemandem, den sie nach dem richtigen Weg hätten fragen können. Immer wieder mußten sie sich aus Angst vor den mongolischen Plünderern in Höhlen und Gräben am Wegrand verstecken. Wenn sie nur einen einzigen Menschen getroffen hätten, um der Einsamkeit zu entfliehen. Und dann begegneten sie mir! Sie suchten Schutz bei mir wie zwei Lämmchen, als sei ich Vater und Mutter und ihre ganze Familie zugleich. Ehrlich gesagt, auch ich hatte zuerst das Gefühl, ich hätte nun eine Sippe; wenn ich bloß ein paar Ziegen und Schafe hätte auftreiben können, dann wäre das Bild vollkommen gewesen. Wir nutzten die Dunkelheit, um weiterzukommen, tagsüber versteckten wir uns. Je mehr wir uns der Stadt näherten, desto langsamer kamen wir vorwärts, denn es wimmelte überall von Mongolen. Die Frau wurde allmählich zu einem Hindernis: Sie war unförmig, unbeholfen und hilflos. Vielleicht war sie schwanger. Vielleicht war sie tatsächlich schwanger. Ich überlegte mir, ob es nicht möglich wäre, mit kampfbereiten fähigen Männern eine Truppe auf die Beine zu stellen und nachts die Mongolen zu überfallen. Aber die Frau stand diesem Vorhaben im Weg. Wir kamen einfach nicht vorwärts. Aber ich konnte mich nur in Bukhara nach Männern umsehen, mit denen sich mein Plan verwirklichen ließ.«

»Ich trug mich einmal mehr mit dem Gedanken, eine Frau zu ermorden, diesmal jedoch nicht um den Pir zu retten, sondern um mich selbst und den jungen Ehemann zu retten, aus dem mit etwas Geduld vielleicht ein Krieger werden konnte. Und wenn nicht, dann zumindest ein nützlicher Gefolgsmann. Nachdem wir tagelang kaum vorwärtsgekommen waren und uns immer wieder im Dickicht verstecken mußten, war ich fest entschlossen, die junge Frau zu töten. Am frühen Morgen, als es noch dunkel war, schickte ich den Mann auf die Suche nach Dornen und Borkenspänen, um Feuer zu machen. Der Bursche hatte Angst vor den Mongolen und wollte sich nicht zu weit von uns entfernen, doch ich wiederholte barsch meinen Befehl; ich duldete keinen Widerspruch. Die Frau band die Mehltasche los, die sie um die Hüften gebunden hatte, um Brotteig zuzubereiten. Ich rief sie herbei, und sie gehorchte mir wie ein Lamm. Sie war so unterwürfig, daß sie jeden Khan angewidert hätte. Ich ließ ihr nicht einmal die Zeit, noch ein letztes Mal Atem zu holen, und stieß ihr den Dolch bis zum Schaft ins Herz. Ich glaube, sie war sofort tot. In der letzten Sekunde ihres Lebens starrten ihre Augen mich verwundert an. Das letzte, was sie sah, war der gezückte Dolch. Ich warf ihre Leiche in einen Brunnenschacht und wartete auf ihren Mann, der kurz darauf aus dem Dickicht auftauchte. Er trug einen Armvoll Reisig und lief, so schnell er konnte. Als er, viel eher als erwartet, vor mir stand und sich fragend umschaute, log ich ihn an und erzählte, die Mongolen hätten seine Frau entführt. Er wurde kreidebleich und brachte kein Wort hervor. Ich sagte zu ihm, wir müßten ihr Blut an den Mongolen rächen. Geistesabwesend tat er alles, was ich ihn hieß. Ich verzichtete auf das Frühstück, um so schnell wie möglich von der Stelle wegzukommen. Während der folgenden paar Tage und Nächte unterwegs gestand ich ihm die Wahrheit.«

»Weißt du, Tuba, zuerst wollte er einfach nicht glauben, daß ich seine Frau umgebracht hatte. Er konnte zwar meine Gründe nachvollziehen, aber wenn ich zu Ende gesprochen hatte, sagte er nur: ›Aber sie ist doch meine

Frau!‹ Er sprach von der jungen Frau, als sei sie noch immer am Leben. Seinem Gestammel entnahm ich, daß er damit sagen wollte, egal, wie viele Mongolen und andere Heimsuchungen es auf der Welt gab, das Mädchen sei seine Frau und müsse seine Kinder auf die Welt bringen, damit sich das Rad der Welt weiterdrehte. Mir war unklar, woher dieser Junge, dem noch nicht einmal der erste Bart gewachsen war, auf den Gedanken kam, er müsse das Rad der Welt drehen oder an dessen Lauf beteiligt sein. Manchmal denke ich, daß sich solche Menschen mit Gott vergleichen, der eigentlichen Triebkraft des Rades. Wahrscheinlich ist einmal ein alter Baumwollspinner an seinem Spinnrad auf das Bild vom Rad gekommen und hat es seinen Kindern und Enkelkindern weitergegeben. Der kleine Hirte sagte immer nur, das Mädchen sei seine Frau und er sei für ihren Schutz verantwortlich. Für ihn war es, als gebe es keine Mongolen, als sei sein Heimatdorf nicht dem Erdboden gleichgemacht und seine Bewohner nicht allesamt niedergemetzelt worden. Es gab nur ihn und seine Frau, und solange es sie gab, konnte sich das Rad drehen. Nun, da die Frau nicht mehr da war, drehte sich auch das Rad nicht mehr, und offensichtlich funktionierte auch sein Hirn nicht mehr. Es mußten ein Mann da sein und eine Frau, die Kinder zeugten, den Boden pflügten und die Schafe auf der Weide hüteten, und ihre Kinder mußten in einem endlosen Kreislauf dasselbe tun, um das Rad in Bewegung zu halten. Und zwischendurch sprengte der Mongole daher, um sie niederzumetzeln. Ich hatte aus dem Jungen einen Krieger machen wollen und ließ nun einen Wahnsinnigen zurück. Je näher wir der Stadt kamen, desto verstörter gebärdete sich der Junge. Es war, als sei dieses alberne Mädchen sein einziges Bindeglied zur Welt gewesen. Immer wieder beschloß er, den ganzen Weg zurückzukehren, um den Brunnen zu suchen. Und oftmals verschwand er in der Nacht, und ich mußte ihn zurückholen, denn in Wirklichkeit war ich es, der von ihm abhängig war, seit ich das Mädchen umgebracht hatte. Ich betrachtete ihn als mein Eigentum, und es verdroß mich, daß er es nicht war.«

»Als wir in Bukhara ankamen, war der Junge vollkommen verstört. Bukhara war unser Ziel gewesen, denn ich wollte den großen Pir aufsuchen. Ich wollte ihn um Rat fragen hinsichtlich meines Planes. Jetzt schleppte ich einen Wahnsinnigen hinter mir her und ging durch eine geplünderte und zerstörte Stadt. In den Straßen waren vereinzelte verängstigte Menschen zu sehen. Die Mongolen hatten die Stadt verlassen, um sich in China auf neue Beute zu stürzen. In Gruppen zogen sie vor den Toren der Stadt vorbei, und je weiter sie sich entfernten, desto mehr Köpfe streckten sich zaghaft aus Hinterzimmern und Verstecken. Es war nicht schwierig, das Kloster des Pir zu finden. Er war der einzige Mensch in der Stadt, der den Angriff überlebt hatte, ohne sich versteckt zu haben. Jetzt wandten sich ihm alle Menschen zu, als sei er die aufgehende Sonne.«

»An jenem Tag hielt der Pir eine Audienz zur Belehrung eines verliebten jungen Mannes – Verliebtheit zu Zeiten der Mongolenherrschaft, das klingt aus heutiger Sicht mehr als grotesk. Eine größere Menschenmenge hatte sich in seinem Kloster versammelt. Vielleicht handelte es sich um die Überlebenden Bukharas. Als wir ankamen, war der junge Mann eben in ihre Mitte gesetzt worden. Wir mischten uns unter die Leute und sahen dem Geschehen zu. Der Pir gab ein Handzeichen. Eine Dienerin wurde hereingeführt. Es war ein außergewöhnlich schönes Mädchen, anmutig und aufrecht wie eine Zypresse. Man setzte sie neben den Pir. Der Pir nahm ihren Arm und fügte ihr mit einem kleinen Dolch eine Wunde zu. Das Blut spritzte heraus, und das Mädchen stöhnte vor Schmerz. Ich sah, daß der junge Mann am ganzen Leib zitterte. Ein Raunen ging durch die Menschenmenge, erstarb aber gleich wieder. Das Mädchen verfärbte sich safrangelb. Sein Gesicht war vor Angst und Entsetzen entstellt, und es sah plötzlich häßlich aus. Im letzten Moment legte der Pir einen Finger auf die Wunde. Man brachte ein Tuch und verband sie. Das Mädchen war ohnmächtig geworden. Und der Pir sagte mit donnernder Stimme zu dem Burschen, dieser häßliche Dämon sei dasselbe Engelsgesicht, in das er sich verliebt habe.«

»Ich schielte zu Amin hinüber, dem wahnsinnigen Hirten. Er schien aus seiner Betäubung erwacht zu sein, während der Pir den verliebten jungen Mann belehrte. Ich weiß nicht, was sich in seinem Innersten abspielte, aber er hörte dem Pir mit gesenktem Kopf aufmerksam zu. Der Pir sagte, trügerische Liebe müsse für die wahre Liebe geopfert werden. Die Menschen würden sich vergeblich von der oberflächlichen Liebe blenden lassen. Es seien schlechte Zeiten, und jeder, der sich von Trugbildern verführen lasse, komme vom richtigen Weg ab. Man müsse die Augen des Herzens auf die ewigen Wahrheiten richten und den Freuden und Leiden der illusorischen Welt, in der wir lebten, keinen Wert beimessen. Seine durchdringende Stimme kam mir so gewaltig vor wie ein Adler in den Lüften, der seinen Schatten auf die Menschenmenge wirft. Mein Weggefährte lauschte hingebungsvoll und nickte zwischendurch ergeben.«

»Man brachte den verliebten jungen Mann weg, und die Menge zerstreute sich. Ich bat um die Erlaubnis, eintreten zu dürfen, was mir ohne weiteres gestattet wurde. Ich hieß Amin draußen warten, denn ich wollte mit dem Pir auch über ihn sprechen. Zunächst erzählte ich dem Pir von meinen Erlebnissen in Byzanz. Schweigend hörte er mir zu. Als ich meine Ausführungen beendet hatte, sagte der Pir, er gebe meinem geistigen Führer recht. Ich war verblüfft. Um die Liebe des jungen Mannes zu der schönen Dienerin zu tilgen, hatte er das Mädchen bis an den Rand des Todes gebracht, um sie dann wieder ins Leben zurückzurufen. Jetzt aber billigte er die Verliebtheit meines Pir gegenüber jener Frau in Byzanz vorbehaltlos. Als ich ihn nach dem Grund fragte, sagte er, äußerlich übereinstimmende Vorkommnisse seien möglicherweise auf einen unterschiedlichen Ursprung zurückzuführen. Jede Geschichte ereigne sich an dem dafür bestimmten Ort und erfordere auch eine entsprechende Rechtfertigung. Mein Pir sei jedenfalls im Recht. Dann sah er mich mit seinem durchdringenden Blick an. Er sagte, in Bukhara gebe es keinen Anlaß zum Verliebtsein, in Byzanz dagegen sei genug Zeit und Muße dazu. Außerdem habe er die Dienerin tatsächlich bis an den Rand des Todes gebracht, aber immerhin wieder ins Leben zurückgerufen. Binnen weniger Tage würde es ihr wieder gutgehen – natürlich nur, wenn die Mongolen nicht wieder einfielen und sie umbrachten.«

»Ich erzählte ihm von meiner Reise und von meinem Plan, Truppen aufzustellen und gegen die Mongolen zu kämpfen. Der Pir hüllte sich minutenlang in tiefes Schweigen. Wer die Liebe nicht kenne, könne auch nicht kämpfen, sagte er dann, um einen Krieg zu führen, müsse man Haß empfinden, und Haß könne nur ein Liebender empfinden. Er sagte, auch wenn es mir tatsächlich gelingen sollte, eine Truppe aufzustellen – was ihm allerdings unmöglich erscheine –, würde zwischen mir und meinen Männern ein tiefer Graben entstehen, der uns voneinander trenne. Ich fragte, ob denn ein Mann wie Dschingis Khan, ein grausamer, blutrünstiger Krieger, etwas von Liebe verstehe? Der Pir blickte mir tief in die Augen und sagte, Dschingis' Seele sei in der Tat von Liebe erfüllt, es handle sich jedoch um eine krankhafte Liebe, die der Steppe seiner

Heimat entspringe, daher sei sein Haß so furchtbar und blutig.«

»Ich traute mich nicht, ihm die Geschichte von Amin, dem Hirtenjungen, zu erzählen. Ich zweifelte an den Beweggründen, die mich veranlaßt hatten, das Mädchen umzubringen. Seiner Ansicht nach war ich nicht in der Lage, eine Truppe auf die Beine zu stellen, und ohne seinen Segen war es zwecklos, es überhaupt zu versuchen. Dennoch klebte der junge Hirte immer noch an mir und quälte mich. Ich kam mir vor wie ein Mann mit einer riesigen Nase und Eselsohren, auf den alle mit dem Finger zeigten. Also nahm ich meinen ganzen Mut zusammen und gestand ihm, was vorgefallen war. Der Pir hörte mir mit gesenktem Haupt zu. Als ich fertig war, sagte er vorwurfsvoll, ich sei ja nicht einmal in der Lage gewesen, eine vierzehnjährige Braut aus der Steppe in die Stadt zu führen. Wie, um alles in der Welt, wollte ich Truppen auf die Beine stellen? Wie? War ich nicht eben Zeuge gewesen, wie das Blut einer hilflosen Dienerin feierlich vergossen worden war? Und er antwortete, einmal mehr sei ich nicht in der Lage, den grundlegenden Unterschied zwischen zwei verschiedenen Ereignissen zu erkennen, die sich nur äußerlich glichen. Die tote Frau sei Amins Frau gewesen und hätte ihm Kinder gebären sollen. In jene Dienerin aber hätten sich schon zwei Männer verliebt und hätten aus Liebe zu ihr den Verstand verloren. In ruhigeren Zeiten hätte eine solche Leidenschaft vielleicht noch ihre Berechtigung gehabt. Aber in den herrschenden Zeiten … Während er das sagte, schlug der Pir kräftig mit der Hand auf den Hocker, der vor ihm stand. ›Hier in Bukhara‹, rief er aus, ›hier sind solche Liebschaften absurd und führen nur dazu, daß man im Diesseits untergeht und das Jenseits einbüßt.‹ Ich spürte, daß eine tiefe Kluft uns trennte. Er befahl mir, Bukhara zu verlassen und nicht zurückzukehren, solange ich auf meinem Einzelgängerdasein beharrte. Er sagte, Männer wie ich würden einer von Katastrophen und Entbehrungen heimgesuchten Stadt wie Bukhara nur Unglück bringen. Die Stadt brauche jetzt selbstlos verliebte Männer. Er sagte, ich solle ihm Amin anvertrauen und aus der Stadt verschwinden. Er sagte – und ich werde das nie vergessen! –, er sagte, daß der Geist der Wüsten und der Steppen mich in den Wahnsinn getrieben habe. Ich brauchte mich bloß an mein bisheriges Leben zurückzubesinnen, und da würde mir bewußt werden, daß mein Haß auf die Frauen nicht mit der gängigen Behauptung zu tun hat, daß die Frauen den Männern Kraft entzögen. Ich würde sie vielmehr deswegen hassen, weil sie die Männer zum Krieg aufhetzten. Meine Abneigung gegen sie beruhe auf der Kargheit der Steppen. Ich würde mich an den Frauen für die unfruchtbare Erde rächen. Ich würde die Geburt hassen und gleichzeitig den Tod fürchten. Ich sei nicht in der Lage, die Vielfalt in der Einheit zu begreifen, und ebensowenig in der Lage, den Reichtum der Wüste zu erkennen.«

»Ich blickte ihm in die Augen. Er hatte turkmenisches Blut in seinen Adern, der mongolische Einschlag war offensichtlich. Ich wunderte mich, wie er mit seiner Steppenvolkmentalität dazu kam, mich als Steppenmenschen zu bezeichnen. Er schien meine Gedanken zu lesen. Er sagte, er sei zwar auch ein Steppenmensch, er bewahre aber in seiner Seele eine grüne Wiese, eine Oase. Hatte ich vielleicht nicht deswegen Frauen umgebracht, um meine eigene, vermeintliche, Freiheit zu schützen? War es nicht etwa so, daß ich, wie der kleine Hirte Amin, schon immer einer Herde vorstehen wollte? Blieb ich etwa nächtelang auf, um, wie ein Bauer, auf eine Handvoll Getreide aufzupassen, um dadurch meine Freiheit zu bewahren? Wollte ich immer nur der Anführer sein und die Frau bloß als unsichtbares Fußeisen hinter mir her schleppen? Er sagte: ›Geh nach Indien!‹ Dann wandte er den Blick von mir.«

»Zerknirscht verließ ich das Kloster, am Tor blickte ich mich noch einmal um und sah Amin, der noch immer unter dem Baum saß. Wir sahen uns lange an. Dann machte ich mich auf den Weg zur chinesischen Grenze, um von dort aus über Tibet nach Indien zu gelangen.«

»Nun aber, Tuba, als Iwan und ich uns damals voneinander verabschiedeten – der Zug hatte in einer kleinen Ortschaft in der Nähe von Moskau angehalten; er stieg aus, stellte sein Gepäck hin, und der Zug setzte sich wieder in Bewegung –, sah er mich vom Bahnsteig aus ein letztes Mal an, und ich erkannte an seinem Blick Amin. Ich bin überzeugt, daß auch er mich wiedererkannte, aber es war zu spät. Hätte er mich früher wiedererkannt, hätte er mich vielleicht umgebracht und sich meiner entledigt. Aber nun war es zu spät. Wir sahen uns lange gegenseitig an, während der Zug pfeifend durch den wirbelnden Schnee keuchte und uns voneinander entfernte.«

Lejla war inzwischen zu ihnen getreten, und der Prinz hatte den Arm um ihre Schulter gelegt. Sie war verschwitzt, und ihr Haar war zerzaust. Die Reiherfedern auf ihrem Stirnband waren geknickt. Sie flüsterte dem Prinzen zu, er solle diesen erbärmlichen Kerl, Tubas Herrn Gemahl, hinauswerfen, sie wolle ihn nicht mehr sehen. Der Prinz zuckte die Achseln. Tuba fror, sie fühlte sich, als habe sie Fieber. Ohne sich von der Fensterbank zu erheben, gab der Prinz Anweisung, eine Kutsche für Prinz Fereydun und seine Gattin vorfahren zu lassen. Lejla hatte sich entfernt, und wieder war ihr perlendes Lachen zu hören. Zwei Diener trugen den betrunkenen Fereydun zur Kutsche. Tuba stand auf und folgte ihnen. Der Prinz trat schweigend auf den Altan hinaus. Tuba schritt die Freitreppe hinunter. Bevor sie in der dunklen Auffahrt verschwand, sah sie sich noch einmal um, und der Prinz kam ihr, wie schon beim ersten Besuch, wie ein Löwe in einem dunklen Dschungel vor. Sie fragte sich, ob vielleicht nicht auch sie den Prinzen in einem früheren Leben getroffen habe. Das Gesicht des Prinzen prägte sich einem für immer ein, aber Tuba war zu müde, um in ihrer Erinnerung zu forschen. Sie setzte sich neben ihren betrunkenen Mann, und die Kutsche setzte sich in Bewegung. Prinz Fereydun schnarchte den ganzen Weg.

Tuba hatte die feste Absicht, nach Kermanschah zu reisen und dort Seine Exzellenz Geda Alischah aufzusuchen. Der Prinz packte ungeduldig und mißmutig seine Siebensachen, um nach Aserbaidschan zurückzukehren. Er hatte kein Verständnis für die seelischen Erschütterungen seiner Frau. Er konnte nicht nachvollziehen, daß Tuba ihr inneres Gleichgewicht verloren hatte. Es war zuviel über sie hereingebrochen: Scheich Khiabani war mit den Bolschewiki in Zusammenhang gebracht worden – mit jenen Bolschewiki, die die Frauen teilten. Die schrecklichen Berichte Bujuk Aghas und Monsieur Bughussians, Prinz Gils Geschichten und seine ungewöhnlichen Feste, das alles hatte zusätzlich dazu beigetragen. Die Armut aber war am schwersten zu verkraften.

Tuba konnte das Reisegeld kaum aufbringen, aber sie glaubte, durch Sparsamkeit – eine Eigenschaft, die ihr im Blut lag – die Reise doch irgendwie zu ermöglichen. Wenn sie wartete, bis die Kinder erwachsen waren, bis die Gemütskrankheit der Tante heilte oder bis diese starb, dann mußte sie ihre Audienz zwanzig Jahre hinauszögern. Wenn sie nicht jetzt hinging, sofort, würde sie sich kaum mehr dazu aufraffen können, sich tagelang an den Webstuhl zu setzen, zu kochen und das tägliche Einerlei zu ertragen. Sie hatte das undeutliche Gefühl, daß sich eine große Änderung – ähnlich wie der Mongolenüberfall, wie sie zu sagen pflegte – in der Welt anbahnte und auch ihr Leben betreffen würde. Sie wollte darüber Bescheid wissen, bevor das eintrat, und dazu mußte sie unbedingt mit jemandem sprechen, der mehr wußte als sie und sie auch nicht anlog. Ihr Mann war nicht der geeignete Mensch dafür. Im Gegenteil: Je schwieriger die Lebensumstände wurden, desto weniger war Verlaß auf ihn. Mit dem Prinzen konnte man nur rechnen, wenn hinsichtlich seiner Macht die Zeichen gut standen. In der Hochzeitsnacht hatte er ihren Tschador über seinen Hut geworfen, als offenkundigen Beweis, daß dieser Tschador nun sein Herz beherrschte und daß jeder, der Tuba nicht achtete, es mit ihm zu tun bekäme. Jetzt aber drückte er angesichts von Tubas besorgter Unruhe beide Augen zu. Er gab ihr nicht nur kein Geld für den Haushalt, sondern borgte sich sogar welches von ihr. Als Mitglied des königlichen Hofes müsse er auf sein Äußeres bedacht sein. Er lehnte es entschieden ab, selbst Besorgungen zu erledigen, er war doch ein Prinz! Und Prinzen haben Diener dafür. Zudem schickte er Jaqut ständig mit verschiedensten Aufträgen in andere Städte, so daß dieser nur noch selten zu Hause war. War er ausnahmsweise da, verfluchte er ohne Unterlaß sein Schicksal. Almass Chatun war außerhalb der Küche zu nichts zu gebrauchen. Die Tante war bekanntlich nicht richtig im Kopf, und die Kinder waren noch zu klein. Tuba ging also einkaufen, verhandelte mit den Pächtern der Ladenräume und mit Monsieur Bughussian, dem Mieter des Obergeschosses, zog bei Bujuk Agha die Miete ein und verwandelte sich zusehends in ein hartes, launisches Geschöpf. Sie konnte sich selbst kaum noch ertragen. Sie brauchte dringend eine Stütze. Mit Scheich Khiabani war offenbar nicht zu rechnen. Sie verließ sich auf Derwisch Hasans Beteuerungen und träumte von Geda Alischah: Sein Name glänzte wie ein Stern am Himmel über Kermanschah. So, wie einst alle Wege nach Rom geführt hatten, führten jetzt alle Wege nach Kermanschah.

Mitte Sommer spannte Tuba einen fertigen Teppich aus dem Knüpfrahmen und verkaufte ihn Bujuk Agha; dann zog sie die Mieten ein, steckte den Ertrag in einen kleinen Lederbeutel, fragte sich bis zum Omnibusbahnhof durch und reservierte für sich und die Kinder, für die Tante und für Jaqut Plätze für einen der folgenden Tage. Almass Chatun würde allein zurückbleiben und in der Zwischenzeit bei Bujuk Agha unterkommen. Als Tuba nach Hause zurückkehrte, entbrannte zwischen ihr und dem Prinzen ein heftiger Streit. Der Prinz wollte Jaqut nach Aserbaidschan mitnehmen, um nicht sein Ansehen zu verlieren. Ein Prinz ohne Dienerschaft, hatte man schon so etwas gehört? Die Auseinandersetzung ging zugunsten Tubas aus; sie verpflichtete sich allerdings, nach Ablauf eines Monats Jaqut von Kermanschah aus nach Aserbaidschan zu schikken. Der Prinz mußte sich wohl oder übel damit abfinden, doch von dem Tag an hegte er einen unbezwingbaren Groll gegen Tuba.

Nun ging's also an die Vorbereitungen. Tuba mußte alles selbst erledigen. Sie packte ihre Kleider, die der Kinder und der Tante zu einem Bündel, rollte ein paar Steppdecken und Matratzen zusammen, wickelte sie in eine Decke, und Jaqut verschnürte das Ganze. Dann kamen Kochtöpfe, Wäschebütte, Wasserkrug und Waschschüssel an die Reihe. Bald stapelten sich Berge von Gepäckstücken auf der Terrasse, die dann von drei Trägern, die Jaqut auf der Straße angeheuert hatte, zum Omnibusbahnhof geschleppt wurden. Endlich war es soweit: Die angehenden Pilger verbeugten sich, schritten, einer nach dem andern, unter dem Koran von Bujuk Aghas Frau hindurch, Wasser wurde hinter ihnen her gespritzt – und Tubas erste große Wallfahrt begann. Obwohl sie die ganze Nacht kein Auge zugetan hatte und von der Packerei und den allerletzten Vorbereitungen erschöpft war, spürte sie plötzlich neue Kräfte in sich erwachen; ihr Herz schlug vor Unternehmungslust und froher Erwartung. Auf dem Weg zum Omnibusbahnhof mußten sie dreimal anhalten, damit sich Habibollah im Wassergraben erleichtern konnte. Dann stürzte Aqdasolmoluk und tat sich weh, so daß sie sich einen Moment hinsetzen mußte. Schließlich mußten sie ein weiteres Mal stehenbleiben, um Amine Chanom, die Kusine ihres Vaters, zu begrüßen und sich nach ihrem Befinden zu erkundigen, was länger dauerte. Amine Chanom war am frühen Morgen zum Grabmal von Schah Abdolazim gegangen, um dort in der Nähe Gips zu kaufen, hatte einen Esel damit beladen und war nun auf dem Weg nach Hause. Sie lebte unter ähnlichen Umständen wie Tuba und hatte gezwungenermaßen die Rolle eines Mannes übernehmen müssen, um die Versäumnisse ihres phlegmatischen, opiumsüchtigen Gatten wettzumachen. Sie war nicht unzufrieden mit ihrem Leben, denn im Grunde fühlte sie sich nicht als Hausfrau. Sie war für höhere Aufgaben geschaffen, zu denen Frauen aber nicht zugelassen wurden. Da sie nun zu diesen höheren Aufgaben vorerst keinen Zugang hatte, überwachte sie die Arbeiten an ihrem Haus und auf den Feldern ihres Grundstücks in Schemiran. Sie hielt die Reise ihrer Kusine Tuba und die vorgesehene Audienz bei Geda Alischah für reine Zeitverschwendung. Sie könne doch drei Jahre warten, bis der ehrwürdige Scheich nach Teheran komme – oder? Tuba erklärte zerstreut, daß sie keine drei Jahre warten könne, denn sie brauche die Audienz jetzt. Amine Chanom zuckte die Achseln. Sie mußten sich beeilen, wenn sie rechtzeitig am Omnibusbahnhof sein wollten. Amine Chanom wünschte ihr eine gute Reise, und Tuba zog mit ihrer kleinen Karawane weiter.

Am Omnibusbahnhof herrschte ein riesiger Tumult. Die Menschen kletterten sich gegenseitig über die Köpfe. Der Beifahrer schob Tubas unförmige Bündel zurecht, so daß sie es sich alle im Schneidersitz oder kniend darauf bequem machen konnten. Dann verstaute er umsichtig das Gepäck einer anderen Familie und forderte alle sogenannten »Bordpassagiere« auf einzusteigen. Insgesamt drängten sich im Innern des Fahrzeugs ungefähr zwei Dutzend Menschen auf engstem Raum. Aber sie mußten ja nur bis Hamadan fahren, wo sie die erste Nacht verbringen wollten. Dann rief der Beifahrer die »Relingpassagiere« auf. Diese mußten sich längs der Plattform mit dem Rücken zu den »Bordpassagieren« setzen und wurden mit soliden Seilen an den seitlichen Metallstützen festgebunden. Ungefähr fünfzig Passagiere fanden so im Bus Platz. Als sich der Fahrer endlich hinter dem Steuerrad niederließ, riefen alle im Chor eine Gebetsformel, um damit den Segen und die Gnade Gottes zu erflehen. Danach beteten sie murmelnd – *Lob sei Allah, dem Herrn der Welten. Sprich: ER, Allah, ist einzig! O die ihr glaubt, spendet von dem, was WIR euch gegeben haben, ehe der Tag kommt* –, bis der Bus sich endlich in Bewegung setzte und über die vielen Schlaglöcher auf der Schotterstraße holperte. Bis der Bus aus der Stadt fuhr, forderte immer wieder ein Passagier die anderen auf, nochmals um Gottes Segen und Gnade zu bitten, und alle antworteten ihm im Chor. Tuba erzählte ihrer Nachbarin, daß sie nach Kermanschah fahre, um bei Ehrwürden Geda Alischah um eine Audienz zu ersuchen. Die Frau bat Gott um Vergebung, antwortete dann, außer den Prophetennachfolgern, den Imamen, gebe es keine wirklich hohen Geistlichen mehr auf der Welt. Tuba laufe mit ihrem Glauben an den Derwisch und an seine Lehren einer Illusion hinterher und werde eines Tages für ihren Fehler büßen müssen. Tuba dachte ergeben, daß sie wohl in den nächsten zwei Tagen die frommen Belehrungen ihrer Reisegefährtin würde erdulden müssen.

Der Bus fuhr mit einer Geschwindigkeit von vierzig Stundenkilometern und wirbelte hinter sich eine riesige Staubwolke auf. Der arme Jaqut, der zu den »Relingpassagieren« gehörte, hopste auf und ab und fluchte und schimpfte auf die übrigen Fahrgäste; wenn er zwischendurch verstummte, versuchte Tuba ihre Nachbarin davon zu überzeugen, daß sie, Tuba, in ihrem ganzen Leben unerschütterlich an Gott geglaubt habe und daß sie sich immer nur auf seinem Pfad bewege. Sie fügte hinzu, sie wisse, daß Gott allein ihre Schmerzen lindern und ihre Probleme lösen könne. Manchmal verschärfte sich der Disput zwischen den zwei Frauen. Die Mitpassagiere – ohnehin schon gemartert vom Rütteln und Schütteln des Fahrzeugs – waren nicht sonderlich an ihrer Diskussion interessiert, und sie beteten laut um Gottes Segen und versuchten so, dem Streit ein Ende zu bereiten. In der Nähe von Qazwin hielt der Omnibus an einer Raststätte an, und die Reisenden kletterten stöhnend und klagend mit gefühllosen Beinen aus dem Bus. Aqdasolmoluk und Munessoddoule weinten. Die Tante hatte wunderbarerweise die Geschichte von dem Lichtseil, an dem sie zum Himmel klettern wollte, vergessen und benahm sich ganz vernünftig. Sie lief mit den Kindern um den Bus herum, damit sie sich die Beine vertreten konnten, und tätschelte dabei ihre kribbelnden Füße unter dem Tschador. Tuba zog zwischen ihren Bündeln einen Topf mit Fleischbällchen hervor, die Almass Chatun in der Nacht vor der Abreise vorbereitet hatte. Als sie den Deckel lüftete, stieg ein schaler Geruch auf. Sie fächelte mit der Hand über den Topf und stellte ihn kurz auf die Seite. Jaqut legte den kleinen Teppich, auf dem er im Bus gesessen hatte, unter einen Baum. Er war überglücklich, noch heil und ganz zu sein. Eifrig trug er Teller, Trinkwasser und die Kanne herbei. Ungeachtet der anstrengenden Fahrerei hatte das Reisefieber nun alle gepackt. Sie aßen die Hälfte der Fleischbällchen und in Essig eingelegtes Gemüse dazu, hoben, was übrigblieb, für das Abendessen auf.

Der Fahrer war im Rasthaus verschwunden, um seine Opiumpfeife zu rauchen; er verspürte offenbar keinerlei Lust, die Fahrt fortzusetzen. Etliche eilige Passagiere schickten Abordnungen zu ihm, die jedoch unverrichteter Dinge zurückkehrten. Um vier Uhr nachmittags bequemte sich der Fahrer endlich aufzustehen. Die Fahrgäste, vom Beifahrer zur Eile angetrieben, warteten schon seit einer Stunde zusammengepfercht im Bus. Endlich erschien der Fahrer in der Tür des Kaffeehauses. Am Horizont ging die Sonne unter, und alle beteten freudig immer wieder um Gottes Gnade und Segen. Der Mann setzte sich gelassen ans Lenkrad. Der Beifahrer kurbelte den Motor an, bis der Wagen unter fürchterlichem Getöse ansprang. Der Bus setzte sich in Bewegung. Der Beifahrer lief einige Schritte hinterher und sprang dann aufs Trittbrett auf. Und wieder holperte und rüttelte das Gefährt über die mit heimtückischen Schlaglöchern besäte Straße – und der arme Jaqut hatte wieder reichlich Anlaß zu fluchen.

In Qazwin stellte sich heraus, daß ein Motorschaden repariert werden mußte. Die Passagiere wurden in ein Gasthaus geführt, und während der Beifahrer das Werkzeug bereitstellte, verschwand der Fahrer wieder in einem Kaffeehaus, um Opium zu rauchen. Tuba richtete die übriggebliebenen Fleischbällchen auf einem Teller an, spülte den Topf aus und schickte Jaqut Proviant einkaufen für den morgigen Tag. Bis Kermanschah würden sie sich mit Brot, Käse und Halwa zufriedengeben müssen.

Tuba konnte sich vor Erschöpfung kaum mehr auf den Beinen halten, aber es gab noch vieles zu erledigen vor dem Schlafengehen. Auch die Kinder waren müde und quenglig. Sie gab ihnen getrocknete Früchte zum Naschen. Die Kleinen waren schnell wieder munter und tollten mit den anderen Kindern lärmend im Innenhof des Gasthauses herum. Der Beifahrer verkündete schließlich, sie müßten die Nacht in Qazwin verbringen. Die Passagiere hatten nichts dagegen einzuwenden, denn sie waren ohnehin zu erschöpft, um bis Hamadan auf ihren Bündeln zu balancieren. Die Männer legten sich in eine Ecke und schliefen auf der Stelle ein, während die Frauen das Essen vorbereiteten oder die Kleider ihrer Kinder wuschen.

Die erschöpfende Reise dauerte endlose vier Tage, statt wie vorgesehen zwei. Die Kinder greinten, und Habibollah hatte Fieber. Jaqut schimpfte und fluchte über Himmel und Hölle. Die Tante hingegen wurde erstaunlicherweise von Minute zu Minute munterer. Tuba hielt diese Veränderung für ein Wunder – ein Wunder, das bestimmt damit zusammenhing, daß sie sich dem Lichtkreis um Geda Alischah näherten. Die fromme Frau redete weiter pausenlos auf Tuba ein. Ein Mann namens Mirkermanschahi, der erfahren hatte, daß Tuba mit einem Prinzen verheiratet war, bekundete Interesse an ihrer Tochter Mansarossaltane: Er besitze in Kermanschah einige Läden und ein Haus voller Teppiche, in dem nur mit dem allerfeinsten Kermanschah-Butterschmalz gekocht werde. Die zehnjährige Mansarossaltane zog ihren Tschador fest über das Gesicht. Der aufdringliche Mann roch übel, und es ekelte sie beim bloßen Gedanken, ihn als Mann zu haben. Habibollah lag fiebernd in den Armen seiner Mutter. Aqdasolmoluk stimmte in Jaquts Gejammer ein. Die fünfjährige Munessoddoule hingegen, die von allen nur Muness genannt wurde, saß ruhig lächelnd da. Sie war schlicht glücklich, an der Seite ihrer Mutter reisen zu dürfen. Tuba sagte sich, das kleine Mädchen habe wohl ihre Gemütsart geerbt und mache sich wenig aus Annehmlichkeiten.

Als sie in Kermanschah ankamen, mußten sie zunächst den aufdringlichen Herrn loswerden, sich von der frommen alten Frau verabschieden, dem Beifahrer, der ihr Gepäck aus dem Bus ausgeladen hatte, ein Trinkgeld geben und sich im Kaffeehaus am Omnibusbahnhof vom Fahrer verabschieden, der sich gerade zu einem weiteren Opiumstündchen hinlegen wollte. Erst dann stellten sie fest, daß niemand mehr da war und sie nicht wußten, in welche Richtung gehen. Tuba überwand die aufsteigende Angst, um die Kinder und die Tante nicht zu beunruhigen. Sie fragten sich zu einer halb verfallenen alten Karawanserei durch, wo man ihnen ein Zimmer direkt neben dem Abort zuwies, in dem man es vor Gestank, Mücken und Fliegen kaum aushielt. Am nächsten Morgen erkundigten sie sich nach Geda Alischahs Kloster. Es stellte sich heraus, daß er in einem Dorf in der Nähe von Bejestan residierte. Sie seufzten enttäuscht: Das bedeutete, daß sie ein Stück weit auf demselben Weg zurückkehren mußten. Sie besorgten sich einen Esel, luden ihr Gepäck auf, die Tante und die Kinder stiegen auf, während Tuba und Jaqut hinterherliefen. Die Reise nach Bejestan beanspruchte drei weitere Tage. Tuba bereute inzwischen das Unternehmen aus tiefstem Herzen. Sie hatte sich nicht vorgestellt, daß die Begegnung mit Geda Alischah so kompliziert und mühevoll sein würde. Sie gab Amine Chanom insgeheim recht, die sie im letzten Moment von der Reise abzuhalten versuchte. Hatte Amine Chanom nicht gesagt, »es ist gefährlich, Chanom, eine verschleierte Frau kann doch nicht auf Reisen gehen; es können tausendundeine Schwierigkeiten auftreten; vielleicht werdet ihr unterwegs von Räuberbanden überfallen; möglicherweise trefft ihr auf unehrenhafte Menschen ...«? Tuba hatte einfach an den Omnibus geglaubt, der ihr im Vergleich zu Eseln, Pferden und Maultieren wie eine übernatürliche Kraft vorgekommen war. Wann immer sie eines dieser Verkehrsmittel auf der Straße erblickte, lobte sie die Pracht und Größe Gottes. Nun aber erinnerte sie sich nur noch an die endlose, ermüdende Fahrt, an die Launen des Fahrers und an die Tücken des Omnibusses, der alle paar Meter eine Panne hatte. Und die Einsamkeit der verschleierten Frau wurde ihr deutlich bewußt. Ihre einzige Stütze war der treue Jaqut, dem sie bis dahin keine besondere Beachtung geschenkt hatte.

Unter größten Strapazen erreichten sie schließlich Bejestan, fragten nach Geda Alischah und gelangten müde und erschöpft zu seinem Kloster. Der Vorsteher hatte Mitleid mit der großen Familie, die vollkommen staubig und aufgelöst vor ihm stand, und ließ sich erweichen, ihnen ein Pilgerzimmer zuzuweisen. Sie hoben den fiebernden Habibollah von Jaquts Schultern und legten ihn auf den Fußboden. Der Vorsteher brachte einen Kräuterabsud für das Kind. Tuba, die sich eine ganze Woche lang völlig verausgabt hatte, brach zusammen und schlief vierundzwanzig Stunden lang auf dem Bett, das die Tante für sie neben dem kranken Sohn aufgeschlagen hatte.

Als Mutter und Sohn am nächsten Tag aufwachten, ging es beiden offensichtlich besser. Nur noch wenige Schritte trennten jetzt Tuba von dem Mann, den sie schon so lange verehrte. Sie war aus freiem Willen gekommen. Sie hatte zum ersten Mal in ihrem Leben etwas aus freiem, eigenem Willen getan. Aber gerade diese Erkenntnis war es, die sie gleichzeitig erschreckte. Wollte sie diesem Geda Alischah überhaupt unter die Augen treten? Sie fürchtete sich vor dem Unbekannten. Sie wußte nicht, was das für Folgen haben würde. Was, wenn er an ihrer Aufrichtigkeit zweifelte? Oder wenn er von ihr forderte, alle ihre vier Kinder zu opfern? Ihr fielen die bildhaften Parabeln aus dem *Masnawi Maanawi* ein. Hatte sie überhaupt das Recht, das Geschick ihrer Familie in die Hände Geda Alischahs zu legen?

Sie setzte den Kindern das Frühstück vor und schickte sie dann zum Spielen in den Innenhof des Klosters. Dann vertraute sie Habibollah der Tante an, legte ihren Tschador um und machte sich auf den Weg. Mit einem Mal hatte sie ihr ganzer Mut verlassen. Sie folgte mit zitternden Knien dem Vorsteher, der sie zum eigentlichen Kloster begleitete. Eine größere Anzahl Männer und Frauen war dort versammelt. Der Vorsteher führte Tuba ins Frauenzimmer, und sie saß etwa eine Stunde lang dort und versuchte, ihre innere Unruhe zu überwinden. Mittags kam eine Frau und flüsterte ihr zu, sie könne im Waschraum beten. Tuba stand schnell auf und folgte ihr. Sie dachte, die anderen Frauen würden ihr folgen, um gemeinsam das Mittagsgebet zu verrichten. Aber niemand begleitete sie. Die Tür wurde hinter ihr geschlossen. Tuba stand allein inmitten des Waschraums und wußte nicht, was tun. Also bereitete sie sich für das Gebet vor. Sie legte den Tschador ab, zog die Strümpfe aus und ging auf das Becken zu, um sich zu waschen. Sie spritzte sich eben Wasser ins Gesicht, als sie schwere Männerschritte auf den Treppenstufen hörte. Sie unterbrach ihr Gebet und rief: »Halt, eine Frau ist hier«, um den Eintretenden zu warnen. Der Mann schien taub zu sein, denn das laute Scharren hörte nicht auf. Sie unterbrach ihre Waschung, lief zurück, legte sich in der Hast den Tschador verkehrt herum an, streifte eilig die Strümpfe über und lief zur Treppe. Vor ihr stand ein Mann in mittleren Jahren, den sie sofort als Ehrwürden Geda Alischah erkannte. Er stand auf der Treppe und trat kräftig auf der Stelle. Tuba grüßte verlegen und blieb ein paar Schritte vor ihm stehen. Der Mann hörte zu scharren auf,

Stille trat ein. Er blickte Tuba durchdringend in die Augen. Tuba senkte den Blick. Je tiefer das Schweigen wurde, desto abgrundtiefer wurde ihre Angst. Tuba hob den Blick wieder, denn sie hatte das Gefühl, Ehrwürden wünsche, daß man ihm ins Gesicht schaue. Er fragte: »Ist es nicht verwunderlich, daß sich Betende vor Schritten fürchten?« Tuba antwortete, sie hätte sich vor den Schritten eines fremden Mannes gefürchtet. Der Mann fuhr fort: »Betende, die wirklich danach trachten, Gott näherzukommen, obwohl er immer und überall gegenwärtig ist, müssen auch bei der Waschung so vertieft sein, so innig auf die Begegnung mit Gott konzentriert, daß sie keinen Laut wahrnehmen.«

Tuba wäre am liebsten vor Scham in den Erdboden versunken.

»Sie sind noch jung und haben sich noch nicht von den Qualen und Ängsten Ihrer Jugend befreit. Sie haben diesen Weg zu früh angetreten. Ich habe jedoch gehört, daß Sie eine beschwerliche Reise hatten.« Tuba nickte, und Ehrwürden fuhr fort: »Nun denn! Aber es war fahrlässig von Ihnen, die Kinder meinetwegen in Gefahr zu bringen.«

Tuba senkte den Kopf. Geda Alischah trat einen Schritt auf sie zu. Sie zuckte zusammen.

»Es kommen immer wieder Frauen zu uns, aber aus anderen Beweggründen als Sie. Es handelt sich um Frauen, die ihren Mann verloren haben, die niemanden mehr haben, der für sie sorgt; ihre ganze Familie, die alles verloren haben. In Anbetracht dessen ist es verständlich, wenn sie sich auf eine gefährliche Reise begeben. Sie aber haben Ihren Kindern und Ihrem Mann gegenüber Verpflichtungen – oder etwa nicht?«

Tuba nickte stumm. Und er befahl ihr: »Gehen Sie, kommen Sie in zehn Jahren wieder. Sie werden dann den richtigen Weg von selbst finden.«

Sie schickte sich zum Gehen an, er fügte aber noch hinzu, er habe einen Verwandten angewiesen, sie mit dem Auto nach Teheran zurückzufahren – sobald es dem Jungen besser gehe. Die nächsten Tage sei sie Gast des Klosters. Tuba ergriff die Gelegenheit, um von ihrer Tante zu erzählen und auch von Scheich Khiabani. Er zuckte bloß die Achseln und meinte: »Die kleine Greisin ist in sich selbst vertieft. Die Trauer hat sie überwältigt. Beschäftigen Sie Ihre Tante. Sie muß immer beschäftigt sein, damit sie aus sich heraustreten kann.« Er werde für sie beten. Er werde ihr gesegnete Kräuter mitgeben. Die Tante solle am Nachmittag zu ihm kommen, er werde in ihrer Gegenwart beten. Was jedoch Khiabani anging, meinte er seufzend: »Er hat sich zu sehr in die Angelegenheiten anderer verstrickt und dabei sich selbst vergessen. Schade!« Das war alles, und dieses »Schade« hallte noch lange in Tubas Kopf nach – wie später die Nachricht von Khiabanis Tod. Sicher hatte Geda Alischah bereits von dessen tragischem Tod gewußt. Bevor er den Raum verließ, sah er Tuba noch einmal an. Sein Blick war gütig und überhaupt nicht vorwurfsvoll. Er wiederholte: »Kommen Sie in zehn Jahren wieder.«

Die Rückreise verlief ohne Zwischenfälle. Es war, als hätten sie eine fast unüberwindbare Steinwüste durchquert, um anschließend bequem und auf dem kürzesten Weg nach Hause zurückzukehren. Doch Tuba war verbittert. Sie schickte Jaqut wie vereinbart nach Aserbaidschan und widmete sich zusammen mit der Tante nur noch dem Teppichknüpfen. Sie hatte Habibollah und Aqdasolmoluk in einer Schule eingeschrieben, und die beiden gingen jeden Morgen zusammen in die Schule. Nur die kleine Muness war tagsüber noch zu Hause. Manchmal setzte sie sich vor den Webstuhl und half eifrig beim Knüpfen.

Während unter ihren Fingern kunstvolle Muster entstanden, hing Tuba ihren Gedanken nach. Die Tante war ganz in ihre Arbeit versunken – wie die Ranken auf dem Teppich, die sich von unten bis oben durch Blumenmedaillons wanden, aber immer nur um sich selbst. Bei Scheich Khiabani hingegen drehte sich alles um die anderen. Er war gewissermaßen der Hintergrund des Teppichs, auf dem Blüten und Zweige und Arabesken entstanden. Der Hintergrund existierte nicht für sich allein, sondern nur in Verbindung mit anderen Elementen; in Khiabanis Haltung lag etwas Großes, etwas Selbstloses.

Wo aber stand Tuba? Sie konnte sich mit den Ornamenten auf dem Teppich nicht identifizieren. Sie dachte: Ich bin die Knüpferin. Sie entwarf die Muster nach einer gezeichneten Vorlage. Was für Bilder? Immer nur das, was der Meisterknüpfer aufs Papier gebracht hatte. Und wo hatte er seine Eingebungen her? Ja, wo hatte er seine Eingebungen her? Sicher, das war eine Granatapfelblüte, das eine Palmette und das eine Zypresse. Aber eine Zeichnung war immer nur der Abklatsch der echten Granatapfelblüte, sie sah zwar so aus und doch wieder nicht. Der Meisterknüpfer hatte das Bild woanders her. Seine Hand hatte das Motiv gekannt, bevor er auf die Welt gekommen war, noch bevor er die Blumen mit eigenen Augen gesehen hatte. Tuba überlegte sich, ob sie Unterricht im Zeichnen nehmen sollte, um eigene Teppichmuster zu entwerfen. Sie mußte die Granatapfelblüte nach ihrer Vorstellung zeichnen, so, wie es ihre Hand eben vermochte.

Die Tante führte wirre Selbstgespräche und störte Tubas Grübelei. Also stand sie auf, um das Blumenbeet im Hof zu gießen, sah dann in der Küche nach dem Rechten, wusch ein paar Wäschestücke, um ihre Gedanken vom Meisterknüpfer abzulenken.

Nach zwei Monaten schickte der Prinz Jaqut aus Aserbaidschan mit etwas Reis, Fett und Weizen nach Hause. Kaum hatte er seine Herrin begrüßt, lief er in die Küche, um Almass Chatun das Neueste zu erzählen, obwohl der Prinz ihn eindringlich ermahnt hatte, kein Wort verlauten zu lassen. Als Jaqut Bericht erstattete, hatte er etwas verlegen gewirkt, so daß Tuba ihm gefolgt war, und nun vernahm sie hinter der Tür die bittere Wahrheit: Der Herr habe die Tochter eines Dorfvorstehers in seinem Regierungsbezirk geheiratet! Das Mädchen sei erst vierzehn Jahre alt, habe eine schöne weiße Haut und rote Wangen und hätte eigentlich ihren Vetter heiraten müssen, da sei plötzlich der Prinz aufgetaucht und habe sie huldvoll zur Frau genommen.

Tuba alterte innerhalb weniger Minuten um zwanzig Jahre. Der Prinz war tatsächlich nur noch eine Belastung für sie. Er verhielt sich vollkommen unverantwortlich, was das Geld und das Schicksal der Familie anging. Dennoch, daß er noch einmal heiraten könnte, daran hatte sie nie gedacht. Er war doch bereits über fünfzig! Als sie ihn seinerzeit heiratete, hatten manche Verwandte schon auf den großen Altersunterschied hingewiesen. Trotzdem hatte Tuba in die Ehe eingewilligt, weil sie glaubte, sie füge sich dadurch ihrem unausweichlichen Schicksal. Daß er sich jemals eine weitere Frau nehmen würde, eine vierzehnjährige obendrein, nein, das hätte sie nie geglaubt. Verstört ging sie ins obere Stockwerk, um sich in ihrem Zimmer zu verkriechen. Sie lief die Außentreppe hinauf zum Abort und erbrach sich. Sie wurde von Magenkrämpfen geschüttelt, als kneteten ganz grobe Hände ihre Eingeweide. Sie mußte sich nochmals übergeben. Dann trat sie zornig aus dem Abort. Sie ging ins Zimmer und ließ sich in einer Ecke auf die Knie fallen, stand nach ein paar Minuten wieder auf. Die älteren Kinder waren in der Schule, und die kleine Muness spielte ruhig mit einer Stoffpuppe. Ab und zu schaute sie zu ihrer Mutter hinüber, die aufgebracht mit gerunzelter Stirn im Zimmer auf und ab ging. Plötzlich entschloß sich Tuba, Amine Chanom aufzusuchen. Sie war die vernünftigste Frau, die Tuba in ihrer unmittelbaren Umgebung kannte. Ein Gespräch mit ihrer Mutter wäre zwecklos. Die Mutter würde ihr schweigend zuhören und wahrscheinlich anschließend sagen, sie müsse sich eben mit ihrem Schicksal abfinden. Wenn es einem Menschen vorherbestimmt sei, vom Pech verfolgt zu werden, dann sei dies eben sein unabänderliches Schicksal. Außerdem sei eine Frau nicht gut beraten, sich zweimal scheiden zu lassen und womöglich ein drittes Mal zu heiraten. Amine Chanom hingegen hatte immer eine ganze Menge ungewöhnlicher, nützlicher Ratschläge parat. Tuba legte ihren Tschador an, doch dann änderte sie ihre Meinung. Was konnte ihr Amine Chanom denn raten? Tuba war ja kaum in der Lage, ihre Gedanken zu ordnen. Sie kehrte ins Zimmer zurück, legte den Tschador ab, faltete ihn sorgfältig zusammen und versorgte ihn in der Kleidertruhe. Sie wollte sich gerade ratlos hinsetzen, als sie draußen die Stimme von Bujuk Aghas Frau hörte.

Sie sprach meistens nur Türkisch, hatte jedoch mittlerweile gelernt, sich in gebrochenem Persisch zu verständigen. Ihr lachendes Gesicht strahlte. Sie grüßte, und die zwei Frauen tauschten Höflichkeiten aus. Dann führte Tuba sie zum hinteren Teil des Zimmers, forderte sie auf, sich auf den Fußboden zu setzen, und schob ihr ein Kissen unter. Sie schenkte Tee aus dem Samowar ein und entschuldigte sich, daß sie ihr kein Gebäck oder Obst anbieten könne. Sie kam und ging und redete, war aber mit ihren Gedanken ganz woanders, setzte sich schließlich ebenfalls und versank in Trübsal. Bujuk Aghas Frau, die die Mentalität der Teheraner nicht kannte und nicht zu merken schien, daß die Hausherrin nicht bei der Sache war, räusperte sich und fing umständlich zu reden an: Die Dame möge entschuldigen, aber sie sei gekommen, um ihr feierlich ein ganz bestimmtes Anliegen vorzubringen. Es dauerte geraume Zeit, bis Tuba ihr Kauderwelsch dahingehend interpretierte, daß Bujuk Aghas Frau gekommen war, um für ihren vierzehnjährigen Sohn Mohsen um Mansarossaltanes Hand anzuhalten. Die kleine Mansarossaltane gefalle ihr außerordentlich, sie sei blond und rotbackig, habe eine schöne weiße Haut und sehe fast aus wie eine Aserbaidschanerin. Falls die Frau des Prinzen einverstanden sei, könnte man die beiden miteinander verloben und mit der Vermählung warten, bis das Mädchen ihr dreizehntes Lebensjahr erreicht habe. Tuba antwortete zerstreut, ja, das könne tatsächlich eine glückliche Ehe werden, die Entscheidung liege aber nicht bei ihr allein, das Mädchen habe auch einen Vater, und es sei in erster Linie Prinz Fereydun, der seine Einwilligung geben müsse. Insgeheim dachte sie, wie schön es wäre, wenn alle ihre Töchter möglichst bald heirateten. Dann könnte sie einfach von zu Hause weggehen, sich erneut auf den Weg zu Scheich Khiabani oder Geda Alischah machen und alle lästigen Probleme hinter sich lassen. Sie war im übrigen sicher, daß der Prinz einer solchen Verbindung niemals zustimmen würde. Die Frau von Bujuk Agha verließ Tuba hoffnungsfroh, aber gleichzeitig etwas unsicher. Wieder allein, überließ sich Tuba ihren finsteren Gedanken. Sie dürstete nach Rache. Sie würde den Prinzen bestrafen, und zwar auf eine Art und Weise, die in die Geschichtsbücher einging. Ohnmächtige Wut stieg in ihr auf; das Gefühl, eine alte Frau zu sein, brachte sie zur Verzweiflung. Für Mansarossaltane hatte sich ein Bräutigam gefunden, kein Wunder, bei ihrer Schönheit. Aber allein schon beim Gedanken daran fühlte sich Tuba uralt. Sie war zwar kaum dreißig, aber wenn junges Laub sprießt, fällt das alte ab, wie der Volksmund sagt.

Tuba war ein sinnenfroher Mensch. In Gegenwart des Prinzen hatte sie keine Probleme, ihre Weiblichkeit zu entfalten – allerdings nicht in dem Maße, wie es ihrem Naturell entsprach. Der Prinz war oft von zu Hause abwesend. Er hatte etliche Jahre in Rußland verbracht, jetzt hielt er sich zumeist in der Provinz auf. Wenn er jedoch zwischendurch bei ihr war, war Tuba zufrieden. Daß er hin und wieder ein Verhältnis mit einer anderen Frau hatte, störte sie nicht. Der Prinz hatte immer eine mystische Rechtfertigung für seine Eskapaden zur Hand. Warum sollte sie gekränkt sein? Sie war so sehr mit sich selbst beschäftigt, daß sie weder Zeit noch Lust hatte, sich mit solchen Dingen zu befassen. Eine Zeitlang hatte sich der Prinz dem Traum von der Rettung des Landes durch den preußischen Kaiser Wilhelm hingegeben und hatte auch Tuba mit diesem Traum angesteckt. Tuba erwartete sehnlichst diesen Wilhelm mit seinen Eroberungsfeldzügen im Ersten Weltkrieg. Sie war überzeugt, daß sie nur fest an ihn zu denken brauche, dann werde er schon kommen und die Feinde Persiens vernichten. Später erfuhr sie, daß die Russen und die Engländer die Feinde Wilhelms waren, und man erzählte ihr sogar, daß auch Scheich Khiabani zu seinen Gegnern zählte, so daß all ihre hoffnungsfrohen Träume mit einem Schlag zerplatzten. Warum beschäftigte sie sich überhaupt mit solchen Dingen? Dinge, über die sie sich nie mit anderen Frauen unterhielt – geschweige denn mit Männern. Alles spielte sich einzig und allein in ihrem Innersten ab. In Gedanken beschäftigte sie sich intensiv mit allem, was auf der Welt geschah. Es kam jedoch selten vor, daß sie ihre Gedanken formulierte. Wenn sich doch einmal Gelegenheit dazu ergab, fing sie zu stottern an, so daß ihr männliches Gegenüber Mitleid empfand – wie Erwachsene gegenüber Kindern. Daher zog sie es vor, ihre Ansichten für sich zu behalten und sich in Schweigen zu hüllen.

Jetzt hatte die bittere Wahrheit in Gestalt einer vierzehnjährigen Nebenfrau alle ihre tiefschürfenden Gedanken verdrängt. Was sich wohl die anderen angesichts dieser neuen Situation dachten?

Am frühen Abend besuchte Prinz Manutschehr, Prinz Fereyduns Bruder, seine Schwägerin. Er hatte vernommen, daß sein Bruder sich eine neue Frau genommen hatte, und war von der Familie beauftragt worden, nachzusehen, wie Tuba die Nachricht verkraftete. Der Prinz war eitel und überheblich. Er trug immer seine Offiziersuniform und den Degen umgehängt. Er genoß es, mit dem Degen herumzulaufen. Sein herrischer Gruß drang vom Haustor her quer über den Innenhof bis zu Tuba. Beim Anblick von Bujuk Aghas Frau und Kindern runzelte er die Stirn. Er verabscheute diese Mieter noch mehr als sein Bruder. Er litt schon beim bloßen Gedanken, daß sein Bruder sie in seinem Haus dulden mußte. Es ließ sich einfach nicht mit der Würde ihrer Familie vereinbaren, doch der Prinz konnte nichts daran ändern.

Er setzte sich auf den Stuhl neben den inzwischen angeschafften Tisch. Tuba ging den Tee holen, und der Prinz streichelte zärtlich den Kopf seines kleinen Neffen Habibollah. Der Junge fragte, ob der Onkel die Männer auf dem Vorhang gesehen habe, und zeigte auf das Bild von Madschnun, das den Helden inmitten von wilden Tieren zeigt. Der Prinz verstand seinen Neffen falsch und schielte zum Vorhang hinüber, der die Abstellkammer vom Wohnraum abtrennte. Da sein Bruder wieder geheiratet hatte, versteckte sich womöglich ein fremder Mann dahinter. Er stand auf, griff nach dem Degen und ging lauernd auf den Vorhang zu. Tuba, die inzwischen wieder zurückgekehrt war, blickte unruhig um sich. Sie wußte zwar, daß ganz bestimmt kein fremder Mann hinter dem Vorhang war, aber allein schon die Verdächtigung war ihr unerträglich, um so mehr, als sie darauf brannte, ihren Schwager mit bitteren Vorwürfen zu überschütten. Auch wenn er keine fremden Männer im Zimmer vorfand, könnte der arrogante Prinz womöglich auf den Gedanken kommen, ihr zu unterstellen, sie habe andere Männer im Kopf, ja, vielleicht sogar Scheich Khiabani und Geda Alischah verdächtigen. Es wurde ihr plötzlich bewußt, und sie war selbst erstaunt, daß diese zwei Männer in ihren Gedanken eine so wichtige Rolle spielten. Der Prinz inspizierte die Kammer hinter dem Vorhang, und Tuba fragte den kleinen Habibollah, wen er denn gemeint habe. Habibollah deutete wieder auf den Vorhang, während Prinz Manutschehr mißtrauisch mitten im Zimmer stehenblieb. Tuba sagte zu ihrem Sohn, er solle ihr genau zeigen, welchen Mann er meine. Der Kleine lief zum Vorhang und deutete mit dem Finger auf Madschnun und den Araber, der, auf einem Kamel sitzend, verblüfft zwischen den Palmen zu Madschnun hinüberblickt und sich vor lauter Staunen in den Finger beißt. Der Prinz atmete erleichtert auf, und Tuba ließ es dabei bewenden. Der kleine Habibollah fragte unschuldig, ob der Onkel wisse, daß Mansarossaltane bald Braut sein werde. Der Prinz warf Tuba einen fragenden Blick zu: »Mit wem soll sie denn verheiratet werden?« Die Frau von Bujuk Agha habe für ihren Sohn Mohsen um die Hand seiner Schwester angehalten, erzählte Habibollah unbefangen, der Junge sei sehr nett, er schenke ihm immer saure Bonbons. Der Prinz griff erneut an den Degen. Tuba bestätigte, ja, es sei tatsächlich um Mansarossaltanes Hand angehalten worden, sie habe aber noch keine Zusage gegeben. Der Prinz lief vor Entrüstung rot an. Er zog den Degen, öffnete die Tür und hastete polternd die Treppe hinunter. Erschrocken warf sich Tuba den Tschador über und lief auf die Terrasse hinaus. Sie hatte für einen Augenblick sogar ihre Nebenfrau vergessen. Der Prinz stand vor den schmalen Fenstern von Bujuk Aghas Wohnung und klopfte mit der Spitze seines Degens daran. Die Scheibe zerklirrte, und das erschrockene Gesicht von Bujuk Aghas Frau erschien. Mit donnernder Stimme fragte der Prinz nach ihrem Sohn Mohsen. Wenn der ein Mann sei, solle er sofort auf die Straße hinaus kommen. Bujuk Aghas Frau fand gerade noch Zeit, Mohsen durch eine Hintertür zu schieben, er solle schleunigst zu seinem Vater in den Basar gehen und bei ihm Schutz suchen und so lange nicht nach Hause zurückkehren, bis sich die Lage beruhigt habe. Die ganze Familie Bujuk Aghas hatte sich angstvoll in den hintersten Winkel verkrochen. Nur seine Frau nahm all ihren Mut zusammen, kehrte noch einmal zum Fenster zurück und flehte den Prinzen an, seinen Zorn zu mäßigen. Der aufgebrachte Prinz befahl der Frau auf türkisch, das Haus bis zum nächsten Morgen zu räumen und mit all ihren Habseligkeiten zu verschwinden. Dann ließ er seinen Degen ein paarmal drohend durch die Luft sausen und kehrte zu Tuba zurück. Er war so zornig, daß er einen Teller mit Granatapfelsamen umstieß. Tuba hatte sie für die Jalda-Nacht, die längste Nacht des Jahres, vorbereitet, nun waren die Samen überall auf dem Teppich verstreut. Starr vor Wut und mit gezücktem Degen setzte sich der Prinz wieder auf den Stuhl, doch plötzlich stieß er einen tiefen Seufzer aus. Schamsolmoluk Chanom – wie er seine Schwägerin nannte – stand, die Hände in die Hüften gestützt, wütend vor ihm und sah ihn unerschrocken an. Was er hier überhaupt zu suchen habe, schrie sie ihn an. Erst suche er hinter dem Vorhang nach fremden Männern, dann bedrohe er unschuldige Menschen mit seinem Degen. Was habe sie, Hadschi Adibs Tochter, denn verbrochen? Sie, die nur eines im Sinn habe, Gott zu suchen und sich ganz dem Allmächtigen zu weihen? Für was für Sünden müsse sie noch büßen? Womit solle sie die Kinder ernähren, wenn er Bujuk Agha aus dem Haus jage? Warum bequeme sich Prinz Fereydun nicht endlich dazu, für seine Kinder aufzukommen? Warum? Sei sie, Tuba, vielleicht eine Sklavin oder ein Dienstmädchen, das sich tagaus, tagein am Webstuhl abrackert, während der Prinz mit anderen Frauen tändle oder sich mit Politik die Finger verbrenne und beim russischen Zaren Schutz suchen müsse? Kaum gehe es ihm finanziell etwas besser, falle ihm nichts Besseres ein, als in seinem hohen Alter eine Vierzehnjährige zu heiraten. Eine Vierzehnjährige! Und überhaupt, was habe er an Bujuk Aghas Familie auszusetzen? Es seien anständige Menschen, die auf ehrliche Weise ihr Brot verdienten.

Während Tuba schimpfte, las sie die Granatapfelsamen auf. Manutschehr wollte ihr nicht länger zuhören. Auf der Treppe blickte er noch einmal zu Bujuk Aghas Fenster hinauf und sah, daß die ganze Familie sich hinter dem Fenster versammelt hatte und sich Tubas Schimpftirade anhörte. Beim Anblick des Prinzen flüchteten sie. Der Prinz fand gerade noch Zeit, seinen Degen halb aus der Scheide zu ziehen und Bujuk Aghas Frau mit einer obszönen Geste zu drohen. Worauf er sich ins *Café Leqante* auf dem Baharestan-Boulevard begab, beim armenischen Wirt – den er mit Monsieur anredete – eine Kanne Wein bestellte, um den Anschein zu erwecken, er trinke Tee. Er war verärgert und gekränkt.

Inzwischen war Bujuk Agha Hals über Kopf nach Hause geeilt; er wies Frau und Kinder an, dieses von Unheil heimgesuchte Haus sofort zu verlassen. Dann kehrte er wieder zum Basar zurück, und es dauerte nicht lange, bis er durch die Vermittlung von Bekannten eine neue Unterkunft fand. Er wollte gleich am folgenden Tag umziehen, um seinem Sohn das Leben zu retten.

Prinz Manutschehr konnte sich nur mit Mühe beherrschen und hätte sich am liebsten das Haar gerauft. Tubas

Warnung war ihm nicht entgangen. Die Kadscharendynastie war im Begriff, gestürzt zu werden. Vor einem Jahr hatte ein Kosakenkommandeur namens Reza Khan Sirdar Sepah einen Putschversuch unternommen. Der junge Schah war mittlerweile krankhaft vorsichtig und unterschrieb keine königlichen Dekrete mehr. Er war gerade von einer Europareise zurückgekehrt und wollte möglichst bald wieder nach Europa zurück. Er mochte es ganz und gar nicht, wenn Kadscharenprinzen sich wie Rüpel aufführten. Falls der König von seinem rücksichtslosen Auftritt in Bujuk Aghas Haus erfuhr, würde er in Ungnade fallen, das war gewiß. Prinz Manutschehr wollte aber den Ehemann für seine Nichten selbst aussuchen! Arfaaoddoules Sohn, der kürzlich aus England zurückgekehrt war, könnte einen netten Ehemann für die schöne, schelmische Mansarossaltane abgeben. Der junge Prinz sprach zwar kaum Persisch, aber er bekleidete einen für sein Alter ziemlich hohen Rang in der Armee. Er war ein unkomplizierter, liebenswürdiger junger Mann und genau im richtigen Alter: Er war kürzlich achtzehn geworden. Zwar würden sie zwei oder drei Jahre warten müssen, bis Mansarossaltane dreizehn war; erst dann konnte die Hochzeit stattfinden.

Für Aqdasolmoluk hingegen hatte er Turanossaltanes Sohn ins Auge gefaßt. Der Junge war erst fünfzehn, konnte also ruhig noch ein paar Jahre warten, bis Aqdasolmoluk das heiratsfähige Alter erreichte. Die beiden mußten aber so schnell wie möglich verlobt werden, damit nicht jeder Dahergelaufene sich erdreistete, um die Hand der prinzlichen Kinder anzuhalten. Blieb nur noch die kleine, erst vierjährige Muness. Doch auch für sie würde sich im richtigen Zeitpunkt ein geeigneter Mann finden.

Am folgenden Tag kündigte Turanossaltane ihren Besuch an. Schamsolmoluk könne jetzt bestimmt nachvollziehen, was sie, Turanossaltane, unter ihrem Mann zu leiden gehabt habe, begrüßte sie sie, nicht ohne Schadenfreude. Er habe sich bei jeder erstbesten Gelegenheit mit anderen Frauen eingelassen, so daß sie vor lauter Kummer völlig abgezehrt sei. Tuba musterte den fülligen Körper der Prinzessin und dachte, daß man ihr den großen Kummer überhaupt nicht ansehe. Turanossaltane berichtete, daß sie auf dem Weg bei Arfaaoddoule hereingeschaut habe, um mit ihm über eine mögliche Vermählung zwischen Mansarossaltane und Prinz Hesamoddin zu sprechen. Der Vorschlag sei begrüßt worden, man möchte aber die künftige Braut im Hammam begutachten. Turanossaltane habe also die ganze Familie für den kommenden Freitag zu sich eingeladen, damit sie die zwölfjährige Mansarossaltane in ihrem privaten Bad in aller Ruhe der Familie des Bräutigams vorführen könne. Sie erging sich dann eine Stunde lang in den höchsten Tönen über die guten Charaktereigenschaften von Prinz Hesamoddin und bat bei der Gelegenheit gleich noch um die Hand von Aqdasolmoluk für ihren Sohn Prinz Abulhasan. Auf einmal hatten Tubas zwei Töchter, die noch mit Puppen und im Hof Fangen spielten, einen Ehemann gefunden. Es widerstrebte Tuba zwar, ihre Töchter mit Prinzen zu vermählen. Sie ahnte, daß die Kadscharendynastie am Ende war, doch der eigentliche Grund ihrer Abneigung war, daß sämtliche Prinzen als lasterhafte Menschen verschrien waren. Dennoch, sie konnte den Lauf der Dinge nicht aufhalten. Um zwei Uhr nachmittags verabschiedete sich Bujuk Aghas Familie von ihr, und Tuba bat, man möge ihr die Unannehmlichkeiten verzeihen.

Turanossaltane hieß Tuba ein Atlaskleid nach europäischer Mode anziehen und einen Tschador aus Crêpe de Chine darüber, sie kämmte anschließend Tubas Haar zu einer hübschen Frisur nach ihrem Geschmack. Frauen müßten kokett sein, beteuerte Turanossaltane, Tuba sei zwar hübsch, sie bemühe sich aber nicht, verführerisch auszusehen, sie achte nicht genug auf ihr Äußeres. Schließlich stiegen die zwei Frauen in Turanossaltanes Droschke, sie wollten zu Madame Lasarian fahren, der Armenierin, um sich von ihr konterfeien zu lassen. Turanossaltane drückte Tuba auf einen Stuhl; Madame Lasarian zupfte an Tubas Ausschnitt herum, um die nackten Schultern besser zur Geltung zu bringen, drehte Tubas Kopf einmal nach links, einmal nach rechts, befahl ihr zu lächeln, dann nicht zu lächeln, und knipste zwei Bilder von Tuba in zwei verschiedenen Posen: einmal mit, einmal ohne Blumen in der Hand, einmal stehend, einmal sitzend. Auch Turanossaltane ließ sich porträtieren. Dann stiegen die beiden wieder in die Droschke und ließen sich den Lalesar-Boulevard auf und ab fahren. Turanossaltane riet Tuba, den einen Fuß etwas nach vorn zu strecken – »schau, so wie ich« –, damit der Schnitt ihres Kleides zu sehen war. Ein paar Männer zogen bei ihrem Anblick den Hut. Sie antworteten mit hochmütigem Wegschauen. Ein eleganter Herr ritt eine Zeitlang neben ihrer Droschke her und versuchte durch diskrete Blicke mit den Damen anzubandeln. Turanossaltane sagte, Schamsolmoluk könne sich jetzt selbst davon überzeugen, wie sehr sie bewundert werde. Sie könnte, wenn sie nur wollte, eine ganze Schar Verehrer um den Finger wickeln. Was ihren Mann angehe, so gräme sie sich umsonst: Die Männer seien sowieso alle gleich.

Als Tuba vor ihrem Haus ausstieg, ging es schon auf den Abend zu. Turanossaltane beugte sich aus dem Fenster und rief ihr zu, sie werde sie am folgenden Tag wieder zu einer Spazierfahrt abholen. Tuba verabschiedete sich noch ganz benommen und verschwand im Haus. Jetzt brach das ganze Ausmaß ihres Unglücks über sie herein. Als Mansarossaltane, die vom Gedanken an ihre Heirat ganz aufgeregt war, sie etwas fragen wollte, konnte sie sich nicht mehr beherrschen und ließ ihre angestaute Wut an den Kindern aus.

Sie haßte alles und alle. Die Kinder liefen verängstigt durcheinander wie hilflose Küken, die einen Fuchs erspäht haben. Sie versuchten zu fliehen, während Tuba blind drauflos schlug. Sie stieß Almass Chatun weg, die sich ihr in den Weg stellen wollte, und weil sie sich immer noch nicht ausgetobt hatte, zerriß sie mit Fingern und Zähnen den kostbaren Tschador aus Crêpe de Chine. Innerlich ausgehöhlt und verzweifelt, legte sie schließlich ihren Kopf auf den niedrigen Tisch über dem glimmenden Kohlebecken und schluchzte hemmungslos. Die Kinder klammerten sich an sie und weinten im Chor mit ihr.

Mit Tuba ging eine Veränderung vor sich. Sie haßte plötzlich ihre ganze Umgebung. Sie lebte in der Wahnvorstellung, daß alle Welt nur noch über sie redete. In der Tat, man redete oft über sie. Ihr Fall war ein willkommenes Gesprächsthema für Frauen, die nicht mit einem Prinzen verheiratet waren und die so ihre Minderwertigkeitsgefühle abreagierten. Wann immer sie Verwandten oder Bekannten begegnete, bemühte sich Tuba, ruhig und gleichgültig zu erscheinen, aber es wollte ihr nicht gelingen. Ihre Angehörigen sahen sie mitleidig lächelnd an, seufzten und redeten von schlechten Zeiten und von der Ungerechtigkeit des Schicksals. Sie redeten so lange um den heißen Brei herum, bis Tuba schließlich gezwungen war, irgend etwas aus ihrem Leben zu berichten. Was gab es schon von einer jungen Frau zu erzählen, die sie noch nie gesehen hatte? Sie konnte nicht glauben, daß ein vierzehnjähriges Mädchen böswillig sein konnte. Trotzdem, sie haßte jetzt alle jungen Menschen! Es war, als ob diese sie von ihrem Platz verdrängen wollten. Sie musterte sich im Spiegel. Ja, sie wurde älter. Das durfte doch einfach nicht wahr sein! Was hatte sie denn verbrochen, daß sie auf diese Weise bestraft wurde? Hatte sie sich denn nicht mit dem ständigen Geldmangel abgefunden? Amine Chanom meinte nur: »Aber meine Liebe, so etwas kann jeder Frau passieren.« Warum passierte das nicht Amine Chanom? Amine Chanom gab offen zu, daß ihr Mann so phlegmatisch sei, daß es ihn sogar Überwindung koste, sich von der Ottomane zu erheben, um Opium zu rauchen. Kein Wunder, daß ihr mit einem solchen Mann nichts Derartiges zustoße. Amine Chanom sagte, jeder Mensch müsse sein Los tragen, in dieser Hinsicht seien sich zumindest alle Menschen gleich. Ob denn Tuba einen einzigen glücklichen Menschen kenne? Jeder schleppe seine Sorgen mit sich herum. Bitte, wenn ihr Mann eine neue Frau suche, habe sie nichts dagegen einzuwenden, wenn es ihm nur helfe, sich aus seinem elenden Zustand aufzurappeln. Wünschte sich Tuba vielleicht, daß ihr Mann opiumsüchtig wurde, damit sein jugendliches Feuer erlosch?

Wenige Monate nachdem Bujuk Agha mit seiner Familie ausgezogen war, traf Mirza Abusar, der Gutsverwalter des Prinzen, mit seiner Familie aus Aserbaidschan ein. Er stand verzweifelt im Innenhof, hinter ihm seine Schwester Alawije Chanom und daneben, wie zwei aus dem Nest gefallene Vögel, seine fünfzehnjährige Nichte Setare und sein neunjähriger Neffe Esmaiil. Der Mirza erklärte, sie seien aufgrund der Unruhen aus Aserbaidschan geflohen. Scheich Khiabani sei ermordet worden. Der Mörder sei kein Geringerer als der berühmte Gelehrte Mochberossaltane, dem niemand einen Mord – und erst noch an einem Mann wie Khiabani –, zugetraut hätte. Der Mirza setzte sich ans Wasserbecken und brach in Tränen aus, und Alawije Chanom und Setare ebenfalls. Esmaiil stand mit gerunzelten Brauen schweigend unter der Kiefer im Hof.

Tuba setzte sich Mirza Abusar gegenüber und hörte teilnahmsvoll seinem Bericht zu. Als der Mirza auf dem Gut des Prinzen von der Offensive der Regierungstruppen in Tabriz gehört hatte, hatte er sich, in Sorge um seine

Schwester und ihre Kinder – und in seinem Innersten auch um Scheich Khiabani –, gleich auf den Weg nach Tabriz gemacht. Als er ankam, waren die Auseinandersetzungen schon beendet. Die Regierungstruppen waren im Begriff, Tabriz zu erobern. Ihm sei nichts anderes übriggeblieben, als seine Familienangehörigen, deren Haus geplündert worden war, nach Teheran zu bringen. Er wäre unendlich dankbar, wenn Tuba Chanom die zwei Waisen bei sich aufnehmen könnte. Er versuchte krampfhaft, sich in einem möglichst gewählten Persisch auszudrücken, was überhaupt nicht zu seinem flehentlichen Weinen paßte. Tuba, angesteckt von der trübseligen Stimmung, versank in tiefe Trauer um Scheich Khiabani. Sie haßte nicht nur ihren Ehemann, nein, ihr Haß dehnte sich jetzt auf sämtliche Prinzen aus. Sie fragte, warum das Haus seiner Schwester geplündert worden sei. Der Mirza erzählte kurz, die Kinder hätten vor der Tür gestanden und die Soldaten in den Straßen beobachtet. Setare habe auf einmal laut lachen müssen, weil einer der Soldaten ausgeglitten und gestürzt war. Daraufhin hätten die Soldaten das Haus überfallen. Das sei kurz nach Scheich Khiabanis Ermordung gewesen. Esmaiil sei über die Dächer geflohen, Alawije Chanom und Setare aber seien mißhandelt worden. Tuba blickte Alawije Chanom an. Die Frau lächelte stumpf und redete wirr vor sich hin. Mirza Abusar deutete mit dem Finger auf seine Stirn und schüttelte dabei den Kopf. Er flüsterte Tuba zu, die Frau sei gemütskrank, daher habe er sie und die Kinder mit nach Teheran genommen. Ihr Mann sei tot, und er, der Onkel, sei ständig beruflich unterwegs. Er hoffe, sie der Frau des Prinzen anvertrauen zu können. Tuba musterte Setare. Sie war erst vierzehn, fünfzehn vielleicht – ungefähr gleich alt wie die neue Frau ihres Mannes! Ihre Miene verfinsterte sich. Das Mädchen versteckte sich ängstlich hinter seiner Mutter. Der Mirza sagte, wenn Tuba Chanom es gestatte, werde er einen oder zwei Monate in Teheran bleiben, um die finanzielle Situation seiner Schwester zu regeln. Tuba dachte bei sich, daß sie doch schon seit Jahren ihre eigene verrückte Tante ertrug, jetzt kam also eine weitere Geisteskranke hinzu. Sie würde Mirza Abusars Schwester »die türkische Tante« nennen, ihre Tante »die persische Tante«. Die beiden Irren würden links und rechts an ihr hängen wie die Waagschalen; sie mußte dafür sorgen, daß der Waagebalken im Gleichgewicht blieb, damit die Schalen nicht unnötig ins Wanken gerieten. Sie wußte nicht, ob lachen oder weinen. Sie sagte dem Mirza, er könne sich mit seiner Familie in der ehemaligen Wohnung von Bujuk Agha einrichten.

Die neuen Namen für die zwei verrückten Tanten setzten sich binnen kürzester Zeit in der Familie durch, als hätten die aserbaidschanische und die persische Tante schon seit Jahren in ihrem Haus gelebt. Esmaiil wurde in einer Schule eingeschrieben. Der Junge, der sich nur mit Mühe in der fremden Sprache ausdrücken konnte, mußte jetzt am persischen Unterricht teilnehmen; er schien begabt zu sein. Vom ersten Tag an wurde er von seinen Lehrern gelobt. Es zeigte sich allerdings bald, daß sich Habibollah nicht mit Esmaiil vertrug. Als einziger Sohn in der Familie war er von allen verhätschelt worden, nun aber hatte er einen Rivalen, der dank seiner Ruhe, seiner Liebenswürdigkeit und seiner Intelligenz von allen bewundert wurde. Esmaiil war zwar noch klein, aber er bewies schnell einmal, daß er verantwortungsbewußt war wie ein Erwachsener. Morgens stellte er die Kinder in einer Reihe auf und führte sie in die Schule, abends brachte er sie wieder nach Hause. Er erledigte kleine Besorgungen für Tuba und nahm ihr auch sonst einiges ab. Für Habibollah war das zuviel. Er hätte Esmaiil am liebsten wie einen kleinen Dienstboten behandelt, doch dieser flößte dank seiner ruhigen Art und seinem klaren Blick jedermann Respekt ein. Die Mädchen hatten sich schnell daran gewöhnt, ihm zu gehorchen. Was spielen, wo hingehen und wo nicht … es war Esmaiil, der für sie entschied. Die beiden Jungen stritten und prügelten sich zwar nicht, aber zwischen ihnen herrschte eisige Kälte. Sie konnten sich ganz offensichtlich gegenseitig nicht leiden, was vor allem Habibollah ganz deutlich zeigte.

Tuba war wie entrückt. Sie verspürte keine Lust mehr, Teppiche zu knüpfen. Ihr ganzes Leben war zusammengestürzt wie ein Kartenhaus. Sie fühlte sich auf einmal fremd. Alle Menschen waren ihr fremd geworden. Allmählich reifte in ihr der Entschluß, sich von Prinz Fereydun scheiden zu lassen. Solange sie nicht geschieden war, bekam sie ihr Leben nicht in den Griff. Ihre Spazierfahrten mit Turanossaltane hatte sie schon nach kurzer Zeit aufgegeben. Sie war nicht die richtige Person dafür. Kokettieren, das lag ihr nicht. Es kam ihr absurd vor, neben Turanossaltane in der Droschke zu sitzen, auf dem Lalesar-Boulevard auf und ab zu fahren und Männer ins Visier zu nehmen. Männer, die sowieso niemals in ihr Leben treten würden. Nachdem sie die Prozedur einige Male über sich hatte ergehen lassen, entschuldigte sie sich unter dem Vorwand, es erwarte sie zu Hause viel Arbeit. Und so zeigte sich auch die beleidigte, rachsüchtige Prinzessin nicht mehr bei ihr. Obwohl Tuba nicht die Absicht hatte, ihren Ehemann gegen einen anderen Mann zu tauschen, freute sie sich dennoch, wenn Mirza Qasem sie besuchte, der im übrigen durch seine Blicke noch immer verriet, daß er Tuba herzlich zugetan war. Mirza Qasem brachte Wolle vorbei und kümmerte sich um den Verkauf der fertigen Teppiche. Auch er hatte natürlich erfahren, daß der Prinz erneut geheiratet hatte, und sein Blick drückte aufrichtiges Mitgefühl mit seiner Kusine aus. Von Zeit zu Zeit schenkte ihm Tuba einen zärtlichen Blick und rächte sich so an ihrem Ehemann. Obwohl der nun eine Vierzehnjährige zur Frau hatte und obwohl ihre Töchter auch bald heiraten würden, erfüllte es sie mit einer gewissen Genugtuung, daß sie offenbar immer noch jung genug war, um die Aufmerksamkeit ihres Vetters zu erregen.

Eines Tages faßte sie einen endgültigen Entschluß und ging zu Amine Chanom, um sich mit ihr zu beraten. An diesem Tag gewöhnte sie sich übrigens das Rauchen an. Amine Chanom saß ihr gegenüber und hörte zu, während Tuba ihr Herz ausschüttete. Ein Tablett mit Tabak, Zigarettenpapier und Zigarettenspitzen lag vor ihr. Von Zeit zu Zeit drehte sie sich eine Zigarette und rauchte. Als Tuba mit ihren Geständnissen fertig war, stand Amine Chanom auf und ging zum Fenster. Sie öffnete das Fenster, blickte zum Himmel hinauf, schlug sich auf die Brust und rief: »Zum Gedenken an diesen schönen Tag, o Gott, laß Gerechtigkeit walten, erhöre den Hilfeschrei der Armen und Bedrängten und hilf ihnen, bei den Unterdrückern ihr Recht einzufordern, und bestrafe alle hartherzigen, hohlköpfigen Mannsbilder.« Sie hätte ihrer Beschwörung noch einiges hinzufügen wollen, verzichtete aber darauf: Der Prinz war immerhin der Vater von Tubas Kindern. Doch dann konnte sie es sich nicht verkneifen, ihre Anrufung zu ergänzen: »O Gott, laß die Mannsbilder bei Verstand bleiben, wenn sie es zu etwas bringen und über einen bescheidenen Wohlstand verfügen.« Tuba mußte lachen. Amine kehrte kopfschüttelnd zu ihrem Platz zurück, drehte zwei Zigaretten, steckte die Zigaretten in je ein Mundstück und bot Tuba eine an. Tuba bekam beim ersten Zug einen Hustenanfall. Das leicht berauschende Gefühl hingegen empfand sie als angenehm. Von dem Tag an wurde Tuba zu einer Raucherin – und hatte außerdem den unwiderruflichen Entschluß gefaßt, sich vom Prinzen scheiden zu lassen. Dieser Entschluß war langsam in ihr herangereift.

So sehr Amine Chanom auch auf sie einredete, Tuba ließ sich nicht davon abbringen. Sie wollte aber selbst mit dem Prinzen darüber sprechen, denn er würde demnächst in Teheran auftauchen. Mirza Abusar hatte sagen hören, daß der Prinz ein Haus für seine neue Frau suchte, um sie möglichst unauffällig unterzubringen. Der Prinz glaubte in seiner Naivität, seine Frau habe nichts von seiner Heirat erfahren, und selbst wenn sie davon erfahren sollte, würde er sie dank seinem umwerfenden Charme spielend zur Vernunft bringen.

Einige Tage nachdem Tuba zu rauchen angefangen hatte, tauchte der Prinz tatsächlich auf. Mirza Abusar hatte ihn am Stadtrand in Empfang genommen, wo der Prinz ihm Frau und Kind anvertraut hatte, die vorübergehend bei Turanossaltane wohnen würden. Er ging gleich zum Hammam, zog saubere Kleider an, parfümierte sich und ging zu Tubas Haus, um Wiedersehen zu feiern.

Als er anklopfte, stockte Tubas Herz. Sie hatte den Prinzen an seinem Klopfen erkannt. Anstatt die Tür öffnen zu gehen, lief sie in ihr Zimmer. Sie machte sich hastig zurecht, kämmte ihr Haar, legte einen schwarzen Tschador an und zog ihn über das Gesicht. Dann setzte sie sich an ihren gewohnten Platz neben der Tür. Sie hörte, wie Almass Chatun dem Prinzen die Tür aufmachte und, wie immer, kichernd auf die Scherze des Prinzen antwortete. Sie hörte den Prinzen lachen und Muness nach ihrem Vater rufen. Die aserbaidschanische Tante redete auf türkisch auf ihn ein, während der Prinz die persische Tante fragte, wann sie denn endlich an ihrem Lichtseil zum Himmel hinaufsteige, und die antwortete, sie habe es demnächst vor. Almass Chatun berichtete dem Prinzen, die anderen Kinder seien in der Schule. Der Prinz stellte fest, er sei froh, daß Bujuk Agha mit seiner Familie ausgezogen sei; er habe es von seinem Bruder erfahren. Dann fragte er, wo denn seine Frau Schamsolmoluk sei. Tuba hörte die federnden Schritte des Prinzen, die immer noch sehr jugendlich wirkten. Der Prinz klopfte kurz an und trat ein, ohne eine Antwort abzuwarten. Er solle sich in Zukunft unterstehen, das Zimmer einer Frau, mit der er nicht mehr intim sei, zu betreten, fauchte sie ihn an. Der Prinz warf einen suchenden Blick um sich. Tuba lehnte starr und stumm neben der Tür an der Wand, konnte daher nicht gleich gesehen werden. Sie hatte alles im voraus bedacht. Als er Tuba erblickte, stieß er einen gekünstelten Freudenschrei aus: »Ach, wie schön! Meine Frau! Wie schön, seine Frau wiederzusehen!« Offenbar traute er sich nicht näherzutreten. Um sein Selbstvertrauen zu stärken, ging er ein paarmal im Zimmer auf und ab. Die Einrichtung war unverändert, abgesehen von einem neuen Teppich. Der Prinz lobte überschwenglich die Schönheit des Teppichs und das Geschick der Knüpferin, so daß Tuba fast vergessen hätte, daß sie eigentlich mit ihm abrechnen wollte. Sie hielt mit Mühe eine Antwort zurück. Dann ließ der Prinz seine bernsteinfarbenen Augen auf seiner Frau ruhen und seufzte: »Was für ein Wall, eine regelrechte chinesische Mauer! Meine Frau sitzt in einer Burg, und ich muß sie entweder hinauslocken oder die Burgmauer einreißen, um zu ihr zu gelangen – aber wie?«

Während er sprach, ging er auf Tuba zu und ließ sich zwei Schritte von ihr entfernt auf die Knie nieder. Er hatte sich vorgenommen, ihr zunächst auf sanfte Art zu begegnen und so ganz langsam ihren Widerstand zu brechen. Doch jetzt war der Prinz seiner Sache nicht mehr so sicher.

Er zog eine hübsche, samtüberzogene Schatulle aus seiner Rocktasche und legte sie vor sie hin: »Ich habe zum Juwelier gesagt: ›Meine Frau ist aus lauterem Gold; ihre Haare sind golden, ihre Haut ist marmorweiß, ihre Augen sind schwarze Karneole, sie ist ein Wunder, ein Zeichen der göttlichen Schöpfung! Wenn sie weint, fließen Perlen und Diamanten aus ihren Augen; wenn sie lacht, rieseln duftende Blüten aus ihrem Mund. Was soll ich ihr nur schenken?‹ Der Juwelier hat geantwortet: ›Ich habe ihre Tränen zu einer Kette aufgereiht.‹«

Der Prinz öffnete die Schatulle: Ein wunderschönes dreifaches Perlenkollier kam zum Vorschein. Tuba war einen Moment lang fassungslos. Der Prinz schöpfte Hoffnung und rutschte etwas näher. Tuba hatte ihn durchschaut; sie wandte ihren Blick von der Kette und wickelte sich fester in ihren Tschador. Der Prinz schob mit der Fingerspitze die Schatulle zu ihr hinüber und sagte, dies sei nur ein bescheidenes Geschenk eines armen Derwischs an seine geliebte Schamsolmoluk; er sei nicht in der Lage, ihr etwas Kostbareres zu schenken, obgleich alle Schätze der Welt ihrer Schönheit nicht gerecht würden. Das kostbarste Juwel sei Tuba selbst. Tuba antwortete düster, sie brauche keine Juwelen, sie könne auch ohne Juwelen leben. Der Prinz zuckte die Achseln: Sie könne die Perlenkette ja verkaufen und mit dem Erlös zwei neue Häuser kaufen, um keine Mieter in ihrem Haus dulden zu müssen. Oh, sagte Tuba, sie ziehe es vor, von ihrer Hände Arbeit zu leben. Der Prinz lächelte mißtrauisch: Ob Tuba sich denn nicht nach einem sorgloseren Leben sehne, frei von finanziellen Problemen? Geldsorgen seien nichts im Vergleich zu einer Nebenfrau, die sie keineswegs bereit sei zu dulden, war Tubas grollende Antwort.

Der Prinz zog die Augenbrauen hoch und fragte verwundert: »Eine Nebenfrau? Was denn für eine Nebenfrau?« Sie stritten sich eine halbe Stunde lang über das Vorhandensein oder Nichtvorhandensein einer Nebenfrau, wobei der Prinz hartnäckig darauf bestand, daß er jedenfalls nichts davon wisse. Männer würden nach Eskapaden immer Vernunft annehmen und wieder nach Hause zurückkehren, das wisse Schamsolmoluk doch? Was der Prinz sich nicht eingestand – oder vielleicht war er sich dessen gar nicht bewußt –, war, daß es sein Wille zu beherrschen war, der ihn in die Arme anderer Frauen trieb. Er mußte den »Untertanen« beweisen, daß er ein Prinz war und daß er sich als Prinz zwischendurch gnädig zum einfachen Volk herabließ. Er nahm den Männern die Frauen weg, um dadurch in ständiger Berührung mit der Welt der Untertanen zu bleiben. Die Frauen würden so die Anliegen ihrer Männer beim Prinzen vertreten, und die hätten daher nichts dagegen einzuwenden. Prinzen mußten von Zeit zu Zeit auch dem Volk etwas Aufmerksamkeit schenken. Der Prinz hatte dies instinktiv erfaßt, konnte es aber nicht in Worte fassen – und erst recht nicht seiner Frau gegenüber. Wahrscheinlich hätte er es ihr ohnehin nicht gestanden, selbst wenn er sich über seine Gefühle im klaren gewesen wäre.

Tuba hingegen wußte eindeutig, daß in ihrem Haus nicht zwei Frauen unter dem gleichen Dach leben konnten. Sie wollte ihren Mann schlicht nicht mit einer anderen Frau teilen! Allein schon der Gedanke daran brachte sie aus der Fassung. Sie würde sich vor ihrer Familie und ihren Bekannten zu Tode schämen. Und warum? Weil sie eifersüchtig war! Wenn sie sich den Prinzen beim Beischlaf mit einer anderen Frau vorstellte, stieg Ekel in ihr hoch. Sie hatte oft geträumt, daß sie den Prinzen tötete, und sie hatte dabei ein Lustgefühl empfunden – auch wenn sie es sich nicht eingestehen wollte. Sie hätte den Mann am liebsten zerstückelt, jedes einzelne Glied in ein anderes Land befördert, wo man es über dem Stadttor aufhängte. Unter diesem Tor würde man laut verkünden, dies sei die Strafe für einen Mann, der eine Nebenfrau ins Haus gebracht hatte. Daß sie ihn in Gedanken schon tausendmal mit einem Dolch, einem Messer, einem Degen, einem Fleischerbeil, einem Schmiedehammer und sogar mit ihren eigenen

Fäusten umgebracht hatte – das konnte sie ihm ja nicht sagen.

Schließlich gab der Prinz zu, ja, er habe geheiratet. Was aber allein zähle, sei, daß ihm jene Frau überhaupt nichts bedeute. Sie sei ihm nicht einmal soviel wert wie Schamsolmoluks kleiner Finger. Wenn Schamsolmoluk damit einverstanden sei, seine neue Frau als Dienerin zu akzeptieren, sei alles in bester Ordnung – oder nicht? Es finde sich bestimmt irgendwo ein Plätzchen für sie. Daß er die junge Frau viel anziehender fand als Tuba, verschwieg er wohlweislich. Tuba antwortete, sie brauche weder Dienerin noch Diener, sie sei selbst in der Lage, ihr Haus in Ordnung zu halten. Der Prinz sah ein, daß es aussichtslos war. Tuba klappte die samtbezogene Schatulle zu und schob sie zu ihm hinüber. Und fügte hinzu, daß sie dankbar wäre, wenn der Prinz ihr die Scheidungsurkunde durch einen Boten zukommen lasse. Der Prinz erhob sich müde und in Sorge um seine neue Familie. Er hatte noch nie um die Gunst eines anderen Menschen gebettelt. Die Frauen lagen ihm zu Füßen, sein ganzes Leben lang hatte man ihm nur geschmeichelt. Er steckte die Samtschachtel in die Tasche und sagte, er werde Schamsolmoluk in den nächsten Tagen besuchen ... wenn ihr Zorn etwas nachgelassen habe. Dann verließ er das Zimmer, und als Tuba die Haustür ins Schloß fallen hörte, brach sie in Tränen aus. Sie hatte den Prinzen zwar selbst aus dem Haus gewiesen, sie hatte selbst um die Scheidung gebeten, aber sie hatte auch erwartet, daß der Mann sie anflehte, daß er sich vor ihr auf die Knie warf und um Verzeihung bat. Sie hätte ihm vielleicht sogar verziehen. Nein! Nein, sie würde ihm niemals verzeihen. Aber sie hätte sich vielleicht etwas beruhigt. Jetzt saß sie da und heulte wie ein Klageweib. Sie wies schroff Almass Chatun ab, die zwei Tanten und die kleine Muness, die sie umarmen und trösten wollten. Setare spähte schüchtern durch den Türspalt. Bei ihrem Anblick stieg wieder Wut in Tuba hoch, und das Mädchen, das Tubas Haß spürte, zog sich schüchtern zurück. Das Kind hatte versucht, den Grund für Tubas Abneigung zu erraten, konnte aber nicht ahnen, daß es einzig ihre Jugend war.

Bis zum Abend war Tuba wie gelähmt. Nachdem sie sich ausgeweint hatte, saß sie einfach stumm da und starrte vor sich hin. Die Kinder trippelten um sie herum, wie verstörte Küken, trauten sich aber nicht in ihre Nähe. Tuba beschloß, die folgenden dreißig Tage zu fasten, stand dann auf und schaute sich grimmig um. Tiefe Stille hüllte das Haus ein. Sogar die persische Tante hatte gespürt, daß es wohl klüger war, ihr Gejammer einzustellen.

Nach dem Besuch des Prinzen geschah zunächst nichts. Tuba fastete, und das Haus versank in einem grauen Trauernebel. Sie hatte sich spontan zum Fasten entschlossen, weil sie nach dem Frühstück – auf das bis Sonnenuntergang keine Mahlzeit folgte – die Stille vor Tagesanbruch nutzen wollte. Sie brauchte Zeit und Raum, um sich zurückzuziehen und auf sich selbst zu besinnen.

Doch sie hatte sich vergeblich gefreut.

Eines Morgens – draußen war es noch dunkel – erregte ein schwacher Lichtschein vom Wasserspeicher her ihre Aufmerksamkeit. Sie blieb ein paar Sekunden in der Dunkelheit stehen und starrte zum Licht hinüber. Angst stieg in ihr auf. Sie wollte schreien, besann sich aber eines andern und ging vorsichtig auf das Licht zu. Da erblickte sie eine Gestalt: Ein Mann saß unter dem Wasserspeicher auf den Stufen und stützte den Kopf in beide Hände. Das Licht beschien ihn von vorn. Tuba betrachtete ihn eine Zeitlang, dann erkannte sie plötzlich Mirza Abusar, der reglos auf den Stufen saß. Tuba zog ihren Tschador vors Gesicht, setzte sich neben ihn und sprach ihn an. Der Mann antwortete nicht. Seine Schultern zuckten, und Tuba sah, daß er lautlos verzweifelt schluchzte. Sie stand auf und ging die Stufen hinunter, die ins Ablaufbecken unter dem Wasserhahn führten. Eine kleine Öllampe brannte vor Mirza Abusars Füßen. Da entdeckte Tuba eine unförmige schwarze Masse auf dem Boden des Beckens. Sie trat mit der Fußspitze dagegen und spürte, daß es sich um etwas Weiches handelte. Sie zog den Fuß zurück und erkannte die Konturen eines Armes auf dem Boden des Beckens. Ihr stockte der Atem. Sie nahm die Öllampe in die Hand und sah genauer hin. Auf dem Boden des Beckens lag Setare. Ihr Tschador war verrutscht; einer ihrer Zöpfe lag auf ihrem geblümten Kittelkleid. Blut floß aus einer Wunde im Bauch.

Tuba wurde schwarz vor den Augen. Die Öllampe schwang flackernd hin und her, denn Tuba wollte sich vor Entsetzen mit den Händen aufs Haupt schlagen. Sie roch jetzt das Blut ganz deutlich. Sie drehte sich um und blickte mit weit aufgerissenen Augen zu Mirza Abusar hinüber. Der Mann hob den Kopf, sein Gesicht war tränenüberströmt. Aufschluchzend sagte er: »Sie war schwanger, Chanom.« Tubas Beine gaben nach, sie setzte sich neben die Leiche ins Becken. »Was hätte ich mit ihr machen sollen? Was hätte ich den Leuten erzählen sollen?« fragte der Mirza verzweifelt. Tuba zitterte am ganzen Körper. Sie legte die Laterne auf den Boden und umfing ihre Knie mit beiden Armen. Ihr Zittern verwandelte sich in krampfartiges Zukken. Der Mirza wiederholte schluchzend: »Was hätte ich mit ihr machen sollen?« Tuba atmete tief und lehnte sich an die Wand des Beckens. Sie hörte die Stimme des Mirza, der leise von Setares Unglück berichtete: Nach dem Überfall auf das Haus seiner Schwester in Tabriz war dem Mirza aufgefallen, daß in dem Mädchen eine Veränderung vorgegangen war. Er hatte seine Schwester gefragt, was mit dem Kind los sei. Die aber hatte beim Überfall das Gedächtnis verloren und erinnerte sich an nichts. Er hatte nicht weiter nach den Gründen für das sonderbare Verhalten des Mädchens gefragt. Er dachte, daß es sich nach dem Umzug nach Teheran vom Schock erholen werde. In Teheran stellte er aber fest, daß das Mädchen weiterhin nervös und in sich gekehrt wirkte. Er fand heraus, daß es nachts weinte. Aber erst zwei Monate später erwachte eine Ahnung in ihm. Einmal hatte er das Mädchen beobachtet, wie es sich im Abflußbecken übergab. Gestern hatte er nach dem Abendessen dem Mädchen befohlen, sich vor ihn hinzustellen und ihren Tschador abzulegen. Er hatte zwar nichts feststellen können, doch das Mädchen war in Tränen ausgebrochen. Es hatte die Arme um seinen Bauch gelegt und hatte sich in die hinterste Ecke der Abstellkammer geflüchtet. Der Mirza hatte daraufhin Esmaiil unter einem Vorwand weggeschickt, hatte das Mädchen geohrfeigt und von ihr die Wahrheit verlangt. Weinend gestand es ihm, daß es damals, als ihr Haus geplündert wurde, von mehreren Soldaten geschändet worden sei. Der Mirza hatte sich vor Wut und Verzweiflung das Haar gerauft, hatte sich erregt an den Tisch gesetzt und über sein Unglück nachgedacht. Was sollte aus Setare werden? Zunächst hatte er sich überlegt, sie in eine Provinzstadt zu bringen und dort einfach ihrem Schicksal zu überlassen. Doch was würde mit ihr geschehen? Was für ein Los stand einem Mädchen mit einem vaterlosen Kind im Bauch bevor? Welcher Mann würde schon das Kind eines andern großziehen – das Kind von mehreren Vätern obendrein? Um Mitternacht hatte der Mirza seinen Entschluß gefaßt; er befahl Setare aufzustehen. Die Kleine stand gehorsam auf. Der Mirza nahm eine Öllampe in die Hand und ging vor dem Mädchen her. Unter seinem Rock hielt er das Küchenmesser versteckt. Auf dem Treppenabsatz hielt der Mirza die Lampe hoch, damit das Mädchen seine Schuhe finden konnte. Dann stiegen sie die Treppe zum Innenhof hinunter. Der Mirza ging zum Wasserspeicher, stieg in das Becken und stellte die Laterne auf die Stufe. Das Mädchen war ihm gefolgt und stieg ebenfalls ins Becken. Der Onkel befahl ihm, sich auf den Boden zu legen, und es gehorchte. Der Mirza zögerte, ob er ihm den Kopf abschneiden oder das Messer ins Herz stoßen solle, doch ihm graute vor den Todeszukkungen. Er dachte, er würde das Ganze schneller hinter sich bringen, wenn er es erstach. Das Mädchen sei auf der Stelle tot gewesen, fügte er hinzu. Es habe kaum gelitten. Er habe ihm dann den Bauch aufgeschlitzt, damit auch das Kind nicht zu sehr leide. »Chanom, das Kind war doch unschuldig! Die Schufte kümmert es doch nicht, was aus einer armen Kreatur wird.«

Tuba hatte den Kopf in die Hand gestützt und wiegte den Oberkörper hin und her. Und was jetzt? Sie erinnerte sich, daß sie das Mädchen bisher kaum beachtet hatte. Die Kleine hatte sie immer an die Nebenfrau des Prinzen erinnert. Jetzt lag sie tot vor ihr. Ihr unschuldiges kindliches Gesicht wirkte, als schlafe sie bloß. Tuba kam es sogar vor, als ob sie lächelte. Sie flüsterte: »Gott, verzeih mir, o Gott, verzeih mir.« Dann schrie sie: »Verzeih mir!« Schuldgefühle stürzten auf sie ein. Sie wollte gerade den Mirza fragen, warum er nicht früher mit ihr darüber gesprochen habe. Doch, auch wenn er es getan hätte, wie hätte sie ihm helfen können? Ein Mädchen mit einem unehelichen Kind war etwas Abstoßendes, etwas Unreines. Wenn das Mädchen getötet wurde, dann zählte es nach den religiösen Gesetzen zu den Unschuldigen. Nein, sie hätte dem Mädchen nicht helfen können. Sie versuchte, sich in die Lage des Mirza zu versetzen. Er tat ihr aus tiefstem Herzen leid.

Inzwischen dämmerte bereits der Morgen. Das Haus erwachte langsam. Sie mußte etwas unternehmen, irgend etwas, und zwar schnell. Nicht auszudenken, was geschehen würde, wenn die Nachricht aus dem Haus drang und sich in der Stadt verbreitete. Was, wenn die Kinder die Leiche zu Gesicht bekamen? Sie stand auf. Sie konnte auf einmal ganz klar denken. Sie mußte um jeden Preis verhindern, daß sich die Kinder dem Ablaufbecken unter dem Wasserspeicher näherten. Sie nahm ihren Tschador ab und deckte damit die Leiche zu. Sie sagte zum Mirza, er solle sich nicht von der Stelle rühren. Dann ging sie in ihr Zimmer und legte einen frischen Tschador an. Sie mußte die Kinder in die Schule schicken. Sie hastete in die Küche, erhitzte Wasser im Samowar und bereitete den Frühstückstee zu, noch bevor Almass Chatun aufgewacht war. Sie stellte das Frühstück der Kinder ins Zimmer nebenan, weckte die Kleinen, führte sie zum Wasserbecken und hieß sie, sich schnell waschen. Auch Esmaiil, der sich sonst unter dem Wasserspeicher wusch, um Habibollah aus dem Weg zu gehen, mußte sich mit den andern im Hof waschen. Tuba hielt sich die ganze Zeit in der Nähe des Wasserspeichers auf. Den Kindern fiel das nicht weiter auf. Tuba erklärte dann Almass Chatun, daß sie heute mit der türkischen Tante zum Grabmal von Schah Abdolazim pilgern und dann anschließend im Basar für Esmaiil Stoff kaufen mußte. Sie dachte sich Beschäftigungen und Besorgungen für alle aus, um jedermann aus dem Haus zu schicken. Blieb nur noch die persische Tante: Almass Chatun war nicht bereit, die Irre mitzunehmen, weil sie befürchtete, sie könnte sich auf der Straße auffällig benehmen. Die türkische Tante hingegen war ruhig und wirkte ganz normal; sie hatte schließlich bloß das Gedächtnis verloren und fiel nicht weiter auf.

Erst nachdem Tuba alle aus dem Haus vertrieben hatte, kam ihr der rettende Gedanke: Sie würden das Mädchen unter dem Granatapfelbaum begraben. Die Leiche durfte auf gar keinen Fall außerhalb des Hauses begraben werden.

Die ganze Stadt würde sonst von dem Vorfall erfahren, und das Mädchen würde seine Ehre verlieren. Außerdem würde man den Mirza in Ketten legen und abführen. Es wäre schade um einen so ehrbaren und aufrichtigen Mann.

Tuba ging in den Keller und suchte Schaufel und Spaten. Dann forderte sie den Mirza auf, ihr zu helfen, das Grab auszuheben. Die Tante saß währenddes auf der Treppe und klatschte in die Hände; ihr unverhülltes Haar fiel offen auf ihre Schultern. Vor den Hausbewohnern brauchte sie keinen Tschador zu tragen. Innerhalb einer Stunde hoben Tuba und der Mirza eine Grube, ungefähr so tief wie ein Grab, aus. Jetzt kam die Leiche an die Reihe. Der Mirza sagte: »Die Leiche muß doch erst rituell gewaschen werden?« Tränen liefen über sein Gesicht. Tuba entgegnete, die Kleine brauche keine rituelle Waschung, denn sie sei eine Märtyrerin, und die blutigen Kleider von Märtyrern gälten als Totentuch. Sie gingen zum Ablaufbecken. Tuba wickelte die Tote in den Tschador, und der Mirza nahm das leichte Bündel auf die Arme. Er stieg die Stufen hinauf, senkte auf der letzten Stufe den Kopf, um unter dem Bogen hindurchzugehen. Er legte die Leiche auf die Erde, stieg dann selbst ins Grab hinunter. Die Tante hatte aufgehört zu klatschen und beobachtete genau, was vor sich ging.

Tuba sagte: »Liebe Tante, paß gut auf! Wenn du auch nur ein Wort verrätst, dann schneide ich dein Seil durch!«

»Ich werde ganz gewiß nichts sagen«, beteuerte die Tante, murmelte dann: »Das arme Mädchen, das arme Mädchen.«

Der Mirza nahm die Leiche und legte sie behutsam ins Grab. Erst verschwand der Kopf, dann der ganze Körper. Ein Zipfel des Tschadors schaute noch hervor. Tuba schob ihn ganz ins Grab. Dann befahl sie dem Mirza, das Gesicht der Toten zu entblößen und sie nach rechts auf die Seite zu legen, damit sie sich im Jenseits besser zurechtfinde. Der Mirza gehorchte. Sie schaufelten die Leiche mit Erde zu, bis das Grab aufgefüllt war, glätteten den Erdhügel, und Tuba holte zwei Geranienstöcke, die sie aufs Grab pflanzten. Anschließend fegte Tuba den Hof sauber, während der Mirza das Abflußbecken scheuerte. Tuba sehnte sich nur noch danach, in Wasser zu tauchen und alles von sich zu spülen. Der Saum ihres Kleides war blutgetränkt. Sie ging in ihr Zimmer, zog sich aus, schlüpfte in frische Kleider und ging wieder in den Hof hinunter. Der Mirza fragte schüchtern, ob er sich unter dem Wasserspeicher waschen dürfe. Tuba nickte und fügte hinzu, er müsse nachher das Haus auf der Stelle verlassen und dürfe nie wieder zurückkehren. Der Mann stand mit gesenktem Haupt vor ihr. Er beteuerte, er werde sich sofort zum Prinzen begeben und ihm alle Unterlagen übergeben. Dann flüsterte der Mirza: »Chanom!« Tuba wandte sich um. Er kniete vor ihr hin, ergriff mit beiden Händen den Saum ihres Tschadors, küßte ihn und brach in haltloses Schluchzen aus. Tuba ließ ihn ausweinen, dann entzog sie sich ihm, nahm die Tante bei der Hand und ging zum Hammam.

Abends drang eine seltsame Nachricht aus dem Hammam: Die Frau des Prinzen sitze seit dem Morgen neben dem Heißwasserbecken, sie wasche sich aber nicht und lasse sich auch nicht waschen. Ihre wirre Tante klatsche ununterbrochen in die Hände und breche zwischendurch in Tränen aus. Almass Chatun überließ die Kinder der Obhut der türkischen Tante, schickte Jaqut nach dem Prinzen und eilte zum Hammam. Sie flehte Tuba so lange an, bis diese schließlich ins Becken stieg. Dann nahm sie die wirre Tante an die eine Hand, die offensichtlich verwirrte Tuba an die andere und führte die beiden Frauen nach Hause. Im Hammam verbreitete sich das Gerücht, die Frau des Prinzen habe die Nebenfrau nicht verkraftet und sei übergeschnappt. Torkan, die Bademeisterin, lud die Badeutensilien auf den Kopf und ging hinter Almass Chatun her.

Tuba wurde gleich ins Bett gesteckt. Sie hatte hohes Fieber und zitterte am ganzen Körper. Der Prinz traf früher ein als erwartet. Er hatte besorgt Jaqut nach einem europäischen Arzt geschickt. Tuba konnte vor lauter Zähneklappern nicht auf die Fragen des Arztes antworten. Der Prinz war ratlos. Am selben Nachmittag hatte er seinen Mirza verloren, und nun sah es ganz so aus, als ob er demnächst auch seine Frau verlöre. Merkwürdig, dieser Zufall. Der Arzt flößte Tuba Medikamente ein und verschrieb noch welche: Er blieb so lange bei Tuba, bis ihr Zittern nachließ und sie in einen unruhigen Schlaf fiel. Der Prinz glitt um Mitternacht in ihr Bett und nahm sich vor, sie auf seine Art und Weise zu heilen, was schon immer die beste Medizin gewesen war.

Als Tuba morgens aufwachte, merkte sie, daß ihr Kopf auf dem Arm des Prinzen lag. Sie hörte ihn neben sich atmen. Die Sonnenstrahlen ließen die verästelten Schatten des Granatapfelbaumes an der Wand zittern. Tuba fühlte sich zehn Jahre zurückversetzt. Wie damals umklammerte sie mit ihren Beinen den Prinzen und vergrub ihren Kopf in seiner Achselhöhle. Dann aber tauchte auf einmal Setare vor ihren Augen auf; sie schnellte hoch, als sei sie von einer Tarantel gestochen. Sie betrachtete den schlafenden Prinzen. Er kam ihr fremd vor. Unendlich fremd. Sie zog sich hastig an, verhaspelte sich ein paarmal und übertrug ihre Nervosität auf den Mann. Er lag im Bett und lächelte ihr etwas gezwungen zu. Tuba hatte kein Fieber mehr; sie erinnerte sich an nichts! Sie legte den Tschador um und verließ schnell das Zimmer, setzte sich dann an ihren gewohnten Platz an der Wand neben der Tür. Sie hörte, wie der Prinz aufstand, und hatte das Gefühl, zwischen ihr und ihm liege ein Meer. Sie fragte sich, ob sie jemals wieder in ihr Zimmer zurückkehren konnte!

Der Prinz erschien frisch und munter unter der Tür. Er fühlte sich als Sieger und machte sich seinem Charakter entsprechend keine weiteren Sorgen. Für ihn war die Welt wieder in bester Ordnung. Er lächelte Tuba zu, ging zum Fenster und sagte, der Frühling sei im Anzug. Heute oder morgen werde er jemand vorbeischicken, um den Garten umzugraben. Der Gärtner! schrie Tuba entsetzt in Gedanken auf und sprang auf die Füße. Ein Gärtner würde die Leiche spüren, bevor er überhaupt die Schaufel in die Hand nahm. Tuba war überzeugt, daß ein Gärtner, ein Maurer, einer der städtischen Beamten, die ab und zu die Wasserzufuhr kontrollierten, daß jedermann, der sich im Haus mit all seinen Ecken und Winkeln einigermaßen auskannte, die Leiche sofort entdeckte. Das Haus konnte seine Seele nicht verstecken. Es würde das Geheimnis preisgeben – und das tote Mädchen würde seine Ehre verlieren.

»Nein!« sagte sie schroff. Der Prinz drehte sich erstaunt um. »Keiner wird dieses Haus betreten, kein Gärtner und kein Wasserkontrolleur, ich kümmere mich selbst darum«, fügte sie kalt hinzu.

»Der Herr im Haus bin ich!« stellte der Prinz unwirsch fest.

»Nein, das bist du nicht«, schrie Tuba zurück.

Das Gesicht des Prinzen lief rot an vor Wut. Er brüllte, sie brüste sich etwas allzusehr mit ihrem Besitz. Er könne ihr über Nacht alles wegnehmen, wenn er wolle, und das ganze Haus kurz und klein schlagen lassen. Er wolle sich bloß die Hände nicht beschmutzen mit solchen Dingen. Seine aristokratische Moral verbiete es ihm, eine verschleierte Frau zu schikanieren. Wenn Tuba glaube, den Prinzen reizen zu dürfen, weil sie vermögend sei, könnte er tatsächlich seine Beherrschung verlieren und sie auf eine Weise bestrafen, die sie nicht so schnell vergessen werde. Tuba sprang auf, streckte ihre zitternde Hand unter dem Tschador hervor und herrschte ihn an: »Natürlich bist du ein Kadscharenprinz und bildest dir darauf etwas ein. Aber in diesem Haus hat es weder Kristallüster, wie in Turanossaltanes Haus, noch einen prachtvollen Garten, noch einen Springbrunnen im Innenhof. Aber immerhin, es gehört mir, und ich muß darin meine Kinder großziehen. Das schaffe ich bestens allein, ich brauche deine Hilfe nicht. Von dir ist ohnehin nichts zu erhoffen, hüte dich also, noch mehr Schaden anzurichten.« Der Prinz brüllte, er werde die Kinder mitnehmen und Schamsolmoluk allein mit ihrem Kummer zurücklassen. Sie werde sie nie wieder zu Gesicht bekommen. Nie wieder! Ihr Haar werde weiß werden wie ihre Zähne, und ihre Augen würden auf die Tür gerichtet erstarren – aber die Kinder werde sie niemals wiedersehen! In seiner Wut gab er Almass Chatun schreiend den Befehl, alles stehen- und liegenzulassen und die Kinder bereitzumachen, um sie aus diesem skandalträchtigen Haus zu bringen. Die schwarze Frau folgte ängstlich den Befehlen des Prinzen, während Tuba innerlich aufatmete: Wenn die Kinder weggingen, wenn auch nur einen Tag, dann würde sie endlich Ruhe finden. Sie glaubte fest daran, daß sie mit der Seele des kleinen Mädchens unter dem Granatapfelbaum Kontakt aufnehmen konnte. Seit dem Moment, als die Seele den Körper des Mädchens im Abflußbecken verlassen hatte, lag ihr Schatten auf dem Haus. Tuba wußte, daß sie von nun an eine himmlische Beschützerin hatte. Die Reinheit und Unschuld des Mädchens war zum Schutze des Hauses geopfert worden.

Hatte der Mirza sie nicht etwa getötet, damit das uneheliche Kind nicht auf die Welt kam? Nun beschützten das Mädchen und das ungeborene Kind das Haus. Wie auch der kleine Junge, der damals während der Hungerkatastrophe gestorben war und Gott, den Allmächtigen, um Regen gebeten hatte. Er war vor Gott getreten und hatte gesagt: »O Gott, sieh mich an, wie zerlumpt und hungrig ich bin. Der Durst bringt mich um. Schick uns Regen!« Tuba wußte um dieses Geheimnis. Sie wußte, daß das Mädchen in eben diesem Moment vor Gott stand und weinte. Es flehte: »Was für eine Sünde habe ich begangen?« Und die Güte und Liebe Gottes würden ihr Grab beschützen. Das ganze Haus würde durch die Liebe Gottes in Licht getaucht. Von nun an würde es keine Dürrekatastrophen mehr geben. In ihrem Haus würde niemand mehr ermordet werden. Das Mädchen brauchte einem Mörder nur fest ins Gesicht zu blicken, und das Messer würde ihm aus der Hand fallen. Das Haus selbst war Gewähr für Wahrheit und Gerechtigkeit. Wie konnte man also einem Gärtner erlauben, die Leiche unter der Erde zu entdecken und anschließend in Dawud Khans Kaffeehaus an der Straßenecke aller Welt davon zu erzählen? Dann müßte die Leiche wieder ausgegraben werden, und Fremde bekämen sie zu Gesicht. Nein. Niemals. Sie durfte das unter keinen Umständen zulassen!

Almass Chatun nahm Muness bei der Hand, um sie zu Turanossaltane zu bringen. Sie wurde vom Prinzen eindringlich angewiesen, mittags die anderen Kinder in der Schule abzuholen und ebenfalls in das Haus ihrer Tante zu bringen. Als sie das Haus verließen und die Tür hinter ihnen ins Schloß fiel, dachte Tuba an Scheich Khiabani. Sie wünschte sich mit allen Fasern ihres Herzens, den Verstorbenen zu sehen und ihm alle diese Geheimnisse anzuvertrauen. Geda Alischah fühlte sie sich zwar nicht sehr nah, aber vielleicht konnte sie ihr Herz auch ihm ausschütten.

Eine schüchterne Stimme hinter der Tür rief ihren Namen. Sie zuckte zusammen. War vielleicht Setare zurückgekehrt? Es war die türkische Tante. Sie fragte auf türkisch, ob Tuba Setare gesehen habe. Tuba verstand nur wenige Worte Türkisch. Die Tante kam ins Zimmer. Tuba sagte, Setare sei mit ihrem Onkel nach Tabriz gereist. Die Tante verstand die drei Wörter Setare, Onkel und Tabriz. Verwundert kratzte sie sich am Kopf und zog die Augenbrauen hoch. Sie mußten also warten, bis Esmaiil am frühen Abend von der Schule zurückkehrte und für seine Mutter übersetzte.

Abends klopfte es an der Tür; Esmaiil ging aufmachen. Im Haus war es ruhig. Die persische Tante hatte sich im Kellergeschoß verkrochen. Tuba hatte auch Esmaiil erzählt, daß der Onkel überraschenderweise mit Setare nach Tabriz gereist sei, denn es hätte sich ein Bräutigam für das Mädchen gefunden, und der hätte darauf gedrängt, daß sie so schnell wie möglich zurückkehrten. Esmaiil kam die Geschichte zwar etwas merkwürdig vor, aber wenn Erwachsene etwas sagten, mußte es wohl stimmen; mehr Neugierde durfte er in einem fremden Haus nicht zeigen.

Vor der Tür standen Prinz Gil und seine Frau Lejla. Esmaiil sah Tuba an, die er noch immer ehrfürchtig mit Frau Prinzessin bezeichnete, starrte dann zum Granatapfelbaum hinüber. Der Prinz und seine Frau traten ein, ohne den Jungen zu beachten. Lejla rief vom Hof aus: »Grüß dich, Tuba, was machst du denn so einsam und verlassen?« Tuba tauchte aus ihrer Geistesabwesenheit auf und erblickte den Prinzen, der am Fuß der Treppe stand und zu ihr heraufblickte. Zum ersten Mal war sie es, die auf ihn herabsah. Es kam ihr vor, als sei der Prinz etwas verlegen. Er sagte: »Ich muß mit Dir sprechen, Schamsolmoluk!« Tuba zog ihren Tschador über das Gesicht, und der Prinz fuhr fort: »Nein, nein, ich bin nicht hier, um euch zu versöhnen. Wie käme ich dazu.« Er kam die Treppe hoch. Tuba stand auf und trat zur Seite, um den Prinzen einzulassen. Sie sah, daß Lejla vor dem Granatapfelbaum stand und seinen dünnen, rauhen Stamm berührte. Sie sagte sich: Sie weiß es. Sie weiß es ganz bestimmt. Sie brauchte Lejla nicht ausdrücklich zum Eintreten aufzufordern, denn diese war selbständig genug, zu tun und zu lassen, was ihr gefiel. Jetzt lief sie im Hof auf und ab, während Esmaiil sie mit großen Augen bestaunte. Lejla wußte, daß der Junge noch nie eine so schöne Frau gesehen hatte.

Prinz Gil setzte sich ohne große Formalitäten ihr gegenüber an die andere Wand. Sie hatten sich seit Jahren nicht mehr gesehen, aber der Prinz hatte sich kaum verändert. Er streckte seine Beine aus und machte es sich bequem. Die Tür stand halb offen. Es war Frühlingsanfang, zarter Blütenduft lag in der feuchtwarmen Luft. Der Prinz wirkte traurig, was nicht ganz zu seinem gelassenen Auftreten paßte. Ihre Gedanken schweiften immer wieder ab. Bilder von Setare und vom Prinzen drängten sich in ihrem Kopf, sie sah auch den kleinen Jungen von damals deutlich vor sich. Tuba spürte, daß sie versagt hatte. Sie schämte sich, sie wollte wieder Gott suchen gehen. Sie hatte diesen Kindheitswunsch nie verwirklicht. Sie hatte zu Fuß zu den geweihten Wallfahrtsstätten pilgern wollen, doch sie hatte es nie getan. Und jetzt beherrschte der triviale Gedanke, an die Heirat des Prinzen und an die junge Nebenfrau ihr ganzes Denken und verdrängte sogar das Bild von Setares Leiche. Sie ekelte sich vor sich selbst. Wie klein und ohnmächtig sie doch war. Sie wollte die Augen schließen und wachsen und wachsen, bis der Prinz und die Nebenfrau nur noch winzige Insekten waren. Dies war der einzige Weg, ihre Rachegelüste zu bezwingen. Sonst würde sie sich vielleicht zu einer unbesonnenen Tat hinreißen lassen. Wie eine ausgediente Haremsfrau. Die Fontanelle der Säuglinge durchstechen. Hinter dem Rücken der anderen tratschen, Kandiszucker lutschen, sich die Haare mit Henna färben, die Augenbrauen mit Indigo schminken, sich mit Rosenwasser besprühen, Tschador und Pluderhosen anziehen, von Haus zu Haus gehen und die ganze Zeit Unsinn daherreden. Dann stieg das Bild des Mädchens mit dem aufgeschlitzten Bauch vor ihr auf. Tuba beugte sich nach vorn. Sie beugte sich, um besser zu sehen, und sie sah den kleinen Jungen, wie er den Kopf gesenkt hielt und auf das Stück Brot in seiner Hand starrte. Dann trat auf einmal Scheich Khiabani auf. Es regnete, er stand vor ihr und stützte sich mit der Hand an einer Mauer, starrte vor sich hin, ohne die Frau zu sehen. Jetzt zerfiel sein Körper unter der Erde zu Staub. Sein Bild war groß und erhaben und prägte sich der Erinnerung ein – der Erinnerung Tubas und Mirza Abusars. Tuba seufzte.

»Schamsolmoluk, ich möchte mit dir über Lejla sprechen. Ich bin ratlos.« Tuba schüttelte den Kopf. Sie hatte keinen Platz für die Probleme anderer. Sie war so sehr mit sich selbst beschäftigt, daß für nichts anderes mehr Platz blieb. Der Prinz sagte: »Du hast jetzt andere Sorgen, ich weiß. Aber mein Problem ist ähnlich wie deines. Eine Last drückt dich zu Boden, nicht wahr? Und du weißt nicht, was machen. Du weißt nicht, wie die Sorgen bewältigen. Weißt nicht, was richtig ist und was falsch. Du möchtest einfach irgendwohin gehen und dich verkriechen. Ist es nicht so?«

Tuba zog den Tschador übers Gesicht; sie legte den Kopf auf die Knie und flüsterte, irgend etwas sei in ihrem Herzen zerbrochen, in tausend Stücke zersprungen wie Porzellan. Sie könne es nicht mehr zusammenfügen. Zerbrochenes Porzellan lasse sich nicht zusammenfügen. Der Prinz nickte: »Es ist, als sei ein sauberer, klarer Spiegel durch Staub, Schmutz, Erbrochenes, Blut und Schlamm besudelt worden. Und wenn der Spiegel einmal trüb und schmutzig ist, kann er kein Bild mehr reflektieren.« – »In tausend Stücke zerbrochen«, wiederholte Tuba, und nun lasse sich nicht mehr beweisen, daß es früher ein Spiegel gewesen sei. Er sei in winzige Teile zersplittert. »Du trauerst der Unschuld deiner Kindheit nach, Tuba. Jetzt kannst du nicht mehr beweisen, daß du einst unschuldig warst.« Tuba antwortete ihm, sie habe Angst, denn sie könne sich nicht mehr von ihren quälenden Gedanken befreien. Es sei ihr, als müsse sie töten; als müsse sie etwas vernichten, oder jemanden, vielleicht mehrere Menschen zugleich. Ihre ureigenste Intimsphäre sei verwundet worden. Sie müsse sich wehren, doch stehe ihr das überhaupt zu? Der Prinz sagte nachdenklich: »Töten ist Sünde. Wenn du tötest, leben die Leichen in deinen Gedanken weiter. Sie setzen ihr Leben in dir fort. Ihre Gedanken, ihre Vorgeschichte, alles, was sie durch Herkunft und Abstammung mitbringen, geht auf dich über. Es gibt zwei Möglichkeiten: Entweder du tötest nach bestimmten Regeln und Ritualen; doch dann bist du Opfer derselben Rituale, die die Tötung verlangt haben. Du wirst nie mehr in der Lage sein, dich frei und ungezwungen hinzusetzen und den Duft des Grases zu atmen. Du mußt dich auf dein weißes Haar berufen, einen Stab in die Hand nehmen und versuchen, wie eine Heilige zu erscheinen. Bei deinem Anblick werden die Menschen bewundernd sagen: Seht mal, was für eine edle Frau, sie hat ihre Ehre verteidigt. Ein Mann jedoch, der seine Ehre auf diese Weise verteidigt, verliert jede Chance, als ein freier Mensch zu leben. Man wird ihm nur noch mitleidig, höflich oder ängstlich begegnen. Du kannst dich auch an einem oder mehreren Morden beteiligen, dann fällt deine Schuld weniger ins Gewicht. Du setzt dich mit den anderen am Mord Beteiligten zusammen und gibst vor, bestimmte Gebote zu befolgen. Du läßt dein Haar bis auf die Schultern wachsen oder läßt dir den Kopf kahlscheren.

Deine Augen müssen kalt blicken wie die deiner Weggefährten. Den Mord nimmst du auf die leichte Schulter. Du spottest oft mit den anderen über den Ermordeten, wobei du in deinem Innersten weinst. Du betrinkst dich heimlich. Aus dem Traum wird ein Alptraum, während du von Tag zu Tag immer mehr in deinem Kreis aufgehst, um das Gefühl der Schuld mit deinen Gefährten zu teilen. Ihr setzt euch zusammen, einigt euch auf manches und beschließt, gewisse Prinzipien zu verteidigen. Ihr besteht wie besessen auf diesen Prinzipien. Dann kehrst du wieder in deine stille Kammer zurück, um dich zu betrinken.«

Tuba hörte dem Prinzen aufmerksam zu. Ihre schwarzen Augen blickten in seine Augen. Der Prinz hielt dem Blick der Frau nur mit Mühe stand. Er fuhr fort: »Schlimmer ist es allerdings, wenn du allein handelst. Du läßt dich auf etwas ein und versuchst, etwas zu vollbringen, wozu du nicht befugt bist. Nehmen wir an, eine innere Stimme sagt dir, daß du doch das Recht dazu hast. Du glaubst, einen Wesenszug entdeckt zu haben, der dir unvollkommen erscheint. Du nimmst dir vor, diesen Makel zu tilgen. Du tust den ersten Schritt, dann den zweiten, dann fällst du ins Nichts. Als sei die Serat-Brücke unter deinen Füßen verschwunden.«

Tuba blickte noch immer fragend zum Prinzen hinüber. »Ich weiß, du hast genug eigenen Kummer. Ich will deine Zeit nicht zu lange in Anspruch nehmen«, sagte der Prinz, »aber da ist noch etwas, was ich dir sagen muß. Dann gehe ich. Du erinnerst dich an die Geschichte, die ich dir damals erzählt habe? Es ging um einen Pir aus Bukhara. Ich habe sie dir nicht zu Ende erzählt, und das liegt mir seither auf dem Herzen. Ich muß dir alles erzählen. Ich muß diese Geschichte jemandem erzählen, damit ich klarer sehe. Einem einzigen Menschen wenigstens muß ich sie erzählen. Sicher ergeht es dir manchmal ähnlich. Ab und zu wünschst du dir, mit jemandem zu sprechen. Mir ergeht es genauso, doch unglücklicherweise habe ich niemanden, mit dem ich reden kann. Die Menschen verstehen mich nicht, weißt du? Sie begreifen meine Worte nicht. Oft lassen sie sich mitten in meiner Erzählung durch irgend etwas ablenken, manchmal klammern sie sich an eine Nebensächlichkeit, und es ist unmöglich, die ganze Geschichte fertig zu erzählen.«

Tuba nickte zerstreut. Sie wußte nur zu gut, wovon der Prinz sprach. Er lächelte: Ja, sie verstanden einander. Und der Prinz hob zu erzählen an: »Du erinnerst dich, ich verließ Bukhara und ging nach China. Die Mongolen wüteten; das Blutvergießen hatte gerade den Höhepunkt erreicht. So unglaublich es klingen mag: Um den Mongolen nicht in die Hände zu fallen, stürzten sich allein in einer chinesischen Stadt sechzigtausend Jungfrauen von der Stadtmauer. Und ich schleppte die Leiche der jungen Braut auf meinem Rücken. Man mordete, als ströme das Blut Wohlgeruch aus, nach dem man süchtig war. Es wurde zwar grundlos gemordet, aber immer gemeinsam und nach einem bestimmten Verhaltenskodex. Ein einziger Mann namens Dschingis war für das sündige Vorgehen der ganzen Sippe verantwortlich. Wenn es damals einen Richter gegeben hätte, wäre nur er, der Anführer, vor Gericht gekommen. Er allein hätte sich verantworten müssen. Ich dachte manchmal: Wäre ich einer von Dschingis Männern, würde auch ich töten. Warum? Sie waren Steppenbewohner. Sie bewohnten das trockene Ödland und kämpften gegen den Hunger. Sie hungerten seit Generationen. Menschen, die vor ihnen fruchtbares Land erobert hatten, versperrten ihnen den Weg. Die Chinesen hatten eine gewaltige Mauer vor ihnen errichtet; auf der anderen Seite versperrten ihnen riesige, undurchdringliche menschliche Barrikaden den Weg. Wann immer in der Mongolei ein Mann starb, schenkte man seine Frauen dem Großen Khan, mit der Zeit besaß er einen Harem, dessen hungernde Insassen er nicht ernähren konnte und im übrigen gar nicht nutzte. Es gab keine fruchtbare Erde, die diese überflüssigen Menschen hätten bestellen können, also gab es kein Brot für sie. Wenn der Große Khan starb, wurden sämtliche Frauen seines Harems an seinem Grab geopfert. Hunderte von ausgehungerten Frauen schlossen sich dem Khan an und begleiteten ihn in den Himmel. So waren die Mongolen zu einem blutrünstigen Volk geworden. Eines Tages richteten sich ihre Krummsäbel, mit denen sie bis dahin die eigenen Frauen und Kinder niedergemetzelt hatten, auf die Nachbarvölker. Sie überfielen sie, richteten Massaker an, plünderten, vernichteten und brandschatzten. Die Chinesen nannten Dschingis klugerweise ›Sohn des Himmels‹. Dies war der Name, den sie ihren Kaisern gaben. Und dort, in Khorasan, nannte man ihn bezeichnenderweise ›die Geißel Gottes‹. Siehst du, wäre ich ein Mongole gewesen, hätte ich diesen Namen mit den anderen Stammesbrüdern geteilt. Ich hätte dann nicht nur in meiner stillen Kammer, sondern in aller Öffentlichkeit Wein getrunken, weil ich von Anbeginn an dieser Gruppe angehörte und die folgenden zweihundert Jahre nach ihren Sitten und Bräuchen leben würde. Ich hätte Angst und Schrecken verbreitet, Frauen und kräftige Knaben entführt. Ich hätte Weizenfelder verabscheut und sie alle, überall, vernichtet, um an den Söhnen Kains den Mord an meinem Urahnen Abel zu rächen.«

»Ich war aber kein Mongole; meine Ahnen hatten ihr Leben lang Weizen angebaut und gingen gebückt. Wir schlugen uns alle bescheiden mit dem Allernotwendigsten durchs Leben. Unsere Frauen gebaren Kinder, und aus diesen Kindern wurden Heere von Sklaven. Sklaven, die sich ihrerseits ihr ganzes Leben lang unter der heißen

Sonne Mittelasiens abrackerten. Jahrtausendelang hatten wir zwar das Eisenerz gesehen, wären aber nie auf den Gedanken gekommen, etwas anzufangen damit. Wir kneteten die Erde mit Wasser, brachen dabei unsere Fingernägel und fertigten aus der Tonerde zerbrechliche Sicheln, die wir in unseren Öfen brannten und mit denen wir unsere Weizenfelder schnitten. Wir bewahrten das Geheimnis des Weizens in uns; unsere Frauen stillten die Kinder; wir bewässerten den Weizen mit dem Wasser aus unseren Brunnen oder überließen das Bewässern dem Regen. Schließlich gelang es uns mit großer Mühe, das Erz aus dem Stein zu lösen, um daraus eiserne Sicheln herzustellen.«

»Dann kam der Mongole, verschleppte unsere Frauen, tötete sie, und ich – merke es dir, Tuba –, ich hatte zu jener Zeit gerade die Frau von Amin, dem Hirten, getötet, um selbst ein Mongole zu werden! Ich konnte keine Muttermilch mehr riechen, ich fand sie widerlich, die runden Bäuche der Frauen kamen mir abstoßend vor. Der einfältige Ausdruck in ihrem Gesicht machte mich wahnsinnig. Ich fühlte mich wie ein Gefangener. Ich sah, wie die Mongolen auf Pferden ritten, und ich haßte den Gedanken, mich in Höhlen und Kammern verstecken zu müssen. Ich haßte mich, weil ich mich jedes Mal duckte, wenn ich einen Mongolen erblickte. Wenn sie ein Dorf überfielen, dann beobachtete ich, wie Frauen, Kinder und Männer sich versammelten, wie alle zusammen weinten und Erde auf ihr Haupt streuten. Beim Anblick dieses Schauspiels stieg Ekel in mir hoch. Ich hätte diese stumpfsinnigen Schafe am liebsten eigenhändig erwürgt, hätte sie am liebsten angefallen wie ein Wolf. Ja, ich wünschte mir, daß sie sich alle in Wölfe verwandelten. Das Geheimnis um das Wachstum des Weizens trat in den Hintergrund. Ich haßte den Weizen und wollte ihn lieber stehlen, anstatt mich abzurackern und auf seine reifen Ähren zu warten. Das

Bild der fruchtbaren, Kinder gebärenden Frauen verschmolz in meinen Gedanken mit dem Bild der fruchtbaren Ackerkrume, die den Weizen hervorbringt. Die Enkel des Kain jedoch konnte ich nicht ändern. Einst hatte ich mich von dieser Illusion hinreißen lassen und hatte Amins Frau getötet. Daraufhin schloß mich der Pir von Bukhara aus der Gemeinschaft der Morscheds, der geistigen Führer der Sufis, aus. Die hielten das Geheimnis des Weizens fest in der geschlossenen Faust; sie durchbohrten ihr Herz mit einem Dolch und verwahrten das Geheimnis in einem verborgenen Winkel in der Tiefe ihres Seins. Und nun liefen sie mit geöffnetem Herzen herum. Aus diesem Grunde schlossen sich die Menschen ihnen an. Aus ihrem Herzen strahlte Licht, Tuba. Sie bückten sich als erste und streuten Erde auf ihr Haupt, und die Menschen machten es ihnen nach. Dann versammelten sie sich in tiefen Kellern und vertrauten sich gegenseitig das Geheimnis des Weizens an. Sie bedienten sich dabei einer geheimen Sprache, die jeden Neuankömmling aufhorchen ließ. Jeder Neuankömmling mußte Jahre mit ihnen verbringen, um den verschlüsselten Wortschatz zu verstehen. Erst wenn er alt und grau war, verstand er vielleicht ihre Sprache ein wenig. Es war alles unendlich schwierig. Ich war besessen von der Vorstellung, ein Mongole zu werden. Ich hatte die Frau getötet und schritt nun mitten durchs Schlachtgetümmel; vor meinen Füßen lagen zahllose Leichen, und ich schritt über geronnenes Blut. Ich ging und ging, die Leiche der Frau wurde immer schwerer. Der Pir hatte mich weggewiesen, also mußte ich allein weiter. Ich hatte den Mord ganz allein begangen; meine Tat hatte nichts mit dem kollektiven Massenmord der Mongolen zu tun. Ich mußte mein Opfer selbst auf den Schultern tragen, und die Verfluchte kam mir so schwer vor wie die halbe Weltkugel. Stell dir eine lebende Hälfte vor, die eine tote Hälfte tragen muß. Der Pir hatte der Dienerin das Leben nur beinahe genommen, ich aber hatte diese Frau wirklich getötet. Der Pir hatte es inmitten einer Menschenmenge getan, dadurch kamen die Regeln der Gemeinschaft zum Tragen. Die Frau, die ich getötet hatte, war lästig gewesen. Häßlich. Sie war eine Helfershelferin des Teufels, leichtsinnig und hirnlos. Sie hätte in einen anderen Zustand übergehen müssen, in eine niedrigere Form von Leben. Sie hätte versteckt unter der Rinde der Bäume weiterleben müssen wie das Harz, in die Erde ragen wie eine Wurzel, in der Tiefe eines Brunnens versinken; sie hätte in einer Flasche dem Meer übergeben werden müssen, halb am Leben, noch nicht ganz tot. Ich aber, ich hatte sie umgebracht, und sie wurde von Sekunde zu Sekunde schwerer. Mein Rücken krümmte sich unter ihrer Last. Und ich ging weiter. Ich betrachtete die Landschaften um mich herum und ging weiter, immer weiter, bis ich das kalte Eis des Himalaya erreichte. Die Frau war inzwischen zu einer Riesin angewachsen, die auf etwas Winzigem namens ›Ich‹ ruhte. Ihre träge weibliche Natur sträubte sich gegen das Weitergehen. Sie regte sich nicht. Reglos pflanzte sie sich fort. Da ich sie getötet hatte, vermehrte sie sich nun nicht mehr, sondern sie blähte sich auf und wurde größer und größer, schwerer und schwerer. Sie verwandelte sich in eine gigantische Last, die sich nicht selbst fortbewegen konnte. Als ich das Mädchen im Augenblick der Niederkunft tötete, war es an meinem Rücken gekeimt und wuchs und gedieh nun an jener Stelle. Ich wollte kein Mongole mehr werden. Nein! Ich war kein Mongole und würde auch nie zu einem werden. Ich war im Lande des Weizens auf die Welt gekommen, und noch bevor ich mich mit diesem armseligen Dasein hatte auseinandersetzen können, hatte ich sie getötet. Es hatte offenbar so sein müssen, damit sie wachsen und wachsen und die ganze Welt beherrschen konnte.«

»Ich weiß nicht mehr, wie lange es dauerte, bis ich in die Ebene des Ganges gelangte. Ich durchwanderte Indien, dort war von den Mongolen keine Spur zu sehen. Die Natur wucherte überschwenglich und unendlich grün, was meinem Schicksal eine Wende gab: Ich hatte mich in Indien verliebt, ich zog durch die Wälder und verirrte mich langsam im ewigen Grün. Die tote Frau ließ mich plötzlich los. Trotz ihres Gewichts löste sie sich auf einmal leicht wie Äther von meinen Schultern. Sie schwebte davon, als sei sie nie gewesen, und weil sie mich auch geistig so sehr erschöpft hatte, vergaß ich sie schnell. Mir war, als schliefe ich nach einer unendlich erschöpfenden Arbeit ruhig und traumlos. Doch dann ereilte mich ein neues Unglück: die Leichtigkeit. Ich war schwerelos. Ich hatte mich von der Erde gelöst und segelte am Himmel – im Nichts. Meine Glieder zerfielen, und ich litt Qualen. Und während ich durch Wälder schwebte, stachen mich die Insekten. Ich schrie auf vor Schmerz. Ich mußte mir einen Weg durch das Dickicht bahnen. Auf einmal erstarrte ich: Eine weiße Blume leuchtete inmitten des wuchernden Grüns. Ich ging auf sie zu. Die Blume ragte aus einem Weiher, und plötzlich sah ich eine ganze Anzahl Blumen vor mir. Ich setzte mich an den Rand des Weihers und versuchte, ihre Wurzeln in der Tiefe zu erkennen.«

»Ich besuchte Tempel. Du möchtest bestimmt auch Tempel besuchen, oder? Du liebst Gott und gehörst zu jenen Menschen, die sich sehnsüchtig wünschen, daß er sich ihnen offenbart. Ich weiß, daß du Gott sogar im Zirpen einer Grille hörst. Ich habe Menschen gesehen, die sich nach blutigen Zeiten vor einer Sonnenblume versammeln und denen vor Bewunderung der Mund offenbleibt. Die Blume verbreitet einen feinen Duft, den nur empfindliche Nasen wahrnehmen können. Ihr sonnenähnlicher Körper zieht gelbe und schwarze Bienen an. Sie lebt mit der Sonne und für die Sonne. In ihren Blütenblättern kannst du das verdichtete Sonnenlicht erkennen. Auch anderen Menschen erging es so. Sie scharten sich um die Blume und staunten. Tempel sind wie Sonnenblumen.«

»Es fand gerade ein Fest statt, und die Frauen bereiteten sich darauf vor. Ich sah eine Frau, die unserer Lejla sehr ähnlich sah. Ich hatte das unbestimmte Gefühl, als kenne ich sie. Als lebte sie irgendwo in einem versteckten Winkel meiner Gedanken. Sie tanzte im Tempel, und sie trug mich mit ihren geschmeidigen Gesten in die Vergangenheit, in eine weit zurückliegende Vergangenheit. Es hatte in meinem Leben einmal eine Frau wie sie gegeben, ich hatte sie jedoch verloren. Die Frage, warum ich sie verloren hatte, quälte mich. Ich brachte rastlose Tage damit zu, in meiner Vergangenheit nach dieser Frau zu suchen. Die Frau aus dem Tempel war unerreichbar, war wie der Dschungel voller Insekten und weißer Sumpfblumen, die in den unergründlichen Tiefen des Weihers wurzelten. Sie war wie ein fernes, grünes Trugbild, das sich einem Vogel beim Überfliegen des Dschungels offenbart. Ihr ganzer Körper war in Blumen gehüllt, war vor lauter Blumen rot, gelb, orange, an anderen Stellen weiß. Sie sah aus wie ein mythisches Wesen, das sich aus allen Tieren und Blumen zusammensetzt und alle Düfte enthält. Sie sah Lejla ähnlich, vielleicht war sie ihre Schwester oder eine nahe Verwandte. In ihren Adern floß dasselbe Blut. Ich wußte, daß sie nicht die Frau aus meiner Vergangenheit sein konnte. Jene hatte mich nämlich aus dem Dschungel gerettet. Ich wußte, daß ich, um zu ihr zu gelangen, paradiesisch grüne Steppen durchqueren mußte. Ich wußte, die Frau war in der Wüste. Eine verschwommene Erinnerung sagte mir, daß ich sie in einer Wüste verloren hatte.«

»Allmählich gelangte ich in die Wüsten Balutschestans. Jene Frau erschien jedem Menschen, der sowohl den

Dschungel als auch die Wüste erfahren hat. Sie war eine ferne und nahe, eine duale Existenz. Ich war einer unter Tausenden, der diese Erfahrung machte. Ich folgte einer Karawane und ließ die glühende Wüste hinter mir. Eine Art Fieber hatte mich ergriffen. Ich mußte die Frau suchen! Ich wußte, daß es nur eine Richtung gab, der ich folgen mußte, um sie zu finden.«

»In Rej angelangt, spürte ich, daß sie dort sein mußte. Ich bezog eine Hütte außerhalb der Stadt; Männer besuchten mich, verwirrte, heimatlose Männer. Eine geheimnisvolle Macht trieb sie zu mir. Ich versuchte, ein Bild von der Frau zu zeichnen. Ich verspürte den Drang, oder vielmehr die Versuchung, zu töpfern. Die Frau lebte in den winzigen Partikeln der Tonerde und vielleicht auch in der Glasur. Ihre Seele lag hier, in einem Gebirgsbach, weit entfernt vom Meer und von den Flüssen. Der Quellbach trug ihre Seele vom Gipfel des Berges hinunter in die fiebernde Wüste. Ihre Seele verdampfte unter den unbarmherzig brennenden Sonnenstrahlen. Die Menschen gruben Schächte unter der Erde, um die verdampfende Seele unter der Erdoberfläche aufzufangen. Dort floß sie leise murmelnd weiter. Wann immer sie an die Erdoberfläche gelangte, verschmolz sie mit dem Emailblau des Himmels, wurde im Licht dunkelblau und schließlich schwarz. Das Schwarz trug den Sieg davon, und die Sonne war wieder die alleinige Herrscherin der Wüste. Ich wußte, auch wenn die Frau unerreichbar war, mußte man sie doch zeichnen können. Sie konnte sich nicht ewig versteckt halten. Wenn ihr Bild entschwand, dann fehlte einem etwas. Es war, als müßte man sich verkriechen und nur an sie denken. Wenn sie tot zu sein schien, fühlte man sich wie im Opiumrausch.«

»Eines Nachts schenkte mir ein entfernter Verwandter, ein vergessener Onkel vielleicht, eine Vase. Die Zeichnung auf der Vase erschütterte mich. Es war jene Frau! Sie stand neben einem kleinen Bach und reichte einem alten Mann eine Blume über das Wasser hinweg. Es war die verlorengegangene Frau!«

»Es war die verlorene Frau! Ich suchte tage- und nächtelang und fand endlich den Bach. Eines Nachts grub ich ein Loch am Ufer des Baches und fand eine Truhe in der Erde. Ich schleppte die Truhe zu meiner Hütte. In der Truhe lag die zerstückelte Leiche der Frau. Ich setzte die einzelnen Glieder zusammen und ging kurz hinaus, um die Hände zu waschen. Als ich zurückkehrte, saß die Frau hinter der Tür. Und es war Lejla!«

»Da wußte ich, daß mein Unglück nicht mehr aufzuhalten war. Sie war nicht stumpfsinnig, ganz im Gegenteil, und hatte außerdem einen ausgeprägten Willen. Innerhalb von Sekunden hatte sie den Tod überwunden, und ich begriff langsam, was Bewegung bedeutet. Ihre Wüstenmentalität war wahrhaft diabolisch. Sie genoß es, andere zu quälen. Ich brauchte sie bloß einen kurzen Moment zu beobachten, und ich hätte sie am liebsten wieder getötet. Sie hatte Tausende von Jahren verwest unter der Erde gelegen. Sie brachte die Erfahrung von Tausenden von Jahren mit sich, in denen sie verwest und zu Staub zerfallen war. Ich konnte den Blick nicht von ihr wenden, mußte sie mit meinen Händen berühren.«

Während der Prinz erzählte, spazierte Lejla im Garten auf und ab. Der Granatapfelbaum stimmte sie traurig. Sie ging zu Esmaiil hinüber, der stumm neben dem Abflußbecken stand und schüchtern zu ihr aufsah. Sie kniete neben ihn, nahm seine Hände und sagte: »Ich bin schön, nicht wahr?« Das Kind nickte verlegen und senkte den Kopf. Die Frau sang mit wehmütiger Stimme ein türkisches Lied: »Mein Sohn, du sollst mich lieben, und ich werde in deiner Trauer aufgehen.« Die Worte gingen Esmaiil direkt ins Blut über. Er war den Tränen nahe. Das Haus bedrückte ihn, und die ungewohnte Abwesenheit des Onkels und seiner Schwester erfüllte ihn mit Trauer. Seine Mutter tat ihm leid, und nun hatte die schöne Frau zu ihm gesagt, er solle sie lieben und sie werde in seiner Trauer aufgehen. Verlegen ließ er es zu, daß sie seine Hände in den ihren hielt. Ihre Hände fühlten sich so sanft an, so glatt und so kühl wie fließendes Wasser. Der Junge hatte auf einmal den Eindruck, es regne, und der mit schwarzen Wolken verhangene Himmel bebte vom Donnergrollen. Schwere Regentropfen fielen auf sein Gesicht. Gänsehaut lief ihm über den Rücken. Der Regen wurde heftiger, ein Blitz ließ das Haus erzittern und erhellte einen Augenblick lang alles um ihn herum. Der Junge sah, daß die Frau auch jetzt noch schön war; sie glich einer taufunkelnden Lilie am frühen Morgen. Es wurde wieder dunkel, und die Frau hielt noch immer seine Hand in der ihren. Der Junge hätte sich am liebsten ins Bett gelegt, hätte die Augen schließen wollen und ihr leuchtendes Bild für immer darin gefangen gehalten. Die Frau flüsterte ihm ins Ohr, er solle jetzt schlafen gehen. Der Junge ging wie im Traum die Treppen hoch, legte sich neben seine Mutter ins Bett und lauschte dem Regen.

Tuba hielt die Tränen zurück. Das Grollen des Donners ließ alles um sie herum erzittern. Unvermittelt setzte ein prasselnder Frühlingsregen ein. Der Prinz lächelte bitter und sagte: »Weißt du, Schamsolmoluk, Tote zum Leben erwecken, das bringt Unheil. Alles, was tot ist, muß man sich selbst überlassen. Der Tod tritt ein, manchmal ist er notwendig, manchmal auch ungerecht. Tote zum Leben erwecken jedoch ist Teufelswerk.«

Der Prinz wandte sich um und sah zu seiner Frau hinüber, die ziellos im Hof auf und ab ging. Er sagte: »Ich spiele oft mit dem Gedanken, sie zu töten. In Wirklichkeit bin ich seit jenem Augenblick, als ich sie in Rej lebendig hinter der Tür meiner Hütte vorfand, ihr Gefangener. Wer sie einst tötete, hatte dies sicher aus einer Notwendigkeit heraus getan. Aber die Frage ist doch, warum sie nach ihrem Tod in meinen Gedanken weiterlebte? Warum ging ich nach Indien? Warum sah ihr jene Tänzerin in Indien so ähnlich? Alles Fragen, deren Antworten ich weiß, doch jedesmal, wenn ich darüber sprechen will, ist meine Zunge wie gelähmt, und ich verstumme.«

Tuba hörte dem Prinzen traumverloren zu. Sie spürte, wie ihre Gedanken sich in lauter Leichen verwandelten. Ihr Kopf wurde allmählich zu einem Friedhof. Sie wollte dem Prinzen sagen, er solle bitte gehen. Er machte ihr angst.

Der Prinz sagte: »Dein Mann hat mich beauftragt, noch einmal mit dir zu reden und dich zur Vernunft zu bringen. Anscheinend bin ich der letzte Pfeil in seinem Köcher. Wenn du glaubst und fühlst, daß du mit ihm zusammenleben mußt, dann tue es, wenn nicht, dann verlasse ihn. Es wird bitter für dich sein. Die herrschende Ordnung wird dazu beitragen, daß du allein bleibst. Unsere Gesellschaft duldet keine alleinstehende Frau, die nach Liebe sucht. Wenn du deinen eigenen Weg gehen willst, wird man dich demütigen und mit Schimpf und Schande überschütten. Dein Name wird in Verruf geraten, deine Kinder werden sich von dir abwenden, deine Familie wird sich von dir fernhalten. Einsamkeit wird dein Schicksal sein, aber auch du mußt nein sagen können. Auch ich habe einmal nein gesagt, und ein Teil meiner selbst ist gestorben. Jetzt bist du an der Reihe, doch denke daran, nein zu sagen beschert einem unfehlbar Bitterkeit und Qualen. Noch eines, Tuba, versuche nie, einen Toten ins Leben zurückzurufen – klammere dich nie an eine Leiche! Glaub mir. Und laß die Lebenden fruchtbar sein. Sie gebären und schaffen neues Leben im Geiste ihrer Zeit. Ein Toter aber lebt immer in der Vergangenheit. Er weckt vielleicht teure Erinnerungen, doch mit eben diesen Erinnerungen auferlegst du dir ein Joch.«

Es donnerte, und in dem Moment erkannte Tuba, daß alles, was bisher im Dunkel verborgen war, mit einem Mal hell geworden war. Sie sagte: »Wenn man gebärt, wird das Sein erneuert. Aber ein beträchtlicher Teil des Seins setzt sich aus Wiederholungen zusammen, und im Lauf dieser ewigen Wiederholungen läßt man sich von den Toten helfen. Die Nähe Ihrer Frau ist kostbar, Prinz, denn sie bringt Zärtlichkeit und Frische. Sie kann einen Mann wie den meinen verführen, vielleicht sogar alle Männer. Aber die Frage lautet doch: Wie lange? Eines Tages wird sie dem Licht ausgesetzt sein und sich in einen gewöhnlichen Menschen verwandeln. Sie wird dann niemanden mehr verführen. Doch schon allein die Tatsache ihrer Anwesenheit wird die Welt immer mit Glück erfüllen. Sie gleicht einem munteren Quellbach: Sie sprudelt, erfüllt die Luft mit Kühle und schenkt der Erde Leben. Geduldig muß man sein.«

Dritter Teil

Amine Chanom setzte sich neben das Becken und hob ihren Gesichtsschleier. Tuba kniete am Wasserbecken, sie unterbrach ihre Wäsche, trocknete sich die Hände und stand auf, um etwas Erfrischendes zu trinken zu holen. Amine war gekommen, um Tuba und Muness zu überreden, mit ihr zur Amir-Kabir-Straße zu gehen, um das Wunder aus der Nähe zu bestaunen. Sie setzte sich mit der Schale an den Rand des Beckens, ganz erschöpft von der frühsommerlichen Wärme. Im Bottich lag zwar noch schmutzige Wäsche, doch Tuba ging trotzdem nach oben und legte Tschador und Gesichtsschleier an. Zu dritt spazierten sie nun also in Richtung Amir-Kabir-Straße. Gegen vier Uhr nachmittags langten sie dort an. »Schaut!« sagte Amine Chanom. Arbeiter in Bachtiaritracht asphaltierten die Fahrbahn. Ein Teil der Straße war schon fertig. An anderen Stellen war erst flüssiger Teer ausgegossen worden, und die Dampfwalze rollte keuchend darüber. Amine Chanom sagte: »Schau mal, Amghesi!« Sie schöpfte eine Handvoll Wasser aus dem Straßengraben und spritzte es auf den Asphalt: Es entstand weder Lehm, noch wirbelte Staub auf. Die drei Frauen sahen eine Zeitlang staunend dem ungewöhnlichen Treiben auf der Straße zu. Dann beschlossen sie, Eis essen zu gehen, und zwar in der neuen, erst kürzlich eröffneten Eisdiele. Die Wände waren rosafarben gestrichen, und das obere Stockwerk war für Familien reserviert. Sie gingen hinauf und setzten sich. Vom Fenster aus konnten sie das Asphaltieren beobachten. Amine Chanom sagte, wenn sie Geld hätte, um ihr Grundstück bebauen zu lassen, würde sie das Dach des zukünftigen Hauses teeren lassen. Geteerte Dächer würden nicht rinnen, und das mühselige Abdichten mit Stroh und Lehm sei überflüssig. Tuba wandte ein, der Asphalt sei doch sicher zu schwer für ein Dach. Die hölzernen Stützbalken würden das Gewicht kaum aushalten. Amine Chanom lächelte spöttisch. Die Kusine war wirklich hinter dem Mond: Für neue Gebäude würden heute doch Eisenbalken verwendet.

Um sechs Uhr abends kehrten die Frauen aus der Stadt zurück. Muness lief ins Kellergeschoß, um nach der türkischen Tante zu sehen, und Tuba wandte sich wieder ihrer Wäsche zu. Esmaiil war inzwischen aus der Schule nach Hause gekommen und machte im Licht einer Öllampe seine Schulaufgaben, denn im Untergeschoß war es schon früh dunkel. Muness zog in seiner Anwesenheit ihren Tschador nicht allzu fest um sich. Sie fragte, wie es der Tante gehe. Die alte Frau lag im Bett und röchelte. Ihre Lungen waren angegriffen, und sie atmete nur mühsam. Esmaiil antwortete, ihr Zustand sei unverändert, es sei kein Zeichen der Besserung zu erkennen. Muness anerbot sich, etwas Suppe zu holen. Inzwischen hängte Tuba die nasse Wäsche auf. Als Muness mit dem Teller Suppe in der Hand aus der Küche trat, kam Habibollah herein. Als er sah, in welche Richtung sie ging, verdüsterte sich seine Miene. Er flüsterte seiner Mutter zu, es schicke sich wirklich nicht, ein kaum sechzehnjähriges Mädchen mit einem jungen Mann allein zu lassen, das würde kein gutes Ende nehmen. Tuba erwiderte, Muness pflege die türkische Tante, die alte Frau liege im Sterben. Habibollah fügte dann hinzu, Mansarossaltane habe beim Mittagstisch gesagt, Mutter und Muness sollen sie morgen abend unbedingt besuchen. Der Prinz werde auch da sein, und die Mutter solle bitte den Prinzen nicht verärgern, es gebe etwas Dringendes zu besprechen, was die Anwesenheit des Prinzen erfordere. Es gehe um Muness. Tuba horchte auf. Sie wußte, daß der Prinz einen Mann für Muness suchte, denn wenn sie nicht vor dem zwanzigsten Lebensjahr verheiratet sei, würden die Leute reden. Tuba befahl Muness, sie solle sich für die morgige Einladung bei Mansarossaltane bereithalten und ihr hübschestes Kleid anziehen. Muness erschrak. Sie wußte genau, worum es ging. Es gab keine Möglichkeit, sich einer Heirat zu widersetzen. Sie lief bedrückt im Hof auf und ab, setzte sich schließlich stumm in eine Ecke.

Amine Chanom hatte Tubas Pläne durcheinandergebracht. Sie hatte eigentlich an jenem Tag zu Geda Alischahs Audienz gehen wollen. Vor zwei oder drei Jahren war sie seiner Gefolgschaft beigetreten und hatte gelernt, die Formeln der Gottesanrufung zu wiederholen. Als sie ihm zum zweiten Mal begegnet war, diesmal in Teheran, hatte er sich gleich an sie erinnert: »Jetzt ist die Zeit gekommen, Chanom. Jetzt können Sie meiner Gefolgschaft beitreten.« Und Tuba hatte es getan. Sie war voller gespannter Erwartung gewesen. Die erste Übung, die Ehrwürden ihr beibrachte, war *haqq, haqq, hu haqq*. Tuba wiederholte sie mit erstaunlicher Konzentration und war fest überzeugt, daß sich ihr die verborgensten Geheimnisse enthüllten, sie brauche bloß alle Einzelheiten genau zu befolgen, eine Vorstellung, die sie erschauern ließ, während sie im Kreise jener saß, denen die Geheimnisse bereits offenbart worden waren.

Damals, in jener kritischen Zeit nach der Ermordung Setares, als sie sich scheiden ließ, hatte sie manchmal Tagträume gehabt: Sie sah das Mädchen im Innenhof spazieren; ihr Bauch wurde im Verlaufe der Monate immer runder. Nach neun Monaten wurde Tuba krank. Sie konnte sich nicht vorstellen, was für ein Kind das Mädchen zur Welt bringen würde. Sie fieberte vor Spannung. Der Traum aus ihrer Kindheit, als sie noch jungfräulich war und auf den Heiligen Geist wartete, durch den sie einen Messias auf die Welt bringen würde, verwirklichte sich in der Schwangerschaft des toten Mädchens. Der neunte Monat ging vorüber, und Monate und Jahre folgten, doch Setare gebar nicht, obwohl ihr Bauch von Tag zu Tag größer und immer größer wurde. Damals hieß es, Schamsolmoluk leide unter Schwermut, denn sie band grüne Talismane an den Granatapfelbaum, die sie beschützen sollten.

Tuba hatte kürzlich einen Brief von Mirza Abusar aus Tabriz erhalten:

»An die hochverehrte Dame Schamsolmoluk Chanom«, schrieb er, »werte Ehegattin seiner Hoheit des hochwohlgeborenen, edlen Prinzen; möge sein Ruhm sich vermehren! Wenn Sie nach dem Befinden dieses mit Schuld beladenen, sündigen Armen fragen, so kann ich berichten, daß es mir, Gott sei gedankt, nicht schlecht geht, obwohl die Kümmernisse jener Tage mich tief gebeugt haben. Aber ich lebe unter dem Schutz des Allmächtigen und unter dem Schatten des Grabmals des Erhabenen, dessen Namen uns teuer ist. Verehrte Dame, Sie sollen wissen, daß ich jede Nacht zu den Sternen emporblicke und heiße Tränen vergieße. Ich erbitte von Gott, dem Einzigen und Allmächtigen, Gesundheit für Sie, allergnädigste Dame, und hoffe, daß, so es Gott will, meine gemütskranke Schwester ein Leben in Frieden verbringt in Ihrer Obhut, denn Sie wissen, werte Dame, daß sie in ihrem Leben schwer gelitten hat. Werte Dame, den armen Waisen Esmaiil vertraue ich Ihrem besonderen Schutz an und bete zu Gott, dem Allmächtigen, daß ihm Ihre Fürsorge zuteil wird und daß er Ihre Liebe durch Gehorsam und Ergebenheit wird erwidern können. Ich grüße auch das verehrte Fräulein Mansarossaltane Chanom, das verehrte Fräulein Aqdasolmoluk Chanom, das geschätzte Fräulein Munessoddoule Chanom und ebenso den jungen Prinzen Habibollah Khan, das junge Oberhaupt der Familie. Geschätzte Dame, ich bitte Sie untertänigst, meine Grüße auch an Jaqut und Almass Chatum weiterzuleiten.

Ich hoffe, daß Sie unter dem Schutz Gottes, des Allmächtigen, eine gute Zeit haben. Das Schicksal wollte es, daß mein Lebensweg in Unglück mündete. Hochverehrte Dame! Ich weine Tag und Nacht aus tiefstem Herzen; ich habe mich ans Grabmal jenes Erhabenen zurückgezogen und hoffe, daß der Faden meines Lebens sobald wie möglich zerreißen möge. Wenn Muslimen der Freitod erlaubt wäre, hätte ich meinem Leben ein Ende gesetzt und mich selbst von den Schmerzen erlöst. Ich grüße auch die werte Amine Chanom und den Herrn Prinzen. Ich bete für Sie alle, untertänigst, Ihr Mirza Abusar Tabrizi, Lejla, Montag, der vierte Zilhadsche.«

Tuba vergrub den Brief im Grab des Mädchens, damit es ihn lese und die Unschuld ihres Onkels vor Gott, dem Allmächtigen, erfahre. Das Mädchen teilte ihr nie mit, ob es den Brief gelesen hatte. Es redete gar nicht. In Schamsolmoluks Tagträumen ging es immer nur mit seinem riesigen Bauch hin und her. Nach einigen Jahren ging es nicht einmal mehr hin und her, sondern saß einfach unter dem Granatapfelbaum, und sein Bauch füllte fast den ganzen Innenhof. Wenn Tuba am Mädchen vorbeiging, versuchte sie, den Bauch möglichst nicht zu berühren. Ihr Weg durch den Innenhof folgte mittlerweile genau festgelegten unsichtbaren Linien. Ein Teil des Hofes gehörte zu Setares Bereich. Der einzige Mensch, der außer Tuba diesen Bereich respektierte und sich davor hütete, ihn zu betreten, war die persische Tante. Sie wußte nicht, wer sich auf der anderen Seite des Hofes befand – oder sie wußte es und verriet es nicht. Jedenfalls beobachtete sie ihre Nichte genau und mied den verbotenen Teil des

Innenhofes. Die Kinder hingegen respektierten das ungeschriebene Gesetz des Hofes nicht und wurden zur Strafe oft geschlagen, obwohl die Kinder nichts von dem toten Mädchen wissen konnten. Wenn Esmaiil sich ihm näherte, erwachte in Tuba dumpfe Wut. Er hätte doch seine Schwester erkennen müssen! Und weil er es nicht tat, brach diese Wut aus ihr heraus. Mit der Zeit gewöhnte sich Esmaiil daran, die Ecke mit dem Granatapfelbaum nicht mehr zu betreten, denn er bemühte sich, wo er konnte, Tubas Unwille nicht zu erregen.

Als Schah Ahmad ins Ausland ging, und Reza Khan Sirdar Sepah auf den Thron gelangte, verlor der Prinz sein Gouverneursamt. Seinen Stolz jedoch hatte er schon lange verloren. Er behielt die Kinder ein Jahr lang bei sich, weil er wußte, daß er Tuba dadurch peinigte. Dann durften sie frei entscheiden, ob sie zu ihrer Mutter zurückkehren wollten. In diesem Jahr lernte Esmaiil, mit den drei verschrobenen Frauen – die eine gemütskrank, die zweite närrisch und die dritte schwermütig – umzugehen. Er gehorchte den Befehlen jeder. Vor allem aber kümmerte er sich um seine einsame, verwirrte Mutter. Wann immer andere Menschen sich über sie lustig machten, stellte er sich vor sie hin und nahm sie in Schutz. Einmal band ein Händler aus der Nachbarschaft einen Wasserkrug an ihrem Tschador fest. Die Frau schleifte den Krug scheppernd hinter sich her und wunderte sich, warum ihr alle nachstarrten. Esmaiil band den Krug los und verbot ihr, einkaufen zu gehen. Wenn er aus der Schule zurückkam, machte er sich sogleich wieder auf den Weg, um das Notwendigste zu besorgen. Er fegte zusammen mit seiner Mutter den Innenhof, und manchmal setzte er sich neben Tuba an den Webstuhl und knüpfte. Tuba sah allmählich ein, daß ihr Haushalt ohne Esmaiil nicht funktionierte. Als die Kinder dann zu Tuba zurückkehrten und Almass Chatun im Haus des Prinzen zurückblieb, war Tuba ganz auf sich allein gestellt, daher war Esmaiil ihr unentbehrlich geworden. Morgens begleitete er die Kinder zur Schule, mittags brachte er sie nach Hause zurück. Die Mädchen fanden sich leicht mit der neuen Situation ab, Habibollah jedoch war gekränkt. Einerseits gefiel er sich in der Rolle des Prinzensohnes, der von einem Diener begleitet wird, andererseits wußte er genau, daß Esmaiil nicht ein Diener, sondern eher ein Aufseher war – fast eine Art Vormund. Es dauerte nicht lange, bis er aufbegehrte und darauf bestand, allein in die Schule zu gehen. Es war ihm zwar peinlich, mit seinen Schwestern gesehen zu werden, er ertrug es aber nicht, wenn Esmaiil sie begleitete. Er wünschte sich einen Jaqut oder eine Almass Chatun, richtige Dienstboten also. Als sein Vater vom Gouverneursamt abgesetzt wurde und seine Mutter eilig den Namen ihres Gatten durch ihren eigenen Familiennamen ersetzte, um sich und die Kinder vor Schwierigkeiten seitens der neuen Regierung zu schützen, fühlte er sich gedemütigt. Sein sehnlicher Wunsch, ein eigenes Pferd zu besitzen und wie ein richtiger Prinz zu reiten, hatte sich nicht erfüllt. Die glückliche Mansarossaltane hingegen hatte im letzten Herrschaftsjahr der Kadscharendynastie geheiratet. Der junge Ehemann, Prinz Hesamoddin, war in England zur Schule gegangen. In den Krisenjahren während des Machtwechsels war er immer am ersten und am fünfzehnten Tag des Monats vorbeigekommen, um seine kleine blonde Braut zu besuchen. Er trug eine Militäruniform und sprach mit englischem Akzent. Am Tor des Innenhofs übergab er jeweils sein Pferd einem Diener und begab sich in den Salon. Fünf Minuten später setzte sich seine kindliche Braut still zu ihm. Sie trug ein kurzes geblümtes Kleid und einen Seidenschleier. Die beiden jungen Leute saßen etwa eine halbe Stunde lang dort und wechselten kaum ein Wort miteinander. Sechs Monate vor dem Sturz von Schah Ahmad war die Braut mit einer Droschke abgeholt worden. Die ganze Gasse war festlich beleuchtet, und die Geschäftsleute aus der Nachbarschaft verbrannten wilde Raute. Mansarossaltane war also jetzt glücklich verheiratet.

Aqdasolmoluk hatte noch unter Schah Reza geheiratet. Turanossaltanes Familie stand kurz vor der Abreise ins Pariser Exil, und es war selbstverständlich, daß die Braut sie begleiten würde. Es war eine prunkvolle Hochzeit. Prinz Abulhasan und Aqdasolmoluk waren seit ihrer Kindheit befreundet, was die Eheschließung erleichtert hatte. Tuba hatte ihre Tochter seit acht Jahren nicht mehr gesehen. Wenn er nichts zu tun hatte, legte sich Habibollah auf den Boden und trauerte jenen Zeiten nach, als seine Familie noch Stolz und Ehre besaß. Wer würde jetzt schon glauben, daß es einmal Zeiten gab, wo die Händler auf der Straße herbeieilten, um ihn zu begrüßen? Wer hätte voraussehen können, daß ein kleiner aserbaidschanischer Junge, der bis vor kurzen nicht einmal richtig Persisch sprach, zum Vertrauten seiner Mutter werden würde? Jetzt hieß es nur noch: »Esmaiil, mein Sohn, hier; Esmaiil, mein Sohn, dort; lieber Esmaiil, tu bitte dies, tu bitte das«, als sei dieser Esmaiil Tubas leiblicher Sohn und Habibollah der Sohn einer beliebigen Nebenfrau.

Tuba aber sah in Esmaiil Setare und fühlte sich auf besondere Art mit ihm verbunden. Sie schüttete ihm oft ihr Herz aus, erzählte ihm vom Ursprung und der Lebensführung der Derwische. Sie wartete ungeduldig darauf, daß er erwachsen wurde und sie ihm Setares Geheimnis anvertrauen konnte. Der Junge aber träumte von Muness, der einzigen Tochter, die noch im Haus geblieben war. Er erinnerte sich noch genau an jenen Tag, als sie die tote persische Tante gefunden hatten. Sie war zwei Tage lang verschwunden gewesen. Sie hatten überall nach ihr gesucht.

Dann auf einmal hatte Muness aufgeschrien. Alle waren zum Wasserspeicher gelaufen. Der Zipfel eines geblümten Kleides schwamm auf dem Wasser. Muness weinte und legte den Kopf an Esmaiils Brust. Er streichelte ihr Haar, um sie zu beruhigen. Von dem Augenblick an liebte er sie; zwischen ihnen war eine Beziehung entstanden, deren Innigkeit nie nachlassen sollte. Sie hatten nie miteinander darüber gesprochen. Sie brauchten nicht darüber zu sprechen, denn jeder wußte um die Gefühle des andern.

Am nächsten Abend machten sie sich also auf den Weg zu Mansarossaltanes Einladung. Sie riefen an der Straßenecke eine Droschke herbei. Habibollah ließ seine Mutter und seine Schwester zuerst einsteigen und setzte sich ihnen gegenüber. Das Mädchen war festlich gekleidet und trug einen Tschador aus Crêpe de Chine. Muness betrachtete das Treiben in den Straßen. Ein Kaffeehauswirt sprühte aus einer Gießkanne Wasser auf den Bürgersteig. Feiner Dunst lag in der Luft. Wenn ihre Gasse ebenfalls geteert wurde, wäre es auch dort nicht mehr staubig. Auf der Amir-Kabir-Straße rollte die Droschke auf Asphalt. Tuba lehnte sich staunend aus dem Fenster. Die Pferde glitten ab und zu tatsächlich auf dem blanken Asphalt aus. Tuba stellte mit Bewunderung fest, dieser Schah Reza sei wirklich ein großer Mann. Im Jahr vorher war sie zum Mausoleum Imam Rezas gepilgert und hatte sich selbst davon überzeugen können. Alle rühmten die Sicherheit auf den Fernstraßen, unterwegs war dies das einzige Gesprächsthema gewesen. Früher wäre man auf der Strecke von Teheran nach Maschhad mindestens zehnmal von Wegelagerern überfallen worden. Jetzt verkehrte auf der Schotterstraße ein Autobus, der dank seinen hölzernen Sitzen im Vergleich zu den früheren Transportmöglichkeiten geradezu vornehm war. Die Passagiere waren zwar von Kopf bis Fuß mit Staub bedeckt, waren aber fröhlich und zufrieden und dankten Gott. Tuba zählte den Asphalt ebenso wie die öffentliche Sicherheit zu den großen Taten Schah Rezas, obwohl es Leute gab, die behaupteten, er sei ein Henker. Tuba dachte, ihretwegen könne er ruhig ein Henker sein, wenn sich dafür die Frauen bis spät in der Nacht außer Haus aufhalten konnten. Das war doch eine beachtliche Leistung! Tuba lehnte sich bequem zurück. Sie hatten den asphaltierten Straßenabschnitt hinter sich gelassen, und nun holperte die Droschke wieder über die Schlaglöcher der neuen Schah-Reza-Straße. Bis zu Mansarossaltanes Haus war es nicht mehr weit. Es befand sich in der Nähe des Platzes, wo die neue Universität gebaut wurde.

Die Prinzessin stand am Fenster und winkte Mutter und Schwester zu. Sie war unverschleiert, und als der Diener ihnen die Tür aufmachte, erschien sie ebenso unverschleiert an der Tür. Sie zog ihre Schwester schnell zur Seite, um ihr zu sagen, daß Herr Chonsari den Tschador ablehne. Er gehörte zu jenen, die dafür plädierten, daß sich Frauen in der Öffentlichkeit unverschleiert zeigen durften. Sie führte ihre Schwester ins Schlafzimmer und nahm ihr den Tschador ab, ordnete schnell ihr Haar und steckte es mit zwei goldenen Spangen fest. Muness, deren Augenbrauen in der Mitte zusammengewachsen waren, entsprach dem Schönheitsideal der Kadscharen. Die dunkle und die blonde Schwester betrachteten sich im Spiegel. Tuba plauderte inzwischen mit ihrem Schwiegersohn. Prinz Hesamoddin trug einen schmalen Schnurrbart nach der neusten europäischen Mode. Er war schlank und großgewachsen und sah prächtig aus in seiner Offiziersuniform. Er war ein liebenswürdiger Schwiegersohn. Mansarossaltane reichte Bilder herum, die Aqdasolmoluk aus Paris geschickt hatte. Darunter ein Gruppenbild vor dem Eiffelturm: Turanossaltane, ihre ältere Tochter Schadman, Prinz Abulhasan und neben ihnen eine europäische Frau, von der Mansarossaltane behauptete, es sei Aqdasolmoluk. Sie sah aber überhaupt nicht aus wie die Aqdasolmoluk von sieben oder acht Jahren früher; es war eine ganz und gar europäische Frau. Neben Aqdasolmoluk stand Amirhosejn, der jüngere Sohn der Familie; Prinz Taher, der Enkel Tubas, saß zu Füßen seines Vaters Prinz Abulhasan. Prinz Mansur selbst war nicht auf dem Foto; er hatte wahrscheinlich das Bild geknipst. Die Bilder versetzten die Familie in Aufregung; alle malten sich heimlich eine mögliche Reise nach Paris aus. Tuba suchte ein Foto aus, das sie rahmen lassen und über dem Ofen aufhängen wollte.

Es klopfte an der Tür, und Herr Chonsari trat in Begleitung des Prinzen ein. Muness hatte das Läuten an der Haustür gehört, dann die Schritte des Hausdieners, der zur Tür geeilt war. Sie hatte die Stimme ihres Vaters erkannt und die eines ihr unbekannten Mannes, die Prinz Hesamoddin und Mansarossaltane begrüßten. Dann war Habibollah lächelnd in den Flur gegangen, um die Neuankömmlinge ebenfalls willkommen zu heißen. Muness klammerte sich an der Sessellehne fest und starrte auf den Teppich. Dann näherten sich die Stimmen langsam dem Salon. Herr Chonsari ging auf Muness und Tuba zu, die sich höflich erhoben hatten, und reichte ihnen mit einer leichten Verbeugung die Hand. Er war bestimmt über fünfzig Jahre alt, großgewachsen und hager. Seine dünnen Lippen waren zusammengepreßt, und sie verzogen sich nur selten zu einem verkrampften Lächeln. Er trug einen europäischen Anzug und Krawatte und hob sich dadurch vom Prinzen in seinem abgetragenen Gehrock ab. Mansarossaltane flüsterte Muness ins Ohr, der Herr sei Beamter im Außenministerium und zähle zu den einflußreichen Persönlichkeiten in der Regierung. Herr Chonsari schüttelte allen Anwesenden die Hand. Als er Muness erblickte, verdüsterte sich seine Miene. Er überlegte wohl, was mit einer so jungen Braut anfangen. Er war noch nie verheiratet gewesen, denn in seiner Jugend hatte man ihm eingeschärft, die Ehe verkürze des Mannes Leben. Nun hatte er sich vom Prinzen – und von seinem Wunsch nach eigenen Kindern – zur Heirat drängen lassen. Das Mädchen war erstarrt. Sie hatte sich alle möglichen Vorstellungen von ihrem Bräutigam gemacht – doch dies! Als die anderen sich angeregt miteinander unterhielten, überlegte sie sich, ob es nicht das klügste wäre, unauffällig das Zimmer zu verlassen und nach Hause zu fliehen. Ein absurder Gedanke. Sie las dem Mann vom Gesicht ab, daß er ihr keineswegs folgen würde. Er schien nicht zu jenen zu gehören, die junge Mädchen einsperren oder von einer Frau in die Arme der nächsten wechseln wie ihr Vater. Er war offensichtlich ein sehr ernster Mensch, und genau das war es, was Muness angst machte. Dann wurde das Abendessen aufgetragen, und zwar nach europäischer Art. Gastgeber und Gäste saßen an einem Tisch. Mansarossaltane nahm dem Diener die Suppenschüssel ab und stellte sie vor Prinz Hesamoddin hin. Der junge Offizier stand auf und schöpfte der Reihe nach Suppe in die dafür vorgesehenen Teller, wie er es in England im Hause seines ehemaligen Tutors gesehen hatte. Sie waren nicht reich genug, um sich Diener mit weißen Handschuhen leisten zu können.

Der Prinz fragte, ob wirklich etwas Wahres an dem Gerücht sei, daß die Regierung den Frauen das Tragen des Tschadors gesetzlich verbieten wolle. Oder handelte es sich nur um Hirngespinste einer Handvoll Aufwiegler? Habibollah fügte hinzu, das Thema sei das Tagesgespräch. Dann fragte er, ob jemand das neue Lied des Sängers Aref gehört habe. Mansarossaltane entgegnete, sie habe kürzlich die Schallplatte gekauft, und stand auf, um die Platte aufzulegen. Der Prinz blickte fragend zu Herrn Chonsari hinüber. Ja, auch er habe dieses Gerücht gehört und glaube, es handle sich um mehr als nur um ein Gerücht, antwortete dieser. Der Prinz wandte ein, wie man so etwas bewerkstelligen wolle – und erst noch in einem Land wie dem Iran. Herr Chonsari meinte nachdenklich, Seine Majestät Schah Reza sei durchaus in der Lage, in die Tat umzusetzen, was immer er beschließe. Er regiere alles mit eiserner Hand. Der Iran müsse den Weg der großen modernen Zivilisationen beschreiten, und die Macht der Europäer beruhe nun einmal zu einem wesentlichen Teil auf der Gleichberechtigung zwischen Mann und Frau. Außerdem gehörten die Iraner zur arischen, das heiße zur auserwählten, Rasse und müßten anderen Völkern gleicher Rassenzugehörigkeit nacheifern. Der Prinz betrachtete voller Genugtuung seinen zukünftigen Schwiegersohn: Dessen helle, leicht schräggestellte Augen, die hohen Wangenknochen ließen auf eine ostasiatische Abstammung schließen. Reine arische Rasse, dachte der Prinz zufrieden.

Muness hätte gern noch einmal Suppe geschöpft, sie fürchtete aber, die Speisenfolge ihrer Schwester durcheinanderzubringen. Der Diener nahm die Suppenteller weg, stellte sich aber so ungeschickt an, daß Mansarossaltane sich darüber aufregte. Anschließend wurde das Gedeck für geschmorte Ente an Granatapfel- und Walnußsauce mit Reis und gebratenen Lendchen aufgelegt. Jetzt war die Reihe an Schamsolmoluk zu schöpfen, wie es die Höflichkeit verlangte. Der Prinz bediente sich reichlich als erster, ohne Rücksicht auf seine ehemalige Frau und die anderen zu nehmen. Prinz Hesamoddin und Mansarossaltane warfen einander einen vielsagenden Blick zu. Prinz Hesamoddin lächelte nachsichtig, und Mansarossaltane bat ihre Mutter, sich doch bitte zu bedienen. Dann forderte sie Herrn Chonsari auf, der höflich darauf bestand, daß erst die Damen an der Reihe seien. Der Prinz fragte, ob er als Beamter im Außenministerium eine Möglichkeit sehe, ins

Ausland delegiert zu werden. Herr Chonsari antwortete, er werde sich wahrscheinlich ins Innenministerium versetzen lassen, denn er habe die Absicht, die Hauptstadt zu verlassen und einen Posten in Esfahan zu übernehmen; er liebe das Klima in Esfahan und habe früher einmal einige Jahre dort verbracht. Während er redete, betrachtete er Muness aus dem Augenwinkel. Sie wirkte abwesend und verwirrt. Herr Chonsari hätte seinen Entschluß fast bereut. Das Mädchen war wirklich noch blutjung, und er war nicht besonders darauf erpicht, sich mit einer jungen Frau herumzuschlagen. Andererseits, würde er den Vorschlag des Prinzen abschlagen, würde er diesen zutiefst kränken. Natürlich hatte er den Prinzen darauf hingewiesen, daß das Mädchen viel zu jung für ihn sei. Doch der Prinz hatte bloß geantwortet, der Umgang mit einer jungen Frau verjünge ältere Männer. Darauf hatte Herr Chonsari nichts mehr zu erwidern gewußt.

Nach dem Abendessen wurde Eis gereicht. Sie waren in den Salon zurückgekehrt. Mansarossaltane saß mit vornehm zusammengepreßten Beinen in einem Sessel und hielt den Kristallbecher mit dem Eis in der linken Hand. Ihre aristokratischen Umgangsformen drückten sich in jeder ihrer Gesten aus. Ihr Mann saß auf der Lehne ihres Sessels und war in ein Gespräch mit Herrn Chonsari vertieft. Muness stand mit ihrem Eis in der Hand vor einer Kristallbowle, in der zwei Goldfische sich hochmütig umkreisten. Herr Chonsari glich einem Fisch, ging es ihr durch den Kopf, und sie sah sich selbst schon als Fisch. Sie wußte nur nicht, in welchem Wasser sie zusammen schwimmen wollten. Sie wandte sich traurig ab und verkroch sich in ihrem Sessel.

Es war von Hitler die Rede, der von Tag zu Tag mächtiger zu werden schien. Prinz Hesamoddin trug einen kurzen Oberlippenschnurrbart im Hitlerstil. Herr Chonsari hingegen trug weder Bart noch Schnurrbart und preßte bloß streng seine dünnen Fischlippen zusammen. Gegenüber dem feurigen Prinzen, der leidenschaftlich Hitler verteidigte, schwieg er vorsichtig. Seine bisherige politische Laufbahn hatte ihn gelehrt, nicht kopflos für politische Führer zu schwärmen, sondern zunächst die jeweilige Situation genau abzuschätzen. Seiner Ansicht nach hatte zwar in Iran der Einfluß des ehemaligen Rußland beziehungsweise der gegenwärtigen Sowjetunion deutlich nachgelassen, er wußte aber, daß viele Menschen Hoffnungen in die politische Entwicklung ihrer nördlichen Nachbarn setzten. Andererseits wußte er natürlich auch um die Macht und den Einfluß der Briten. Auch er empfand in seinem Innersten Hochachtung für Hitler, zog es aber vor, die für sich zu behalten. Seine Lippen verzogen sich zu einem angedeuteten Lächeln. Der Prinz war überzeugt, daß der angehende Schwiegersohn seine Ansichten teilte, und lobte Hitler fröhlich drauflos: Dieser Mann sei ein würdiger Nachfolger Wilhelms. Die Deutschen seien eine bewundernswerte Rasse. Man brauche sich bloß anzusehen, mit was für einem Fleiß sie die Zerstörungen des Ersten Weltkrieges beseitigten. Es sei unglaublich, wie sie sich von der vernichtenden Niederlage erholt hätten und wieder auf die weltpolitische Bühne zurückgekehrt seien. Mit den Deutschen als bedeutender Weltmacht würde sich vieles ändern. Man diskutierte angeregt, verglich Hitler mit Mussolini. Herrn Chonsaris Ansicht nach waren diese zwei Persönlichkeiten, und demnach auch ihre jeweilige Gefolgschaft, dem Wesen nach identisch. In seiner aufrichtigen Bewunderung für Hitler fühlte sich der Prinz mit seinem Schwiegersohn einig, unterließ es aber nicht, vor der Macht der Engländer zu warnen. Er betrachtete die Entmachtung und Absetzung seiner eigenen Familie als Ergebnis eines britischen Komplotts. Sein ganzes Leben lang hatte er diese Macht am eigenen Leib gespürt. Er war überzeugt, daß alle noch so unbedeutenden politischen Ereignisse in Iran und auf der ganzen Welt mit den Briten zusammenhingen und daß die Briten auf subtile Weise sämtliche Fäden in der Hand hielten. Aus genau diesem Grunde mochte er Hitler! Wenn dieser Mann noch mehr Macht erlangte und Iran sich mit ihm verbündete, dann würden die Briten in Iran eine schwere Niederlage einstecken müssen. Er träumte vom Zusammenbruch des britischen Imperiums und rückte zufrieden auf seinem Sessel hin und her. Mansarossaltane war mit ihrer Schwester im Schlafzimmer verschwunden, um ihr an ihrer Frisierkommode zwei verschiedene Nagellacke vorzuführen. Sie empfahl Muness, in Zukunft die Nägel zu lackieren, die Hände würden so viel attraktiver aussehen, und sie hielt ihr ihre eigenen langen, lackierten Fingernägel hin. Muness lobte die wunderschönen Hände ihrer Schwester. Sie legte die beiden Lackfläschchen in die kleine Samttasche, die ihre Mutter für sie genäht hatte, und die beiden kehrten wieder in den Salon zurück. Tuba hatte sich schweigend in ihren Tschador gewickelt und in einem Sessel vergraben. Sie verfolgte aufmerksam das Gespräch der Männer. Sie spürte, daß auch sie diesen Hitler allmählich mochte. Er würde es den Bolschewiken zeigen und es den Engländern heimzahlen! Dann würde Iran zu den Zeiten seiner alten, mächtigen Könige zurückkehren. An der Wand in ihrem Zimmer hing ein großer Kalender, auf dem in einem ovalen Rahmen die Porträts aller persischen Könige zu sehen waren, von Gajumart, dem Pasargaden, bis zu Schah Reza. Das Bildnis des letzten Königs, Schah Reza, befand sich groß in der Mitte, und die anderen umringten ihn wie kleinere Himmelskörper ihre Sonne. Tuba mochte auch Schah Reza. Sie fürchtete ihn zwar in der Tiefe ihres Herzens, wie viele andere auch, doch zugleich bewunderte sie ihn. Nach seiner Machtergreifung hatte sie eine Reise nach Maschhad und nach Schiraz unternommen, immer nur in Begleitung einer ihrer Töchter, ohne Wegelagerer und Räuber fürchten zu müssen. Schah Reza hatte ihren Kindern, die der Kadscharendynastie angehörten, kein Haar gekrümmt. Es war bisher nicht üblich gewesen, daß ein neuer König die Macht übernahm, ohne die Nachkommen seiner Vorgänger auszurotten oder sie zumindest zu verstümmeln und zu Krüppeln zu schlagen. Tuba hatte vorsichtshalber ihre Nachnamen ändern lassen, aber niemand war ihrer Familie zu nahe getreten. Selbst der Prinz lebte sorglos, ohne sich vor dem Gefängnis fürchten zu müssen. Die Bevölkerung war verständlicherweise eingeschüchtert. Es war vom berüchtigten Polizeichef Sarpass Mochtari die Rede, von Luftspritzen in der Haft und von mysteriösen Todesfällen. Aber was machte das schon aus? Es traf immer nur bedeutende Männer, die einfache Bevölkerung kam ohnehin nicht mit dem Schah in Berührung. Tuba sprach häufig mit Esmaiil darüber. Der junge Mann mochte Schah Reza überhaupt nicht und sagte Dinge, die Tuba nicht recht begriff. Sie wunderte sich, daß Esmaiil den großen Schah nicht schätzte.

Die Atmosphäre in der Runde war eher frostig, obwohl Mansarossaltane sich alle erdenkliche Mühe gab und der Prinz und Habibollah ohne Unterlaß scherzten und Anekdoten erzählten. In einem war man sich einig: Herr Chonsari würde alle Bedingungen und Verpflichtungen annehmen, obwohl es auf der Hand lag, daß der Prinz ohnehin keine hohen Bedingungen stellen würde. Ihm reichte es, daß das Mädchen ehrenvoll heiratete und somit die Zukunft der letzten Tochter Schamsolmoluks gesichert war. Der Prinz atmete erleichtert auf, denn er hatte befürchtet, daß diese Kinder vor seinem Tod nicht mehr zu einem selbständigen Leben finden würden. Mittlerweile hatte er nämlich vier weitere Kinder von seiner neuen Frau. Wenn er an sie dachte, zuckte er gleichgültig die

Schultern. Er konnte nicht gegen das Schicksal ankämpfen; die Kinder hatten auf die Welt kommen müssen, wenn auch in Zeiten seiner persönlichen Armut. Es würde sich schon etwas auftun.

Als sie sich am späten Abend verabschiedeten, brachte Herr Chonsari sie mit einer Droschke nach Hause, die er eigens für diesen Abend gemietet hatte. Er besaß keine eigene Droschke, denn er wollte sich demnächst ein Auto kaufen. Er lud die Damen und Prinz Habibollah für den darauffolgenden Tag ins Kino ein. Er werde sich erlauben, sie um fünf Uhr abends abzuholen.

Muness konnte in jener Nacht nicht einschlafen. Die Heirat kam wie ein Ungeheuer auf sie zu. Sie fand Herrn Chonsari nicht abstoßend, sie fürchtete ihn auch nicht. Sie wollte nur nicht seine Frau werden. Dennoch war sie, wie verabredet, um punkt fünf Uhr zusammen mit Prinz Habibollah und ihrer Mutter zum Ausgehen bereit. Er blieb vor der Tür stehen und lehnte die Aufforderung einzutreten höflich ab. Die Frauen banden ihre Gesichtsschleier vor. Habibollah trug eine Halsbinde und eine Pahlewimütze, Herr Chonsari ebenfalls. Er hatte auch heute wieder eine Droschke gemietet, und sie ließen sich zum Kinopalast fahren. Herr Chonsari kaufte die Eintrittskarten, und als sie den Saal betraten, wußte Tuba einmal mehr nicht, ob die Schuhe ausziehen oder anbehalten. Die Männer setzten sich auf die rechte Seite, die Frauen auf die linke. Das elektrische Licht ging aus. An der Wand erschien ein lautlos brüllender Löwe. Tuba starrte auf die Bilder. Auf der Leinwand flimmerten Kommentare vorbei. Ein kleiner Mann mit einem Zylinder, großen Schuhen und einem Spazierstock in der Hand lief auf der Wand hin und her, hopste auf und ab und machte allerlei komische Sachen. Tuba fand das überhaupt nicht lustig. Sie dachte an die Größe und Herrlichkeit Gottes. Wie waren Bilder imstande, sich auf einer weißen Leinwand zu bewegen? Habibollah hatte lange versucht, ihr die Bedeutung der Bilder zu erklären, aber das Geheimnis, das den Bildern innewohnte, verwirrte sie nach wie vor. Das Kino war, wie der Asphalt, ein großes Ereignis in ihrem Leben. Ein schwarzes, häßliches Ding kam drohend aus der Leinwand auf sie zu. Sie wollte erschrocken aufspringen und davonlaufen. Muness beruhigte sie, es sei keine richtige Lokomotive. Das schwarze Ding brauste vorbei. Nichts war passiert, niemand war überrollt worden ... Was für eine wundervolle Sache, das Kino!

Nach Ende der Vorstellung spazierten sie zu Fuß nach Hause zurück. Herr Chonsari begleitete sie. Am Hauseingang schüttelte er höflich Habibollah die Hand, und sie trennten sich. Alles war geregelt, blieb nur noch, den Ablauf der Hochzeitsfeier festzulegen.

Am folgenden Tag erschien der Prinz. Tuba zog ihren Tschador fest um sich. Sie wunderte sich selbst, daß sie einst mit diesem Mann intim gewesen war. Sie betrachtete ihn verstohlen. Ja, er war ein alter Mann, sah aber immer noch gut aus. Es wäre schön gewesen, wenn sie zusammen alt geworden wären, ging es ihr durch den Kopf, doch sie verscheuchte den Gedanken gleich. Wenn sie an seine Wiederverheiratung dachte, regte sich ihr alter Zorn. Sie hatte die noch kleinen Kinder des Prinzen gesehen. Sie waren schön, sehr schön sogar, ebenso schön wie ihre eigenen Kinder. Als sie sie das erste Mal gesehen hatte, hatte sie sich vorgestellt, daß sich die Geschwister eines Tages gegenseitig unterstützen und dadurch gemeinsam eine starke Sippe bilden würden. War das tatsächlich möglich? Die älteren Kinder des Prinzen, die er von seinen früheren Frauen gehabt hatte, hatten nie eine Rolle gespielt in Tubas Denken. Kinder gehörten ihren Müttern, das war Tubas feste Überzeugung. Im Laufe der Geschichte waren viele Prinzen von ihren Rivalen geblendet und dadurch unschädlich gemacht worden, nur deshalb, weil sie von anderen Müttern stammten. In Tubas unmittelbarer Umgebung würde es, Gott sei Dank, nicht zu solchen Machtkämpfen kommen. Sie kümmerten sich nicht um die Tagespolitik, und ihr Leben verlief in ruhigen Bahnen.

Der Prinz begann in Anwesenheit von Mutter und Tochter über die moralischen und familiären Tugenden von Herrn Chonsari zu sprechen. Er wollte die Meinung seiner Tochter hören. Muness bat um eine Woche Bedenkzeit. Der Prinz fand eine Woche zu lang. Vierundzwanzig Stunden würden reichen für eine Antwort. Die Frage war doch nicht sonderlich kompliziert: Entweder sie wollte ihn heiraten oder nicht. Niemand würde sie dazu zwingen, aber Muness wußte, daß ihr ohnehin nichts anderes übrigblieb, als Herrn Chonsaris Frau zu werden.

Als der Prinz gegangen war, lief Muness ins Untergeschoß, um die kranke türkische Tante zu besuchen. Esmaiil saß auf dem Fußboden an seinem niedrigen Tisch und lernte im Licht der Öllampe. Muness streckte ihre Hand unter dem Tschador hervor, so daß der Junge die lackierten Nägel sehen konnte. Esmaiil verabscheute lackierte Nägel, und er senkte wieder den Kopf. Das Mädchen sagte, sie habe vierundzwanzig Stunden Zeit, um Herrn Chonsari ihr Ja oder ihr Nein zu geben. Sie werde ablehnen, falls er meine. Sie könnte vielleicht Opium essen, um nicht heiraten zu müssen. Es war das erste Mal, daß Muness so offen mit ihm sprach. Sie hatten noch nie über die Liebe geredet, die sie füreinander empfanden. Beide wußten, daß es eine unmögliche Liebe war. Doch die Liebe hatte sich in einem Winkel ihres Herzens eingenistet wie ein undeutliches Bild.

Der junge Mann lehnte sich an die Wand. Die Feuchtigkeit der Mauer drang durch ihn hindurch. Falls sie nein sagte, würden sich alle nach dem Grund fragen und irgendwann an ihn denken. Er stellte sich bildhaft vor, wie der Prinz, Habibollah oder Prinz Hesamoddin ihm die Kehle zudrückten und ihn auf persisch oder türkisch anbrüllten, ob er, ein Bastard, sich auf diese Weise für all die Wohltaten erkenntlich zeige, die man ihm seit seiner Kindheit in diesem Haus erwiesen habe. Er stellte sich vor, wie er mit blutigem Kopf auf der Polizeiwache saß und geohrfeigt wurde, bis er endlich zugab, was er mit dem Mädchen angestellt hatte. Nein, sie würden die Sache niemals vor der Polizei austragen. Sie würden bestimmt anders vorgehen, ihn vielleicht so lange prügeln, bis er Blut spuckte. Sie würden ihn erniedrigen, alle nahen Verwandten im Innenhof des Hauses versammeln, ihn umringen, herumstoßen und verspotten, weil er sich angemaßt hatte, sich der Tochter des Prinzen zu nähern. Er erinnerte sich an die Geschichte mit Bujuk Aghas Sohn. Etwa eine Viertelstunde lang starrte er reglos vor sich hin, bis Habibollah an die Tür klopfte. Er wußte, daß Habibollah das ständige Ein und Aus seiner Schwester im Kellergeschoß nicht gern sah. Er sagte: »Heirate ihn, ja, heirate ihn. Vergiß alles andere.«

Muness war sich ihrer gesellschaftlichen Stellung überhaupt nicht bewußt. Sie dachte nie daran, daß sie durch ihre Abstammung ein besserer Mensch sei. Als die Kadscharendynastie durch die Pahlewis abgelöst worden war, war sie noch ein Kind gewesen. Sie hatte keine Ahnung vom höfischen Zeremoniell. In der Schule hatte sie gelernt, daß die Kadscharen eine verdorbene Sippschaft waren, tief in ihrem Herzen verachtete sie sie sogar. Sie konnte sich daher nichts anderes vorstellen, als daß Esmaiil sie nicht haben wollte. Enttäuscht teilte sie Habibollah mit, sie sei mit der Heirat einverstanden.

Die Hochzeitsfeier wurde im Hause von Muness' Mutter ausgerichtet. Man überdachte den Innenhof mit großen

Planen und stellte mehrere Reihen Stühle auf. Das Tuch mit den Hochzeitsutensilien lag im Wohnzimmer bereit. Esmaiil bediente die Gäste. Er hielt finster den Blick gesenkt, denn er wollte Herrn Chonsari nicht in die Augen sehen. Die Stimmung war frostig. Das Alter des Bräutigams und seiner eingeladenen Freunde lag wie ein eisiger Hauch auf den Hochzeitsgästen. Herrn Chonsaris würdiges Gehabe ließ selbst die Frauen verstummen, die sonst solche Anlässe mit Jubeltrillern begleiten.

Als die Gäste, die nicht zum engeren Familienkreis gehörten, endlich gegangen waren, schickten sich die Angehörigen und Freunde an, die Braut zum Haus des Bräutigams zu begleiten. Dort war ein Abendessen vorbereitet worden; Tuba würde die Nacht dort verbringen. Sie hatte sich hinsichtlich von Muness' Heirat ihrem geistigen Führer, dem Pir, anvertraut. Seine Antwort war, daß jede eheliche Verbindung etwas Gutes in sich berge, doch er halte den Altersunterschied für zu groß. Was er sonst darüber dachte, behielt er für sich, wollte er doch der Heirat nicht im Wege stehen, seine Miene verriet allerdings, daß er kein gutes Ende voraussah. Tuba hatte seinem Schweigen standgehalten und kurze Zeit fieberhaft überlegt, ob sie ihm die Geschichte von Setare erzählen sollte. Sie hätte ihr Geheimnis gern mit jemand geteilt, denn die Last war auf die Dauer zu schwer für sie. Der Pir, der im Einklang mit der Natur ein- und ausatmete, konnte auch das Geheimnis von Setare in den Tiefen seiner Brust aufbewahren. Was aber wurde aus der Ehre des Mädchens? Tuba verzichtete schließlich darauf. Der erste Mensch, der dieses Geheimnis erfahren mußte, war Esmaiil – zur rechten Zeit natürlich, und die war noch nicht gekommen. Vielleicht würde Setare selbst den Zeitpunkt der Enthüllung bestimmen. An Muness' Hochzeitsabend saß sie riesig und schwanger unter dem Granatapfelbaum; ihr Bereich wurde von den Gästen ständig verletzt. Sie würde Tuba bestimmt wissen lassen, wenn die Zeit gekommen war. An jenem Abend hörte Tuba, wie Habibollah den Baum scherzhaft als geweihtes Mausoleum bezeichnete. Nein, solange Habibollah noch im Haus war, durfte Esmaiil nichts erfahren, und auch niemand sonst.

Nachdem die Braut und die Gäste das Haus verlassen hatten, blieben nur noch Esmaiil und seine kranke Mutter und zwei Dienstboten zurück, die ihm beim Aufräumen halfen. Esmaiil hatte das Gefühl, als hätte sich seine Seele in seinem Körper gekrümmt. Es war ihm, als schleppe er einen unsichtbaren Buckel auf seinem Rücken herum. So sehr er auch versuchte, ihn abzuschütteln, es wollte ihm einfach nicht gelingen. Er empfand keine Wut, nur grenzenlose Trauer. Das Haus erdrückte ihn. Er dachte seit langem zum ersten Mal wieder an seinen Onkel und Setare. Wenn seine arme Mutter starb, würde, außer der Familie des Prinzen, niemand seine Existenz auf dieser Welt bestätigen können. Er fragte sich: Wer bin ich?

Er räumte den Hof auf, kehrte dann wieder ins Untergeschoß zurück und entschied sich, der Einladung seiner Freunde Folge zu leisten. Sie trafen sich in einem kleinen Zirkel und lasen zusammen Zeitungen und Bücher; außerdem lernten sie Französisch und Deutsch. Wann immer er sich in ihrem Kreis aufhielt, fühlte er, daß er jemand war auf dieser Welt. Statt Verwandten hatte er Freunde und Genossen, die ihn als gleichberechtigt betrachteten. In diesem Zirkel verkehrten auch einige Lehrer. Esmaiil hatte sich fest vorgenommen, auf die Universität zu gehen. Er wollte lernen, wollte alles verstehen. Was den unsichtbaren Buckel anging, mußte er ihn irgendwie abschütteln. Er hatte Angst, unter dessen Last zusammenzubrechen. Solange seine Mutter lebte, würde er ihn niemals loswerden. Er haßte die Frau nicht, ganz im Gegenteil, er liebte sie aufrichtig, und sie tat ihm leid. Aber was hatte sie ihm gegeben außer Einsamkeit? Woran sollte er glauben? An ihre Gebete vielleicht? Wenn er sie fragte, was die Worte bedeuteten, die sie beim Beten auf arabisch vor sich hin murmelte, zuckte sie bloß die Achseln. Sie verneigte sich gewohnheitsmäßig, richtete sich wieder auf und murmelte Wörter, deren Bedeutung sie nicht verstand. Sie merkte nicht einmal, wenn man eine Wasserkanne an ihrem Tschador festband oder ihr einen Hut über den Tschador aufsetzte. Einmal hatte sie aus Versehen den Kohlebecher für die Wasserpfeife auf eine Blumenvase gestellt und sich anschließend darüber gewundert, daß das Wasser einfach nicht brodeln wollte.

Die Mutter lag röchelnd im Bett und atmete schwer. Da Tuba abwesend war, würde er morgen der Schule fernbleiben und auf sie aufpassen müssen. Es war Prüfungszeit. Er hielt es ohne Muness im Haus nicht aus. Er hatte das Gefühl, die Wände würden sich aufeinander zu bewegen. Wenn er nur fliehen könnte; wenn er nur in die Wüste hinauslaufen könnte. Um nicht laut herauszuschreien, zog er die Beine an und umschlang sie mit den Armen. Durch den Druck verkrampfte sich seine Muskulatur. Er würde sich morgen seinen Freunden anschließen. Sie wußten, was gut war und was nicht.

Wer hätte geglaubt, daß der gesunde Prinz und die kranke türkische Tante am selben Tag sterben würden. Drei Monate nach Muness' Hochzeit erlag der Prinz auf dem Weg nach Maschhad einer Herzschwäche. Am selben Tag – es war gerade Anfang Herbst – hatte auch die Tante zum letzten Mal einen tiefen Atemzug getan. Tuba, die bei ihr saß, sah, wie sie eine Hauchwolke ausatmete. Sie schaute erschrocken auf, um nach Hilfe zu rufen. Habibollah und Esmaiil waren beide an der Universität. Es war der erste Monat ihres Studiums, und Tuba war stolz. Dafür war sie jetzt in vielen Belangen auf sich allein gestellt. Die Tante atmete stoßweise. Tuba hatte geweihte Erde vom Grab eines Heiligen bereitgestellt und streute ihr ein paar Krümelchen in den Mund. Sie begann schluchzend Koranverse zu rezitieren. In Gedanken sah sie Setare, wie sie unter dem Baum saß und lächelte, während ihre Mutter starb. Tuba dachte: Tote heißen andere Tote gern willkommen. Die Tante starb in völliger Unschuld wie die Vierzehn Reinen – wie der Prophet, Mohammed, seine Frau Fatima und seine zwölf Nachfolger. Es war unvorstellbar, daß sie in ihrem ganzen Leben jemals gesündigt hatte.

Als Esmaiil und Habibollah mittags nach Hause kamen, war die Tante tot. Sie waren ratlos, denn sie mußten zur Universität zurück. Schließlich ging Habibollah zur Vorlesung, während Esmaiil da blieb, um sich um die Bestattung zu kümmern. Als die Leichenträger die Tote auf die Totenlade legten und Gebete murmelnd in den Hof hinaus traten, brach Esmaiil in Weinen aus. Ein Kapitel seines Lebens ging zu Ende. Tuba und er waren die einzigen, die die Tote auf ihrem letzten Weg begleiteten. Sie ließen die Tante auf dem Mesgarabad-Friedhof beisetzen und beteten an ihrem Grab. Seit Muness' Heirat und seit er sich öfter im Kreis seiner Freunde aufhielt, betete er seltener. Er erwähnte Tuba gegenüber nichts davon, denn sie würde sicher empört sein. Für ihn war sie ja bereits eine ältere Frau.

Als sie die letzte Schaufel Erde auf den Sarg schütteten, spürte Esmaiil, daß die Hälfte seines Buckels abgefallen war. Er war nun frei! Nach dem Abschluß des Studiums würde er vielleicht nach Deutschland gehen, um dort seine Ausbildung fortzusetzen. Auf dem Heimweg reichte er Tuba die Hand, um ihr zu helfen, über Straßengräben zu springen. In seinem Innersten war er sich bewußt, daß Tuba, gewissermaßen die Nachfolgerin seiner Mutter, ihn daran hindern würde, seinen eigenen Weg zu gehen. Alte Bande fesselten ihn an diese Familie.

Sie kehrten in der Herbstsonne nach Hause zurück. Tuba erzählte von der Tante, wie liebevoll und schlicht sie gewesen sei. Als sie nachdenklich verstummte, fragte Esmaiil, ob sie je etwas von Setare und seinem Onkel gehört habe. Tuba verkrampfte sich. Sie wandte sich ihm zu und sah dem ahnungslosen Jungen offen ins Gesicht. Hatte er tatsächlich Setares Anwesenheit im Haus nicht wahrgenommen? Sie hätte ihm beinahe die Wahrheit gesagt, doch sie erinnerte sich, daß er erst seit kurzem auf die Universität ging. Es war besser, wenn sie zuwartete, bis er sein Studium abgeschlossen hatte. Im gegenwärtigen Zeitpunkt könnte ihn das Geständnis derart erschüttern, daß er nicht mehr in der Lage war, sich seinem Studium zu widmen. Sie schwieg eine Weile, erzählte ihm dann noch einmal die Geschichte von der Heirat und der Rückkehr nach Aserbaidschan. Diesmal glaubte ihr Esmaiil nicht mehr so richtig. Doch etwas hinderte ihn, weiter in sie zu dringen. Seine Gedanken hatten sich von der toten Mutter gelöst. Je weiter sie sich vom Friedhof entfernten, desto größer wurde seine innere Distanz zu der alten Frau. Dafür fühlte er sich immer mehr vom fröhlichen Kreis seiner Kollegen angezogen, die über Gott und die Welt diskutierten. Wußte die Frau des Prinzen überhaupt, daß auf dieser Erde Menschen lebten, die die bestehende Ordnung umwälzen wollten? Sie wollten sogar den Himmel gegen einen anderen Himmel austauschen. Wenn die mütterliche Tuba das erfahren würde, würde sie tot umfallen vor Schreck. Wie konnte man ihr von den neuen Erkenntnissen erzählen, wenn sie immerzu nur von der Liebe zu Gott schwärmte? Esmaiil wußte mittlerweile nur zu gut, daß Tuba nach der Vereinigung mit Gott strebte. Welcher Art sollte diese Vereinigung wohl sein? Alles, was er in seiner Kindheit gehört und woran er geglaubt hatte, verlor jetzt an Bedeutung. Mehrmals nahm er Anlauf, um ihr zu erklären, daß Gott nicht existierte, hielt sich aber gerade noch rechtzeitig zurück. Statt dessen fing Tuba zu sprechen an. Sie meinte, jetzt könne Esmaiil in einem der beiden Zimmer wohnen, die sie einst an die Familie von Bujuk Agha vermietet hatte und in denen er mit Setare, dem Onkel und seiner Mutter eine Zeitlang gewohnt hatte. Sie könne es nicht zulassen, daß er im Kellergeschoß schlafe, wo seine Mutter gestorben war. Der junge Mann atmete erleichtert auf. Der düstere Keller beelendete ihn schon lange. Dort konnte er seine Freunde unter keinen Umständen empfangen. Jetzt aber näherte er sich schrittweise der endgültigen Unabhängigkeit – obwohl er unterschwellig spürte, daß er dieses Haus niemals würde verlassen können, auch wenn sein ganzes Wesen danach schrie. Dies war Muness' Haus, auch wenn sie selbst nicht mehr da war. Es war das Haus seiner Mutter. Hier war die alte Frau gestorben. Und schließlich war es auch das Haus der Frau des Prinzen, dieser Frau mit ihren pechschwarzen Augen und dem einst blonden, seit kurzem weißen Haar, die ihm während seiner Kindheit so oft erzählt hatte, daß sie nach der Vereinigung mit Gott strebe. Nein, Esmaiil konnte dieses Haus nicht verlassen, also mußte er zufrieden sein, ein anständigeres Zimmer zu bewohnen. Zumindest das. Glücklich nahm er Tubas Vorschlag an, und die Freude, die sich in seinem Gesicht malte, steckte auch Tuba an.

Als zwei oder drei Tage später die Nachricht vom Tode des Prinzen nach Teheran gelangte, war Habibollah der einzige, der zur Bestattung fahren konnte. Die neuen Kinder des Prinzen waren viel zu klein. Muness war in Esfahan, und Mansarossaltane war schwanger. Der Tod des Prinzen war für Habibollah ein schwerer Schlag, von dem er sich nur mühsam erholte. Die letzte Erinnerung an das ruhmvolle Leben seiner Familie wurde mit dem Prinzen beerdigt. Habibollah war traurig. Unterwegs dachte er die ganze Zeit nur daran, daß ihm Unrecht widerfahren war. Als sie die türkische Tante neben der bereits toten persischen Tante neben dem Imamzadeh Ismail beisetzen wollten, hatten sie feststellen müssen, daß das Grabmal inzwischen abgebrochen worden war und daß an dessen Stelle Wohnhäuser entstehen sollten. Jetzt wurde sein Vater in Nejschabur bestattet. Eine Gemeinschaft, in der er sich zu Hause gefühlt hatte, brach auseinander, die Stadt veränderte ihr Gesicht, Traditionen und Sitten wurden einfach begraben. Es bedurfte fortan einer größeren Anstrengung, um die eigene Identität zu wahren. Habibollah wußte, daß er heiraten mußte. Er hatte sich vorgenommen, ein Mädchen aus seiner engeren Verwandtschaft zu heiraten, damit die Familie nicht noch mehr zerfiel. Er mußte sich und seine Sippe schützen. Er durfte nicht zulassen, daß die neuen Veränderungen alles umwälzten. Er setzte ein strenges Gesicht auf. Und er nahm sich vor, gegen jeden Zerfall Widerstand zu leisten, handle es sich um Dinge oder Menschen.

Zwei Monate später, als sich das Gerücht über die Abschaffung des Gesichtsschleiers bewahrheitete, besuchte Amine Chanom zwei Tage vor Inkraftsetzung des neuen Gesetzes Tuba. Sie machten es sich gemütlich, rauchten Zigaretten mit Mundstück und plauderten. Sie überlegten, was in Zukunft tragen. Amine Chanom wußte, daß sie in erster Linie Hüte brauchten. Mansarossaltane wußte Rat. Sie gingen also auf den Lalesar-Boulevard und kauften Hüte. Dann kauften sie Stoff und nähten sich lange Mäntel, die ihnen bis zu den Knöcheln reichten. Eine Woche lang ging Tuba nicht aus dem Haus. Man berichtete ihr, daß sich das Stadtbild vollkommen verändert habe. Schließlich war es einmal mehr Amine Chanom, die ihr zu Hilfe kam. Sie sah ungewohnt aus mit Mantel und Hut. Sie kleidete Tuba auf die gleiche Art und Weise ein, und die zwei Frauen traten auf die Straße hinaus. Amine Chanom war tapferer; Tuba hingegen konnte ihr Herzklopfen kaum unter Kontrolle bringen. Sie wollten in die Amir-Kabir-Straße einkaufen gehen, änderten dann ihren Plan und gingen zu Fuß zu Mansarossaltane. Die Frauen in den Straßen schauten merkwürdig aus. Sie hatten Männerhüte über dem Kopftuch auf, und viele trugen Herrenmäntel dazu. Die Menschen beäugten sich gegenseitig verstohlen. Auf den Straßen wimmelte es nur so von Polizisten, die Frauen ahndeten, die noch immer einen Tschador trugen oder hartnäckig darauf bestanden, ihre Kopftücher anzubehalten. Amine Chanom sagte, dieser Schah Reza sei wirklich ein herrischer Mann; er schrecke vor gar nichts zurück. Ob Tschador oder nicht, das war Amine Chanom egal. Sie war ausreichend mit ihren Alltagssorgen beschäftigt, daß es ihr nichts ausmachte, in jeder beliebigen Aufmachung aus dem Haus zu gehen. Auch Tuba war das Ganze im Grunde gleichgültig. Am Abend kam es ihr vor, als habe sie ihr ganzes bisheriges Leben lang keinen Tschador getragen. Früher hatte sie oft an Festen mit unverschleierten Frauen teilgenommen, und heute war sie ohnehin immer nur mit dem Gedanken der Anziehung Gottes und des Einswerdens mit IHM beschäftigt, so daß sie dem irdischen Leben vollkommen entrückt zu sein schien. Die Entschleierung der Frauen war Tatsache – und war schon bald keine Neuigkeit mehr.

In seinem ersten Universitätsjahr heiratete Habibollah Tabande, die Tochter von Fachr Asam aus seiner Familie väterlicherseits. Er hatte in der Nähe der Universität eine Wohnung gemietet, damit der Weg zu den Vorlesungen nicht zu weit war.

Nur Tuba und Esmaiil waren zurückgeblieben, und erstmals wurde das Haus eindeutig von Setare beherrscht. Wann immer sie allein war, spürte Tuba, daß Setare zu ihr sprach. Sie klagte über ihre Schwermut; sie wußte nicht, wann ihr Kind endlich zur Welt kommen würde. Und Tuba tröstete sie. Sicher, es war ungewöhnlich, daß eine Frau länger als neun Monate guter Hoffnung war, aber wie war es bei einer Toten? Konnte eine Tote nicht länger als neun Monate schwanger sein? Vielleicht sogar jahrelang wie Setare? Die Schwangerschaft des Mädchens beschäftigte Tuba. Sie hätte am liebsten nichts anderes getan, als sich hinzusetzen und über das Geheimnis von Setares Schwangerschaft nachzudenken. Was sollte aus dem Kind werden? Wenn es auf die Welt kam, würde es sich vielleicht an allen Kosaken rächen. Er würde seinen leiblichen Vater an den Füßen aufhängen und in Stücke reißen. Aber es gab ja gar keine Kosaken mehr. Tuba überlegte: Setare war in der Zeit der Kadscharen geschwängert worden. Die Kosaken hatten ihren Untergang auf dem Gewissen. Aber jetzt gab es weder Kosaken noch Kadscharen, und das Mädchen konnte sich nicht entscheiden, ob es gebären sollte oder nicht. Vielleicht kam das Kind deswegen nicht zur Welt: Weil es keine Aufgabe zu erfüllen hatte.

Tuba wohnte nun also schon zwei Jahre mit Setare zusammen. Bald verschlechterte sich ihr Zustand; sie besuchte nicht einmal mehr ihren Pir. Auch mit Esmaiil sprach sie nur noch wenig. Das Haus war jetzt Setares Reich, und Tuba war die Verwalterin. Wenn der junge Mann nach Hause kam, ging er vom Innenhofeingang aus gleich in sein Zimmer. Tuba sah nur am Lichtschein hinter dem Fenster, daß er anwesend war. Sie sah ihn nur noch spärlich und gewöhnte sich mit der Zeit daran, immer seltener in seiner Gesellschaft zu essen. Manchmal beobachtete sie, daß Esmaiil Freunde nach Hause brachte. Sie sah ihre

Köpfe hinter dem Fenster und hörte ihre Musik. Sie wußte, daß Esmaiil ein Grammophon gekauft hatte. Auf dem Schalltrichter war ein Hund abgebildet, der in einen Trichter hineinblickte. Wie bei Mansarossaltanes Grammophon. Mehr konnte Tuba durch das Fenster nicht erkennen und dachte sich, die Wahrheit sei wirklich schwer zu ergründen. Die Derwische hatten recht. Man mußte zahllose, ineinander verwobene Tschadors lüften, einen nach dem anderen, um zur Wahrheit zu gelangen.

Wieviel konnte der Mensch überhaupt wissen? Tuba konnte die Toten zwar sehen, aber was wußte sie zum Beispiel von der toten und von der lebenden Setare? Die lebende Setare war Tuba verborgen geblieben. Die tote war ihr ebenso verborgen. Allein ihr Bauch wuchs und wuchs und drohte den ganzen Hof zu überwuchern. Kürzlich hatte Tuba in einer von Esmaiils Zeitschriften von einer Frau gelesen, die allein durch ihren Blick andere mitten auf der Straße erstarren lassen konnte. Ihre Augen besaßen eine derartige Anziehungskraft, daß ihnen niemand standhielt. Sie mußte eine dunkle Brille tragen, damit der Glanz ihrer Augen andere nicht verletzte. Später trat sie auf als Löwen- und Tigerdompteuse an einem Ort namens Zirkus. Sie betrat den Käfig, nahm ihre Brille ab, und die Tiere erstarrten auf der Stelle. Eines Tages wurde sie tot in ihrem Zimmer aufgefunden. Die Ärzte sagten, ihre Schwingungen seien so stark gewesen, daß ihr zerbrechlicher Körper sie nicht mehr ausgehalten habe. Tuba war von diesem Bericht fasziniert. Stundenlang setzte sie sich vor einen Spiegel und starrte sich an, um festzustellen, ob auch von ihren Augen Schwingungen ausgingen. Leider fehlte ihr diese besondere Kraft. Sicher, sie konnte mit Toten sprechen. Sie trug sich nun mit dem Gedanken, zum Pir zurückzukehren. Sie spürte aber, daß sie ihm dann Setares Geheimnis anvertrauen mußte. Sie konnte dem Pir nicht von Angesicht zu Angesicht gegenüberstehen, ohne ganz aufrichtig zu sein.

Sie setzte sich wieder an den Webstuhl. Sie hatte sich vorgenommen, einen Teppich für Esmaiils Hochzeit zu knüpfen. Am Tage seiner Hochzeit würde sie ihm den Teppich übergeben und ihm von Setares Schicksal erzählen. Dieser Gedanke war ihr einziger Trost. Wenn sie sich im Kellergeschoß an den Webstuhl setzte, folgte ihr Setare und setzte sich vor das hölzerne Fenstergitter. Diese Setare hingegen war nicht schwanger. Sie sah aus wie die vierzehnjährige Setare von einst. Die schwangere Setare saß immer unter dem Baum. Tuba fragte Setare, ob Mansarossaltane einen Sohn oder eine Tochter zur Welt bringen werde. Setare sagte, sie werde in Mansarossaltanes Bauch eindringen, um das Kind zu untersuchen. Wenig später kehrte sie zurück und sagte, es sei ein Mädchen. Tatsächlich brachte Mansarossaltane ein Mädchen zur Welt, und die ganze Verwandtschaft wunderte sich, daß Tuba es richtig vorausgesagt hatte. Tuba sagte zudem voraus, daß Tabande einen Sohn gebären würde, was sich ebenso bewahrheitete. Sie prophezeite ferner, daß sie hinsichtlich des Geschehens auf der Welt Ungutes ahne. Und tatsächlich, es dauerte nicht lange, und der Spanische Bürgerkrieg brach aus.

Mit der Zeit wurde Tuba geachtet und verehrt wie ein Derwisch, weil sie in die Zukunft sah. Sie fragte durch das Holzgitter hindurch Setare, warum sie nicht endlich ihr Kind zur Welt bringe, und Setare antwortete, sie sei gar nicht schwanger. Tuba dachte: Die andere, die andere, die andere Setare unter dem Baum. Und das Bild von der sitzenden Setare unter dem Baum verschwand. Tuba dachte: Wird es also nicht zur Welt kommen? Bei diesem Gedanken spürte sie Erleichterung. Die vierzehnjährige Setare ging im Innenhof auf und ab, ging zum Ablaufbecken und betrachtete den Schatten ihrer Leiche, sie setzte sich schwermütig auf die Stufe und antwortete auf Tubas Fragen. So kam es, daß sich Tubas Ruf als Wahrsagerin immer mehr verbreitete.

Nach zwei Jahren kehrte Muness nach Hause zurück. Eines Tages stand sie mit einem Koffer in der Hand vor der Tür. Tuba hatte sie noch nie außerhalb des Hauses unverschleiert gesehen und erkannte sie im ersten Moment nicht. Muness sagte leise, sie sei nicht mehr in der Lage, das Leben an der Seite ihres Gatten auszuhalten. Tubas Gedanken wanderten zu Muness' Hochzeitsnacht zurück. Um sechs Uhr morgens hatte Herr Chonsari damals das Haus zu seinem üblichen Morgenspaziergang verlassen. Tuba war in das Hochzeitsgemach gegangen, um das Tuch mit Muness' Blut zu holen. Muness hatte ihr gesagt, ihr Mann habe beschlossen, dieses Ritual in Esfahan nachzuholen. Er mochte wohl keinen Rummel in der Art der üblichen Hochzeitsfeiern. Muness war also jungfräulich nach Esfahan gegangen, um nach zwei Jahren gedemütigt als Halbjungfrau mit einem Koffer in der Hand kleinlaut zu ihrer Mutter zurückzukehren.

Tuba ließ Muness widerstrebend herein. Sie war inzwischen eine zänkische, alte Frau geworden. Sie wollte niemanden in ihre Privatsphäre eindringen lassen. Muness müsse verstehen, daß sie jetzt eine alte Frau sei und keine Lust mehr habe, Mutter zu spielen. Muness unterdrückte die Tränen und nickte bloß. Sie versicherte, sie werde ihrer Mutter nicht zur Last fallen, außerdem habe sie sich ihren Schritt gut überlegt. Sie wolle sich im Untergeschoß einnisten – wo die türkische Tante gestorben war. Herr Chonsari habe ihr eine Empfehlung für die Einschreibung an einem Schreibmaschinenkurs und für eine Ausbildung als Bankgehilfin mitgegeben. Sie werde also bald arbeiten gehen. Was für eine Schande! Hatte man schon jemals so etwas gehört? Daß eine Frau außerhalb des Hauses arbeitete? In einem Büro, einem Ort, der bisher allein den Männern vorbehalten gewesen war? Was würden die anderen dazu sagen? Sie würden Muness wahrscheinlich für eine Prostituierte halten. Tuba versank in finstere Gedanken. Jetzt, wo Muness neben ihr saß, konnte Tuba keine Verbindung mehr mit Setare aufnehmen, obwohl sich diese furchtlos am Eingang hingesetzt hatte, genauso, wie sie sich sonst vor das Holzgitter des Kellerfensters hinsetzte. Sie musterte Muness aufmerksam. Sie mochte sie offenbar. Als Tuba sie fragend ansah, sagte sie: »Was ist denn so schlimm daran?« Tuba fragte: »Ist es wirklich nicht schlimm?« Muness drehte sich unwillkürlich zur Tür um, um den unsichtbaren Gesprächspartner ihrer Mutter zu sehen. Dort war aber niemand.

Das kleine Schloß an der Haustür schnappte zu. Es war das vertraute Geräusch, das anzeigte, daß Esmaiil zum Mittagessen nach Hause kam. Esmaiil wollte geradewegs in sein Zimmer, als Tuba seinen Namen rief. Er wandte sich um und sah jene schöne Frau vor sich, deren Foto aus der Zeit nach der Entschleierung er in der Wandnische in Tubas Zimmer gesehen hatte. Er grüßte verlegen, und als er ins Zimmer eintreten wollte, stieß er seinen Kopf am Türpfosten an. Er hielt sich mit den Händen am Türrahmen fest, weil ihm schwarz vor den Augen wurde. Muness stand auf, um ihn zu begrüßen. Sie hätten sich beinahe leidenschaftlich umarmt. Wie sich die Dinge doch verändert hatten. Vor drei Jahren hätte er nicht einmal im Traum daran gedacht, ihre Hand zu berühren. Dank der Universität hatte sich in ihm etwas verändert, dank der Freunde und der ungezwungenen Zusammenkünfte, wo man sich traf, um zur *Comparsita* Tango zu tanzen und gemeinsame Bergwanderungen zu planen. Er trug keinen Buckel mehr mit sich herum, nein, und er wirkte in seinem gutsitzenden Anzug wie ein feiner Herr, der auf alle herabblickt, obwohl er im Grunde sehr bescheiden geblieben war. Er hatte nur gerade Zeit, Muness zu begrüßen und ihr die Hand zu schütteln, wie es neuerdings auch zwischen Frauen und Männern üblich war. Tuba sagte, Muness sei zurückgekehrt, sie wohne von nun an wieder im Haus. Sie bat Esmaiil, auf dem Weg zur Universität Mansarossaltane zu benachrichtigen. Esmaiil hatte es eilig. Er hielt es nicht länger aus im Zimmer. Er wollte nur eines: allein sein. Weil er das Mädchen nicht in die Arme schließen konnte, mußte er in seiner Einsamkeit Zuflucht suchen. Er bestätigte mit einem leichten Nicken, daß er Tubas Anweisungen verstanden hatte, verabschiedete sich schnell und lief in sein Zimmer.

Er ging zum Spiegel und drückte sein glühendes Gesicht an das kühle Glas. Dann betrachtete er sich im Spiegel. Er sah im Spiegel den Hof und einen Teil des Kellergeschosses. Die Zweige des Granatapfelbaumes verdeckten den Eingang. Wenn Muness dort unten wohnte, konnte er vielleicht in den Spiegel steigen und durch die Tür im Spiegel zu ihr gelangen. Er wärmte die Essensreste vom Abend vorher auf, schlang sie hinunter und rannte los, um Mansarossaltane Tubas Nachricht zu überbringen. Es kam wieder Leben ins Haus!

Als er am Spätnachmittag zurückkehrte, waren alle Geschwister mit ihren Ehegatten und Kindern im Haus versammelt. Aus dem Zimmer drangen fröhliche Stimmen und Lachen. Einen Augenblick lang erinnerte er sich an die vergangenen Tage, als sie alle unbekümmert miteinander gespielt hatten. Mansarossaltane sah ihn als erste und forderte ihn auf, sich zu ihnen zu setzen. Esmaiil blieb zögernd vor der Wohnzimmertür stehen und grüßte die Anwesenden mit einem Lächeln. Prinz Hesamoddin, Muness und Tabande standen auf. Mansarossaltane stand nur halb auf; Habibollah wandte sich ab und tat so, als suche er seine Zigaretten. Esmaiil tauschte mit allen Anwesenden Höflichkeiten aus und nahm Platz. Sie hatten sich eben über Jaquts Kinder unterhalten. Dieser Susur war doch ein echter Schlingel gewesen. Sie erinnerten sich an das Spiel vom »bösen Wolf«. Almass Chatun war der Wolf und Esmaiil der Schäfer. Die Kinder reihten sich hinter Esmaiil auf, hüpften aufgeregt hin und her, plötzlich schnappte Almass Chatun eines von ihnen, meistens traf es einen ihrer Söhne oder Muness, die Jüngste. Esmaiil wußte seine Herde gut zu verteidigen und kämpfte tapfer gegen Almass Chatun, die die Augen rollte, um den Kindern Angst einzujagen. Sie gedachten auch der persischen Tante und der tragischen Entdeckung ihrer aufgeblähten Leiche im Wasserbecken. Mansarossaltane erinnerte sich, daß die Tante drei Tage vor ihrem Tod gesagt hatte, sie werde endlich hinaufklettern, sie werde endlich an ihrem leuchtenden Seil zum Himmel hinaufklettern. Habibollah meinte, das beweise gar nichts, die Ärmste habe schon immer an ihrem leuchtenden Seil hochklettern wollen, wahrscheinlich auch an jenem Tag, nur sei sie wohl abgestürzt statt aufgestiegen. Dann kam das Gespräch auf Setare; Tuba stand auf und verließ das Zimmer unter dem Vorwand, die Blumen gießen zu müssen. Mansarossaltane fragte, ob Esmaiil seit damals wirklich nichts mehr von seiner Schwester gehört habe. Esmaiil zuckte bedauernd die Schultern. Er vermute, seine Schwester und sein Onkel seien auf dem Weg nach Tabriz Opfer von Wegelagerern geworden. Habibollah hielt diese Vermutung für einleuchtend, obwohl, ihre Leichen zumindest hätten doch gefunden werden müssen. Esmaiil erwiderte, in jenen Zeiten sei es nicht ungewöhnlich gewesen, daß irgendein Schuft jemanden ermordete und die Leichen in einen Brunnenschacht warf, wo sie niemand entdeckte. Tuba bat Esmaiil, die schwere Gießkanne für sie hochzuheben, und das Gespräch wurde unterbrochen. Immer wenn an jenem Nachmittag das Gespräch auf Setare oder Mirza Abusar kam, hüllte sich Tuba in Schweigen oder schützte eine dringende Arbeit vor und verschwand.

Am frühen Abend verabschiedeten sich alle. Das auf dem Ziegelboden des Innenhofs verspritzte Wasser war verdunstet, und die Schwüle des langen Nachmittags ließ gegen Abend nach. Die kühle Dämmerung nahte.

Als sie die Gäste an der Haustür verabschiedet hatte, kehrte Tuba eilends zurück, um ihr Abend- und Nachtgebet nachzuholen. Esmaiil und Muness waren für kurze Zeit allein. Zwischen ihnen bahnte sich etwas an, und keine Macht der Welt vermochte es aufzuhalten. Esmaiil fragte, wie es Muness gehe. Muness antwortete, es gehe ihr gut, korrigierte sich aber sogleich, nein, es gehe ihr nicht besonders gut. Sie schüttelte nervös den Kopf. Esmaiil fragte, ob er sie am folgenden Tage treffen dürfe, er müsse sie einfach sehen, sonst würde es auch ihm nicht gutgehen. Die junge Frau nickte kurz. Sie verabredeten sich für den nächsten Tag um zehn Uhr auf der Ferdowsi-Straße, Ecke Berliner-Gasse. Dann kehrte Muness ins Wohnzimmer zurück und räumte zerstreut auf. Sie trug das schmutzige Geschirr zusammen und spülte es im Wasserbecken. Es störte sie nicht, daß Esmaiil sie durchs Fenster beobachtete. Dann ging sie in die Küche, um das Abendessen zuzubereiten, wußte aber nicht, was kochen. Sie hatte die häuslichen Gepflogenheiten vollkommen vergessen. Schließlich setzte sie sich auf die letzte Stufe vor die Küchentür und starrte auf die Wand gegenüber. Eine dunkle, ungewisse Zukunft stand ihr bevor, sie ahnte es, und sie ging ihr blind entgegen. Seit ihrer Kindheit fühlte sie sich unwiderstehlich von Esmaiil angezogen. Sie hatte ihren Mann seinetwegen verlassen. Dies war der Grund, warum sie arbeiten wollte. Sie wäre am liebsten in Esmaiils Zimmer gegangen, hätte sich ihm gegenüber gesetzt und ihm zugehört. Wenn sie nur seine Stimme hörte. Sie wollte ihm sagen, daß sie sich schwach fühle, daß sie eine Stütze brauche. Sie spüre keinen Boden mehr unter den Füßen. Es kam ihr vor, als sei Esmaiil ein einmaliges Wesen, das sämtliche Lücken ihres Daseins auszufüllen vermochte.

Als ihre Mutter die Küchentreppe hinunterkam, zuckte Muness zusammen. Sie hätte sich am liebsten an ihr festgeklammert und ihr gesagt, daß sie nicht wisse, was mit ihr los sei, daß sie am liebsten weinen möchte. Zwischen ihr und ihrer Mutter lag aber ein Ozean. Sie lebten in zwei verschiedenen Welten. Tuba fragte, ob der Rest des Mittagessens für Muness ausreiche oder ob sie lieber Spiegeleier wolle. Muness antwortete, es sei ihr egal. Tuba schickte sie in ihr Zimmer, sie solle sich umziehen und ausruhen, sie hätte sich ja seit dem Morgen keinen Moment Ruhe gegönnt. Muness gehorchte ihr wie ein Kind, ging in ihr Zimmer, zog sich um und kauerte sich in eine Ecke.

In jener Nacht schliefen die beiden Frauen unruhig, und am Morgen gingen sie nacheinander aus dem Haus. Um fünf Minuten nach zehn langte Muness an der Ecke der Berliner-Gasse an. Esmaiil wartete bereits, er betrachtete zerstreut die Auslagen, um sich abzulenken. Sie begrüßten sich nicht, gingen mit gesenktem Kopf nebeneinander her, als würden sie sich nicht kennen. Sie schritten durch stille Gassen und mieden möglichst die Häuser ihrer Verwandten und Bekannten. Dann fragte Esmaiil, warum sie sich von ihrem Mann habe scheiden lassen. Muness erklärte mit wenigen Worten, Herr Chonsari sei ein anständiger Mann und ein guter Weggefährte gewesen, könne aber kein vollkommener Ehemann sein. Esmaiil stellte keine weiteren Fragen. Muness erklärte ihm, sie habe die Absicht, einen

Schreibmaschinenkurs zu besuchen, sie werde sich noch am selben Tag einschreiben. Anschließend werde sie sich bei einer Bank bewerben, Herr Chonsari habe ihr ein Empfehlungsschreiben mitgegeben. Esmaiil zeigte Verständnis dafür. Muness mußte ihren Lebensunterhalt verdienen, denn der Prinz hatte seinen Kindern nichts hinterlassen. Die jüngeren Kinder lebten in völliger Armut. Esmaiil fragte, ob Muness noch einmal heiraten möchte. Und Muness antwortete ja, wenn sich ein Mann finde, der sie heirate. Esmaiil fragte weiter, ob sie ihn zum Mann nehmen würde. Und Muness antwortete ja, aber nur unter der Bedingung, daß niemand davon etwas erfahre. Den Grund dafür kannten beide: Sie konnten unmöglich auf die herkömmliche Art heiraten. Muness' Familie war hochmütig und betonte nach wie vor ihre adlige Herkunft. Esmaiil war bloß der Sohn der türkischen Tante, und daran änderte sich nichts, auch wenn er an der Universität glänzend abschnitt und später eine steile Karriere machte. Für Muness hingegen spielte seine Herkunft überhaupt keine Rolle, denn sie hatte ihre ganze Kindheit davon geträumt, eines Tages Esmaiils Frau zu werden. Die anderen Familienmitglieder würden das niemals begreifen. Tuba hatte kürzlich sogar versucht, Esmaiil für die älteste Tochter Mortesas, Prinz Fereyduns ehemaligen Freund, zu interessieren, der mittlerweile als pensionierter Beamter ein geruhsames Leben führte. Seine Kinder gingen alle zur Schule und hatten eine vielversprechende Zukunft vor sich.

Sie kamen überein, daß Esmaiil sich über die praktischen Einzelheiten ihrer Heirat erkundigte. Er würde seine Freunde um Rat fragen. Sie vereinbarten, sich an bestimmten Tagen wieder in der Stadt zu treffen. Muness würde einen großen Hut tragen, um nicht erkannt zu werden. Außerdem würde sie sich möglichst unauffällig kleiden. Sie wollten nicht länger über die Probleme nachdenken, die ihnen bevorstanden. Sie hatten sich schon einmal verloren und wollten die Bitterkeit der Trennung nicht nochmals durchleben.

Sie verabschiedeten sich vor dem Gebäude, in dem der Schreibmaschinenkurs stattfand, und Muness ging die Treppen hoch. Sie wies dem Schulleiter das Empfehlungsschreiben vor, und eine Viertelstunde später saß sie hinter einem schwarzen, mit vielen Tasten versehenen Gerät und übte die erste Lektion. Das Gerät kam ihr vor wie ein Wunderding. Sie drückte auf die Tasten, und auf dem Papier, das sie in die Walze gespannt hatte, erschienen schwarz auf weiß die Schriftzeichen. Das Geheimnis war leicht durchschaubar, dennoch begeisterte sich Muness, und diese neue Art zu schreiben verlieh ihr ein Gefühl der Macht. Ihre Schwester Mansarossaltane hatte ihr einreden wollen, Frauen, die bei einer Behörde arbeiteten, verlören ihren guten Ruf. In der ganzen Stadt gab es nur eine Handvoll Frauen, die außerhalb des Hauses arbeiteten, sie stammten alle aus christlichen Familien, nicht einmal die Juden erlaubten ihren Töchtern zu arbeiten. Um so mehr war es im Falle von Prinz Fereyduns Tochter überhaupt nicht angebracht. Dieser Standesdünkel ließ Muness vollkommen kalt. Sie wollte arbeiten und Esmaiil heiraten, was die anderen auch dazu sagen mochten. Sie wollte Esmaiils Kinder zur Welt bringen, und sie würde alles verwirklichen, was sie sich vorgenommen hatte! Nun saß sie also hinter dem schwarzen Gerät, setzte beliebig Wörter zusammen und spürte eine unerwartete Kraft in sich. Sie fürchtete sich nicht vor all den Problemen. Sie konnte Berge versetzen, wenn sie nur wollte. Als sie am Ende der Lektion aufstand und sich umsah, stellte sie fest, daß die anderen Teilnehmerinnen aus niedrigeren sozialen Schichten stammten. Nein, Mansarossaltane konnte nicht verstehen, wie wichtig es für sie war, auf eigenen Füßen zu stehen. Die ganze Nacht hatte sie dem Wiedersehen mit Esmaiil entgegengefiebert und die erste Schreibmaschinenlektion kaum erwarten können. Sie hatte sich zwar davor gefürchtet und hätte beinahe aufgegeben. Aber dann hatten das Wiedersehen mit Esmaiil und das Eheversprechen ihre Ängste zerstreut. Nachdem sie eine halbe Stunde an der Schreibmaschine gesessen hatte, wurde sie allmählich mit ihr vertraut und bekam dadurch auch ihr Leben wieder in den Griff.

Während sie an der Schreibmaschine Fortschritte machte, spürte sie, daß ihre Liebe zu Esmaiil immer stärker wurde. Sie hatte sich im Untergeschoß eingerichtet. Sie hatte ein schmales hölzernes Bett in einer Ecke aufgestellt, damit sie die Feuchtigkeit nicht so sehr spürte. Auf dem Fußboden lag ein Kelim, an der Wand hing ein kleiner Spiegel, ihre Kleider lagen gestapelt auf einem alten Stuhl. Ihre übrigen Habseligkeiten waren in Bündeln und Truhen verstaut. Morgens erwachte sie mit der Sehnsucht, das Gesicht des jungen Mannes zu sehen, der seinerseits am Fenster stand, mit dem Wunsch, die junge Frau zu sehen. Sie winkte ihm zu, und ihr Herz erfüllte sich mit Freude. Esmaiil zeigte keine Gefühlsregung, denn sein Zimmer lag genau gegenüber von Tubas Zimmer. Muness machte sich fertig und ging dann zum Frühstück zu ihrer Mutter hinauf. Tuba kochte Tee, nach dem Frühstück räumte Muness auf. Dann eilte sie aus dem Haus, um rechtzeitig zur Arbeit zu kommen. In der Mittagspause traf sie sich mit Esmaiil in einer stillen Nebengasse. Er bestritt seinen bescheidenen Lebensunterhalt mit dem Erteilen von Privatstunden und brachte jeweils einen Mittagsimbiß mit. Manchmal gingen sie auch zu Khadschik am Lalesar-Boulevard. Der Armenier zwinkerte fröhlich und erlaubte ihnen, in einem Hinterzimmer beieinander zu sitzen, wo sie sich, vor Sehnsucht zitternd, bei den Händen hielten.

Esmaiil hatte sich inzwischen mit seinen Freunden beraten, alles war genau geplant und vorbereitet. Sie hatten in Rej einen Geistlichen gefunden, der sie trauen würde. Sie wollten ihre Eheschließung standesamtlich in ihre Personalausweise eintragen lassen und alle erforderlichen Formalitäten beachten, wollten aber ihre Heirat nicht öffentlich bekanntgeben. Die Zeit würde Rat bringen. Abdollah und Tejmur, zwei enge Freunde Esmaiils, bereiteten die Trauung vor. Die drei jungen Männer lernten zusammen Französisch und Deutsch. Was Englisch betraf, waren sie sich nicht einig. Sie trafen sich von Zeit zu Zeit in einem Lesezirkel. Sie studierten Geschichte und Philosophie und waren zuverlässige junge Männer. Muness sollte sich zwei Tage von ihrer Arbeit beurlauben lassen. Am ersten Tag würden sie sich vom Standesbeamten trauen lassen und anschließend zu viert in ein französisches Restaurant essen gehen. Dann würde der eigentliche Hochzeitstag folgen, den sie zu zweit in Tejmurs Zimmer verbringen wollten. Abdollah lebte bei seinen Eltern, Tejmur aber war alleinstehend. Er hatte seinem Vermieter erzählt, ein befreundetes Ehepaar aus Schiraz würde zu Besuch kommen, da er aber an der Universität beschäftigt sei, könne er sie nicht persönlich empfangen. Er würde den Zimmerschlüssel beim Vermieter hinterlassen.

Setare unterhielt sich inzwischen nicht mehr mit Tuba. Das junge Mädchen benahm sich geheimnisvoll. Es hatte ständig ein sanftes Lächeln auf den Lippen, und wenn Tuba etwas fragte, erwiderte es hastig: »Später, ich erzähle es dir später.« Tuba verlor allmählich die Gabe des Wahrsagens. Sie war sich bewußt, daß der Verlust dieser Gabe mit Muness' Rückkehr zusammenhing. Zuerst war sie darüber betrübt, allmählich fand sie sich aber mit Muness' Anwesenheit ab und freute sich sogar darüber. Muness war ihr eine große Hilfe. Sie erledigte sämtliche Hausarbeiten und übernahm auch das Kochen. Von ihrem ersten Gehalt kaufte sie ihrer Mutter Stoff und strahlte vor Stolz, als sie das Geschenk ihrer Mutter übergab, die gerade vor dem Gebetstuch stand und nach dem regulären Abendgebet noch zusätzlich betete. Tuba musterte das Paket durch die Brille und wandte sich dann wieder ihrem Gebetbuch zu, um ihr Gebet andächtig zu Ende zu führen.

Währenddes träumte Muness von einem rauschenden Wasserfall in den Bergen nördlich von Teheran. Sie träumte von einer einsamen Hütte am Berghang und hörte die Glocken der weidenden Schafe, während der Hirte auf der Flöte spielte und sie selbst am Fenster saß und strickte. Hin und wieder sah sie zum Mond hinauf oder zu Esmaiil, der auf der anderen Seite des Zimmers am Tisch saß und schrieb. Und Muness überwand mit einem Seufzer die Entfernung zwischen ihm und ihr; sie beugte sich über ihn und küßte seinen sehnigen Nacken, eine leichte Brise wehte, die Grashalme zitterten im Wind, das Gebimmel der Schafherde entfernte sich, und sie umarmten sich.

Tuba öffnete endlich das Paket und ließ den Stoff durch die Hand gleiten. Sie würde sich daraus ein Kleid nähen. Es würde Setare bestimmt gefallen. Das Mädchen saß auf der Schwelle und betrachtete Mutter und Tochter. Es mochte Muness offensichtlich. Eigenartig: Setares Augen waren die meiste Zeit auf Muness gerichtet. Tuba fühlte sich etwas beleidigt. Dann fiel die Haustür ins Schloß, und Esmaiil trat ein, während Muness im Traum in Esmaiils Körper schlüpfte. Sie ging mit ihm die Treppen zum Innenhof hinunter, fragte sich mit ihm, wo Muness wohl stecke, und rief plötzlich: »In dir, in dir!« Tuba betrachtete sie verwundert aus dem Augenwinkel. Muness entschuldigte sich verlegen, dann flüchtete sie sich ins Kellergeschoß, um sich auf die Hochzeit vorzubereiten.

Die Trauung verlief ohne Zwischenfälle. Der Geistliche stellte keine Fragen. Abdollah und Tejmur fungierten als

Trauzeugen; das sichere Auftreten von Muness und Esmaiil bestärkte den Geistlichen in seinem Glauben, daß er richtig handelte. Er verstieß schließlich nicht gegen das Gesetz. Er trug nur das seine dazu bei, daß zwei Menschen sich in der Ehe vereinigten. Und außerdem hatte er für sein Entgegenkommen ein stattliches Honorar erhalten. Nach der Trauung fuhren sie nach Teheran. Abdollah hatte sich ein Auto geliehen, und allein schon die Tatsache, über ein Auto zu verfügen, gab ihnen das Gefühl von Sicherheit. Esmaiil dachte, wenn sie noch im Zeitalter von Eseln und Maultieren lebten, hätte er Muness niemals heiraten können – es sei denn, er hätte eine mächtige Sippe im Rücken gehabt, hätte über Rennpferde verfügt und wäre vor allem bereit gewesen, die ewige Feindschaft von Muness' Sippe in Kauf zu nehmen. Er dachte an die Kämpfe und das Blutvergießen, die eine solche Hochzeit heraufbeschworen hätte. Ein Lächeln ging über sein Gesicht. Er spann den Traum weiter und zog seine Freunde mit hinein: Die Männer waren von Kopf bis Fuß schwarz angezogen und trugen Masken. Muness ging zur Wasserquelle, um Wasser zu schöpfen. Sie war die Tochter eines Prinzen, eines mächtigen sogar. Daher mußte sie ihr Haar oder den Gürtel ihres Vaters aus dem Fenster der Burg hinunterlassen, in der sie eingesperrt war, mußte außerdem ihre Ammen einweihen, die die Wachen bestachen. Als sie diese Hürden überwunden hatten, gingen ihre Sippen aufeinander los. Sie lachten alle vier über Esmaiils Spintisierereien und aßen fröhlich im französischen Restaurant zu Mittag. Nichts konnte mehr schiefgehen. Das Gefühl, gemeinsam etwas Besonderes unternommen zu haben, schweißte sie zusammen. Sie hatten den Zeitplan so angelegt, daß Muness zur gewohnten Zeit nach Hause zurückkehrte. Wäre Tuba nicht im Haus gewesen, hätte Muness zu Esmaiil gehen können oder Esmaiil zu ihr. Aber so wie die Dinge lagen, war das undenkbar. Die alte Frau pflegte die ganze Nacht zu beten und ging erst nach dem Morgengebet bei Sonnenaufgang zu Bett, um gegen sieben Uhr bereits wieder aufzustehen. Sie erledigte alle anfallenden Arbeiten in der Dunkelheit, als sei sie die Hüterin der Nacht. Muness lag im Bett und sah zu Esmaiils Zimmer hinüber. Er ging im Dunkeln in seinem Zimmer auf und ab. Am nächsten Morgen würden sie zu Abdollah gehen. Esmaiil wollte einen Koffer mitnehmen, als Beweis, daß sie auf Reisen waren. Bis zum frühen Abend würden sie miteinander allein sein. Sie ahnten nicht, daß sie für lange Zeit zum ersten und letzten Mal ein paar ungestörte Stunden gemeinsam verbringen würden.

Am nächsten Morgen sagte Muness zu ihrer Mutter, sie gehe nach der Arbeit direkt zu einer Kollegin und bleibe bis zum frühen Abend dort. Dann zog sie sich an und verließ wie gewohnt das Haus, ohne Esmaiil besondere Beachtung zu schenken. Sie nahm eine Droschke bis in die Amir-Kabir-Straße und wartete auf Esmaiil, der kurze Zeit später ankam. Zusammen gingen sie zu Fuß bis zu Tejmurs Haus in unmittelbarer Nähe und klopften an. Die Hausbesitzerin warf ihnen einen mißtrauischen Blick zu, händigte ihnen trotzdem den Schlüssel zu Tejmurs Zimmer aus. Sie verschlossen die Tür, mußten aber der neugierigen Hausbesitzerin dreimal die Tür aufmachen, die sie unter den verschiedensten Vorwänden störte. Einmal brachte sie Wasser und Tee, erkundigte sich nach der Situation in Schiraz und fragte, ob sie ihnen vielleicht das Mittagessen zubereiten sollte. Sie würde sich geehrt fühlen, wenn sie ihre Einladung annähmen. Dann fragte sie nach ihren Namen, nach dem Grund ihrer Reise nach Teheran und wollte natürlich wissen, in welchem verwandtschaftlichen Verhältnis sie zu Tejmur standen. Sie hielten die zudringliche Frau zuerst geduldig aus, bis Esmaiil schließlich seinen ganzen Mut zusammennahm und erklärte, sie seien müde und möchten schlafen. Wenn Tejmur am Abend nach Hause käme, hätten sie gemeinsam ein paar dringende Angelegenheiten zu besprechen, derentwegen sie aus Schiraz nach Teheran gekommen seien. Die Frau war immer noch mißtrauisch, entschuldigte sich und versprach, sie nicht länger zu stören.

Sie breiteten Tejmurs Matratze auf dem Boden aus und legten sich hin. Sie hatten sich fünfzehn Jahre nach einander gesehnt, ihre Körper fanden sich schnell. Als es vorbei war, mußte Muness weinen, und auch Esmaiil war zutiefst ergriffen. Durch die gemeinsamen Tränen waren sie jetzt für Zeit und Ewigkeit Mann und Frau. Sie dachten über ihre Zukunft nach. Esmaiil wollte in Philosophie promovieren und hatte die Absicht, sein Studium in Deutschland oder in Frankreich fortzusetzen. Sie könnten gemeinsam ins Ausland reisen und dann für immer zusammenleben, ohne den Groll der Familie fürchten zu müssen. Mit was für Geld, fragte Muness. Sie müßten sparen, einen Teil von ihren Gehältern auf die Seite legen, erwiderte Esmaiil. Er unterrichte ja bereits. Er habe in den letzten zwei Tagen ein paar Stunden absagen müssen. Es werde sich bestimmt irgendwie einrichten lassen, daß er jede Nacht zu ihr ins Kellergeschoß kommen könne, ohne daß die alte Frau Verdacht schöpfte. Sie dürften sich nur ganz leise unterhalten. Wenn sie bloß zaubern und Tuba in einen tiefen Schlaf versetzen könnten, um ungehindert beieinander zu sein. Und wenn sie Tuba einweihten? Wohin würden sie ziehen, wenn sie sich eines Tages eine Wohnung leisten konnten? Irgendwo, in Schemiran in den Bergen im Norden Teherans vielleicht. Muness hätte am liebsten in einer Hirtenhütte gewohnt, wo sie jeden Abend dem Gebimmel der Schafherden lauschen konnte. Esmaiil zog es vor, in der Nähe der Universität zu bleiben, denn er war überzeugt, daß er eines Tages dort unterrichten werde. Und Muness zweifelte keine Sekunde daran.

Das war der Anfang ihrer heimlichen Liebe. Sie waren der endlosen, angstvollen Nächte bald müde. Sie mußten jeweils lange warten, bis die alte Frau sich für einen kurzen Moment schlafen legte. Manchmal ging Muness zu Esmaiil, manchmal kam er zu ihr. Sie konnten nichts gemeinsam unternehmen. Sie gingen getrennt ins Kino und erzählten sich am Abend den Film. Muness schwärmte für Greta Garbo. Was für eine wunderbare Charakterdarstellerin! Sie erzählte Esmaiil Victor Hugos Roman *Die Elenden,* dessen Verfilmung sie kürzlich gesehen hatte. Sie schenkte ihm zudem das Buch. Harry Bor hielt sie für den besten männlichen Darsteller überhaupt.

Manchmal wurde Muness von einem Kribbeln befallen. Morgens beim Frühstück hätte sie losschreien mögen und wäre fast zu ihrem Mann ins Zimmer gelaufen. Sie wollte seine Kleider waschen, ihm das Frühstück zubereiten, ihm das Mittagessen kochen. Sie wollte, daß Esmaiil ihre Kochkünste lobte, sie wollte sich abends nähend oder strickend zu seinen Füßen setzen ... Doch es war unmöglich! Ihr ganzes Wesen sträubte sich je länger, je mehr gegen diese unhaltbare Situation. Sie ließ die stundenlangen Familientreffen geduldig über sich ergehen. Die Geschwister versuchten immer wieder, ihr Einverständnis zu erwirken, um einen neuen Ehemann für sie zu suchen. Sie schämten sich, daß sie arbeiten ging, und mußten möglichen Heiratskandidaten immer wieder peinlich berührt erklären, daß ihre Schwester in gewissen Belangen mit den Traditionen gebrochen habe. Muness wies alle Anträge höflich ab. Nur mit Mühe konnte sie sich vor der Heirat mit dem Bruder ihrer Schwägerin Tabande retten. Sie legte jeweils die Hälfte ihres Monatsgehalts zurück und bewahrte das Geld in einer kleinen Blechdose auf, in der sich auch

Esmaiils Erspartes befand. Sie waren noch nicht sicher, ob sie in Iran bleiben oder ins Ausland gehen wollten. Sie hatten mehrmals in Erwägung gezogen, ihre Trauung endlich öffentlich bekanntzugeben. Aber irgend etwas hielt sie zurück.

Am Abend des 20. März 1938, einen Tag vor Frühlingsanfang, kam Esmaiil nicht nach Hause. Am darauffolgenden Tag wurde das persische Neujahr gefeiert, und Muness hatte in ihrem Zimmer eine kleine Haftsin-Tafel aufgestellt. Tuba hatte keine Lust gehabt, ebenfalls eine kleine Haftsin-Tafel aufzustellen. So bot sich Muness eine gute Gelegenheit, Tuba zusammen mit Esmaiil in ihr Kellerzimmer einzuladen. Muness spielte mit dem Gedanken, Tuba einzuweihen; sie hatte Esmaiil schon darauf vorbereitet, denn es war damit zu rechnen, daß Tuba in Wut geriet. Mit der Zeit würde sie sich wohl oder übel mit ihrer Heirat abfinden. Wenn erst einmal das Problem innerhalb ihrer eigenen vier Wände gelöst war, war alles, was sich außerhalb des Hauses abspielte, nicht mehr von Belang. Vor die vollendeten Tatsachen gestellt, würden sich schließlich auch Mansarossaltane und Habibollah ins Unvermeidliche schikken. Sie würden vielleicht eine Zeitlang die Beziehungen zu ihr abbrechen, sich ihrer schämen und hie und da hinter ihrem Rücken unfreundliche Bemerkungen machen. Aber irgendwann würden auch sie sich mit den Tatsachen abfinden.

Esmaiil kam nicht nach Hause. Muness blieb die ganze Nacht wach, ängstigte und sorgte sich. In der Morgendämmerung fragte sie ihre Mutter, die sich gerade vor ihrem rituellen Gebet wusch, wo denn Esmaiil sei. Diese meinte, vor Muness' Rückkehr sei es öfter vorgekommen, daß er nachts nicht nach Hause gekommen sei. Sie warf Muness einen mißtrauischen Blick zu, wandte sich dann um, um zu sehen, ob Setare an ihrem üblichen Platz saß, aber das

Mädchen war nicht da. Auch Tuba machte sich langsam Sorgen. Als es am frühen Morgen an der Tür klopfte, liefen beide schnell aufmachen. Zwei Polizeibeamte und ein Mann in Zivil standen vor der Tür. Sie fragten, ob hier Esmaiil Qasemi wohne. Die Frauen bestätigten. Die Beamten erklärten, sie hätten einen Haussuchungsbefehl und müßten sich in seinem Zimmer etwas umsehen. Sie traten ein, ohne die Erlaubnis abzuwarten. Sie brachen das Schloß an Esmaiils Tür auf und verwandelten sein Zimmer innerhalb einer Stunde in ein heilloses Durcheinander. Sie stapelten eine ganze Reihe Bücher auf, die sie dann mitnahmen. Die beiden Frauen standen verstört im Innenhof. Das neue Jahr hatte bereits begonnen. Die Männer versiegelten die Tür und sagten zu den Frauen, niemand dürfe dieses »Gottlosendomizil« betreten.

Um zehn Uhr etwa lief Muness zu Abdollahs Haus, um sich nach dem Aufenthalt seines Freundes zu erkundigen. Etwa zehn Schritte davor blieb sie erschrocken stehen. Die Polizei war auch bei ihm. Hals über Kopf eilte sie nach Hause zurück und geradeaus zum Abort, um sich zu übergeben. Ein vages Gefühl sagte ihr, daß sie Esmaiils Kind unter dem Herzen trug. Tuba war in ihr Gebet versunken und rief Gott um Hilfe für Esmaiil an. In Wirklichkeit konzentrierte sie sich während des Betens eher darauf, Setare wiederzufinden. Zweifellos war etwas geschehen, was ihr Vorstellungsvermögen bei weitem überstieg. Warum hatte man Esmaiil verhaftet? Hatte er vielleicht etwas gestohlen? Nein, das paßte nicht zu ihm. Während der ganzen Jahre, die er bei ihr verbracht hatte, hatte er sich nie etwas zuschulden kommen lassen. Sie sagte zu Muness, sie werde jetzt aufs Polizeipräsidium gehen und dem Kommissar klarmachen, daß Esmaiil kein Dieb sei und auch sonst kein Verbrecher. Muness erwiderte, es müsse sich bestimmt um etwas anderes handeln. Um etwas Politisches.

Muness wußte, daß ihr Mann an gewissen Versammlungen teilnahm. Tuba war fassungslos. Esmaiil und Politik? War er etwa ein König oder ein Minister, um sich in die Politik einmischen zu wollen? Esmaiil war doch bloß ein Student! Und das war doch kein Grund, jemanden zu verhaften? Ihr Sohn war schließlich auch Student, und niemand käme auf den Gedanken, ihn deswegen zu verhaften. Muness meinte, man halte ihn wahrscheinlich für einen Bolschewik, fügte gleich hinzu, sie glaube nicht, daß Esmaiil ein Bolschewik sei, er lese nur Bücher darüber. Ein Bolschewik? Tuba war entsetzt. Nachdem Mirza Qasem aus ihrem Leben verschwunden war und sie sich vom Prinzen hatte scheiden lassen, hatte sie kaum mehr von den Bolschewiken gehört. Obwohl – Amine Chanom behauptete ständig, die Bolschewiken würden irgendwann die ganze Welt erobern. Amine hatte von ihrem Mann sagen hören, andere Länder hätten davor gewarnt. Aber was war denn ein Bolschewik? Tuba bedauerte, daß sie sich niemals die Mühe gemacht hatte, sich diesen Begriff genau erklären zu lassen. Nachdem sie vom »Teilen« der Frauen gehört hatte, hatte sie sich nicht mehr mit dem Thema befaßt. Scheich Khiabani hatte sie damals veranlaßt, sich vorübergehend dafür zu interessieren. Aber was er selbst gewesen war, das war ja auch nicht klar. Manche sagten, er sei ein Handlanger der Briten gewesen; andere bezeichneten ihn als Handlanger der Russen. Andere wiederum hielten ihn für einen Bolschewiken. Tuba wußte, daß der Scheich der Scheich gewesen war und sonst nichts. Als sie sich vom Prinzen getrennt hatte, war sie jahrelang so sehr mit den Kindern und mit dem Entschlüsseln von Setares Geheimnis beschäftigt gewesen, daß sie keine Zeit gefunden hatte, weiter darüber nachzudenken. Sicher, sie hatte Esmaiil sagen hören, daß er Schah Reza für einen hartherzigen Diktator hielt. Aber das behaupteten viele andere auch. Bei den zwei oder drei Begegnungen mit dem Prinzen vor dessen Tod war er der gleichen Ansicht gewesen. Selbst Prinz Hesamoddin war der Meinung, der Schah sei hart und neige zu extremer Vorgehensweise. Es hieß, er habe in der Provinz Mazandaran riesige Grundstücke konfisziert und sie seinem Besitz einverleibt. Nicht nur Esmaiil beschwerte sich also. Der Vorwurf, er sei ein Bolschewik, war sicher übertrieben. Sie mußte Genaueres wissen, also fragte sie Muness, was ein Bolschewik eigentlich sei. Muness erklärte, das Wort bedeute ungefähr Gleichheit für alle Menschen. Mehr wußte sie auch nicht, und dieses Wenige hatte sie von Esmaiil gehört. Sie war so durcheinander, daß sie nicht in der Lage war, über die genaue Definition des Begriffs Bolschewik nachzudenken. Im Gegensatz zu Tuba, die angestrengt vor sich hin grübelte. Sie mußte endlich die geheimnisvolle Bedeutung dieses Wortes erfassen! Außerdem mußte sie sich dringend um Esmaiil kümmern. Aber wo? Und wie? Tuba fühlte sich hilflos, und Muness konnte ihr nicht gestehen, daß auch einer von Esmaiils Freunden verhaftet worden war.

Am Abend kam Habibollah mit einem Extrablatt nach Hause. Darin wurde berichtet, eine subversive kommunistische Organisation, die den Umsturz der Monarchie vorbereitet habe, sei von der staatlichen Sicherheitspolizei zerschlagen worden. Muness nahm ihm zitternd das Blatt aus der Hand: Immer wieder las sie Esmaiils Namen, um sich zu vergewissern, daß es sich wirklich um ihn handelte. Im Zusammenhang mit den Verhaftungen wurden mindestens drei Namen erwähnt, die ihr bekannt vorkamen. Sie setzte sich in eine Ecke, um nicht zusammenzubrechen. Sie sah, wie Habibollah sie mißtrauisch von der Seite musterte. Sie hätte am liebsten geschrien: »Aber ich bin doch schwanger!« Was für eine Katastrophe! Sie fühlte sich unendlich hilflos.

Sie verbrachte die meiste Zeit ihrer fünf freien Tage damit, im Kellergeschoß auf und ab zu gehen. Zwischendurch besuchte sie wie üblich zum Anlaß des Neuen Jahres ihre Verwandten und Bekannten. Überall sprach man von Esmaiil und seiner Schandtat. Und die Verwandten übertrafen sich gegenseitig, wenn es darum ging, Esmaiil zu verurteilen. Sie hatten eine Schlange an ihrem Busen genährt. Ein Wolfsjunge bleibt eben ein Wolf, auch wenn er unter Menschen großgezogen wird! Kein Wunder, bei der Mutter!

Tuba schwieg und preßte die Lippen zusammen. Alles dummes Weibergeschwätz! Setare, der Grund ihres Selbstvertrauens, war plötzlich verschwunden. Nein, Esmaiil war kein Wolf. Er war ihr Pflegesohn gewesen, sie selbst hatte ihm immer wieder aus *Tazkeratoloulija* und dem *Masnawi* vorgelesen, und als sie ihm vom Leidensweg Halladschs erzählt hatte, war er vor Rührung in Tränen ausgebrochen. Keines ihrer leiblichen Kinder konnte ihre mystischen Stimmungen nachvollziehen. Sie hatte noch nie erlebt, daß Habibollah ihrer Spiritualität Beachtung geschenkt hätte, oder Mansarossaltane, oder Aqdasolmoluk, die jetzt so weit weg war. Muness dagegen hatte eine gewisse Anlage dazu, neigte zu Verzückung, die durchaus mystische Züge annehmen konnte. Dennoch, Esmaiil war der einzige, der ihren Worten Aufmerksamkeit schenkte. Sie vertraute ihm manchmal sogar ihre Visionen an. Einmal war sie bei Geda Alischah gewesen, als er unvermittelt gereizt ihren Namen gerufen hatte. Sie hatte den Kopf gehoben und gesehen, wie er sich vom Boden abgehoben hatte und schwebend bis zur Decke aufgestiegen war. Wem, außer Esmaiil, hätte sie ein solches Erlebnis erzählen können? Nicht einmal Amine Chanom, obwohl diese für derartige Dinge überaus empfänglich war. Einmal war sie nachts aufgewacht und hatte den Scheich erblickt, der neben ihrem Bett saß. Er hatte zu ihr gesagt: »Es ist jetzt zwei Uhr nachts. Denken Sie an mich.« Und hatte er sie nicht am Tage danach gefragt: »Übrigens, wie ging es Ihnen gestern Nacht um zwei?« Sie war von dieser Begebenheit äußerst beeindruckt gewesen. Doch wem konnte sie davon erzählen, wenn nicht Esmaiil, der zustimmend lächelte. Dieser fleißige, intelligente junge Mann hatte vor allem eine Eigenschaft, die Tuba beeindruckte: seine Schlichtheit. Er akzeptierte alles, als sei er auf die Welt gekommen, um alles zu akzeptieren.

Nachdem Esmaiil wiederholt geschlagen worden war, saß er nun vor dem Untersuchungsrichter und beantwortete dessen schriftliche Fragen: Wo er seine Freunde kennengelernt habe, was sie zusammen unternahmen, was sie lasen, mit wem sie noch in Verbindung standen. Esmaiil entnahm den Fragen, daß man bereits sehr viel über ihn wußte. Doch er hatte ja nichts zu verheimlichen. Er hatte sein Handeln nie für politische Aktivität gehalten. Er betrachtete sich als Lernenden. Er träumte davon, eines Tages selbst an der Universität zu lehren, und versuchte, seinen unersättlichen Wissensdurst zu stillen. Da nicht alles auf legitimem Weg verfügbar war, hatte er andere, weniger legitime Wege gesucht und an privaten Lesezirkeln teilgenommen. Der Gedanke an Muness machte ihn wahnsinnig. Konnte er dem Richter sagen, daß er seit seiner Heirat mit Muness die besagten Freunde immer seltener getroffen hatte? Konnte er ihm sagen, daß die Frau sein geistiges Vakuum von Tag zu Tag immer mehr ausfüllte und sie sich sogar überlegt hatten, gemeinsam in eine abgelegene Berghütte zu ziehen? Es war seine Frau, die davon geträumt hatte, er hatte nur über die Verwirklichung nachgedacht. Das war doch kein Verbrechen! Sie wollten einfach wegziehen und zusammen ein bescheidenes Leben führen. In seinem Kopf drängten sich die Sorgen um Muness, die auf ihn wartete und wahrscheinlich Höllenqualen durchlitt. Sein ganzer Körper verlangte nach dem Wiedersehen mit ihr. Wenn er nur hätte fliegen können. Esmaiil hoffte, daß alles nur ein Alptraum war, daß er gleich aufwachen würde, daß er bald nach Hause zurückkehren konnte, an jenen Ort, wo ihn zwar viele Schwierigkeiten erwarteten, der aber dennoch ein heller Bezugspunkt in seinem Leben war: das alte Haus, in dem er aufgewachsen war! Und er vermißte jetzt schon die alte Tuba, sogar ihren scharfen Blick vermißte er, der ihn durch die Brillengläser musterte und ihm in letzter Zeit unbehaglich war. Als er noch klein war, hatte er den Eindruck, ihre Augen würden frei im Raum schweben und ihn überall verfolgen. Sie waren wie die Augen seines Gewissens; inzwischen waren sie ein Teil von ihm selbst geworden.

Er schrieb ins Vernehmungsprotokoll, er habe die meisten seiner Freunde im Gymnasium oder an der Universität kennengelernt. Weil er sein Studium nach dem ersten Hochschulabschluß fortsetzen und später an derselben Universität lehren wolle, sei er auf Fachliteratur angewiesen. Er schrieb, er habe keine Familie, und verschlimmerte dadurch seine Situation. Seine Beziehung zur Familie des Prinzen hätte ihm vielleicht etwas Achtung verschafft, aber selbst wenn man ihn der Folter unterwarf, würde er nichts davon erwähnen, um Muness nicht in Schwierigkeiten zu bringen. So galt er nun als Bastard, der kein Ehrgefühl hatte, als Verräter, der seine Heimat ins Verderben stürzen wollte. Was für eine Unterstellung! Alles, was er sich im Leben wünschte, war Fortschritt und Entwicklung, und zwar nicht nur für sich, sondern für alle. Wenn er etwas ablehnte, dann waren es Rückständigkeit, überholte Traditionen.

Spät in der Nacht brachte man ihn in die feuchte Einzelzelle, er ließ sich erschöpft auf die schmutzstarrende, ungezieferverseuchte Pritsche fallen und brach in Tränen aus. Er war froh, daß er allein war. Er fühlte sich erniedrigt. Er war elternlos; an seinen Vater konnte er sich nicht erinnern, und seine Mutter, die einfache und gemütskranke Frau, hatte sogar ihre plötzlich verschwundene Tochter vergessen. Auf einmal sprang er auf. Er hatte ja noch eine Schwester! Was, wenn sie plötzlich auftauchte nach den vielen Jahren? Ja, wenn sie ihn besuchte, könnte er Muness und dem Onkel eine Nachricht zukommen lassen. Der Mann war bestimmt nicht so verantwortungslos gewesen und hatte sie einfach ihrem Schicksal überlassen. Was war mit ihnen tatsächlich geschehen? Seine Gedanken kehrten wieder zu jenem Tag zurück, an dem der Onkel und Setare weggegangen waren. Er dachte angestrengt nach: Die beiden waren seine einzigen Stützen. Wo konnte er sie finden? Konnte Muness vielleicht herausbekommen, wo sich der Onkel befand? Würde sie ihn suchen? Und hatte sie den Mut, ihn zu finden? War sie in der Lage, vor aller Welt zu verkünden, daß Esmaiil ihr Mann war? Würde sie sich für seine Rettung einsetzen? In den langen einsamen Monaten seiner Haft klammerte er sich an diese verzweifelten Gedanken.

Muness teilte seinen Schmerz. Sie hatte sich aber angewöhnt, jeden Morgen beim Aufstehen eine Maske aufzusetzen und sich dahinter zu verstecken. Der Gedanke an das Kind, das noch sorglos in ihr heranwuchs, quälte sie. Habibollah hatte den Ort ausfindig gemacht, an dem die Verhafteten gefangengehalten wurden. Zuerst waren sie im Untersuchungsgefängnis gewesen, dann in Kerkerhaft ins Qasr-Gefängnis verlegt worden. Muness hatte mehrmals eine Droschke gemietet und hatte sich bis vor das Gefängnis gewagt. Manchmal hatte sie draußen mit den Familien anderer Gefangener gesprochen, aber sie traute sich nicht hineinzugehen, um ihren Mann zu besuchen. Es würde sich sofort herumsprechen, und sie könnte womöglich ihre Arbeit in der Bank verlieren. Am schlimmsten war für sie, daß sie nicht wußte, was mit dem Kind in ihrem Bauch machen.

Von Tag zu Tag wurde sie dünner und schwächer. Tuba schlug ihr vor, mit ihr zusammen Geda Alischah zu besuchen. In letzter Zeit hatte Tuba seltener an dessen Audienzen teilgenommen. Während der vielen Jahre, in denen sie bei ihm Zuflucht suchte und seine Beschwörungsformeln wiederholte, hatte sie einige Male Visionen und geheimnisvolle Erleuchtungen gehabt. Später hatte sie sich allerdings darüber geärgert, daß sie im Frauenabteil sitzen mußte, und war des ewigen Geplappers überdrüssig. Sie sehnte sich ungeduldig danach, große mystische Geheimnisse zu ergründen, aber es taten sich ihr überhaupt keine Geheimnisse auf. Es hieß, der Mensch müsse ein Höchstmaß an Reinheit und Aufrichtigkeit erreichen, erst dann würden sich ihm die Geheimnisse von selbst offenbaren. Tuba bedauerte, daß sich ihr keine Geheimnisse offenbarten, und in ihrer Ratlosigkeit pendelte sie zwischen ihrem Haus und den Audienzen Geda Alischahs hin und her. Eines Tages schließlich fragte sie ihn unter vier Augen ganz offen, warum er ihr keine Geheimnisse enthülle. Ehrwürden lächelte und meinte, er sei nicht Gott und sei nicht berufen, anderen Geheimnisse zu enthüllen. Wer seinen Rang auf dem Wissenspfad kenne, müsse sich mit der ihm zustehenden Stellung bescheiden. Rangfolgen gäbe es überall, so auch auf dem mystischen Weg der ewigen Erkenntnis. Die verschiedenen Stufen ließen sich nicht überspringen, und niemand dürfe von Anfang an eine höhere Stufe für sich beanspruchen. Tuba jedoch sah Männer, die, kaum aufgetaucht, binnen kürzester Zeit in der Rangordnung aufstiegen. Sie durften dann lange Stunden allein mit ihm verbringen. Allmählich war Tuba zu der Überzeugung gelangt, daß man den Frauen – und insbesondere ihr – die Wahrheit vorenthielt. Ihr allgemeines Mißtrauen Männern gegenüber, das seit ihrer Erfahrung mit dem Prinzen noch tiefer geworden war, bestärkte sie in diesem Glauben. Eines Tages nahm sie sich daher vor, von nun an nicht mehr so oft zu den Audienzen zu gehen, sondern sich mit Büchern und mit ihrer eigenen Vorstellungskraft zu begnügen.

So war Setare größer und größer geworden. Es gab ein Geheimnis in der Welt, das nur sie und jener Mann kannten, von dem man nicht wußte, ob er noch lebte oder ob er tot war. Ein schwangeres Mädchen lag unter der Erde. Es war durchaus möglich, daß es eines Tages als Gras aus der Erde sproß und alles überwucherte. Das ganze Haus gehörte zu ihrem Machtbereich.

Eines Tages hatte ihr Geda Alischah eine Nachricht überbringen lassen. Warum ihr Eifer nachgelassen habe, fragte er. Tuba suchte ihn auf, und er gewährte ihr eine Privataudienz. Er lächelte und sagte geheimnisvoll, Gott habe die ganze Last dieser Welt dem Sohn Adams auf die Schultern gelegt. Dieser Sohn sei aber in den Armen der Mutter aufgewachsen, also trügen die Frauen die große Last. Die Wahrheit könne sich den Frauen sehr wohl offenbaren, die Frage sei nur, ob sie die Last tragen konnten und nicht wahnsinnig würden. Es gebe tatsächlich Frauen, denen sich das Wissen offenbare. Sie müßten aber geduldig alles ertragen, gehorsam sein und willig, jede Anweisung genau zu befolgen. Später war Ehrwürden Tuba nachts erschienen, um ihr zu beweisen, daß er sie nicht verlassen habe. Während des Versöhnungsrituals hob er die Hand und schwebte zur Decke hoch. Tuba konnte sich nicht mehr genau erinnern, ob nur seine Hand die Decke streifte oder ob sein ganzer Körper hinauf schwebte.

Jedenfalls hatte sich ihr ein kleiner Strahl des wahren göttlichen Lichts offenbart.

Tuba fiel auf, daß mit Muness etwas nicht stimmte; sie war insgeheim schon lange davon überzeugt, daß ihre Tochter Esmaiil liebte, sie es sich nur nicht offen eingestand. Sie vermied es also lieber, das Gespräch auf ihn zu bringen, und schlug Muness lediglich vor, mit ihr zusammen Geda Alischah aufzusuchen. Muness lehnte ab. Sie hatte nur noch einen Gedanken: sich von dem Kind zu befreien. Sie hatte doch so sehr von diesem Kind geträumt, jetzt aber kam es ihr wie ein Ungeheuer vor, das durch seine Geburt alles zerstören würde. Muness hatte schon davon gehört, wie man ein Kind abtreibt. Sie hatte es mit Berberitzeabsud versucht. Dann war sie auf den Gedanken gekommen, es mit einem spitzen Gegenstand zu versuchen. Naiv, wie sie war, dachte sie, sie würde wohl den Freitag zu Hause verbringen müssen und am Samstag wieder zur Arbeit gehen.

Tuba hatte nach Monaten endlich Setare wiedergefunden. Sie stand betend vor ihrem Gebetstuch, als ihr das Mädchen zuflüsterte: »Tuba, das Kind wird nicht mehr auf die Welt kommen.« Tuba zitterte vor Erregung. Die Anwesenheit Setares war der Beweis, daß sie von Gott auserwählt war! Das Mädchen bereicherte durch seine Anwesenheit Tubas Leben. In den vergangenen Monaten hatte das Mädchen ihr keine Geheimnisse mehr offenbart, und Tuba hatte ihre prophetische Gabe verloren. Nun, da Setare zurück war, füllte sich Tubas Herz mit Freude. Die Nachricht jedoch, die sie ihr überbrachte, war schlimm: Das Kind würde nicht mehr auf die Welt kommen! Sie sah besorgt zum Kellerfenster hinüber.

Tuba stand auf, legte ihren Tschador ab und ging zum Untergeschoß. Sie stellte die Laterne neben die Tür und ging hinein. Drinnen war es dunkel; Tuba hörte Muness schluchzen. Sie holte die Lampe und leuchtete in den Keller. Muness lag stöhnend in einer Blutlache. Tuba war entgeistert und schlug sich auf den Kopf. Vor ihren Augen tauchte die ermordete Setare auf. Sie befahl: »Steh auf! Steh auf!« Mit großer Mühe kleidete sich Muness an, und sie verließen gemeinsam das Haus. Sie gingen so ungezwungen wie möglich an den Ladenbesitzern in der Nachbarschaft vorbei. Ein paar Straßen weiter nahmen sie eine Droschke bis zum amerikanischen Krankenhaus. Je fremder, desto besser. Diese Schande mußte um jeden Preis vertuscht werden.

Bei Muness' Anblick erschrak der armenische Arzt. Sie sah wie eine wandelnde Tote aus. Sie hatte dunkle Ringe unter den Augen und war trotz der dicken Stoffbinde blutüberströmt. Er sagte nur: »OP«, und Muness wurde direkt in den Operationssaal gerollt.

Tuba saß am Fenster und blickte in die schwarze Nacht hinaus. Alles um sie herum war auf einmal eingestürzt. Sie hatte von Anfang an gewußt, daß Muness' Rückkehr ein böses Omen war. Sie hatte den Mann nun einmal geheiratet und mußte sich eben mit ihrem Schicksal abfinden. Tuba vergaß, daß sie sich einst hatte zu Tode fasten wollen, um sich von Hadschi Mahmud zu trennen. Sie hatte die Rückkehr ihrer Tochter gelassen aufgenommen und war froh gewesen, daß sie sich im Untergeschoß eingerichtet hatte und sie nicht störte. Tuba hatte sogar zugeben müssen, daß Muness' Erwerbstätigkeit gewisse Vorteile hatte. Sie verdiente sich ihren Lebensunterhalt selbst. Zum ersten Mal in der Geschichte ihrer Familie brauchte eine Frau nicht Teppiche zu knüpfen, um über eigenes Geld zu verfügen. Tuba hatte diese Tatsache akzeptiert und die spöttischen und beleidigenden Bemerkungen schweigend hingenommen. Für die Affäre mit Esmaiil jedoch, die jetzt zudem mit einem politischen Skandal verbunden war, hatte sie keinerlei Verständnis. Muness hatte ihr während der Droschkenfahrt gestanden, daß sie rechtmäßig mit Esmaiil verheiratet sei. Doch auch das vermochte sie nicht zu beruhigen. Wozu war denn Setare gestorben? Warum hatte Tuba Mirza Abusar geholfen, ihre Leiche unter dem Granatapfelbaum zu vergraben? Sie hatte allem beigepflichtet, weil sie keinen Skandal heraufbeschwören wollte. In all den Jahren waren ihr nie Zweifel gekommen: Das Mädchen hätte nicht die geringste Chance gehabt, am Leben zu bleiben. Es galt als ungeschriebenes Gesetz, daß ein unehelich gezeugtes Kind erst gar nicht auf die Welt kommen darf. Das Mädchen war zwar erst vierzehn Jahre alt gewesen und unschuldig, aber selbst diese Tatsache hatte nichts daran ändern können. Dem Onkel war einfach nichts anderes übriggeblieben, als es zu töten. Und das war nun der Lohn. Dieser undankbare Esmaiil, den sie in ihrem Haus großgezogen hatte, hatte es ihr nun vergolten. Vielleicht hatten die anderen recht: Man durfte ihm nicht trauen. Wolfsbrut. Er hatte Muness das angetan, was man seiner Schwester angetan hatte. Es war natürlich keine Vergewaltigung im eigentlichen Sinn. Muness hatte sich dem Mann freiwillig hingegeben. Aber hatte Esmaiil überhaupt das Recht dazu gehabt, auch wenn Muness damit einverstanden gewesen war? Ja, sie hatte ihn falsch erzogen. Sie hatte ihm zuviel Beachtung geschenkt und ihm zu viele ihrer Geheimnisse anvertraut. Dem erstbesten Dahergelaufenen! Einem, der des Bolschewismus bezichtigt wurde. Sie war wohl allzu naiv gewesen. Wenn sie ihm von ihren Visionen erzählte und er ihr höflich lächelnd zuhörte, hatte er sie bestimmt insgeheim verspottet. Wenn er sich in seinem Zimmer mit seinen gottlosen Freunden traf, hatte er sich bestimmt über sie lustig gemacht. Tuba schäumte vor Wut. Eine Schlange hatte sie an ihrem Busen genährt. Nicht genug, daß sie das Geheimnis um seine Familie ein

Leben lang gehütet hatte, nein, jetzt hatte er auch noch ihre Tochter entehrt.

Und Muness hatte offenbar alles aufgegeben, die Ruchlose. Das kam dabei heraus, wenn ein Mensch seinen Glauben verlor: Alles war erlaubt. Die Menschen pflegten Umgang miteinander, ohne sich Gedanken über die Folgen zu machen, paarten sich wie die Tiere. Sie brachten die Ordnung der Dinge durcheinander und störten die Ruhe. Schuld daran waren die Europäer. Sie hatten das Kino gebracht, viele hatten jetzt sogar ein Radiogerät und hörten die Stimme Europas. Gewisse Frauen waren so schamlos, daß sie nicht einmal mehr einen Hut trugen und ihr Haar öffentlich zur Schau stellten. Auch die Kleider wurden immer kürzer. Zeigten jedem Wildfremden ihre Beine. Sie arbeiteten in Ämtern, wurden Männern immer ähnlicher und jeden Tag schamloser. Was konnte Tuba dagegen tun? Wie konnte sie in Zukunft diese wandelnde verwesende Leiche um sich herum ertragen? Wie konnte sie den Verwandten und Bekannten offen ins Gesicht sehen? Sie waren verheiratet? Und das Kind war ehelich? Angenommen, das stimmte, warum dann diese Geheimniskrämerei? Sie hatte bekommen, was sie verdient hatte!

Gegen Morgen wurde Muness auf ein Zimmer verlegt. Sie sah blaß und blutleer aus. Sie war noch bewußtlos, doch unter ihren geschlossenen Lidern liefen Tränen hervor. Die englische Schwester erklärte etwas in einer ihr fremden Sprache, dann trat der Arzt ein. Sie könne nie mehr Kinder bekommen, eröffnete er ihr. Um ihr das Leben zu retten, sei er gezwungen gewesen, die Eierstöcke zu entfernen. Tuba war erleichtert! Sie hatte also für ihr schändliches Verhalten bezahlen müssen. Jetzt war Muness unfruchtbar und konnte keine Skandale mehr heraufbeschwören. Sie konnte ihrem Ruf nicht mehr schaden. Tuba wollte einfach nicht wahrhaben, daß Esmaiil Muness' rechtmäßiger Ehemann war. Sie konnte ihn als Schwiegersohn nicht akzeptieren. Auch wenn er trotz der Umstände mit Muness verheiratet blieb, würde es ihm auf keinen Fall mehr möglich sein, mit Tubas Nachkommenschaft eigene Kinder zu zeugen. Er hatte sich anmaßend verhalten und war jetzt, Gott sei Dank, an seinen Platz gewiesen worden.

Am Samstag morgen mußte Tuba im Bankhaus ihre Tochter krankmelden. Sie mußte mindestens eine Woche im Krankenhaus bleiben. Habibollah gegenüber behauptete sie, Muness sei aufgrund eines alten Gelübdes zum Grabmal von Schah Abdolazim gepilgert, was sein Mißtrauen gegenüber Muness zusätzlich schürte. In Tuba wuchs der Haß auf Esmaiil und die Bolschewiki, die sie als die eigentlichen Feinde ihrer Familie ansah. Sie trug sich zwischendurch mit dem Gedanken, offen mit Prinz Hesamoddin und Habibollah zu sprechen, aber sie fürchtete, sie würden sich hinreißen lassen und die Situation nur noch verschlimmern. Dennoch, sie mußte mit jemandem über die Katastrophe sprechen, die aus heiterem Himmel über sie hereingebrochen war. Esmaiil bezahlte für seine Vergehen. Er war in die Falle gelaufen wie eine Ratte. Im Gefängnis würden sie ihn wahrscheinlich mürbe machen, nach seiner Freilassung würde er sich still davonschleichen. Aber sie würde das nicht zulassen: O nein, er mußte hierbleiben und Abbitte leisten. Sie würde ihm erzählen, daß seine Schwester unter einem Erdhügel begraben lag, weil ihr genau das widerfahren war, was er Muness angetan hatte.

Als Muness drei Tage später nach Hause zurückkehrte, konnte es Tuba nicht lassen, sie ständig zu schikanieren und zu demütigen. Jetzt mußte sie auch noch jemand verköstigen, der den guten Ruf der Familie aufs Spiel gesetzt hatte. Was für eine Schmach! Muness hingegen verkroch sich immer mehr in sich selbst. Daß sie keine Kinder mehr bekommen konnte, das war die gerechte

Strafe für eine Sünderin wie sie. Anstelle der Liebe zu Esmaiil trat die Angst, denn sie hatte inzwischen einiges über die Bolschewiken erfahren. Esmaiil hatte ihr allerdings nie anvertraut, daß er Bolschewik war. Was nichts zu sagen hatte. Seine Ansichten unterschieden sich ohnehin von der herrschenden Meinung. Er hatte sogar die Existenz Gottes angezweifelt! Muness fragte sich, ob Esmaiil ihr gegenüber aufrichtig gewesen war. Wieviel wußte sie überhaupt von ihm? War sie nicht ein Opfer ihrer Träume geworden? Hatte sie nicht aufgrund dieser Träume ihr Leben und ihr Mutterglück geopfert? Was für eine Schuld trug denn das Kind? Eine Frau, die das eigene Kind tötete, was war das überhaupt für ein Mensch? Eine Kranke? Eine Wahnsinnige? Eine Hure, die einer verbotenen Liebe nicht widerstehen konnte? Mit welchem Recht hatte sie geglaubt, daß sie sich einfach in die Berge zurückziehen konnte, als sei nichts geschehen? Waren Adam und Eva nicht dieser Sünde wegen aus dem Paradies vertrieben worden? Wie konnte Gott seinen törichten Geschöpfen begreiflich machen, daß sie sich solchen Ausschweifungen nicht hingeben durften? Wie naiv sie doch gewesen war. Jahrelang hatte sie Zeit gehabt, über diese Dinge nachzudenken. Drei Jahre lang hatte sie im Hause von Herrn Chonsari traurig in einer Ecke gesessen und hatte an Esmaiil gedacht. Und wozu hatte das geführt? Dazu, daß sie eines Tages nach Teheran zurückgekehrt war und sich ins Verderben stürzte.

Niedergeschlagen nahm Muness ihre Arbeit wieder auf. Das Lächeln auf ihren Lippen war erloschen. Die Kraft und Energie, die sie früher in die Arbeit gesteckt hatte, hatte sich jetzt in Bitterkeit und Trauer verwandelt. Sie sehnte sich nicht mehr nach einem Wiedersehen mit ihrem Mann. Tag und Nacht kämpfte sie gegen einen Traum, den sie eine Woche nach ihrer Abtreibung zum ersten Mal geträumt hatte. Eines Nachts hatte sie vor dem Einschlafen einen großen Schatten an ihrem Fenster gesehen. Der Schatten hatte allmählich Farbe angenommen, und Muness hatte das erblickt, was sie später als Engel Gottes bezeichnete. Der Engel Gottes hielt etwas Bluttriefendes in der linken Hand. Muness war zu Tode erschrocken. Seither wiederholte sich dieser Alptraum jede Nacht und wurde von Mal zu Mal deutlicher. Allmählich nahm die blutige Masse in der linken Hand des Engels die Gestalt eines Kindes an, und die Worte des Engels dröhnten wie mächtige Glocken in Muness' Ohren. Der Engel fragte: »Was hast du gemacht mit dem, was Gott dir anvertraut hat?« Um diesem Alptraum zu entfliehen, mußte sie jede Nacht aufstehen und beten, und ihr Gebet dauerte von Nacht zu Nacht länger. Während des Gebets erschien der Engel nämlich nicht. Sobald sie aber zu beten aufhörte, war er wieder da. Manchmal sagte er: »So schwer wie dies hier in meiner linken Hand wiegen deine Sünden.« Was Muness vor allem angst machte, war, daß der Traum mit der Zeit immer greifbarer wurde. Am Anfang hatte er sich ihr nicht vollständig offenbart. Zunächst war es nur ein Schatten gewesen, der dann zu einem Engel geworden war. Zunächst hatte nur Blut von seiner Hand getropft, später war daraus das Kind geworden. Dann folgten die Worte. Muness betete und betete, bis sie auf ihrem Gebetstuch zusammenbrach. Morgens wachte sie verstört auf, ertrug die Schmähungen und den düsteren Gesichtsausdruck ihrer Mutter, ging dann wie eine Marionette zur Arbeit, schlug die Tasten an und kehrte wieder nach Hause zurück, um nachts die Qual der Engelserscheinung erleiden zu müssen. Sie wünschte sich aus tiefstem Herzen, im Zimmer ihrer Mutter schlafen zu dürfen. Tubas finstere Miene war aber wie eine unüberwindliche Schranke zwischen ihr und ihrer Tochter. Die Kleider hingen an ihr herunter, sie sah aus wie ein hölzernes Spinnrad, an dem Arme und Beine befestigt waren. Sie beeilte sich, vor der Erscheinung des Engels Gottes mit Beten anzufangen, damit er fernblieb, und sie hörte nicht auf zu beten, bis sie auf dem Gebetstuch zusammenbrach. Tuba beobachtete, wie Muness sich im Gebet verbeugte und wieder aufrichtete. Sie hörte ihr flehendes Weinen, und Muness tat ihr leid, doch sie wollte sie nicht trösten. Sie dachte, das würde dazu beitragen, sie von ihren Sünden reinzuwaschen.

Eines Nachts offenbarte sich der Engel während Muness' Gebet. Sie war nicht darauf vorbereitet und schrie auf wie ein gehetztes Wild. Sie konnte seine Gegenwart nicht mehr länger ertragen. Ihre Schreie waren herzzerreißend, und sie wunderte sich trotz ihres Entsetzens darüber. Es war, als ob sämtliche Zellen ihres Körpers schrien. Tuba rannte zum Kellergeschoß hinüber und erblickte die schluchzende Setare: »Tuba, du bist ein hartherziger Mensch; ein böses Weib bist du.« Tuba war überrascht. Sie war davon überzeugt, immer ein guter Mensch gewesen zu sein. Sie war immer gelobt worden: in ihrer Jugend wegen ihres Wissens und ihrer Schönheit; später, weil sie sich bei der Scheidung vom Prinzen so vorbildlich verhalten hatte; und noch später, als alte Frau, weil sie Visionen hatte, die die Zukunft voraussagten, dank denen sie das Vertrauen der Menschen gewonnen hatte. Sie war nie ein schlechter Mensch gewesen, nein, sondern hatte sich immer bemüht, Gutes zu tun. Jetzt hatte sie das Mädchen, das unzertrennlicher Bestandteil ihrer selbst war, als böses Weib bezeichnet.

Sie ging ins Kellergeschoß hinunter. Sie umarmte ihre zitternde, verängstigte Tochter, die nicht aufhören konnte zu schreien. Sie umarmte sie zum ersten Mal nach Jahren und tröstete sie mit zärtlichen Worten. Die Anwesenheit ihrer Mutter flößte der fiebernden, dem Tode nahen jungen Frau neues Leben ein. Sie lagen sich in den Armen und schluchzten gemeinsam. Das Mädchen sagte, der Engel

Gottes habe ihr ewige Qualen verheißen. Sie müsse Schmerzen erdulden; Schmerzen um der Liebe willen.

Tubas Stimme umhüllte sie wie das murmelnde Plätschern eines Baches und trug sie mit sich fort. Das Wasser war warm, es entsprang einer verborgenen goldenen Quelle in der Tiefe der Seele einer Frau, die die erfüllende Liebe nie erfahren hatte. Sie sagte, die Liebe führe den Menschen in Versuchung, und weil er der Versuchung nicht widerstanden habe, sei er aus dem Paradies vertrieben worden. Die Liebe sei Feuer, an dem man sich verbrenne. Muness brenne, weil sie liebe. Jetzt müsse sie ihre Liebe dem Allmächtigen beweisen, damit sie die Glut ertragen könne. Die alte Tuba meinte, es sei kein Engel Gottes gewesen, der sich Muness offenbart habe, sondern ein Bote des Teufels, weil die Erscheinung nicht imstande gewesen sei, sie während des Gebets heimzusuchen. Muness sei wahrscheinlich zerstreut gewesen, daher habe das Böse sie verfolgt. Muness erinnerte sich, daß sie während des Betens in Gedanken zu Esmaiil geeilt war, doch sie sagte ihrer Mutter nichts davon. Ihre Liebe würde sonst ihre Reinheit verlieren. Selbst jetzt, wo ihre Liebe unter grauen Eisschichten lag, verband sie etwas ganz Besonderes mit Esmaiil, das niemand verstehen konnte.

Sie vereinbarten, gemeinsam Geda Alischah zu besuchen, am nächsten Tag schon, nach Muness' Arbeit. Er konnte ihr bestimmt helfen. An seinen Audienzen nahmen viele teil, die sich an der Liebe versengt hatten.

In dieser Nacht schlief Muness im Bett ihrer Mutter. Offensichtlich konnte das Wesen, das sie für einen Engel Gottes gehalten hatte, sich hier keinen Zugang verschaffen. Sie schlief zum ersten Mal seit langem die ganze Nacht durch und erwachte frisch und ausgeruht. Sie ging entspannt zur Arbeit und begleitete abends ihre Mutter zur Audienz Ehrwürden Geda Alischahs. Der Raum war voller

Menschen. Längs der Wände saßen Frauen und Männer, manche Frauen trugen entgegen dem Regierungsdekret ein Kopftuch. Muness und Tuba hingegen hatten einen Hut auf. Tuba bat, zu Ehrwürden vorgelassen zu werden, sie wollte unter vier Augen mit ihm reden. Der Mann neben Muness knüpfte ein Gespräch mit ihr an. Er sagte, er lese in ihrem Gesicht, daß sie unter Liebeskummer leide. Er sei überzeugt, daß die Liebe sie zu Ehrwürden geführt habe. Muness unterdrückte mit Mühe die Tränen. Der Mann sagte, auch er sei ein Schmetterling, der seine Flügel in der Flamme der Liebe versengt habe. Ohne Flügel könne er nun nicht mehr fliegen und versuche wie ein Schatten, der Wahrheit zu folgen. Rückhaltlos erzählte er ihr seine Lebensgeschichte: Er war ein Mullah, ein Geistlicher. Er war in einem Dorf in der Nähe von Hamadan geboren worden. In seinen jungen Jahren hatte er in der Koranschule die Kinder unterrichtet. Eines Tages kamen Engländer; sie schlugen außerhalb des Dorfes ein Lager auf und trugen allerlei Meßgeräte mit sich herum. Anscheinend wollten sie auf einem Hügel in der Umgebung archäologische Ausgrabungen durchführen. Sie behaupteten, dort befänden sich antike Ruinen. Der Mullah aber hatte sich in die europäische Frau verliebt, die die Gruppe begleitete. Tagsüber ritt sie durch die Wüste und ließ ihr blondes Haar im Wind flattern. Manchmal ritt sie auch durchs Dorf und versetzte die Bewohner in Staunen. Der Mullah setzte sich stundenlang auf das Dach seines Hauses, um die europäische Frau beim Reiten zu beobachten. Später sagte er sich, daß er nicht länger dort verharren und die Frau anstarren könne, denn sonst würde er sich womöglich verraten. Also bohrte er ein Loch in die Mauer, legte sich davor und wartete auf die Frau. Durch das Loch konnte er einen Teil des Daches des gegenüberliegenden Hauses und die Steppenlandschaft überblicken. Manchmal mußte der Mullah einen ganzen Tag dort liegen und warten, bis die Frau ein einziges Mal vorbeiritt. Er getraute sich nicht, sich ihr zu nähern, und seine Amtswürde erlaubte es ihm nicht, sich unter die gaffende Menge der Schaulustigen zu mischen, obwohl er es gern getan hätte. In den Gedanken der Männer im Dorf verwandelte sich die Frau allmählich in eine Fee. Doch eines Tages war sie genau so plötzlich verschwunden, wie sie aufgetaucht war. Das Leben des Mullahs geriet vollkommen durcheinander. Er suchte Zuflucht beim Wein und wurde vom ganzen Dorf gemieden. Eines Tages schließlich packte er seine wenigen Habseligkeiten und machte sich auf den Weg nach Teheran, in der schwachen Hoffnung, dort vielleicht der Frau zu begegnen. Er erfuhr schließlich von Geda Alischah und war zu dessen Audienz gekommen.

Muness fragte, ob er die Frau gesucht habe. Der Mann zuckte die Achseln. Wo mit Suchen beginnen? Sollte er nach England reisen und dort überall nach ihr Ausschau halten? Was würden die Engländer sagen? Würden sie ihn nicht auslachen? Würde er nicht zum öffentlichen Gespött werden? Muness dachte, daß auch sie ihren Mann gesucht hatte. Verzweifelt hatte sie alles auf sich genommen, nur um ihn für sich zu gewinnen. Sie dachte, wenn sie als Mann auf die Welt gekommen wäre, hätte ihr Fuß den Kreis der Liebe nie verlassen. Sie wäre den Weg bis zum bitteren Ende gegangen. Wenn sie ein Mann wäre, dann könnte sie sich im Basar mit allen Schürzenjägern messen und sie alle übertrumpfen. Sie könnte jede beliebige verführen. Aber sie war nun einmal eine Frau, und ihr waren Hände und Füße gebunden. Daß ihre Macht gebrochen sein würde, sobald sie den Keim eines Menschen in sich trug, das hatte sie sich nie überlegt. Aus ihr würden zwei, drei, tausend Menschen entstehen, und sie würde nie mehr in der Lage sein, einsam ihre romantischen Träume weiterzuspinnen. Sie war fortan gezwungen, in der Gemeinschaft zu leben und alle ihre Schritte nach der Masse zu richten; wenn die Masse nach rechts ging, mußte sie auch nach rechts gehen; wenn die Masse nach links schwenkte, mußte sie auch nach links schwenken. Sie mußte dafür sorgen, daß ihre Brüste prall von Milch waren, damit sie die Kinder stillen konnte. Wenn nötig, mußte sie verschimmelte Brotkruste aus dem Müll klauben, damit die Milch in ihren Brüsten nicht versiegte, denn die Kinder mußten genährt werden. Jetzt aber war sie stolz auf ihre Unfruchtbarkeit. Alles, was sie besessen hatte, war ihre Aufrichtigkeit gewesen, doch sie war verraten und verkauft worden. Sie war unfruchtbar geworden wie die Wüste. Sie hatte Angst. Sie bemühte sich zwar in ihrem Innersten, die Demütigung zu überwinden und sich wieder aufzurichten, aber es wollte ihr nicht gelingen. Erst als sie verzweifelt zusammengebrochen war, war ihr die Mutter beigestanden. Ihr Schicksal als Frau bestand wohl darin, sich zu beugen und kleinzumachen. Die Menschen würden sie bemitleiden und zulassen, daß sich kleine Teile von ihr vermehrten. Ihre Liebe jedoch war anders geartet. Sie hatte nichts mit nächtlichen Sehnsüchten gemein, mit aufgeregtem Herzklopfen und zitternden Gliedern. Ihre Liebe war auf Vermehrung, nicht auf Vereinigung gerichtet, im Gegensatz zur männlichen Natur. Sie wollte sich durch getrennte, unzusammenhängende Teile vermehren, die sie dann nach bestimmten Regeln zusammenfügte, damit sie sich nie wieder voneinander lösten und kein Durcheinander entstand. Sie konnte ja auch nicht einfach lachen, wenn ihr danach war. Sie konnte ja auch nicht jedesmal essen, wenn sie Lust dazu hatte. Sie mußte einen Kreis malen, in dem sie den Dschinn gefangenhielt, von dem sie besessen war.

Sie wurde zu Ehrwürden gerufen. Sie erzählte ihm vorbehaltlos, was ihr widerfahren war. Er nickte anteilnehmend. Muness müsse bei ihrem Mann bleiben, sagte er dann zu ihr. Sie dürfe ihn vor allem nicht verlassen, solange er im Gefängnis sei. Es dränge sich nicht auf, ihre Heirat öffentlich bekanntzugeben. Die anderen würden sich allmählich mit der vollendeten Tatsache abfinden. Sie mußten sie akzeptieren. Es war ja keine Sünde begangen worden. Aber als sie ihm von dem Kind erzählte, war er sehr betrübt. Muness hätte nicht versuchen dürfen, den Lauf ihres Schicksals zu verändern, denn jeder Mensch sei verpflichtet, sich mit seinem persönlichen Schicksal abzufinden.

Es sei, wie wenn man mit einem Buckel auf die Welt komme, großgewachsen oder kleingewachsen: Eines jeden Menschen Schicksalsbahn sei vorausbestimmt. Der Mensch könne aus diesem Kreislauf nur ausbrechen, wenn er die notwendige Kraft in sich spüre. Aber ein solcher Schritt müsse gut überlegt werden, denn nicht jeder Mensch habe die Kraft dazu. Die Welt bestehe aus einem unendlichen Netz aus winzigen Maschen, an denen kleine Schellen befestigt seien. Wenn sich jemand entschließe, durch ein anderes Loch zu schlüpfen als durch das ihm vom Schicksal zugeteilte, dann bimmelten die Schellen. Ein oder zwei Schellen, das sei weiter nicht schlimm. Aber wenn der Mensch auf seinen Alleingang beharre und seine Herde verlasse, dann würden viele Schellen auf einmal zu bimmeln beginnen, so daß ihr Klang mitunter die ganze Welt in Aufruhr versetze. Dann würden die Menschen alles stehen- und liegenlassen, um zu sehen, wer einen solchen Lärm verursache. Muness' Mann gehöre zu diesen Einzelgängern. Aufgrund dessen, was Tuba Chanom und Muness Chanom von ihm erzählt hätten, sei er zur Ansicht gelangt, daß Esmaiil kein schlechter Mensch sei. »Die Zeiten haben sich geändert, Chanom, alles scheint erlaubt zu sein. Man schert sich nicht darum, daß alles so ist, weil es so sein muß und nicht anders. Der Mensch bringt sich in tausendundeine Schwierigkeiten, nur um Neues zu schaffen. Vor den Toren des irdischen Lebens liegen die Knochen von Tausenden von Menschen, die sich auf den Weg der Erkenntnis begeben haben. Sie bleichen und zerfallen in der unbarmherzigen Sonne zu Staub. Tausende fähiger und starker Helden haben sieben Paar Stiefel abgelaufen, um eine winzige Oase zu erreichen. Sie haben nicht begriffen, daß Unvergänglichkeit nur mit Geduld und Ausdauer erreicht werden kann. Es ist einfach, alles Bestehende abzulehnen und auf den Kopf stellen zu wollen. Wenn du aber eines Tages aus dem Chaos eine neue Ordnung erschaffen willst, dann erscheint das bis dahin unsichtbare Schellennetz. Alles geht seinen gewohnten Weg, und der Umstürzler und Rebell bleibt oft voller Reue und Trauer zurück. Unter Umständen kann er seine Schuldgefühle damit beschwichtigen, daß er sich an ein neues Netz hängt.« Nach seiner Ansicht traf Esmaiil keine Schuld. Er war inmitten seines unsteten Lebenslaufs vom richtigen Weg abgekommen. Er hatte sich von den Traditionen losgelöst, um etwas Ungewöhnliches zu erreichen, und sicher hatte dabei auch die Liebe eine Rolle gespielt. Daß junge Menschen sich verliebten, dagegen hatte Ehrwürden nichts einzuwenden. Aber Muness hatte sich von der Angst leiten lassen und hatte dadurch ihre zukünftige Familie ins Unglück gestürzt. Er sah aber auch dafür eine Lösung: Sie konnte zur Sühne Kinder adoptieren. Ehrwürden ereiferte sich. Er sagte, die Frau sei dem Wesen nach der Erde ähnlich: Sie warte auf Samenkörner. Unfruchtbare Erde verwandle sich in Ödland und später sogar in Salzwüste, in der jeder Lebenskeim zum Sterben verurteilt sei. Seiner Ansicht nach besaß Muness neben ihrer weiblichen Fruchtbarkeit auch eine geistige Fruchtbarkeit. Jetzt müsse sie die Saat der Liebe und der Reinheit in die Erde pflanzen.

Auch sie könne wachsen, so daß die ganze Natur in ihren liebevollen Armen Platz fände. Ehrwürden befahl ihr, ihren Mann im Gefängnis zu besuchen, und verriet ihr eine Formel, mit der sie die Erscheinung verscheuchen konnte, die sie für einen Engel Gottes gehalten hatte. Er war der Meinung, wahre Engel Gottes seien nicht imstande, eine hilflose Frau zu quälen. Überhaupt, Gottes Engel seien gar nicht fähig, Menschen zu peinigen. Ehrwürden freute sich, Muness in seiner Gemeinde aufzunehmen. Sie werde bestimmt schon bald die hohen Bewußtseinsstufen erreichen und zu seinen Jüngerinnen gehören.

Als die Audienz zu Ende war, fühlte sich Muness ruhig und zutiefst ergriffen. Sie wußte nun, was sie zu tun hatte: Dienstag war Besuchstag. Sie ließ sich beurlauben und machte sich frühmorgens auf den Weg zum Gefängnis. Sie wies sich mit ihrem Personalausweis als rechtmäßige Ehefrau aus und legte ihre Hand auf die Brust, um ihr heftig pochendes Herz zu beruhigen.

Esmaiil erstarrte, als sein Name aufgerufen wurde und man ihm mitteilte, ein Besuch erwarte ihn. Er lebte von der Gnade der anderen Häftlinge, die für seinen Unterhalt sorgten. Und das beschämte ihn. Er hatte seine Bedürfnisse eingeschränkt, so daß er die meiste Zeit hungerte. Er brachte das Gefängnisessen einfach nicht hinunter, denn er war viel zu sehr an Sauberkeit gewöhnt. Er hielt sich mit unglaublicher Gründlichkeit an die Hygienevorschriften, die er sich während des Studiums aus Büchern angeeignet hatte. Es ekelte ihn vor dem Gefängnisfraß, und wenn er zufällig ein Haar, ein Steinchen oder sonstigen Abfall im Essen fand, hatte er ein paar Tage überhaupt keinen Hunger mehr. Meistens begnügte er sich mit trockenem Brot, und er magerte von Tag zu Tag ab. Er mußte alles in Gegenwart seiner Mitgefangenen tun, darunter litt er am meisten. Er gehörte zu den ärmsten Gefangenen, und die

Demütigungen hatten ihn zu einem verbitterten Menschen gemacht. Er fühlte sich so hilflos, daß er sich manchmal nach einem Weidenstock oder auch nur nach einem Strohhalm sehnte, worauf er sich stützen konnte. Er wußte nicht einmal selbst, wer er war. In den Augen des Gesetzes war er jetzt ein Bolschewik. Man hatte ihn aus einer Herde herausgerissen, um ihn einer anderen Herde einzuverleiben, und nun wußte er nicht, zu welcher Herde er eigentlich gehörte. Er wußte nicht, was von den mystischen Visionen Tubas und ihrer Vorstellung von Gott halten, obwohl seine ganze Kindheit aus diesen Erinnerungen bestand. Später hatte er mit seinen Freunden über solche Dinge diskutiert. Er hörte ihnen zu, und alles, was sie sagten, erfüllte ihn mit Begeisterung; er erkannte darin weder Falsches noch Widersprüchliches. Es kam ihm vor wie ein gerader Weg, der die Menschheit ans Ziel brachte. Während seiner einsamen Kerkernächte war Muness an seinem Bett erschienen. Sie war eine Frau, die keiner Norm entsprach. Ihretwegen hatte er alle Regeln mißachtet, weil er mit ihr eins werden wollte. Im Hintergrund stand Tuba. Sie war wie ein Fels, an den er sich während seiner Kindheit gelehnt hatte. Wie sehr hatte er sich doch als Kind gewünscht, die Frau möchte ihn von Zeit zu Zeit umarmen und mütterlich streicheln. Der Mangel an Liebe hatte ihn wahnsinnig gemacht. Mit der Zeit lernte er, diesen Mangel durch gespielte Kälte und Gleichgültigkeit zu vertuschen. Weil sein Bedürfnis nach Liebe nicht befriedigt wurde, lernte er, sich hinter Gleichgültigkeit und Zynismus zu verstecken. Zwischendurch erschien ihm das Bild jener ätherischen Frau, die er einmal während seiner Kindheit in einer Mondnacht gesehen hatte. Es war Lejla gewesen mit ihren lockenden Gesten.

Nachdem Setare weggegangen war, war sie eines Nachts zurückgekehrt, und er hatte sie singen gehört. Der junge

Mann hatte gelernt, die Frauen zu achten. Sein ganzes Leben bestand aus lauter Frauen. Als Kind hatte er jahrelang seine gemütskranke Mutter gepflegt, jetzt dachte er mit Sehnsucht an jene Schwester zurück, die offenbar eines Tages vom Wind verweht worden war. Manchmal hatte er gedacht, er müsse riesengroß werden und sich wie ein mächtiger Schirm über die Köpfe der Frauen spannen, um sie vor der Sonne zu schützen. Er fühlte sich schuldig. Er hatte das Leben von mindestens zwei dieser Frauen durcheinandergebracht. Wie groß hatte er sich doch an Muness' Seite gefühlt. Wie stolz, wenn er ihr ein kleines Geschenk kaufen konnte. Oft hatte er sich sein Heim vorgestellt: er und Muness und ihre gemeinsamen Kinder. Oft hatte er sich den Tag ausgemalt, an dem Tuba ihn – ihren Schwiegersohn – voller Stolz ansehen würde. Ihren Schwiegersohn, der an der Universität lehrt und seine Stellung durch Ausdauer und Fleiß erlangt hat!

Seine Freunde hatten gesagt, alles müsse sich von Grund auf ändern. Er hatte sich vorgestellt, daß er auf der einen Seite sein eigenes, bescheidenes Leben führen würde, auf der anderen Seite als bedeutender Mann die Gesellschaft veränderte. In seinen Träumen nahm er alle Menschen in seine Hand, um sie zu beschützen. Dann setzte er alle ihre Häuser instand, baute öffentliche Bäder und Schulen, begleitete sie zu ihrer Arbeit in Fabriken und Manufakturen, kämpfte für ihre Rechte und zog zugleich seine eigenen Kinder groß.

Als ihm eines Tages ein ungebildeter Gefängniswärter ins Gesicht spuckte, veränderte sich die Welt für ihn. Er stellte fest, daß die Menschen in Wirklichkeit keine kleinen Geschöpfe waren, die er – der große Riese – einfach in die Hand nehmen, hochheben und belehren konnte. Wer auch immer sie waren und wie auch immer sie lebten, sie schrien sofort auf, wenn sie den Eindruck hatten, daß ihre

Ruhe und die hergebrachte Ordnung gefährdet waren. Zugleich mußte er sich eingestehen, daß die anderen Menschen körperlich ebenso groß waren wie er und oftmals sogar noch größer. Sie spuckten ihm einfach ins Gesicht. Die Menschen hatten einen Instinkt für gemeinsames Handeln entwickelt, und genau das war es, was sie in die Lage versetzte, ihre Rechte zu verteidigen. Sie würden den großmütigen Riesen jedenfalls nicht so freudig empfangen, wie er es sich vorgestellt hatte. Der Riese mußte sich zunächst bewähren. War er wirklich ein Riese? Esmaiil hatte begriffen, daß er nur einen winzigen Teil der Wahrheit kannte, und selbst was diesen winzigen Teil betraf, wurde er die Zweifel nicht los. Allmählich schrumpfte der Riese. Früher hatte er nie geglaubt, sich rechtfertigen zu müssen. Wenn er Tuba erklärte, im Wasser lebten winzige Organismen, Keime, die Krankheiten auf den Menschen übertrugen, zog sie die Augenbrauen hoch und versank ins Grübeln. Esmaiil fühlte sich dann groß, fühlte sich bestärkt durch das Gefühl, recht zu haben. Er glaubte, er könne alles behaupten und man nehme es ihm widerspruchslos ab, denn er hielt sich selbst für einen aufrichtigen Menschen. Jetzt aber war er ständig gezwungen, alles zu beweisen. Mußte stundenlang diskutieren, argumentieren, um sich dann eingestehen zu müssen, daß er schlicht nicht verstanden wurde. Erst im Gefängnis wurde ihm deutlich, was es bedeutet, ein armer Waise zu sein. Er dachte eben über diesen Zwiespalt nach, als sein Name aufgerufen wurde.

Er schritt aufrecht durch den Gefängnishof. Seine Gefährten schauten ihm staunend nach; niemand konnte sich vorstellen, daß jemand Esmaiil besuchte. Als er in den Korridor einbog, lief er schneller. Er überholte sogar den Aufseher, um vor ihm in den Besuchsraum zu gelangen. Dort blieb er unter der Tür stehen und erblickte Muness, die in einem grauen Mantel und einem gleichfarbigen Hut schüchtern auf einer Holzbank saß. Sie blickten sich stumm an. Er schämte sich. Der Aufseher beobachtete sie spöttisch lächelnd, denn er war neugierig, wer den Eigenbrötler Esmaiil besuchte. Wer war die Besucherin? Eine Dame offensichtlich. Wenn er das den anderen erzählte ... das gab Stoff für eine Woche Klatsch. Das Paar konnte ihn nicht einfach ignorieren. Sie begrüßten sich leise und erkundigten sich gegenseitig nach dem Ergehen. Dann wollte Esmaiil alles mögliche erfahren. Muness antwortete, sagte dann, sie habe ihm Obst und Gebäck, Kleider und Geld mitgebracht. Der Mann schüttelte den Kopf, nein, er wolle ihr nicht zur Last fallen. Muness erwiderte, von Last könne keine Rede sein. Sie freue sich, etwas für ihn tun zu können. Ob sie ihn am Freitag wieder besuchen dürfe? Beide blickten fragend zum Aufseher hinüber. Vielleicht ließe sich etwas arrangieren, meinte der, das müsse weiter oben entschieden werden. Muness stellte in bestimmtem Ton fest, sie werde dafür besorgt sein, daß es klappe. Das Sonnenlicht spiegelte sich im schlammigen Wasser des Gefängnishofbeckens. Der Mann sog das Licht in sich auf. Die Wärme der Liebe drang ihm unter die Haut, und als er die Frau ansah, übertrug sich die Wärme auf sie. Sie erwärmte Muness' Körper wie die Morgensonne. Sie liebten sich, und nichts auf der Welt vermochte diese Liebe zu zerstören. Muness vergaß darüber, ihm von ihrer Schwangerschaft zu erzählen. Vielleicht wollte sie ganz einfach nicht daran erinnert werden.

Er kehrte träumend in seine Zelle zurück. Alles, was er sich im Laufe des vergangenen Jahres in der Stille des Kerkers zurechtgelegt hatte, war bedeutungslos geworden! Esmaiil hatte einen Menschen, der an ihn dachte; jemand, der besser war als die ganze Welt. Er mußte diesen Menschen für sich bewahren. Er verschränkte die Finger. Selbst wenn man ihn in Stücke schnitt, mußte er Muness für sich bewahren. Sie war seine einzige Verbindung zur Welt der Lebenden und ersetzte alle Menschen, in seinen Gedanken.

Vom Gefängnis ging Muness direkt zu Herrn Chonsari. Er war der weiseste Mann, den sie in ihrem näheren Bekanntenkreis kannte. Sie hatten freundschaftlich zusammengelebt, zweifellos würde er Verständnis für ihre Situation haben. Er war kein eifersüchtiger Mann, er sah die Dinge sehr realistisch. Von Anfang an hatte er gewußt, daß seine Heirat mit Muness ein Fehler gewesen war. Er hatte sich Vorwürfe gemacht, weil er das Leben eines jungen Mädchens zerstört hatte. Er hieß Muness freundlich willkommen. Er hörte sich aufmerksam die hastig erzählte Geschichte von ihrer Heirat an – das Kind erwähnte sie allerdings nicht – und hörte sich ebenso aufmerksam die Geschichte Esmaiils an. Er erklärte Muness, daß man von Regierungsseite im Falle Esmaiils und Konsorten äußerst zurückhaltend sei. Dennoch sei vielleicht eine Intervention möglich, um Esmaiils Haftbedingungen zu erleichtern. Er versprach, sich für Muness' Freitagsbesuch einzusetzen.

Als Esmaiil in einen besseren Gefängnistrakt versetzt wurde, behandelten ihn auch die Aufseher anders. Der einsame Häftling, der keine Angehörigen zu haben schien, hatte offenbar einen mächtigen Fürsprecher an höchster Stelle. Die Existenz dieses geheimnisvollen Mittelsmannes verwirrte vor allem Esmaiil selbst, weil er einmal mehr nicht wußte, welchem Lager er sich zugehörig fühlte. Bis zum Tag von Muness' Besuch war er ein inhaftierter Revolutionär gewesen, der unter den Augen der Aufseher verbotene Bücher mit anderen Häftlingen austauschte. Wenn er einen Bleistift und etwas Papier ergattern konnte, schrieb er die Bücher ab, um sie anderen zugänglich zu machen; er unterrichtete seine Mitgefangenen, nahm selbst an Schulungen teil und war begierig, noch mehr zu lernen. Nach dem Besuch änderte sich zwar nichts an seinem

Leben, aber er spürte, daß seine Seele dem Gefängnis entfliehen wollte, fortfliegen wie ein Vogel. Er träumte nur noch davon, seine Frau zu umarmen. Jemand dachte an ihn. Seine Augen glänzten, als hätte er Fieber. Wenn dienstags und freitags die Besuchszeit vorüber war, zählte er die Minuten bis zur folgenden Woche. Er konnte jetzt seinen Freunden Gebäck und Obst anbieten. Da er jetzt etwas Geld besaß, konnte er sich bessere Mahlzeiten leisten. Außerdem hatte er angefangen zu rauchen. Zweieinhalb Jahre lang bestand nun sein Leben aus dem Kommen und Gehen der Frau – und er wurde von Mal zu Mal mehr zu ihrem Gefangenen.

Muness' Leben verlief zwischen dem Haus, ihrer Arbeit, dem Gefängnis und dem Kloster. Sie verkehrte nur an diesen vier Orten. Wenn ihre Geschwister sie zu Gesicht bekamen, senkten sie die Stimmen. Sie wußten inzwischen, daß sie mit Esmaiil verheiratet war, aber in der Familie wurde nur darüber geflüstert. Zuerst waren sie bestürzt und ratlos gewesen. Habibollah hatte zwar vorgehabt, seine Schwester bei der ersten Gelegenheit ins Gesicht zu schlagen, aber sie entschlüpfte ihm immer wieder. Allmählich ließ der brüderliche Zorn nach. Schließlich hatte sie ja kein Verbrechen begangen. Sie hatte bloß geheiratet – leider einen Mann, den er von Anfang an gehaßt hatte. Nun gehörte dieser Mann für immer zur Familie, egal, ob er ihn haßte oder nicht. Man hätte eine solche Entwicklung voraussehen müssen, was leider versäumt worden war. Habibollah mußte zu seinem Bedauern mitansehen, wie Kerlen dubioser Herkunft die Möglichkeit gegeben wurde, sich emporzuarbeiten. Esmaiil zum Beispiel war nicht einmal in der Lage, den Namen seines Großvaters zu nennen, und selbst wenn er ihn gekannt hätte, wäre dieser Name es gar nicht wert, daß man ihn überhaupt in den Mund nahm. Trotzdem ließ man sie ungehindert die Karriereleiter hinaufsteigen. Sie waren ordentlich angezogen, waren gebildet und wußten häufig mehr als er. Habibollah resignierte: Es ging abwärts mit der Welt. Überall nisteten sich Leute ein, von denen man nicht wußte, wo sie herkamen. Er lernte, sich nicht mehr darüber aufzuhalten. Er schloß sich immer stärker seinen engsten Verwandten an und ignorierte alles, was außerhalb seiner Familie geschah.

Mit der Zeit gewöhnte man sich an Muness' Ehe, genau wie sie es vorausgesehen hatte. Die Familie entdeckte mit der Zeit an Esmaiil lauter gute Eigenschaften. Er war unbestritten ein gutaussehender Mann. Außerdem war er gebildet und verfügte über ein großes Wissen. Man wußte, daß er kein dahergelaufener Niemand war. Sein Vater war ein Großhändler, der durch die bolschewistische Revolution bankrott gegangen war. Seine verehrte Frau Mutter hatte durch den Schock seelischen Schaden erlitten und hatte schließlich gegen Ende ihres irdischen Lebens das Gedächtnis verloren. Seine Schwester war mit einem aserbaidschanischen Großgrundbesitzer, einer bedeutenden Persönlichkeit in seinem Bezirk, verheiratet. Alles Gerüchte, die Mansarossaltane und Habibollah mit Erfolg überall verbreiteten. Damit Esmaiil von der Verwandtschaft akzeptiert wurde, mußte er in jeder Hinsicht über sich hinauswachsen. Esmaiil war zu einem Held geworden! Man bezeichnete ihn nicht mehr als Bolschewiken. Man sagte nur, er sei ein Intellektueller, und Intellektuelle seien nun einmal so. Schon seit jeher, oder? Ein Mensch, der sehr viel weiß, leidet eben unter seinem Wissen. Er leidet auch unter Unwissen, weil er nicht immer und überall die reine Wahrheit verkünden darf. Amine Chanom wiegte den Kopf und sagte seufzend, Gelehrte seien immer verfolgt worden. Die ganze Verwandtschaft war mittlerweile überzeugt, daß Esmaiil ein Gelehrter sei, ein weiser Mann. Er war mit einer Familienangehörigen verehelicht, also mußten sie ihn akzeptieren. Gleichzeitig mußten sie vor ihm auf der Hut sein, denn vielleicht war er jemand ganz anderer und verstellte sich bloß. Ein ausländischer Spion gar. Das hätte einen nicht weiter verwundert. Handlanger fremder Mächte, die dem Land schaden wollten, das hatte es schon öfter gegeben. Warum sollte nicht auch Esmaiil dazugehören? Unsinn, sein Vater war doch von den Bolschewiken ruiniert worden, und seine Mutter war durch deren Schuld gemütskrank geworden. Die Verdächtigungen waren wirklich absurd! Wie auch immer, aber man wollte sich besser nicht ganz festlegen und gab sich mit einer Mischung aus Legende und Wahrheit zufrieden. Warum war er überhaupt ins Gefängnis gekommen? Weil er – eben – ein gebildeter Mann war und viele gelehrte Bücher gelesen hatte, daher war er von der Regierung verdächtigt worden. Der Vorwurf, er sei ein Bolschewik, war bestimmt aus der Luft gegriffen. Sogar in Rußland war das Wort Bolschewik inzwischen vollkommen verwässert. Esmaiil war kein Bolschewik, sondern ein Gelehrter, und er verabscheute wie alle Gelehrten leeres Geschwätz über Gott und die Religion. Ohne dazu verpflichtet zu sein, sorgte Amine Chanom, wo immer es ging, für die Verbreitung von Esmaiils Lob. Warum hatten dann Esmaiil und Muness so heimlich geheiratet? Auch darauf hatte sie eine Antwort parat: Muness war kaum geschieden, und es schickte sich nicht für eine Frau, gleich nach der Scheidung wieder zu heiraten. Doch Muness und Esmaiil lebten unter einem Dach, was auch nicht anging. Daher hatten sie ohne viel Aufsehen geheiratet und hatten beschlossen, die Verwandtschaft erst später davon in Kenntnis zu setzen – wenn sie ihren eigenen Haushalt gegründet hatten und in der Lage waren, die ganze Familie einzuladen.

Im Gefängnis konnte Esmaiil nicht ahnen, daß er inzwischen zum Held der Familie geworden war. Ihn beschäftigte nur eine Sorge: ob Muness sich mit seinen Gefährten vertragen würde. Sie waren während der Haft alle gefoltert und mißhandelt worden, und sie wurden von Tag zu Tag zorniger und von ihren Ansichten überzeugter. Vor allem aber wollten sie unbedingt auch Esmaiil in ihr politisches Schlepptau nehmen. Währenddes lief Muness weiterhin im Kreis, von ihrem Haus zu ihrer Arbeit, von der Arbeit zum Gefängnis und zum Kloster, was dazu führte, daß sie immer tiefer in der Mystik versank. Sie liebte ihren Mann jetzt auf mystische Weise. Sie wußte gar nicht, daß die Familie über sie sprach. Sie wußte vieles nicht. Der größte Teil ihres Lebens verlief auf spiritueller Ebene, was zur Folge hatte, daß sie an der Seite ihrer ebenfalls spirituell veranlagten Mutter je länger, je mehr in der Mystik aufging. Sie glaubte fest daran, daß sie durch Vorherbestimmung mit Esmaiil verlobt gewesen war. Das Schicksal hatte Esmaiil in ihr Haus geführt und ihm seine ganze Familie genommen, damit er sich um so bedingungsloser Muness zuwenden konnte. Sie waren zusammen aufgewachsen, und dieses gleiche Schicksal hatte es gewollt, daß sie ihre Fruchtbarkeit verloren hatte. Eine unbekannte Macht hatte bestimmt, daß sie nicht gebären sollte. Nachdem sie Jesus zur Welt gebracht hatte, hatte die Jungfrau Maria die Fähigkeit verloren, mit Gott zu sprechen. Jetzt verlangte diese gleiche Macht, daß sich Muness ihr, und nur ihr, widmete! Und Esmaiil war die Brücke, die zur erhabenen, zur einzigen Liebe führte. Die Beziehung zum Mann ermöglichte ihr, ihre Stärke und Standhaftigkeit zu messen. Ein einziges Mal war sie nur eine Spur vom richtigen Weg abgekommen, und die Macht hatte sie bestraft. Die Macht verlangte, daß die Frau sich der irdischen Liebe hingab, aber gleichzeitig in der ewigen und wahren Liebe aufging. Doch Muness hatte versagt.

Tuba dachte nur noch an Setare, und manchmal beneidete sie ihre Tochter um deren rasche Fortschritte auf dem Weg zur mystischen Erkenntnis. Muness schrieb Gedichte, und manchmal hatte auch sie Vorahnungen, die sich später bewahrheiteten.

Tuba fragte sich, ob ihre Tochter vielleicht eine Verbindung zu Setare hergestellt hatte. Sie war eifersüchtig darum bemüht, die Existenz Setares zu verheimlichen. In all den Jahren hatte sie nie einen Gärtner ins Haus gelassen. Sie war der festen Überzeugung, daß einfache Menschen die Seele eines Hauses erkennen und sich mit ihr verständigen. Es war unmöglich, daß Handwerker das Haus betraten, ohne die Leiche des Mädchens zu entdecken. Das Mädchen verkörperte die Ehre des Hauses. Wurde es entdeckt, käme das einer Entweihung des Hauses gleich. Tuba war überzeugt, daß sie während des Machtwechsels von der Kadscharen- zur Pahlewidynastie die Ehre des Hauses, die Ehre ihrer Kinder und die des Mädchens und ihrer Kinder erfolgreich verteidigt und beschützt hatte. Sie hatte ihren Kindern nicht einfach befehlen können, für immer im elterlichen Haus zu bleiben. Sie wußte aber, daß sie selbst auf keinen Fall jemals ausziehen durfte und daß sie das Geheimnis des Mädchens niemals preisgeben durfte. Sie war überzeugt, daß Setare der Grund dafür war, warum sie in der Hierarchie Geda Alischahs nicht aufsteigen konnte: Setare wollte Tuba im Diesseits und im Jenseits beschützen. Es war Setare, die ihr die Zukunft voraussagte, und es war wiederum Setare, die im verborgensten Teil ihrer Seele weiterlebte. Stand auch Muness mit ihr in Verbindung? Sie versuchte herauszubekommen, wie Muness zu ihren Voraussagen kam. Manchmal flüstere ihr eine Stimme etwas zu, antwortete Muness schlicht. Ja, Muness kannte Setares Geheimnis. Andererseits hatten die Verwandten, ohne Zutun der zwei mystisch veranlagten Frauen, aus der Heirat zwischen Esmaiil und Muness eine komplizierte Geschichte gemacht – so etwas wie der Mythos von Lejli und Madschnun. Amine Chanom hatte in ihrem Bestreben, die Familienehre zu retten, jedes Mal, wenn die Rede auf Esmaiil kam, zusätzliche Details erfunden, allerdings ohne sich mit Tuba abzusprechen. So lagen die Dinge, als Muness wenige Tage nach Schah Rezas Abdankung eines Morgens aufwachte und sagte: »Esmaiil wird heute entlassen.« Sie ging nicht zur Arbeit, sondern nahm eine Droschke und ließ sich zum Gefängnis fahren. Unterwegs wiederholte sie eine mystische Beschwörungsformel, mit der sie Gott bat, ihr beizustehen. Und tatsächlich: Sie wartete seit kaum einer Stunde vor dem Gefängnistor, als Esmaiil heraustrat. Der junge Mann hielt einen Koffer in der Hand und sah verloren um sich. Dann erblickte er Muness, die auf ihn zuging, und er begann zu stottern. Im Laufe der vergangenen zwei Jahre war er der Frau immer nur in Gegenwart einer Drittperson begegnet. Nun waren sie allein, und er wußte nicht, wie sich verhalten. Er war einsilbig, war schüchtern wie ein Kind und wußte nicht, was mit seinen Händen anfangen aus Angst, die Frau könnte ihn vor den Augen Fremder bei der Hand nehmen. Die Furcht, wieder ins Gefängnis zurückgebracht zu werden, saß ihm tief in den Knochen. Er überließ es Muness zu entscheiden, wie es nun weitergehen sollte.

Muness, unerschütterlich davon überzeugt, daß er freigelassen würde, hatte die Droschke nicht weggeschickt. Sie ließen sich nun also durch die Stadt fahren und betrachteten die vielen amerikanischen, russischen und englischen Soldaten in den Straßen. Innerhalb einer Woche hatte die Stadt ein europäisches Gesicht angenommen. Muness fragte Esmaiil, ob er je in seinem Leben Ausländer gesehen habe. Er blickte aus dem Fenster und sagte, jetzt sehe er welche. Diese Ausländer hatten eine hellere Haut als die Iraner. Muness sagte, seit die Ausländer im Land seien, herrsche überall Aufregung. Prinz Hesamoddin hatte eigenhändig im Haus seiner Schwiegermutter alle Hitlerbilder von den Wänden gerissen und vernichtet. Muness glaubte fest an Hitler und hatte ihr ganzes Geld für Hitlerbilder ausgegeben. Fast jedermann besaß ein Bild von Hitler. Esmaiil lächelte bitter. Er war nie begeistert gewesen von diesem Hitler. Prinz Hesamoddin trug im übrigen auch keine Offiziersuniform mehr. Die Armee versuchte, möglichst nicht aufzufallen. Der Schah hatte abgedankt und war ins Exil gegangen, Widerstand wäre zwecklos gewesen. Muness erzählte Esmaiil, daß Herr Chonsari sich für einige Monate habe beurlauben lassen – bis sich die Situation beruhigt hätte. Esmaiil wurde rot im Gesicht: Er hatte erfahren, daß Herr Chonsari für seine Freilassung gebürgt hatte. Wie peinlich ihm das war, konnte er Muness nicht sagen. Herr Chonsari hatte ihm geholfen, ohne daß Esmaiil etwas dazu zu sagen gehabt hätte, und nun wußte er nicht, wie sich in Zukunft ihm gegenüber verhalten. Muness hingegen fühlte sich verpflichtet, sich bei Herrn Chonsari aus ganzem Herzen zu bedanken. Esmaiil wollte sich unterwegs in ein Kaffeehaus setzen, damit sie noch etwas unter sich sein konnten, bevor sie nach Hause gingen. Sie fuhren in die Naderi-Straße. Das Kaffeehaus war voller Amerikaner. Muness und Esmaiil fühlten sich fremd. Voreinander fremd und vor den anderen fremd. Sie saßen einander gegenüber und starrten in ihre weißen Teetassen. Der Würfelzucker lag in einem sauberen Zuckerschälchen daneben, eine dünne Zitronenscheibe schwamm auf dem Tee. Die meisten Amerikaner trugen Uniformen. Manche von ihnen lasen Zeitung. An einigen Tischen saßen geschminkte amerikanische Frauen und ein paar Iranerinnen. Prinz Habibollah hatte Muness erzählt, abends spiele hier ein Orchester, und es werde getanzt. Muness stellte fest, daß die Amerikaner großgewachsen waren, noch größer als die

Russen und Engländer. Esmaiil stimmte zu. Unvermittelt sagte Muness: »Ich habe ein Kind bekommen.« Esmaiil zuckte zusammen und fragte: »Wo ist es jetzt?« Muness lächelte bitter. Sie wich Esmaiils Blick aus. Sie schaute zu den anderen Tischen hinüber. Sie sah, wie ein amerikanischer Offizier seine Teetasse zum Mund führte. Plötzlich erstarrte seine Hand in der Luft. Ein Bericht in der ausländischen Zeitung hatte offenbar seine Aufmerksamkeit erregt. Er hielt die Tasse in der erhobenen Hand und las aufmerksam. Muness richtete den Blick wieder auf ihren Tisch. Ihr Tee wurde kalt. Mit wenigen Worten gestand sie Esmaiil, was vorgefallen war. Sie versuchte, das Ganze als nebensächlich erscheinen zu lassen, denn sonst würde die Ordnung in ihrem Leben, die sie sich mühsam zurechtgelegt hatte, aus den Fugen geraten, und alles wäre vergeblich gewesen. Sie erklärte ihm, daß sie nie mehr Kinder bekommen könne. In ihren Augen standen Tränen. Sie sehnte sich danach, sich in Esmaiils Armen auszuweinen. Esmaiil beruhigte sie spontan: Das Kind sei ihm nicht so wichtig, der einzige Mensch auf der Welt, der ihm etwas bedeute, sei Muness. Er meinte es aufrichtig – und war doch nicht ganz aufrichtig. Er hatte oft von eigenen Kindern geträumt. Wenn er sich manchmal wie ein Riese gefühlt hatte, hatte er seine Frau und seine Kinder auf die Schultern und die anderen Menschen in die Hand genommen, um dann geduldig die Welt von Grund auf zu verändern. Als ihm der Wächter ins Gesicht gespuckt hatte, hatte er seine offene Hand auf den Boden gelegt, damit sie hinuntersteigen und ihr eigenes Leben leben konnten, denn er mußte über die neue Situation nachdenken. Die imaginäre Familie saß aber immer noch auf seinen Schultern. Nun ließen sich die Kinder zu Boden gleiten und zerplatzten wie Seifenblasen. Esmaiil war kein Riese, nein. Er richtete sich wieder auf. Er fühlte sich erleichtert, er spürte eine schmerzhafte Leichtigkeit. Da die Erdatmosphäre nicht mehr auf seinen Schultern lastete, fürchtete er, plötzlich abzuheben und im luftleeren Raum zu schweben. Er hörte die Frau sagen, Esmaiil könne eine andere Frau heiraten, wenn er wünsche, eine Frau, die ihm Kinder schenken könne. Er lächelte gezwungen. Musik drang aus dem Grammophon, ein lateinamerikanisches Lied, wie er später erfuhr. Schließlich sagte er, er achte und liebe Muness von ganzem Herzen, und wenn sie weiter solchen Unsinn erzähle, werde er zornig. Er sagte, er liebe sie, so wie sie sei, jeden Tag würde er eine andere Strähne ihres Haars lieben, und wenn sie hundertzwanzig Jahre alt würden, hätte er erst die Hälfte ihres Haars geliebt und sei dennoch so sehr damit beschäftigt gewesen, daß er an nichts anderes habe denken können. Muness glaubte ihm nicht, aber seine Worte erwärmten ihr Herz. Sie schlug vor, Esmaiil solle sie doch zu einer Audienz Geda Alischahs begleiten, Ehrwürden habe ihr sehr geholfen.

Vor der Glasfront des Kaffeehauses stand eine tschadorverhüllte Frau und starrte sie an. Sie machte einen ärmlichen Eindruck. Esmaiil wunderte sich, und Muness erklärte, nach Schah Rezas Abdankung trügen viele Frauen den Tschador wieder, so auch Amine Chanom und Tuba. Die Entschleierung habe sich aber trotzdem durchgesetzt. Fast alle jüngeren Frauen gingen unverschleiert und auch viele ältere.

Es war Zeit aufzubrechen. Esmaiil nahm seinen Koffer, den er neben seinem Stuhl hingestellt hatte, und sie verließen das Kaffeehaus. Sie fuhren mit einer Droschke durch die Menge der Soldaten verschiedenster Nationalitäten, an verschleierten und unverschleierten Frauen und an zahllosen Bettlern vorbei. Esmaiil sah mit einer gewissen Bangigkeit der zweiten Begegnung entgegen: dem Wiedersehen mit Tuba. Je mehr sie sich dem Haus näherten, desto größer wurde seine Angst. Esmaiil wußte, daß Muness' Familie über ihre Heirat im Bild war. Trotzdem, die ersten Begegnungen würden eher frostig sein.

Sie gingen schweigend nebeneinander die Gasse entlang. Die Händler waren erstaunt, ihn wiederzusehen, sie gingen aufgeregt auf ihn zu, um ihn freudig zu begrüßen und ein paar Worte mit ihm zu wechseln. Das Paar antwortete nur flüchtig. Sie hatten es offenbar eilig. Muness klopfte an das Haustor. Es folgten ein paar Minuten gespannte Stille. Dann hörte man, wie die Tür aufgeschlossen wurde, und Tubas Gesicht erschien im Türspalt. Der Ausdruck in ihren Augen ließ sich hinter den spiegelnden Brillengläsern nicht erkennen. Sie verzog die Lippen zu einem Lächeln, von dem man nicht wußte, ob es echt oder aufgesetzt war. Esmaiil verbeugte sich und küßte ihr die Hand. Tuba versuchte, sie ihm zu entziehen, doch Esmaiil hielt sie fest. Die erste Hürde war genommen. Tuba ging voraus, Esmaiil und Muness folgten. Esmaiil war froh, daß sie ins Kaffeehaus gegangen waren. Der Empfang durch die alte Frau hätte alles zwischen ihm und Muness zerstören können. Er stellte seinen Koffer vor die Tür seines Zimmers und ging zusammen mit Muness in Tubas Zimmer. Tuba bat Muness, draußen zu warten, sie habe etwas Wichtiges mit Esmaiil zu besprechen. Esmaiil ging also allein hinein und setzte sich auf das erstbeste Kissen, während Tuba ihn vorwurfsvoll musterte.

Die alte Frau setzte sich ihm gegenüber. Minuten vergingen. Dann fragte Tuba, ob sie ihn in all den Jahren etwa habe spüren lassen, daß er nur ein armer Waise war. Esmaiil war auf die Frage unvorbereitet, aber es ließ sich nicht leugnen, daß er in seiner Kindheit als eine Art kleiner Dienstbote gegolten hatte. »Nein«, antwortete er schlicht. Tuba fragte weiter, mit welchem Recht er denn die Tochter des Hauses verführt und diesen Skandal ausgelöst habe.

Esmaiils Mund war trocken. Er wollte etwas sagen, als ihm die alte Frau zuvorkam und fragte, ob es zulässig sei, die Einsamkeit und Schutzlosigkeit einer jungen Frau auszunützen, die gerade von ihrem Ehemann geschieden worden war, und sie zu mißbrauchen. Esmaiil wurde rot im Gesicht und antwortete mit vor Wut bebender Stimme, er habe niemanden mißbraucht. Muness und er hätten sich im gegenseitigen Einverständnis zur Heirat entschlossen, denn sie fühlten sich seit ihrer Kindheit zueinander hingezogen. Ohne daß sie je offen miteinander darüber gesprochen hätten. Die Frau fragte, ob es angehe, daß ein Mann, den man des Bolschewismus bezichtige – was einer feindseligen Haltung gegenüber dem persischen Volk gleichkomme –, zu ihrem Schwiegersohn werde. Esmaiil schüttelte ungeduldig den Kopf und antwortete, das seien alles unbewiesene Anschuldigungen. Abgesehen davon, was wisse Tuba eigentlich vom Bolschewismus? Tuba wechselte ärgerlich das Thema und fragte unvermittelt, ob er sich je Gedanken über den Aufenthalt seiner Schwester Setare gemacht habe. Esmaiil richtete sich auf. Die alte Frau zeigte mit dem Finger auf den Granatapfelbaum und schrie: »Dort, in der Erde, unter dem Granatapfelbaum!«

Muness ging inzwischen ungeduldig im Hof auf und ab. Sie wollte so schnell wie möglich Esmaiils Zimmertür aufschließen, um sauberzumachen. Im Laufe der vergangenen einsamen Jahre hatte sie sein Zimmer kein einziges Mal betreten. Sie und ihre Mutter waren überzeugt, daß dort Geheimnisse verborgen waren, die nur in Anwesenheit von Esmaiil enthüllt werden durften. Sie hörte den Schrei ihrer Mutter und schaute erschrocken auf. Sie blieb stehen, um notfalls eingreifen zu können. Esmaiil begriff zunächst nicht, was Tuba meinte. Er wandte sich um und sah zum Granatapfelbaum. In einem Zustand höchster Erregung verriet ihm Tuba das zwanzigjährige Geheimnis. Sie erzählte ihm, wie sie in jener weit zurückliegenden Nacht die Leiche des Mädchens im Abflußbecken entdeckt hatte und daß der Onkel das Mädchens umgebracht hatte.

Esmaiil stürzte in den schwindelerregenden Schacht der Vergangenheit und kehrte zu jenem merkwürdigen Tag zurück, als er sieben oder acht Jahre alt gewesen war und man ihn morgens daran gehindert hatte, sich im Abflußbecken zu waschen. Und er erinnerte sich an seinen Onkel, wie dieser mit abgewandtem Gesicht auf den Stufen des Beckens gesessen hatte, an Tubas Hand, die ihn unsanft am Kragen gepackt und zum Wasserbecken im Hof geschoben hatte und dabei wiederholte: »Im Wasserbecken, im Wasserbecken!« Damals konnte Esmaiil noch nicht genug Persisch, also hatte er einfach gehorcht. Ihm fiel es wie Schuppen von den Augen: Setare, seine Schwester, ruhte zwischen den Wurzeln des Granatapfelbaumes! Er erfuhr, daß sie von mehreren Kosakenbrigadisten vergewaltigt und geschwängert worden war und daß nun er, Esmaiil, Tubas Familie dasselbe angetan hatte, was die Kosaken seiner Schwester angetan hatten. Ob Esmaiil überhaupt wisse, daß Muness nie mehr Kinder zur Welt bringen könne, fragte Tuba. Ob er sich schon überlegt habe, daß es vielleicht besser gewesen wäre, die junge Frau umzubringen, anstatt sie so unglücklich zu machen.

Esmaiil fiel zusehends in sich zusammen. Die alte Frau übte bittere Rache an ihm. Jetzt hatte sie endlich ihr Geheimnis mit jenem geteilt. Sie spürte, daß die Last sie nicht mehr erdrückte – und sie fühlte sich nicht mehr mitschuldig an Setares Tod. Wußte aber zugleich, daß Setare das Haus für immer verlassen hatte. Es war falsch gewesen, jemandem das Geheimnis anzuvertrauen. Doch es war zu spät. Jetzt war Setare nur noch eine Leiche unter der Erde, und der Mann vor ihr hatte von nun an eine Schwester, die ihn quälte, wie alle verdrängten Erinnerungen an einen schmerzlichen Tod. Sie hingegen spürte, daß die Last dieser Toten für immer von ihr abgefallen war! Tuba schwebte nicht nur in der Luft, sie drehte sich mit wahnsinniger Geschwindigkeit um sich selbst. Sie hörte Geräusche in ihrem Kopf, als ob Blasen darin platzten: Das Geheimnis gehörte nun Esmaiil. Als ihr plötzlich klar bewußt wurde, daß sie Setare endgültig verloren hatte, verstummte die alte Frau. Sie sah Esmaiil an. Er war offensichtlich erschüttert. Sie wußte selbst nicht, warum sie ihm das angetan hatte. Sie langte nach ihrem Tschador, legte ihn um und verließ das Haus. Sie mußte an die frische Luft.

Muness kam ins Zimmer und fragte, wie Mutter es aufgenommen habe. Esmaiil solle sich nicht grämen, die alte Frau sei müde und altmodisch. Sie könne ihre Liebe nicht verstehen. Esmaiil schien um zehn Jahre gealtert. Seine Gedanken kreisten um den Granatapfelbaum, und in der Tiefe seiner Seele stieg plötzlich ein vergessenes Gesicht auf – sein Ebenbild. Setare offenbarte sich ihm. Er wußte, daß er Muness nichts verraten durfte, kein einziges Wort. Das Geheimnis war ihm und Tuba vorbehalten. Er würde für immer in diesem alten, trostlosen Haus leben müssen. Jetzt war ihm klar, warum Tuba nie einen Gärtner ins Haus hinein ließ und sich selbst um alle Instandsetzungsarbeiten kümmerte. Der Traum, nach Deutschland zu reisen und dort Philosophie zu studieren, der Traum von einem neuen Haus für sich und Muness, von fröhlich spielenden Kindern, von einer Schwester, die eines Tages wieder auftauchen würde, der Traum, die Welt von Grund auf zu verändern, den Himmel zu spalten und auf Erden etwas Neues zu schaffen, der Traum von ungezwungenen Gesprächen unter Freunden – er hatte sich plötzlich in Luft aufgelöst.

Vierter Teil

Es war Sommer. Durch das offene Fenster konnte man die rechteckigen Blumenbeete, das dunkelblau geflieste Wasserbecken, die Balkonbrüstung mit der einfachen Stuckarbeit und die großen, grüngerahmten Fenster der nach Süden gerichteten Zimmer sehen. Ein Stück Himmel hatte sich im Becken eingenistet, in das die Mücken ihre Eier legten. Überall war faulendes Besenkraut, und ein paar rote und schwarze Fische schwammen unter der Oberfläche, öffneten und schlossen ihr Maul und erzeugten Luftblasen. Aus dem Nachbarhaus erklang traditionelle persische Musik, man hörte eine Frau singen. Auf Esmaiils Grammophon lag eine Schallplatte mit Beethovens Neunter, und die Musik zwang diesem grau-blau-grünen Sammelsurium ihren schweren, prachtvollen Klang auf. Esmaiil saß auf einem Sessel und sah vom Balkon auf das halbvolle, rissige Becken hinunter. Vor ihm stand ein Tablett mit Käse, Kräutern, Joghurt und Wodka. Er hielt ein halbvolles Glas in der Hand und betrachtete das heruntergekommene Haus. Etwas weiter weg saß Muness hinter einer ratternden Nähmaschine. Tuba ging im Hof auf und ab und düngte die blühenden Sträucher. Dann kamen die Blumentöpfe neben dem Becken an der Reihe. Der Dünger stammte aus der Sickergrube unter dem Abort, die man alle fünfundzwanzig Jahre leerte. Die alte Frau lagerte die Fäkalien in einem Kellerraum, um in den nächsten fünfundzwanzig Jahren ihren Garten damit zu düngen. Esmaiil mußte sich abwenden, wenn er am Keller vorbeiging. Die Kürbis- und Melonenkerne in der Fäkalienmasse verrotteten nicht. Er wunderte sich, was für Unmengen Kerne die Menschen in letzter Zeit konsumierten. Es war, als sei das Schicksal der Menschen untrennbar mit Kernen verbunden. Der Grund dafür war bestimmt die Lebensmittelknappheit. Vielleicht mußten die Menschen den Mangel an Grundnahrung mit Kernen ausgleichen, und ihr Kot war mit Spelzen durchsetzt. Tuba füllte die Gießkanne, und Esmaiil dachte, daß der Dünger ins verschlammte Becken gelangte, wo auch das Geschirr gespült wurde. Esmaiil hob den Tonarm von der Schallplatte, und Beethovens gewaltige Musik verstummte abrupt. Nein, er konnte nicht Beethoven hören, während Dünger ins Becken lief. Das kam einer Beleidigung Beethovens gleich. Der Lärm der Nähmaschine, das ging noch an. Er wußte, daß beim Nähen die Gedanken seiner Frau um Träume kreisten, um ihre Arbeit, um ihn, Esmaiil, oder um das sich drehende Rad der Nähmaschine. Dies alles war mit Beethoven vereinbar. Aber die gesprenkelt ins Becken sickernde Fäkalienmasse paßte eindeutig nicht dazu.

Wie sehr er sich auch anstrengte, er vermochte die Lebensgewohnheiten der alten Frau nicht zu ändern. Er hatte vorgeschlagen, einen Waschtrog neben das Becken zu installieren, doch die alte Frau hatte davon nichts wissen wollen. Sie mußten weiterhin die alte Pumpe benützen, die im Winter einfror. Tuba war der Ansicht, man könne sich unter dem Wasserspeicher waschen. Dann wollte er den Fußboden im Abort mit Fliesen auslegen lassen und die Wände verputzen, damit leichter saubergemacht werden konnte. Doch Tuba war dagegen gewesen. Sie meinte, wenn der Abort verstopft sei, müßte man die Fliesen aufreißen und die Instandsetzung wäre dann um so teurer. Dann hatte Esmaiil vorgehabt, den Hof pflästern zu lassen, damit man im Winter nicht bis zu den Knien im Wasser versank. Tuba war auch damit nicht einverstanden gewesen. Durch das Kopfsteinpflaster könnten die Abwasserschächte verstopft werden. Esmaiil hatte einen Kompromiß vorgeschlagen: Man könnte den Gehweg mit einfachen Ziegelsteinen belegen, die sich mühelos entfernen ließen. Die alte Frau war aber immer noch dagegen. Esmaiil hatte seine große, beschützende Hand schon seit langem auf den Boden gelegt, damit die Menschen hinuntersteigen und ihren eigenen Weg gehen konnten. Manchmal spürte er allerdings einen heftigen Drang, diesem oder jenem eine Kopfnuß zu geben. Er hätte am liebsten die alte Frau an den Schultern gepackt, sie tüchtig geschüttelt und ihr gesagt, daß man von Zeit zu Zeit einiges reparieren, renovieren, ersetzen, mitunter auch verändern mußte. Vielleicht würde die alte Frau dann auf ihn hören. Aber Tuba war stur gegen jede Veränderung. Diskussionen darüber waren zwecklos. Setare war nun mal ihr gemeinsames Geheimnis, und Tuba hatte Esmaiil ein für allemal erklärt, daß sie in ihrem Haus keine Maurer dulde. Sie meinte, der Maurer sei es letztlich, der dem Haus eine Seele verleihe. Zuerst war das unbebaute Grundstück. Dann kam der Maurer und hob das Fundament aus. Dann schichtete er die Ziegelsteine aufeinander, und wenig später standen Mauern da, die allgemein als Haus bezeichnet wurden. Ein Maurer – wie konnte es anders sein – erkannte ganz bestimmt die Seele eines jeden Hauses. Ob Esmaiil bemerkt habe, daß Setares Seele im Haus umherwandere? Er antwortete, nein, er habe nichts bemerkt, worauf er prompt getadelt wurde: Er habe sich weit vom Geistigen entfernt, der Materialismus habe sein Hirn zersetzt.

Esmaiil betrachtete die schiefen, ausgebuchteten Wände. Das Haus hielt Regen und Schnee kaum noch stand und würde gelegentlich einstürzen. Aber er konnte das Haus nicht im Stich lassen. Das wußte er. Seine Schwester fesselte ihn an das Haus. Dann war auch noch Muness da.

Natürlich, er hätte einfach mit Muness wegziehen können. Sie hätte nichts gegen ein eigenes Haus einzuwenden. Sie waren beide der launischen alten Frau überdrüssig. Aber da war noch Setare.

Esmaiil stellte sein Wodkaglas aufs Tablett und stand auf. Er hatte beschlossen, die alte Frau von einer anderen Seite her anzugreifen. Er ging zur Fenstertür und sagte laut zu Muness, er nehme an, die Mauer werde noch vor dem Winterbeginn einstürzen. Muness fragte, warum er das annehme. Esmaiil tat, als sehe er Tuba nicht, und sagte, in der Physik bezeichne man einen solchen Grad der Ausbuchtungen als äußerste Toleranzgrenze. Er benutzte absichtlich komplizierte Wörter, um die alte Frau zu erschrecken. Er fügte hinzu, daß die Mauer dem Regen und dem Schnee vielleicht noch standhalte, bis spätestens in einem Jahr jedoch werde sie unweigerlich einstürzen, was an sich nicht weiter schlimm sei; unangenehm sei vielmehr, daß dann alle von der Gasse aus in ihren Hof hineinsehen und indiskrete Blicke in ihren Garten werfen könnten. Tuba goß das Blumenbeet und ließ sich kein Wort entgehen. Esmaiil kehrte zum Tablett zurück und trank sein Glas aus. Er langweilte sich. Der Sommernachmittag machte ihn schlaff. Er hatte Beethovens wunderbare Musik unterbrechen und sich mit dem verschmutzten Wasser im Becken beschäftigen müssen. Er mußte unbedingt ausgehen, um etwas frische Luft zu schöpfen. Er könnte ja Freunde besuchen, um mit ihnen etwas zu plaudern. Sie pflegten gemeinsame Erinnerungen aufzufrischen. Sie analysierten die Zeitprobleme, gingen von der Literatur zur Philosophie über und verschafften sich dadurch geistige Nahrung, um die Eintönigkeit des Alltags zu vergessen.

Esmaiil hatte eine Zeitlang mit der Tudeh-Partei sympathisiert. Manche seiner Freunde waren der Partei beigetreten, und auch er war versucht gewesen, Mitglied zu werden. Es gab aber einiges, was ihn davon abhielt. Er konnte sich zum Beispiel mit dem Karrieredenken bestimmter Parteifunktionäre nicht anfreunden. Außerdem war die Partei eindeutig mit dem Ausland verbunden, was er ebenso ablehnte. Er hatte nächtelang darüber nachgedacht. Dann hatte er sich zusammen mit der ersten Splittergruppe von der Partei distanziert. Seine Frau war auch darunter gewesen.

Muness lehnte die Tudeh-Partei ab. Von Mosaddegh hingegen war sie begeistert! Sie schwärmte geradezu für ihn. Sie hatte sogar Aktien gekauft, um dadurch den Kampf der Nationalen Front gegen die fremden Mächte zu unterstützen. Sie hatte wiederholt versucht, Mosaddegh persönlich zu begegnen. Sie stritten sich sogar seinetwegen. Esmaiil war von Mosaddegh nicht sonderlich überzeugt. Seiner Ansicht nach machte er Fehler. Die Frau war da anderer Meinung. Sie war überzeugt, daß der alte Präsident letztlich seinen Kampf gewinnen werde. Esmaiil hatte seine Frau gewähren lassen.

Er aber hatte zusammen mit seinen Freunden nach einem anderen Weg gesucht, und noch bevor sie ihn gefunden hatten, war Mosaddegh gestürzt worden. Nach dem Putsch bereute Esmaiil seine Haltung. Man hätte Mosaddegh unterstützen müssen, obwohl er nicht verwinden konnte, daß der alte Mann an seinem Unglück nicht ganz unschuldig gewesen war. Die bitteren vierziger Jahre hatten ihn seine ganze Kraft gekostet. Eine Zeitlang hatte er versucht, seinen eigenen Weg zu gehen. Die Enttäuschung über die Unfruchtbarkeit seiner Frau und über den Tod seiner Schwester hatte er nur mit Mühe überwunden. Er war von einer Partei zur anderen, von einer politischen Gruppierung zur anderen geirrt, um schließlich in Tubas Haus zurückzukehren und sich an seinen gewohnten Platz zu setzen. Er war zu der Überzeugung gelangt, daß alles vergeblich sei. Er hatte die Haltung eines Bürokraten angenommen. Er war schlicht ein Bürokrat geworden.

Er sagte zu seiner Frau, er treffe Freunde in der Stadt. Er sei spätestens gegen zehn wieder zurück. Sie solle mit dem Abendessen nicht auf ihn warten. Er wollte in sein Stammlokal gehen, wo er seine Freunde zu treffen pflegte und wo sie zusammen Hammelhachsen und Wurst aßen und Schnaps dazu tranken und stundenlang diskutierten.

Die für das Land so schicksalhaften vierziger Jahre waren vorbei und auch die erste Hälfte der fünfziger Jahre. Die Freunde trafen sich in Monsieur Ardawas Lokal, unterhielten sich im Flüsterton, jeder hörte dem anderen aufmerksam zu. Etliche seiner Kameraden warfen ihm vor, er habe sie im Stich gelassen. Dieser Vorwurf ließ ihn gleichgültig. Wie hätte er sich für einen bestimmten Weg entscheiden können? Seine Freunde konnten nicht wissen, daß er in der Hölle eines alten Hauses gefangen war und daß es für ihn keine Rettung gab. Konnte er überhaupt offen über seine Verpflichtungen gegenüber den zwei ihm nahestehenden Frauen sprechen? Hatten, davon abgesehen, seine Freunde keine Fehler begangen? Wie viele Gelegenheiten sie alle doch verpaßt hatten! Sie hatten im entscheidenden Moment dem Volk den Rücken zugekehrt, um ihrem ideologischen Dogma treu zu bleiben. Stoff genug für endlose Diskussionen. Aber da war noch die Freundschaft. Diese Freundschaft war aus bedingungsloser Treue gesponnen. Sie ermöglichte ihnen, sich trotz aller Differenzen gegenseitig zu ertragen. Als sich durch den Militärputsch von 1953 und die Niederschlagung der Nationalen Front ihre Träume zerschlugen, flüchteten sie sich in die Tavernen. Der Alkohol war Bestandteil ihres Tagesablaufs geworden. Um Geda Alischah nicht aufsuchen zu müssen, hatte sich Esmaiil in seiner Taverne versteckt. Er machte Muness keine Vorhaltungen wegen ihrer Ergebenheit Geda

Alischah gegenüber, aber er war auch nicht bereit, in ihre Fußstapfen zu treten. Er quälte sich nicht mit Zweifeln hinsichtlich des Lebens im Diesseits und im Jenseits. Seine Sorge galt dem verschlammten Wasser des Beckens und den Keimen, die sich auf ihn und auf die zwei anderen Bewohnerinnen des Hauses übertrugen. Was ihn ganz bestimmt nicht beschäftigte, war die Frage, ob die Seele des Menschen ewig lebt oder nicht. Trotzdem konnte er stundenlang den spirituellen Erkenntnissen seiner Frau zuhören. Sie konnte in die Zukunft sehen, und manche ihrer Aussagen bewahrheiteten sich tatsächlich. Auch seine Schwiegermutter konnte wahrsagen. Esmaiil überlegte, woher der weibliche Drang zur Hellseherei wohl rührte. Er hatte sich zwei Erklärungen zurechtgelegt. Die eine, daß Frauen immer um ihre Situation bangten. Sie waren schwache Kreaturen, die noch schwächere Kreaturen an ihrem Rockzipfel durchs Leben schleppen mußten. Ihr Wunschtraum war eine gefüllte Speisekammer und ein Haus mit hohen, unüberwindlichen Mauern darum herum. Die ganze Welt durfte sich bekämpfen und bekriegen, so lange sie wollte – unter der Bedingung, daß sie den Frauen nicht zu nahe trat und ihre Speisekammern verschonte. Dank der Speisekammer waren die Frauen in der Lage, ihre Kinder zu ernähren und sie heil durch alle Katastrophen zu bringen. Esmaiil war überzeugt, daß die Frauen Getreidespeicher und Speisekammern erfunden hatten. Auch das Weben und Teppichknüpfen hielt er für eine weibliche Erfindung. Die vielfältigen verschlungenen Teppichmuster ließen sich nur durch die philosophischen, die mystischen Gedanken der Frauen deuten. Die Zweige aber, die sich auf gewissen Teppichen von einem Federbusch aus in großen Bögen über den ganzen Teppich hinzogen, konnte er keinem philosophischen und mystischen Gedanken zuordnen – falls ein solcher überhaupt dahintersteckte. Er konnte nicht verstehen, warum sich der Zweig vom Federbusch löste. Vielleicht symbolisierte der Zweig die Frau, die sich um ihre Zukunft und die ihrer Kinder sorgt und die weiß, daß in Zeiten des Blutvergießens ihr persönlicher und intimer Bereich schon immer gefährdet war. Daher lassen die Frauen ihre Gedanken schweifen und versuchen, die Männer durch Wahrsagen auf spiritueller Ebene zu besiegen. Sie bewegen sich vorwärts in der Zeit und versuchen, jedes Ereignis vorauszusehen, und da sie grimmig ihre Speisekammern bewachen, sehen sie in allem und überall das Böse. Sie sind dazu gezwungen, denn was ihnen persönlich zurückbleibt, ist ein großer Bauch. Daher erklären sie unbewußt jedes Mißgeschick damit, daß es letztlich ohnehin zu einem großen Bauch führt. Und sie nehmen alle ihre Kraft zusammen, um das Unheil abzuwenden. Dieses Verhalten trug manchmal tatsächlich dazu bei, Widrigkeiten vorzubeugen. Manchmal allerdings führte es zum Gegenteil. Wenn zum Beispiel die Mauer und das ganze Haus im Begriff waren einzustürzen, dann mußte jemand eingreifen, um größeres Unheil abzuwenden oder alles zu erneuern, wenn einer den Mut dazu hatte. So handelte es sich in Esmaiils Gedanken bei jenem Zweig, der sich vom Federbusch löste und sich über den ganzen Teppich rankte, um denselben nach vorn gerichteten Gedanken, der still und heimlich versuchte, alles zu beherrschen und alle möglichen Phänomene miteinander zu verknüpfen. Da die Knüpferin aber keine starken Arme besaß, spann sie ihre Gedanken so fein wie einen kaum sichtbaren Seidenfaden. Der Seidenfaden war so hauchdünn, daß eine Kreatur, die sich im Netz dieser Gedanken verfing, gar nicht merkte, daß sie gefangen war. Im Gegenteil, sie fühlte sich wohl im Netz – so wie man sich wohl fühlt, wenn man den Fuß auf einen kunstvoll gemusterten Teppich setzt und sich am liebsten darauf niederlassen möchte. Die Frauen waren demnach immer die Herrscherinnen gewesen, ohne daß sie jemals als solche anerkannt worden waren. Esmaiils Ansicht nach war ein Mann nur dann in der Lage, Dinge zu verändern, wenn er fähig war, wie eine Frau zu fühlen. Tuba war ihm seit seiner Kindheit wie ein Riese vorgekommen, der aber dennoch ein weibliches Naturell besaß. Sie war in der Lage, sich um die verworrensten Muster und um sämtliche Speisekammern zu schlingen und zu beweisen, daß sie alles fest im Griff hielt. Esmaiil ließ also seine Frau nach Lust und Laune wahrsagen, was zur zweiten Erklärung führte: Die Frau sagte die Zukunft voraus; sie hatte Eingebungen, weil man ihr die Möglichkeit genommen hatte, eine eigene Meinung zu äußern. Er erinnerte sich: In den vierziger Jahren, als er von einer Partei zur anderen wechselte, hatte er Frauen, die etwas zu sagen hatten, nicht ausstehen können. Es fiel ihm schwer, eine Frau zu ertragen, die sich selbstsicher gab und klar und präzise komplexe Probleme analysierte und einem dabei eindringlich in die Augen blickte. Diese Frau hier, die an ihrer Nähmaschine saß, an deren Rad drehte und sich plötzlich an einen schlechten Traum in der vergangenen Nacht erinnerte und daraus folgerte, daß diese oder jene Kusine bald sterbe oder daß es bald wieder zu einer Hungerkatastrophe kommen werde – diese Frau konnte er nicht nur ertragen, sie machte ihn überdies glücklich. Im Laufe der Menschheitsgeschichte hatte man ihr und ihresgleichen die Fähigkeit aberkannt, selbständig zu denken. Ihr fehlte das Bewußtsein für das eigene Ich; sie war einfach ein Teil von einem Wir und löste sich in einem Ganzen auf. Das Wir stützt sich zum Denken auf den gemeinschaftlichen Instinkt. Das Denken ist eine Art Wahnvorstellung – wie die Seele eines Baumes oder eines Steins –, die sich in einem Menschen heranbildet, etwas Spirituelles, oftmals nur ein Klang, ein unbestimmtes Raunen, in dem man einzelne

Wörter erkennt, die jenen, der sie zu deuten vermag, inspirieren. Das Ich hingegen denkt selbständig, weil es nicht in jedem Fall für alle entscheiden kann, die ihm anvertraut sind. Esmaiil wußte, daß seiner Frau der Mut zum Denken fehlte. Einmal hatte sie selbständig entschieden und war unfruchtbar geworden. Einmal hatte sie nach ihrem eigenen Willen gehandelt und war dadurch zu einer formbaren Masse geworden. Jetzt dachte eine Stimme an ihrer Stelle. Die Stimme sagte: »Es wird eine Hungerkatastrophe geben.« Nachts gab die Stimme dem Unterbewußtsein der Frau die Gründe für die Hungerkatastrophe ein, und am Morgen verkündete die Frau, was die Stimme ihr gesagt hatte, ohne darüber nachzudenken, sie erzählte einfach. Sie sprach aber nicht mit jedermann darüber, sondern nur mit Menschen, die sie freundlich anlächelten. Die anderen fürchtete sie. Daher wollte ihr Esmaiil nicht widersprechen. Die Frau war im Begriff, ihre Unfruchtbarkeit durch die Mystik zu besiegen. Weil sie wachsen wollte, um alle Kinder der Welt in ihre Arme nehmen zu können, brauchte sie Geda Alischah. In ihrem eigenen Bewußtsein wuchs und wuchs sie, und weil eine solche Größe unmöglich war, mußte sie in einer anderen Größe aufgehen. Was den Nachteil hatte, daß sie sich ihrem Mann nicht mehr hingeben konnte. Das Geschöpf, das jede Nacht neben Esmaiil im Bett lag, war ein unfruchtbares Wesen, das von Tag zu Tag fester davon überzeugt war, daß man zugunsten des Jenseits auf das Diesseits verzichten mußte. Muness verabscheute die Sexualität. Sie, die in ihren ersten Liebeserfahrungen so leidenschaftlich und feurig gewesen war, war nur noch ein Eisberg, der die Bedürfnisse des Mannes über sich ergehen ließ.

Als Esmaiil ins Taxi stieg, schloß er einen Moment lang die Augen. Er verspürte den Drang, eine hingebungsvolle Frau in den Armen zu halten. Die Frau seiner Träume war

Muness – die Muness von einst. Er dachte an die erste und letzte wirkliche Umarmung mit ihr, die ihm inzwischen wie ein Grashalm vorkam, der in der winterlichen Kälte erfroren war. Diese eisige Kälte war zuerst nicht spürbar gewesen. Er hatte zuerst ihr Verhalten als Schamhaftigkeit oder Schüchternheit gedeutet, aber mit der Zeit lähmte die Kälte die Kraft des Mannes. Esmaiil wünschte sich, dennoch ein Kind mit ihr zeugen zu können. Er wünschte sich, durch seine Liebe ihre Unfruchtbarkeit zu überwinden. Er wünschte sich, das Eis in ihrem Herzen möge schmelzen.

In Gedanken kehrte er zu den ersten Tagen nach seiner Entlassung aus dem Gefängnis zurück. Tuba hatte alles kaputtgemacht. Durch ihr Geständnis hatte sie ihn in einen Zustand der Erstarrung versetzt. Er hatte sich zu Tode geschämt! Er fühlte sich am Vergehen seines Onkels und für die ungewollte Sünde seiner Schwester mitschuldig. Später hatte er versucht, dank seiner Vorstellungskraft diese Erstarrung von sich und von seiner Frau abzuschütteln. Er erinnerte sich an jene Nacht, in der er Muness zum ersten Mal ausgezogen hatte. Bis dahin hatten sie ja noch nie Gelegenheit dazu gehabt. Er hatte die Frau von den Füßen bis zum Kopf geküßt. Er hatte fest daran geglaubt, er könne sie schwängern, wenn er nur wollte. Sie aber hatte die ganze Zeit versucht, ihren nackten Körper mit den Händen zu bedecken, und dabei immer wieder geflüstert, das sei doch Sünde. Irgendwann, zwischen seiner Ekstase und der unheimlichen Kraft, die ihm die Illusion verlieh, die Frau doch schwängern zu können, hatte er ihr geduldig erklären müssen, daß sie nach dem Gesetz Mann und Frau waren und daß niemand das Recht habe, ihr Beieinandersein zu stören. Die Frau aber fürchtete den aufdringlichen Blick des Engels oder Teufels, der sie eine Zeitlang heimgesucht hatte. Alles mußte in der Dunkelheit geschehen, in der Nacht. Nach jenem Gesetz, dem sie sich nun verpflichtet fühlte, war für Liebe am Tag kein Platz. Die Beziehung zwischen ihnen hatte sündhaft begonnen, und das Schicksal verlangte nun, daß sie genauso sündhaft fortdauerte.

Später lernte Esmaiil, eine gewisse Distanz zu seiner Frau zu halten. Seine Wärme erstarrte an ihrer Kälte, und das raubte ihm womöglich den Verstand. Er hatte sich eine Verpflichtung auferlegt: Er zwang sich, in seiner Freizeit jeden Tag mindestens eine oder zwei Stunden an der Seite seiner Frau zu verbringen. Abends blieb er nur so lange weg, daß sie sich nicht sorgen mußte. Wenn er jedoch bei ihr war, entfernte er sich in Gedanken so weit wie möglich von ihr, reiste durch andere Welten. Er hatte eine Fülle von Abenteuern in seinem Kopf gespeichert, mit denen er sich jeweils beschäftigte. Zugleich achtete er aber darauf, seinen Freundeskreis zu pflegen, denn er hätte es um alles in der Welt nicht ertragen, seine Freunde zu verlieren. Er war Tag für Tag, Woche für Woche für sie da. Das ersetzte zwar die Liebe nicht, aber man konnte zumindest miteinander reden. Er hatte gelernt, in Anwesenheit seiner Frau zu schweigen, redete aber um so mehr in Gesellschaft seiner Freunde, und diese hatten gelernt, ihm zuzuhören. Esmaiil versuchte, das zentrale Bindeglied im Kreis seiner Freunde zu sein und die Eintracht zwischen den gegensätzlichen Charakteren zu gewährleisten. Er hatte schon oft eingreifen müssen, wenn sie hitzköpfig aufeinander losgingen. Er ertrug keine Feindschaften in ihrem Kreis. Aber sie hatten sich daran gewöhnt, sich gegenseitig die Schuld für den politischen und gesellschaftlichen Niedergang in die Schuhe zu schieben. Esmaiil hingegen versuchte, alles wieder ins rechte Licht zu rücken. Es gab bestimmt irgendwo einen Punkt, in dem sie sich alle einig waren. Doch sie bemühten sich nicht einmal, an diesen Punkt zu gelangen, obwohl jeder von ihnen die Hegemonie der Gruppe anstrebte – und gleichzeitig die anderen beherrschen wollte. Esmaiil zeigte immer wieder mit dem unsichtbaren Finger seiner Gedanken auf den Punkt. Manchmal gelang es ihm, sie dahin zu führen, manchmal nicht.

Und so drehte sich das Rad des Lebens immer weiter.

Tuba war ins Haus gegangen. Sie war außer sich vor Sorge um die Hausmauer. Sie konnte an nichts anderes mehr denken. Was, wenn die Mauer wirklich einstürzte? Dann würden jede Menge fremde Menschen in ihren Hof hineinsehen können. In jenen Hof, den sie so viele Jahre lang eifersüchtig verteidigt hatte! Sie mußte etwas unternehmen. Wie immer, wenn sie sich in einer ausweglosen Situation befand, dachte sie an Amine Chanom. Diese kannte eine ganze Menge Handwerker. Gerade jetzt zum Beispiel war sie mit dem Bau eines dreistöckigen Hauses in der Schah-Reza-Straße beschäftigt. Tuba wußte, daß Amine Chanom persönlich auf der Baustelle zum Rechten sah. Den Tschador um die Hüften gewickelt, stand sie dort und rührte in einem nahrhaften Hammeleintopf, damit die Arbeiter – wie sie sagte – kräftig zupacken konnten. Am nächsten Morgen legte Tuba den Tschador an und machte sich auf den Weg zu Amine Chanoms Baustelle. Unterwegs überlegte sie, wie Amine Chanom erklären, daß sie einen äußerst zuverlässigen Maurer brauchte. Sie durfte ihr nur gerade soviel erzählen, ohne das Geheimnis der Leiche preisgeben zu müssen. Denn auch Amine Chanom hatte sich ihr Leben lang mit Gärten und Häusern beschäftigt und war mittlerweile ebenfalls in der Lage, Tote unter der Erde aufzuspüren. Zugleich mußte sie ihr verständlich machen, daß sie einen ganz besonderen Maurer brauchte, einen, der nicht geschwätzig war und ein Geheimnis für sich behalten konnte. Einen Mann zwischen Mirza Abusar, Geda Alischah und Esmaiil. Das war bestimmt nicht einfach, aber es müßte doch jemand zu finden sein, der Tubas Ansprüche erfüllte.

Auf der Baustelle angelangt, war sie sogleich von Amine Chanoms Tatkraft begeistert. Die beiden Frauen saßen neben dem großen simmernden Topf und schütteten sich gegenseitig das Herz aus. Amine Chanom beschwerte sich über ihre Kinder. Sie standen ihr nicht bei und überließen ihr die schwersten Arbeiten. Sie beschwerte sich zudem darüber, daß Gott ihr das »Glück gönnte«, wie sie sagte, ihren Mann nicht zu sich zu nehmen. Der Mann sei aber sozusagen ans Bett gefesselt. Er war zu nichts zu gebrauchen. Seine größte Anstrengung bestand vor allem darin, von einer Seite des Zimmers zur anderen zu gehen. Gott sei Dank habe er zumindest seine Dienstzeit als Beamter ehrenhaft abgeschlossen. Nun aber liege er nur noch von seinen Opiumutensilien umgeben im Bett und schaue teilnahmslos zu, wie sie das Essen zubereitete, das Haus sauberfegte, die Wäsche wusch und schließlich auch noch das neue Haus baute. Alle ihre Schwestern, die Glücklichen, hatten ihre Ehemänner zur rechten Zeit verloren, sie aber durfte den ihren weiter behalten. Sie beschwerte sich zwar, lachte aber dabei. Sie erklärte Tuba im Brustton der Überzeugung, daß sie endlich begriffen habe, daß das Leben eine Fron sei, man drehe sich immer nur im Kreis, koche, nähe, stricke, baue und schimpfe. Am Anfang habe sie geglaubt, sie müsse sich nur ein paar Jahre lang abrackern, irgendwann würden sämtliche Arbeiten erledigt sein und sie könne sich entspannt ans Fenster setzen, ihren Samowar brodeln lassen, nur noch Tee trinken und Zigaretten rauchen und die Bäume und Blumen im Garten betrachten. Dann streckte sie den Kopf vor und fragte Tuba flüsternd, ob sie jemals gewußt habe, daß sie, ja, sie, die unscheinbare, verschleierte Amghesi, die jetzt für die Bauarbeiter Hammeleintopf kochte, in die Provinz Mazandaran ziehen und für immer dort bleiben wollte? Tuba schüttelte den Kopf. Nein, sie hatte nichts davon gewußt. Amine Chanom nickte und meinte, sie wünsche sich nichts anderes als eine einfache Reisbauernhütte. Auf ihren zwei Reisen nach Mazandaran hatte sie solche Hütten gesehen. Sie wünschte sich eine solche Hütte und ein Reisfeld darum herum. Sie sagte, der Duft der Reisfelder sei vor allem am frühen Abend geradezu berauschend. Dort brauchte sie nur einen Teller Reis und etwas gesalzenen Fisch zum Leben. Sie hätte dann den ganzen Tag Zeit, bequem die Beine auszustrecken und das im Wind säuselnde Reisfeld zu betrachten.

Ein Arbeiter trat zu ihnen und bat um Geld, um Brot einzukaufen. Tuba erzählte gerade, daß sie sich um die schiefen Mauern ihres Hauses sorge. Sie stürzten bestimmt demnächst ein, wenn nicht in diesem Jahr, dann im nächsten. Wenn die Mauern einstürzten, dann sei das ganze Haus verloren. Dajghesi Amine Chanom, die sich in solchen Dingen gut auskenne, solle sich doch bitte um ihr Haus kümmern, bevor es zu spät sei. Dajghesi fragte, ob Amghesi Tuba nicht vorhabe, ihr Haus zu verlassen und anderswohin zu ziehen. Sie könne ja mit Muness und Esmaiil in eine bessere Wohngegend ziehen, in ein neues Haus mit gepflegtem Waschbecken und Porzellanklo. Dann wäre sie die Probleme mit ihrem alten Haus los. Tuba zog die Augenbrauen hoch und zuckte die Schulter. Sie könne sich einfach nicht von ihrem Haus trennen. Sie wolle dort sterben. Was immer sie gedacht und getan habe, es sei in diesem Haus geschehen. Sie könne unmöglich die vielen guten und schlechten Erinnerungen anderswohin mitnehmen. Wenn sie es sich überlege, dann würden die Toten, die ihr einmal nahegestanden waren, einen ganzen Saal füllen, ihre Mutter zum Beispiel, die so ruhig und ohne viel Aufsehen gestorben war. Vielleicht war Tuba der einzige Mensch, der noch für ihr Seelenheil betete. Wenn sie umzog, dann würden die Toten ihren Bezugspunkt verlieren und sie selbst alle ihre Erinnerungen, ohne die sie nun einmal nicht leben konnte. Amine Chanom wußte einen Ausweg: Die Reparaturarbeiten mußten dem Maurermeister Mahmud übertragen werden, der sein Handwerk wahrhaftig beherrschte. Er war fleißig und zuverlässig und besaß vor allem eine Eigenschaft, die heutzutage selten anzutreffen war: Er wußte offenbar selbst nicht, daß er äußerst fleißig und zuverlässig war, und schätzte das Ergebnis seiner Arbeit immer zu tief ein. Er war ein ungewöhnlich bescheidener Mann. Amghesi Tuba müsse sich im Umgang mit ihm nur geschickt anstellen, und die Arbeit würde zu ihrer größten Zufriedenheit ausgeführt werden. Sie solle Mahmud sämtliche anfallenden Arbeiten anvertrauen, aber ihm gegenüber niemals erwähnen, daß er gute Arbeit geleistet habe. Denn er sei so glücklich, wenn man ihn lobe, daß er dafür um so mehr trinke. Die Trunksucht sei sein einziges Laster. Amghesi Tuba solle ihn täglich mehrmals tadeln und ihm angst vor Gott und dem Propheten machen, damit er weniger trinke, und falls doch, von Gewissensbissen geplagt werde. So würde er auch morgens früher zur Arbeit kommen und noch mehr arbeiten, um zu beweisen, daß der Alkohol ihm nicht die Kräfte geraubt habe.

Dann rief Amine Chanom Mahmud herbei. Der Mann stieg vom Gerüst herunter. Er machte einen ordentlichen Eindruck, war etwa sieben- oder achtundvierzig Jahre alt, wirkte aber älter. Er stand verlegen vor den zwei Frauen und drehte seinen Hut in der Hand herum. Amine Chanom sagte: »Meister Mahmud, das hier ist Schamsolmoluk Chanom. Sie hat Arbeit zu vergeben.« Der Mann sollte durch die Erwähnung von Tubas Rang erfahren, daß er es mit einer wirklichen Dame zu tun hatte, der Frau eines

Prinzen! Auch wenn er sich in der ganzen Stadt umsähe, fuhr Amine Chanom fort, werde er keine Frau wie Schamsolmoluk finden. Wenn er sein ganzes Können, sein ganzes Geschick einsetze, dann habe er Aussicht auf ein zukunftsträchtiges Geschäft, denn es gebe einiges zu tun im Haus der Dame. Das Haus sei in einem ziemlich guten Zustand, auch die Fundamente seien in Ordnung, es müsse nur äußerlich renoviert werden. Das also sei Mahmud, der Maurermeister, ein guter, aufrichtiger Mensch, der nur leider gern ein Glas zuviel trinke. Er müsse jeden Donnerstagabend unbedingt seinen Schnaps kippen. Der Mann wurde rot und zerknautschte seinen Hut. Wenn er diesen einen Fehler überwinden könnte, wäre er ein makelloser Mensch. Schade, daß er von einem Teufel besessen sei, der nicht zulassen wolle, daß der gottesfürchtige Mann nach einem langen, vielleicht hundertzwanzigjährigen Leben ehrenhaft ins Paradies komme. Meister Mahmud lächelte unsicher und wandte sich wieder dem im Bau befindlichen Haus zu. Tuba blickte ihm in die Augen. Der Mann hatte wohl bittere Zeiten durchlebt und war zum Ergebnis gekommen, daß er das Leben nur dank dem Alkohol ertragen konnte. Sie fragte, warum der Meister denn Schnaps trinke. Was das bittere Wasser enthalte, was ihn derart bezaubere. Der Meister wollte nicht antworten. Er gehörte zu jenen Männern, die nur widerwillig mit Frauen sprechen. Er sagte schlicht, ihm bleibe eben nichts anderes übrig; das Leben ermüde ihn.

Sie vereinbarten, daß der Meister Tubas Haus besichtigen werde. Amine Chanom entließ ihn, und er kehrte schleunigst zu seiner Arbeit zurück. Tuba gefiel seine Art. Er war zweifellos ein diskreter Mensch, der ein Geheimnis zu hüten wußte. Man sah es ihm an. Amine Chanom sagte, seine Frau sei tot, sie sei wahrscheinlich an Tuberkulose gestorben. Nach dem, was Mahmud ihr erzählt habe,

habe sie gehustet und Blut gespuckt. Nun sei er mit zwei Söhnen und einer Tochter allein zurückgeblieben. Amine Chanom hätte gern eine Frau für ihn gesucht. Sie habe von den anderen Arbeitern gehört, daß er durch seine Trunksucht anderen keine Schwierigkeiten mache. Er gehe nicht einmal in Trinkhallen oder Tavernen, sondern kaufe sich eine halbe Flasche Schnaps, nehme sie mit nach Hause, trinke sie im Laufe des Donnerstagabends leer und bleibe freitags den ganzen Tag betrunken im Bett liegen. Leider!

Ein paar Tage später kam Meister Mahmud bei Tuba vorbei, um sich das Haus näher anzusehen. Tuba hegte keine Befürchtungen. Sie sah es ihm an, daß er kein Sterbenswort verraten würde, sollte er tatsächlich die Leiche des Mädchens unter dem Granatapfelbaum entdecken. Tuba dachte, daß er Mirza Abusar sehr ähnlich sah. Er hätte sich an Mirza Abusars Stelle genau gleich verhalten. Mirza Abusar trank in diesem Moment in Tabriz – oder wo auch immer – vielleicht auch, um den Tod des Mädchens zu vergessen.

Mahmud untersuchte jeden Kellerraum etwa eine Viertelstunde lang sorgfältig. Wo immer ihm Tuba eine reparaturbedürftige Stelle zeigte, sah er sich die Stelle genau an wie ein gewissenhafter Arzt, der den Puls seines Patienten fühlt. Wenn er ein Stethoskop gehabt hätte, hätte er es bestimmt auf das Herz der Ziegelsteine gelegt, um die Ursache ihres Leidens zu diagnostizieren. Dann gingen sie gemeinsam zum Abflußbecken und von dort aus zu den drei Wasserspeichern im Innenhof und im Hinterhof, die leer standen, seit es Leitungswasser gab. Obgleich Esmaiil nicht anwesend war, erinnerte sich Tuba auf einmal an seinen Vorschlag und fragte den Meister, ob es möglich sei, irgendwo ein modernes europäisches Waschbecken zu installieren. Der Meister sah sich in der Umgebung des alten Beckens um und meinte, daß dies bestimmt möglich sei. Wenn die Dame wünsche, könne man das alte Becken in ein modernes Bad mit allem Drum und Dran verwandeln. Tuba aber sagte: »Nein, ein Waschbecken genügt.« Sie brauchte kein Bad. Sie ging einmal wöchentlich ins öffentliche Bad, und das reichte ihr vollkommen. Wenn die anderen, Esmaiil und Muness, unbedingt ein Bad brauchten, dann war das ihre Angelegenheit. In ihrem Haus jedenfalls würde niemand ein Bad einbauen! Sie konnten sich ja bei den Europäern, deren Bücher sie so eifrig lasen und deren Musik sie so hingebungsvoll hörten, ein mobiles Bad leihen. So, wie sie europäische Musik hörten und ins Kino gingen, ließe sich sicher auch ein zusammenklappbares Bad auftreiben, das sie in einer Ecke des Hauses versorgen und bei Bedarf aufklappen konnten. Sie wußte selber nicht, wie sie auf die Idee mit dem zusammenklappbaren Bad gekommen war. Vielleicht war ihr ein Bild aus einer von Esmaiils ausländischen Zeitschriften im Gedächtnis haften geblieben. Dort war doch ein Mann abgebildet gewesen, der sich in einem kleinen viereckigen Kasten wusch. Esmaiil hatte ihr erklärt, das sei ein zerlegbares Bad, es ließe sich problemlos in kleinen Häusern installieren, die wiederum auf Fahrzeugen montiert wurden.

Anschließend inspizierte Mahmud die Dächer. Er sagte, die Stroh- und Lehmisolationen seien in einem desolaten Zustand. Die Decke der Abstellkammer könne demnächst einstürzen. Um das Mauerwerk stehe es noch schlimmer. Es gebe tatsächlich viel zu tun. Tuba fragte, ob Mahmud bereit sei, alles in Ordnung zu bringen. Er willigte ein. Er beschäftige zwei Lehrlinge, die sehr zuverlässig arbeiteten. Tuba war einverstanden. Meister Mahmud trat von einem Fuß auf den anderen und schien noch etwas auf dem Herzen zu haben. Tuba fragte ihn, ob noch etwas sei, und er erklärte ihr, daß sein älterer Sohn schon in die Schule gehe, die beiden kleineren Kinder jedoch, der vierjährige

Karim und die fünfjährige Mariam, seien allein und ohne Aufsicht zu Hause. Er war zusammen mit seiner Frau von ihrem Dorf zu Verwandten in die Elendsviertel im Süden Teherans gezogen, dort war seine Frau gestorben. Nun waren die Kinder den ganzen Tag sich selbst überlassen. Ob Frau Schamsolmoluk wohl erlauben würde, daß seine Kinder sich in ihrem Hof aufhielten, während er arbeitete? Dies sei eben ein richtiges Haus, in das man Kinder mitnehmen könnte. Auch damit war Tuba einverstanden.

Am ersten Arbeitstag traf Meister Mahmud in aller Frühe mit seinen zwei Kindern ein. Esmaiil war noch nicht bei der Arbeit, und Muness machte sich gerade fertig, um aus dem Haus zu gehen. Mahmuds Sohn war ruhig und schüchtern. Die kleine Tochter war zierlich. Ihr Haar war zerzaust, sie war unterwegs in den Armen ihres Vaters eingeschlafen. Esmaiil und Muness beobachteten die drei durchs Fenster, er rief Mahmud einen Gruß zu. Er erkundigte sich nach den Kindern, dann sahen sich Mann und Frau kurz an. Wenn sie eigene Kinder gehabt hätten, wären die jüngsten ungefähr gleich alt. Muness trug die kleine Tochter, die gerade aufgewacht war, in ihr Zimmer und gab ihr ein Stück Kuchen. Dabei sah sie sich deren Haar genauer an. Das Kind hatte Läuse. Muness sagte zu Mahmud, daß sie mittags, wenn sie von der Arbeit zurückkäme, mit den Kindern ins Badhaus gehen werde. Dann fragte sie ihre Mutter, ob sie vielleicht etwas Quecksilber im Haus habe. Sie wollte die Läuse auf altmodische Art und Weise vernichten. Später, bei der Arbeit, fiel ihr ein, daß die Kinder ja keine saubere Wäsche hatten, die sie nach dem Bad anziehen konnten. In der Mittagspause eilte sie in ein Geschäft und kaufte beiden neue Kleider. Auf einmal beanspruchten die Kinder ihre Gedanken ganz: Sie waren gekommen, um ihr Leben auszufüllen. Sie brauchte nicht einmal Geda Alischah zu konsultieren. Wieder zu

Hause, rieb sie die Köpfe der Kleinen mit Quecksilber ein, dann nahm sie beide mit ins Bad und überließ sie der Bademeisterin. Das Mädchen ließ die Prozedur stumm über sich ergehen, der Junge aber weinte und wehrte sich. Seine Augen brannten von der Seife, und er versuchte, glitschig, wie er war, den Händen der Bademeisterin zu entschlüpfen und durch die Tür zu entkommen, was ihm allerdings nicht gelang. Die Bademeisterin schaffte es schließlich mit viel Mühe, ihre Arbeit zu Ende zu führen.

Am Abend kehrten die Kinder sauber und frisch angezogen nach Hause zurück. Muness erklärte, sie werde die Kinder über Nacht bei sich behalten. Der Maurer sagte zögernd, da sei noch ein drittes Kind, etwas älter zwar und wesentlich lebhafter. Die zwei seien vergleichsweise ruhig. Er solle auch das dritte Kind mitbringen, meinte Muness, damit sie es kennenlerne. Aber nicht vor Donnerstag. Die Kinder schliefen die Nacht über im Zimmer von Esmaiil und Muness. Vor dem Abendessen las Esmaiil die Zeitung und beobachtete dabei unauffällig die Kinder. Die beiden knieten höflich in einer Ecke des Zimmers und verhielten sich mucksmäuschenstill. Sie versuchten sogar möglichst leise zu atmen, um den Herrn und die Dame des Hauses nicht zu stören. Esmaiil spürte, wie ihr Verhalten ihn bedrückte. Er hatte seine eigene Kindheit vor Augen, das erste Jahr seines Aufenthaltes in Teheran und die schrecklichen Qualen, die er zu erleiden gehabt hatte. Alles war neu, die ganze Umgebung war ihm fremd gewesen. Er hatte ständig Angst, sich falsch zu benehmen. Er schlug die Zeitung auf und sagte: »Kinder, kommt mal her, und schaut euch dieses Bild an.« Donald Duck füllte eine ganze Viertelseite. Esmaiil erklärte, das sei eine Comiczeichnung. Dann schnitt er das Bild aus und legte es den Kindern in die Hand. Muness holte zwei Reißnägel, mit denen sie den Zeitungsausschnitt an die Wand heftete. Die zwei Kinder starrten das Bild eine Zeitlang fasziniert an. Dann gab ihnen Muness ein Stück Kaugummi, stellte aber fest, daß der Junge es nur kurz kaute und dann hinunterschluckte. Sie lachten, und allmählich taute das Eis zwischen ihnen auf. Nachts legte sich Muness mit den Kindern auf einer Matratze schlafen, damit sie keine Angst hatten. Wenn sie bei ihnen blieben, mußte sie Matratzen und Decken für sie nähen.

Während der fast drei Wochen, in denen der Maurermeister bei ihnen ein und aus ging, wohnten die Kinder ständig im Haus. Tagsüber waren sie bei Tuba, nachts schliefen sie bei Muness. Tuba fragte sie, ob sie gelernt hätten zu beten. Natürlich nicht, und so brachte sie ihnen das Beten bei. Das kleine Mädchen lernte es schnell, der Junge war noch etwas zu klein dafür. Sie waren gehorsam und gewannen dadurch auch das Herz der alten Frau. Am folgenden Tag ging Tuba Stoff einkaufen und nähte einen kleinen Tschador für das Mädchen, den sie während des Gebets tragen sollte. Die Kleine war begeistert vom Tschador. Tuba brachte ihr bei, bei Bedarf den Tschador um die Hüften zu binden und daraus einen langen Rock zu machen. Sie kaufte der Kleinen eine Puppe und für Karim ein Auto zum Aufziehen. Die Kinder liefen mit der Puppe und dem Auto im Haus herum, und es dauerte nicht lange, bis sie ganz mit ihren Spielsachen beschäftigt waren. Der ältere Sohn jedoch war schwieriger zu zähmen. Er hatte sich geweigert, ins Bad zu gehen, und hatte nicht einsehen wollen, daß er Läuse hatte. Als er mit seinen Geschwistern allein war, hatte er ihnen ins Gesicht gespuckt und ihnen vorgeworfen, sie würden vor dem Mann und der Frau kuschen. Er wollte ihnen ihre Spielsachen entreißen und sie kaputtmachen. Die Kinder waren in Weinen ausgebrochen, Tuba lief herbei und schimpfte ihn aus. Der Junge stellte sich in eine Ecke des Hofes und ließ den

Tadel mit gesenktem Kopf über sich ergehen. Er war kaum elf Jahre alt. Zwei weitere Geschwister, ein Mädchen und ein Junge, die zwischen ihm und Mariam auf die Welt gekommen waren, waren gestorben. Er fühlte sich verantwortlich für seinen kleinen Bruder und die kleine Schwester und duldete es nicht, daß jemand seinen Platz einnahm. Er hätte das erklären wollen, wußte aber nicht, wie, und wußte auch nicht, warum er sich so verhielt. Er litt, weil er schmutzig war und weil er Läuse hatte, aber da er nun einmal angefangen hatte, sich störrisch zu benehmen, wollte er nicht nachgeben. Als die Schulferien anfingen, mußte er auf Befehl seines Vaters ebenfalls in Tubas Haus kommen und den Sommer über dort bleiben. Drei qualvolle Monate standen ihm bevor. Während dieser Zeit ging eine Veränderung mit ihm vor. Heimlich blätterte er in Esmaiils Zeitschriften und las sie mühsam Wort für Wort. Zum ersten Mal in seinem Leben las er etwas anderes als Schulbücher. Esmaiil kaufte ihm Bücher und Kinderzeitschriften. Kamal las sie von der ersten bis zur letzten Seite und gab sie dann Esmaiil zurück. Da er als Klassenbester abgeschlossen habe, werde er sein Foto in einer dieser Zeitschriften veröffentlichen lassen, versprach ihm Esmaiil. Er ging mit ihm zu einem Fotografen, und zwei Wochen später war sein Bild in der Zeitschrift. Das Kind konnte es kaum fassen, daß es tatsächlich so berühmt war. Es betrachtete sich lange. Kamal empfand Zuneigung zu Esmaiil, gleichzeitig bedrückte es ihn, daß Muness ihm keine besondere Beachtung zu schenken schien. Er versteckte sich in einem Kellerraum und dachte angestrengt nach: Wenn er jedes Schuljahr als Klassenerster abschloß, würde sein Bild immer wieder in der Zeitschrift erscheinen, und er würde berühmt werden. Aber dann hätte dieser Herr Esmaiil ihn in der Hand. Er müßte dann alles tun, was er von ihm verlangte. Schon jetzt befahl ihm

Esmaiil ständig etwas: Einmal schickte er ihn einkaufen, ein andermal hieß er ihn, seine Geschwister in Ruhe zu lassen, außerdem mußte er einmal wöchentlich baden, weil sonst die Läuse ihm angeblich das Blut aussaugten. Er hatte schließlich widerstrebend eingewilligt, in den Hammam zu gehen, aber allein! Esmaiil und Muness taten, als bemerkten sie es nicht. Die alte Frau jedoch lobte ihn überschwenglich, als er nach Hause kam, und von da an mochte er sie noch weniger. Der Junge haßte Tuba. Als er am ersten Tag nach seinem Namen gefragt worden war, hatte er nicht geantwortet. Mahmud entschuldigte sich, Kamal sei etwas widerborstig, er mache aber seine Schulaufgaben sehr gewissenhaft. Er ahnte nicht, daß Esmaiil ihn in vielerlei Hinsicht als seinen natürlichen Erben betrachtete. Er wollte versuchen, ihm alles das zu geben, was ihm selbst als Kind gefehlt hatte, aber der Junge machte es ihm schwer. Esmaiil dachte, das liege vielleicht daran, daß der Junge keine Mutter mehr hatte. Vielleicht war es klüger, ihn gewähren zu lassen, mit der Zeit würde er ihn schon akzeptieren. Kamal war jedoch von einem einzigen Gedanken besessen: Nicht zum Sklaven seiner Wohltäter zu werden! Er verstand seinen Vater nicht. Dessen unterwürfiges Lächeln widerte ihn an. Er konnte das ewige »Jawohl, der Herr, jawohl, die Dame« einfach nicht ertragen. Er war doch nicht ihr Knecht? Er arbeitete hart, er beherrschte sein Handwerk, er war Maurer! Er war ein guter Maurer, und war dennoch unterwürfig. Warum eigentlich?

Anfang Herbst waren die Renovierungsarbeiten beendet. Kamal mußte wieder zur Schule. Betrübt brachte Mahmud seine Kinder in seine armselige Behausung zurück. Es wurde vereinbart, daß die Kinder einmal wöchentlich die Dame besuchten. Das Haus war jetzt in einem ordentlichen Zustand und sah sogar schmuck aus. Mahmud hatte alle Zimmer geweißt. Esmaiil fühlte sich jetzt wohler. Er hatte nun endlich ein Waschbecken für seine morgendliche Toilette zur Verfügung, das Besenkraut konnte ruhig weiterwuchern. Er mußte nun die alte Frau sanft weiterbearbeiten, und sie würde nichts mehr gegen ein modernes Bad einzuwenden haben. Im vergangenen Winter hatte er sie sogar überreden können, das Haus an das öffentliche Stromnetz anschließen zu lassen. Die Zeiten der Petrollampen und Laternen waren eindeutig vorbei. Die alte Frau hatte den elektrischen Strom ohne Widerspruch akzeptiert, denn sie hatte seine Bedeutung begriffen. Sie versorgte ihre alten Leuchten im Keller, deckte sie mit einem großen Tuch zu. Für die neuen Wasserleitungen mußte der Hof aufgerissen werden. Das hingegen paßte ihr gar nicht. Was war an der alten Methode auszusetzen? Das Wasser im alten Reservoir sei so lauter wie Tränen. Alles Unsinn, das Wasser stinke überhaupt nicht. Aber es war ihr nicht entgangen, daß ihre Söhne und Töchter und Enkelkinder sie wegen ihres Starrsinns auslachten. Sie war zum Clown der Familie geworden. Im Sommer wurde die Wasserleitung endlich doch verlegt. Die alten Reservoirs wurden ausgepumpt, damit sich kein Schlamm an den Wänden ansetzen konnte. Die drei Speicher unter dem Haus waren nun nutzlos. Die alte Frau war traurig, gewöhnte sich aber rasch an das Leitungswasser. Sie mußte zugeben, daß es sauberer war als das Wasser aus dem Speicher. Sie brauchte nun nicht mehr täglich Trinkwasser zu besorgen. Ob Trinkwasser oder Spülwasser, es ließ sich kein Unterschied erkennen. Ja, Mahmud, der Maurer, hatte neues Leben ins Haus gebracht. Es war von den Grundmauern bis unter das Dach von Heiterkeit erfüllt. Über dem Grau des Hauses breitete sich das helle Lachen der Kinder aus. Ein unsichtbarer Regenbogen spannte sich über den Hof. Es war ein wunderbarer Sommer. Als sich die Kinder Anfang Herbst verabschiedeten, war Tuba traurig. Es war, als ob die fröhlichen Farben vom Haus abblätterten. Die Kinder waren oft laut gewesen und hatten sie jeweils aus ihrem Nachmittagsschlaf geweckt. Doch ihre Halluzinationen hatten sich verflüchtigt. Die Leichen waren in die Ferne gerückt, und die Toten ließen sie in Ruhe. Ohne es sich einzugestehen, freute sie sich die ganze Woche auf den Freitag, wenn die Kinder zu Besuch kamen.

Im zweiten Herbstmonat ließ Mahmud nichts mehr von sich hören. Muness sehnte sich nach den Kindern und fragte Esmaiil um Rat. Der Mann war ständig zwischen dem Haus, seinem Arbeitsplatz und seinem Stammlokal unterwegs. Er war ein vielbeschäftigter Mann. Wenn die Kinder da waren, kümmerte er sich um sie. Wenn sie nicht da waren, dachte er kaum an sie. Sein Leben verlief inzwischen in geregelten Bahnen, so daß er sie nicht unbedingt vermißte.

Als sie nach ein paar Wochen immer noch nichts vom Maurer und seinen Kindern gehört hatten, legten eines Freitag morgens die zwei Frauen ihren Tschador an und machten sich auf den Weg in die Elendsviertel der Stadt. Sie nahmen ein Taxi und stiegen in einer staubigen, menschenwimmelnden Straße aus. Der Besitzer eines kleinen Verkaufsstandes führte sie in eine Gasse, von dort aus konnten sie in eine Art Schlucht hinuntersehen, in deren Wände Höhlen gegraben waren. Menschen gingen dort ein und aus. Sie fragten sich zum Domizil des Maurers durch. Er wohnte nicht in einer der Höhlen, sondern in einer winzigen Lehmhütte, eigentlich nur ein Zimmer mit einem Fenster. Der Maurer liege seit drei Monaten mit stark geschwollenen Beinen in seiner Hütte, wurde ihnen gesagt. Die Nachbarn versorgten die Kinder, beschwerten sich aber darüber. Der ältere Sohn kümmere sich um seine jüngeren Geschwister. Den zwei Frauen kamen die Tränen. Sie hatten großes Mitleid mit Mahmud, der hilflos vor ihnen auf einer alten Matratze lag. Hilfe tat dringend not. Also schlugen sie vor, daß er mit den Kindern zu ihnen ziehen solle. Sie würden ihm das Kellergeschoß zur Verfügung stellen, wo einst die türkische Tante gewohnt habe. Je mehr der Maurer Gott pries und sich bei den Frauen bedankte, desto mehr verdüsterte sich Kamals Laune.

Als sie sich im Keller einrichteten, sagte Kamal hämisch zu seinen jüngeren Geschwistern, die barmherzige Familie komme bestimmt ins Paradies. Ihr Vater Mahmud aber würde, genauso wie ihre Mutter, in die Hölle kommen, denn er sei immer arm gewesen und hätte sich Barmherzigkeit gar nie leisten können. Die Kinder schlossen vor lauter Schreck die Augen. Kamal lachte sie aus und fragte, ob sie wirklich glaubten, daß ihr Vater in die Hölle käme und daß ihre Mutter bereits in der Hölle sei. Hatten sie denn gesündigt? Er konnte einfach nicht begreifen, warum es ausgerechnet seiner Familie so schlecht ging. Doch er fand keine Antwort.

Als sein Bild in der Zeitschrift veröffentlicht worden war, hatte er sich einen Moment lang vorgestellt, er sei ein reicher Junge, er lebe in einem Schloß. Als er dann in seine ärmliche Hütte zurückkehren mußte, war er enttäuscht. Bisher hatte er nichts anderes gekannt als das Elendsviertel. In der ihm vertrauten Umgebung erkämpfte er sich seinen Platz, versuchte, der Stärkste zu sein. Alle Kinder gehorchten ihm. Nach dem schicksalhaften Sommer in Tubas Haus veränderte sich sein Denken. Er war zusammen mit seinen Geschwistern in Begleitung der zänkischen alten Frau, des Herrn und der Dame in anderen Häusern zu Besuch gewesen. Er hatte Kinder kennengelernt, die ein Zimmer voller Spielsachen hatten und Lackschuhe trugen. Wenn sie sich beim Spielen schmutzig machten, steckte man sie gleich in saubere Kleider. Als er nun in seine alte Umgebung zurückkehrte, hatte er das

Gefühl zu ersticken. Er haßte es, wenn sich seine Freunde wegen eines Bonbons oder einer toten Maus prügelten. Sie kannten eben die vornehmen Häuser nicht. Nein, er wollte nicht mehr an ihren grausamen Spielen teilnehmen. Er hätte sie am liebsten bei der Hand genommen und sie in jene vornehme Häuser geführt und ihnen diese andere Welt gezeigt. Er aber wollte nicht in einem dieser vornehmen Häuser wohnen. Er stellte sich vor, daß das Haus eines Tages von selbst zu ihm kommen und ihn einladen würde. Er wollte große Taten vollbringen: Alle die reichen und gutgenährten Kinder würden sich vor ihm verbeugen und ihn bewundern. Das Leben hatte ihn gelehrt, zuzugreifen, wenn sich ihm eine günstige Gelegenheit bot. Er jedenfalls hatte nicht darauf bestanden, in ein schönes Haus zu ziehen. Man hatte ihn einfach dazu gezwungen. Also schickte er sich darein. Er war nun die Verantwortung für seine jüngeren Geschwister los und konnte in Ruhe darüber nachdenken, wie die Welt erobern.

Mariam schlief in Muness' Zimmer. Sie war ein Mädchen, und Tuba war der Ansicht, daß es nicht anging, sie mit den beiden Jungen in einem Zimmer unterzubringen. Karim schlief in ihrem Zimmer. Er war noch klein und brauchte mütterliche Fürsorge. Übrig blieben also nur Kamal und sein Vater. Man überließ ihn möglichst sich selbst. Er stand morgens auf und begnügte sich mit einem Stück trockenem Brot. Er weigerte sich, mit Tuba und Esmaiil zu frühstücken. In den ersten Tagen hatten sie ihn aufgefordert, sich dazuzusetzen und mit ihnen zu essen, aber er hatte abgelehnt. Also brachten sie ihm Kuchen, Marmeladebrote, belegte Brote mit Haschee in den Keller hinunter. Der Junge wollte beim Essen nicht beobachtet werden, daher aß er unterwegs. Er ging inzwischen in eine andere Schule. Die Kinder waren hier sauberer angezogen. Sie prügelten sich nicht wegen toter Mäuse und führten sich ordentlich auf. Kamal zog es vor, zuhinterst zu sitzen. Mit der Wand im Rücken fühlte er sich sicherer. Er freundete sich mit niemandem an; sein Herz war bei seinen alten Freunden geblieben, vor allem bei Qadir, einem gleichaltrigen Jungen, der einen Sehfehler hatte. Er war hochgradig weitsichtig, stolperte aber selbst über die eigenen Füße. Kamal mußte ihn jeweils bei der Hand nehmen und sicher über Steine oder über Wassergräben führen. Sie hatten sich aneinander gewöhnt, und Kamal ersetzte Qadirs Augen. Da seine Lehrerin eine Brille trug und auch Esmaiil, wenn er die Zeitung las, oder Tuba, die sie eigentlich immer aufgesetzt hatte, sagte er sich, daß sein Freund Qadir ebenfalls eine Brille brauchte. Der Gedanke, ihm eine Brille zu schenken, ließ ihn nicht mehr los. Freitagmorgens stand er früh auf und ging Qadir und Akbar besuchen. Akbar hatte nicht nur gute Augen, er war auch kräftig und prügelte sich mit allen. Er war der geborene Anführer, aber es war Kamal, der für ihn dachte. Sie liehen Qadir abwechslungsweise ihre Augen; freitags war Kamal an der Reihe, die Woche über Akbar. Jetzt überlegten sie zu zweit, wie Qadir eine Brille besorgen.

Als Kamal eines Freitagmorgens zu seinen Freunden gehen wollte, sah er Esmaiils Brille neben der Fenstertür auf einer Zeitung liegen. Er streckte unwillkürlich die Hand nach der Brille aus und steckte sie in die Tasche. Er merkte nicht, daß Tuba ihn durch das gegenüberliegende Fenster beobachtete. Noch bevor Tuba das Fenster öffnen und etwas hinüberrufen konnte, war er schon aus dem Haus. Tuba rannte in den Innenhof. Je älter sie wurde, desto schriller wurde ihre Stimme. Sie keifte: »Esmaiil, er hat deine Brille gestohlen. Ich habe schon immer gewußt, daß er ein Dieb ist.« Esmaiil wusch sich gerade am Becken Hände und Gesicht. Er trug ein Handtuch um den Hals, und während er die Treppe hinaufstieg, trocknete er sich mit einem Zipfel das Gesicht. Die alte Frau berichtete aufgeregt, was sie beobachtet hatte. Esmaiil hörte schweigend zu. Dann sagte er zu Tuba, sie solle kein solches Theater machen, der Junge habe bestimmt einen Grund gehabt, die Brille mitzunehmen. Die kleinen Geschwister hatten das Gespräch zwischen den beiden mitangehört. Das Mädchen war verängstigt, der kleinere Bruder jedoch ließ sich nichts anmerken.

Tuba war von Esmaiil enttäuscht, sie ging in den Keller hinunter, um den kranken Vater über den Diebstahl zu unterrichten. Der Mann, dem das Gehen von Tag zu Tag schwerer fiel, richtete sich mühsam auf; er wollte hinter dem Jungen herlaufen. Tuba konnte ihn gerade noch zurückhalten. Das Kind mußte von alleine zurückkehren. Dann würde sich das Ganze bestimmt klären. Esmaiil preßte zornig die Lippen zusammen. Er sagte zu Muness, langsam verliere er die Geduld. Warum wollte Tuba einfach nicht einsehen, daß sie sich nicht in alles einmischen durfte? Die Brille gehörte ihm, und er war es, der darüber zu bestimmen hatte. Er suchte Mahmud auf, der sich unterwürfig vor ihm verbeugen wollte. Er weinte und beteuerte, sein Sohn sei ganz bestimmt kein Dieb. Esmaiil beruhigte ihn: Aber natürlich sei Kamal kein Dieb; das Ganze werde sich bestimmt aufklären; er solle die Brille gegenüber seinem Sohn mit keinem Wort erwähnen.

Inzwischen lief Kamal zu Qadir und traf ihn vor der Hütte seiner Eltern. Er saß auf der Treppe und starrte vor sich hin. Ohne ein Wort zu sagen, setzte Kamal ihm die Brille auf. Qadir blickte überrascht auf, und seine erste Reaktion war, die Brille wieder abzunehmen. Kamal sprach ihn an, und Qadir erkannte ihn an der Stimme. Die Brille nützte also nichts. Aber sie gefiel ihm. »Also«, sagte Kamal spontan, »behalt sie, sie gehört dir.« Das Gestell war zwar zu groß für Qadirs Gesicht, er sah damit aus wie die Comicfigur an der Wand von Esmaiils und Muness' Zimmer. Später kam Akbar dazu. Ob Kamal seinen Sittich mitgebracht habe, fragte er. Nein, er hatte ihn nicht dabei. Kamal hatte nämlich seinem Sittich ein Kunststückchen beigebracht, anhand dessen er die Zukunft voraussagen konnte. Ein Opiumsüchtiger hatte es ihm gezeigt, für den er eine Zeitlang gearbeitet hatte. Kamal hielt seinen Sittich in einem Käfig und fütterte ihn mit Brotkrümelchen und Wasser. Wenn er von der Schule kam, ging er mit dem Sittich auf die Straße, um etwas Taschengeld zu verdienen, mit dem er sich Süßigkeiten kaufte. Seine Freunde beneideten ihn um den Sittich. Vielleicht konnte Kamal dank seinem Vogel genug Geld für eine andere Brille für Qadir verdienen. Akbar meinte, die Brille der Lehrerin sei viel dicker als die von Qadir. Qadir brauche vielleicht auch eine dicke Brille. Akbar kannte einen alten Straßenhändler in der Nähe des Bahnhofs, der allerlei Krimskrams verkaufte, darunter auch Brillen. Sie konnten ja zu ihm gehen und Esmaiils Brille gegen eine Brille tauschen, mit der Qadir besser sehen konnte. Sie machten sich also auf den Weg. Unterwegs sagte Akbar, eines Tages werde er ein berühmter Ringkämpfer. Kamal hingegen hatte sich vorgenommen, auf die Universität zu gehen und alle Wissenschaften der Welt zu studieren. Qadir wußte noch nicht, was er werden wollte. Da er nichts deutlich sah, konnte er sich auch nicht zu etwas entschließen. Er war bereits einmal sitzengeblieben, und der Lehrer hatte nicht einmal gemerkt, daß er fast blind war.

Bei der Trödelbude des alten Mannes angekommen, erklärten sie ihm das Problem mit der Brille, und dieser war ohne weiteres mit dem Tausch einverstanden. Ob diese oder eine andere Brille, das machte für ihn keinen Unterschied. Die drei Jungen setzten sich neben seine Trödelbude, und Akbar – dessen Idee es gewesen war, hierher zu kommen – nahm Qadir die Brille ab, um ihm eine andere aufzusetzen, die ihm der Händler hinhielt.

Und da geschah das Wunder! Die ganze Welt vor Qadirs Augen war deutlich erkennbar. Zum ersten Mal in seinem Leben sah er die Gesichter seiner Freunde klar und deutlich. Er rief aus: »Ich kann sehen, ja, ich kann sogar sehr gut sehen.« Was für ein großartiger Moment! Der Junge weinte vor Freude. Er wiederholte immer wieder begeistert: »Ich sehe, ich sehe!« Ihre Freundschaft war von diesem Moment an für alle Ewigkeit besiegelt! Qadir wußte jetzt, daß er, wie Kamal, sämtliche Wissenschaften der Welt studieren wolle. Vor allem aber wollte er blinden Kindern helfen.

Am späten Nachmittag machte sich Kamal hungrig auf den Heimweg. Und er träumte unterwegs: Eines Tages würde er ein eigenes Haus besitzen, in dem auch Qadir und Akbar wohnten, und auch sein Vater und seine Geschwister.

Er schlich sich unbemerkt ins Haus. Sein Magen knurrte, vielleicht war etwas von Vaters Essen übriggeblieben. Als er die Kellertür öffnete, schlug ihm abscheulicher Gestank entgegen. Der Maurer hatte den Abort nicht rechtzeitig erreichen können und hatte sich vollgemacht. Er bat seinen Sohn inständig, ihm zu helfen, seine Hose und das Bett sauberzumachen, damit die beiden Damen nichts merkten, Gott werde ihm sieben Tore zum Paradies öffnen. Schweigend putzten sie hastig alles sauber.

Der Maurer Mahmud siechte dahin. Die beiden Frauen konnten ihn nicht ewig pflegen. Sie hatten schon öfter den Arzt geholt. Auch Esmaiil hätte gern etwas für ihn getan, aber Mahmud ließ es nicht zu. Der Gestank im Keller war bald unerträglich. Der Sohn reinigte das Bett, so gut es ging, und verfluchte dabei sein Schicksal. Schließlich wurde beschlossen, den Vater ins Krankenhaus zu bringen. Und es verging kein Monat, da kehrte seine Leiche nach Hause zurück. Esmaiil, Muness und Kamal gaben dem Toten das letzte Geleit. Tuba war zu Hause geblieben und paßte auf die Kleinen auf. Als die letzte Schaufel Erde auf das Grab fiel, hatte sich der Vater schon in eine ferne Erinnerung verwandelt.

Auf dem Heimweg war Kamal nahe daran, Esmaiil von der Brille zu erzählen. Seine Schwester hatte ihm schon längst verraten, daß der Herr alles wußte. Aber er fand die richtigen Worte nicht. Er hatte schon oft darüber sprechen wollen, doch etwas hielt ihn zurück. Je näher sie dem Haus kamen, desto weniger Lust verspürte er dazu. Er entschloß sich zu warten, bis Esmaiil von sich aus die Rede darauf brachte.

Für die zwei kleineren Kinder verlief das Leben von da an wie ein Traum. Das eine hatte plötzlich einen neuen Vater und eine neue Mutter, das andere eine neue Großmutter, das dritte aber war einsam und allein in einem Keller mit der Erinnerung an seinen Vater. Tuba, Muness und Esmaiil überließen Kamal sich selbst. In seinem Blick lag etwas Feindseliges, und er gab nur abweisende Antworten. Morgens, mittags und abends ging er unter einem Vorwand in Tubas oder Muness' Küche und holte sich verstohlen etwas zu essen, nur wenig, damit die zwei Frauen nichts merkten. Die sahen stillschweigend darüber hinweg. Manchmal erledigte er kleine Arbeiten im Haus, kaufte für Esmaiil ein oder lief ein paar Straßen weit, um für Muness Nähgarn zu besorgen. Freitags nahm er seinen Sittich und ging zu seinen Freunden. An anderen Tagen ging er nach der Schule mit dem Sittich durch die Straßen. Die Stapel alter Zeitschriften im Keller betrachtete er als sein Eigentum. Jeden Tag nahm er eine Zeitung mit und las darin, während er auf Kunden wartete. Freitags brachte er die Zeitschriften Qadir und Akbar. Qadir las sie von der ersten bis zur letzten Seite, Akbar schnitt die Bilder aus, dann verteilten sie die Bilder untereinander und hefteten sie an die Wand ihres Zimmers. Mit der Zeit quollen ihre Zimmer über von Bildern des Schahs und der Kaiserin, von Lenin, Ava Gardner und Brigitte Bardot, von einer japanischen Frau mit einem Fächer in der Hand, von Vigenti Mala, Raj Capor, Nargess, Jack Palance, Victor Mature, Anthony Quinn und Gina Lollobrigida in der Verfilmung des *Glöckners von Notre-Dame*. Vor allem aber von Bildern Fidel Castros! In letzter Zeit war viel die Rede von diesem Castro. Er war ein faszinierender, stattlicher Mann. Akbar dachte, daß er sich auch einen Bart wachsen lassen werde, wenn er groß war. Er hatte einen Segeltuchsack aufgetrieben, ihn mit Sand gefüllt und an der Decke seines Zimmers aufgehängt; er trainierte sich daran im Boxen. Kamal wollte sich ebenfalls einen Boxsack zulegen. Sie gingen wieder zum alten Trödler und erstanden einen löchrigen Sack, den sie notdürftig flickten. Dann trugen sie ihn zu Tubas Haus. Sie wollten den Sack erst im Keller mit Sand füllen. Sie schlichen so unauffällig wie möglich die Mauer entlang bis zum Keller, um dem scharfen Blick der alten Frau zu entgehen. Dann füllten sie den Sack, hängten ihn in einer Kellerecke an die Decke. Sie waren hungrig, also ging Kamal wie gewohnt leise in die Küche und stibitzte etwas Brot. Akbar stand am Kellerfenster und sah in den Hof hinaus. Dieses Haus glich überhaupt nicht den Häusern, die er zusammen mit Kamal und Qadir in den Kinos in der Umgebung des Lalesar-Boulevards gesehen hatte. Er wunderte sich: Das war ja bloß ein altes Haus. Karim war die Treppen heruntergekommen und wusch sich vor dem Beten am Becken. Auf dem Rückweg sah er seinen Bruder im Keller, jetzt stand er vor dem Kellerfenster und beobachtete stumm die Freunde seines Bruders. Akbar fragte, wer das sei. Sein Bruder, antwortete Kamal, acht Jahre alt und in der zweiten Klasse. Er stutzte. Als sie das erste Mal in dieses Haus gekommen waren, war Karim drei oder vier Jahre alt gewesen. Jetzt ging er bereits zur Schule und betete immer hinter der alten Frau, ohne überhaupt dazu verpflichtet zu sein. Er betete, um der alten Frau zu gefallen! Mariam sah durch das Fenster im oberen Stockwerk zum Keller hinüber. Die Neugier trieb sie schließlich auch in den Innenhof. Sie stand nun ebenfalls vor dem Fenster und musterte die Freunde ihres Bruders. Kamal erklärte, das sei seine Schwester Mariam. Und Akbar spürte, wie sich sein Herz zusammenzog. Das zehnjährige Mädchen trug ein sauberes Kleid und das Haar zu Zöpfen geflochten. Ein schüchternes Lächeln lag auf ihren Lippen. Kamal öffnete die Tür und hieß die beiden hereinkommen. Die zwei Kinder traten verlegen ein. Kamal ging zum Sandsack und boxte mehrmals dagegen. Dann sagte er zu Karim, wenn er etwas größer sei, dürfe er auch trainieren. Akbar fügte hinzu, auch Mariam könne sich im Boxen trainieren, denn heutzutage müßten auch die Mädchen boxen können. Er habe einmal in einem Film eine Boxerin gesehen. Mariam lief neugierig um den Sandsack herum. Auch Qadir meinte, das sei aber wirklich ein altes Haus. Nach vier Jahren waren die Mauern und Wände bereits wieder schief und rissig. Man müsste das ganze Haus mit Benzin übergießen und mitsamt der zänkischen alten Frau in Brand stecken, sagte Kamal grimmig. Karim war entsetzt: Die alte Frau war immer lieb zu ihm, sie gab ihm zu essen und lobte ihn, wenn er brav betete. Warum wollte er sie also verbrennen? Mariam war auch dagegen, die alte Frau zu verbrennen. Kamal hatte wahrscheinlich einen guten Grund dafür. Auch Akbar kannte den Grund, aber er schwieg. Qadir wußte nicht viel von der alten Frau. Er zuckte die Achseln. Die alte launische Frau war ihm im Grunde gleichgültig, denn er hatte bis vor kurzem kaum etwas gesehen. »Ein richtiges Altweiberverbrennungsfest, jawohl!« wiederholte Kamal mit Nachdruck: Die beiden Freunde sahen sich übermütig lachend an. Die anderen drei hörten ihnen erschrocken zu. Aus dem Hof drang die meckernde Stimme der Alten: »Wer hat schon wieder Sand verstreut im Hof?« Sie war der Spur vom Haustor aus bis zur Kellertür gefolgt. Kamal befahl Akbar und Qadir, sich dicht an die Wand zu stellen, damit die alte Frau sie nicht entdeckte. Da die Alte den Keller als ihr Eigentum betrachtete, trat sie schimpfend ein. Warum er im Hof Sand verstreut habe und wer jetzt den Dreck wegfege, herrschte sie ihn an. Sie erblickte die zwei Jungen, die sich möglichst klein machten, und fragte bloß, wer das sei. Kamal antwortete, Schulkameraden, sie hätten seine Geschwister kennenlernen wollen. Ihr Haus sei keine Karawanserei, in der jeder Wildfremde ein und aus gehen könne, keifte Tuba und fügte hinzu, es sei wohl besser, wenn seine Freunde jetzt nach Hause gingen. Sie nahm Karim und Mariam bei der Hand und zog sie hinter sich her. In ihrem Zimmer setzte sie die beiden vor sich auf den Boden. Mit aufgesperrten Augen, deren schwarze Pupillen den Kindern Angst einjagten, sagte sie, sie dürften sich nie wieder mit den Freunden ihres Bruders abgeben. Keiner wisse, was für Kerle das seien und woher sie kämen. Dann blickte sie Mariam scharf an: Ein anständiges Mädchen müsse wissen, daß es nicht mit Jungen reden dürfe. Sonst könne es in Schwierigkeiten, in ganz große Schwierigkeiten geraten, aus denen es keine Rettung gebe. Sie sollten ihrem Bruder möglichst aus dem Weg gehen. Wenn Gott einen Menschen bestrafen wolle, dann überlasse er ihn sich selbst. Er lasse den ungehorsamen Menschen allein, damit er alles tun und lassen, überall hingehen und nach eigenem Gutdünken mit jedermann verkehren könne. Der Mensch sei von Natur aus sündig. Ein von Gott verlassener Mensch häufe nur Sünden an, und eines Tages trage er einen ganzen Berg Sünden auf seinem schmerzenden Rücken. Der Berg drückte ihn schließlich zu Boden, und selbst wenn er zu Staub zerfalle, könne sich auch das kleinste Partikel seines Wesens nicht von der Last der Sünde befreien. Niemals! Jedes Stückchen schreie und flehe unter der Last des Sündenberges, aber einen Weg zurück gebe es nicht mehr. Bis zum Tage der Auferstehung würde er vor Schmerzen, Trauer und Reue wehklagen.

Mariam weinte. Sie sorgte sich um ihren Bruder. Sie hatte keine Ahnung, wie ihm helfen. Abends sagte sie zu Muness, die Sünden ihres Bruders würden zu einem Berg anwachsen. Muness tröstete sie. Sie dürfe nicht an die Worte ihrer Mutter glauben; Gott könne unmöglich so unbarmherzig sein und einen Menschen sich selbst überlassen. Mariam solle nicht traurig sein. Es öffne sich immer ein Fenster, und ein rettender Engel erscheine.

Nachts, als das Mädchen schlief, fragte Muness Esmaiil, was man für Kamal tun könne. Esmaiil machte sich keine Sorgen um ihn: Der Junge sei im Begriff, sich ein selbständiges Leben aufzubauen. Esmaiil hielt Kamal für eine starke Persönlichkeit. Er sei kein schlechter Junge. Er verberge aber seinen wahren Charakter und kehre nur seine unangenehmen Seiten hervor.

Als die alte Frau Kamals Freunde aus dem Haus schickte, brodelte die Wut in ihm, aber er beherrschte sich. Er begleitete seine Freunde ein Stück weit und schwor, er werde die Alte eines Tages noch umbringen. Die zwei anderen beschwichtigten ihn, sie sei eben verbohrt und senil. Alte Leute seien halt so. Qadir fügte hinzu, sein Großvater zanke auch ständig; die Hütte, in der sie wohnten, gehöre ihm, und er liege ihnen immer in den Ohren, warum sie sich nicht eine eigene Unterkunft suchten, damit er endlich Ruhe vor ihnen habe. Akbars Vater reinigte Wasserbecken; im Winter verkaufte er gekochte Zuckerrüben in den Straßen. Sein Vater bestürme ihn ständig, daß er im Winter mit ihm zusammen Zuckerrüben verkaufen solle, anstatt in die Schule zu gehen. Kamal schlug vor, sie könnten doch alle drei zusammen ein Zimmer mieten. Durch die Wahrsagerei mit seinem Sittich verdiene er zwar nicht genug, aber er könnte ja als Gehilfe in einem Fahrradgeschäft arbeiten. Er könnte abends arbeiten, nach der Schule. Er würde für die Miete aufkommen, und wenn auch sie eine Arbeit fänden, dann reiche das für ein Wurstbrot mittags und abends. Sie legten die Hände aufeinander und schworen einander Treue. Kamal kehrte nach Hause zurück und boxte grimmig ein paarmal gegen seinen Sandsack. Heute abend würde er sich nochmals aus Muness' Küche verpflegen, aber morgen schon wollte er sich nach einer Arbeit umsehen. Als er eben aus dem Zimmer gehen wollte, stieß er auf Esmaiil. Er war schon länger nicht mehr im Keller gewesen. Er hielt eine Zeitschrift in der Hand, sah sich lächelnd um und fragte, ob Kamal wisse, daß er seine ganze Kindheit in diesem Keller verbracht habe. Unwillkürlich setzte er sich in dieselbe Ecke, in der er als Junge immer gesessen hatte. Seine Mutter sei monatelang krank gewesen, wie Kamals Vater. Er habe sie damals gepflegt. Kamal dachte, Esmaiil lüge. Er konnte unmöglich in diesem Keller wohnen, so elegant, wie er daherkam, mit seinen Krawatten und blütenweißen Hemden und den blitzblanken Schuhen, auf denen kein Stäubchen war. Esmaiil fuhr fort, es wäre schön, wenn sie öfter zusammen ausgingen und etwas miteinander plauderten. Er, Esmaiil, habe Kamal bestimmt viel zu sagen. Sein ganzes Leben lang habe er Großes vollbringen wollen, habe die sich bietenden Gelegenheiten ungenutzt verstreichen lassen. Jedenfalls sei er kein großer Mann geworden, sondern, im Gegenteil, ein ganz unbedeutender. Wenn aber Kamal sich auch mit einem unbedeutenden Freund zufriedengebe, dann würde er sich sehr freuen. Der Junge starrte die gegenüberliegende Wand an. Esmaiil schlug die Zeitschrift auf und zeigte ihm das Bild eines alten Mannes. Ob er diesen Mann kenne, fragte er ihn. Seine Geschichte interessiere Kamal bestimmt. Als die Siegesmächte des Ersten Weltkrieges sich in Versailles versammelten, um die Welt unter sich aufzuteilen – im Jahre 1919 sei das gewesen –, sei eines Tages dieser Mann, damals kaum achtzehn oder neunzehn Jahre alt, mit seinem Fahrrad von Paris nach Versailles gefahren und habe dort die Wachen vor dem Schloß gebeten, ihn zum Vorsitzenden der Konferenz vorzulassen, denn er müsse unbedingt mit ihm sprechen. Der Wachsoldat hatte versucht, ihm klarzumachen, daß dies unmöglich sei, aber der junge Mann hatte darauf bestanden. Schließlich war ein Funktionär dazugekommen und hatte gefragt, worum es gehe. Der junge Mann hatte sich vorgestellt und gesagt, er stamme aus Indochina und habe gehört, daß man sein Land aufteilen wolle. Also sei er gekommen, um die Konferenzteilnehmer zu warnen, denn niemand habe das Recht, sein Land aufzuteilen. Er werde es niemals zulassen. Der Funktionär hatte damals bestimmt darüber gelacht. »Dieser Mann wählte später den Decknamen Ho Chi Minh und arbeitete jahrelang im Untergrund. Später führte er die vietnamesische Widerstandsbewegung gegen Frankreich an.«

Esmaiil stand lächelnd auf. Wenn Kamal möchte, könnten sie morgen abend zusammen in ein Kaffeehaus gehen. Kamal antwortete, nein, morgen abend müsse er zum Fahrradgeschäft, um nach Arbeit zu fragen. Dann eben am Freitag, sagte Esmaiil. Am Freitag treffe er seine Freunde, entgegnete Kamal. Wann es ihm denn passe, beharrte Esmaiil. Plötzlich platzte Kamal heraus: »Wenn das Haus hier niedergebrannt ist!« Esmaiil hob überrascht den Kopf:

»Warum soll das Haus denn niederbrennen?« – »Weil es alt ist, weil es nach Verwestem riecht, als seien überall Leichen begraben«, antwortete der Junge trotzig. Esmaiil setzte sich ungeachtet seiner sauberen Hose auf die Kellertreppe. Er war beunruhigt. »Deswegen braucht doch das Haus nicht niederzubrennen«, wandte er ein. »Es ist zwar kein schönes Haus, und es ist tatsächlich sehr alt, aber gleich niederbrennen …?« Wie stellte Kamal sich das vor? Was für ein Haus würde er dann anstelle des alten bauen? Kamal zuckte gleichgültig die Achseln. Das sei ihm egal. Es würde sich schon eine Lösung finden. Hauptsache, das Haus brenne nieder und es bleibe nur glatte, saubere Erde übrig. Esmaiil lächelte bitter: Er glaube nicht, daß nur saubere Erde übrigbleibe. Die Erde sei voller Erinnerungen der Toten, und diese Erinnerungen – ob gute oder böse – würden die Menschen miteinander verbinden. Dieses gemeinsame Wissen müsse man tief im Herzen bewahren, damit kein Außenstehender womöglich auf den Gedanken komme, in der Erde nach einem verborgenen Schatz zu suchen. So ein Stuß, dachte Kamal. Der Mann hatte sich ins warme Nest gesetzt, und nun spuckte er vornehme Töne und bildete sich ein zu wissen, was für andere gut war. Ob Kamal wisse, daß die ewig keifende alte Frau früher einmal habe Gott suchen wollen, unterbrach Esmaiil Kamals Gedanken. »Gott? Gibt es überhaupt einen Gott?« fragte dieser zweifelnd. Esmaiil zuckte die Achseln: »Sie jedenfalls ist davon überzeugt.«

Esmaiil stand auf und verließ wortlos den Keller. Jetzt erst wurde ihm bewußt, daß er sich in all den Jahren vor Kamal gefürchtet hatte. Der Junge hatte die Kraft eines mächtigen Wasserfalls in sich gespeichert und floß nun über. Er war unberechenbar wie Blitz und Donner im März. Esmaiil überlegte, wie er diese geballte Kraft, die erst in ihrem Frühling stand, durch den glühenden trockenen

Sommer, durch den ruhigen kühlen Herbst und den frostigen Winter führen konnte, ohne daß sie sich verzehrte – wie einst bei ihm. Die alte Frau hatte einmal gemeint, man müsse eine Frau für ihn suchen. In alten Zeiten hatte man jedem ruhelosen jungen Mann eine Frau besorgt, und nach einer gewissen Zeit hatte er sich unweigerlich beruhigt. Wie aber eine Frau für Kamal finden? Außerdem stand gar nicht fest, ob er überhaupt damit einverstanden sei. Esmaiil wollte sich mit seinen Freunden beraten.

Abends ging Kamal ins Fahrradgeschäft, grüßte und sagte ohne viel Umschweife, er möchte gern hier arbeiten und würde jegliche Arbeit erledigen. Der Inhaber, der gerade einen Schlauch flickte, musterte ihn und meinte, kräftig, wie er sei, würde er sich eher zum Automechaniker eignen, aber wenn er wolle, könne er gleich morgen bei ihm anfangen. Kamal verließ das Geschäft und ging schnurstracks zur Autowerkstatt, die nur hundert Meter weiter weg war. Dort fragte er, ob er sich als Automechaniker eigne. Der Meister sah ihn durch die Brille an, wischte sich mit der öligen Hand den Schweiß von der Stirn und sagte, warum nicht. Allerdings nur, wenn er sich kräftig ins Zeug legte. Kamal antwortete, er werde sich alle Mühe geben. Gut, er könne gleich mit der Arbeit beginnen, entgegnete der Meister, er solle auf einen Lastwagenreifen stehen, damit er den Mantel besser abmontieren könne. Während er mit dem Reifenhebel hantierte, fragte er, warum Kamal Arbeit suche. Weil er Geld brauche, um für sich und seine Freunde ein Zimmer zu mieten, erklärte Kamal. Der Meister bewegte den Reifenhebel mehrmals hin und her und fragte ganz nebenbei, ob ihm mit einem bescheidenen Zimmer über der Garage gedient wäre. Kamals Herz schlug höher.

Als sie mit der Arbeit fertig waren, gab ihm der Meister zwanzig Tuman Vorschuß, und sie schlossen einen mündlichen Arbeitsvertrag miteinander ab. Dann zeigte er ihm das Zimmer. Er suche jemanden, der dort wohne und ein Auge auf die Garage habe – erklärte er ihm –, er sei überzeugt, daß er sich auf ihn verlassen könne, was seine Freunde angehe, müsse er sich auf ihn verlassen. Im übrigen sei er ja auch noch da. Wenn sich einer an seinem Eigentum vergreife, müsse er die Beine unter die Arme nehmen und sein Leben lang rennen, damit er ihn nicht erwischte. Während er dies sagte, grinste er übers ganze Gesicht. Wenn Kamal sich etwas eingearbeitet habe, könne er die verrußten Zimmerwände weißen oder malen, wenn ihm etwas Farbe lieber sei. Das Klo befinde sich hinter der Garage, und auf dem Treppenabsatz sei eine Kochgelegenheit vorhanden. Sie brauchten nur noch einen Herd mit drei Kochstellen, eine Öllampe und etwas Geschirr. Der Meister ereiferte sich: Der junge Mann müsse Schritt um Schritt sein Leben aufbauen. Er dürfe nicht bloß zuschauen, wie die anderen sich die Finger schmutzig machten und selber dasitzen und Daumen drehen. Dabei klopfte er ihm so kräftig auf die Schultern, daß Kamal die Sterne vor den Augen tanzten. Kamal war nicht beleidigt, ganz im Gegenteil, er war hingerissen von seinem neuen Meister. Der Mann war genau das, was er sich immer gewünscht hatte. Sein Vater hatte auf jede Erniedrigung bloß demütig gelächelt; nicht einmal seinen Schnaps hatte er wie ein richtiger Mann getrunken, sondern wie ein Hund, der Abfälle vom Boden aufleckt. Sein ständiges Flennen, seine Unsicherheit und die tiefe Trauer in seinem Gesicht deprimierten jeden, der mit ihm zu tun hatte. Das hier aber war ein richtiger Mann!

Obwohl er von der Arbeit erschöpft war, ging er gleich zu Qadir und Akbar: Die beiden mußten morgen unbedingt in die Garage kommen, damit sein Meister sie kennenlernte. Auf dem Heimweg leistete er sich dank seinem

Tumanschein sogar ein Taxi – und schlief prompt während der Fahrt ein, so daß der Fahrer ihn am Ziel unsanft wekken mußte.

Bevor er am nächsten Morgen zur Schule ging, rief er seine Geschwister zu sich in den Keller. Er setzte die beiden in die Mitte des Raumes und hockte sich vor sie hin. Die beiden Kinder sahen ihn schweigend, mit großen Augen an. Er sagte, er gehe weg, er habe eine Arbeit und ein Zimmer gefunden. Sie müßten sich noch etwas gedulden; wenn er eine Wohnung oder sogar ein Haus fände, könnten sie zu ihm ziehen. Sie hätten in diesem Haus nichts verloren. Weder die alte Frau noch das Ehepaar hätten ihnen etwas zu befehlen. Verstanden? Sie hatten einfach Pech gehabt: Sie hatten keine Eltern und mußten vorläufig bei diesen Menschen bleiben. Aber solange sie Kamal hatten, brauchten sie nichts zu fürchten. Wenn er eines Tages reich sei, werde er mit ihnen ins Kino gehen, ihnen schöne Kleider kaufen und sie in einem prächtigen Haus unterbringen. Bis dahin mußten sie aber Geduld haben und dieses vermoderte Haus aushalten. Sie sollten sich nichts aus dem ständigen Gekeife der alten Frau machen und die Großzügigkeit des Herrn und seiner Frau annehmen. Mariam wandte ein, es seien doch gute Menschen. Sie war sicher, daß sie sie wirklich liebten. Kamal schüttelte heftig den Kopf. Nein! Sie liebten Mariam nicht, sie duldeten sie nur, weil sie selbst keine Kinder bekommen konnten. Wenn sie selbst Kinder gehabt hätten, hätten sie Mariam auf der Stelle aus dem Haus geworfen, sie hätten sie gar nicht erst bei sich aufgenommen. Jetzt konnten sie sich brüsten, daß sie nun endlich auch ein Kind hatten. Das sei aber keine echte Liebe. Hatten sie jemals anderen gegenüber erwähnt, daß Mariams Vater ein kranker, trunksüchtiger Maurer war? Nein! Mariam durfte niemals vergessen, daß sie am Tode ihres Vaters schuld waren! Warum hatten sie nicht gleich einen Arzt gerufen? Und warum war ihre Mutter an Tuberkulose gestorben? Hatte jemals ein Arzt ihre Mutter besucht? Eines Tages hatte der Vater die Mutter auf dem Rücken in ein Krankenhaus gebracht, und die Kinder hatten ihn begleitet. Sie war nur eine Woche lang dort geblieben. Seine Geschwister waren eben noch zu jung und wußten vieles nicht. Sie wußten zum Beispiel nicht, daß der Arzt damals gesagt hatte, sie sei vor Unterernährung krank geworden. Damals hatte Kamal noch nicht gewußt, was Unterernährung bedeutet. Wußten es seine Geschwister heute etwa? Nein. »Es bedeutet Hunger, nagender Hunger«, sagte Kamal zornig und schlug mit der Faust auf den Tisch. Karim sprang hoch. Er fürchtete sich vor seinem Bruder. Er konnte sich nicht einmal mehr an jene Mutter erinnern. Das Wort Hunger war ihm fremd, denn die alte Frau gab ihm immer genug zu essen. Er fragte, warum denn die alte Frau ihn bei sich behalte; sie müsse doch niemandem beweisen, daß sie Kinder haben könne. Sie hatte doch eigene Kinder und eine ganze Menge Enkel. Kamal war überrascht. Zunächst fiel ihm keine Antwort ein. Auf einmal erinnerte er sich an etwas, was ihm sein Geschichtslehrer beigebracht hatte: »Die alte Frau ist wie Hasan Sabbah, der am ersten Tag gesagt hatte, er brauche nur ein Rinderfell. Dann hatte er das Fell so lange geschlagen, bis es unendlich dünn war, und hatte dann einen feinen Faden daraus gesponnen. Schließlich hatte er diesen Faden um die ganze Festung Alamut gebunden und gesagt, dies sei sein Rinderfell. Die alte Frau ist dabei, mit Hilfe ihrer berechnenden Zuneigung einen unsichtbaren Faden um dich und um uns alle herum zu schlingen.«

Draußen wurde nach den Kindern gerufen. Es wurde langsam spät für die Schule. Kamal sagte, er würde abends zurückkehren, um seine Sachen zu holen. Sie dürften der alten Frau und dem Ehepaar nichts verraten. Später, wenn alles klappe, werde er zurückkommen und seine Geschwister aus diesem trostlosen Haus retten. Er fügte hinzu, dieses Haus sei verhext und die alte Frau eine Dämonin, die sie eines Tages aufessen werde. Karim zuckte leicht die Achseln. Er mochte die alte Frau. Sie gab ihm zu essen, und seine Taschen waren immer voller Zuckerbrot. Er bekam täglich zwei Rial Taschengeld, und wenn er die kleinen Kieselsteine herausklaubte, die im Kohlesieb hängenblieben, bekam er sogar fünf Rial. Nach dem Tod Mahmuds erledigte die alte Frau die anfallenden Reparaturen am Haus selbst. Sie dichtete das Dach mit einem Gemisch aus Stroh und Lehm oder besserte damit die Risse im Zementbecken aus. Sie ließ das Haus nicht einstürzen, und Karim half ihr dabei. Sie kamen gut miteinander aus. Wer immer sie besuchte, mußte sich zuerst ihre Lobreden auf Karim anhören. Sie sagte begeistert: »Seht ihr, jeder Mensch kommt mit einer besonderen Veranlagung auf die Welt. Dieser Junge braucht zwar vor seinem fünfzehnten Lebensjahr gar nicht zu beten, aber er tut es dennoch, schon seit er fünf Jahre alt ist. Gott erleuchtet auf diese Weise die Herzen seiner auserwählten Geschöpfe!« Der Junge war jeweils vor Freude ganz aufgeregt, und die alte Frau war stolz auf ihn. Er war ein Geschenk Gottes! In ihm lebte der Geist jenes unschuldigen kleinen Jungen weiter, der, an eine Mauer gelehnt, das Wort Hunger wiederholt hatte, bis er vor Hunger gestorben war. Jetzt war er zurückgekehrt, um Gerechtigkeit auf der Welt walten zu lassen. Wann immer die alte Frau ihn liebevoll ansah, spürte Karim, daß sein Körper zwar klein war, aber trotzdem groß. Er mußte eines Tages so groß werden wie die ganze Welt. Sie besuchten gemeinsam das Mausoleum von Schah Abdolazim, und wenn er als Klassenbester abschnitt, dann wollten sie nach Maschhad pilgern. Vielleicht nahm ihn Tuba sogar zu einer Audienz bei Geda Alischah mit, vielleicht wurde er selbst einmal zum berühmtesten Prediger in der ganzen Stadt. Tuba erzählte Karim, daß es einst einen großen Mann gegeben habe, der ein begnadeter Prediger gewesen sei. Khiabani habe er geheißen, Scheich Khiabani. Es werde behauptet, er sei ein Handlanger der Briten, der Russen oder von sonstwem gewesen, das sei aber reine Verleumdung. Die Menschen würden jeden Unsinn nachplappern. Khiabani sei ein großer Mann gewesen – eine Lichtgestalt! Es wäre schön, wenn Karim werde wie er oder wie Geda Alischah, wenn er das vorziehe.

Schließlich nahm Tuba ihn eines Tages zu Geda Alischah mit. Karim sah sich einem alten Mann gegenüber, der ihm so winzig klein vorkam wie ein Küken. Es war Ende Herbst, und der Mann saß ganz dicht neben einem Korssi. Um den Korssi herum saßen einige seiner Jünger. Eine Seite war freigelassen, damit die anderen Jünger entlang den Wänden einen Blick von Ehrwürden erhaschen konnten. Die Frauen saßen auf der einen, die Männer auf der anderen Seite. Tuba sagte: »Verehrter Herr, dies ist der Junge, von dem ich bereits erzählt habe.« Der Scheich sah den Jungen mit scharfem Blick an; ein flüchtiges Lächeln huschte über seine Lippen. Dennoch traute sich Karim kaum den Kopf zu heben und ihm ganz kurz in die Augen zu blicken. Die Augen des ehrwürdigen Mannes strahlten etwas Entrücktes aus, etwas Ungewohntes, und er fühlte sich unbehaglich. Später, als Erwachsener, kam es ihm vor, als ob die Strahlen mit ihm gesprochen hätten: Er ist zwar ein netter Junge, aber nicht das, was ich suche, hatten sie gesagt.

Sie hatten eindeutig nicht zueinander gefunden. Der Herr würdigte ihn keines Blickes mehr, während Karim zum Fenster hinaus schaute und sich überlegte, daß jener Khiabani bestimmt ein viel bedeutenderer Mann gewesen war. Der Blick des alten Mannes erinnerte ihn an den Blick Kamals, als er damals im Keller auf ihn und Mariam eingeredet hatte. Doch wie auch immer: Wenn die alte Frau von Geda Alischah schwärmte, hörte er höflich zu und traute sich nicht zu sagen, daß er diesen Herrn überhaupt nicht mochte. Daß er Kamal nicht mochte hingegen, das hatte er ihr gesagt, und auch, daß dieser das Haus anzünden wollte. Tuba lief es kalt den Rücken hinunter. Als sie dann erfuhr, daß Kamal ihr Haus für immer verließ, war sie beruhigt. Sie hätte am liebsten das Türschloß ausgetauscht, obwohl der Junge gar keinen Schlüssel besaß. Aber was, wenn ihm Esmaiil versehentlich einen gegeben hatte? Esmaiil wollte nicht begreifen, was das für Folgen haben konnte. Der Mann nahm die Alpträume der alten Frau nicht ernst. Sicher, auch er hatte Bedenken, aber deswegen brauchte er doch nicht das Türschloß auswechseln zu lassen. Auf Umwegen hatte er damals erfahren, daß Kamal seine Brille für einen Freund entwendet hatte. Anstatt Kamal zu fürchten, solle sie versuchen, ihn zu verstehen, sagte er zu ihr, er sei noch ein Kind und brauche Liebe; er sei voller Haß, und man müsse seinen Haß mildern, sie hingegen habe immer nur Angst.

Mariam wohnte bei Muness. Von ihr hatte sie gehört, Geda Alischahs Atem sei heilsam. Er atme mit dem Himmel, atme mit dem Himmel ein, atme mit dem Himmel aus. Wenn Ehrwürden – Gott behüte – eines Tages sterben würde, würde das Rad des Lebens aufhören, sich zu drehen. Doch er würde auch nach seinem Tod weiterleben, und seine Seele würde über der Welt schweben. Mariam fragte, was einatmen und ausatmen bedeute. Muness erklärte, die Welt sei ein lebendes, atmendes Ganzes. Beim Einatmen blähe sie sich auf, beim Ausatmen ziehe sie sich zusammen. Der Mystiker habe sich bereits einen Teil der verborgenen Wahrheiten angeeignet und gleiche seine

Atembewegungen denen der Welt an. Niemand sonst sei dazu in der Lage – außer Geda Alischah natürlich –, daher sei er eins mit der Welt. Egal, ob er alt sei oder jung, lebendig oder tot: Er war immer eins mit der Welt. Daher war der Mystiker niemals zornig oder gelassen, verliebt oder haßerfüllt. Er stehe auf einer viel höheren Stufe. Alles Irdische war ihm gleichgültig, aber nicht in dem Sinne, daß er sich von der Menschheit abwandte. Er ließ Wut, Aufruhr, Schmerzen, Leiden, Haß und Liebe der Menschen an den Felsen seines Seins abprallen. Jeder durfte sich, wie eine kleine Schale Wasser, in das Meer seines Seins ergießen; so würden die Menschen begreifen, daß sie eins mit dem Meer sind. Da Mariam ein kluges Mädchen sei, werde auch sie den mühevollen Weg der Reinheit und Demut gehen, die sieben Städte der Liebe durchwandern und wie die Vögel im Buche *Manteqottajr* zum Qaf-Gebirge gelangen und sich dort im ewigen Spiegel betrachten. Dort würde sie den Sinn der Einheit der Schöpfung verstehen und atme dann, wie Geda Alischah, im Einklang mit der Welt. Vielleicht werde Mariam einmal eine große Mystikerin – wie Rabee Adawijeh, die selbst großen Männern das Wasser reiche. Wenn sie sich aber von Äußerlichkeiten blenden lasse und sich mit der uneigentlichen Liebe begnüge, dann erwarte sie eine finstere Zukunft. Sie verfalle so dem vergänglichen Reiz des materiellen Lebens und viele Geheimnisse würden ihr für immer verborgen bleiben.

Das kleine Mädchen konnte den Sinn von Muness' Worten nicht verstehen, begriff aber, daß Muness ein Tor vor ihr geöffnet hatte. Nun stand sie am Tor, blickte in den dichten Nebel hinaus und traute sich nicht, einen Fuß vor das Tor zu setzen.

Muness' Gespräche mit Mariam bedrückten Esmaiil. Das Bewußtsein des Kindes war eine makellose Tafel, in die sich jede Inschrift, jedes Ornament tief eingeprägten. Sie mußten vorsichtig mit der Kleinen umgehen. Wenn Muness abwesend war, setzte er das Mädchen auf seinen Schoß, und sie plauderten miteinander. Er erzählte ihr die Geschichte eines kleinen Mädchens namens Alice. Diese Alice war eines Tages durch einen Spiegel gegangen und war auf der anderen Seite des Spiegels in ein Wunderland gelangt, das mit der irdischen Welt wenig gemeinsam hatte. Mariam hörte ihm staunend zu, und er erzählte ihr weiter, diese Alice sei, wie alle kleinen Mädchen, voller merkwürdiger Träume. Das Leben sei aber das, was man um sich herum sehe. Ein Blatt sei genauso wundersam wie Alices Wunderland auf der anderen Seite des Spiegels. Ein ganzes Leben reiche nicht aus, um alle Geheimnisse zu entdecken. Mariam müsse unbedingt studieren! Sie müsse Ärztin oder Ingenieurin werden, Menschen heilen oder Häuser für sie bauen. Sie müsse eine Erfinderin werden, Wissenschaftlerin. Die beste Medizin für sämtliche Leiden dieser Welt sei das Wissen. Mariam dürfe sich nicht vor der Wissenschaft fürchten. Selbst wenn sie sich nach dem Vorbild von Geda Alischah der Mystik hingeben wolle – wie Muness es sich wünschte –, müsse sie sich zuerst möglichst viel Wissen aneignen. Die Wissenschaft sei ein großes, ein wichtiges Werkzeug, dank dem Mariam alles Unbekannte auf der Welt erkennen könne. Bevor sie versuche, im gleichen Rhythmus mit der Welt zu atmen, solle sie lieber ein einziges, kleines Eschenblatt betrachten oder die Blätter des Granatapfelbaumes im Hof, der jeden Frühling von neuem grünte und blühte. Wußte Mariam, was für eine Farbe die Rinde des Granatapfelbaumes hatte? Braun, antwortete das Kind. Wenn sie genau hinsehe, könne sie auch gelbe und grüne Schattierungen erkennen und auch noch andere Farben, die zusammen zu Braun würden. Das alles könne Mariam dank der Wissenschaft erfahren. Die Wissenschaft kenne keine Heimat. Sie sei überall in der Welt zu Hause, und alle Menschen hätten an ihr teil. Der wissende Mensch sei frei. Mariam müsse Sprachen lernen. Mit jeder neuen Sprache komme sie der Wahrheit einen Schritt näher. In ihr würden zwei, drei Persönlichkeiten entstehen, und sie könne sich mit den anderen Menschen auf dieser Welt unterhalten. Esmaiil las Mariam Bücher vor und erzählte ihr wunderbare Geschichten. Einmal wöchentlich – wenn Muness ihren Pir besuchte – gingen sie zusammen ins Kino. Sie hatten sich schon viele Filme angesehen: *Die Tochter des Samurai, Zorro, der Held, Thunderbolt, Vom Winde verweht, Der Verdammte der Insel, Der König der Vagabunden, Der Glöckner von Notre-Dame, Duell in der Sonne, Das süße Leben*. Nach dem Kino gingen sie meistens zu Fuß nach Hause, und Esmaiil erzählte Mariam von den Produzenten, den Regisseuren und Schauspielern und von den Ländern, woher die einzelnen Filme stammten.

Esmaiil rasierte sich und musterte sich im Spiegel. Er hatte Falten und Tränensäcke unter den Augen. Sein Haar war schütter geworden. Er sagte zu sich selbst: »Esmaiil, du siehst aus wie ein Konservativer!« Er hatte sich verändert. Wegen des Mädchens kam er jetzt abends früher nach Hause. Das Kind verkörperte alle seine unerfüllten Wünsche. Mit ihrer Klugheit und ihrer schnellen Auffassungsgabe konnte tatsächlich eine Wissenschaftlerin aus ihr werden, vielleicht sogar eine Revolutionärin!

Wieder stand die alte Frau im Hof und düngte starrköpfig ihre Blumen und Sträucher und verschmutzte das Wasser im Becken. Die Hofmauer war schon wieder schief und rissig. Esmaiil dachte: Vielleicht hat Kamal doch recht. Diesem Haus kann nicht mehr geholfen werden. Es ist bis auf die Grundmauern morsch. Aber wie das Mariam erklären? Ihr einfach sagen: »Liebe Mariam, dieses Haus ist verfallen, aber man darf es nicht anzünden. Man muß es wiederaufbauen.« Aber wie? Die alte Frau hielt wie ein riesiger Krake das Haus mit ihren Fangarmen umklammert, und, schlimmer noch, sie ließ ihn und seine Familie nicht wegziehen. Kamal brauchte bloß energisch einen Spaten in die Hand zu nehmen – aber hier würden alle seine Bücher, Muness' Zärtlichkeiten und Mariams Erinnerungen unter dem Abbruchmaterial begraben werden. Er würde lange Erklärungen abgeben müssen und beweisen, daß unter den Ästen des Granatapfelbaumes Setare begraben lag. Jetzt bedurfte es keiner Worte dafür. Ob die anderen davon wußten oder nicht: Die Seele – oder der Körper – seiner Schwester ruhte unter der Erde und drehte sich mit der Welt um die Sonne. Für die Instandsetzung des Hauses mußte er sich ein behutsames Vorgehen einfallen lassen.

Die kleine Mariam übertrug unbewußt ihre Wärme auf ihn. Er wußte nicht, daß die alte Frau die Beziehung zwischen dem Mädchen und dem Adoptivvater mißtrauisch beobachtete: Er konnte mit seiner Frau keine Kinder bekommen. Jetzt zog er die Kleine groß, um sie eines Tages zu heiraten und mit ihr eigene Kinder zu zeugen. Ihre arme Tochter Muness war Gefangene des Dämons, der Esmaiil innewohnte. Zuerst hatte er sie unfruchtbar gemacht und vom Pfad der Tugend abgebracht. Jetzt trug er sich mit dem Gedanken, in wenigen Jahren eine neue Frau zu heiraten. Muness nährte heute eine Schlange an ihrem Busen, die morgen ihr Leben zerstören würde. Doch die Kleine war natürlich unschuldig, sie war noch nicht alt genug, um zu begreifen, was vor sich ging. Aber warum begriff sie eigentlich nichts? In früheren Zeiten wußten schon die neunjährigen Mädchen über alles Bescheid. Sie war bereits zwölf oder dreizehn – so ahnungslos konnte sie doch nicht sein? Sie war bestimmt in ihren Adoptivvater verliebt.

Tuba nahm von nun an das Mädchen immer öfter zu sich. Sie schärfte Mariam ein, daß eine brave Tochter ihren

Eltern zu gehorchen habe. Da ihre Eltern tot seien, sei sie jetzt Muness' und Esmaiils Tochter. Sei aber zugleich die Schwester Karims – Tubas Sohn – und Kamals. Mariam kam das alles sehr kompliziert vor. Tuba wollte mit allen Mitteln Distanz zwischen ihr und Esmaiil schaffen. Der Mann hatte kein Recht, ihr Haus, Tubas Haus, zu verlassen. Was würde sonst aus dem Haus? Andererseits mußte er aufpassen und es nicht zu weit treiben. Tuba versuchte, das Mädchen zum Beten anzuhalten. Die Kleine war ratlos. Muness betete zwar, hatte aber noch nie darauf bestanden, daß auch sie betete. Esmaiil betete nicht, und wann immer das Gespräch auf dieses Thema kam, hatte er dafür nur ein spöttisches Lächeln übrig. Die alte Frau ermahnte das Mädchen: Durch das Beten schaffe sich der Mensch einen unantastbaren Bereich, in dem er vor Gefahren gefeit sei. Dank dem Gebet sei er in der Lage, allen Versuchungen zu widerstehen. Mariam solle sich eines merken: Alle Männer, alle, wollten etwas Bestimmtes von den Frauen. Egal, ob von alten oder von jungen. Wenn ein Mädchen nur einen Piep von sich gebe, reiche das schon, daß sich ein Mann im Zimmer nebenan sofort angesprochen fühle. Männer seien von Natur aus hinter Frauen her. Die Frauen seien es, die sich vor den Männern in acht nehmen müßten. Viele Mädchen würden sich von romantischen Gefühlen leiten lassen und durch ihre Leichtgläubigkeit in große Schwierigkeiten geraten. Ja, Prostituierte seien nichts anderes als naive Mädchen, die sich von ihren romantischen Gefühlen hätten leiten lassen. Das Beten sei für Mariam gleichsam eine Ritterrüstung, mit der sie sich vor der teuflischen Versuchung schütze. Der Prophet Gottes hatte sogar gesagt, daß nicht einmal Geschwister im selben Zimmer schlafen dürfen. Mariam solle das Zimmer ihrer Eltern möglichst meiden und sich vor allem nie und nirgendwo allein mit ihrem Adoptivvater aufhalten. Das Kind wurde rot. Mit der Zeit legte es im Umgang mit Esmaiil eine gewisse Zurückhaltung an den Tag, während die alte Frau mit heimlicher Genugtuung die in Mariam vorgehende Veränderung beobachtete. Wie gut, daß Mariam ihren Bruder Karim zum Vorbild hatte. Der Junge war unbeirrbar. Das systematische Beten seit seinem fünften Lebensjahr hatte einen Heiligen aus ihm gemacht. Niemand würde ihn in die Irre führen können. Niemand. Denn er hatte seinen Glauben!

Tuba nahm Mariam ein paarmal zu Predigten mit. Was sie dort hörte, erfüllte sie mit Angst: Die Welt war voller Natterngezücht, das von bloßem Auge nicht erkennbar war. Auf seinem Lebensweg mußte der Wanderer achtsam voranschreiten und seine Füße vorsichtig zwischen die Schlangenbrut setzen, damit er nicht gebissen wurde. Unterwegs lauerten dem Wanderer alle möglichen Gefahren auf. Das Mädchen wußte nicht, bei wem Zuflucht suchen. Ihre Adoptivmutter Muness hielt nichts von solchen Geschichten. Auch sie sagte zwar, der Glaube mache den Menschen unverwundbar. Aber es sei unwichtig, wie der Mensch zu seinem Glauben gelange. In einer Kirche könne man genauso zu Gott finden wie in einer Moschee, in einer Synagoge oder in einem sonstigen Tempel. An all diesen Orten offenbare sich einem Gott. Mariam solle ihren inneren Glauben stärken und zugleich versuchen, auf eigenen Füßen zu stehen. Die Zeiten, in denen sie lediglich darauf zu warten brauche, daß ein Mann um ihre Hand anhalte, seien endgültig vorbei. Sie müsse lernen, studieren, an sich arbeiten. Es wäre schön, wenn sie Ärztin würde. Sie könne so ihrem Volk dienen, genug Geld verdienen, ein angenehmes Leben führen und einen gebildeten Mann heiraten. Wäre das nicht schön? Muness lächelte ihr liebevoll zu und erzählte ihr, daß sie damals, als sie mit Tuba das Elendsviertel besuchte, furchtbare Szenen der Armut gesehen habe. Mariam hatte Glück gehabt, daß sie von dem Elend erlöst worden war, aber sie mußte unbedingt etwas für alle jene tun, die vom Schicksal benachteiligt waren. Sie mußte unbedingt Ärztin werden!

Mansarossaltane hatte ein großes Picknick organisiert. Die Stadt war inzwischen so groß geworden, daß die gehetzten Menschen immer seltener Zeit fanden, sich zu sehen. Also war sie auf den Gedanken gekommen, etwas zu unternehmen, damit die Familie von Zeit zu Zeit zusammenkam. Einst hatte jeder gewußt, wohin er gehörte; jeder hatte seine Grenzen gekannt, und man war einander nie zu nahe getreten. Wenn sie jetzt zum Einkaufen ins Stadtzentrum ging, fragte sie sich verblüfft, ob dies wirklich dieselbe Stadt sei, in der sie aufgewachsen war. Sie erkannte kaum jemand mehr. Jeder sprach mit einem anderen Akzent oder in einem anderen Dialekt. Die gesamte Bevölkerung des Landes war offenbar in der Hauptstadt zusammengeströmt. Das Land hatte einen riesigen Wasserkopf, der nicht zum Rest des Körpers paßte. Der Kopf wackelte gefährlich auf dem schwächlichen Körper. Esmaiil hatte gesagt, dies sei die Krankheit aller Länder der Dritten Welt, doch Mansarossaltane zweifelte grundsätzlich alle Behauptungen Esmaiils an. Aber sie fand sich tatsächlich nicht mehr zurecht. Glücklicherweise gab es das Telefon, und sie konnte sich zumindest damit über die Familie auf dem laufenden halten. Das war ein schwacher Trost. Sie schlug also vor, daß man sich doch regelmäßig einmal im Monat in einem Hotel treffen könnte. Die Kosten würden selbstverständlich untereinander aufgeteilt. Was sich als gar nicht so einfach erwies. Die frommen alten Frauen weigerten sich, ihren Fuß in ein Hotel zu setzen, und die Hotelbesitzer wiederum verwehrten verschleierten Frauen den Zutritt. Ohne die alten Frauen konnte aber nicht die Rede sein von einem vollzähligen Familientreffen. Zudem besaß keiner ein Haus, das groß genug war für alle. Was war also naheliegender, als ein großes Picknick zu veranstalten. Jede Familie würde ihr Essen mitbringen. Mansarossaltane bezahlte die Miete für den Garten und kümmerte sich um die Organisation. Alle waren mit dem Vorschlag einverstanden. Da freitags die Zufahrtsstraßen zur Stadt verstopft waren, wollte man sich an Ort und Stelle treffen, denn die einen kamen aus dem Ostteil der Stadt, die anderen aus dem Westteil, die dritten von Norden und die vierten von Süden. Alle fieberten dem großen Tag entgegen.

Esmaiil hatte wenig Lust auf Familienpicknicks. Er fühlte sich noch immer fremd in der Familie seiner Frau. Sie behandelte ihn mit einer gewissen Herablassung. Man war höflich zu ihm, aber er zählte eben doch nicht zu ihnen. Als er und Muness die Kinder adoptierten, wurde die Distanz noch größer. Die Verwandten waren nicht bereit, Kinder zu küssen, in deren Adern fremdes Blut floß. Esmaiil wußte, daß die Kinder nie mehr in das Elendsviertel zurückkehren konnten; die Slumbewohner würden sie nicht mehr akzeptieren. Würde er nach Tabriz zurückkehren, würde sich bestimmt niemand mehr an ihn erinnern, und auch ihm käme alles fremd vor. Sein Schicksal wurde von der Zeit bestimmt und von der Wissenschaft, in die er seine ganze Hoffnung setzte. Die Wissenschaft verband ihn mit der ganzen Welt. Er brauchte keine Familie, die ihn ablehnte. Er ging seinen Weg, und die Welt war sein Zuhause. Er liebte Beethoven, der ebenso der ganzen Welt gehörte wie Mozart. Tolstoi war sein persönlicher Freund, und Hemingway wurde von seinen Freunden ins Persische übersetzt. Henri Massé brachte ihm Mansur Halladsch näher, Goethe, Hafez. Die weltumspannende Familie der Künstler empfing ihn immer mit offenen

Armen. Die Weltfamilie der Gelehrten hieß ihn jederzeit willkommen, und so war ihm das frostige Benehmen seiner Schwiegerfamilie gleichgültig. Er wußte, daß einige alte Frauen in der Familie ihn als unrein betrachteten, seine Teetassen feierlich mit Wasser reinigten, wenn er das Haus verließ. Aber auch das war ihm egal. Die Greisinnen standen an der Schwelle des Todes, genauso wie die alte Tuba in ihrem Haus. Er erinnerte sich an seine Kindheit und daran, wie groß sie ihm damals erschienen war. Wie er sie geachtet und gefürchtet hatte. Jetzt war sie eine bucklige verschrumpelte Alte, die mit einer Schaufel Dünger durch den Hof lief, den Dünger mit einer Zange anfaßte und unter die Blumensträucher streute. Die alte Frau hatte ihm seine ganze jugendliche Kraft geraubt. Aber was soll's, er hatte noch genug Kraft, um bis zu ihrem Tod durchzuhalten. Außerdem hatte er Mariam! Er liebte das Kind, als sei es sein eigenes, und er wußte, daß auch Muness und Tuba es als ihr eigenes Kind betrachteten. Das Kind entschädigte ihn für alles.

Unterwegs saß das Mädchen zwischen ihm und Muness. Die alte Frau und Karim saßen auf dem Rücksitz. Sie ließen sich vom gewaltigen Strom der Autos und Lastwagen treiben. Als sie ankamen, mußten sie zuerst lange nach einem Parkplatz suchen. Dann mußten sie zwei volle Töpfe, einige Decken und was sonst noch zu einem Picknick gehörte in den Garten tragen. Die sommerliche Hitze brachte sie ins Schwitzen. Am Gartentor angelangt, sagte Esmaiil, er wolle mit Mariam noch eine kurze Bergwanderung unternehmen. Es würde sonst Abend werden, bis die Gesellschaft auseinanderging. Es wäre schade, den schönen Tag nicht zu nutzen. Sie wollten nur ein Stündchen wandern und rechtzeitig zum Mittagessen zurück sein. Muness hatte nichts dagegen einzuwenden. Tuba war entrüstet. Sie waren doch hierher gekommen, um die Verwandten zu treffen, oder? Esmaiil müsse sich immer absondern; jedes Mal gebe er Anlaß zu Aufsehen. Warum konnte er sich nicht wie andere Männer benehmen? Esmaiil ließ sie reden.

Er machte sich mit Mariam zusammen auf den Weg. Er hatte vergessen, auch Karim aufzufordern, sie zu begleiten; jetzt ging der Junge mit düsterer Miene neben der alten Frau her. Da der Adoptivvater ihn offensichtlich nicht mochte, hielt er sich eben an die alte Frau. Er wußte, sie würde felsenfest zu ihm stehen.

Die beiden begannen bergan zu steigen. Die Sonne brannte auf ihre Köpfe. Der Mensch müsse stark und unerschütterlich sein wie ein Berg, eine Stütze für die Mitmenschen, sagte Esmaiil. Der Berg sei ein guter Lehrer. Bei der Geburt stehe der Mensch an seinem niedrigsten Punkt, und die Natur helfe ihm, an seinen höchsten Punkt zu gelangen. Eine Entwicklung, die dem Bergsteigen sehr ähnlich sei. Wer schlappmache, komme nicht ans Ziel. Wer aber die richtige Technik des Bergsteigens kenne, der schreite mit sicherem Schritt voran, um schließlich auf den Gipfel zu gelangen. Es gebe zwei Arten des Bergsteigens: Die eine werde im täglichen Leben praktiziert, die andere auf geistiger Ebene, in der Wissenschaft und in der Kunst. Der vernünftige Wanderer verknüpfe beides, um zu einer inneren Einheit zu gelangen.

Das Mädchen hörte ihm aufmerksam zu. Sie waren inzwischen so hoch oben, daß ihnen die Menschen unten im Tal winzig klein vorkamen. Sie sei jetzt noch klein, fuhr Esmaiil fort, daher kämen ihr die Erwachsenen groß vor. Es werde aber der Tag kommen, an dem ihr viele Menschen klein erschienen. Dann erkletterte er einen Felsen, blieb oben stehen und wartete auf sie. Mariam kam nicht weiter, weder vorwärts noch rückwärts. Neben ihrem Fuß fiel der Berg steil in die Tiefe. Sie spürte die spitzen, sonnenheißen Steine durch die Schuhe hindurch. Die sommerliche Dürre des Berges machte ihr angst. Wenn sie nur den Bruchteil einer Sekunde nicht aufpaßte, würde sie abstürzen. Sie blickte verzweifelt zu ihrem Vater hinauf. Esmaiil hatte sich auf einen Stein gesetzt und beobachtete sie. Er rief ihr zu, sie solle versuchen, aus eigener Kraft weiterzukommen. Sie werde in ihrem Leben immer wieder solche Situationen zu meistern haben, entweder sie schaffe es allein – oder sie lasse sich fallen. Mariam stand zum ersten Mal in ihrem Leben vor so einer Situation. Sie blickte wieder in die schwindelerregende Tiefe. »Nicht hinunterschauen«, riet ihr Esmaiil. Sie solle sich gut überlegen, wo den Fuß hinsetzen.

Sie blickte sich um. Ihr kamen die Tränen, was ihr auch nicht weiterhalf. Esmaiil streckte ihr die Hand nicht entgegen. Schließlich entdeckte sie einen Felsvorsprung. Sie krallte sich an den Felsen und setzte ihren Fuß auf, dann machte sie drei vorsichtige Schritte und sprang in Esmaiils Arme, der sie in Empfang nahm.

Endlich saßen sie beide oben und sahen auf die schöne Landschaft zu ihren Füßen hinunter. Der Felsen war nicht mehr so furchterregend. Esmaiil hielt Mariams Hand fest in der seinen und erzählte ihr liebevoll vom Gesetz des Berges. Das Mädchen war stolz, die Angst überwunden zu haben. Vater und Tochter fühlten sich einander näher als je zuvor. Esmaiil sprach von Muness und Tuba. Seine Stimme war wie das sanfte Murmeln eines Bergbachs. Muness sei eine leidgeprüfte Frau, Mariam müsse Nachsicht mit ihr haben. Dennoch, ihre Bewunderung für Geda Alischah sei wohl etwas übertrieben. Konnte ein Mensch tatsächlich so großmütig sein und so viele Wunder vollbringen? War man überhaupt auf seine Großmut und auf seine Wunder angewiesen? Der Mensch müsse sich sein Leben selbst aufbauen – wie vorhin, als Mariam den Felsen aus eigener Kraft überwunden habe. Nur so wachse der

Mensch. Tuba hingegen sei eine alte Frau. Auch sie sei einmal jung gewesen und habe Träume gehabt. Sie habe einst Gott suchen und berühren wollen, was natürlich ein Widerspruch sei, denn ein Gott, den man sehe, müsse, entgegen Tubas Überzeugung, dem Menschen ähnlich sein – ein riesengroßer Mensch im Himmel etwa. Viele Frauen, ja die meisten Frauen suchten in ihm nur eine Stütze. Entweder es gab Gott, und er war in Mariam, wie auch in jedem Stein und in jedem Felsen; oder es gab keinen Gott, dann sei die Frage ohnehin müßig. Das Mädchen fragte, ob er denn nicht an einen Gott glaube. Esmaiil zuckte die Achseln und sagte, er wisse nicht so genau. Mehr durfte er das Kind nicht beeinflussen. Mariam war erschüttert. Sie war noch nie auf den Gedanken gekommen, daß Gott nicht existieren könnte. Sie hatte sich oft überlegt, wie Gott wohl aussah. Manchmal hatte sie ihn als aufgetürmte Wolke mit sonnendurchschienenen Rändern gesehen, manchmal als ein Wesen aus Licht, wie Tuba IHN geschildert hatte. Tuba hatte ihr sogar erzählt, daß sie sich in ihrer Jugend danach gesehnt hätte, Gottes Braut zu werden. Also war Gott für sie ein Mann. Und einmal hatte Tuba im Traum den Propheten Mohammed und seinen Nachfolger Ali als Sterne am Himmel gesehen. Für Mariam war Gott ein Mann aus lauter Sternen. Aber konnte es tatsächlich sein, daß er überhaupt nicht existierte?

Das Mädchen trat den Rückweg in nachdenklicher Stimmung an. Wer sagte die Wahrheit? Tuba, die Gott suchte? Muness, die Geda Alischah als Verkörperung Gottes auf Erden betrachtete? Oder ihr Adoptivvater, der gestand, daß er nichts wußte, und der sich im übrigen keine Gedanken darüber machte? Mariam fragte Esmaiil, ob er jemals Dschinn gesehen habe. Tuba hatte natürlich Dschinn gesehen und sogar ihre Stimmen gehört. Esmaiil lachte. Wie auch immer, ein Mensch mit Halluzinationen war wahrscheinlich in der Lage, auch Dschinn und sogar Schlimmeres zu sehen. Er fragte: »Sind denn die alltäglichen Dingen so schrecklich, daß man sie unbedingt vergessen und sich statt dessen Dschinn vorstellen muß?« Das Mädchen wußte keine Antwort. Durfte es ihm gestehen, daß es sich wie ein zerbrechlicher Zweig fühlte, der sich unbedingt an einen mächtigen Stamm festhalten mußte? Hatte es sich jemals getraut zu sagen, daß es sich ihm oder Muness in die Arme werfen und sich dort verstecken möchte? Durfte es ihm gestehen, daß es nachts, wenn es sich vor der Dunkelheit fürchtete, am liebsten in ihr Zimmer laufen und zwischen ihnen Schutz suchen möchte? Wenn Tuba von Gott erzählte, hatte Mariam sich beruhigt gefühlt. Wenn sie sich fürchtete, brauchte sie bloß mit Gott zu reden. »O Gott, der DU mich siehst«, sagte sie zu ihm, und sie hatte keine Angst mehr. Aber wie hätte sie Esmaiil davon erzählen können? Während sie talwärts stiegen, dachte sie über Esmaiils Worte nach. Von oben waren ihr die Menschen klein erschienen. Wenn sie selbst groß werden könnte wie der Berg, wäre alles gut. Ihr Körper war dazu nicht in der Lage, dafür aber ihre Seele. Dann könnten weder Dschinn noch sonst jemand ihr etwas antun. Dann könnte sie vielleicht sogar ihre verstorbenen Eltern wieder ins Leben rufen, oder sie zumindest in der Welt des Jenseits zu reichen Menschen machen, damit sie nicht mehr am Elend zugrunde gingen. Um so groß zu werden wie ein Berg, mußte sie fleißig sein und sich möglichst viel Wissen aneignen. Wie Esmaiil gesagt hatte.

Als sie von ihrer Bergwanderung zurückkehrten, saßen die anderen bereits beim Essen. Überall waren Tücher ausgebreitet, und jede Familie hatte ihren mitgebrachten Eintopf in die Mitte gestellt. Es herrschte eine ausgelassene Stimmung. Sie wurden von allen Seiten freudig begrüßt, und Prinz Habibollah forderte sie lächelnd auf, sich zu ihnen zu setzen. Esmaiil lehnte höflich ab, Muness wäre gekränkt, wenn er ihr Essen verschmähte. Etwas weiter weg saß Amine Chanom inmitten der alten Frauen, auch Tuba war darunter. Sie trugen alle den Tschador, eine von ihnen fächerte sich Luft zu. Amine Chanom rief aus: »Schaut euch doch dieses hübsche Mädchen an!« Mariam lachte verlegen. Was Mariam später einmal werden möchte, fragte sie. Und das Mädchen antwortete: »Ärztin.« Die Frauen zogen bewundernd die Augenbrauen hoch. In der Nähe saß Mansarossaltanes Tochter mit ihrem Verlobten unter einem Baum, die beiden aßen allein zu Mittag. Prinz Hesamoddin erzählte den Jungen, wie einst sein Onkel Prinz Mohammad Hasan im Treibsand untergegangen war. Die Kinder von Prinz Mohammad Hasan waren alle in Europa. Man gedachte Aqdasolmoluks, die inzwischen eine echte Pariserin geworden war. Nur eine ihrer Töchter war nach Iran zurückgekehrt, um ihren Vetter zu heiraten. Sie hatte sich allerdings entschuldigen lassen. Sie war sehr europäisch, und die Verwandten mieden sie möglichst.

Mariam setzte sich vor ihr Tuch. Während sie aß, beobachtete sie die Menschen um sich herum und spürte plötzlich, wie fremd sie sich im Grunde fühlte. Solange sie ein Kind gewesen war, war ihr das nicht bewußt gewesen, doch nun war sie durch die Erfahrung auf dem Berg mit einem Mal erwachsen geworden. Vor ihr tauchte das Bild ihres Bruders Kamal auf, den sie seit Jahren nicht mehr gesehen hatte. Sie dachte, daß ihr Bruder sich wohl ähnlich gefühlt haben mußte. Auch er war mit diesen Menschen nicht zurechtgekommen. Mariam sah zu Muness hinüber. Die Frau lächelte ihr zu. Das Mädchen wußte, daß sie ein gütiger Mensch war, gewiß, daß Muness ängstlich und schüchtern war. Sie lief immer geknickt herum, als hätte sie eine große Sünde begangen. Wenn sie eines Tages Ärztin war, würde sie Muness nicht mehr erlauben, arbeiten zu gehen. Sie würde sich ihrer annehmen, für ihren Lebensunterhalt aufkommen, damit sie sich von der jahrelangen Plackerei ausruhen konnte. Mariam betrachtete durch die sich sanft im Winde wiegenden Baumzweige Tuba inmitten der gestikulierenden, schwatzenden Frauen. Ob sie uns wohl mag? fragte sie sich. Die alte Frau geizte mit Zärtlichkeiten, dafür gab sie ihnen um so mehr Ratschläge. Sie war wie die Leute, denen sie auf der Straße begegnete: Wenn sie neben dem Gehsteig ging, warnte sie unweigerlich ein Wildfremder: »Mädchen, paß auf, daß du nicht überfahren wirst!« Tuba war genauso. Sie lebte ihr eigenes Leben, kommandierte aber ständig die andern herum: »Rennt nicht dauernd im Hof herum; ihr sollt nicht immer naschen; ihr sollt am Nachmittag schlafen; ihr sollt beten; zieh nicht ein so kurzes Kleid an; schau weg, wenn dich ein junger Mann anschaut; brav, lern weiter so fleißig!« Tuba redete und redete, ohne ihr Gegenüber auch nur anzublicken.

Mariam sah zu Esmaiil hinüber; sie war sicher, daß er sie liebte! Aber warum liebte er sie überhaupt? Sie war doch gar nicht seine richtige Tochter! Es mußte doch einen Grund dafür geben. Es war ihr aufgefallen, daß Esmaiil Tuba und Muness nichts von dem erzählte, worüber sie sich unterhielten, wenn sie allein mit ihm war. Auch Karim nicht. Sie hatte zudem festgestellt, daß Esmaiil ihrem Bruder nicht sonderliche Beachtung schenkte. Wenn er ihm ab und zu etwas Zuneigung zeigte, dann nur ihretwegen. Aber warum liebte er dann sie? Kamal hatte ihr gesagt: »Dieser krawattentragende Herr spuckt vornehme Töne und bildet sich ein zu wissen, was für andere gut ist.« Trotzdem hatte Mariam diesem krawattentragenden Herrn zuliebe beschlossen, Ärztin zu werden.

Das Mädchen entfernte sich langsam. Es war jetzt nicht mehr unter den im Garten versammelten Menschen, sondern betrachtete sie von außen. Es sagte sich: Ich bin die Tochter des Maurers Mahmud! Das war die Wahrheit. Mariam mochte noch so viele schöne Sachen anziehen, lauter gute Sachen essen und studieren: Sie blieb letztlich Mahmuds Tochter! Auf einmal vermißte sie Kamal. Wo war ihr Bruder jetzt? Nachdem er ausgezogen war, hatte er sie eine Zeitlang einmal die Woche besucht. Ein paarmal hatte er vor der Schule auf sie oder Karim gewartet, um ihnen guten Tag zu sagen und sich zu erkundigen, wie es ihnen gehe. Er sagte, er habe keine Lust, die übrigen Hausbewohner zu sehen. Mariam wunderte sich darüber. Je mehr sich Mariam von den Menschen entfernte, desto mehr näherte sie sich der Erinnerung an ihren Bruder.

Von dem Tag auf dem Berg an ging in Mariams Leben eine Veränderung vor sich. Sie ging zwar immer noch mit ihrem Adoptivvater einmal wöchentlich ins Kino, manchmal begleitete sie Karim. Muness sagte, sie habe zuviel zu tun und möge nicht mitgehen. Eines Tages jedoch weigerte sich Karim, mit ins Kino zu gehen. Er wolle nicht in die Hölle kommen, erklärte er seiner Schwester. Die Bilder seien unanständig, man dürfe nicht einmal einen Blick auf die Kinoplakate werfen, denn das sei Sünde. Mariam hingegen sah fürs Leben gern Filme. Mit der Zeit identifizierte sie sich mit den Leinwandhelden; sie träumte sogar von ihnen. Sie sah sich vor einer mexikanischen Hütte sitzen und auf einen großgewachsenen dunkelhaarigen Mann warten, der einen riesigen Strohhut trug. Der Mann verteidigte das Dorf vor den Banditen, und die Dorfbewohner anerkannten ihn als Führer.

Manchmal war sie auch eine blondgelockte Frau, die irgendwo in Amerika in einer schönen Villa wohnte. Sie trug Röcke aus raschelndem Stoff. Sie zog sich Muness' Tschador über den Kopf, band sich eine Schnur um die Taille, ließ dann den Tschador von ihrem Kopf gleiten. So kam sie zu ihrem gebauschten Rock und schlüpfte in die Rolle der schönen Amerikanerin. Die Männer verbeugten sich vor ihr, und sie ließ sich huldvoll die Hand küssen.

Ein andermal spazierte sie in einem großen Garten und trug einen duftigen Schleierhut, um sich vor der Sonne zu schützen. Sie hatte den Film *Wenn die Kraniche ziehen* gesehen und lief nun häufig in Begleitung einer imaginären Person durch die menschenleeren Straßen im Norden der Stadt und ließ sich vom Kehrfahrzeug naßspritzen. Dann fing der Krieg an. Hungernd suchte sie Zuflucht in einem Schutzraum und sorgte sich um ihren Verlobten an der Front.

Manchmal trug sie auch Lederhose und Cowboyhut und einen Colt am Gürtel und folgte in der Prärie unauffällig einer Räuberbande, die eine Bank überfallen wollte. Plötzlich zog sie ihre Waffe und – päng, päng, päng – schoß dreizehn Gegner über den Haufen. Im nächsten Augenblick sah sie sich als schöne junge Frau, die mit gerafftem Rock und einem Kind in den Armen durch den Kugelhagel rennt und sich in einen Stall flüchtet.

Eine Woche lang war sie eine zierliche Inderin, die hinter den Baumwollsträuchern auftauchte. Sie legte den Kopf auf die eine, dann auf die andere Schulter, berührte mit dem Zeigefinger die rechte Wange und stimmte ein Lied an. Ihr schwarzes Haar flatterte im Wind, während sie sich schlangenhaft in den Hüften wiegte. Auf einmal tauchten ein Dutzend Männer aus dem Busch auf und antworteten auf ihren Gesang, wobei auch sie den Kopf wiegten. Die Frau lief tanzend durch das Feld und die tanzenden Männer hinter ihr her.

Sie war eine Hirtentochter, die vom Sohn des Großgrundbesitzers geschwängert worden war, und nun irrte sie einsam mit ihrem Kind durch die Straßen der Großstadt. Manchmal war sie ein geflügelter Held, der bloß auf seine

Gürtelschnalle zu drücken brauchte, um sich durch die Luft hangeln zu können. Manchmal war sie eine Nonne, die in Schwarzafrika Eingeborene pflegte. Die Eingeborenen tanzten wild vor dem Urwaldspital herum, während sie verstohlen den jungen Arzt beobachtete, in den sie verliebt war, was sie aber nicht zeigen durfte, weil sie ja eine Nonne war. Sie war eine tschechische Partisanin, trug ihr blondes Haar zu einem strengen Knoten festgesteckt; sie klomm mühsam über einen Gebirgspfad, um, fern von den Augen der deutschen Besatzer, dem Führer ihrer Widerstandszelle eine wichtige Nachricht zu überbringen. Sie wurde angeschossen, aber bevor sie starb, gelang es ihr, die Botschaft einem Hirtenjungen weiterzugeben, der sie dem Partisanenführer noch rechtzeitig übermitteln konnte. Der Junge ließ sie allein im Gebüsch zurück, und Mariam schluchzte über ihr Elend.

Sie war sicher, daß sie unbedingt auch im wahren Leben eine große Tat vollbringen mußte: Räubern entkommen zum Beispiel, jemandem eine wichtige Nachricht überbringen, in den Tiefen des Ozeans forschen, durch die Luft fliegen, zwischen Baumwollsträuchern tanzen, an einer Nordpolexpedition teilnehmen …

Auf dem Weg zur Schule fühlte sie sich von allem angewidert. Warum wußten alle diese Menschen nicht, daß etwas Wichtiges geschehen mußte? Sie standen ewig vor den Bäckereien Schlange, kauften bei schmuddeligen Gemischtwarenhändlern Joghurt, aßen Hammeleintopf, zeugten Kinder, beschwerten sich über Geldmangel und verstanden einfach nicht, daß große Taten verlangt wurden. Mariam war sie alle leid.

Die große Tat prangte eines Tages als Schlagzeile auf den Titelseiten der Zeitungen. Esmaiil sagte: »Schau mal, was sich in Algerien tut!« Algerien kämpfte geschlossen für seine Befreiung. Heldenhafte junge Frauen versteckten

Handgranaten unter ihren Kleidern und mischten sich unter die Franzosen. Männerkörper wurden unter der Folter verstümmelt. Das Bild von Dschamila Bouhired erschien in allen Zeitungen und Zeitschriften. Mariam schnitt das Bild aus und klebte es an die Wand. Jetzt war ihr klar, worin die große Tat bestand! Die Frau mit dem raschelnden Rock und dem gelockten Haar trat in den Hintergrund. Die Inderin ließ nur noch einmal ihr Haar im Wind flattern, verschwand dann sanft hinter den Baumwollsträuchern. Der Revolverheld aus dem Wilden Westen nahm seinen Hut und verschmolz mit der Gestalt von Dschamila Bouhired. Dschamila Bouhired trat aus dem Schatten hervor und blickte Mariam tief in die Augen.

Als Kamal zurückkehrte, war sie schon fünfzehn Jahre alt. Er war jetzt ein erwachsener Mann, höflich und selbstsicher. Sie öffnete ihm selbst die Tür. Sie erkannte den Fremden an seinen fröhlichen Augen. Das Mädchen rief verwundert aus: »Kamal!« Er lächelte, trat ein und umarmte seine Schwester. Dann fragte er, wo Karim sei. Karim kam eben die Treppen herunter und sah seinen Bruder unsicher an. Kamal fragte, wo die alte Frau sei. Die kam gerade mit einer Gießkanne in der Hand aus dem Abort. Sie konnte sich noch nicht entschließen, die Gießkanne mit Leitungswasser zu füllen. Sie mußte sie unbedingt mit dem Wasser aus dem Becken füllen, denn Tuba war überzeugt, daß die vorschriftsmäßige Reinigung nur mit Wasser aus dem Becken erfolgen durfte. Die alte Frau erkannte ihn nicht. Als sie erfuhr, wer er war, stellte sie die Gießkanne ab, setzte sich ans Wasserbecken und starrte den gepflegten jungen Mann an, der nicht die geringste Ähnlichkeit mit dem aufbrausenden Jungen von einst hatte. Auf ihre Frage, was er während der ganzen Jahre getrieben habe, antwortete der junge Mann, er sei durch das Land gezogen, um sich seinen Lebensunterhalt zu verdienen. Jetzt gehe er auf die

Universität und könne folglich nicht mehr reisen. Er sah sich um und fragte, ob Tuba nicht auch der Ansicht sei, daß das Haus in einem verwahrlosten Zustand war. Ob sie es nicht gründlich renovieren wolle? Die alte Frau zuckte die Achseln und meinte, sie sei schon alt, und am Tage ihres Todes würde auch das Haus sterben. Dann könne man sie hier, im Haus, begraben.

Der junge Mann lächelte. Er pflichtete ihr in seinem Innersten bei. Dann fragte er, ob er eine Zeitlang im Untergeschoß wohnen dürfe, bis er ein Zimmer fand. Er bezahle selbstverständlich Miete dafür. Nur unter der Bedingung, daß er niemanden ins Haus bringe, sagte die alte Frau. Sie sei schon alt und habe keine Lust, immer ihren Tschador tragen zu müssen. Der junge Mann versprach, niemanden ins Haus zu bringen, außer vielleicht einige seiner Studienfreunde. Esmaiil und Muness waren ebenfalls einverstanden. Kamals Rückkehr war ein Ereignis. Sie fragten ihn, wo er inzwischen gewesen sei, was er gemacht habe, wo er herumgekommen sei und warum er sich nie habe blicken lassen. Er hatte eine ganze Reihe von Antworten parat: Eine Zeitlang habe er zusammen mit seinen Freunden in einem gemieteten Zimmer gewohnt, dann sei er auf Reisen gegangen, als Beifahrer in einem Fernlastwagen, und sei so durch viele Städte gekommen. Im Sommer wolle er wieder Lastwagen fahren, um sein Studium zu finanzieren. Muness war begeistert. Sie schlug Esmaiil vor, von Kamal und seinen Geschwistern ein Foto zu machen. Der junge Mann lehnte ab. Er möge es nicht, geknipst zu werden, würde aber eines Tages selbst eine Kamera mitbringen und ein Foto von allen zusammen machen. Auf Esmaiils Frage antwortete er, er habe vor, Maschinenbau zu studieren. Esmaiil meinte dazu, Mariam wolle Ärztin werden und Kamal also Ingenieur. Der junge Mann freute sich über die Zukunftspläne seiner Schwester.

Dann trug er sein bescheidenes Gepäck ins Untergeschoß. In den kommenden Wochen ließ er sich nur selten blicken und benahm sich überhaupt geheimnisvoll.

Dennoch nahm er ab und zu seine Geschwister zu einem Spaziergang mit. Unterwegs redete er auf sie ein: Man müsse die ganze Stadt in Brand stecken und in Asche legen. Diese Stadt sei krank und stecke die Menschen an. Die Krankheit sei unheilbar, man könne sie nur durch totale Vernichtung ausrotten. Mariam hatte keine deutliche Vorstellung von der Stadt. Die Stadt, das war ihr Haus, die Schule und die Menschen um sie herum: Muness, Esmaiil, Tuba, ihre Mitschülerinnen. Dennoch glaubte sie zu verstehen, was Kamal meinte. Seit sie Dschamila Bouhired kannte, war ihr vieles klar geworden. Kamal sagte, Mariam und Karim seien noch Kinder und könnten nicht alles verstehen. Wenn niemand die Stadt anzünde, dann werde sie bald von selbst in Flammen aufgehen. Ein vernünftiger Mensch ergreife also lieber selbst die Initiative und lege das erste Feuer. Karim schenkte den Reden seines Bruders keine besondere Beachtung; er konnte nicht begreifen, warum ausgerechnet ihre Stadt angezündet werden müsse. Wo sollte er wohnen, wenn sie niedergebrannt war? Also konzentrierte sich Kamal je länger, je mehr auf Mariam. Sie schien besonders empfänglich zu sein. Sie hörte aufmerksam zu und nahm alles unvoreingenommen auf, was man ihr erzählte. Kamal sagte, die alte Frau sei reaktionär. Was reaktionär bedeute, wollte das Mädchen wissen. Kamal erklärte, das bedeute verknöchert, selbstzufrieden. Es war doch offensichtlich, daß sie sich ständig gegen alles Neue sträubte: »Seht ihr denn nicht, daß die Wände verfallen und demnächst einstürzen? Die Erde im Garten ist ausgelaugt, so daß keine Pflanze mehr richtig gedeiht. Das Bekken hat Risse, aber sie läßt es nicht zu, daß etwas geändert wird, weil sie fürchtet, dadurch ihr Haus zu verlieren.

Durch ihre Angst macht sie den anderen das Leben zur Hölle. Die alte Frau ist schlicht eine gefährliche Person«, beharrte Kamal. Mariam hingegen fühlte sich keineswegs bedroht.

Seltsamerweise fand Tuba mit der Zeit Gefallen an Kamal. Der junge Mann erledigte hie und da Arbeiten für sie – wie damals, als Esmaiil kleine Besorgungen für sie gemacht hatte. Die Frau war müde und brauchte jemanden, der ihr unter die Arme griff. Der junge Mann war ihr gegenüber immer ruhig, höflich und hilfsbereit. Die alte Frau hatte Angst, die Taxifahrer könnten sie wegen ihres Portemonnaies entführen. Also begleitete Kamal sie im Taxi, holte sie später wieder ab und brachte sie nach Hause zurück. Hinter ihrem Rücken aber schimpfte er über sie. Zu Mariam sagte er, er sei wie ein Chirurg, der Tumore operiere und den Eiter aus kranken Körpern heraussauge. Er betrachtete Tuba als ein Geschwür, das herausoperiert werden müsse, damit das Haus wieder atmen könne. Das bedeutete, daß sie das Haus abreißen und an dessen Stelle ein neues bauen mußten, in dem es nicht mehr vor Kakerlaken, Asseln und Ameisen wimmelte und das auch nicht mehr so viele leere Wasserspeicher und überflüssige Kellerräume aufwies. Ein Haus, in dem es sich angenehm leben ließ. Tuba war die Ursache aller Unannehmlichkeiten. Und Muness war eine unnütze Person, eine herzensgute Frau zwar, aber zu nichts Vernünftigem zu gebrauchen. Sie mußte umerzogen und aus dieser wirren Derwischhaltung befreit werden. Über Esmaiil wollte er sich nicht äußern. Wann immer das Gespräch auf ihn kam, zuckte er die Achseln und wechselte das Thema. Wenn Mariam hartnäckig darauf bestand, seine Meinung über Esmaiil zu erfahren, dann sagte er einfach: »Er sieht aus wie ein Konservativer. Man weiß nicht, was tief in seinem Herzen vor sich geht. Man kann ihm nicht trauen. Er drischt große Phrasen, vollbringt aber nur kleine Taten und ist daher eine lächerliche, bemitleidenswerte Kreatur.«

Die zwei Geschwister lernten mit der Zeit, alles aus der Perspektive ihres Bruders zu betrachten, und entfremdeten sich den Menschen, mit denen sie ihre Kindheit verbracht hatten. Früher hatte das Mädchen ein herzliches Verhältnis zu Tuba, zu Esmaiil und Muness gehabt. Jetzt distanzierte es sich langsam von ihnen. Karim wirkte zunehmend bedrückt. Zumeist war er still und in sich gekehrt, und es war nicht klar, woran er dachte und ob er überhaupt eine eigene Meinung hatte. Er war noch zu klein, als daß Kamal sich ernsthafte Gedanken über ihn gemacht hätte. Die Schwester hingegen war begeisterungsfähig. Sie war klug und gewissenhaft und glich ihrem Bruder. Sie waren sich nicht immer in allem einig, aber sie verstanden sich gut. Mariam war entschieden dagegen, das Haus oder die ganze Stadt anzuzünden. So bringe man die Welt nicht ins Gleichgewicht. Die große Tat müsse auf andere Weise vollbracht werden. Sie mußten Franzosen bekämpfen. Aber hierzulande gab es ja keine Franzosen. Dafür gebe es aber Amerikaner, meinte Kamal. Was Mariam offenbar nicht verstand, war, daß sich die Probleme von Land zu Land unterschieden. Bei ihnen lagen die Dinge ganz anders als in Algerien. In Kuba zum Beispiel kämpfte das Volk gegen die Amerikaner. In Iran kämpfte man auch gegen die Amerikaner. Frankreich und Großbritannien waren nicht mehr so gefährlich wie einst. Sie waren inzwischen alt geworden und keiften nur noch in der Welt herum, wie die greise Tuba in ihrem Haus.

Zu ihrem siebzehnten Geburtstag schenkte er ihr ein Buch. In dem Buch standen die meisten Dinge, die er ihr beizubringen versuchte, nur in einer gewählteren Sprache. Das Mädchen brauchte lange, um das Buch fertigzulesen. Es war eine anstrengende, langweilige Lektüre: lauter Statistiken, Zahlen, biographische Daten und Ausführungen über die Methode des richtigen Denkens. Mariam verstand nur wenig. Es war kompliziert geschrieben, und sie brauchte jemanden, der ihr die Bedeutung der einzelnen Begriffe darlegte. Also wandte sie sich vertrauensvoll an ihren Bruder. Was er ihr alles erzählte, waren bestimmt nicht nur Hirngespinste, sondern er hatte all das von bedeutenden Persönlichkeiten gelernt. Von großen Männern, die in Mariams Augen immer mehr an Größe gewannen. Das Mädchen lebte jetzt in zwei verschiedenen Welten. Da war zum einen die reale, greifbare Welt, zum anderen eine subjektive Gedankenwelt, die sich aus den Büchern und Kamals Worten formte.

Erinnerte sich Mariam an ihre leibliche Mutter und daran, wie elend sie gestorben war? An die Mutter konnte sich das Mädchen nicht erinnern, dafür aber an den Vater mit den ewig geschwollenen Beinen. Hatte Mariam jemals daran gedacht, daß der frühe Tod ihrer Eltern hätte verhindert werden können, wenn sie nicht so arm gewesen wären? Und wer war für ihren Tod verantwortlich? Wer? Scheinheilige Menschen wie Tuba, die nett und freundlich taten und ärmeren Menschen sogar ein Obdach anboten, wo sie sterben konnten. Das Mädchen fragte, was denn mit Esmaiil und Muness sei, die sie und ihren Bruder mit offenen Armen in ihrem Haus aufgenommen hatten. Kamal lächelte bitter. Sie würden ihnen all die Wohltaten nur in Erwartung von Gegenleistungen erweisen. Half sie etwa nicht bei den im Haus anfallenden Arbeiten? Oder Karim? Oder er selbst, dem die alte Frau ständig etwas befahl?

Einmal fragte er Mariam, ob sie wisse, daß ihr Vater ihren kleinen Bruder umgebracht habe. Mariam lief es kalt den Rücken hinunter. Kamal konnte sich noch gut an den heftigen Streit zwischen seinen Eltern erinnern. Der Vater war damals arbeitslos. Er suchte ständig nach einem Vorwand, um sich mit seiner Frau anzulegen. Mariam wurde damals noch gestillt, und Kamal war noch klein. Sie hatten einen zweijährigen Bruder. Kamal erinnerte sich, daß der Vater nach einer heftigen Auseinandersetzung auf Mariam zugegangen war und gedroht hatte, er werde sie auf den Boden schmettern, dann hatte er sich auf das Kind gestürzt. Die verängstigte Mutter hatte es schnell in die Arme genommen und war auf die Haustür zugelaufen. Worauf der Vater in einem Blutrausch den zweijährigen Karim gepackt, hochgehoben und gegen die Wand geschleudert hatte. Das Kind war an der Wand aufgeprallt, dann kopfvoran auf den Fußboden gefallen. Kamal erinnerte sich, daß er hinter dem Vorhang versteckt den Vorfall beobachtet hatte. Er hatte zitternd darauf gewartet, daß der Vater auch ihn packen und an die Wand schleudern würde. Dann hatte er gesehen, wie die Mutter mit der kleinen Tochter im Arm zu Karim hingeeilt war, sich neben ihn setzte und versuchte, ihn ebenfalls in die Arme zu nehmen. Dann hatte sie sich plötzlich auf den Kopf geschlagen, und noch einmal, und noch einmal … Der Vater war auf einmal ganz nüchtern; er hatte Karim aufgelesen und war mit ihm aus dem Zimmer gelaufen. Die Mutter war mit Mariam auf dem Arm verzweifelt im Zimmer auf und ab gelaufen und hatte sich immer wieder auf den Kopf geschlagen. Mutter und Kinder hatten sich in einer Ecke verkrochen. Am nächsten Morgen schließlich war der Vater mit dem toten Karim im Arm nach Hause zurückgekehrt. Er hatte sich hingesetzt und nur vor sich hingestarrt.

Mariam verbarg das Gesicht in den Händen. Kamal erzählte weiter. Später, als die Mutter wieder ein Kind zur Welt gebracht hatte, hatten sie es Karim genannt. Nach diesem Vorfall hatte der Vater zu trinken begonnen.

Kamal sagte, Schuld an allem sei die Armut. Armut erzeuge Schmutz und Elend und Erniedrigung. Der Teufel sei ein Produkt der Hilflosigkeit der Menschen. Er, Kamal, wolle sich nicht wegen eines Stücks Brot vor einem beliebigen Menschen verbeugen und dann vor lauter Demütigung zu Hause Frau und Kinder mißhandeln. Er wolle die Welt verändern! Zunächst aber mußte er die Tür aus den Angeln heben, er mußte die Armut mit dem Brennholz der Armut verbrennen. In Mariam erwachte der Wunsch, ihrem Bruder zu helfen!

Als sie achtzehn Jahre alt wurde, hatte sie beinahe keine innere Beziehung mehr zu der Familie. Sie lebte bei ihr, ohne sich mit ihr verbunden zu fühlen. Sie wußte selbst nicht, warum sie ihre innere Veränderung vor Tuba und Muness verbarg. Esmaiil allerdings war diese Veränderung nicht verborgen geblieben. Sein scharfer Blick war bis in die Tiefen ihres Herzens gedrungen. Das, was Esmaiil manchmal sagte, erinnerte Mariam an das, was Kamal sagte. Ein Grund mehr für das Mädchen, ihrem Bruder Glauben zu schenken.

Es geschah noch in ihrem achtzehnten Lebensjahr. Sie hatte die Aufnahmeprüfung für die Universität bestanden. Sie ging mit Kamal zu einem Zeitungskiosk, kaufte eine Zeitung und fand unter den erfolgreichen Kandidaten ihren Namen. Kamal sagte, er habe eine Überraschung für sie. Gemeinsam gingen sie zu einer kleinen Wohnung irgendwo im Süden Teherans. Kamal befahl ihr, während des Gesprächs den Kopf gesenkt zu halten und ja niemandem ins Gesicht zu sehen. Mariam wartete eine Viertelstunde lang allein im Zimmer, dann kamen drei Personen herein und sagten, sie könne jetzt den Kopf heben. Sie schaute auf. Die drei Männer waren maskiert. Sie fragten, ob sie für sich und für ihr Volk etwas tun wolle. Das Mädchen antwortete, gewiß, von ganzem Herzen. Sie sagten, von nun an sei Abdollah ihr Verbindungsmann zu der Gruppe. Abdollah nahm seine Maske ab, und das Gesicht, das darunter zum Vorschein kam, kam ihr bekannt vor. Sie suchte in ihrem Gedächtnis, ja, es war Akbar, der Freund ihres Bruders aus ihrer Kinderzeit. Sie durfte sich aber nicht anmerken lassen, daß sie ihn erkannt hatte, mit der Zeit jedoch verliebte sie sich in ihn. Sie trafen sich einmal wöchentlich und führten ernste Gespräche miteinander. Er vertraute ihr Geheimnisse an und erteilte ihr einen Auftrag. Er brachte ihr Bücher, und sie diskutierten darüber, weil Abdollah feststellen wollte, ob sie verstand, worum es in diesen Büchern ging. Abdollah war zweifellos der wertvollste Mensch, den sie in ihrem Leben getroffen hatte. Auf seinen Rat hin nahm sie ihr Studium um so ernster. Sie mußte eine gute Ärztin werden, sich möglichst viel Wissen aneignen, um große Taten zu vollbringen.

Auf einmal schien Mariam über die geistigen Grenzen des Mikrokosmos des Hauses hinausgewachsen zu sein. Muness spürte die Veränderung nicht. Sie war mit ihren eigenen Gedanken beschäftigt. Esmaiil und Tuba ahnten, daß sie das Mädchen für immer verloren hatten. War dieses ernste Wesen mit dem finsteren Gesichtsausdruck, das immer nur mit Büchern beschäftigt war, tatsächlich dasselbe fröhliche Mädchen von einst? Abdollah hatte Mariam vor Esmaiil gewarnt. Esmaiil sei unzuverlässig. Menschen in seinem Alter seien aufgrund vergangener Erfahrungen verdorben. Sie seien allesamt verdächtig. Was dazu führte, daß Mariam eine Schranke zwischen sich und ihrem Adoptivvater aufbaute. Die Familie schien ihr gleichgültig geworden zu sein, was besonders Esmaiil schmerzte. Was konnte nur mit ihr geschehen sein?

Kamal wollte in ein paar Tagen wieder ausziehen. Zu seiner Schwester sagte er, sie würden sich nicht mehr sehen können, und zwar, bis das Pulverfaß mit einem Funken zum Explodieren gebracht werde. Als Kamal sich von Tuba verabschiedete, um angeblich nach Bandar Abbas zu fahren, sagte er nebenbei zu ihr: »Streichhölzer sind ein Segen. Mit ihnen läßt sich alles anzünden.« Die schwermütige alte Frau merkte sich seine Worte.

Als Kamal weg war, sagte Abdollah eines Tages zu Mariam, sie müßten das Nötige vorkehren, um Mann und Frau zu werden. Es war ein Befehl! Mariam mußte das Haus verlassen, um dem scharfen Blick Tubas und insbesondere Esmaiils zu entkommen. Alles mußte schnell vor sich gehen.

Eines Mittwochs erklärte Mariam, daß am darauffolgenden Tag ein Student von der Universität bei ihnen vorsprechen werde, um um ihre Hand anzuhalten. Sie hatte sich ihnen im Lauf der letzten zwei Jahre so sehr entfremdet, daß sie nicht wußten, was davon halten. Abdollah stellte sich kurz vor, und alles ging ohne Formalitäten vor sich. Tuba, Muness und Esmaiil willigten wohl oder übel in die Heirat ein. Das junge Paar wollte keine Mitgift und auch keine Hochzeitszeremonie. Sie wollten sich auf dem Standesamt trauen lassen. Die Zeiten waren vorbei, wo man unnötig Geld verschwendet. Was wollten sie damit beweisen? Die junge Frau zog aus, um mit ihrem zukünftigen Mann zusammenzuleben. Das war alles. Durften sie sie besuchen? Nein! Denn sie zogen nach Tabriz.

Als Abdollah weg war, flüchtete sich das Mädchen in ihr Zimmer, zu ihren Büchern. Sie hatte noch nicht einmal eine Seite gelesen, als es an der Tür klopfte. Sie zuckte unwillkürlich zusammen. Es war ihr Bruder Karim, der kurz vor dem Abitur stand und sich von seiner Schwester etwas erklären lassen wollte. Er kam ins Zimmer und setzte sich ihr gegenüber aufs Bett. Mißtrauisch betrachtete er die Bilder an der Tür und an der Wand und fragte, ob seine Schwester sicher sei, daß sie eine gute Ehe eingehe. Das Mädchen tat, als sei es beschäftigt, um die Frage nicht beantworten zu müssen. Karim fuhr fort, es stehe ihm nicht zu, sich in ihre Angelegenheiten einzumischen, denn sie hätten ja einen älteren Bruder, der für die Schwester die Entscheidungen treffe. Mariam erwiderte, sie brauche von niemandem Ratschläge. Karim nahm die Hand seiner Schwester in die seine und sagte ernst, er mißtraue Kamal und seinen Freunden. Sie seien gefährlicher, als Mariam glaube. Sie würden sie auf einen falschen Weg bringen, Mariam könne die Ängste und Qualen, die damit verbunden seien, noch nicht ermessen. Sie hätten vor, alles niederzubrennen. Gebe es denn tatsächlich soviel Schlechtes auf der Welt, daß man alles dem Erdboden gleichmachen müsse? Sicher, es gebe Korruption, die bekämpft werden müsse. Aber soviel Radikalismus sei übertrieben. Wenn Mariam ihren Nächsten den Rücken kehre, werde sie einsam bleiben. Sie werde irgendwo im Nichts landen und sich nie mehr daraus retten können. Karim öffnete aufgeregt die Hand seiner Schwester und legte einen Gebetsstein hinein. Mariam wollte schnell die Hand zurückziehen, aber der Junge drückte sie hartnäckig zusammen. Dies, sagte er, sei seine Seele, die sie bis ans Ende der Welt begleiten und beschützen werde. Selbst wenn sie den Kopf verlor, den Gebetsstein dürfe sie nicht aus der Hand geben. Sie mußte versprechen, ihn von Zeit zu Zeit zu besuchen. Sie dürfe ihre Beziehung zu Tuba nicht abbrechen. Tuba sei ein guter Mensch. Sie sei zwar alt und schimpfe ständig, dennoch sei sie es gewesen, die die Geschwister während ihrer Kindheit in ihrem Haus beherbergt und vor Gefahren bewahrt habe. Mariam könne immer auf ihn, ihren Bruder Karim, zählen.

Mariam ging nervös im Zimmer auf und ab. Sie fragte ihren Bruder, ob er sie eines Tages begleiten würde, wenn sie ihn brauchte. Karim schwieg und starrte auf den Teppich. Er kämpfte gegen sich selbst. Schließlich sagte er nur: »Nein.«

Er würde Mariam nicht begleiten, weil er ihren Weg für falsch hielt. Mariam könne aber jederzeit zu ihm zurückkehren – nur nicht zu spät. Sie könne im übrigen auch hierbleiben. Niemand schicke sie weg. Er sah seiner Schwester in die Augen, und er erkannte, daß ihr Entschluß endgültig war. Er stand auf und verließ schweigend das Zimmer. Lange ging er im Hof auf und ab. Sollte er Esmaiil, Muness oder Tuba die Wahrheit sagen? Aber wie? Er wußte nicht einmal selbst, was eigentlich vor sich ging. Solange seine Schwester noch im Haus lebte, konnte er manches erfahren, aber nun schien der Kontakt ganz abzubrechen. Er dachte, in früheren Zeiten sei der Platz der Frau im Haus gewesen, und das war richtig so! Karim war überzeugt, daß Mariam unweigerlich in Schwierigkeiten geraten würde, wenn sie das Haus verließ. Er hatte nicht die Kraft, sie zurückzuhalten, und die Männer, die seine Schwester umgaben, waren zu stark, als daß er gegen sie hätte ankämpfen können. Er hielt sich besser an seine Freunde. Vielleicht sollte auch er Geda Alischah aufsuchen und um Rat fragen. Nur jemand wie er konnte vielleicht etwas unternehmen.

Eine Woche später war Mariam ausgezogen. Die alte Frau setzte sich in der Abenddämmerung ans Bassin und betrachtete das ausgestorbene Haus. Ihre Tochter war mit Näharbeiten beschäftigt, und Karim saß im Nebenzimmer über seinen Büchern. Esmaiil war abwesend. Die alte Frau war bedrückt. Sie begriff den Sinn der kürzlichen Ereignisse nicht. Warum waren die Kinder nur so unverschämt? Früher wäre es unmöglich gewesen, daß ein Mädchen auf diese Weise heiratete. Handelte es sich vielleicht um eine Mußheirat – so ärmlich und ohne Hochzeitszeremoniell? Als Esmaiil nach Hause kam, fragte sie ihn, was er vom Ganzen halte. Was war nur in diese jungen Menschen gefahren? Esmaiil setzte sich neben sie an den Rand des

Beckens und fragte, ob die alte Frau sich gelegentlich umsehe und die vielen Veränderungen wahrnehme? Sah sie denn nicht, daß ihr Haus demnächst einstürzte? Wer wollte schon in einem solchen Haus wohnen? Wäre es nicht endlich an der Zeit, daß Tuba die Handwerker kommen ließ und das Haus instandsetzte? Die alte Frau antwortete: »Nein!« Hatte Esmaiil etwa Setares sterbliche Überreste unter der Erde vergessen? Konnten sie etwa die Leiche woanders verstecken und erst dann die Handwerker kommen lassen? Ungeduldig schüttelte Esmaiil den Kopf. Wußte die alte Frau denn nicht, daß die Leiche inzwischen zu Staub zerfallen war? Tuba wurde wütend. Warum wollte Esmaiil nicht begreifen, daß Setare als Märtyrerin das Haus beschützte? Wenn sie das Haus abrissen, dann würden sie ihren Segen verlieren. Die Menschen hatten doch nicht aus reiner Dummheit die Häuser so gebaut und nicht anders. Sie hatten alles vorgesehen. In jedem Dorf gab es ein geweihtes Grabmal eines Nachfolgers des Propheten; und dieses Haus hatte nun eben die Gnade, von einer vierzehnjährigen Seele beschützt zu werden! Esmaiil verlor die Geduld! Wozu waren diese fauligen Wasserspeicher gut? Es gab doch fließendes Leitungswasser in Hülle und Fülle!

Tuba lächelte nachsichtig, als müsse sie einem Kind etwas begreiflich machen. Und wenn eines Tages kein Wasser aus den Leitungen floß? Was dann? Warum gab sich Esmaiil mit dem äußeren Schein der Dinge zufrieden? Man wisse nie, wozu ein Speicher noch nützlich sein könne.

Karim war in den Hof gekommen und beschäftigte sich scheinbar mit den Blumen im Gartenbeet. In Wirklichkeit hörte er Esmaiil und Tuba zu. Esmaiil hielt es für sinnlos, die Diskussion fortzusetzen. Tuba fragte ihn, ob er wisse, wohin das Mädchen wirklich gegangen sei. Esmaiil zuckte die Achseln. Er wollte nicht darüber sprechen. Tuba fragte weiter: »Und Kamal? Weiß er es?« Sie erzählte ihm, daß Kamal bei seinem Abschied von Streichhölzern geredet habe und davon, daß sie ein Segen seien. Ob Esmaiil sich vorstellen könne, was er gemeint habe. Esmaiil schwieg einen Moment lang, sagte dann, er habe das Gefühl, daß Kamal ein gefährlicher Mensch sei. Er habe den Eindruck, er habe sein inneres Gleichgewicht verloren. Er habe etwas Bösartiges an sich. Karim mischte sich in das Gespräch ein. Er teilte Esmaiils Ansicht. Kamal habe mit seiner Äußerung gegenüber der alten Frau genau das gemeint, was er gesagt habe. Sein Bruder habe häufig mit ihm und Mariam davon gesprochen, das Haus in Brand zu stecken, ja sogar die ganze Stadt.

Tuba war verstört. Sie ging auf Karim zu, nahm seine Hände in ihre zitternden alten Hände und fragte ihn, ob er die Ansichten seines Bruders teile. Karim verneinte heftig. Die alte Frau tat ihm leid. Sie war schutzloser, als es den Eindruck machte. Einen Moment lang spürte er grenzenlose Wut. Der Moment war gekommen, sich gegen seinen Bruder zu behaupten. Er fragte Esmaiil, ob es sinnvoll wäre, wenn er Kamal aufsuchte und ein ernstes Wort mit ihm redete. Esmaiil sah ihn schweigend an. In Karims Augen spiegelte sich die Seele der alten Frau. Wenn er ihn nicht ermutigte, dann bekäme das Haus mit Karim einen neuen Hüter, und der Traum von einem neuen Haus würde nie verwirklicht werden. Wenn es aber dem jungen Mann gelänge, seine Geschwister nach Hause zurückzubringen, wenn sie sich alle zusammensetzten, um die alte Frau zur Vernunft zu bringen, dann wäre vielleicht doch nicht alles verloren.

Esmaiil antwortete nachdenklich, er wisse nicht, ob Karims Vorschlag sinnvoll sei. Er wisse aus Erfahrung, daß Menschen insbesondere dann schwer zu beeinflussen seien, wenn sie in einer Gemeinschaft mit anderen lebten und sich auch gemeinsam mit anderen zu etwas entschlossen. Wenn aber Karim seine Geschwister tatsächlich beeinflussen könne, dann um so besser.

Esmaiil lächelte Karim an. Er mußte ihn höflich behandeln. Der junge Mann, der bis vor kurzem noch kaum aufgefallen war im Haus, war jetzt auf einmal zu einer wichtigen Person geworden. Eine unbestimmte Angst beschlich Esmaiil. Er wünschte sich, er hätte sich etwas mehr um Karim gekümmert, als dieser noch ein Kind gewesen war. Statt dessen war er von einer Denkweise geprägt, die die andern – und auch Esmaiil – nicht teilten. Es war wohl besser, auf Karim einzugehen. Im Kopf der alten Frau, die ihn vorwiegend erzogen hatte, herrschte ein Durcheinander aus Erinnerungen: an die unschuldige Seele Setares, an den verhungerten Jungen am Straßenrand, an Scheich Khiabani, an Geda Alischah ...

Esmaiil setzte sich zu seiner verhärmten Frau und nahm eine Zeitung in die Hand, um seine innere Unruhe zu verstecken. Seine Frau nähte nicht wie sonst und stickte auch nicht. Sie starrte nachdenklich auf die gegenüberliegende Wand. Esmaiil unterbrach ihre Gedanken: Soviel Aufhebens um diesen Geda Alischah habe dem Mädchen ja verleiden müssen. Muness wandte sich zornig zu Esmaiil. In Mariams Leben könne sie keine Spur von Geda Alischah erkennen, im Gegenteil, Esmaiils rationales Geschwätz habe sie in den Wahnsinn getrieben. Er habe sie doch zu einem Studium gedrängt, oder etwa nicht? Seinetwegen ging sie auf die Universität. Seinetwegen wollte sie Ärztin werden! Unterstand er sich nun gar, Muness und Geda Alischah für ihr Verhalten verantwortlich zu machen? Esmaiil verbarg seinen Kopf hinter der aufgeschlagenen Zeitung, um sich ihre Vorwürfe nicht anhören zu müssen.

Tuba ging sorgenvoll ins Haus zurück. Karim saß wieder an seinem Schreibtisch. Tuba fragte, ob er wisse, wo seine

Geschwister hingegangen seien. Er wisse es wirklich nicht, antwortete der Junge, vermute jedoch, daß sie in ein gefährliches Unternehmen verwickelt seien. Die alte Frau wurde noch unruhiger. Sollte sie zu Geda Alischah gehen und ihn konsultieren? Ihn fragen, was die jungen Menschen vorhatten? Ehrwürden war bestimmt in der Lage, ihr eine Antwort darauf zu geben.

In den folgenden Monaten ging Tuba tagelang in Gedanken vertieft im Hof auf und ab. Sie dachte über das Haus nach. Esmaiil hatte recht. Hätte sie das Haus instandsetzen lassen, wären die Kinder vielleicht nicht weggegangen. Sie wären wahrscheinlich nicht so plötzlich gegangen. Wie aber das Haus instandsetzen? Wo anfangen? Was war mit Setares Leiche? Das Haus und alles, was damit zusammenhing, machte ihr Leben aus. Wenn sie es veränderte, würde sie sich nicht mehr an sich selbst, an ihre eigene Identität erinnern. Ihr Leben bestand aus Toten. Viele, die bezeugen konnten, daß sie, Tuba, die Tochter von Hadschi Adib war, waren schon lange tot. Die wenigen, die noch lebten, waren alt und gebrechlich. Die meisten hatten ihr Erinnerungsvermögen verloren. Das einzige, was ihr noch geblieben war, war das Haus. Das Haus befand sich in der Mitte der Stadt. Früher hatte es sich zwar in vornehmer Nachbarschaft befunden, jetzt aber galt die Umgebung als Armenviertel. Das Haus hatte solide Grundmauern. Es war ihr Haus! Es spielte keine Rolle, daß das Kaffeehaus an der Straßenecke abgerissen worden war, um der Exportbank Platz zu machen. Oder daß aus dem Krämerladen von Hadschi Abdosamad ein Supermarkt geworden war. Es war traurig, daß Jaaqub, der Geschirrhändler, seinen Verkaufsstand mit den kleinen Teegläsern und Untertassen nicht mehr vorn an der Gasse aufstellte. Aber was soll's: Das Haus stand unverrückbar da. Esmaiil wollte das einfach nicht verstehen, ebensowenig die Kinder – Karim ausgenommen. Karim hatte begriffen, daß er etwas brauchte, woran er sich festhalten konnte. Er hatte das sehr wohl begriffen, und die alte Frau war zufrieden. Sie sprach mit ihm darüber. Sie kritisierte Esmaiil, und Karim stimmte ihr zu. Der Mensch brauchte einen festen Bezugspunkt. In alten Zeiten hatten die Menschen in Höhlen gelebt, weil sie etwas Schützendes um sich haben wollten. Man konnte doch nicht einfach auf der Straße schlafen, unter freiem Himmel? Das Dach des Hauses war eine Nachbildung des Himmels, groß genug, um ein paar Menschen Schutz zu gewähren.

Eines Sommerabends, ein Jahr nach Mariams Weggang, saß Tuba mit Karim auf dem Balkon und aß ihre Weizengrütze. Auf der gegenüberliegenden Seite des Hofes stand das Fenster zu Muness' und Esmaiils Zimmer offen. Sie saßen an ihrem kleinen Tisch beim Abendessen. Ein heller Stern funkelte durch die Blätter des Granatapfelbaumes, der Rest des Himmels war finster wie schwarzer Samt. Auf der Straße fielen Schüsse. Tuba horchte auf. Karim meinte, in den letzten Tagen habe man oft Schüsse gehört. Tuba bat Gott um Vergebung! Kurz darauf klopfte es an der Tür. Tuba sah, wie Esmaiil vom Tisch aufstand, den Türvorhang zur Seite schob und auf das Tor zuging. Sie hörte die Türklinke, dann war alles still. Auf einmal sah Tuba, wie Esmaiil mühsam den Vorhang abermals zur Seite schob. An seinem Arm hing eine verschleierte Gestalt. Tuba und Karim standen auf und liefen zu Esmaiil hinüber. Sie sahen, wie sich Muness auf den Kopf schlug. Esmaiil legte den in einen Tschador eingewickelten Körper auf den Teppich. Tuba entblößte das Gesicht und erkannte Mariam. Die junge Frau war blutüberströmt. Ihr Bauch war gewölbt; sie war schwanger. Ihre rechte Hand umklammerte einen Revolver. Esmaiil holte ein Kissen und legte es Mariam unter den Kopf. Sie atmete stoßweise. Esmaiil sagte, er rufe einen Arzt. Mariam rief erschrocken: »Nein, nein.« Esmaiil kniete verzweifelt neben sie hin und schob den Tschador auf die Seite. Sie blutete aus einer tiefen Brustwunde. Sie stöhnte: »Mein Bein …« Esmaiil beschwor sie: »Mariam, Liebes, wir müssen dringend einen Arzt holen. Wenn du einen kennst, dann sag mir seinen Namen, bitte. Ich werde ihn rufen lassen.« Die junge Frau zitterte und schüttelte den Kopf. Esmaiil versuchte, ihr die Waffe aus der Hand zu nehmen, aber sie ließ sie nicht los. Sie klammerte sich so fest an die Waffe, als sei sie Teil ihres Körpers. Alle vier sahen sich verzweifelt an. Mariam wollte etwas sagen. Sie öffnete den Mund wie ein Fisch im Wasser, ohne einen Laut hervorzubringen. Esmaiil beugte sich über sie, und sie flüsterte: »Niemand darf erfahren, daß ich hergekommen bin. Es ist gefährlich. Den Tschador habe ich einer Frau gewaltsam abgenommen. Gebt ihr bitte das Geld.« Von der Straße her ertönte eine Polizeisirene. Muness fragte, was sie tun sollten. Sie preßte die Hände gegeneinander. Einen Moment später atmete Mariam tief ein … und war tot.

Sie blieben eine Zeitlang sitzen und blickten sich stumm an. Niemand wollte wahrhaben, was geschehen war. Wieder war draußen die Polizeisirene zu hören. Das schrille Heulen brachte sie in die Wirklichkeit zurück. Karim klapperte so laut mit den Zähnen, daß die anderen ihn erschrocken anschauten. Er hielt die Arme fest um seinen Körper geschlungen und versuchte, sein Zittern zu unterdrücken. Muness ging auf ihn zu und legte ihm die Hand auf die Schulter. Er beugte sich vornüber und lief zur Tür. Sie sahen, wie er sich ins kleine Becken neben dem Bassin übergab. Muness ging zu ihm hin und streichelte seine Schultern. Er schluchzte: »Ich werde ihn töten!« Dann kehrte er ins Zimmer zurück. Sein Zittern verwandelte sich in Erstarrung. Esmaiil schlug vor, Mariam im Hof zu begraben. Tuba fragte: »Wo?« Und Esmaiil deutete mit einer

Kopfbewegung zum Granatapfelbaum. Einen Moment lang trafen sich Tubas und Esmaiils Blick. Eine alte Erinnerung lebte in ihnen auf. Wortlos machten sie sich an die Arbeit. Sie holten Schaufel und Spaten und hoben die Erde unter dem Baum aus, genau an der Stelle, wo Tuba vor dreißig – oder vierzig? – Jahren mit Mirza Abusars Hilfe Setare begraben hatte. In der nächtlichen Finsternis war nichts zu sehen. Von Zeit zu Zeit gelangten mit der Schaufel verrottete Stoffetzen an die Oberfläche. Das war alles, was übriggeblieben war.

Sie wickelten Mariam wieder in den Tschador und trugen sie in das Gärtchen. Esmaiil stieg in das Grab hinab. Die anderen drei legten ihm die Leiche in die Arme, er legte sie auf den Grund des Grabes und kletterte dann heraus. Wieder ertönte Sirenengeheul. Sie schütteten schnell das Grab zu und pflanzten ein paar Geranien. Sie versuchten, in der Dunkelheit zu erkennen, ob alles wie sonst aussah. Muness verlor die Beherrschung. Sie wiederholte immer wieder, sie halte es nicht mehr aus, sie halte es nicht mehr aus! Und ihre Stimme wurde immer lauter, immer schriller. Esmaiil nahm sie in die Arme, legte ihr die Hand auf den Mund und wollte sie beruhigen. Die Frau hatte Karim angesteckt. Er lief zum kleinen Becken und übergab sich nochmals. Dann sagte er, er müsse sich waschen, müsse sich von dem Geschehenen reinigen. Er ging in die Küche, nahm eine Schale, lief wieder zum Becken, wo er sich auszog und mit Wasser übergoß. Esmaiil hatte inzwischen Muness ins Haus gebracht. Nach der rituellen Waschung wusch sich Karim abermals, um zu beten diesmal. Er zog sich hastig an, ohne sich vorher abzutrocknen. Als Tuba ins Zimmer trat, hatte er bereits einen Teil seines Gebets beendet. »O Gott, ich weiß mir nicht mehr zu helfen, außer, daß ich ihn töten muß. Gib mir die Kraft dazu!« betete er leise, doch laut genug, daß Tuba ihn hörte.

Tuba ging wieder in den Hof hinaus. Sie konnte das Vorgefallene einfach nicht begreifen. Hatte das Mädchen Ehebruch begangen? War ihr Kind unehelich? Warum war ihr dieses Schicksal zuteil geworden? Esmaiil gesellte sich zu ihr. Vom Haus her war Muness' Stimme zu hören: Sie wolle keine Sekunde mehr in diesem Haus bleiben. Sie müsse weg, nur weg. Die alte Frau meinte zu Esmaiil, es habe sich sicher um eheliche Angelegenheiten gehandelt. Mariam sei wohl fremdgegangen, und ihr Mann habe sie umbringen wollen. Esmaiil wandte sich ihr plötzlich zu, packte sie an den Schultern und schrie: »Du verknöcherte alte Hexe, warum willst du denn nicht endlich verstehen, was draußen vor sich geht? Wie kann man sich von dir befreien, von den Ketten, die du uns allen angelegt hast? Wann nimmst du endlich Vernunft an? Wann bequemst du dich endlich, der Wahrheit ins Gesicht zu sehen?« Dann stieß er die Frau haßerfüllt von sich. »Wir gehen«, fügte er hinzu, »in diesem Haus kann man nicht bleiben.« Im Haus auf der gegenüberliegenden Seite des Hofes packte Karim. Kaum eine halbe Stunde später waren sie zum Aufbruch bereit. Tuba stand verwirrt mitten im Hof. Was sollte sie jetzt mit dem leeren Haus anfangen? Esmaiil drehte sich an der Tür um und rief ihr zu, sie könne ihm ja Bescheid sagen, wenn sie das Haus abzureißen gedenke. Tuba fragte, was sie denn mit den Leichen anfangen solle. Esmaiil gab keine Antwort. Tuba lief auf Karim zu und hielt ihn am Arm fest. Er könne sie doch nicht allein zurücklassen! Karim blieb stehen. Er starrte wütend vor sich hin. Er müsse erst den Bastard finden und ihn töten, erwiderte er. Er werde ihm bis ans Ende der Welt folgen, wenn es sein müsse, und auch Mariams Mann und den anderen, die den Bastard Kamal jemals besucht hätten. Esmaiil müsse ihm helfen! Wenn er Mariam für seine eigene Tochter halte, müsse er ihm helfen. Esmaiil, der unter der Tür auf seine

Frau wartete, antwortete, er werde alles tun, was in seiner Macht stehe, um ihm zu helfen. Er spüre, daß Unheil im Anzug sei. Die alte Frau flennte: »Und was wird aus mir? Was wird aus mir?« Und Karim rief ihr über die Schulter zu, vielleicht würden sie eines Tages nach Hause zurückkehren.

Auf einmal waren sie alle weg. Tuba war ganz allein zurückgeblieben. Die ganze Nacht hindurch lief sie im Haus umher und dachte nach. Was war es denn, was sie nicht verstand? Jahrelang hatte sie beobachtet, wie Esmaiil mit Mariam tuschelte und wie diese mit ihrem Bruder flüsterte. Sie hatte immer gedacht, es handle sich um unkeusche Dinge. Sie war ganz sicher, daß Esmaiil in Mariam verliebt gewesen war. Sie hatte immer nur daran gedacht, daß das Mädchen auf der Suche nach einem Freund sei wie alle ihrer Generation; daß sie eine schamlose Person sei. Und dann diese seltsame Hochzeit! Spätestens dann hätte sie wissen müssen, daß mit ihr etwas nicht stimmte. Eines war ihr bewußt: Alle wollten nur eines, ihr das Haus entreißen! Sie wollten ihr, Tubas, Leben durcheinanderbringen! Aber nein. Solange sie lebte, würde ihr niemand auf der Welt das Haus wegnehmen können. Ihr Leben lang hatte sie die Leichen gehütet, um das Haus zu erhalten. So war es. Nur des Hauses wegen hatte sie die Leichen gehütet. Um das Haus zu beschützen, würde sie jeden totschlagen, sich an jedem Mord beteiligen. Und wenn sich das Haus in einen Friedhof verwandelte, sie mußte es einfach erhalten! Dennoch, was war es, was sie nicht verstand? Was ihr die andern ständig vorwarfen?

Am nächsten Morgen beschloß sie in aller Frühe, Ehrwürden Geda Alischah aufzusuchen. Sie legte einen Tschador um, nahm ihre Handtasche und ging die Treppen hinunter. Sie öffnete die Tür, drehte sicherheitshalber den Hausschlüssel viermal im Schloß und machte sich auf den

Weg zum Haus des Pir. Ihre Hände waren schmutzig. Sie hatte nicht daran gedacht, sich von der Erde zu reinigen. Sie ging zerstreut durch die langsam erwachende Stadt. Die Busse fuhren schon, ab und zu rasten Taxis und Privatwagen vorbei. Um sechs Uhr morgens langte sie staubig bei Geda Alischah an. Sie klingelte, und es dauerte etwas, bis die Ehefrau des Pir die Tür öffnete. Tuba sagte zu ihr, sie sei in einer sehr dringenden Sache hergekommen. Die Frau ging; Minuten später kehrte sie zurück und führte Tuba zu Geda Alischah. Tuba trat verwirrt ein. Ehrwürden saß in einer Ecke auf einem Fell und lehnte sich an ein Kissen. Ein Buch lag geöffnet vor ihm. Tuba blieb stehen. Der Herr richtete seinen forschenden Blick auf sie und fragte, in welcher Angelegenheit sie Rat brauche. Tuba antwortete, seit sechzig Jahren sei sie Hüterin eines Hauses. Im Garten dieses Hauses seien Tote begraben, also sei sie auch deren Hüterin. Die erste Leiche habe sie vierzig Jahre lang gehütet, die zweite erst seit vergangener Nacht, und nun wisse sie nicht, was tun. Der Herr fragte, wer die beiden Toten seien. Tuba antwortete, die erste sei ein vierzehnjähriges Mädchen gewesen, das von mehreren Männern vergewaltigt und geschwängert worden sei. Sein Onkel habe es getötet, um seine Familie vor der Schande zu bewahren. Die zweite aber sei eine Medizinstudentin gewesen, die eigenmächtig geheiratet und das Haus verlassen habe; dann sei sie schwanger, blutüberströmt und mit einer Waffe in der Hand nach Hause zurückgekehrt und sei dort gestorben. Sie habe jetzt Angst, auch diese zweite Leiche hüten zu müssen, sie sei dazu nicht mehr in der Lage. Das Haus stürze demnächst ein, und sie, Tuba, wolle nun endlich nach sechzig oder siebzig Jahren zur Wahrheit gelangen. Warum mußte sie das Haus hüten? Warum hatte sie nicht – wie sie es sich in ihrer Jugend gewünscht hatte – durch Steppen und über Berge laufen und die

Wahrheit suchen dürfen? Warum war sie gezwungen worden, in ihren vier Wänden zu bleiben? Und warum wurde sie heute genau deswegen gehaßt? Warum hatte ihr Ehrwürden niemals die Wahrheit offenbart? Wovon redeten die jungen Menschen? Was wollten sie eigentlich? Warum waren sie so überdreht? Was mußte sie, Tuba, tun, damit Ehrwürden ihr die Wahrheit verriet? Seit ihrer Kindheit habe sie einen Messias auf die Welt bringen wollen. Sie habe zweimal geheiratet und Kinder auf die Welt gebracht, ohne eigentlich zu wissen, wie und warum. Ihre ganze Jugend habe sie den Kindern geopfert. Sie habe einst Gott suchen wollen. Sie wolle – endlich – die Wahrheit finden! Man habe ihr nicht einmal erlaubt, aus den Büchern, die ihr Vater ihr hinterlassen habe, die Wahrheit zu erfahren. Dann habe man ihr Leichen anvertraut. Die erste Leiche habe sie viele Jahre gehütet. Oftmals habe sie in der Moschee und bei Trauerzeremonien um die Tote geweint. Sie habe nie einem Fremden erlaubt, auch nur einen Blick in den Hof zu werfen. Den Traum von der Suche nach Gott und nach ihrem eigenen Ich habe sie aufgegeben und habe sich wie ein Esel in der Ölmühle immerfort nur noch im Kreis ihres eintönigen Lebens gedreht und das Ende abgewartet. Jetzt sei ihr eine zweite Leiche überantwortet worden, und jene, die sie ihr aufgeladen hatten, waren weggegangen und hatten sie allein zurückgelassen. Wieviel Kraft besaß denn eine einsame, schleiertragende alte Frau, um eine derart große Verantwortung auf ihren Schultern zu tragen?

Ehrwürden hörte ihr schweigend zu. Als sie ihr Herz ausgeschüttet hatte, fragte er, ob Tuba denn wisse, was die junge Frau getan habe, die mit der Waffe in der Hand nach Hause gekommen sei. Sie habe nicht die geringste Ahnung, was sie sich habe zuschulden kommen lassen, entgegnete Tuba. Und sie frage sich nicht, wie sie jahrelang unter dem gleichen Dach habe leben können, ohne etwas von ihr zu wissen, drang Ehrwürden unerbittlich weiter in sie. Tuba zuckte verzweifelt die Schultern. Die junge Frau habe alles vor ihr geheimgehalten. Genau das sei die Wahrheit, sagte Geda Alischah. Die Wahrheit setze sich aus vielen Kleinigkeiten zusammen. Sie liege vor Tubas Augen, und sie vermöge sie nicht zu erkennen. Tag für Tag kämen Männer und Frauen zu ihm, alte und junge, und würden ihm gestehen, sie hätten unter einem Baum, in einem Keller oder in einer verlassenen Wüstengegend eine Leiche vergraben. Auch sie wußten nicht, warum sie es getan hatten. Sie hatten es getan und entfremdeten sich den Menschen, sie hielten sich von ihnen fern und grübelten über die Wahrheit. Tuba blickte ihn ungläubig an. Sie warf trotzig den Kopf in den Nacken, seine Worte genügten ihr nicht. Die Wahrheit sei etwas Besonderes, und hätte sie sie erfahren, dann hätte sie das Mädchen nicht mehr danach fragen und sich auch nicht nach ihm richten müssen. Mit dem Wissen um die Wahrheit hätte sie verstanden, was in dem Mädchen vor sich ging. Der Herr lächelte geduldig, stand auf, ging auf Tuba zu und forderte sie auf, sich an seinen Platz zu setzen. Tuba wich zwei Schritte zurück. Der Herr lächelte: »Seht Ihr, Tuba Chanom, jemand muß sich an jenen Platz setzen und allmählich die Wahrheit begreifen. Bitte, setzt Euch, die Wahrheit wird sich Euch allmählich offenbaren. Die Menschen kommen und erzählen einem nur kleine Bruchstücke der Wahrheit. Ihr seid eine Teppichknüpferin. Knüpft diese Bruchstücke zusammen, und vor Euch wird das entstehen, was Ihr für die Wahrheit haltet.« Hartnäckig schob er Tuba zu seinem Platz. Tuba sträubte sich. Geda Alischah sagte: »Genau das ist die Schwierigkeit. Ihr wollt nicht dort sitzen. Zu bestimmten Zeiten, kurzen, sehr kurzen Perioden kann man mit Euch ins Feld ziehen, aber wenn die Schlacht in die entscheidende Phase eintritt, dann ist kein Platz für Euch. Das ist die Wahrheit! Ihr müßt das Haus hüten, das ist die Euch zugeteilte Rolle. Ob richtig oder falsch, das ist nun einmal so.«

Ehrwürden lief nachdenklich im Zimmer auf und ab. Tuba wandte ein, sie habe nicht gewußt, daß sie unter Zwang stehe. Sie sei vielmehr der Ansicht gewesen, daß sie nach eigenem Gutdünken handeln könne. Nun aber ertrage sie die Leichen im Haus nicht mehr. Das Haus sei im Begriff einzustürzen. Was konnte sie dagegen unternehmen? Ehrwürden antwortete, von diesem Punkt an wisse auch er nicht weiter. Seit einiger Zeit habe er um die junge Frau gewußt; er habe manchmal sogar Visionen von ihr gehabt. Sie sei ihm einmal in dieser, einmal in jener Gestalt erschienen, einmal als Mann, einmal als Frau. Er frage sich selbst, warum sie so plötzlich in sein Leben getreten sei. Auch er stehe nämlich unter dem Zwang, an seinem Platz verharren zu müssen, damit die Menschen ihn besuchten und ihm bruchstückweise erzählten, was ihnen widerfahre, genau wie Tuba es getan hatte. Vielleicht könne er ihr später erklären, was tatsächlich geschehen sei, und ihr die Wahrheit enthüllen, jetzt aber könne er nichts für sie tun. Sie könne bloß darauf warten, daß die Menschen jeweils ein Körnchen Wahrheit vor ihr ausstreuten, dann könne sie mit der jungen Frau oder mit dem Gedanken an sie schwanger werden.

Die alte Frau sah ihren Pir verwundert an. Der Herr lächelte: Ja, er meine es genau so: Sie müsse wieder schwanger werden! Er, der Pir, möchte ihr gern einen Bruchteil der Wahrheit verraten, wenn auch nur einen winzigen. Daher verlange er, daß sie sich an seinen Platz setze. So könne sie sich vorstellen, daß sie über die Jahre hinweg in seinem Leben eine Rolle gespielt habe. Auch er sei müde. Er wisse zwar, daß Tuba nicht einmal fähig sei, ihre eigene

Rolle zu spielen, aber wenn sie die Kraft in sich spüre, werde er ihr helfen, ihren wahren Platz im Leben zu finden. Geda Alischah trat zu ihr hin und fügte hinzu, falls sie noch etwas über das Mädchen und ihre Freunde wisse, müsse sie ihm alles erzählen. Alles! Früher habe er einmal von Tuba selber gehört, das Mädchen habe einen älteren, unberechenbaren Bruder. Tuba nickte. Ehrwürden meinte, er möchte diesen jungen Mann eines Tages gern kennenlernen. Tuba habe doch einmal den kleineren Bruder mitgebracht, nicht wahr?, er wolle aber auch den älteren kennenlernen. Er habe sie schon früher einmal nach ihm fragen wollen, aber dann seien Besucher eingetreten, und er sei abgelenkt worden. Ehrwürden lief noch immer betrübt im Zimmer auf und ab. Er sagte: »Es ist beschämend. Ich hätte ihn treffen müssen. Aber ich muß Euch etwas gestehen, Tuba Chanom: Ich hatte Angst vor ihm! Junge Menschen seines Schlages machen mich zornig. Sie sind rebellisch – und eingebildet. Ich hätte ihn unter meinen Schutz stellen müssen, aber ich überließ ihn sich selbst.«

Tuba pflichtete ihm bei: Er sei ein Dieb und ein Mörder. Aus seinen Augen fließe Feuer. Geda Alischah richtete wieder seinen durchdringenden Blick auf Tuba, und sie zuckte zusammen. Sein Blick erinnerte sie an Kamal. Waren sie vielleicht gar miteinander verwandt? Sie schauderte. Der Herr fuhr fort: »Es ist nicht so, wie Ihr glaubt. Ihr fürchtet Euch derart vor der kleinsten Widrigkeit, daß Ihr nicht in der Lage seid, den jungen Mann gerecht zu beurteilen. Seine Beweglichkeit macht Euch angst. Schöpfung ist aber nur durch ständige Bewegung möglich. Natürlich unterliegt alles eigenen Gesetzen. Jede Bewegung zieht eine Bewegung nach sich. Man muß erst flexibel werden, sich vor der Menge verbeugen können, dann erst bekommt die Bewegung einen tieferen Sinn. Wenn man ziellos als Teilchen in der Welt rotiert, wird man innerlich leer, man zehrt die eigenen Kräfte auf, ohne Aussicht auf Erlösung.«

Er habe den Eindruck, über der Stadt würden Samen verstreut, aus denen unbekannte Pflanzen sprossen! In der Logik der Welt gebe es zwar nichts Unbekanntes, aber manchmal, wenn sich eine Periode ihrem Ende zuneige, könne sich Außergewöhnliches ereignen – wie Frühlingsgewitter und orkanartige Regenschauer, die die Menschen in Angst und Schrecken versetzten. Sie hätten allen Grund zu erschrecken, denn danach würden Umwälzungen eintreten und Epochen endgültig zu Ende gehen. Jetzt beispielsweise gehe gerade ein Zeitabschnitt zu Ende, und alles erscheine verschwommen und trügerisch. In Wahrheit sei alles schon von Anfang an nichts als eine Illusion gewesen, eine Illusion, die sich hinter der Realität verstecke. Aus diesem Grunde sei Tuba so verwirrt und verliere den Boden unter den Füßen. »Ein weiterer Tschador hat sich gehoben, Tuba Chanom.« Es handle sich eben um einen anderen Tschador als den, der Tuba vertraut war und an den sie sich gewöhnt habe. Wenn sie nun tatsächlich gewillt sei, auf der Suche nach Gott durch Steppen zu wandern und Berge zu überqueren, müsse sie sich furchtlos dieser neuen Zukunftsvision nähern, sie berühren und herausfinden, was wirklich daran sei. Gegenwärtig schienen die Rollen vertauscht zu sein: Die Flöte spielte auf dem Hirten, das Gras wehte auf den Wind, Lämmer verfolgten die Wölfe, und Füchse zerrissen Löwen. Der schwache Mensch sei wie eine Seifenblase im Wind, deren Existenz nur kurze Zeit dauere und die gleich zerplatze. Der starke Mensch hingegen bleibe fest an seinem Platz und betrachte die Illusion, ohne sich von ihr täuschen zu lassen.

Ehrwürden setzte sich neben Tuba auf den Fußboden und wiederholte, sie solle sich an seinen Platz setzen.

Tuba blieb einen Moment schweigend stehen, ging dann zur Tür. Die Sonne stand hoch am Himmel; die Stadt war inzwischen erwacht; überall herrschte geschäftiges Treiben. Tuba schritt durch die Straßen. Die Veränderungen waren wirklich erstaunlich. Sie erkannte die alte Stadt nicht wieder. Die vielen Menschen überall, und wie fremd sie ihr vorkamen! Sie mußte sich allen diesen Menschen vorstellen! Sie verspürte den Drang, ihnen zu erklären, wer sie sei, wer ihr Vater war, daß er ein weiser Mann gewesen war. Die Menschen mußten von ihm erfahren. Sie mußten wissen, daß er Tubas Lebenslauf vorausbestimmt hatte. Was hatte sie anderes getan, als dem Lebensweg zu folgen, den der Vater ihr vorgegeben hatte? Jetzt hielten sie alle für eine törichte Greisin – wie damals, als sie sich mit Esmaiil wegen des fließenden Wassers gestritten hatte. Die anderen waren es, die töricht waren! Sie hingegen verteidigte die alten Wasserspeicher. Die Menschen hatten die Jahre der Dürrekatastrophen vergessen. Sie sahen nur die paar Tropfen in den Leitungen. Tuba aber fürchtete den Tag, an dem die Leitungen verstopft sein würden und die ganze Stadt in eine Wüste Kewir verwandelt würde. Sie dachte, sie werde den anderen schon noch beweisen, wer töricht sei. Sie würden sich ihr zu Füßen werfen und sie um Vergebung bitten. Esmaiil mußte endlich einsehen, daß sie keine Schuld an dem Zerwürfnis trug, denn es gab Dinge, die außerhalb ihres Einflußbereichs lagen. In all den Jahren, in denen sie eifersüchtig das Haus gehütet hatte, hatte sich alles außerhalb des Hauses abgespielt. Sie erfuhr nichts und hatte im übrigen keine Zeit, etwas zu erfahren. Sie war für nichts verantwortlich gewesen, was draußen geschah. Und jetzt? Konnte sie aufrichtig behaupten, daß sie von allem nichts gewußt habe? Daß sie ahnungslos war? Auch wenn selbst der Pir vorgab, nichts zu wissen? Er wartete, bis die andern ihm alles in allen Einzelheiten erzählten, um die

Ereignisse zu rekonstruieren und weiterzuerzählen. Dennoch traute sich Tuba nicht, seinen Platz einzunehmen. Sie hatte Angst, unter der Last zusammenzubrechen, unter all dem, was man ihr anvertrauen würde. Vielleicht ließ sich das, was sie suchte, in den Straßen finden. Wenn sie ununterbrochen durch die Straßen ging, vor den Geschäften stehenblieb, die Auslagen betrachtete und zuhörte, was die Menschen sich so alles erzählten. Hätte sie nur Esmaiils Zeitschriften gelesen; wäre sie nur auf Reisen gegangen und hätte die Welt kennengelernt. Wie töricht von ihr, sich in ihrem Haus einzuschließen, bis auf einmal die Ereignisse über sie hereinbrachen. Wie sehr mußte sie Esmaiil verärgert, ja fast zum Wahnsinn getrieben haben, daß er sie derart beschimpft hatte. Seltsam, daß alle ihre Vermutungen und Erklärungen für die tragischen Vorfälle immer irgendwie mit Fleischlichkeit zusammenhingen. Und dabei stellte sie doch geistige Ansprüche auf ihrer Suche nach Gott.

»Tuba!« rief jemand. Sie drehte sich um, und die Stimme sagte: »Hier!« Tuba befand sich auf einem Boulevard im Herzen der Stadt. Die Stimme kam aus der Richtung einer Parkbank. Endlich hatte jemand sie erkannt! Als sie nähertrat, erkannte sie den Prinzen Gil. Er saß auf einer Parkbank auf dem Promenadenweg in der Mitte der Fahrbahn. Sein Dreitagebart bildete einen grünlichen Schatten in seinem Gesicht. Er war gekleidet wie ein Herumtreiber, die Absätze seiner Schuhe waren abgetreten, und er trug den Hut schief im Nacken. Er sah aus, als sei er sein Leben lang nichts anderes gewesen als ein Herumtreiber, der nun auf den Gedanken gekommen war, im Basar Stoffe auszumessen und zu verkaufen. Verwirrt setzte sich Tuba neben den Prinzen. Sie fragte, ob er vielleicht ruiniert sei und deswegen in einem solchen Aufzug herumlaufe. Der Prinz brach in schallendes Gelächter aus; einige Passanten drehten sich nach ihnen um. Er wisse nicht, was ruiniert bedeute, er sei bloß hier, um seine Frau zu treffen, die Hure.

Tuba sah sich um. Lejla werde gleich kommen, sagte der Prinz. Sie komme jeden Tag in einem anderen Wagen und mit einem anderen Mann. Eine Hure eben. Dann fügte er hinzu, er werde sie demnächst umbringen. Es schien ihm ernst zu sein damit. Tuba würgte. Sie hatte immer noch den Geruch der Leiche und des Blutes in der Nase. Der Prinz fragte, ob sie bei ihrem Pir gewesen sei. Sie habe ihn bestimmt nach der Wahrheit gefragt – oder etwa nicht? Doch der Pir wisse nichts, überhaupt nichts. Er jedoch wisse über Geheimnisse bestens Bescheid. Tuba brauche nur ihn zu fragen. Tuba beugte sich aufgeregt zu ihm nieder. Als er die Neugierde in ihrem Gesicht sah, brach der Prinz erneut in schallendes Gelächter aus. Sein Blick verriet, daß er sie zum Narren hielt. Er sagte geheimnisvoll zu ihr, ihr Pir laufe immer der Wahrheit hinterher. Aufgrund seiner Lehre marschiere er immer am Schwanz. Wann immer die Reihe sich rückwärts bewege, gehe er an der Spitze. Daher nenne man ihn Geda Alischah – Geda Alischah, der Bettler, denn sein Name bedeute doch nichts anderes als Ali-Bettler-König! Er beanspruche zwar einen Platz in der ersten Reihe, befinde sich aber in Wahrheit in der letzten. Er gleiche einem Schattenkönig, an den erstaunlicherweise sogar die echten Könige glaubten. Sie kannten ihn nur als letzten in der Reihe. In Wahrheit sei er aber die unscheinbare Verkörperung der menschlichen Gemeinschaft, eine kollektive Existenz in einem kleinen, unscheinbaren menschlichen Körper. Ein heimlicher Herrscher, der Kern dessen, was eines Tages geboren werden sollte, aber nie geboren werde. Durch seine Geburt würden die bestehenden Dimensionen aus den Fugen geraten, Konvexes würde konkav, seine Masse würde die Atome anziehen, alles würde zu einem einzigen Atom verschmelzen, zu einer trügerischen Einheit. Doch es würde nicht lange dauern, bis das Atom auseinanderberste, und die einzelnen Elemente würden sich voneinander fortbewegen – und just in dem Moment würden Geda Alischahs geboren. Daher würden die echten Kaiser und Könige dafür sorgen, daß sich die Reihe möglichst nicht rückwärts bewege!

Tuba hörte dem Prinzen so gespannt zu, daß sich ihr ganzer Körper verkrampfte. Während er redete, betrachtete der Prinz sie belustigt aus dem Augenwinkel. »Und so kommt es, daß sie sich zusammensetzen, und dein Pir sagt: ›Freunde! Mani lieh sich einen Blumentopf vom Töpfer Noah, er schüttete die Erde Babylons hinein, nahm einen Samen Christentum und etwas Buddhismus, mischte sie und pflanzte sie in den Blumentopf. Er goß den Topf mit Taoismus und pflanzte die Schößlinge, aus denen ein Garten sprießen sollte, in mazdaistische Erde um.‹ So versucht er, alle einzelnen Elemente zusammenzuführen. Dann sagt er: ›Freunde! Mohammed trat mit seiner Lehre von der Einheit durch das Gartentor und streute Samen auf alles, was dort wuchs. Eintausendundeins Blumensträucher sprossen aus der Erde.‹ Die Freunde geraten in Verzückung. Dann sagt der Pir: ›Öffnet acht Fenster in acht Richtungen, damit der Wind durch den Garten weht und der Moder weggefegt wird. Laßt die neue Wahrheit eintreten, fürchtet sie nicht, wir werden uns vom Töpfer Noah einen neuen Blumentopf borgen.‹«

Tubas Herz klopfte wild. Aufgeregt fragte sie: »Unterhalten sie sich wirklich über solche Dinge?« Der Prinz zuckte die Schultern. Dann wandte er sich verschmitzt lächelnd Tuba zu. »Jetzt ist auch dein Pir ratlos. Du hast ihm vom Tod des Mädchens erzählt und ihn aus dem Konzept gebracht. Er will nun hinter das Geheimnis des Mädchens kommen, um dieses Geheimnis in einem Winkel seines Bewußtseins einzupflanzen. Da er sich um die Einheit sorgt, könnte er womöglich auf den Gedanken kommen, die Leiche der jungen Frau bersten zu lassen, in der Hoffnung, in einem versteckten Winkel ihres Seins das Geheimnis zu finden. In Wirklichkeit ist er eifersüchtig, Tuba. Er will nicht zulassen, daß die Teilchen seines Seins auseinanderfallen, das für ihn aus allen Menschen, allen Bergen, allen Meeren, allen Erdpartikel und allen Ganzheiten besteht. Eines seiner zahllosen Teilchen hat sich selbständig gemacht, sein mazdaistischer Garten ist von einem Sturm heimgesucht worden. Ich bin überzeugt, daß er die junge Frau wieder in seinen Besitz zurückführen will.« Der Prinz starrte mit nachdenklich hochgezogenen Augenbrauen vor sich hin. Tuba fragte: »Und Sie? Sind Sie etwa nicht besorgt um die junge Frau?« Der Tod der jungen Frau beunruhige sie. Sie sei sicher, daß sich etwas zusammenballe und daß kein Stein auf dem anderen bleiben werde. Daß alles einstürzen werde!

Der Prinz lächelte nachsichtig. Nein, er mache sich keine Sorgen. Niemand, keine Macht der Erde könne ihm seinen Platz streitig machen. Ob die Menschen versklavt seien oder frei oder fromm wie die Lämmer, ob sie sich mit Atombomben bekämpften oder blutrünstig über die anderen herfielen wie die Mongolen – für ihn mache es keinen Unterschied. Er werde immer an seinem Platz bleiben! Er schaute Tuba in die Augen und fügte hinzu: »Den Mongolen ein Mongole, den Lämmern ein Wolf.«

Dann deutete der Prinz auf die Straße. Ein grüner Geländewagen hatte an der Ampel gestoppt. Lejla saß am Steuer, neben ihr saß ein Mann, ein anderer saß auf dem Rücksitz. Sie steckten alle drei die Köpfe zusammen, einer der beiden erzählte etwas, und Lejla konnte sich vor Lachen kaum halten. Der Prinz sagte: »Siehst du die Hure? Sie muß sterben! Das Luder muß endlich sterben!«

Die Ampel schaltete auf Grün, und der Wagen startete

mit aufheulendem Motor. Der Prinz sagte: »Hörst du? Sie haben den Auspufftopf abmontiert, um mehr Lärm zu machen.« Er fragte, ob Tuba nicht auch der Ansicht sei, daß Lejla sterben müsse. Dieses bedeutungslose, schamlose, widerspenstige Wesen – diese Hure? Tuba dachte: War nicht der Prinz an Lejlas Lasterhaftigkeit schuld? Die Mondscheinnächte, die Tanzabende, die vielen Feste mußten ja dazu führen. Als lese er ihre Gedanken, sagte der Prinz: »Du irrst. Ich mußte sie einfach tanzen sehen. Manchmal muß man in Erinnerungen wühlen. Leider allzu oft. Man kann nicht immer von der Gegenwart zehren. Es ist, als säßest du in einem geschlossenen Keller, und der Sauerstoff wird immer knapper und die Luft stickiger. Du willst um jeden Preis das Fenster aufreißen, auch wenn Kälte und Schnee ins Zimmer wehen. Du atmest ein paarmal tief ein, mußt aber das Fenster wieder schließen. Diese Frau, sie gleicht dem Sturm, der Kälte und dem Schneegestöber – allem, was einem das Herz gefrieren läßt.«

Sie schwiegen beide. Um sie herum dröhnte der Verkehr. Der Prinz murmelte schließlich: »Du mußt etwas wissen, was du vielleicht nie bedacht hast: Ich muß Lejla beherrschen. Ich will, daß Lejla mir gehorcht. Aber die Hure entzieht sich mir.«

Der Prinz erhob sich. Wie er so dastand und sich streckte in seinen abgetragenen Kleidern, wirkte er wie ein gewöhnlicher Stadtstreicher. »Ich werde sie töten!« wiederholte er, »heute oder morgen.« Tuba fragte: »Warum bringen Sie sich nicht selber um?« Der Prinz zog die Augenbrauen hoch, als habe er nicht richtig gehört. Er drehte sich verwundert um: »Was hast du gesagt?« Tuba wiederholte Wort für Wort: »Warum bringen Sie sich nicht selber um, habe ich gefragt.« Der Prinz lächelte verständnislos, doch das Lächeln gefror auf seinen Lippen. Er musterte Tuba von Kopf bis Fuß.

Auf einmal war sein Blick eisig, unheimlich. Sein Lächeln ließ ihr Blut in den Adern gerinnen. Er hatte nichts Menschliches mehr an sich. Er war eine heimtückische Maschine, die einen überrollte und zermalmte. Er wandte ihr wortlos den Rücken zu und verschwand in der Menge.

Tuba war erschrocken und zugleich in ihrem Innersten zufrieden. Endlich hatte sie etwas gesagt, was sie schon lange hatte sagen wollen. Einen Moment lang hatte sie Mariams Leiche und die Frage nach dem Sinn der Wahrheit vergessen. Sie erhob sich, um nach Hause zu gehen, doch mit jedem Schritt wuchs ihre Unruhe. Als sie bei der Exportbank anlangte, blieb sie unwillkürlich stehen. Sie wünschte sich, daß anstelle der Bank immer noch das alte Kaffeehaus dastände, damit sie Dawud Khan, den Wirt, um Hilfe bitten könnte. Was für ein absurder Gedanke. Dawud Khan war tot, und die Bankangestellten waren mit gesenkten Köpfen in ihre Arbeit vertieft. Schleppend erreichte Tuba den Hauseingang. Sie steckte den Schlüssel ins Schloß, und der alte Riegel sprang mit einem knarrenden Geräusch zurück. Danach öffnete sie mit einem kleineren Schlüssel das neue Schloß und betrat den Vorhof.

Das verwahrloste verlassene Haus erhob sich vor ihr. Tuba stellte ihre Tasche auf der Schwelle ab und setzte sich auf die Treppe. In Gedanken kehrte sie zu ihrem Gespräch auf der Promenadenbank zurück. Sie sah die eiskalten Augen des Prinzen vor sich. Sie konnte sich nicht erklären, wie sie als schleiertragende einfache Frau dazu gekommen war, den Prinzen zu fragen, warum er sich nicht umbringe. Sie hatte nicht das Recht dazu. Mußte sie nicht dankbar sein, daß der Prinz ihr überhaupt erlaubt hatte, hin und wieder an seinen Festlichkeiten teilzunehmen?

Wie dreist mußte die Tochter von Hadschi Adib geworden sein, daß sie einem Mann wie dem Prinzen Gil vorgeschlagen hatte, statt seiner Frau sich selbst umzubringen!

Wie war sie überhaupt auf einen derartigen Gedanken gekommen? Hatte sie vielleicht schon früher einmal daran gedacht? Vielleicht? Ja, sie erinnerte sich an jenen Abend, an dem der Prinz ihr erstmals von der Ermordung Lejlas erzählt hatte. Es war am Abend nach Setares Tod gewesen. Tuba hatte Lejla immer gemocht, vom ersten Tag an, auch wenn sie wenig Gelegenheit gehabt hatte, mit ihr zusammen zu sein. Sie glich einer sanften Brise; sie glich dem rankenden Efeu und dem aufgehenden Mond. Tuba wollte nicht, daß sie starb. Seit Setares Tod machte ihr allein schon der Gedanke an den Tod angst. Sie hatte dem Prinzen damals gesagt, er dürfe seine Frau nicht töten. Danach war ihre Verbindung abgebrochen, bis der Prinz ihr nun, am Tag nach Mariams Tod, von seinen Mordabsichten erzählte. Warum aber erzählte ihr der Prinz all das? Was ging es sie an, ob er seine Frau umbrachte oder nicht? Warum wurde sie in das Ganze hineingezogen?

Tuba sah den eisigen Blick des Prinzen vor sich und bekam Gänsehaut. Was, wenn er auf den Gedanken käme, sie zu ermorden? Vielleicht war sie der einzige Mensch, der in sein Geheimnis eingeweiht war. Und wenn der Prinz auch sie umbrachte, um den Mord an seiner Frau zu vertuschen? Wem würde schon Tubas Tod auffallen? Alle hatten sie verlassen, niemand klopfte mehr an ihre Tür. Es war, als ob sich das Haus gar nicht in der Stadt befände und von niemandem vermißt werden würde, wenn es plötzlich verschwand.

Das Leben, lauter Trug und Schein! Tuba versank in bittere Trauer. Alles kam ihr sinnlos vor. Hatte sie vielleicht in ihrem Leben schon einmal einen Schmetterling richtig betrachtet? Oder die Flügel einer Grille? Ja – und das war noch schlimmer –, sie hatte weder Wald noch Wüste gesehen, wußte nicht einmal, was einen Wald von einer Wüste unterschied. Sie hatte sich immer nur ununterbrochen im Kreise gedreht, in einem Haus, das vielleicht gar nicht existierte. Doch ob es existierte oder nicht, ein Prinz – eine Chimäre aus der Vergangenheit – hatte sie mit seinem eiskalten Blick angesehen. Der Prinz wußte über den Tod Mariams Bescheid, wußte auch einiges über den Pir. Es war, als könne er in das Bewußtsein anderer eindringen und ihre Gedanken lesen. Sicher war er auch über sie selbst und ihre Gedanken im Bild. Wahrscheinlich wußte er, daß sie sich gewünscht hatte, Lejla einmal allein zu treffen, in seiner Abwesenheit, und daß sie seine Größe und Allmacht angezweifelt hatte. Vielleicht wäre es klüger, wenn sie den Prinzen nochmals aufsuchte. Sie könnte eine weibliche List anwenden und so tun, als ob sie ihn bewunderte – wie damals, in ihrer Jugend, als sie ständig ob allem in Verzückung geriet und jede Kleinigkeit als ein Wunder ansah. Einen Prinzen konnte man bewundern – aber einen Herumtreiber? Er schlurfte, sein Kragen war speckig, und er schmatzte andauernd, als entferne er mit der Zungenspitze Speiseresten zwischen den Zähnen. Vor diesem Mann konnte man sich zwar fürchten, aber ihn achten und bewundern? Nein. Er könnte auf einmal ein Messer zücken und ihr den Bauch aufschlitzen. Sie würde vor ihm flüchten und sich irgendwo verkriechen. Aber achten und bewundern? Nein, das konnte sie nicht. Sie sagte zu sich selbst: »Der arme Prinz, so heruntergekommen!« Trotzdem, es wäre vielleicht doch das klügste, wenn sie versuchte, ihn zu täuschen. Sie könnte den Kopf schief halten, so, wie die Bettler, den Tschador tief ins Gesicht ziehen, den Kopf senken und sich kleiner machen. Sie müßten sich dann nicht mehr in die Augen blicken. Sie könnte sich in Zukunft einfach abwenden, wenn sie ihm auf der Straße begegnete, und tun, als ob sie ihn nicht sehe. Und wenn er sie ansprach, dann würde sie vor ihm stehen und ihn einfach reden lassen.

Ein heiserer Laut entrang sich ihrer Kehle. In ihren Augen standen Tränen. Sie haßte sich selbst. So viele Jahre hatte sie das Bild des Prinzen in ihrem Herzen bewahrt, und jetzt, da sie alt und ungeduldig war, kam auf einmal ein Herumtreiber daher, um ihr eine kluge Rede zu halten. Wenn ihr Leben nicht vertan und vorbei wäre, dann könnte sie über das Ganze einfach lachen. Die Enttäuschung aber saß tief.

Wie sie so auf der Türschwelle saß, fühlte sie auf einmal, wie ihre Kräfte nachließen. Sie fror und konnte sich nicht aufraffen, ins Haus zu gehen. Sie dachte, wenn Esmaiil sie damals, vor dreißig oder vierzig Jahren, mit Muness verlassen hätte, hätte sie das heruntergekommene Haus etwas instandsetzen lassen und hätte sich davon befreit. Wenn sie damals gegangen wären, hätte sie vielleicht eine Zeitlang geweint und gejammert, sich dann aber eines Tages vor der Größe des Hauses und vor ihrer Einsamkeit gefürchtet. Sie hätte Setares Leiche zurückgelassen und wäre geflüchtet. Irgendwohin. Sie hätte bestimmt einen Ausweg gefunden. Aber die beiden hatten das Haus nicht verlassen. Ihre Liebe hatte sich in einen Sumpf verwandelt. Jahrelang hatten sie ihre Blicke vor der alten Frau verheimlicht, damit sie die Scham darin nicht sehen konnte. Und wie sie es genossen hatte, wie groß sie sich dabei gefühlt hatte! Sie war eine Riesin! Die anderen waren Zwerge! Und doch hatten die Zwerge sie in äußerster Hilflosigkeit zurückgelassen. Auch Karim war gegangen. Wie viele Hoffnungen sie doch in den Jungen gesetzt hatte. Hatte geglaubt, in ihm eine Stütze in ihren alten Tagen zu haben. Sie liebte das Kind genauso wie ein alter Bauer seinen Maulesel. Der Maulesel hatte gebockt. Karim war davongelaufen, um seinen Bruder zu töten. Wäre es nicht ihre Pflicht gewesen, sich auch um seinen Bruder zu kümmern, damit er nicht zum Brandstifter wurde? Nun war es zu spät. Sie war jetzt eine alte, hilflose Frau. Sie stand auf und ging im Hof auf und ab. Vielleicht könnte sie die Außenmauern stehen lassen, zuerst nur das Haus niederreißen und an dessen Stelle ein neues, mehrstöckiges Haus hinstellen, mit Badezimmer und Badewanne, Heizung und Warmwasser. Sie würde alles mit Teppichen belegen lassen. Wenn alles fertig war, würde sie dann auch die Mauern abreißen lassen. Esmaiil hatte gesagt, sie solle ihm Bescheid geben, wenn das Haus abgerissen sei. Vielleicht kehrte er dann zurück. Doch vielleicht war es besser, wenn er nicht zurückkehrte. Er hatte das, was ihm anvertraut worden war, nicht verantwortungsbewußt behütet. War nicht die Leiche seiner Schwester unter dem Baum verwest und zu Staub zerfallen? Der Mann war im Grunde genommen ein Verräter! Er war nie Vater geworden! Hatte sein ganzes Leben lang an der Seite einer unfruchtbaren Frau verbracht, er kannte den Sinn des Lebens nicht, er wußte auch nicht, was Verantwortung war, er verstand nichts von seelischer und körperlicher Erschöpfung. Nein, es war zwecklos, Esmaiil zu Hilfe zu rufen. Sie mußte Karim wiederfinden. Aber wo? Der Junge hatte nur zwei Bezugspunkte in seinem Leben: die Schule und das Haus. Er war kein geselliger Mensch. Jetzt war er Esmaiil gefolgt und wollte wohl bei ihm unterschlüpfen. Von Karim war also auch nichts zu erwarten. Was war mit Kamal? Wußte er überhaupt, daß seine Schwester tot war? Würde es ihr gelingen, ihn unter einem Vorwand ins Haus zu locken, damit sie gemeinsam das Grab des Mädchens hüten und sein Geheimnis wahren konnten? Aber wo Kamal finden? So wie es Karim nach Hause zog, trieb es Kamal zur Flucht. Er konnte sich an tausenderlei Orten aufhalten. Hatte er das letzte Mal nicht gesagt, daß er nach Bandar Abbas fahre? Mußte sie nun, eine alte Frau, nach Bandar Abbas fahren und ihn unter so vielen Menschen ausfindig machen?

Sie ging noch immer im Hof auf und ab und blätterte im Buch ihrer vergangenen Tage. Ihre Schritte hinterließen eine Spur in der Gartenerde, die immer tiefer wurde. Später würde es regnen, und es würde sich ein kleiner Wassergraben bilden. Das Wasser würde durch den Graben ins Beet fließen, der Gips würde von den Mauern blättern. Dann würde die Sonne heiß auf ihren Kopf scheinen und ihr Hirn erhitzen; das Wasser im Bassin würde sich in Schlamm verwandeln, und Modergestank würde das Haus erfüllen.

Die alte Frau ging noch immer auf und ab.

Als Kind war sie wegen ihres blonden Haars bestaunt worden. Man sagte, sie gleiche dem Emblem mit der Sonne über dem Eingang des Hammam. Ihre Mutter entlauste jeweils ihr Haar, kämmte es einmal im Monat und flocht es zu einem Zopf. Ihr Haar ließ sich nur mühsam entwirren, es bildete eine verknäulte, krause Krone um ihren Kopf. Sie ging zu einer Grube, die sich mit Grund- und Regenwasser aufgefüllt hatte, und schwamm im schlammigbraunen Wasser. Sie hielt die vier Enden ihres Badetuchs in der Hand, der Wind zerrte daran und bauschte es. Ihre Füße lösten sich vom Grund der Wassergrube, und sie schwebte davon und hatte das Gefühl zu fliegen. Ihre Mutter sagte jedem, der es hören wollte, auch zu Prinz Fereydun, Tubas Vater sei ein Adib gewesen, ein Gelehrter. Der Prinz hatte gefragt, was Adib bedeute, und ihre Mutter hatte unterwürfig geantwortet, der Vater habe Gedichte geschrieben und sei deshalb so genannt worden. Wie sehr sich Tuba doch für die einfältige Art ihrer Mutter geschämt hatte. Früher hatten sie hinter einem Elefantenstall gewohnt, und sie hatte einmal als fünfjähriges Kind im Arm ihrer Amme vom Dach aus die Ohren des Elefanten gesehen und war darüber erschrocken. Tuba rief plötzlich: »Elefant, Elefant!« und blieb mitten auf dem Pfad stehen, den sie in die Gartenerde getreten hatte. Als ihr Vater sie im Koran unterwiesen hatte, hatte er ihr von den Ababilvögeln erzählt, den Freunden des Elefanten. Aus der Tiefe ihrer Erinnerungen stürmte eine Horde wilder Elefanten auf sie zu. Die Elefanten zerstörten die Mauern, um zu ihrem Ziel in der Wüste zu gelangen. Dort aber wurden sie von den Ababilvögeln mit Steinen beworfen, die ihnen den Schädel spalteten. Tuba rief wieder: »Elefant!« Wenn doch nur jemand da wäre, bei dem sie vor den Elefanten Zuflucht suchen konnte. Der Prinz vielleicht!

Prinz Fereydun war vom Tod auferstanden und kam auf sie zu. Sein Gehrock war vermodert. Das Wappen mit dem Löwen und der aufgehenden Sonne auf seinem Hut war rostig. Er breitete die Arme aus, in seinem Gesicht strahlte ein warmes Lächeln. Tuba fragte: »Prinz, warum hast du das getan?« Er hatte sie durch seine zweite Heirat zutiefst gekränkt. Wie viele Nächte hatte sie doch wachgelegen, hatte in der Dunkelheit im Bett ihren Kopf hin und her geworfen und sich mit der Faust den Mund zugehalten, um nicht laut herauszuschreien. Sie hatte niemandem gegenüber zugeben wollen, daß sie sogar nach dem Tod des Prinzen eifersüchtig gewesen war.

Die Tür des Hauses neben dem Elefantenstall ging auf, und ein Europäer kam heraus. Der Europäer stand jetzt vor ihrem Vater und hielt ihm einen diamantenbesetzten Ring hin. Die Geographielektionen, die gelbe Landkarte Irans und der Globus waren immer noch in einer Truhe – und in ihrem Gedächtnis versteckt. Warum hatte sich ihr Mann Hadschi Mahmud vor ihr gefürchtet? Wie hatte sie es angestellt, sich durch ihre Trauer um den verhungerten kleinen Jungen von ihrem Mann zu befreien? Warum war sie nicht Gott suchen gegangen? Weil Gott überall war? War er auch in ihrem Haus? Oder war sie ihm aus Angst nicht gefolgt? Warum hatte sie nie einen Messias geboren?

Wie war sie überhaupt dazu gekommen zu glauben, sie könne einen Messias auf die Welt bringen wie die Jungfrau Maria? Was war mit Scheich Khiabani?

Sie blieb stehen.

Ihre Bewunderung für Scheich Khiabani war das einzig Vernünftige gewesen in ihrem Leben! Sie hatte jahrelang unter dem Einfluß dieses Mannes gestanden, den sie alles in allem nur zweimal gesehen hatte. Er hatte sie vor dem Verderben bewahrt. Und dann hatte ihr Leben mit dem Prinzen begonnen: mit majestätischem Prunk, mit prinzlichen Kindern. Danach war die Armut gefolgt, der gesellschaftliche Niedergang. Sie war vergessen worden! Von der Welt vergessen worden! Anderer Leute Kinder waren in ihr Haus gekommen und hatten ihr die Privatsphäre streitig gemacht, die sie glaubte für sich beanspruchen zu dürfen. Ein totes junges Mädchen hatte vierzig Jahre lang in ihrem Bewußtsein weitergelebt. Tuba wußte, daß Setare in den zahllosen Knoten der Teppiche weiterlebte, die sie in ihrem Leben geknüpft hatte.

Tuba ging wieder im Hof auf und ab.

Wie bescheiden sie gelebt hatte und wie wenig sie vom Leben gehabt hatte, und wie sehr sie durch ihr bescheidenes Leben die anderen Menschen in ihrem Spinnennetz gefangengehalten hatte. War sie vielleicht schon gestorben? Sie dachte seit Monaten angestrengt nach und hatte noch immer nicht begriffen, um was für eine Wahrheit es ging. Sie hatte immer noch nur eine vage Vorstellung von der Wahrheit. Die Wahrheit war etwas Wirres, Kompliziertes, ein verborgener Schatz. Es gab kluge Menschen, die die Wahrheit kannten, sie ihr aber nicht mitteilten. Früher hatte der Prinz – ihr Ehemann – eine ähnliche Vorstellung von den Engländern gehabt. Die Engländer wußten alles. Später, als er Kaiser Wilhelm bewunderte, glaubte er, der wisse bestimmt alles. Er brauche bloß die Briten zu besiegen und anschließend die Wahrheit zu verkünden. Aber Wilhelms Macht hatte nicht ausgereicht. Und was war mit Hitler? Ihr Schwiegersohn, ihr Sohn und viele andere hatten Hoffnungen in Hitler gesetzt, hatten darauf gewartet, daß er ihnen die Wahrheit offenbarte. Aber auch Hitler war nicht gekommen.

Tuba ging auf und ab.

Schon seit zwei, seit drei Jahren ging sie auf und ab. Sie war eine Halbtote, die täglich beim Spezereihändler Joghurt und Fruchtsaft, beim Bäcker einen halben Laib Brot kaufte.

Um dann wieder auf und ab zu gehen.

Auf einmal aber blieb sie beim Anblick eines aufgeplatzten Granatapfels stehen, der sie anzulächeln schien. Der Granatapfelbaum trug Früchte. Er hing voller Äpfel. Manche waren überreif, so daß sie geplatzt waren, und ihre roten, durchsichtigen Samen glänzten im goldenen Sonnenlicht. Lag die Wahrheit vielleicht in den Granatapfelsamen? Vielleicht keimte diese unbekannte Wahrheit, die sie dennoch ein Leben lang gehütet hatte, aus dem geweihten Grab unter dem Granatapfelbaum! Sie wußte zwar noch immer nicht, wie die Wahrheit lautete, aber der Baum trug Früchte. Viel reichlicher als in den vorangegangenen Jahren. Die Äste beugten sich unter der schweren Last. Der Baum war erschöpft, er war alt, war hohl und prunkte zum letzten Mal mit seinem Wunder. Tuba dachte, sie müsse die Wahrheit auf die Straße hinaus tragen, damit die Menschen sie kosten konnten. Draußen gab es vielleicht Menschen, die wußten, was die Wahrheit war. Die würden verstehen, warum sie den Granatapfelbaum so lange gehütet hatte. Ja, die Menschen draußen auf der Straße würden ihr sagen, worum es bei dieser Wahrheit ging.

Tuba lief in den Keller, öffnete eine Truhe und zog ein dickes Bündel heraus. Darin war die Tar eingewickelt. Ihre alte Tar, die sie in den vergangenen dreißig, vierzig Jahren nicht angerührt hatte. Zwei Saiten waren gerissen, und sie war voller Spinnweben. Sie erinnerte sich, daß sie früher einmal auf der Straße hatte aufspielen wollen. Warum hatte sie das vergessen? Sie legte die Tar neben das Bassin, breitete das Tuch aus und legte Granatäpfel hinein. Sie konnte die oberen Äste nicht erreichen, also holte sie eine Leiter. Sie pflückte alle Granatäpfel, häufte sie auf dem Tuch zu einem kleinen Berg. Sie knüpfte das Tuch zu, band sich den Tschador um die Hüften, hob das Bündel mühsam auf den Rücken, nahm ihre Tar und verließ das Haus.

Als der Bankangestellte Tahami aus dem Bus stieg, stutzte er. In der vergangenen Nacht hatte er mit seinen Freunden diskutiert und dabei etwas tief ins Glas geguckt. Sie wollten, wie üblich, die Welt verändern. Sie waren der Ansicht, daß man vermehrt die Wissenschaft und die Kunst fördern müsse. Der Kunstmarkt wurde von trivialen Produktionen überschwemmt. In der Musikszene mit ihren seichten Schlagern wimmelte es von dilettantischen Werken schlechter Sänger und unfähiger Komponisten. Wer interessierte sich überhaupt noch für wissenschaftlich fundierte Arbeiten? In allen Bereichen ahmte man blind den Westen nach. Und wie stand es um die Literatur? Was heutzutage dem Leser zugemutet wurde, war Schund, reiner Schund. Es gab zwar eine kleine Minderheit, die von ihrem Elfenbeinturm aus dekadente, elitäre Literatur produzierte, ohne den Sinn des eigenen Tuns zu verstehen. Und überall herrschte Korruption! Ehrliche Menschen wußten gar nicht mehr, was tun und wohin sich wenden. Man mußte vor den Vorgesetzten katzbuckeln, um vorwärtszukommen im Beruf. Die Stimmung in der Bevölkerung war so stickig, daß man beinahe zugrunde ging. Man mußte ein Fenster aufreißen und frische Luft hereinlassen. Die Menschen mußten wieder offen miteinander sprechen können. Jetzt, wo jede ernsthafte Diskussion nur im Flüsterton stattfinden durfte, war die Stimmung so angeheizt, daß alles jäh explodieren konnte. Herr Tahami wußte, daß seine Ideen nicht leicht umsetzbar waren. Seine größte Sorge war ohnehin, daß er eine Nebenarbeit finden mußte, um die Raten für sein Haus, seinen Kühlschrank und seine Waschmaschine zu bezahlen. Dennoch nahm er an den Diskussionen seiner Freunde teil und äußerte seine Meinung. Zu Hause hatte er die Vorwürfe seiner Frau über sich ergehen lassen müssen: Warum sie überhaupt geheiratet habe und zur unbezahlten Putzkraft geworden sei? Warum mußte sie die schmutzigen Windeln von Herrn Tahamis Kindern waschen, Geschirr spülen, kochen und fegen, nur um sagen zu können, daß sie verheiratet sei? Als Herr Tahami sich zu Bett legte, tröstete er sich mit dem Gedanken, daß er am folgenden Abend seine Frau ins Kino einladen werde, um sie zu besänftigen. Am nächsten Morgen war er aber schlechtgelaunt aufgewacht, hatte sich selbst und seine jammernde Frau verflucht. Er war verdrossen einige Schritte von der Bank entfernt aus dem Bus gestiegen – und erblickte eine Greisin, die den Vorübergehenden Granatäpfel anbot.

Tuba hatte ihr Bündel in der Nähe der Bushaltestelle ausgebreitet, zog unter ihrem alten, schmutzigen Tschador Granatäpfel hervor, riß die Früchte mit ihren runzeligen Fingern und ihren schmutzigen Nägeln auseinander und verteilte die Schnitze. Sie bot auch Herrn Tahami einen an. Das Frauchen hatte eine alte Tar neben sich liegen. Obwohl er schon spät dran war, blieb er in der Menge stehen, die verwundert und neugierig die alte Frau umringte. Es war tatsächlich unüblich, daß jemand ausgerechnet Granatäpfel an wildfremde Menschen verschenkte. Jedenfalls hatte er noch nie so etwas gesehen. Herr Tahami zuckte die Achseln und verschwand in der Bank. Er war sicher, daß er am Abend seine Frau nicht ins Kino einladen würde. Er mußte seinen Freunden unbedingt von der alten Frau inmitten der Abgase erzählen. Sie war immerhin das Ereignis des Tages. Eine Gruppe von Schülern des Herawi-Gymnasiums überquerte die Straße. Sie schoben einen Stein auf dem Bürgersteig vor sich her, der genau vor Tuba in den Rinnstein rollte. Auch sie wurden mit Granatapfelschnitzen bedacht. Die alte Frau war zweifellos verrückt, aber keiner der Jungen lachte sie aus. Als die Schulglocke schellte, liefen sie zum Gymnasium, obwohl sie das Spektakel gern länger beobachtet hätten. Aber die Zeit war knapp, sie reichte gerade aus, ihren Schulkameraden von der alten Frau zu erzählen. Sie eilten in ungeordneten Reihen in ihr Klassenzimmer und verteilten Granatapfelsamen.

Eine Frau mit einem Brot in der Hand sagte, sie brauche einen ganzen Granatapfel für ihre Kinder. Das warme Strahlen im Gesicht der alten Frau tröstete sie; nach dieser Begegnung würde sich sicher manches Problem in ihrem Leben leichter bewältigen lassen. Etwas weiter weg stoppte ein Taxi. Der Fahrer stieg aus, um nachzusehen, ob er eine Reifenpanne hatte, und auch er bekam seinen Anteil.

Als alle Granatäpfel verteilt waren, löste sich die Menschenansammlung genauso schnell auf, wie sie sich gebildet hatte. Jeder ging seinen Geschäften nach. Es gab nichts mehr zu sehen außer einer alten Frau und einer kaputten Tar. Tuba nahm ihre Tar in die Hand und stieg in den Bus. Der Fahrer blickte sie fragend an, er wollte ihre Fahrkarte sehen. Doch Tuba ging an ihm vorbei und setzte sich auf den einzigen freien Platz. Der Fahrer verzichtete auf die Fahrkarte.

Als der Bus anfuhr, stieg ein sprudelnder Schwall Wörter in ihr auf. Sie konnte die Wörter nicht ordnen und keine

Sätze bilden. Sie wollte, daß man ihr zuhörte. Sie klatschte in die Hände. Ein paar Passagiere drehten sich zu ihr um. Sie wollte etwas sagen. Vieles ging ihr durch den Kopf, aber es ließ sich einfach nicht ordnen. Sie stand auf, um die Aufmerksamkeit auf sich zu ziehen, sagte aber nur: »O hej, o hej, hej hu, hej hu, hej hu.«

Jetzt blickten sie alle an. »Wartet«, sagte sie, »ich muß euch etwas sagen.«

Eine junge Frau, die mit ihrem Kind einige Reihen weiter hinten saß, wandte sich verlegen ab und sah aus dem Fenster. »Hört mir zu, bitte … Leichen in meinem Garten … Ja, seit vielen Jahren … das heißt, die eine erst seit einem Jahr … die andere aber seit vielen Jahren. Ich mußte sie hüten …«

Tuba wurde durch das plötzliche Bremsen des Busses nach vorn geschleudert. Ein Mann fing sie auf. Tuba fuhr unbeirrt fort: »Der Prinz, er will seine Frau töten. Wenn er es tut, dann bleibt die Zeit stehen, alle werden in Steine verwandelt werden. Vielleicht hat er sie sogar schon umgebracht.«

Der Mann hielt sie am Arm fest: »Komm, Mütterchen, komm!« Er hielt sie bei der Hand und half ihr vorsichtig aus dem Bus und über den Straßengraben springen. »Wo bist du zu Hause, Mütterchen?« fragte er. Und Tuba antwortete: »Zu Hause oder nicht zu Hause, ich kann jetzt nicht nach Hause. Ich muß die Wahrheit sagen!«

Dann solle sie ihm eben die Wahrheit sagen, meinte der Mann. Tuba verstummte auf einmal. Sie sah dem Mann in die Augen. Es war nicht der Prinz, aber in seinen Augen lag der gleiche Ausdruck. Sie sagte: »Mit dir kann man jetzt nicht reden, man darf nur flüstern.« Dann verbeugte sie sich mehrmals vor dem Mann, dankte für seine Hilfe, ging langsam ein paar Schritte rückwärts, wandte sich um und ließ ihn stehen.

Tuba umklammerte mit der Hand ihre Tar. Ein paar Straßen weiter bog sie in eine ruhige Gasse ein, setzte sich auf den Boden und fing zu spielen an. Das Instrument war verstimmt, die falschen Töne schmerzten in ihren Ohren. Sie hatte die Tonlagen und Melodien der persischen Musik vergessen. Also fing sie zu singen an. Ihre krächzende Stimme verschmolz mit den Tönen des verstimmten Instruments, dem zudem zwei Saiten fehlten. Ein kleiner Junge blieb vor ihr stehen und spuckte ihr ins Gesicht. Die Spucke klatschte auf die Hand, in der sie das Plektrum hielt.

Es war alles vergeblich. Sie lehnte die Tar an die Mauer und ging weiter. Sie hatte die Wahrheit gefunden, ja, sie hatte sie gefunden, konnte sie aber nicht zum Ausdruck bringen. Um sich von diesem inneren Zwang zu befreien, die Wahrheit um jeden Preis in Worte kleiden zu müssen, schüttelte sie mehrmals den Kopf. Ein Radfahrer schaute sich nach ihr um und hielt sie für eine tanzende Irre, für eine Erscheinung, über die man sich lustig machen konnte. Er schlug ihr im Vorbeifahren mit der Hand gegen die Brust, und Tuba fiel rückwärts in den Straßengraben. Der Radfahrer radelte schleunigst davon. Tuba wartete auf sein Gelächter, aber alles blieb still. Sie lag auf dem Rücken im Graben, umflossen vom schäumenden Abwasser. Ihr Körper staute das Wasser. Das Wasser stieg an und floß über ihr Gesicht. Eine zerknitterte Packung Winston-Zigaretten blieb an ihrer Nase hängen. Sie stützte sich mit beiden Händen an den Wänden des Wassergrabens ab und richtete sich mühsam auf. Sie blieb sitzen, bis das Wasser ihr bis zu den Hüften reichte, dann stand sie auf. Triefendnaß machte sie sich auf den Heimweg.

Zu Hause angelangt, stellte sie fest, daß sie vergessen hatte, die Tür zuzusperren. Doch was spielte das jetzt für eine Rolle, ob die Tür zugesperrt war oder nicht? Sie setzte sich an den Rand des Wasserbeckens. Als sie die Tür ins Schloß fallen hörte, glaubte sie, Esmaiil sei zurückgekehrt. Oder Muness. Oder Karim. Aber es war keiner von ihnen. Es war Lejla! Sie trug einen schwarzen Tschador, und ihre kajalumrandeten Augen schauten sich unruhig um. Sie versuchte, ihre Angst zu verbergen. Sie ging zu Tuba und sagte zu ihr, sie müsse sich verstecken, der Prinz suche überall nach ihr, um sie umzubringen. Tuba sah sie schweigend an. Lejla stand einfach vor ihr. Tuba mußte ihr unbedingt helfen oder sie bitten, schleunigst das Haus zu verlassen. Schließlich sagte sie zu Lejla, sie könne hier bleiben, doch der Prinz wisse ja, wo sie wohne – er wisse ohnehin alles. Lejla lachte: Sie fürchte sich nicht vor dem Prinzen. Er wisse alles, nur in die Tiefen ihrer Seele sehe er nicht. Wenn sie nicht bei ihm sei, habe er keine Ahnung, wo und mit wem sie sich befände. Tuba erwiderte, das sei gut und recht, aber der Prinz sei genauestens über sie, Tuba, im Bild, er könne selbst in ihren Gedanken lesen und dort Lejla aufspüren. Lejla lächelte und meinte, das sei weiter nicht schlimm, sie könne das Haus jederzeit verlassen.

Jetzt ging auch sie im Hof auf und ab.

Nein, der Prinz könne sie nicht aufspüren, dafür aber Tuba. Er könne Lejlas Spuren anhand der Gedanken anderer verfolgen. Daher habe sie Angst, sich in der Öffentlichkeit zu zeigen, denn sie würde sofort wiedererkannt. Daher müsse sie sich immer als etwas Verachtenswertes ausgeben: als leichtfertige Person, als Tänzerin oder Prostituierte. Nur so könne sie überleben – allerdings nur, solange der Prinz ihr ausschweifendes Leben ertrage. Der Prinz lasse sie eine Zeitlang gewähren, vielleicht um seine eigene Toleranzgrenze zu messen. Aber nur eine kurze Zeit lang. Dann schlage er sie – versuche sogar, sie zu töten.

Lejla ging wieder auf und ab.

Die Schminke schmolz langsam, und ein ebenmäßiges, unschuldiges Gesicht kam darunter zum Vorschein. Sie sah wie eine Jungfrau aus, wie die Verkörperung vollkommener Reinheit. Immer, wenn sie zu ihrem unberührten Ursprung zurückkehre, habe der Prinz Angst vor ihr. Ihre Keuschheit bringe den Prinzen um. Er umkreise sie wie eine uneinnehmbare Festung und suche nach einer Scharte, um in sie einzudringen. Manchmal breche er vor Verzweiflung in Tränen aus und trage sich sogar mit dem Gedanken, sie zu erdrosseln, um sie aus seinem Gedächtnis zu tilgen. Es ekle ihn vor soviel Reinheit. Und dann drehe er durch und suche das Abenteuer. Er schlafe mit Huren in der Nähe von Wasserquellen, um ihr, Lejla, zu verstehen zu geben, daß er sie besitzen wolle wie diese Frauen. Sie bewahre ihre ewige Unbeflecktheit, während der hilflose und ermattete Prinz seine männliche Kraft verliere. Er fühle sich zum ewig Weiblichen hingezogen, gehe in Klöster, bete und versinke in Ekstase. Da ihm das keine Linderung bringe, steige Haß in ihm auf, und er schlafe ihr bei, vergewaltige und versklave sie, verspotte sie vor ihren zahllosen Kindern, behaupte, sie sei eine schwache, hilflose Kreatur. Vor soviel Erniedrigung vergesse Lejla ihre angeborene Sprache, ihre Gedanken versänken in den Tiefen ihrer Seele, sie werde zu einem verschreckten Huhn, das man an den Füßen aufgehängt habe und das darauf warte, daß alle Hähne der Welt es besprängen.

Lejla ging noch immer auf und ab.

Ihr Gesicht war wie ein Meer, über das die Wellen hinwegspülen. Einmal war sie die Keusche, einmal war sie die Hure. Sie habe gelernt, ihn nicht zu beachten. Sie setze sich einfach ans Fenster und beschäftige sich mit einer Seidenstickerei; koche, wonach sie Lust habe, und überlasse ihm die Reste. Sie verrate ihre Gedanken nicht, gebe sich kalt und abweisend, erlaube den anderen teilnahmslos, sie zu benutzen, ohne ihnen entgegenzukommen. Sie liebe ihre Lieblingskatze mehr als den Prinzen und ziehe ihren kleinen, groben Teppich ihm vor.

Dann stelle sie fest, wie der Mann Tavernen aufsuche und sich betrinke, wie er ständig nach Erbrochenem stinke, nach Schnaps und sauren Gurken. Und sie stelle fest, daß er unter dem Ladentisch krumme Geschäfte mache, Reis und Öl zu überrissenen Preisen verkaufe und die Milch mit Wasser pansche.

Lejla sah auf einmal wie eine einfache Hausfrau aus. Sie spitzte die Lippen und zog die Nasenflügel hoch. Sie sagte, sie schlage sich vor Kummer auf den Kopf und verwünsche ihn hinter seinem Rücken. Sie gebe ihm zu verstehen, daß sie ihn verachte. Dann schließe der Prinz die Augen und beschimpfe sie, oder er zücke ein Messer und stoße es ihr in die Brust. Der Prinz töte sie immer wieder. Lejla stellte sich dann tot, und der Prinz holte sie wieder ins Leben zurück, denn er konnte ohne sie nicht leben. Ohne sie konnte er nichts ausrichten. Leider schied sie immer unschuldig aus dem Leben und kehrte schuldig zurück. Wenn sie nicht da war, regnete es Asche auf die Menschen, und die Welt versank in Trauer. Die Menschen liefen ziellos umher, weinten, riefen nach ihr. Wenn sie wieder zurückkehrte, blendete sie die Menschen mit ihrem strahlenden Licht. Und sie verloren die Beherrschung und kannten ihre Grenzen nicht mehr. Sie sei für das Verhalten der Menschen nicht verantwortlich. Sie müsse sich einfach bewegen. Wenn sie einen Moment lang verharre, dann hole der Tod sie ein. Wenn sie sich nicht bewege, dann schliefen ihre Füße ein. Sie provoziere die Welt, ohne es zu wollen, sie bringe alles durcheinander und stifte Unruhe. Aber sie war für immer und ewig die Frau des Prinzen, daran ließ sich nichts ändern, und sie mußte den Jungen lieben, der er in seinem Innersten geblieben war. Und der Mann müsse immer sie auserwählen und die Mutter in ihr anbeten.

Lejla war müde.

Sie erinnerte sich an einen weit in der Zeit zurückliegenden Tag! Sie wanderte durch den Wald. Sie war ein Tier. Ein Insekt. Ein Tiger vielleicht. Sie war ein Grashalm, der Stamm einer Pappel. Sie war das Wasser der Quelle. Sie war ein Berg. Und sie hatte ihren Mann geliebt wie einen Berg. Wie ein Insekt. Nur die Erinnerung an diese ewige Liebe hielt sie noch am Leben.

Sie setzte sich in eine Ecke des Hofes.

Sie wickelte sich in den Tschador und legte ihr schönes, makelloses Gesicht auf die Knie. Dann lehnte sie den Kopf an die Wand und sah Tuba traurig an. Tuba sagte, sie könne nicht lange bleiben, denn das Haus werde demnächst einstürzen. Die Nachricht werde sich schnell in der Stadt herumsprechen. Das Haus sei voller Leichen. Man werde die Leichen ausgraben. Dann werde ein riesiger Tumult ausbrechen. Kein Stein werde auf dem anderen bleiben. Also mußten sie schweigen, so, wie sie seit je geschwiegen hätten. Sie mußten die Geheimnisse in der Tiefe ihres Herzens bewahren, durften nur flüstern. Sie durften nichts sehen und nichts hören, denn sonst würden Unruhen ausbrechen. Durch Lejlas Anwesenheit würde unendlich viel durcheinandergeraten.

Lejla blickte sie unverwandt an. Sie spüre die Leichen der Mädchen unter der Erde, sagte sie. Es sei, als ob die junge Frau tiefer denn je in das Dickicht ihrer Erinnerungen eingedrungen sei. Sie möchte neben ihrem Mann stehen, um mit ihm ein Insekt zu sein, oder ein Berg, eine Steppe, eine Wüste, ein Tal, ein Lichtstrahl, die Weite des Himmels, damit sie mit ihm verschmelzen konnte. Sie habe das Gefühl, als ob das Mädchen verliebt sei und sich vermehre.

Sie stand auf.

Sie wisse, daß sie sich diesmal selbst umbringen müsse, um durch die kleinsten Partikel des Mädchens wieder auf die Welt zu kommen. Sie werde diesmal dem Prinzen keine Gelegenheit geben, sie umzubringen. Traurig fügte sie hinzu, wenn der Prinz Tubas Botschaft richtig verstanden habe und sich ebenfalls umbringe, würde ihr Schicksal neu geschrieben werden.

Lejla zuckte zusammen und zerbarst. Das Blut quoll hervor, Fleischfetzen blieben überall kleben. Tuba war blutbespritzt, und der Geruch betäubte sie. Vor Angst hielt sie sich die Augen zu, während sie Lejlas Stimme hörte, die nach ihr rief.

Sie stand wieder vor ihr und sagte: »Dank meinem Tod ist es nun möglich, in die Tiefen zu steigen; wir müssen gemeinsam in die Tiefen hinabsinken. Nur dort herrscht völlige Stille. Jetzt kann er uns nicht mehr finden.«

Sie riß die alte Frau mit in die Tiefe. Erst verfingen sie sich in den Wurzeln des Granatapfelbaumes. Tuba hörte ein Aufklatschen. Es war, als ob eine Birne in einen Weiher falle wie ein Wassertropfen. Sie mußten endlose Sekunden in völligem Schweigen verharren, um das Geräusch zu hören. Nach dem dritten Mal sagte Tuba: »Das sind Setares letzte Zuckungen.« Das Geräusch wurde immer leiser, immer undeutlicher. Mariam war wie ein Sturm; ihre Partikel wirbelten in der Erde; sie war wie eine rollende Brandung. Lejla sagte: »Wir müssen tiefer hinuntergehen.« Dort war nur Weinen und Wehklagen. »Die hier liegen, sind stumm gestorben und haben jetzt Gelegenheit, ihr Schicksal zu erzählen.« Sie sanken noch weiter hinab, bis in die Tiefen der totalen Finsternis, der Schwere, der Erstarrung, der Stille. Es war die trostloseste Stille überhaupt, die lastendste Schwere überhaupt. Sie gingen durch die Tiefen des Erzes, des Feuers, des Wassers. Tubas Elemente wirbelten durcheinander, verschmolzen dann zu einem einzigen Atom. Ihr Körper hatte sich in eine Einheit verwandelt. Tuba schrie auf vor Schmerz. Der Prinz hatte gesagt, dieser Zustand würde nur kurze Zeit dauern.

Dann drang ein Lichtstrahl durch die Finsternis. Lejla sagte: »Dies ist das Bewußtsein.« Tuba befand sich in der Wüste. Lejla war in ihr, und sie sagte: »Erinnerst du dich, daß wir eins waren? Wie wir um unsere vier Söhne bangten? Du genossest den Tanz des Windes im Laub, trankst aus Quellen, warst beinahe im Paradies. Männer kamen und umarmten dich, du schliefst freudig mit ihnen, dann kamen die Kinder, eines nach dem anderen, du durchschnittest ihre Nabelschnur mit einem spitzen Stein und verknotetest sie. Um dich wuchs ein Stamm heran; deine Küken sahen dich erwartungsvoll an, sperrten hungrig den Mund auf. Und du wußtest keinen Ausweg.« Lejla lachte. »Erinnerst du dich, als dein ältester Sohn von der Jagd zurückkehrte und du dich respektvoll einige Schritte von ihm entfernt auf die Erde setztest und die Kinder um dich schartest? Er aß mit seinen Freunden zusammen die Beute, und du sahst ihnen zu. Sie warfen die Knochen weg, du sammeltest sie ein und gabst sie deinen Kindern zum Nagen. Dann pflanztest du die Knochen in die Erde, in der Hoffnung, aus ihnen würden wilde Ziegen wachsen, wie Bäume aus den Wurzeln, und du könntest ohne Sorge um die Nahrung deiner Kinder leben. Der zweite Junge mochte nicht von dem zehren, was ihm sein Bruder hinwarf. Er träumte zu fliegen wie ein Adler. Er hängte sich Vogelfedern um und tanzte um das Feuer. Er war überzeugt, daß er eines Tages fliegen würde. Du und ich, wir sahen ihm erwartungsvoll zu. Wenn er fliegen könnte, wenn er den Gipfel erreichte, wenn er in den Felsklüften Vogeleier sammeln könnte, würde kein Hunger mehr herrschen. Wir sahen ihn so erwartungsvoll an, daß es uns manchmal vorkam, als fliege er tatsächlich. Der dritte Junge versteckte alles, erinnerst du dich? In Baumhöhlen, unter Sträuchern, er versteckte Eier, Knochen und Fleischbrocken vor den anderen und aß sie allein auf. Er war geizig und riß den anderen das Essen aus der Hand. Seinetwegen mußtest du alles Eßbare verstecken. Der kleinste klebte geradezu an dir. Wie eine Seele in zwei Körpern. Er saß sittsam neben dir und beobachtete die gierig schmatzenden Jäger. Wie du nahm er eine Handvoll blutiger Erde und stopfte sie sich in den Mund, um das furchtbare Rumpeln im Bauch zu beruhigen. An deiner Seite betrachtete er den Vogeltanz seines Bruders, mit dir durchsuchte er die Erde und vergrub Ziegenknochen, mit dir entdeckte er das Geheimnis des Saatkorns, und er verliebte sich in die Erde wie du. Erinnerst du dich? Von da an war er immer bei dir, wenn du zu den Quellen gingst. Mit ihm zusammen verlorst du die Liebe und opfertest mich deinem Hunger. Du brachtest mich auf die Welt: eine Tochter! Du lehrtest mich tanzen, wie du es bei deinem fliegenden Sohn gesehen hattest. Und ich tanzte. Die Jäger kamen und gaben dir ein Stück erlegtes Wild, um mich tanzen zu sehen. Dein Sohn, der Jäger, war unter ihnen. Ich verhexte sie. Du hattest mir deine Geschmeidigkeit vererbt, bliebst selbst auf dem Boden und schicktest mich zum Himmel. Ich schloß die Augen, rief die Seele des Windes herbei, tanzte wie der Wind durch die Äste, versuchte, wie Regentropfen auf die Erde zu fallen, versuchte, wie das Meer Wellen zu schlagen, aufzugehen am Horizont wie der Mond, am Horizont zu versinken wie die Sonne. Sie betrachteten mich staunend. Sie brachten jedesmal eine Beute mit, die ihr, du und dein jüngster Sohn, verstecktet. Ich zähmte die Jäger und einverleibte sie in deinen Stamm. Du wurdest mächtig, und ich wurde von allen bewundert.«

»Als dein ältester Sohn feststellte, daß wir ihm seine

Freiheit genommen hatten, Tuba, konnte er mir das nicht verzeihen. Du stelltest ihm Mädchen und Frauen zur Verfügung, setztest ihm das beste Essen vor, aber er konnte auch dir nicht verzeihen, und er rächte sich an mir, der Tanzenden. Mein Mann erniedrigte mich. Er wollte mich vom Himmel herunterreißen. Nun, da er seine Freiheit preisgegeben hatte, wollte er sie durch Macht ersetzen. So kam es, daß er mich in die Wüste schickte, um wilde Tiere zu jagen. Von ihnen schöpfte er seine Kraft. Er schöpfte soviel Kraft, daß er schon bald in der Lage war, dich und deinen Besitz zu beherrschen. Wir mußten etwas unternehmen. Wir mußten das Wilde in ihm töten.«

»Erinnerst du dich? Wir töteten ihn. Es war so ein unbedarftes Geschöpf, das wie ein Tier lebte, und wenn er jemandem ein Leid zufügte, dann bloß aus Notwendigkeit, und nicht, weil es ihm Spaß machte. Er war es, der meinem Tanz zusah. Es lag so viel Liebe in seinem Blick, daß mir unwillkürlich die Tränen kamen. Wie ein Lamm hing er an mir, der Wilde. Aber wir töteten ihn. Erinnerst du dich an deinen ältesten Sohn, der nachts weinte und um seine verlorene Freiheit trauerte? Er hatte gerade erst gelernt, an denselben Schmerzen zu leiden wie wir, Schmerzen, die wir unter uns aufgeteilt hatten, um die Welt besser zu beherrschen. Er hatte Todesangst. Nachts irrte er in der Umgebung des Dorfes herum und rief nach seiner meuchlings ermordeten Freiheit. Monate-, jahrelang blieb er verschwunden. Dann kehrte er zurück, nahm mich in seine Arme, mich, die ich einen Teil von ihm getötet hatte. Ich fürchtete mich vor ihm – und ich tanzte aus Angst. Dann beruhigte er sich und weinte. Er war irgendwo zwischen dem Dorf und der Steppe gefangen. Der fliegende Sohn bestieg eines Tages den Berg, um ein Adler zu werden, und er kehrte nie mehr zurück. Du und der jüngste Sohn, ihr setztet euch hin und schautet zu den Gipfeln hinauf. Ihr batet alle, zu den Gipfeln hinaufzuschauen. Wenn er eines Tages käme, der große, wilde Adler, dann würde er alle Sündigen in Stücke reißen. Ich tanzte! Du pflanztest Schuldgefühle ein und erfandest Umgangsformen. Du brachtest für den jüngsten Sohn eine Tochter auf die Welt. Sie war ruhig und schüchtern. Sie setzten sich links und rechts neben dich und blickten zum Gipfel hinauf, und ich schenkte dir die Seelen der ungebändigten Männer als Erinnerung. Dein ältester Sohn sah ebenfalls zum Gipfel hinauf. Er suchte das Geheimnis des verschwundenen Bruders. Er war deinem Zauber unterlegen. Sein Bruder dort oben war größer und schweigsamer als alle anderen. Er war anwesender als alle anderen und zugleich unerreichbarer.«

Lejla legte die Hände vors Gesicht.

»Eines Tages entdeckte ich auf dem Berg die Leiche des verschwundenen Bruders. Er war mit dem Tiger, mit dem er gekämpft hatte, erfroren. Das war der Grund, warum er nie zurückgekehrt war. Ich erzählte niemandem davon. Es blieb mein ewig sorgsam gehütetes Geheimnis.«

Gespenstische Stille hatte sich über die Wüste gelegt.

Lejla fuhr fort: »Als der große Bruder die Seele des Gipfels entdeckte, fiel dessen Schatten auf die Erde. Er versuchte, die Gesetze des Vogeltanzes zu ergründen. Er ließ mich anstelle des Adlers tanzen. Durch die Erkenntnisse des Tanzes beherrschte der Mann nun die Erde. Daher entführte er mich aus eurer Mitte. Wir gingen jetzt getrennte Wege: Ihr euren Weg, die Erde zu erforschen. Wir unsern Weg, der zum Himmel führte.«

Lejla lachte.

»Erinnerst du dich, als der dritte Sohn uns alle an die Jäger verkaufte? Er wickelte mich in ein Stück Fell, überbrachte mich dem großen Bruder und tauschte mich gegen Fleisch. Und er ließ sich noch mehr Fleisch geben, um die anderen am Geheimnis seines fliegenden Bruders teilhaben zu lassen. Die Jäger fügten sich aber nicht. Du hattest mich geboren, um die ständige Unrast loszuwerden. Du warst jetzt im Besitz der Weizenfelder. Sie nahmen dir alles weg, töteten dich und schnitten deine Seele entzwei. So hattest du es selbst gewollt, Tuba. Fortan hattest du keine Seele mehr, dafür aber einen satten Bauch. Mich, die lebendige Hälfte, hatten sie verschleppt, damit ich für sie tanzte. Sie kamen in Horden aus der Wüste, um mich und die Felder deines jüngsten Sohnes an sich zu reißen. Manchmal hetzte ich sie gegeneinander auf, damit du etwas Zeit zum Aufatmen hattest. Dieses Spiel gelang mir nur eine Zeitlang, eines Tages warfen sie mich in einen Abgrund. Sie holten mich vom Himmel herunter, um aus mir eine Hure zu machen. Du Ärmste! Deine lebende Hälfte wurde durch den Schlamm gezogen, und du entferntest dich immer weiter von mir. Wann immer sie euch überfielen, schartest du deine Kinder um dich; ihr saßt kopfschüttelnd auf der Erde, weintet und jammertet, und du verwünschtest die Jäger und riefst nach deinem Sohn mit den Adlerschwingen. Ihr weintet und schlicht euch in der Nacht zu den Speichern, um die verbliebenen Weizenkörner zu zählen. Und du übersahst deinen dritten Sohn, der alles entwendete und den Jägern gab und auch sie bestahl und das Diebesgut euch zurückbrachte – und dafür belohnt wurde. Ich tanzte unentwegt, in der Hoffnung, die Wüstenbewohner zu zähmen. Ich tanzte, und mir schwindelte, denn sie waren zahllos. Sie vermehrten sich in der grenzenlosen Wüste und besiedelten deine Dörfer. Um dich zu beherrschen, hatten sie aus mir eine Hure gemacht. Du warntest deine Töchter vor meinem bitteren Schicksal. O Tuba, damals habe ich begonnen, dich zu hassen! Ich tanzte nicht mehr wie die Wellen des Meeres, auch nicht wie der Wind in den Zweigen, und ich tanzte nicht mehr für die Vereinigung von Himmel und Erde. Ich bewegte mich nur, um sie abzulenken. Ich tanzte in Städten, ich haßte die Männer, ich haßte dich. Sie hatten mich von meiner lauteren Quelle getrennt, und ich suhlte mich im Schlamm.«

»An jenem Tag, als mich der dritte Bruder als Sklavin verkaufte, tanzte ich in einer Taverne. Ich sah die Wüstenbewohner um mich herum. Sie waren allesamt ohne Kopf, sie bestanden nur aus Gliedern. Ich tanzte nicht mehr; ich begehrte auf. Der Drang, mich zu bewegen, den ich von dir geerbt hatte, ließ mir keine Ruhe. Ich begann zu beten. Sie wollten mir nicht glauben und verspotteten mich. Ich trug deinen Tschador und entfernte mich allein in die Wüste. Sie folgten mir und versuchten, mich zum Tanzen zu zwingen. Ich breitete meinen Tschador aus und flog davon. Ich betete nun zwischen Himmel und Erde, und sie waren verblüfft. Ich rächte mich! Und diesmal war ich es, die dich gebar.«

»Mein Mann umkreiste mich, um sich meiner Veränderung zu vergewissern. Der Wunsch, jenen alten Tanz wiederzusehen, raubte ihm den Verstand. Aber wir hatten unsere Unbeschwertheit verloren, damit du und dein Lieblingssohn satt werden konntet, die Felder bebauen und zu den Gipfeln emporschauen. Ich tanzte nicht mehr für den Mann, und das machte ihn zornig. Die tote, die ungebändigte Hälfte erwachte in ihm. Die ungezügelte Hälfte, die den Tanz der Natur liebte. Schließlich brachte ich dich für ihn zur Welt. Vom ersten Tag deiner Geburt an erniedrigte ich dich. Ich rächte mich an dir, weil du mich vor den Wilden hattest tanzen lassen. Du warst schon von Geburt an an die Erde gebunden.«

»Dann, du Ärmste, gebarst du mich, eine Hure, die ihre Hüften schwenkte, um die wilden Wüstenbewohner zu verführen und deine Getreidespeicher vor ihrer Raubgier zu schützen. Tiefer konnten wir beide nicht mehr fallen.«

»Mein Mann hatte mich verlassen. Er zog durch die

Welt. Sein Weggang zog nur Unheil nach sich. Der Mongole kam, um dir dein letztes Stück Brot zu stehlen. Ich hatte sagen hören, daß mein Mann an Wasserquellen Frauen tötete. Zu Recht. Er mußte sie töten, damit sie den Mongolen nicht in die Hände fielen. Aber leider tötete er auch dich. Dich, die ich auf die Welt gebracht hatte. Dich, die du so ruhig und schicksalsergeben und hilflos warst. Ich hatte dich so geschaffen, damit du eine Chance hattest, in jenen unbarmherzigen Zeiten zu überleben. Ich hatte gedacht, deine Hilflosigkeit werde dich retten. O ich Elende: Du wurdest stumm, siebenhundert Jahre lang stumm.«

Tuba spürte kein Verlangen mehr, nach der Wahrheit zu suchen. Zwischen den beiden Frauen in der Wüste saß jetzt eine dritte: In der einen Hand hielt sie eine Waffe, in der anderen eine Handvoll feuchter Erde. Es war das Andenken an einen Menschen, an einen Tag, an einen Ort. Ihr Gesicht war so finster wie der Ozean.

»Sie ist es also?« fragte Tuba.

»Ja und nein«, antwortete Lejla, »sie wurde einmal geboren. Sie wurde einmal aus Liebe schwanger, und sie wird uns alle einmal auf die Welt bringen. Aber unsere Epoche neigt sich ihrem Ende zu, siebentausend Jahre Mühe und Not, und eine neue Zeit wird anbrechen. Ich habe mich schon einmal umgebracht. Und du? Bist du bereit zu sterben?«

Tuba nickte. Lejla sagte feierlich: »Du bist die Wächterin, du bist die Bewahrerin, werde zu Staub!«

Ein hohles Geräusch folgte. Tuba stieg wieder an die Oberfläche und sah, daß sie sich über die Erde verstreut hatte. Jetzt gehörte sie zu den Erdpartikel und sah mit jedem einzelnen Partikel. Sie war in der Wüste, der Prinz hatte eine Gazelle erlegt. Das Blut und die Milch der Gazelle vermischten sich und durchtränkten Tuba. Tubas zahllose Partikel betrachteten ihn, und sie sah mit ihren

Tausenden Augen. Ihr Blick hatte die Natur besänftigt. Der Prinz betrachtete die tote Gazelle. Tuba dachte, wie schön es wäre, wenn auch sie eine Jägerin wäre. Auch sie hätte die Gazelle getötet, obwohl trächtige Gazellen nicht gejagt werden dürfen. Der Mann war aber kein Jäger. Es war auch nicht Jagdzeit, und niemand litt Hunger.

Er hatte aus Mordlust getötet.

Sie horchte auf. Irgendwo in der Nähe wurden Männer getötet. Die Männer sanken in den Staub, und ihr Blut tränkte die Erde. Tuba weinte. Ihre Tränen vermischten sich mit dem Blut der Männer und versickerten, drangen in die Tiefe bis zum donnernden Sturm. Wenn die Zeit kam, würde sie aus allen Partikel Menschen gebären: Männer und Frauen, alte und junge, kleine und große.

Lejla war zurückgekehrt. Sie war ganz in Blau gehüllt. Sie sagte: »Erhebe dich, es ist Zeit zu gehen.« Sie richtete Tuba auf. Ihre eine Hälfte fiel mit einem gellenden Laut von ihr ab und erschlug ihre eigenen Kinder. Die Menschen ertranken in ihrem eigenen Blut. Sie sagte: »Es liegt nun an ihnen, ob sie sich befreien oder nicht.«

Tuba sah den Prinzen, wie er mit einem nackten Degen ins Leere stieß.

»Bin ich tot?« fragte sie.

»Du bist tot«, antwortete Lejla.

»Und du?« fragte Tuba.

»Ich kann nicht sterben«, erwiderte Lejla.

»Und der Prinz?« fragte sie.

»Auch er kann nicht sterben«, antwortete Lejla.

Abdolazim: Nachfahre des Prophetennachfolgers Ali. Sein Grabmal in Rej ist von alters her eine Wallfahrtsstätte der Schiiten.

Aref: Abdolqasem-ebn Hadi Aref aus Qazwin, bekannter iranischer Dichter und Liedermacher in den Zwanziger Jahren.

Bouhired, Dschmila: algerische Befreiungskämpferin im Unabhängigkeitskrieg; legte 1956 eine Bombe im Franzosenviertel von Algier.

Gajumart der Pasargade: der erste mythische König der Pasargaden.

Hafez: Chadschi Schmaseddin Mohammad Schirazi Hafez, Mystiker und Dichter des 14. Jahrhunderts.

Hasan ibn Sabbah: Anhänger der politisch-religiösen Sekte der Assassinen, der im 11. Jahrhundert in der Festung Alamut den Seldschuken trotzte.

Khiabani (Scheich Mohammad Khiabani): Geistlicher aus Tabriz, der sich während der konstitutionalistischen Bewegung um die Jahrhundertwende auf seiten der Antiabsolutisten engagierte.

Mani: babylonischer Religionsstifter (Manichäismus) im 3. Jahrhundert.

Mansur Halladsch: Mystiker, wurde aufgrund seiner innovativen Lehren im Jahre 922 ermordet.

Mirza Reza Kermani: Anhänger von Sejjed Dschamaleddin Asadabadi; erschoß im Jahre 1896 den Kadscharenkönig Nasereddin.

Mochberossaltane Mehdiqoli Hedajat: Minister unter Schah Mosaffareddin.

Moschiroddoule Mirza Nassrollah Khan, Moschiroddoule der Erste: hoher Beamter während der Herrschaft des letzten Kadscharenkönigs.

Mossaddegh Mohammed: von 1920 bis 1922 Justiz-, Finanz- und Außenminister, 1951 zum Ministerpräsidenten gewählt, 1953 von der Armee gestürzt.

Moulana Dschalaleddin Mohammad: siehe Rumi.

Moulawi: Name für Dschalaleddin Mohammad Rumi.

Mullah Sadra Mohammad-ebn Sadreddin Schirazi: iranischer Philosoph des 17. Jahrhunderts.

Rabee Adawijeh: weibliche Mystikerin im späten 8. Jahrhundert.

Rumi Dschalaleddin Mohammad: bedeutender Gelehrter und Mystiker des 13. Jahrhunderts.

Sarpass Mochtari: berüchtigter Polizeichef unter Schah Reza Pahlewi.

Schah Achmad Kadschar: siebter Kadscharenkönig (1909 bis 1925).

Schah Mohammad Ali: sechster Kadscharenkönig (1907 bis 1909).

Schah Mohammad Reza Pahlewi: bestieg nach der Abdankung seines Vaters Reza Khan Pahlewi 1941 den Thron.

Schah Mosaffareddin: fünfter Kadscharenkönig (1896 bis 1907).

Schah Nasereddin: Sohn Schah Mohammads, vierter Kadscharenkönig (1848 bis 1896).

Schah Reza Khan Pahlewi: stürzte als Kommandeur einer Kosakenbrigade (Sirdar Sepah) 1921 die Regierung, wurde Kriegsminister, dann Ministerpräsident; nach der Absetzung Schah Achmads 1925 zum neuen Schah ausgerufen.

Schams Tabrizi: Schamsoddin Mohammad, Wanderderwisch im 13. Jahrhundert; Rumis Sammlung der lyrischen Gedichte ist nach ihm benannt.

Scheich der Mystik: Hinweis auf den sufischen Philosophen Jahja-ebn Habasch-ebn Amirak Sohrawardi, bekannt als *schejch-e aschraq*, aus dem 12. Jahrhundert.

Worterklärungen

Adib: Gelehrter; bedeutet wörtlich Literat.

Als wäre die Serat-Brücke unter deinen Füßen verschwunden: Serat bedeutet (gerader) Weg. Das Bild der Serat-Brücke bezieht sich auf die Vision vom Tage der Auferstehung, an dem alle Menschen über eine Brücke gehen müssen, die ständig schmäler wird; wer gesündigt hat, wird von der Brücke ins lodernde Höllenfeuer stürzen.

Alte Wissenschaften: Sammelbezeichnung für verschiedene traditionelle Wissenschaftszweige.

Amghesi: aserbaidschanisch, Tochter der Schwester oder des Bruders des Vaters; Kusine.

Biwe: Im persischsprachigen iranisch-islamischen Kontext wird *biwe* sowohl für geschiedene als auch verwitwete Frau verwendet.

Bustan: eines der Hauptwerke von Moschreffeddin Abubakr-ebn Saad (Saadi), einem bedeutenden Literaten und Denker des 13. Jahrhunderts.

Chanom: Frau, Dame.

Dajghesi: aserbaidschanisch, Tochter der Schwester oder des Bruders der Mutter; Kusine.

Das Papageienbuch (Tuti-name): Sammlung von Geschichten und Fabeln, eingefaßt in eine Rahmenerzählung; von Sijaoddin Nahschabi Anfang des 14. Jahrhunderts aus dem Sanskrit ins Persische übersetzt.

Der ehrwürdige Gelehrte aus Schiraz: Anspielung auf Hafez.

Das Buch vom Bachtjar (Bahtyar-name): Erzählwerk eines anonymen Autors (Ende 13. Jahrhundert) nach dem Vorbild des *Sindbad-name,* einer Sammlung von Erzählungen aus dem 12. Jahrhundert des Mohammad Zahir Samarqandi.

Die sieben Städte der Liebe durchwandern: Topos in der mystischen Literatur.

Dreimal geschieden; die Scheidung dreimal aussprechen: Nach dreimaliger Scheidung ist laut der schiitischen Gesetzgebung die erneute Trauung des Paars nicht mehr möglich.

Golestan: Sammlung von Erzählungen von Moschreffeddin-ebn Abubakr-ebn Saad (Saadi).

Hadschi, Hadschije: Mann bzw. Frau, der oder die eine Wallfahrt nach Mekka unternommen hat.

Haftsin: Die Aufstellung einer Haftsin-Tafel gehört zu den Riten der persischen Neujahrsfeier *Nouruz*. Darauf sind sieben Gegenstände, deren Bezeichnungen im Persischen mit »sin« beginnen, erwähnt.

Haqq, haqq, hu haqq: Anrufungsformel der Derwische, bedeutet soviel wie »Gott, Gott, o Gott«.

Mahramijat: Unverheiratete müssen zueinander Distanz bewahren; Verheiratete dürfen »intimer« sein, d. h. der Mann darf z. B. die Frau unverschleiert sehen.

Manteqottajr: Die Sprache der Vögel, Gedicht in 4 600 Versen in Masnawi-Form (Doppelverse aus paarweise reimenden Halbversen) des Mystikers Scheich Faridoddin Attar.

Masnawi Maanawi: Lehrgedichte von Rumi.

Mazdaistische Erde; mazdaistischer Garten: Mazdaismus, nach dem Gott Ahura Masda benannter älterer Parsismus.

Mirza: mirsade = Emirssohn; dem Namen nachgestellt: Prinz; dem Namen vorgestellt: angesehener Bürger, gebildeter Mann; ohne Namen: Schreiber, Beamter.

Pir: Oberhaupt eines Derwischordens oder auch Sektengründer.

Tazkeratololija: Lebensbeschreibungen der Heiligen, Prosawerk des Mystikers Scheich Faridoddin Attar.

Zilhadsche (Lejla, Montag der vierte): der zwölfte Monat im islamischen Mondjahr; *Lejla* bedeutet wörtlich: Die schönste aller Nächte.